大華

（二）

原書原樣

林熙主編

大華

半月刊 第十二期

一九六六年八月三十日

大華 第十一期

大華　第十二期

封面插圖：溥心畬騎馬像

大華 半月刊 第十二期

一九六六年八月三十日出版

（每月十五 三十日出版）

出版者：大華出版社

地址：香港銅鑼灣希雲街36號6樓

Ta Wah Press, 36, Haven St., 5th fl. HONG KONG.

電話：七六三七八六轉

督印人：林翠、寒

主編：林熙

印刷者：朗文印務公司

地址：香港北角渣華街一一〇號

電話：七〇七九二八

總代理：胡敏生記

地址：香港灣仔洋船街三十二號

電話：七二三四三七

當代藝壇三畫人

寒　木

葉恭綽‧吳湖帆‧謝稚柳

畫家張大千，十多年來，漫遊世界，時有旅外僑胞向他詢問祖國當代的畫家最有成就的是什麼人？這說明了僑胞關心祖國美術界的近況。大千的答覆多是說：「本人去國多年，具體情況，有點隔膜。但據個人的了解，有三位畫家，是我最所佩服。這三個人就是葉恭綽、吳湖帆、謝稚柳。自然和他們同時的畫家，好像百花齊放，五色繽紛，絢爛多采，各有特色，不過我所說的這三位的作品，以藝術論，確有卓越的成就，特爲舉出而已。

大千所說的，是根據他自己多年在藝術界所接觸而得到的結論，這三個人都是他知己的畫友，平日交流經驗，觀摩研究，互相了解，才能下此定論；絕非阿其所好，沒有原則性的扯談。大千這一番話，有人傳到林熙的耳邊來，也有僑胞不遠千里的寫信來問林熙。有一天，林熙和我在淺水灣邊礁頭，無意中把大千的話間提起，他要我把這三位畫人的藝事談談，好給旅外僑胞了解一下。我受命之下，囘家寫述此文。交代過後言歸正傳。

未入正文之前，我還要說明的一點，就是葉、吳、謝三人的畫，方面很廣，我今談的，只是寫述我個人所見到的一角，并不是全面的。

葉遐菴，名恭綽，字玉甫、譽虎，號遐翁，廣東番禺人。生於清光緒七年辛巳（一八八一年），現年八十六歲。他的祖父葉衍蘭，是詩詞畫家，且富收藏。他本人生平集藏文物極豐富，鑑賞能力也高。從他印行的「遐菴談藝錄」，「遐菴清秘錄」，「遐菴題跋」，「矩園餘墨」紀書畫絕句，序跋第一輯等，也可以窺見一斑。他八十生日，陳景昭印行「葉遐翁眞書冊」，篇首有介紹文，今摘錄，關於繪畫方面的有說：

繪畫得自家傳，弱冠即能染翰，但從不爲人作，晚年始致力松竹蘭石。畫竹喜其虛心直節，用以自況。於畫法痛斥清代順康以後惡習，專以宋元明諸大家爲宗。而清逸瀟灑，透勁尤上，直寫胸臆。其間露葉風枝，橫斜層叠，仍於陰陽脈絡，均極分明，尤能表現先生之高超品格。他如松梅蘭之屬，亦有寄託。畫就輒加題詩詞，三絕清才，并皆佳妙。登峯造極，不因經濟抱負，勳業彪炳，僅就六法八法之造詣，已是獨拓千古，并世無兩。殆爲歷史上必傳之劇蹟。

葉遐菴的繪事，畫竹爲多，也是最有成就。他的畫竹是與沈尹默同時。一九六〇年，沈尹默爲非素題葉的竹軸有說：

二十餘年前，余與玉甫在湖帆齋中，同學寫竹。不到兩年，玉甫即學成，應人請求。余則近年始敢下筆，而往往不能成章。於此可見兩人本性之異。今題此幀，不勝愧對；非素先生將何以教我？一九六十年九月五日，尹默。

吳湖帆在畫幅上也題了鷓鴣天調詞一首：「世人誰識遐翁竹？倔強姿堪醫目俗。虛心本自節高生，湖州腕與眉山腹。　雨濛濛，風簌簌。墨花濺處湘波縠。美人日暮倚闌寒，尹老，論交君子寧無肉。（遐翁平生素食，尹老雖不長素，而戒肉食皆數十年矣。）」詞人句仲堅（廸宗）題了南歌子詞云：「筆挾風雷勢，名馳翰墨場。淇園烟月任平章。一幅，藤牋揮灑興何長！　直節生來瘦，高材老更剛（王臨川詩句）。森然幽逕閟炎涼。未信，冰霜容易改青蒼。」而葉本人對此畫題有，「余畫竹以不能疎爲憾，此庶幾合作。非素愛而有之，因題。遐翁。」只就這一張竹軸來說，從主觀客觀兩方面的話，也可以知道所畫竹的概況了。

遐菴畫竹，出於什麼畫家的呢？在他的題畫中也可以了解。如：「用壽道人法寫此，倘得蕭閒之致。」吳湖帆加題云：「萬年少、惲東園皆有壽道人款署，余皆見其畫竹。遐翁此作，大有元人顧定之韻致，已度驊騮前矣。萬惲若起，能不呵我！」又有一幅題云：「偶然命筆，意仿丹丘，而神似方厓，瀟灑固知非塵中物也。」一幅題云：「頗似漚波伉儷，非明清法也。」一幅云：「近代畫家襲意足不求顏色似之說，動輒偭越規矩，而韻味復不足以副之，於是榛栝荆棘，滿紙麻茶，適增其醜。余畫竹累載，兢兢以此爲戒，然欲更進一步，談何容易，亦聊寫胸中逸氣而已。」抗戰勝利後，大千由蜀到滬，在各牋扇莊，盡行購葉的畫件。一天携畫訪葉，大贊葉的作品，寓簡於繁，由澹得逸，似別有蹊逕。葉即順手取畫一張，原題是「偶作枯木竹石，」即提筆加題：「此軸流入市肆，大千愛而有之，屬記其事，民國卅五年。遐翁。」其它各幅，皆署加題，以誌因緣。從這些，都可以見到葉的畫竹情況。葉所畫的松梅蘭，也與竹有同樣的造詣，不過畫竹是比較多。山水畫，興到也偶然揮毫，但不多作。至於人物仕女鳥獸草蟲魚藻仙佛等，却不染翰。原因，他說竹梅松蘭的用筆，和寫字的筆法，比較接近，畫起來覺得自然一些。

吳湖帆，原名萬，別署醜簃。潘夫人逝世後，又號倩菴，江蘇吳縣人。生於光緒二十年甲午（一八九四年），現年七十三歲。冒鶴亭（廣生）序他的「佞宋詞痕」有說：「湖帆爲愙齋之孫，又娶於潘；吳潘兩家，收藏甲海內。自其兒時，寢饋於金石書畫，其作畫幷世無兩。」陳蘧寫「吳湖帆潘靜淑傳畧」有說：「愙齋所遺，多古金石。湖帆尤好蓄書畫，嘗與夫人共校定家藏金石書畫凡千四百種，如杜詩之數，而各爲之序錄，藏之梅景書屋，見者以比趙明誠李易安。湖帆之畫游於古人，忘今董郭間，而夫人復以花鳥攬熙荃之軌，人又輒比松雪道昇。」愙齋，是吳大澂的別號。前清光緒十三、四年，曾任廣東巡撫。甲午中日戰爭，督師抗敵。

湖帆的繪畫，不拘一派，而得力於董其昌較多。梅景書屋，所藏的元明清劇蹟，有數百件，最突出的是黃子久賸山畫、吳仲圭漁父圖。而他本人所作獨近於李成，郭熙，而不爲元人所束縛。山水設色濃麗，烟雲泉石，浩蕩生動，看到的多有一種新鮮和諧的感覺。

李寶泉「中國當代畫家評」，有關湖帆的評語，摘錄於下，以供我們參攷。

吳湖帆是蘇州人，而他的作風，也幾乎可以說完全來自一貫的「蘇派」。但中國畫上的「蘇派」與「吳派」，是有所不同的。「吳派」的來源，是由於反抗「浙派」，其代表者爲沈石田等，「浙派」的代表者爲吳小僊、戴文進等。「吳派」的作風，是承襲中國畫的所謂南宗，而「浙派」的作風，則承襲的却是由北宗而院體的作風。所以中國畫上的「吳派」，是與「浙派」的對峙而來。至於「蘇派」，則其存在的要因，是爲了同所謂「松江派」之對峙。「松江派」的代表是董其昌等，「蘇州派」的代表則爲唐寅等。「松江派」作風注重的是神韻，「蘇州派」作風所注重的是技法。「松江派」是絕對代表南宗的，「蘇州派」則是南北宗折衷的作風。但蘇派與宋明畫院不同之處，則先者是偏重於南宗，後者則偏重於北宗而已。吳湖帆的作品，所以是「蘇州派」系統，就爲了他的作風是完全承襲唐寅的。在用筆上，往往有南北宗混合而偏於南宗之處，他畫面上的特點，就是能在秀逸底風趣中，更具有緊密、精致等表現，這要是在史的系統上觀察而加以評語時，則可以「蘇派能事」一言以了之的。

湖帆的題畫，有些也與一般的畫家不同，他題所作「乙酉干支四合圖」云：「漢室山河在，秦陵草木同；不隨雲霧幻，相對夕陽紅。乙酉秋日，用六如，衡山遺法，作時適歲月日時，皆乙酉也。吳湖帆。民國十八年，歲次己巳，閏月十六日，皆逢己巳，越今十六年矣。今年八月初八日，適逢四合，乙酉，余作是圖，恰值奇遇。子靖學弟，見而欲得，因補題贈之。倩菴重識。」題「錦繡奇峯」云：「丁丑八月十二日，作此圖未竟，翌辰擬設色而門外人聲鼎沸，因滬北戰端已啓，槍砲密集，途中避難者，皆奔走無措之聲也。爰乃擱筆，無心潤色矣，今戰禍益烈，不知何日方休。因記此以供停戰續成之。醜簃。」「戰事迄今三年許，依舊未息，爰董文敏山村清霽圖之例，先題欵於紙端，以贈邦瑞我兄，潤色畢工，請俟異日。識此爲券。倩菴吳湖帆。辛巳二月朔日。」「賸水殘山八載中，迷天霜霧掩奇峯；滄桑未及銅駝刦，錦繡重開煥若虹。此畫自丁丑八月十二日，擱筆至今，已八載矣。歷經離亂，未涉刦灰。乙酉八月十日，欣聞戰禍弭平，盛世重見。邦瑞親家携示續成，以符宿願。時九月二日也。湖帆快懷重識。」看此，可例其餘。

湖帆平日作畫，除了一般題材之外，還好爲人作圖，只就替粵籍人士所作圖卷，就有好幾件如：爲葉遐菴作鳳池精舍圖、罔極菴圖、遐菴校詞圖、爲馬武仲作媚秋堂圖，爲王秋湄作攝堂校碑圖，與張大千爲陸丹林合作紅樹室圖，爲冼玉清作碧琅玕館圖，爲馮文鳳作碧梧仙館圖等皆是。其他爲同時的詞家作塡詞圖的，也有十多件。

葉、吳、謝三人中，謝稚柳的年歲較少，今年只有五十七歲，是生於宣統二年庚戌（一九一〇年）。他名稚，字稚柳，江蘇武進人。是詞人謝玉岑，女畫家謝月眉的胞弟。兄弟都是武進錢名山（振鍠）的高第弟子。沈尹默曾對人說：「當代畫人，稚柳是最突出的一個，他不特對於書畫、詩詞、新舊文學、鑑賞等，都有高深卓越的成就，且能著書、演講、還能撰擬機關的公文書。這種多面手，恐怕在古今的畫家中是少見的。」他的從事繪畫，原是青年時期，在機關辦事的業餘習作，怎知抗戰開始，便成了專業。而在中央大學擔任國畫教授多年。萬里長征，又到敦煌石窟，實地研究習作了一年多，所獲極大，著述專書兩部。大千和他們兄弟，都是極相好的朋友，見到稚柳的作品，驚歎的說：「我生平沒有畫敵，只有稚柳一個人，尤其是他的花鳥畫，我是騎了馬都趕不上了。此席只好讓他獨步藝壇！」這是等於「天下英雄，惟使君與操耳」的知彼知己的話。

稚柳繪畫，固然是由於他的天資聰慧，好學不倦。最主要的一點，就是他所見的古代畫件，可以說是特別多的一個。在二十年前，他已經瀏覽過不少公私所藏的名畫，而在最近十多年來，他看古畫的機會更加特別多，國內各大省市的博物館等所藏的畫，他因爲任務關係，連年分別前去詳細地鑑別審定，同行結伴的是張珩（張已于一九六三年八月逝世）。因爲鑑賞得多，對於自己的繪事，自然有極大的幫助。他看到一張古畫，不特可以判斷它的眞僞好壞，甚至屬於作者早年，中年，晚年，也可以判斷（指沒有題明作畫年干的）。就是後人的仿作，也可以說明是屬某一個時期的製造，引首題跋，是否原來的，甚至是屬於蘇州、揚州、華北某地的技工所仿作等等，多可說明它的來源。無他，他看得多，研究精，熟能生巧，一望便知了。正如俗語所說「久病成醫」的一樣。因爲他有這樣的特殊機緣，看到了許許多多，眞眞假假的畫件，心領神會，融會貫通，吸取精華，揚棄糟粕，自己動起筆來，自然與某些畫人沒有看到名畫，或不能辨別古畫的眞僞，只靠同古今人的畫集，做臨摹範本，搬弄過紙的，當然不能比擬了。葉遐菴、吳湖帆、張大千等繪畫得有成就，也是由於自己掌握了不少第一手材料（名畫），且能經常看到許多好畫，是其中原因之一。

稚柳繪畫，別有一種風格。比如一個現代畫展，陳列了一百幾十人的作品，畫件一二百件。而他的作品，使人一見，即可以分別出來。因爲他的畫風技巧，別有一功。和一般畫人是兩樣的。潘伯鷹題他畫集七絕一首有說：「畫苑千年各一軍，詩家小謝畫尤勤；豪端放過王都尉，更向秋堂夢追君。」他的一張「白桃蝶石」，沈尹默題生查子詞一首：「蝶夢乍醒時，猶記大台客。長立待東風，唯有靈龍石。 枉自愛桃花，祇盡當時色。劉阮莫重來，重來「總白。」與他題他畫的詩詞很多，不再錄了。

他自己作畫，興到時也好題詩，他題「梅梢試粉」畫幅云：「自寫蒼苔綴玉枝，粉痕和墨迓鄉思；即今漸老春風筆，何況江南久別時！」山水畫「萬木奇峯」題云：「董北苑萬木奇峯，載宣和畫譜，今不可復見。王石谷曾臨一本，了無當意處。余以意別爲此圖，以當前製。」看此，王石谷畫，也不在他的眼內，他的抱負可知了。

除了繪畫，審定古畫之外，謝稚柳還寫了幾部有關畫學畫史的叢書，經常又在報刊上發表專論著作。有些畫家，只能繪畫，甚至只能依樣葫蘆，把別人的畫稿，臨摹一通，便算能事，沒有自己的風格，更談不到有藝術的理論了。

又有些畫人，好標榜自己的夫人也是畫家，經常把「太太」署名的畫件，向人炫耀。其實十之八九，都是出于丈夫的代筆，絕不是眞有此事的。但是謝稚柳的夫人陳佩材的畫，確是眞材實料，可以公開的即席揮毫，絕沒有一些虛假。陳佩秋現在是上海中國畫院的畫師，她的宋元畫法，最爲出色當行，傳誦畫壇。說一句笑話，她的最大畫敵，不是別人，就是她的丈夫謝稚柳。所以有些朋友常是向他們開玩笑：「你們兩人眞是『不是冤家不聚頭了』。」大家相與一笑。

葉遐菴年將九十，精神矍鑠，耳聰目明。寫字繪畫，一筆一畫，異常淸楚，幷沒有模糊、歪斜、麻茶等狀態，這是壽者之徵。據聞吳湖帆去冬再度中風，即入醫院治療，至今還是癱臥病床，喉管割斷，不能講話，飲食都從鼻孔灌入。看此情況，恐怕要帶病延年的了。謝稚柳年六十（比張大千少十一歲），健康極佳。創作生產，自然更加豐富多采了。

溥心畬的照相

林熙

「大華」第四期的封面畫是一幅溥心畬的騎馬照相，後來我在第六期有一短文說明這一照相的來源。大約過了一個多月罷，就先後接到幾位讀者來信，對這幅照相提出疑問。

首先是泰國曼谷一位何玉如先生，他和菲律賓李明先生所提的意見相同。他們的信說，這一相片並不是溥心畬，而是溥儀。他們的理由是：一九五七年二月，香港文宗出版社出版的「末代皇帝秘聞」下集（此書是北京大公報記者潘際坰訪問溥儀後寫成的），插圖中有一幅照片就和這幅溥心畬騎在馬背上的一樣，該圖右邊注明：「溥儀六歲時」，可見此像屬於「宣統皇帝」，而不屬於名畫家溥心畬。他們「齊聲」質問編者爲什麼這樣糊塗，張冠李戴？

不久後，爲本刊寫「粵海政潮」的蒙穗生先生也有信給編者，亦以「末代皇帝秘聞」下集的照片爲證，問我有沒有弄錯。接着，香港也有兩位讀者來信質疑。現在不能一一答覆，爲了省事及澄清這一問題起見，我得再寫一篇「關于溥心畬的騎馬像」。

這幅相的來源，我在第六期已說得淸淸楚楚了。相下有英文說明：「王子溥儒 貝勒載瀅之子，恭親王之孫。」這部書出版於宣統二年，當時溥儀仍是合法的皇帝。溥儀六歲，溥心畬則十六歲，他們的年齡相差十歲。

「末代皇帝秘聞」下集何以把溥心畬誤爲溥儀，我當然不知道，更不知道他們在什麼地方弄到這張照相。但讀者一定相信他們不錯的，因爲讀者會直覺地認爲：「不消說，這些珍貴的照片，當然是溥儀供給的了。」那還會有錯嗎？但請讀者仔細看一看大華第十二期的封面插圖罷，我現在再將這照片重登一次給讀者參證。溥儀童年時的面型是屬於「尖」的那一類，是尖瘦的，溥心畬則面如滿月，相當漂亮。其不相似，凡見過溥儀小時的相片的人，皆能辨之。

更有一有力的證明，「末代皇帝秘聞」下集說這是溥儀六歲的照相，但六歲那年，正是宣統三年，他還是一名皇帝，皇帝是沒有戴翎子的，但這幅照片中，他的帽子後面却拖有花翎。（清制，皇帝不戴翎子，親王亦然，但特賜時，親王始能用。）溥心畬雖然是恭親王奕訢之孫，但他本身並沒有受什麼爵位，那本英文書稱他為「王子」（Prince），當然是胡裏胡塗的。（「末代皇帝秘聞」下集的照片羣中，有一幅題「溥儀和他的父親醇親王」，圖中的醇親王二撇鬚，手握羽扇，「溥儀」垂手侍立。看這個「溥儀」，年約八九歲。其實坐着的那個醇親王，是老醇王奕譞，侍立的不是溥儀，而是襲封醇親王的載灃，即溥儀的父親。該書的編者又一次張冠李戴。試思溥儀七八歲時，已是「宣統皇帝」，怎會以「皇帝」之尊侍立在父親之旁同攝一相的？）

我現在又把溥心畬和他的父親載瀅同攝的一相影印於此，為了便于讀者欣賞，特地放得大一些才見得清楚。這幅相的來源與騎馬像同。相下有英文字注明：「已革貝勒載瀅（因為他主張重用拳匪）和他的兒子」。

載瀅是恭親王奕訢第二子。老恭王有四子，三、四兩子先他早死。長名載澂，無子，以載瀅長子溥偉為嗣，襲封恭親王。載瀅出嗣鍾郡王（道光帝第八子）為子，光緒廿六年（一九零零年），因為他在西太后面前大力稱讚義和團，後來竟然因此獲罪，將他的郡王銜貝勒革去，奪爵歸宗。於是他又從鍾王府回到恭王府。（他歸宗後，西太后復於光緒廿八年，以載濤出嗣鍾郡王。載濤乃溥儀胞叔，今年七十多歲，仍在北京擔任公職。）

溥心畬的相貌很像父親，讀者中如果有見過溥心畬的，看見圖中之像，一定會說父子倆長得一模一樣。心畬的父親是宣統元年八月逝世的。因為他是一個革爵的貴族，但却是宗室，清廷對他的身後飾終之典，也要畧有點綴，以存溥偉的面子。於是諭內閣云：

監國攝政王面奉隆裕太后懿旨，載瀅現在病故，著加恩照貝勒例賜卹。欽此！

這也算是死後風光風光了。西太后晚年很憎恨老恭王，後來對小恭王溥偉也不喜歡，因此並不重用他，僅給予閒職。她對於載瀅本來頗有好感，但礙於洋人要懲辦捧「拳匪」的人，不得不把他革爵，終載瀅一生，未能復爵，也是吃了洋虧。

溥心畬名儒，生光緒廿二年丙申（一八九六年）七月廿四日，死一九六三年十一月十八日，享年六十八歲。他名叫溥儒，還是皇帝所賜的。（「光緒朝東華錄」載：「郡王銜貝勒載瀅第二子，賜名溥儒」。）他的夫人清媛，是前陝甘總督升允之女，一九四七年死於北平，一年後，溥心畬就離開北平，流落杭州、上海之間，再進一步跟着到台北了。他在一九五五年和董作賓、朱家驊等人應南韓之請，前往講學，後來一間不足重輕的大學贈他一個名譽法學博士的學位，滿足了他晚年的夢想，因此又有人稱他為溥心畬博士。

溥心畬和他的父親

從「三民主義」到「三子主義」的李徵五

李孤帆

宗叔李徵五先生，眞是一個怪人，他在少年時代已享盡了富貴榮華的生活，在鎭海家中住得不耐煩時，常到寧波江北岸來和先叔商山公盤桓幾天。有一次將我們兩家的家譜拿出來校勘，因此知道兩家原來同是奉化三江李氏的支派，不過因認族時，被我們族長敲了一記竹槓，所以他們就在鎭海小港自造一座祠堂，僅做到了聯譜一件大事而已。這就是徵五叔和我們建立族誼的開始。他家中自祖父以來就擁有大批沙船，航行南北兩洋，運銷粮食土產，他的長兄雲書先生，早在上海創辦天一墾務公司和康年人壽保險公司，並經營房地產事業，被選爲第一屆商務總會的總理（就是後來的總商會會長）。他又是淸末王文韶相國的孫婿，但因爲夫人滿面麻子，婚後從來沒有圓過房。家中爲他捐了一個道銜，在湖北武昌候補，只爲了王相國恨他，所以永不許他補上一官半職。那時長江的革命運動已飛起雲湧，他就漸走革命的路線，大約在那時，已與黃克强、李燮和二先生搭上了關係，加入了那時的光復會和後來的同盟會。

辛亥武昌起義，他已回到上海，助陳英士、李燮和等同志舉義，在光復上海之後，當上了光復軍的統領，正在預備北伐的時候，因孫中山先生回國，在南京組織臨時政府，發動了南北議和，促成滿淸退位，孫先生復履行讓總統于袁世凱的諾言，南北統一，政府北移，革命軍無形解散，光復軍自然也在解散之列了。那時他對革命抱了萬分熱忱，他任了光復軍統領，成爲陳英士所領導的滬軍的一支勁旅。因南京留守黃克强先生主張南北統一之後，南方軍隊加以整編，他就響應黃留守的號召；因黃留守反對政府舉借外債發起募集國民捐，他也將光復軍募集的七千元呈繳黃留守，當由黃留守復電嘉奬：「徵五君暨全體官佐士兵公鑒，來電悉，近日政府商假外債，枝節橫生，非得國民踴躍輸捐，何以善後，諸君實力提倡，一呼而集欵七千元，足徵愛國熱忱，無任欽佩，本府各職員，昨亦一律按級捐助，並聞。」那時他十足表現了革命的犧牲精神和熱愛祖國的衷誠。

他的革命熱忱，到了二次革命失敗後，還是繼續爲同志出力，如在上海英法兩租界，保護革命黨人，不使爲袁世凱的爪牙所逮捕和殘害，因而結交兩租界的探長如黃金榮等人，往往在民國路華洋交界處，華探捕拿黨人時，被法探强拉至法租界，而獲得自由，又如對國民黨同志，資助經費，得以亡命日本之類，多數同志得到他的助力。因光復軍擴展馬隊時，收容了張宗昌爲馬隊隊長，並給欵到北方購馬，欵被張花用後潛回，他因沒有決心將張治罪，遂再給欵重令北上，此次居然使張成名，且終身報答他的恩德。在二次革命失敗後，李燮和變節事袁，黃克强、陳英士二先生相繼下世，革命同志星散，黨事無人過問。他的家境也漸漸中落，志氣消沉，乃藉黃金榮等的惡勢力，爲新興交易所事業的保鑣者。至信交風潮後，遂與同鄉金潤庠、洪雪帆、應夢生等合作，專以淸理信交事業爲變相的職業。他的方法先以股東和債務人的立場，力主淸査經辦人員，旋以調人資格，出而組織淸理處，擔任淸理人，結果股東和債權人都遭損失，淸理人藉此中飽，但因他們有惡勢力作背景，股東和債權人都敢怒而不敢言，只得聽其魚肉應得之權利而已。此一時期是我們進一步相識的過程。

到了國民黨改組，中山先生逝世，北伐軍節節勝利之際，他已被張宗昌接到了天津作寓公，在張投奔張作霖，奉軍南下時，他就變成了反革命，並藉張的勢力，使其七弟燮卿當了天津造幣廠廠長，姪兒祖夔當了上海縣知事，他的長子祖望次子祖超亦被張資送到日本留學，分入士官及魚撈二校，均至畢業爲度。從此他的思想更被腐化了，本來是「三民主義」的信徒，後來自倡所謂荒淫無恥的「三子主義」，以戲子、婊子、廚子爲對象。一適娶了兩位姨太太，分居東西二廂，以東房太太，西房太太爲號，儼然如帝王之有東西二宮。捧角必候梅蘭芳、荀慧生等伶人下台，邀至其家，饗以參燕補品，家中朝朝寒食，夜夜元宵，三日一小宴，五日一大宴，講求口腹之慾，卒至未屆花甲，胃破而亡，眞所謂爛腸之食也。在杜月笙高橋祠堂開光時，自願做過去被他使喚的黃金榮的小伙計的戲提調，在他以爲是「能屈能伸」，其實已全無人格了。那時我已加入改組後的國民黨，並在北伐軍克復寧滬後，任了招商局和中央銀行的職務，無論在津在滬和他又有過從了。

一九二八年二次北伐時，張宗昌自知不敵北伐軍，遂託他向蔣總司令說項願照陳調元先例，易幟投效，由虞洽卿先生引見蔣氏，蔣氏告以暗殺陳英士先生者已查明即為張宗昌，故對張只有一戰了之，決無妥協之可能，但他的生活，可由蔣氏維持，從此徵五先生就回滬住家，不再預聞外事。一九三二年張宗昌被仇家所殺，財源涸竭，但他的家口愈來愈大，那時祖望、祖超二人雖已學成回國，但二人結婚之後，仍在大家庭同居，開支浩大，生產乏術，一時無法支持。適有同鄉王皋蓀之子被匪所綁，要求他出面談判贖票，剛在舊歷年底，王皋蓀持贖款三千兩託代轉交綁匪，他正因無法過年，遂置肉票于不顧，先行舖張度歲，王急而向捕房告發，案破肉票被釋。那時處理綁案，綁贖同罪，他的家居位于華、英、法、三界的三角地帶，遂由英法二捕房派探捕監視前後門，他那時已患了嚴重的胃病，殊無起色，王皋蓀花了冤枉錢，幸而兒子已被捕房救出，終算不為已甚。但英法二捕房的案子無法結束，總是一樁尷尬的事，到此他只得派兒子來找我，要我替他設法，我就託了虞洽卿、魏廷榮二先生分向英法二捕房銷案，一面送他進入醫院，延至一九三三年即因病去世，享壽五十九歲。他的兄弟及姪輩，在他生前受了他的大恩，在病時及死後，都遠避了，那時我因以往同宗交往的關係，不得不助以一臂之力。

關于徵聯

林　熙

編者因為今年歲次丙午，五十年前的丙辰，是民國五年（一九一六年），袁世凱在北京玩六登殿把戲，國人惡之，其時上海有人出「或入園中，除去老袁方是國」徵下對，但到今五十年，還沒有人對得工整貼切，所以在本刊第三期又以該聯徵對，希望今日的人比五十年前的人更了不起，對得比人更好。徵聯啓事刊出後，應徵的人共有一百六十三人，投來的佳作共二百零五對（有些讀者一連對六七對，也有四五對），可見讀者喜歡對聯的程度為如何了。

徵對截止期是五月三十日，到六月十八日，還收到泰國、舊金山、沙勞越的三位讀者投來的對聯。經編者看過後，略分性質，經於六月廿五日送給陳荊鴻先生選出最好的一聯，作為中選，略致薄酬五十元。

前幾天，陳荊鴻先生已將全部徵聯閱畢，他選中雲屏先生（由香港，西環吉直街六十號三樓楊宅轉交）所投的一聯，聯句云：

閒來月下，分栽小棟已成欄。陳先生把「來」字改為「消」字，並附注語云：

清詞麗句，鏤月雕雲，吐屬自然，絕無晦澀拘牽之弊，允稱佳作。但原文「閒來月下」之「來」字，於嵌字語氣中，似未能顯出將閒字下面月字竄去之意，頗覺可惜，易一「消」字如何？

荊鴻拜讀

編者徵聯時，曾聲明要對得工整貼切並與時事有關，但應徵的人，多從拆字方面下功夫，很少涉及時事，誠為美中不足。（各聯中亦有涉及時事的，則為罵左罵右，殊失本刊不批評現實政治之旨。其實「時事」不必盡與左右有關，香港新聞，國際大事，皆可摭拾入聯也。）

陳先生又取非律賓、馬尼拉市許多橋先生一聯，句云：

人居國內，年來不幸都為囚。

陳先生為改「年來」作「可憐」，「都」作「更」，唯無評語。（許先生此聯是四月廿二日收到的，是最先收到的第一聯。）在陳先生說，許先生此聯也很好，但他聲明不受酬，如果取中他，那麼，獎金五十元似乎就沒有「受主」了，請編者自行解決。編者既有成言，不能因為出言之後不「兌現」，陳先生既賞識雲屏先生之對，「主考」具無上權威，所以將酬金送給雲屏先生。陳先生也很同意，並建議，當時徵聯，只取中一名，未免太少，似應有亞軍、殿軍藉增讀者興趣，現在收到這許多佳作，不如再取多三名吧，我搶着說：「很好，每名送大華一年，連同許多橋先生在內。」這三名中，計：九龍南昌街二百號的馮馨博先生；九龍，黃大仙，鳳凰村，鳴鳳街五十號三樓的孫永先生。馮先生的對是：「原居涸畔，繫開其固即逢源。」孫先生的對是：「人登嶽上，離開池獄立成仙。」皆自本期起贈。雲屏先生的五十元獎金，也希望他在本期出版後，來信約定時間領取。

這次徵聯，雖然沒有特別「標青」之作，但讀者熱心應徵，令人感激，陳荊鴻先生在暑假期中還要多花額外時間來選擇，編者對應徵諸君和陳先生皆深致謝意。

蒙德卡羅一百年

湘舲譯

一九六六年七月初的一晚，蒙那哥—這個歐洲的小王國突見熱鬧起來。狹窄的街道鋪上了白色的亞麻布，一直鋪到十五世紀時建的黃堊型的王宮門前。那裏的圓石子砌成的廣場，已經布置成一個大的舞池。在這裏，戴上假髮、穿了紅色制服的僕役捧着燒紅的大燭台，來往穿插；噴泉吐出來的，不是水，而是威士忌和香檳；四十八隻羔羊，分別用劍叉着，在劈劈啪啪的煤炭上慢慢轉動。八個樂團奏起音樂，嘉賓們紛紛走下舞池，跟着音樂翩翩起舞。這些舞客包括蒙那哥的國王雷尼埃和王妃嘉麗絲、阿加汗、盧森堡的查理親王，一大班達官貴人和花花公子，他們一直跳到黎明才歇息。這是歐洲的上流社會最爲趨之若鶩的慈善舞會，同時也是慶祝蒙德卡羅誕生一百年的各種社交活動中的一個高潮。

一百年前，蒙那哥的國王查理士三世，爲了要增加國稅收入，決定將他管轄的八平方英里的國土，變成全歐最奢華的海浴勝地。于是，在這迷人的碧綠海灣的旁邊，一個簇新的城市出現了，它叫做蒙德卡羅，用來紀念它的創造者—查理士王子。這個城市的主要吸引力，如所周知，乃是一個格叙諸，裏面有的是全歐的第一個合法的輪盤賭。這個格叙諸和一家上等旅館，一個海灘俱樂部，俱由一個名叫海浴會（Sea-Bathing Society）的團體管轄。這一企業異常成功，格叙諸一詞，簡直將賭博美化了，它的海灣，終年都有達官貴人的遊艇來觀光；而它的歌劇院，會上演了「玫瑰騎士」、「杜蘭多」等名劇的第一場。

但是兩次世界大戰和經濟大恐慌，頓時使歐洲的貴族子弟手頭拮据起來，這麼一來，蒙德卡羅的繁榮也就受到重大的打擊了。一八八〇年，摩納哥國稅的百分之七十七，來自格叙諸；一九三六年，它只佔了百分之廿一；而去年則更慘，只佔了百分之三點五而已。今日的雷尼埃和嘉麗絲，雖然表面上看來在喜氣洋洋地參加或舉行一百年紀念的各種節目，但骨子裏，他們正心事重重，在想盡辦法使他們的小朝廷不會被時代所遺忘呢。

他們心頭裏有一個死對頭，一位叫做亞里斯多德·蘇格拉底·安納西（Aristotle Socrates Onassis）的希臘千萬富翁。一九五一年，當他認爲摩納哥堪可作爲他的航業航線的中心，然後他又設法租到了當地的冬季運動中心作爲寫字間，他被拒絕後，賭氣上來，預備把它買下，就像一般實業界鉅子的作風一般。一九五五年左右，他已擁有海浴會全部股票的百分之五十二，價值一百五十萬美元。他這一奇策，使得海浴會也不奈他何，因爲正如一位在當地政府服務多年的公務員解釋：「蒙那哥要的是錢，我們只希望安納西能使海浴會重新活躍起來，爲此，我們也只得隻眼開隻眼閉了。」

過了一個短時期，連雷尼埃也不得不承認他要借助希臘大亨一臂之力了。正如那位政府公務員說：「我們都不懂得打如意算盤。現在，安納西控制了海浴會的全部財政，這包括了格叙諸、兩家旅館、兩個運動場、一個海灘俱樂部、一個哥爾夫球場，單是這些，更足以使他成爲蒙德卡羅的經濟巨子了。」當蒙那哥政府決定發展更多和更廉宜的旅館和較臻現代化的旅遊設備，以便吸收更多遊客，使正在衰退的旅遊事業能夠復興時，這計劃却受到安納西的強硬反對，他不願把他賺得來的錢，投資在改良設備這一方面。現在，蒙那哥政府向人抱怨：海浴會只顧迎合發思古幽情的遊客，但我們也得顧及那些崇尚新潮流的遊客的口味呀。王公伯爵的時代已經逝去不復返了。」而安納西却傲然地反唇相譏：「在這裏，你必需作魚與熊掌的選擇。」

去月，雷尼埃已作了他的選擇，他這次出動全副精神，設法排擠安納西于摩納哥的門外。在他的鼓勵下，摩納哥的國會在海浴會買下了六十萬股票，這已足夠把安納西的股分利率，降低至百分之三十三以下。雷尼埃還希望海浴會現在既已脫離安納西的經濟操縱，它會大量投資在他所發動的位于格叙諸旁邊的龐大建築物的興建工程。現時在該處的火車總站和地底隧道，將會改建成一個人造海灘和會議廳；此外，旅館和公園也會大量興建。它們的設備奢華，但它們却有一種舊的海浴會建築物所沒有的時代氣息。

任何人都不願見到蒙德卡羅失去它迷人之處。正如王妃嘉麗絲所說：「蒙那哥是一個保留了十九世紀風格的地方……我希望這風格永留人間。我不認爲蒙德卡羅是一個能吸引大批遊客的地方，它自從有歷史以來，便一直是富貴人家的享樂場所。」那末，她和她的丈夫有什麼計劃和志願呢？「增加遊客的數目還在其次，最重要的，是使遊客們到這裏後，有一個較以前爲現代化的觀感；蒙德卡羅時常都有那麼多的可愛之處，但你必須提醒他們關于這點，我們常常會當局者迷的。」

宋春舫游記之一

蒙德卡羅

宋春舫

蒙那哥是世界最小國家之一，面積只有三個小村，Monaco，Monte Carlo，及 Contamine 人口是一萬五千一百八十人，（那是一九〇七年的統計，直到現在，也不見得增加。）他是受法國保護的一個君主國。可是世界唯一的大賭場，那就在那個蒙德卡羅村裏。要曉得這個大賭場，是個什麼樣的組織，先要知道 Casino 是個什麼東西。法國有許多著名避暑的地方，如 Evian、Deauville、Biaritz 等等，因爲吸引游人，繁榮市面起見，市政府便拿出一筆欵來，建築一所格敘諾。格敘諾是同上海的大世界差不多，其中所有的，無非是戲院，電影場，咖啡館，跳舞場各種的玩意兒，不過也有許多不同的地方。第一，格敘諾是由市政府設立的，不是像上海的游戲場，都是私人創辦，而成爲股分有限公司。第二，格敘諾不是一年開到頭的，避暑地方的格敘諾，到了冬天，偃旗息鼓，關門大吉。第三，格敘諾完全是一個公開賭博場。每所格敘諾裏頭，必定有幾張綠呢賭台。

人家一定要問我，歐洲這樣的文明國家，政府何以肯擔任聚賭抽頭的惡名？我以爲總比日暮途窮，專靠借債過日子的政府好一點。

蒙德卡羅是一個冬季避寒的地方，所以也有一所格敘諾，既然有了格敘諾，自然就有賭台，但何以稱他爲世界唯一的大賭場呢？內中有兩個緣故。

第一，蒙德卡羅的格敘諾，和其他格敘諾不同，是終年不閉門的。冬天是不同說了，偌大一個歐洲，除了這沒國南方沿海一帶，以及意大利以外，差不多終日都在大霧裏過日子。所以歐洲各國有錢的人一定要到蒙德卡羅去住幾天，領畧些碧堤（Cote d' Azur）的風景，春物駘蕩，有女如雲，雖爾面不易，那得不叫人趨之若騖呢？可是到了夏天，因爲經濟上有特殊的關係，只得仍舊讓一羣賭鬼去「呼盧喝雉」了。

第二，就是我剛才所說的經濟上特殊關係。法國的格敘諾，是由市政府出資建築的，再由一個資本家或多數資本家，組織公司，向市政府轉租下去經營，每年當然再另外孝敬市政當局幾個錢，不在話下。可是蒙德卡羅的格敘諾，却被一個公司，向國王直接租去，合同上訂明每年報効若干。報効不打緊，可是蒙那哥的國王，當時以一奇貨可居，報効條件，非常嚴酷，共分兩項：一是租欵，一是特別的報効，每十年須增加一次；交換條件，就是在一九四一年以前，蒙那哥國王，不得將這格敘諾另租給他人。

這個條約的結果，就是蒙那哥政府每年預算表內，只有一項單獨的進欵，就是賭稅。蒙那哥的人民，却受他的恩惠不少，各種直接簡接的稅，一概豁免，變成了一種「不耕而食，不織而衣」的公民。

但是蒙那哥的國民，雖然得了這許多利益，却有一樁極不滿意的交換條件，就是「凡屬蒙那哥版圖的人民，不許進蒙德卡羅的格敘諾去賭博。」

第三，別處的格敘諾，是同上海的游戲場差不多，專靠門票及場內各種游戲收入爲大宗進欵。蒙德卡羅的格敘諾是不賣門票的，裏面的電影及劇場，不過是「虛有其表」的附屬品，只有賭場裏面的幾張綠呢桌子，是他們唯一無二的收入工具。

除了未成年的孩子，以及蒙那哥的國民，全世界的人，不論國籍，不論種類，都可以到蒙德卡羅去賭，但是也須經過一番小小的手續，例如一進格敘諾的門，就得去領一張入場券。這張券，我剛才說過，是不要化錢，可是，你先得將你自己的年齡和籍貫，填在一張印就的卡片上，然後讓他們去驗查你的護照，抄錄備案，方才給你這張入場券，券上還得簽上你自己的名字。

蒙德卡羅的賭場，共有兩處。第一處是憑券入場，內中約有十幾張的長方綠呢桌子。每張桌子，除了賭客以外，有四五個人坐莊。賭具呢——就是最著名的輪盤 Roulette，同上海盛行的一樣，共三十七門，分紅黑兩種。下注方法，盡人皆知，不必贅述。

第二是 Bacarra。到那裏去賭，必須另買門票。我記得十年前每張是六十法郎。裏面賭台上，是整千上萬的，一張一千法郎的紙幣，如同便紙一般，黃金糞土，窮措大見了，焉得不垂涎三尺呢。

…………

在上海到過輪盤賭窟的人，都知道樂此不疲的，是那一類人物，傖夫販卒，巨紳顯宦、名媛舞星，林林總總，極人類之大觀。但是蒙德卡羅的賭場，既是公開的，世界性的，珠光寶氣，車水馬龍，當然比衆不同，更爲熱鬧。

但蒙德卡羅的格敘諾裏面，有一類人，是在上海以及其他賭場內不容易找到的，不但不容易找到，簡直可以說是沒有。是那一類人呢，簡單說便是「學者」。有人聽了便說：「那未必盡然。好賭，人之天性，學者也是人，難道就不喜歡賭博嗎？況且賭場上，向來沒有禁止學者入內的規則，所以場內，有的是名流學者。我的親戚王君，便是某某大學的教授，他沒有一天不上賭場。結果，債台高築，自殺已不止一次了。」

實際上我並不說別的賭場，沒有學者—如大學教授，天數專家一類人—的足跡，但在別的賭場內，他們是去賭的，在蒙德卡羅，他們是去研究學問的。因爲班樂衞先生那一班專家，始終認定Calcul des probabilites，定有一種顚撲不破的公式，如果有人發明，不但一生吃着不盡，普天下的輪盤賭窟，都可取消了。

我第一次進蒙德卡羅的賭場，便見一位鬚髮斑白的老者，穿了「晨禮」服，手裏一枝鉛筆，一本帳部，咀裏不住的嘰哩咕嚕，身體站在坐莊的旁邊，目不轉睛，向盤中凝視，每次號碼開出，便趕快地記下來。……那天晚上我又去，他也在那裏，手裏那本帳簿，比下午所看見的，更厚了一些。接連五天，風雨無阻，他繼續抄他的號碼。後來有人告訴我，這是著名天數專家普恩加賚教授！

談起普恩加賚，我便聯想到褒而羅曼的劇本了。劇本的主人翁，伊夫先生也是一位著名學者，巴黎法蘭西學院地理教授。他雖年逾耳順，却愛上了一位年輕貌美的女伶羅浪女士。所以隱姓匿名，不遠千里而來，在蒙德卡羅公園中，經一位巴黎的友人介紹，便和那位女伶認識，漸漸的由認識變爲膩友，那老先生當然是得其所哉，樂而忘返。可是有一件事，蒙德卡羅生活之高，確非法蘭西學院地理教授所夢想得到。他們兩人鶼鶼鶼鶼，這兩三日來—汽車，舞場，香檳酒—把他老先生從巴黎帶來的幾千佛郎，揮霍殆盡。但是羅浪女士剛從一家首飾店門口走過，那玻璃窗內，陳列着一只貓眼石鑲的古金手鐲，價錢可眞不貴，只要六千佛郎，如果你是伊夫先生，既蒙美人如此垂靑，這一點小小報効：你究竟拿出來還是不拿出來呢？但伊夫先生既已囊空如洗，在蒙德卡羅地方，不但勢利熏天，而且舉目無親，那末除了孤注一擲以外，更有何法來解決這個問題呢？

所以那位伊夫先生，便一溜烟跑進賭場去了。他的賭運如何，以及如何賭法，且聽那老婦人和一位女人，即脫夫人的談話。（以下是節譯褒氏劇本。）

…………

老婦（與脫夫人並坐）咳，我坐在這凳上，已二十年了。夫人，你是不是覺得我有些舉止失常麼？你剛才沒有在那裏麼？

脫夫人　那裏？

老婦　在賭場裏。夫人，我却沒有看見你，他眞是曠世奇才。我生平看見人家贏錢，不知已經多少次了，但從沒有見過那種樣子。他起初下注，也和我差不多，每次也只五佛郎，後來也有十佛郎一次的。（手指自己的額，）但他那裏頭所有的東西，一定是神妙不可思議的，而且他的賭法，也和我相差不遠。

脫　？

老婦　那位老者飄飄欲仙的態度，我現在還記着。咳，輪盤賭，我也研究了二十年了。但我至多的一次，也只輸了三百二十五個佛郎，那是在一九一二年二月廿八日那一天，當時恐怕還是爲那年是建國的關係罷。即使今天晚上，我辭人世而長逝，無論如何，在我未死之先，我到底因見了一位天才，那我也可瞑目了，他的額角何等豐滿，他的眼光，何等銳利。有一次，我想碰一碰他的臂彎，借此可以交好運。……

脫　但我始終不明白你說些什麼。

老婦　就是那位老者。但很容易認識他的。他的目光……他的身體如天神一般，不同凡响。

脫　但你始終……

老婦　可惜當時我沒有剪刀，不然，我可以偷偷地從他衣服上剪下一粒鈕扣來。……

脫　那位老者到底做了些什麼事呢？

老婦　做了些什麼事？他在一個鐘頭以內，足足的贏了十萬個佛郎。……

…………

老者不用說，是法蘭西學院地理教授伊夫先生了。俗語說得好，「賭神菩薩收徒弟。」且看他以後，還有何種奇遇？

…………

褒四齡　且慢，先生，讓我先來介紹自已。我叫褒四齡，當過陸軍上校，寫過幾本書，如「輪盤賭必贏法」「輪盤賭二十課」「單數與雙數」「我之秘訣」等等。「我之秘訣」一書，用玻璃紙包着。著者褒四齡，因大贏以後，爲賭場驅逐出外者，價目每本五十佛郎。

伊夫先生　謝謝，我並不需要那一類的書籍。

褒　當然，我也不知道你不需要那一類的書籍，讓我們直接談判吧，我有很好的計畫在這裏。

伊　但我却很忙。

褒　我也很忙。我剛才看見你在那裏賭，眞是今古奇觀。連我對于賭博的觀念都改變了。至于我的著作，你究竟讀過沒有？眞的沒有？那更好了，因爲裏面說的都是騙人的話。我自已從來不信我所寫的東西，但現在我的觀念却完全改變了，（指伊額）這裏頭有的是天才，可以勝過亞其梅（點石成金），拿破崙，巴斯德……

伊　不敢。

褒　我想和你磋商的條件是：我要買你的賭訣，現在先付十萬佛郎，以後每年五萬，我們快到咖啡館裏簽字去。

伊　但我並沒有什麼秘訣呀！

褒　我問你，你的賭訣，是幾時發明的？

伊　我一點兒的賭訣也沒有，我隨隨便便的下注。

褒　隨隨便便，眞說得好聽，那末世界呢，也是隨隨便便造成的麼？日月星辰呢？人類呢、野獸呢，都是隨隨便便的麼？上帝，我現在對你下跪了。（脫帽）至尊，叩首，叩首，三叩首。

伊　老實說沒有。

婁　對了！你不願意出賣麼？這類秘訣，當然不是十萬百萬和千萬佛郎可以買得到的。那末第二個條件，我們同到律師那裏去，把你的秘訣寫好了，封起來，等你死了，才啓封。今天我先付一萬佛郎，以後你活着一年，每年我給五千佛郎。

伊　抱歉得很，但……

婁　這條件你也不願接受麼？那末第三個條件，讓我來借用大名去印一本書。請教尊姓大名。

伊　我叫伊（忽又縮住），我呀：我是盤四梅四。

婁　梅四。博士？敎授？還是工程師？一點兒官銜也沒有麼？奇怪？那倒可惜得很！如果沒有官銜，代價只有五千佛郎，否則略略貴些，說不定七千八千。以後每出版一次……

伊　讓我來考慮一下，再見罷。

…………

以下是賭場老闆和伊大敎授的談話。

…………

老闆　這位是伊夫先生麼？巴黎學院會員，法蘭西學院敎授，是不是？

伊　……

老闆　（遞給伊一封信）有人叫我送信給你。內有佛郎五百枚，是你剛才在賭台上忘記拿的。

伊　我真忘了，多謝！

老闆　我想冒昧和你說幾句話。

伊　但你如何知道我的名字？

老闆　如果外人到此，我們連他們的眞姓名也不知道，那末蒙那哥地方簡直是危險萬分了！況且像你這般有名人物，如果我們不能知道，那蒙那哥簡直是一個野蠻國家了。（鞠躬）

伊　（答禮）

老闆　這是你第一次來賭麼？

伊　……

老闆　無論如何，你的賭法很聰明，賭的時候，一些兒也不注意到方法，完全靠運氣，依我的經驗，這是最佳的賭法。

伊　……

老闆　但是人也不可太依賴命運。……我還可以問你一句話麼？是不是你還想賭？

伊　我尙沒有決定。

老闆　那當然是你的自由，但我勸你不必再賭，如果再賭，你一定要把你剛才所贏的一齊輸完。

伊　但是……

老闆　因爲你如果輸了，那末你剛才賭贏以後，精神上所得的愉快，豈不要完全失去了麼？

伊　……

老闆　所以我現在還有一個小小的要求，如果此間有人說起你對于輪盤賭，發明了一種秘訣，請你千萬不要否認，那我們便感激萬分了。這也是爲人類的幸福起見，如果人類沒有信仰，世界末日就在眼前。

伊　……

老闆　還有一件，我却有些……我不好意思再說，如果你不想再賭，我想放出謠言去，因爲你贏得太多了，和格敘諾血本有關，所以被賭場驅逐出來。你不反對麼？如果這件事在報上登了出來，請你也不必寫信去更正。

伊　……

老闆　末了，我向你表示我們的謝忱。如有用我之處，萬死不辭。

伊　如果現在有第三者在旁，聽了我們一番話以後，一定以爲你不許我再進賭場了。

老闆　是的，但是此中緣因，我剛才已經說過了的。

伊　但我以爲你對我的賭法，也有些放心不下罷。

老闆　？

伊　並且以爲我仍有繼續再贏十萬佛郎之可能，將來你的格敘諾，終有關門大吉的一天。

老闆　那倒很有意思。

伊　？

老闆　讓第三者這樣去推測，豈不很有意思？

伊　那末你以爲我如果再賭，決不能再有贏十萬佛郎的機會麼？

老闆　這一類事－但決不會實現的。

伊　你說這句話，好像很有把握似的。

老闆　依我地位立論，並沒有什麼希奇。

伊　但是你以爲科學方法……

老闆　我並不是學者，但我對于這輪盤賭，却很有些研究。

伊　你的自信力恐怕靠不住罷，科學萬能，你知道麼？

老闆　你不必來嚇我，況且你的賭法。……

伊　我的賭法如何？

老闆　無論如何，你不像會有秘訣的。

伊　你常同學者及科學家在一起麼？

老闆　不。

伊　那末也許你錯了，亞許梅洗澡的時候，浴室的侍者，一定沒有覺到他已經尋到了點石成金的秘密。不必多談，再見罷！

…………

伊先生第二次入賭場。可是大學敎授的自信力，究敵不過賭場老板的經驗，結果，伊先生把剛才贏來的十萬佛郎，一齊吐了出來，所以直到現在，蒙德卡羅賭場的大門，依舊還是開着。

（編者按：這篇「蒙德卡羅」是我國研究西洋戲劇專家宋春舫先生所寫的。原文刊一九三三年上海商業儲蓄銀行出版的「海光月刊」。一九六六年七月爲蒙德卡羅誕生一百周年紀念，所以轉載這篇有掌故趣味的文章，給讀者欣賞。）

掌故答問

朱庵一士

問：「兩淮產鹽量爲全國最，其引地亦最廣，遠者達湖南南部。雖屬國家定制，其實殊不便於民。不審此制究何所始？」

答：「此制恐自唐已然矣。蓋當時長江流域，概仰淮鹽，而五嶺之道險艱，粵鹽產量又少，遂不爲道遠之民生計。有清一代，湘南諸縣粵鹽之私運，迄無法禁絕，故定制淮鹽達衡州而止。宋史蹇周輔傳云：先是湖南例食淮鹽，周輔始運廣鹽數百萬石分鬻郴、全、道州。又以淮鹽增配潭、衡諸郡。其由來已久可知。」

問：「陝、豫、鄂三省交界之區，即嘉慶時教匪滋亂之地，其地在古代已爲亂原，其故何在，其沿革如何？」

答：「元至正間，流賊即據荊襄上游作亂，終元世莫能制。洪武初、鄧愈以兵剿除，空其地，禁流民不得入。然地界秦豫楚之間、又多曠土，山谷阨塞，林箐蒙密，中有草木可采掘以食。正統二年歲饑，民從入不可禁。衆既多，罔稟約束，其中巧黠者稍相雄長。天順、成化中遂有劉通之亂，而項忠討平之。不數年禁漸弛，復亂。祭酒周洪謨著流民說畧，言東晉時廬松之民流至荊州，乃僑置松滋縣於荊南，淮州之民流聚襄陽，乃僑置南淮州於襄西。今當增置郡縣、聽附籍爲編氓。於是朝廷采其議、命原傑撫治之，以襄陽所轄鄖縣居竹房上津商洛諸縣中，道路四達，且去府治遠，山林深阻。猝有盜賊，遙制爲難，乃拓其城，置鄖陽府，以縣附之；並置湖廣行都司，增兵設戍，而析竹山置竹溪，析鄖置鄖西，析漢中之鄖陽置白河，與竹山上津房咸隸新府。又於西安增山陽，南陽增南召桐柏，汝州增伊陽，各隸其舊。是鄖陽爲明中葉以後新設之區域，其長官稱撫治而不稱巡撫，蓋一特別行政區也。淸代罷此制。遂伏亂階云。」

問：「旗兵駐防之原委如何？」

答：「駐防之制。人多以爲始於防漢人之反側，其實非也。自順治定都燕京，即於盛京設八旗駐防兵，而各直省之設駐防轉在稍後，且駐旗兵以控形勝之議轉自漢人發之。康熙初，魏文毅裔介疏請撤滿洲兵還駐荊襄，雖未及採用，而後來制度實推本於此也。定制，除滿蒙沿邊各處外，西安、成都、荊州、廣州、杭州、江寧、各有將軍一人。立營壘，自成軍區，旗兵長子孫爲久駐計，往往習其地方言，惟不能雜居通婚耳。將軍與總督同城者，總督有故，或攝其事，平時則不得干涉民政及軍政。此外各險要處所依次設都統、副都統、城守尉等官，惟湖南、廣西、雲南、貴州無旗兵。當滿人初入關之際，與漢人風俗習慣不同，必有不易融洽者，擇地駐軍不與漢民混雜，未嘗非權宜之善策也。」

問：「帝王專制之害，似覺近代已較古代爲輕，蓋後世已將古制中之不近人情者稍加改革，故尊嚴雖未減，而爲害已不若古昔之甚，不知有實證否？」

答：「近代帝王家之制度，確有勝於前代者，如清代家法，每日視朝，從不間斷，且從無日晏視朝者。內監雖有營私納賄者，猶不敢公然干預政事。皇子入學讀書作文，與士大夫家完全相同，師傅得加責罰，故皇帝無不能親裁奏章者。王公多能詩文，此皆昭然人所共知之事。大抵家法之改良自宋始，宋元祐間呂大防曾歷舉之云：『自三代以後，唯本朝百二十年，中外無事，蓋由祖宗所立家法最善。臣請舉其畧。自古人主事母后，朝見有時，如漢武帝五日一朝長樂宮。祖宗以來，事母后皆朝夕見，此事親之法也。前代大長公主用臣妾之禮，本朝必先致恭。仁宗以姪事姑之禮見獻穆大長公主，此事長之法也。前代宮闈多不肅，宮人或與廷臣相見，唐入閤圖有昭容位。本朝宮禁嚴密，內外整肅，此治內之法也。前代外戚多預政事，常致敗亂，本朝母后之族皆不預，此待外戚之法也。前代宮室多尚華侈，本朝宮殿止用赤白，此尚儉之法也。前代人君雖然宮禁，出輿入輦，祖宗皆步自內庭，出御後殿，豈乏人力哉？亦欲涉歷廣庭，稍冒寒暑，此勤身之法也。前代人主，在禁中冠服苟簡，祖宗以來，燕居必以禮，竊聞陛下昨郊禮畢具謝太皇太后，此尚禮之法也。前代多深於用刑。大者誅戮，小者遠竄，惟本朝用法最輕，臣下有辜。止於罷黜，此寬仁之法也。』其事親治內待外戚及寬仁之法四條。有清均尚承而不改。」

一百年前林肯遇刺的地方

美國把福特劇院「復活」

秀娟譯

美國總統林肯被刺的那一晚，也就是華盛頓的福特劇院（Ford's Theatre）上演的最後一晚。狙殺事件發生後，國防部長史丹頓馬上下令將整座建築物包圍，並派重兵駐守。三個月後，劇院的業主約翰・福特試圖重開營業，但他接連收到恐嚇信，劇院外又站着一大羣看來並非善輩的人，投鼠忌器，福特老板只好放棄這一項計劃。結果，美政府以十萬美元買了這間劇院，搬走它內部金碧輝煌的陳設，把它大事改革，成爲一個辦公廳。以後，它漸少爲人所知道。一八九三年，建築物的一部份倒場，二十二名政府公務員因此罹難。一九三二年，它又被改爲林肯博物館，它是一個放置發了霉的物品的陰暗陳列室，但到一九六七年終，福特劇院將重新開業，甚而它的煤氣燈也會重新發亮了。它不但會跟原有的劇院在構造上大同小異，而且正有人在動腦筋，把它變成一個週年四季都有劇團上演不同劇本的娛樂場所，而且它本身還會有一個長期駐紮的固定劇團。

這項計劃原本預算把這座紅磚的建築物改成一個戲劇博物館，舞台上的佈景一如林肯遇刺時的那一幕─湯・泰萊（Tom Taylor）的劇本「我們的美國親人」（Our American Cousins）第三場第二幕。去年，美國國會的財政草案上預算撥二百零七萬六千三百元給這項計劃。過去六年以來，歷史學家喬治・奧斯爾斯基（George Olszewski）曾經盡量發掘能夠提供福特劇院的結構和內部設計形式的線索，這並不是一樁容易的工作，因爲長年累月以來，喜歡蒐集紀念品的人已把這些「線索」剝奪得一乾二淨了。奧斯爾斯基只能靠腦子所記得的，但記憶未必全部準確，或靠紀錄、檔案，但這些也會有前後互相矛盾的地方。他最可靠的資料來源，是內戰時的攝影家馬菲・比利德（Matthew Brady）。比利德在刺殺事件發生後，曾花了兩天的時間來拍攝劇院的內部情況。經過審愼的考查，奧斯爾斯基已可以肯定包廂有厚厚的花緞做帷蓋，帷幕的質地是諾丁咸出產的厘士，而很多坐椅是屬于可以轉動的溫莎式軸椅。

此外，奧斯爾斯基還求別人幫忙他搜集其他可靠的資料，他在這方面倒有一些收穫，有人送給他幾塊原地所有的布料─兩塊褐紅色的掛帷，這是當時劇院的一位工人的女兒送給他的。福特家族的後人給他送來當日林肯包廂內的一張裝上簇球的絲質梳化椅，和喬治・華盛頓的雕像（在刺客鮑夫（Booth）跳下舞台的一剎那，這個雕像曾被他的衝力所震裂）。奧斯爾斯基一點也不放過最細微之處。他說：「這個國家的每位公民都認爲他是一位林肯專家，我們不會弄錯的。」

正當人們計劃如何將這劇院回復本來面貌時，有些人居然異想天開，紛紛提出他們一些匪夷所思的建議。其中的一個是重演當日現場發生的狙殺情形、槍聲、蹤跳和其他重要及次要的場面，另一建議是演員協會提出的，那就是把福特劇院再次生活在觀衆心裏。這個提議已爲全美各地的戲劇聯合所同意，並紛紛予以贊助。華盛頓的莎士比亞夏日劇會、海倫・希斯遊藝劇會、德薩斯州的一班高年級學生、甚至一個德國聯盟歌唱班（這組織在美國內戰時成立）都自願在這裏參加演出。本年六月下旬，演員協會和國家演藝劇院（National Repertory Theatre）的代表在華盛頓開會，商討遞送給內政部長史釗域・汝多（Stewart Udall），他去年曾同意福特的改革計劃）有關改革這一建議的細則。這一建議的其中一點，便是國家漸藝劇院提供一個「適合」的表演目錄，包括週期性演出以往曾上演過的劇目，如莎士比亞的戲劇（林肯曾在福特觀看過數齣莎劇，其中一齣的演出者，赫然有刺客鮑夫在內）和與當日有特別關連的現代劇，如馬克・雲・杜能（Mark Van Doren）的「林肯的末日」（The Last Days of Lincoln）。

但是建議如果被接納，還有許多技術上的問題未解決。劇院必須有足夠的地方來裝置現代化的劇場設備，供應足夠的後台和演習場所，同時，政府和各劇社所津貼和捐募的數額，必須足夠應付開支。這方面雖然困難不少，但是國家演藝劇院卻一心一意使福特劇場重活在觀衆心中，即如奧斯爾斯基把全副精神放在這座建築物的復活一樣。六月終結時，福特的上蓋已竣工，國家演藝劇院的創立人米高・狄維爾（Michael Dewell）這樣說：「我們正在創造前人所未嘗創造過的東西，一間眞實的博物院兼劇院，這是一件令人興奮的工程。劇院本身，從煤氣燈的大小到模塑物的細微之處，無一不無出處和根據。當戲台的帷幕像一百年前那樣上升時，觀劇的人就會是一八六五年的一位觀衆。」

林肯二三事

·吳　賁·

求知慾旺盛，懃懇自學

在林肯的一生中，常見他引用聖經上的辭句，這是他從小受的家庭教養的影响，他的先母雖不識字，但記憶很好，有時講聖經的故事給她的孩子們聽，他的父親也會講故事，講得很美妙，却不愛讀書，他能够做木橱和窗架，能打獵，能伐樹，要讀書有什麼用處呢？亞伯林肯就不這麼想的，他祇覺得「我應該讀書寫起來和舅母一樣！」他的舅母給他的印象很深，她不但有好的故事，又能讀聖經，寫起來很流利，好似她不是在田裏和花畝裏工作的人，他很愛慕她。

林肯起初上學，來回要走四英里，落雨天，便得赤脚走路，因爲他的破靴子會漏進水去，教員用一本書一一的傳過去，指着字母教學生拼字拼音，一次再一次的教字，這就是他最初受的學校教育，字和字母，不像一個故事，所以要像巴斯樂舅母那樣會寫字，他還沒有學到。

他的生母死了，新來了一位好看的繼母，誰都不能說她是會讀書的人，但她知道讀書是有意義的事，決定要將孩子們一律送進學校去，林肯心中自然非常歡喜，他早就特別傾心於智識的追求了，但他的父親却決定；亞伯應該做一個出色的木匠，像他一樣，他便停學在家，燒火的柴比上學要緊，一隻小牛可賣六塊錢，而書不值一塊錢，斧的力量比筆的力量大些。

他是一個勤懇的自學者，他需要各方面的經驗：要瞭解人性，特別是了解自己，他不管什麼書得着便讀。他讀書自然不會很多，白天沒有時間，只有黃昏，和夏天的夜間，他靠近火，吹火發光，使他在黑暗中能够繼續閱讀，因爲繼母的臘燭只留在禮拜天和節期用的。

他伏在屋簷下的地上，用一隻肘撐着臉孔專心讀着，在他面前攤開而使他在廣大的智識領域內窺到門徑的是些什麼書呢，這裏，有「聖遊記」，從這本書裏，他第一次檢查了自己「魯濱遜飄流記」，靠着它，從幻想中描繪了一段自己在邊境上的生活情景，偶或一段聖經，喚他走進幼年生活的歌唱的回憶，而關於人性弱點的第一種幽默的「伊索寓言」，使他增加不少的智慧和同情心，「華盛頓傳」和「佛蘭克林的生活」，充滿了戰爭時期的故事，他了解一些複雜的現實生活：有時從城裏帶來一包舊報紙的包紮紙，都是供給他知道許多新鮮的時事消息和新的材料。例如關於選舉和南方黑奴的事情，現在，使他知道傑克遜是一個平常人，居然被選得大總統，從此他輕看那些富貴人家的紈袴子弟。後來他雖然不很瞭解，沒有什麼清明的見地，但他厭恨這種事情，心中起了不安的現象，而常常爲對這些問題化費幾個小時的仔細的思索。

他十六歲，就成了那一帶最好的斧手，到他二十四歲爲止，他還是做他的斫樹耕田的農夫。他在學校裏讀書總共不到一年，現在已經能讀能寫能算了，雖然他寫的文字很流利，但他的手並不靈巧，因着用鋸和鎚子，犂和斧子的時候多，用筆的時候很少。他去田裏工作的時候，他忽然把鋤或刀放下了，從袋裏取出一本書來，輕聲的，讀給自己聽，有時招呼別人停工，他坐在石頭或是柵欄上，對他們講論到河流，選舉，過去的日子，把所有的事裝在一個故事裏，引起大家喜笑，這是從他父親那兒和伊索寓言裏學來的。

地方法庭開審的時候，他總出席旁聽，看他們是絞殺一個白種人，或是一個紅種人？無疑的，他對印第安人表示同情，他借了一本法律書：「印第安納州修正法，」這是他初窺律法的門徑，有一次審問時，他注意一個律師的辯論，他立定志向，將來要和這些人比賽口才。「意大利諾州的法律」，是他讀的第二本關於法律的書。這時他已經二十一歲了。不久他借到一本「英文文法」，他首次與有組織的語文接觸，又從牧師那裏借到一本歷史的書。這位沉默而敏感的青年，因爲他這許多年追求正義，看見人和獸所受的種種虐待而奮起，他已經讀了國家的保護法律，而且在他心裏造成一個法律世界的圖型。

正義感豐富，同情黑奴

林肯比同年的人身軀高大，氣力强壯，十一二歲的時候，便能插斧斫樹。一次父子兩人出去打獵，亞伯林肯已懂得如何放槍，在火線內，來了一隻火鷄，對準，放槍，火鷄已躺在地上，他走上前去，忽然他受了一陣驚嚇，這是他在生活裏第一次感覺到是動物而有彼此殘殺的可怕權力。他不再想到禮拜日烤火鷄的味道了，他把槍交給他的父親，從此以後不再用槍打死任何活的動物。

十八歲的時候，他的姊姊在出嫁的第二年，生產死了。傳說說因爲工作過度，沒有氣力支持住產期的痛苦，這使他少年的怒氣旺盛起來。他的父親景況不好，而他姊姊的夫家小有資產，他們自以爲上等人，照例輕視媳婦，强迫她做他們的了頭，他起了報復的心，當姊姊的夫家另外兩個兄弟結婚的時候，他賄賂了鄰人，換了新夫婦的兩張牀，按着吃喜酒的舊規矩，新婚夫婦正式要去坐牀，坐牀之後，喜娘辭掉了，這兩對新夫婦配錯了，正在這時候，新郎的母親跑到新房的牀傍，喊道：「天呀，和你們同牀的不是你們的妻子呀！」林肯用聖經體裁，很流利的將這小小的事件，寫了一本詼諧的書，「魯班笑談記」，而且丟了一本書在那魯班家的木屋門口，隔了多少年，在印第安納州知道這本事的人比聖經還多。

當他有了控制河上生活的氣力和技術，有一個富足的農家雇他載貨到紐奧林去，這是他的好機會，去看看密士士比河。以及海。海沒有看着，另外有航海的船。他下了貨，走在紐奧林的街上，有一張廣告吸引他的注意：「高價購買任何形狀的黑人，出售黑人，備有地窖及廚房供給黑人膳食。」另一處廣告上寫明：「懸賞尋覓逃亡黑人三個，沙色頭髮，藍眼睛，紅面孔，膚色甚白幾與白人相同。」

年青的旅行人想這是並不合理的，黑人逃亡時，追他像一隻狗，拍賣他像一匹馬，監禁他像一個囚犯，他在家裏聽見父親所說的，牧師所反對的，報紙上所載的，都一一親眼見到了。

而當他第二次到紐奧林時，他的經驗更深刻了，他親眼見到奴隸的市場。

在他面前站着一個人，穿着使人詫異的衣服，發出嘈雜的聲音，他拿着一根小鞭子，指點着每個半裸體的黑人，引他們慢慢地走進廳堂內。他們的脚都帶上鐐銬，如果其中有一個人停止不動。或動得太快，賣奴的人就刮下一鞭子去。有一個黑女，細長，而緜頗雅，顯然是一個處女，每個黑奴見了她顯出歡喜，她也上了鐐銬，赤着身子，應着賣奴人的呼喚走出來，在顧主面前表現她少女身體吸引人的地方。賣奴的人喊道：「買這一個女奴是很値得的！」來看的顧主彼此也交換了和賣奴人的叫喊同樣的談話。

林肯看見這情形，全身戰慄，他看見這少女的裸身，不能不受刺激。他是北方人，看了這件事後，心中大爲震動，他爽直，他的人格是從窮困和勞苦之中獲得堅强，他能在大城市中不受各種誘惑而保持自己。看見同胞的弱點，看見可恥的買賣黑女的舉動，使他的心腦冷靜下來研究奴隸和他們的主人，他騎着馬在街上走來走去，問過牧師，敎員，縣官，他們都異口同聲的說，這是一種制度，爲了救黑人的命才有的。

林肯回到海港口，從一家咖啡店望出去，看見兩個紅臉人在玩紙牌，管店的輕聲說，昨天，這賭錢的黑奴把他兩個裸體的兒子輸掉了，聽了這話，他的心受傷了，他無言，一時樣子很難看，好像有一副担子重壓在他身上他向他的同伴說「我不做一個奴隸但我也不做奴隸的主人！」

沒有說過女人的壞話

林肯對於婦女有高尚的觀念。向來沒有聽他說過女人的壞話，他雖不能完全不和女性來往，但他有純潔的德行，他以爲女人和男人一樣，可以提出離婚，他有公平正當的思想，他的榮譽使他不願破壞婚姻，林肯受過女性的試探，但他一直拒絕婦女的接近，他感覺需要女人，但他生來的品性，關於異性的事容易害羞。他孤獨的時候，却富有詩人的幻想。有一次遠處走來的女人求他修理路上破壞的車輛，他喜歡她們中間年青的一個。等她們走了之後，却想了多時，想出這麼一個不是故事的故事：他牽了他父親的馬追上那輛車子，他勸那女人和他私奔，夜裏，她騎在他的馬上，穿過平原。在一個帳篷裏住下來，他們規定好了，不再私奔，他在勸她的父親，一直到她父親應允這門親事爲止，這個故事他後來告訴過人，林肯的靈性生活的深處蘊藏着一首詩。

他怕女人，見女人就害羞，他成名之後，幾乎每個農夫對他總有一段故事好說，却沒有一個女人提到他，也許他會使異性不喜歡。小時候，他和他的一個異母姊妹，同走在靜寂的樹林裏，她忽然躲在他背後，和他開玩笑，但笨手笨脚的林肯，他身上那柄大斧却把她的脚割破了。

一個被他愛了三年的女子安息和他訂婚了，他二十六歲，比她年輕四歲，訂婚以後是他最快樂的時候。但這情景不過是在快樂境地的一個停留，很快的，他又落在憂鬱中了，夏天的瘧疾很流行，他堅强的身體和這種熱病奮鬥，最後得到勝利，但是却奪去了他所心愛的安息，他很受刺激，他的童年很困苦，缺少快樂，而現在快樂又變成他的夢了，從他的幻想中，他作了一個曲子，要唱給自己聽，他常徘徊在桑加門河旁的樹林裏，一個人自言自語，有時走七英里路到她的墓地去。最後，他接受醫生的勸告，到一個朋友的家裏去住，在那裏，他幫助收割，有一次起暴風雨，他們忽然聽見他喊：「她在那裏孤獨的躺着，我實在不能忍受了，暴風雨不該打在她的墓上！」

他在孤獨的時候，心中起了一種壓抑，所以身邊不敢帶一把小刀。

誤國之咎難辭的重臣

—「日本軍閥禍國秘史」之五

〔日〕田中隆吉 原著　　魯揮戈 譯寫

近衞文麿的受昭和天皇的信任，頗似當年伊藤博文的深受明治天皇之信任。但很多人認爲近衞的識解、才力和大臣的風度等等，都遠遜伊藤；甚且有人譏評近衞只不過是一個因緣時會倖竊盛名大位的公卿而已。我們如果細看近衞在政治上的表現，就會覺得這種譏評並非過苛的。

近衞所說的話，還可以聽聽，但他的行動却優柔寡斷，他所表現於事實的，和他所說的，往往是兩樣事而不相符的。他的政治見解似頗開明，我們也深信他的內心不具有軍閥的思想，可是實際上，却全不是那麼一回事，他的表現，往往與軍閥的言行起共鳴的作用。因之，他雖被人視爲聰明，但實際上，他並不眞聰明，所謂聰明者，也只不過略略懂事而已。而他的這種小聰明和表面的聰明，非但無益無助於他，而且還往往誤了他。

他在政治上可受批評指責的事甚多，現在我只想略舉三兩件事談談，這三兩件事已足可看出他的罪咎之深重。

一九三七年（昭和十二年）的「七七蘆溝橋事件」和「八一三淞滬事件」，終於演成全面而持久的「中國事變」，就是在近衞第一次內閣時發生的。雖說當時軍部專橫氣燄太盛，「中國事變」之起的責任不能歸咎於他，但他身爲首相，備受日皇和元老的信任倚重，又爲全國物望所歸，却絕無一點力量以抑止軍部的瘋狂言行，又無一點點的方法能使「中國事變」限於局部和暫時化，終成燎原之火而不可收拾，他是無論如何不能卸脫責任的。倘將所有咎罪都歸於軍部或其他的人，那麼，國家又何需有綜理國政的內閣總理大臣呢？

近衞在「中國事變」擴大後，曾經昭告於世：「不以蔣介石氏爲談判的對手」，這實在是昧於時勢，闇於識見，純任狂妄驕慢的感情用事的大錯特錯之事。稍後，日本雖然已在表面上或實際上，對於這項公開聲明的政策，作了更改，但大錯業已鑄成。「中國事變」的終於曠日持久而不能解決，近衞的這項聲明，實有極大的關係。

「中國事變」曾經有過多次解決的可能，但不幸都爲反對者所破壞，其中至少有兩次的破壞責任，是該由身爲首相的近衞負起的。在第一次近衞內閣時期，外相宇垣一成大將與英駐日大使克萊琪爵士以及美駐日大使格魯，商談與蔣介石將軍的政府停戰媾和，進行得甚爲順利，大有成功的可能，但却遭到那班青年將校所組織的「皇戰會」之激烈反對。近衞首相爲個人的生命及其政權的命運打算，怕青年軍人重演「二二六慘變」，於是遂命宇垣中止談判，外相得不到首相的支持，又能夠怎樣做呢？只有遵命終止。那次的解決「中國事變」之努力，就此功敗垂成。還有一次是在昭和十五年（一九四〇）秋，由德國外長李賓特洛甫從中斡旋，蔣介石將軍已允在一定的條件下與日本媾和，但近衞首相因爲當時任陸相的東條英機和前首相而時任駐汪政權的大使的阿部信行大將之反對，也拒絕了德國的調停。這使「中國事變」的又一次可能解決之希望打碎，並使德國外長大怒，認爲日本言而無信，從此不願再插手於調停之事。

近衞公是被人認爲政治思想開明，有西方民主氣味的一個人，但他後來却奉東條之命，出而組織所謂「大政翼贊會」（當時軍部解散所有政黨，以「大政翼贊會」爲唯一的政黨。這個組織，全由軍部操縱，受軍部指導，會員全由軍部推薦而當選，其綱領宗旨也全以軍部獨裁的思想爲準則。）。這不止是愚蠢，而且是無恥。

在諸重臣中，近衞公已算是一個出類拔萃的人，尙且如此，我們對於芸芸重臣還能有什麼冀望呢？

× × ×

在近衛第三次內閣，因以東條為首的軍部要求限期結束日美談判，而準備對美作戰所廹而總辭後，日皇命召開重臣會議，推荐新首相。重臣們的內心多數不願見到日本對英美作戰，但在會議中，林銑十郎大將和阿部信行大將，還有一位奉旨列席的木戶宮內府大臣，却推荐力主結束日美談判而對美作戰的東條繼起組閣，其他重臣——除了若槻禮次郎一人反對，而推荐宇垣一成大將外——都以個人的利害為重，而不敢有異議。結果就以東條之名奏請日皇命令組閣。東條是怎樣的一個人？彼時的時機如何？以東條組閣將如何影響邦國命運？林銑十郎和其他重臣們未嘗不淸楚知道，但却以幾乎一致的同意，推荐了東條。重臣們是什麼東西？誤國之罪如何大？單於此一事也可概見了。

×　　×　　×

平沼騏一郎男爵是國粹派的「國本社」的首腦，在日本政壇上一向有很大的潛勢力。山本內閣成立後，即由平沼領導這個國粹派的組織，而在全國各地活動。近衛第一次內閣辭職後（一九三九年一月一日），即由平沼以樞密院議長出而組閣。其人愛憎觀念極强，量狹不能容物，其作風又係十足的官僚典型。他喜弄權術手段，在「大東亞戰爭」末期，他奏荐年老無能的鈴木貫太郎為首相，而自己却因之坐上原日鈴木所坐的樞密院議長之位，其手段確實高妙。鈴木是由他奏荐的，而是當他見到他的一系的勝田未能被鈴木邀入內閣，於是立即搶先聲明，他不擬協助他所推荐的鈴木內閣。他是常常如此迴避責任的。平沼和東條一樣，嘴上總喜歡說自己如何公忠，而其實却最注重擴展個人權利。像他這樣的人，實際存心和行為甚不堪，但却硬要裝成天下道義俱集於他一身的樣子，眞是令人作嘔不止，然而他却是我們的一位「重臣」。

×　　×　　×

小磯國昭也是一位陸軍大將。在敗屆的軍人中，他還算得是一個小小翼翼而不敢為大惡的人。但他的才幹却是令人不敢恭維的。他優柔寡斷，缺乏獨立的思攷能力和堅强的信念。他總是窺伺別人的顏色而行事。他的行事的基則和他對於事物的見解，多是得之於他人，而非基於自己的信念。他的至交二宮重治（按：亦係陸軍中人，曾任文部省大臣等職）在去世前，曾向我批評過小磯，而說：「小磯國昭的人是好的，可惜就是缺少明敏果斷的才識，他在實行某件事時，總是顯得躊躇莫決。」我說：「這或許是因為他過求八面玲瓏，多所顧慮的緣故。」

比起其他的好些曾經任過首相的重臣，小磯國昭尚不失為一個善良的人，但以他的才具而言，却無論如何不是救時的良相。以他的過求八面玲瓏，不願得罪人，而多所顧忌的性格和作風，欲求其在重臣會議中，一士諤諤，肯以國家柱石自任，實是不可能的。

×　　×　　×

鈴木貫太郎海軍大將也頗竊虛譽，被若干人稱為至誠的人。但他自己曾說過，他一介武夫，不懂政治，對於經濟更為門外漢。這雖是他的所謂禮貌性的自謙之詞，但事實上確也如此。

昭和二十年（一九四五）三月下旬，戰爭已發展到了日本必定全盤敗亡的局面，繼東條之任的小磯內閣也終於搖搖欲墜了。我聽說平沼騏一郎準備推荐鈴木組閣，便偕高倉寬成同去鈴木私邸求見。我向鈴木力言，當此國家危急存亡之秋，需要一個眞正有為救時良相，而鈴木決非適宜的人選。我諫勸他切不可慕總理大臣的虛榮而擔組閣大任，應讓更賢能的人出膺斯命；際此一髮千鈞之時，再不能因柄大政者的不適任，而荏苒時日和遺失時機了。我甚至激動地說：「自審對政治外行，而又對救亡濟危全無把握，如果還要硬自出來擔當理大政之任，這不啻是國賊。」當時他也激昂慷慨地說：「我也聽說重臣有意推荐我為下任的首相。這班重臣眞是豈有此理！現今小磯內閣尚存在着，還沒有請辭，重臣們已在準備推荐的工作。這不待陛下垂詢而私議下任總理人選，是擅竊天皇大權，實在要不得。我自度不足膺斯大任，如眞有人推荐我，我決堅辭。」言猶在耳，他却於四月七日奉命組閣了。

四月上旬，小磯內閣總辭後，日皇下諭召開遴選新首相的重臣會議。會議中，各重臣都認為仍以軍人任首相為宜。東條等二三陸軍出身的前首相，提議下任總理應以現役的陸軍軍人擔任，以便領導繼續作戰。而平沼騏一郎則推荐現為樞密院議長的鈴木海軍大將，這獲得了非軍人出身的重臣們之同意。平沼認為鈴木曾任日皇的侍從武官長多年，可能成為最忠實於日皇的意旨和命令的首相。木戶宮內府大臣據此奏復，於是，組閣的大命頒於鈴木了。

當此邦家危急之時（鈴木組閣在四月七日，即日本投降前四個月），把對於政治、經濟完全外行，全無抱負，而又年屆八旬，雙耳已聾的鈴木，送上總理大臣的位子，這班重臣還有一點點顧念邦家存亡之心嗎？

所謂重臣們，都是曾經任過首相的人（宮內府大臣木戶侯爵，雖未任過首相，但因為是輔弼日皇的人，每次重臣會議，又都是由他負責上情下宣和下情上達，所以，他都列席參加，而且他的意見，往往起着決定作用，可是，他也經常唯知仰軍部鼻息和為一己利害打算。）。在任首相時，多已有虧職任，甚或大大禍國；而在首相卸任後取得重臣資格時，又多表現為迴避責任和貽誤君國。所以，日本落得今日敗降的局面，重臣們的罪責也是殊不下於軍閥的。（續完）

前塵夢影錄

陳彬龢

我和徐采丞

徐采丞，名錫章，江蘇無錫人。戰前他在上海商場，僅爲二三流的脚色，他的出身是一箇小洋行（德國人開的）的買辦，爲了事務，會去過歐洲，後來由史量才的支持，從中南銀行取得貸欵，創辦民生紗廠，規模不大，亦曇花一現，八一三滬戰前卽已倒閉。在表面上他躋擠在富商一起，其實早已外强中乾。戰時他與日方傾心往來，其動機卽在於此，對準經濟，打開出路。

民生紗廠設於曹家渡，他爲應付工人及該地段的流氓地痞，最初巴結張嘯林，年節送禮，單說洋酒香烟，便需小汽車裝運，其他可知。及史量才遇害，張嘯林的聲勢漸遜，而杜月笙則一枝獨秀，他乃以事張嘯林轉事杜月笙，抗戰期中，表現尤著。杜月笙的跟前不少的此類人，初以閒客視之，等到前萬墨林由他營救脫險後，才覺得此人有可用之處，便引爲助手。

那些年間，對外自稱杜月笙代表的大有其人，杜不否認，亦不承認。事實上這些人也非假冒，因杜經手的事太多，張三李四因以代表自居，似亦說得過去，徐采丞的代表名義，卽在此一情形下產生，惟利用杜名，做出偌大市面者，當時實以徐采丞爲翹楚。

抗戰勝利後，重慶來滬的文武百官，多託杜月笙代找房子。杜月笙明白代找是假，類送是眞，他本身是從重慶來的，腰板極硬，任何竹槓敲不到他，原可拒絕。但爲表示上海地面依舊由他一把抓，別人辦不通的他可以辦通，滿口應承，絕不還價，一面卽責成徐采丞代辦，要快要好。其時上海房荒，極着嚴重，所要的房子又須配合其人身分，或爲花園洋房，或爲幾間頭的公寓，決非石庫門的弄堂房子所能敷衍。這題目是太難了，却難不倒徐采丞，因祂從民華公司賺進的黃金美鈔中，拔出一毛，移充頂費（在上海向人挖房子所需付出的黃金），已足應付有餘，使人皆大歡喜。杜月笙所以點中他者，亦正因他吃得太飽之故。單說此點，可見他所利用的代表名義，事後還是付出相當代價的。反轉來說，這宗金錢並非白費，徐采丞由此認識一般國民黨官員，恰能於其漢奸行爲起着包庇的作用。

當時杜月笙的處境頗爲尷尬，他的門徒，當令的上海副市長吳紹澍和他處在敵對的地位，倡言打倒惡勢力，口誅筆伐，節節進逼。據說吳是奉命辦理，肅清流氓勢力，使上海成爲國民黨獨吞的肥肉。背景强大，杜殊惶悚。不意經時未久，吳忽垮台，本兼各職，先後削去，杜則安然如故，仍爲上海聞人。此中原因，盛傳是因戴笠向蔣介石進言，指出日本雖已投降，共產黨尙未撲滅，以往淸共，杜月笙不無微勞，此後局面，對黑社會必須合作，剪除羽翼，今非其時。又戴吳之間，因接收敵僞產業，權利時有衝突，吳後出言不遜，故戴亦以倒吳爲快，當提出邵式軍太太的控訴書，指證吳在接收混亂期間，確有中飽情節。蔣介石經此膚受之愬，乃變更原定計劃，保全杜月笙，而將吳紹澍踢走，徐采丞躱在後面卽爲倒吳要角之一。事因邵式軍的太太，已是犯婦身份，絕對無此胆量敢向副市長太歲頭上動土，其中出主意，寫狀紙，拍胸壯胆，嗾使她出面控告，卽全由徐采丞等一手包辦。這又是他在勝利後幹得最得意而又最精采的一幕。

解放後，徐采丞先於一九四九年來港，一九五〇年回滬。後於一九五一年來港，一九五六年在港自殺身故。兩年之中，一再跋涉，第一次卽爲企圖遂其故技而來，妄想再與日本進行物資交換。他原來的計劃，預定在北京香港各設公司，聯繫轉運。北京公司資本人民幣二十億，由黃炎培出面，王艮仲等爲業務負責人，香港公司由杜月笙出面，資本由一花紗界人士籌墊，業務歸他處理。惟關鍵所在，須先與日方商訂合約，公司方能正式建立，其時他會向我探詢坂田近況，我告以此人聞因走私，為美軍所逮捕，正在獄中。後悉黃炎培等以供職政府而參加商業，大受批評；杜月笙因喘症纏身，一切不感興趣，以致公司成立，遙遙無期。最後消息相傳日港交通恢復後，日方亦正有人探訪他的行踪、追究日俘遣返前交他窩藏的美金二百萬元，而國內的三反五反又正密鑼緊鼓，以致滿盤計劃，胎死腹中。

以此之故，他始以計劃對日交換物資而來，終則變為香港寓公，長期居住。又因考驗，國門雖近，此生恐無歸期，於是索性轉過頭來，以金錢與國民黨的過氣人物勾搭。

他的自殺，聞為精神病所致，這是可以相信的，觀於上文其機心毒手，可見一般，如是猶欲維持精神上的平衡，自屬無此可能了。

現在談談我和他一九四二至四五年在上海一個時期的暗鬥。

一九四二年我由港回到上海，他忽不速而來，以懇摯的語調，道出來意。他說：「局面太壞，不是做事的時會，你千萬動不得。如有緩急之處，儘管開口，你我好說。」交淺言深，頗感突然，我一面謝謝他的好意，一面卻表白我的性情，一箇好動的人是不樂於拘束的。時局雖壞，未必社會事業也不好辦。最後給他頂上一句：「儘管放心，我決不會參加汪政權。」

過此不久，「申報」由我接辦的消息傳出了，他又跑來看我，勸我千萬管不得。這回我是開門見山地拒絕接受，非管不可。理由很簡單，我不管，有人搶着管，與其由生人管，不如由我熟人管。最後給他一句安心話：「史先生是老東家，我敢保證，不會損害史家一草一木。」

當時他在上海，的確是靜安寺路日本陸軍部（特務機關）的「上賓」。他的唯一靠山就是川本部長與坂田，他們真正做到了「中日一體」。徐在日本陸軍部權力範圍之內，可以隨心所欲，說到辦到。正因為他與日本特務機關的關係密切，又很容易和日本憲兵隊打交道，特別與舊法租界貝當路憲兵隊打成一片。他可以嗾使憲兵隊隨意捉人，也有面子隨意保人。因此，當時上海一些正當人士對他都有戒心，同時一些壞人都想巴結他，走他的門路。他賣面子向日本憲兵隊保釋任何人，並不是無條件的。條件對，就肯保；條件不對，托病不理。他還有一種別人辦不到的本領，他可以獲得一般市民當時受配給限制的大量日常食品，以及大量囤積的舶來品烟，酒 牛油等等。一到年節，分贈老友。

我初回上海時，對日本軍人一個不相識，只認識幾位在京滬的日本外交界老朋友，向憲兵部隊保人，跟我一樣毫無辦法。直到我接辦申報後，在報上不斷攻擊日軍部的統制經濟政策，當時駐滬的日軍登部隊派高級主管人員來找我。初則彼此激辯，各不相讓；日久交了朋友，地方上一切難題都有商量餘地了。

我就乘此機會，交給下級主管軍官。主要目的，希望亦能向憲兵隊保人；因為憲兵隊是歸登部隊所管屬。不久給我達到目的了，由登部隊把我介紹給憲兵隊負責人。當時我的身份十分自由，上可以和將官往來，下可與尉官班長等稱兄道弟。我又不肯花錢，大約從一九四三年下半年起，向憲兵隊保人的路子走通了。那時，我又向憲兵隊再三交涉，懲罰過幾個在懲兵隊中無惡不作的翻譯。

我在報館辦公時間，無論識與不識，白天或晚上，來要求向憲兵隊保人，我就馬上照辦。我記得有一位編地圖專家蘇甲榮先生，他和陳公博是北大同學，犯了愛國嫌疑，為憲兵隊拘捕已經很久，我會費了不少力氣，才營救出來。可惜出來不久，他就逝世，實因在獄中受傷過重之故。

一九四三年春，我應邀從東京開會回來，駐滬日本海軍武官府近藤少將約我往談。我到達後，近藤遞給我一份公文看。那是由上海日本陸軍部送來的，川本署名。文中指出我的活動背景為蘇北新四軍，請予澈查云云。因申報所在地為日本海軍管轄區，陸軍部無權過問，故不能直接行動。我不防有此等事，頗感突然。近藤肅然無聲，表示等待回話，氣氛倍見沉重。我懍然於安危決於呼吸之間。力求鎮靜，又須立刻答覆，能使近藤滿意。幸虧機智敏捷，在交回公文時我坦然向近藤說：「這回我去東京，參謀部高級幕僚會一再要求，幫忙進行全面和平，授權我和蘇北接觸，重慶亦可。不過我自問無此資格，還沒有接觸過，以後如何，我會隨時奉告。」近藤聽罷，面部緊張隨而鬆弛，轉詢東京近情，這件熱辣辣的事，就由我的三言兩語把它打回去了。然而誰在和我開這個玩笑呢？百思莫解。半年後，登部隊一個參謀植田告訴我，這是出於徐采丞的鬼計，假手川本，企圖把我打倒。

由此我將他前此兩次過訪的經過，連系起來，參前想後，得出一個結論！他所以下此毒手者，飢因我不肯聽話，要我「領教」之故。

我的本心，一向喜歡社會活動，不愛靜居。他想來控制我，當然辦不到的。正因為我比他精力充沛、坦白，活動力強。他終年病態，獨居暗室，所以他和我交手，他是必敗無疑。其後他見撼我不動，怕我報復，逢年逢節，都有名貴禮品送來。其實，大家墮落到此地步，還談什麼恩恩怨怨呢。

「皇二子」袁克文

陶拙庵

刊廣告徵求玩物

克文愛貓狗，有一次他的愛貓病了，登報徵求藥方云：「家育狸奴一，已十年矣，日隨臥起，能窺人意，比忽苦目流水，色紫如血，而凝如珠，不佞不知醫術，敢乞善育貓者，能惠方愈之，當厚酬無吝。」有一次登報徵狗：「予夫婦皆愛狗，而予尤喜其小者，前歲曾登報訪求，笛工程桂生引一鬻狗者來，袖藏兩小狗，毛色如一，長僅五寸弱，予時正入寢，傭婦忘言之，此狗遂為他人所得。予至今戚戚憾焉。如海上人士，有以此類小狗見讓者，除酬厚值外，更以拙書聯屏為報。今予豢二雛狗，長五寸强，一金黑，一黑白相連，日日躬為洗浴，頗以為樂。惟恐漸長漸大，不如生成小獅子狗之怡人也。」他自滬返津，把所蓄貓狗，帶回津寓。又在「晶報」上登一書畫易物廣告：「凡讀本報者，不必現金易書畫，祇以下列各品相易可也。一、郵票奇品；二、北京種極小獅子巴兒狗；三、古泉；四、裸體照片；五、關於金銀貨幣及郵票之英文書報及明信片。」

他又喜玩牌，且帶些研究性質，有一次，登報徵求紙牌：「不佞前作『雀譜』，未竟而輟，屢欲續之，輒以事阻。今擬專事足成，譜後并附『詳考』一篇，厥考必廣求物證，博采衆言而後始可作也，茲已求得明馬吊一具，凡四十張。原牌為貴池劉氏所藏。公魯影印見惠者，此即雀牌之本源。如有以各省縣之紙牌，無論何種見寄者，每副酬例如下：(甲)十元至二十元(必清光緒以前所製，而有年號印記可考者，或係明末清初古舊之物亦可)；(乙)五元至十元(精美或古雅者)；(丙)一元至五元(畧佳而完美如新者)；(丁)一元(尋常之牌可留者)。污損不全者俱不收。新製重樣者，先到者留，後到者寄還。古製及精美者，先後到俱酬值，如有寄惠佳者，加索不佞書件，亦可報命。如有以明馬吊牌原牌見讓者，至少酬四十元，並加贈精寫書件。如有以古製竹骨象牙之牌見惠者，酬值尤從優。厥譜編成後，由『晶報』館專刊成書，並將各種紙牌逐式影印，附於考後。凡寄牌者，另各贈『雀譜』一冊，多索數冊亦可，如有以『雀牌考』見示者，酬例如下：(甲)每篇五元(須詳明確實)；(乙)每篇贈二元價值之書一冊；(丙)酬『雀譜』一冊。乙甲各加贈『雀譜』一冊。此啓。」附告：「明馬吊牌有二十萬貫至萬萬貫諸牌，全副共四十張」，可是後來晶報館沒有印行該書。另一小告白：「崑山及駟馬橋人士公鑒：馬吊牌又曰葉子，又曰馬掉脚，脚或誤為角，始作於崑山，既暢行樣駟馬橋。二處人士如藏有此牌，可以見讓者，當按前例厚酬，牌可由郵局快班寄下，無論先到後到，一律有贈。」

著名的一首詩

克文最膾炙人口的詩要推：「絕憐高處多風雨，莫到瓊樓最上層」那一首了，但誰也記不得全詩。三四十年前周瘦鵑知道我寫袁克文往事，便把它載在「紫蘭花片」中的「歷史中有位置的一首詩」全文見寄，原原本本，這是很珍貴的資料，現在把它錄在下面：「『星期』周刊中的健將畢倚虹做得一手好小說，這回他從西子湖邊趕來順便要見見寒雲，寒雲也很要見見他，便推我做了個介紹人，同着倚虹上寒廬去，兩下裏一見如故，促膝深談，倚虹忽聽寒雲說：「你有一首詩，將來在歷史中有位置，就是民國四年份，反對洪憲帝制而作的，」寒雲道：『不錯，當時曾有這麼一首詩，可惜我不留稿，又是健忘，如今竟想不出說些甚麼話了。』那時我在旁沈吟了一下，只記『莫到瓊樓最上層』一句，任是用了九牛二虎之力，再也記不起第二句來，昨天偶翻舊報，却翻見了這首詩，即忙錄在下邊。詩題叫做『分明』，那詩道：『乍着微棉強自勝，陰晴向晚未分明，南回寒雁淹孤月（克文南遊一次），東去驕風黯九城（指日本交涉），隙駒留身爭一瞬，蛩聲催夢欲三更。絕憐高處多風雨，莫到瓊樓最上層』。看到末二句，便明明說皇帝是做不得的。孫伯蘭也就根據了這首詩，宣言反對說：「一項城的次子克文，也不贊成帝制，何況別人。』那時正在帝制運動極熱烈的時代，寒雲做這首詩，自有莫大價值，倚虹說：「將來歷史中有位置，』可不是過甚其辭呢！」

克文和畢倚虹交誼是較厚的，他和畢家有親戚關係，可是他們兩人慕名而不相識，直至後來，由瘦鵑介紹才得握手，倚虹作「人間地獄」說部，克文撰了篇序文，并有附錄，述及彼此的關係，如云：「如世爲小說家言者衆矣，坊肆之間，汗牛充棟，其能與古人相頡頏者，鮮有見焉，昔予讀春明逐客所撰之『十年回首』一書，輒歎爲非近代所易有，而嚮往其人，後於海上，與逐客以文字相過從，始知逐客，即予十五年前故人畢逐庵先生之哲嗣，親家方地山師之袁甥、合肥李伯行太姻丈之外孫婿也，姻誼淵源，交益親密。比者，逐客又草兩說部，一曰『人間地獄』，多述其經行事，間及交遊嘉話，其結構衍叙，有『儒林外史』、『品花寶鑑』、『紅樓夢』、『花月痕』四書之長。一曰『黑暗上海』，則是海上近時之罪惡史也，而與李伯元之『官場現形記』、吳趼人之『二十年目睹之怪現狀』並傳，視之『十年回首』益精健矣。……』都是推崇備至，而不免過火的。克文撰有一聯贈倚虹：「山色湖光雜几席，瓊思瑰藻納心胸。」且爲倚虹題「[illegible]泉鑑影圖。」及倚虹死，克文在津哭之以詩，有「太息江都真慧語，不才乃得永天年」之句，原來江都方地山有是詩，倚虹祗三十五歲，也是不永年的。克文日記中載着：「得海上人書，悲悉倚虹病歿，挽之曰：『地獄人間，孰能賡述？論當世才名，自有文章不朽，桃花潭水，君獨深情，念西風夜驛，空教涕淚長揮。』上聯指所作『人間地獄』小說，下聯謂予前歲北來，君送別車驛，欲伴予渡江，再三謝阻始罷，不期自茲遂不復相見矣，傷哉！按「人間地獄」倚虹所撰者六冊，後由包天笑賡續二冊。

克文津寓在地緯路六號，但他却喜歡住在國民飯店，開着長房間，朋友找他，大都到飯店相晤，地緯路的寓所，由他的母親（不是親生的）和夫人梅真住着，他有時候回家，一探母親和他的夫人，家人待之如賓客，探視畢即行，仍赴國民飯店。有一年的大除夕，他忽然大哭，謂「既不得於父兄，又不得於妻子，家庭骨肉之間，有難言之痛。」究竟是怎麼一回事，外人就無從探悉了。

劍影樓回憶錄

天笑

我的拜年

關於我在兒童時代，新年裏拜年的事，我得略說一說：

向來新年裏拜年，是父親去的。我們的親戚很多，加上父親的朋友，每次拜年，也近百來家。蘇州人向來是工於應酬，人家既然來拜了，你怎可以不去回拜呢？坐轎子，具衣冠，要兩天工夫。商業中人，這幾天裏還要理理賬，而他又素性疏放，視拜年爲畏途。在我九歲的一年，父親主張明年新春，自他已不出去拜年，要教我去了。他說借此也可以學學禮貌上的一切。

於是把向來拜年的人家，改編了一下。有幾家，不來回拜的，就不必去了。有幾家，是父親的朋友，比較疏遠的，可以不去了。有幾家，本是老親，幾乎相見不相識了。有幾家、已遷居了，也不知道他們的新地址。就剩幾家至親好友，是非去不可的，於是刪繁就簡，僅存五十家左右，那末坐一天轎子，也可以趕完了。

對於出去拜年，我倒並不畏懼，我從小就不怕生，平日親戚人家有慶弔事，我居然也去應酬，並不怯場。並且新年裏有人到家中拜年，父親老不在家，但是我去陪客。不過我有一個要求，出去拜年，要像大人一樣，穿了衣冠，不能再作小孩子的打扮。因爲我看見也有幾個小孩子，到我家來拜年，是穿了似大人一般的衣冠的，我很有點羨慕他們。

家中人曲徇我意，取出了父親一件灰鼠馬褂來，這件馬褂又長又大，父親本不愛穿，改縫了一件小的灰鼠外套，那正合式。外套裏面的袍子，我本來有的，不必穿箭衣了。特爲定製了一頂小頭寸的暖帽，上面還裝了一個水晶頂珠（本來水晶頂珠是五品官職，但小孩子是隨便的）。脚上鞋子也可以了，但是我堅持了穿一雙靴，我覺得穿了靴，氣派得多，並且靴底厚，人也可以見得高一點。父親不得已，便給我去定了一雙靴。

轎班在隔年就定下來了，大除夕，轎班來取年賞，祖母就關照他了：「明年是我們小少爺出去拜年了，只要年初一一天。一肩藍呢轎，三名轎夫，一天裏五十餘家都要拜完。」我們的轎班頭，名叫阿松，聽了很高興。第一，因為小少爺身體輕，抬了毫不費力。第二，一路上抬了轎子，先到那家，後到那家，全由他們支配作主。

但是有兩處，卻得預先規定，不得更改的，乃是到史家巷吳宅吃午飯，到桃花塢吳宅吃晚點。史家巷吳宅，便是我的外祖家，父親每年出去拜年，也是如此的。這種常年老規矩，轎班們早已記得的，而且史家巷吳老爺那裏吃飯，他們最願意，因為外祖父待下人極寬厚，轎班們不但給了他們轎飯錢，而且還款待他們酒飯，他們又何樂而不為呢？

那天我吃了早餐，八點鐘就出門了，把那一張拜年單子，給轎班頭看了，他們會排定了路由。在那個城圈子裏，分定了東南西北，使他不跑冤枉路。城外的親戚，我們極少，即有一二，也不擠在這一日去拜年。轎班的意思，要儘一個上午，拜去三十多家，然後到史家巷吳宅吃飯。吃過飯後，再拜一二十家，然後到桃花塢吳宅吃點心，吃了點心，便可以回去了。

因此出門時，先到胥門、盤門，後到葑門、婁門，盤、婁兩門較冷落，我們親友也少，再由城中心到史家巷，差不多也有三十家人家了。吃過飯後，再由城中心到齊門、閶門、約摸二十家人家，到桃花塢吃點心，也就正好。因為轎子輕，他們抬得飛快，在下午從吾外祖家出來，他們喝飽了一點老酒，脚裏更有了一點勁，轎子正像飛的一般。

有幾家疏遠的親友，轎子到了門口，他們擋了駕，說主人不在家。既然擋駕，就不必下轎了，可是那些轎夫，不管三七廿一，卻把轎子抬進門去停下。轎子停下，我只得出轎了，原來我不出轎，他們拿不到轎封，那些人家的擋駕，也是不願出轎封。總之這一天，我不能自主，完全聽命於這幾個轎夫了。直到如今，社會上流行一句俗語，叫做「被人抬了轎子」，只怕就是這種情景了。

到了一家人家，有的獻了茶，說主人不在家。有的主人明明在家，也說不在家，他們看見拜年的是個小孩子，誰高興和你周旋呢？這就使轎夫們很願意，可以馬上就走。但到幾家親戚人家，可以直入內室的，有些太太奶奶們喜歡小孩子的，便要裝出果盤來，問長問短，十分親熱。這一來，可要躭擱許多工夫，那時轎夫就要着急，傳進話來催請，吵着：「來不及了，還有好多人家呢。」

這個拜年，蟬聯了幾年，直到父親故世以後，我在居喪時期，不出去拜年。到後來更覺得拜年毫無意義，對此頗生厭倦。不過有幾家至親，奉了祖母和母親之命，新年裏還是要去拜年的。還有的他們既然先來拜了，禮尚往來，也是不能不去回拜的，那就不坐轎子，安步當車了。

自桃花塢至文衙弄

在桃花塢住了約有三年多光景，我們又還居到了文衙弄。這個地方是有一個古跡，乃是明代的文徵明，曾住在這條巷裏。文徵明的故宅，就是我們所住的那座房子的貼鄰，現在已改成為七襄公所了。因為文家住在那裏，這條巷便稱為文衙弄。我起初以為凡是官署，方可以當得一個衙字，因此那種官廳，都稱之為衙門。誰知從前卻不然，凡是一個大宅子，都可以稱之為衙。蘇州有許多巷名，都有衙字，像「申衙前」「包衙前」「謝衙前」「嚴衙前」等都是。想當初必定是姓申、姓包、姓謝、姓嚴的，在這裏建築了一所巨邸，因此就成了這個巷名了。

這個七襄公所是什麼機構呢？原來是蘇州綢緞業的一個公所。從前沒有什麼同業公會那種團體，可是每一業也有一業的公所，是他們集資建築，組織也很完密。即使是極小一個行業，他們也有公所，何況綢緞業，在蘇州是一個大行業呢？從前中國絲織物的出品，以蘇、杭為巨擘，行銷全國，機匠成千家，有綢緞莊，有紗緞莊，分門別類。這個七襄公所，就是綢緞業的公所，七襄這個古典名詞，就由此而來的。

文徵明的故宅，怎麼變成了七襄公所，這一段歷史，我未考據。大概是在太平之戰以後的事，因為裏面的房子，都是新修葺的。裏面卻有一座小花園，有亭台花木，有一個不小的荷花池，還有一座華麗的四面廳。因為我們住在貼鄰，又和七襄公所的看門人認識，他放我們小孩子進去游玩。除了四面廳平時鎖起來，怕弄壞了裏要的古董陳設，其餘花園各處，儘我們亂跑。

七襄公所有兩個時期是開放的，便是六月裏的打醮，與七月裏的七夕那一天，致祭織女。打醮是大規模的，幾十個道士，三個法師，四個法官，一切的法器、法樂，都要陳列出來，這個道場，至少要三天，有時甚至五天，七天。裏要還有一座關帝殿，威靈顯赫。七夕那天致祭織女，在初六夜裏就舉行了，拼合了幾張大方桌，供了許多時花鮮果，並有許多古玩之類，甚為雅緻。織女並沒有塑像，我記得好像有一個畫軸，畫了個織女在雲路之中，衣袂飄揚，那天便掛出來了。這一天，常有文人墨客，邀集幾位曲友，在那裏開了曲會的。

洪憲紀事詩本事簿注

劉成禺 遺著

冠履分藩拜命歸，諸王何事賜戎衣；師承歐制兵天下，胡服吳鈎金帶圍。

世凱銳意稱帝，本由德皇威廉之慫恿。民初克定赴德，大日耳曼皇帝威廉第二賜宴便殿，力陳中國非帝制不能圖强，諭克定詳告世凱，德誓以全力贊助。威廉又親書公翰，密貽世凱。克定悍然主張，恃有强援也。帝制議起，德正强横，大有席捲全歐之勢。世凱更傾心德制，諭藍某日進德皇威廉本紀一紙；又諭嚴復日譯歐洲戰紀，關于德方戰畧詳細錄呈，編入「居仁日記」。建國制度，以德爲師。先由家庭改革，教導諸子。製德國親王陸軍服制；分賜克定以次有差。雄袖佩劍，金帶黃綬，戎衣革履，肩章三星。左肘耽耽挾垂，則大將參謀帶也。兄弟排立，映像一幅。當時北京照相館，咸懸掛窗壁以爲榮。又諭諸子罷習英文，專習德文。聘出蔭昌爲德語師傅。留德陸軍學生，特拔入軍官警衛團。都中揣摩風氣者，皆易八字鬚爲牛角式，效威廉風也。濮伯欣新華打油詩曰：「歐戰經年勝負分，家庭教育變方針；果然今上知時務，不愛英文愛德文。」（錄後孫公園雜錄）

遜伯注：嚴復，字又陵，又字幾道，福建閩縣人。清末，留英習海軍。歸國後，署任差事，旋從事譯著，介紹西方學術。晚年爲袁世凱帝制幫兇，籌安會六君子之一。

講經別會定南池，一卷楞嚴報主知；說到波斯亡國事，城東黑夜走禪師。

籌安會立，楊度、劉師培，以儒教爲經，迎衍聖公孔令貽入京，嚴復以通西學爲望，張勳又有荐張天師朝見之舉。某某則奏進天方教爲宗，孫毓筠自名航精佛典，乃倡議迎名僧月霞、諦閑來京講楞嚴經，恭頌政教齊鳴之盛。月霞，湖北黃岡人，安慶迎江寺方丈。諦閑、浙江人，寧波觀宗寺方丈。撥款十萬，講經一月，以順治門大街江西會館爲正會場，以南池子某地爲別會法壇，以孫少侯住宅城東錫拉胡同爲兩師靜坐禪堂，聽者日數百人。皇子以降，列坐持戒。一日，月霞升座說法，反覆講慾念一章。其詞曰：「萬事皆起於慾，萬事亦敗於慾。至人無慾，能通佛路。達人去慾，乃獲厚福。常人多慾，一切百業，縱因慾興，亦因慾敗。事成知足，而能去慾者，鮮矣。天道之盈虧有定，人生之慾望無窮。當日波斯國王，征服鄰近諸國，身爲皇帝，仍窮兵黷武，欲使世界無一存在之國，一旦事敗，內憂外患叠起，國破而身亦隨亡，足見慾望者爲敗事之媒。是以君子務愼慾也。曠觀世界歷史人物，作小官者，欲爲大官，作大官者，欲爲宰相，得作宰相，欲爲皇帝，既作皇帝，又欲長生不老，求仙尋佛，以符其萬萬歲之尊號，皆慾念二字誤之也，」云云。當時帝制諸臣，聽者頗衆，皆謂湖北老禿，可惡已極，藉口說法，譏詆當今。羣語少侯，此後不准月霞說法，勒令離京。而段芝貴等更爲憤激，商派步軍統領派兵捕往軍政執法處。少侯乃夤夜送月霞往豐台，上車赴滬。此段和尚公案，遂告了結。留諦閑在京講完楞嚴全部，飭返寧波。京師爲諺語云：「皇帝做不成了，和尚也跑了。」如月霞者，亦豪傑僧也。（錄後孫公園雜錄）

遜伯注：劉師培，又名劉光漢，字申叔，別署韋裔、豕常之裔。江蘇儀徵人。清末舉人。投機參加革命，在滬與鄧實、黃節等提倡民族主義。旋投滿吏端方作奸細，陷害同志。民國成立不久，任北京大學文科教授。袁世凱叛國，參加籌安會，鼓吹帝制。

衍聖公，孔仲尼後裔之封號，始於宋朝至和二年，以後相沿不改。民國廿四年（一九三五年），國府令以孔子嫡系後裔孫爲「大成至聖先師奉祀官」，遂廢衍聖公之稱。天方教，天方，國名，即阿拉伯。其國崇奉回教，故回教亦稱天方教。孫毓筠，字少侯，安徽壽縣人。清末，曾加入同盟會。民國成立之後，叛變投袁，勸進帝制，爲籌安會六君子之一。波斯國，一九三五年改名伊朗。

翟服羞披御禮堂，朝天外戚重椒房；宮庭未起新儀注，皇后祥呼不敢當。

洪憲元旦，官眷各御命婦制服，入宮行朝賀禮。孫寶琦夫人，宮中稱爲親家太太者，朝見皇后，位尊領班。內禮官女長官女官，整齊儀注，左右分行，排列禮堂，導皇后升堂行禮。女官奉皇后入，官眷肅立。宣稱請皇后升中位御座，受賀王禮。皇后曰：「親家太太，各位太太，皇后不敢當，不必行禮。」羣曰：「請皇后正位，」女官四人，扶持皇后，端拱御座。孫寶琦夫人率各官眷，伏地行九拜跪。皇后欲起立曰：「皇后不敢當。」亟還禮，女官復夾持之曰：「皇后坐而受賀，禮也。」皇后身不敢動，面紅耳赤，吃吃大笑不止。女官又曰：「皇后必恭拱受禮。」禮畢，皇后退座，語孫寶琦夫人曰：「謝謝各位太太，做了皇后，連還禮都不能，眞是不敢當也。」賀后禮成，孫寶琦夫人，又請朝賀皇帝。皇后曰：「皇帝也不敢當，不必行禮。」翌日，不敢當新語，艷傳都下。按皇后爲克定生母，人極長厚，長居彰德。洪憲登極，元旦受賀，乃於十二月二十日，克定克良，專車赴彰德，禮迎入新華宮，正皇后位。故其舉動，尚帶大家鄉味，未習宮廷母儀也。（錄後孫公園雜錄）

洪憲敗亡，先總理中山先生，同日返滬，開大會於尚賢堂。先生演說曰：「吾人革命，對於國故，尚多外行之事，理所固然。即如袁世凱登極，其皇后受官眷朝賀，聲聲不敢當，豈有皇帝皇后受臣下跪拜而言不敢當者！足見袁家雖世代簪纓，身居帝位，亦是外行。吾願革命黨人，屈聞國政，不作外行之事，如洪憲皇后爲不敢當語也。」（成禺恭錄）

遜伯注：孫寶琦，字慕韓，浙江錢塘（杭縣）人，其父孫詒經，咸豐十年恩科進士，官至戶部左侍郎。寶琦出身蔭生爲部曹，光緒年間，先後任駐法德等國大臣，歸國後，辛亥革命前夕，任山東巡撫。與汪大燮爲清末民初浙江籍外交界前輩。其女二，一爲慶親王奕劻次子之妻，一爲袁世凱第七子克齊之妻。基於兒女親家關係，得有奧援，官運亨通。入民國，歷任外交總長、稅務督辦，國務總理等職。皇后，指袁世凱正室于氏。于爲河南沈丘縣人，比世凱大二歲。結婚後，與其姑住在家鄉，只生克定一人。世凱死後三年，逝世於天津，年六十三。尚賢堂，爲美國長老會傳教士李佳白（一八五七至一八二一）聯合各教學設名義，在上海霞飛路（今名淮海中路尚賢坊）建築尚賢堂，出版書報，公開演講，內有禮堂，出租與外界集會之用。

榕城師傅清流尾，掌領詩壇尚典型；三月不嘗留故禁，只稱當局事零星。

陳伯潛（寶琛）碩學清望，名節文章，均足爲一代人文師表，不僅爲師傅溥儀，具大臣進退風度也。民元，鄂禮延樊樊山爲湖北民政長，迎使載途。樊樊山嘗置酒滬寓，邀談同光軼事。樊山曰：「一日越縵先生語予云：今年青牛當運，春牛全身皆青。青牛者，清流之代語也。高陽李蘭蓀爲青牛頭；領上二角，用以觸人，則南皮張香濤、豐潤張幼樵也。山東王懿榮，宗室盛昱，讀書盡力，可謂青牛肚子。他若青牛毛皮，其細已甚，不知凡幾。以南人而依附北派清流，左右朝政者，只閩縣陳伯潛一人，可錫嘉名曰青牛尾。又曰，當時北人知名朝士，目黨清流，結納聲氣，大張北幟，震懾內外。幼樵事敗，伯潛放歸，從此朝官無敢復爲大言者。予問牛鞭爲何人。樊山笑曰：有亦難名，否則江山船案，何敢自行檢舉也。」清室既覆，世續，徐世昌嘗理清室，伯潛與梁節菴（鼎芬）爲師傅。世昌相袁，伯潛以師傅兼理清室，南北壇坫，奉爲泰斗。光宣詩壇點將錄，上敬稱而次伯潛，似疑失置。帝制議起，清室惶惶，伯潛鞠躬盡瘁，內宿禁中數月，未嘗一問家事，都人播爲美談，人問當局有何事與清室交涉，只言零星小件，無關大體耳。

張謇日記鈔（十）

張謇遺著

五月

五日。莘耘觀察招同叔氏午飯。
八日。黃榜團拜。
九日。得家訊，大人命叔兄歸理報事。
十日。見唐椿卿師，氣概俊爽，議論甚多。
十二日。叔兄治裝，有與東甫訊，綏庭、宜民、畏皇、枚臣、敬夫，烟丈訊。
十三日。叔兄已刻行。得旅順張仲明，朱仲雅訊。
十四日。拜客。擬自每日七點鐘出門，十二點鐘歸，飯後爲人寫字。
十八日。復仲明（按：旁注「有聯」字樣，蓋贈以所書聯也），仲雅訊。得彥升（伯言）與叔兄訊。得叔兄訊。
二十一日。公請房師，假坐嵩雲草堂。
二十五日。生日。得君謀訊。
二十六日。得延卿訊。
二十七日。龔齊衡，張善鐸有與叔兄訊。
二十八日。詣吏部，翰林院聽宣。到衙門，壬辰留館編、檢並預。得烟丈訊。
二十九日。聞朝鮮事大棘。復呂秋樵訊。得方銘山訊。

六月

一日。謁分敎庶吉士馮修盦侍講。
二日。嘉禾有與叔兄訊。
六日。聞朝鮮事，言人人殊。上常熟師書。
七日。爲叔衡擬歷代邊事類目。
八日。得仲雅訊，兼館已成，曼君妻子無憂矣，爲之大慰。與叔兄訊。
九日。大敎習到任，詣翰林院上書，沿明故事也。以上皆違陰。
十日。得惲仲謹與叔兄訊。爲蕭小虞擬條陳東事疏。
十一日。謁閣師，敎習師。詣意園，與叔衡共談。道路泥淖，深者逾尺，穢臭益不可當。
十二日。得蓦馨瑞州訊（與叔兄），肯堂天津訊。
十三日。上常熟書。
十五日。得叔兄訊，知歸直大風，受暑病痢，宜來訊之遲也。
十六日。寫叔兄訊，有謝知州汪訊。與仲明訊。
十七日。上常熟書。
十八日。作水合銘：「虛其中，澹無滓，左之左之君子宜；右之右之君子有。」
二十一日。詣常熟師。
二十二日。復溥侍郎訊。
二十三日。復顧子鵬吉林訊。與仲明訊。
二十四日。大課「仁壽鏡賦」，以仁壽之字，昭然可觀爲韻。「衆仙同日詠霓裳」詩，得「仙」字。
二十六日。知刻詣太保殿恭行朝賀禮。晤叔衡、止潛、仲弢，知中國兵東渡爲日突擊，壞二船。（按：「太保殿」或太和殿筆誤。）
二十七日。上常熟書。晤子培、仲弢、叔衡。作大課賦。
二十八日。上常熟書。謄大課卷。
二十九日。與叔兄訊。

七月

一日。兒聲罪日本上諭。寫字一日。晤陸春江元鼎，江蘇候補道，故浮知縣也。
二日。上常熟書。顧丈調令醴泉，政聲益盛，明年六十生日，聘耆同年旣令以小文爲壽，卿里官京曹者，約更爲詩：「喜聞茂宰是神君，不止儒林號文人。遠韻高情隨地見；佳篇美政逐年新。歸縣十載期松菊；才剸諸郎足鳳麟。早晚漢廷召黃霸，巨觥請酌醴泉春。」
三日。作試帖。
四日。天洞焦某寄來朝鮮圖。
五日。得王晉藩訊。楊生到。
六日。寫叔兄訊，答蔣、李訊，與君謀訊，姜蔡譚到。

七日。有葉軍敗訊，未知確否。
八日。健庵行，以家訊託寄。
九日。答宋燕生（存禮）訊。與叔衡詣乙盦，詣常熟。
十日。作試帖。
十二日。久不得叔兄訊，電滬問之。與葉玉昆、鄭蘇龕訊。（按：葉玉昆旁注「江寧」，鄭蘇龕旁注「上海」。）
十三日。得叔兄覆電，知已到滬，是夕附武昌船北來。
十四日。得叔兄訊，敬夫訊。
十五日。得伯厚、周弢庵訊。易生以宋燕生訊來。
十七日。與子培、子封、叔衡、仲弢、道希談。
十八日。見常熟，知朝局又變，可為太息痛恨於無窮矣！詣意園。
二十一日。叔衡、子封來談，書箴來談。
二十二日。與道希、仲明訊。連月大雨，已成災象，南中又旱，天時人事，俱可憂也。頗盼叔兄。翰林大拜。大雨竟日。
二十三日。改定治兵私議，上下治兵餘議三篇。「嘲吳彥復」。彥復藏昌化石甚富，曾為題匣，時方納姬，故詩以嘲之：「幾年京國吳公子，買石揮金肯就貧。亦幸尚饒花乳艷，不愁璧立對佳人。」「才能摹印偏工懶，日日高春尚愛眠。祗恐他年韓約素，人間無限印文傳。」（按：二十四日無記事。又按：「張季子九錄」詩錄所載，「故詩以嘲之」無「故」字。）
二十五日。叔兄來。
二十七日。作胡眉叟同年母陳太恭人壽序（刪潤仁卿作）。寄家訊。
二十九日。作張莘亭丈壽文。
三十日。聞有練海軍丁說，此天下之公論也，大快！

八月

一日。作顧晴谷丈壽文。聞津護丁尤力，眞目無朝廷矣，朝眞無人哉！
二日。翰林衙門送翁師課題。（「牙璋起軍旅賦」，以「進賢興功，以作邦國」為韻。「石鯨鱗甲動秋風」，得「風」字。）
三日。前輩答拜，詣庶常館，兼行丁祭禮。褫丁之說不實。
四日。薦魯蔭庭於惲次遠閣學。
五日。作館賦。
六日。繳課卷。寫答查翼甫訊。（交芾卿，有詩。）（按：「寄酬查翼甫」七律一首，寫在本日日記眉頁上。詩云：「十年鍛羽向衝飆，垂云無端上碧霄。臣尚有親新受祿；世方多難却登朝。樓船橫海消金帛，詞賦長楊狎翠苕。差有寸心堪報謝，由來生計是漁樵。」）
七日。寫宋燕生訊。
八日。作「蘭陵王入陣曲賦」。
十一日。得家訊，知鄉里以旱減收。
十二日。叔兄寄家訊。
十三日。作「宋太祖解裘帽賜王全斌賦」。
十四日。詣子培談至二更。得李伯言訊，知七月杪鄉里得雨。
十五日。知十三日平壤戰訊。先是，馬玉崑戰小勝，嗣欲據一岡阜，日兵大至，乃互有損傷云。又聞法人助日。與溥侍郎訊。
十六日。隨班入賀上皇太后徽號禮。朝鮮正使季承純，副使閔泳喆猶奉表而來也，為之感喟無已。以試卷箱二號交兪僕（賢）帶滬。
十七日。作海門黃生維衡父葬銘。
十九日。有家訊，託藜暉寄。
二十日。藜暉行。
二十一日。聞東軍潰平壤，退安州訊。安州如何可據耶？有衣箱寄滬。（按：「衣箱」二字之側有「託藨」字樣。）
二十四日。作惲太夫人壽文。
二十六日。作劉年丈母經壽文。
二十七日。聞倭有三萬人號稱九萬，三道入寇之警。
二十八日。聞政府之昏憒把持如故也。與意園諸人會於山西館。
二十九日。聞常熟奉懿旨至津詰問，而言者以為議和，頗咎常熟，且有常熟頗受懿旨申飭之說。其實中國何嘗有必戰之佈置耶？常熟處此固不易，要亦剛斷不足。

九月

一日。芸谷領銜，合翰林院五十七人，上請恭邸秉政奏。是日，上召恭邸，太后延見六刻之久，有令總理海軍之命，人心為之一舒。芸谷入見，上甚憂勞，且諭北洋有心誤事，北洋之肉，其不足食也！
三日。聞常熟返，
四日。叔衡領銜，合翰林院三十五人，上請罪北洋公摺，余單銜上「推原禍始，防患將來，請去北洋」摺，均由掌院代奏。
五日。與子培、仲弢、叔衡申議，聯絡英德。
六日。定聯絡英德之議。
七日。由芸谷領銜，合翰林院四十二人上奏，召見與名之獎恭煦奏對，殊不饜人意也。仁卿歸，有家訊。

英使謁見乾隆記實

馬戛爾尼 原著
秦仲龢 譯寫

在饑荒季節裏，經常有搶刼事故，雖經政府嚴厲處理，可以稍加制止，但很難禁絕。這些人係由于饑餓所廹才挺而走險的，一有收成，他們就馬上洗手不幹了。順流推動船隻走出了天津三十哩路之後，潮水停止了，在風停水靜的時候，水手們大都利用兩個大槳划船。……划槳的人在工作的時候，配合動作，唱一種活潑的歌調，船長唱歌一句，全體水手隨聲附合。水面上所有的船都唱的是一個音調。月明之夜，坐在船上，聽到水面上東來西往無數船隻此起彼落地唱着這種悅耳的歌聲，說明這個爲數不少的以船爲家，水上生活的勞動階層對自己這個行業是非常滿足的。

遇到逆風或逆流搖不動槳或者力量不够的時候，就用以前在河口會經用過的辦法：用縴拉着船走。在其他的國家裏，這種勞動多是用驢馬來做。在中國不僅人工便宜，而且處處不惜用人力，凡人力能做得到的事無不用人做。在這種情況下，拉繩一頭綁在桅干頂，同另一根綁在船頭上的繩子結起來。繩子很長，上面結成許多活圈，縴夫把頭伸進圈內，繩圈達到人的胸部。繩圈上多半綁着一塊木板，這樣可以減少一點繩子壓廹胸部的力量，妨碍肺部呼吸。縴夫排成一條直線拉船的時候，嘴裏唱着一種流行歌。這一方面是爲了統一步法，增加拉的效力，另一方面也是爲了借着唱歌來使其忘掉勞動的辛苦，甚至使其情緒更加興奮。平均每一個游艇用十五個縴夫。全體載運使節的船隻總共由五百縴夫拉。兩班縴夫輪流調換，還得有準備調換的五百人。這些縴夫都很健壯，肌肉發達，但都顯得特別拱背。在夏天他們赤露着上身，皮膚是銅色的。遇到水淺的地方，他們須要赤着全身下水拖船，他們的下身皮膚却也相當白皙，並不像上身那樣顏色。

船隻經過的盡是卑濕池帶，適于滋生昆虫。許多昆虫非常擾人，有的咬人，有的不停的嗡嗡叫。蟬叫的聲音並非發自聲帶，而是由于腹部兩翅振動。雄蟬用這種方法來引誘雌蟬，雌蟬不會叫。此地還生產一種蛾，大小同蜂雀差不多。

八月十三日，星期二。

今早有幾個低級的中國官員督率厮役循例送食品到船上，其中有幾種已腐爛不可食（寒暑針在八十八度以上，像這樣的天氣，食物易腐，正意中事）。我們只叫厮役拿去，換過一些新鮮的送來。高級的官員聞到這件事，立即施以責罰，將低級官員的頂子摘去，並將厮役笞打。這裏官廳法律的執行是如此其速也。後來我們和王大人、喬大人相見，便立即向他們爲那幾個被摘去頂子的官員求情。兩位大人雖然很注意地聽我們所講的話，並很客氣的說，我們所說的很對，但似乎並沒有對于那幾個被革的官員予以復職。

八月十四日，星期三。

今早船行時，望見北岸有一所很美麗的房屋。據說這是乾隆皇帝南巡時的行宮。屋頂砌的是黃瓦，在日光中，燦然作黃金色，很是好看。

今天的氣候較前數日涼爽得多，天空中很多浮雲飛過，但却沒有雨。在中國河道旅行，船開行時如果沒有銅鑼吵耳，則此行是一件快意的事。據中國人對我說，所以要鳴鑼，實在是對我們致敬之意。但據我所觀察，凡我們的游艇到了轉灣或調換方向之時，也鳴鑼向同行各船關照，那麼，這種吵人的鑼聲，在表示敬禮外，還含有航行時表示方向的訊號之意，使伴着我們游艇的船隻，知所適從的。

八月十五日，星期四。

我們自開船後，所見的風景，都是荒野之區，使人氣悶，但今天看見三四十英里外有些青山綠樹，景色宜人，精神爲之一振。

在旅途中，那位欽差徵大人和王、喬兩大人，每天都來我們船上坐談，但今早他們來看我，神氣不像以前那樣輕鬆，顯得十分嚴肅，好像行正式拜會禮一般。我見此情形，當然詢問。他們說，乾隆皇帝降下諭旨，署謂英國特使所開的禮物單譯成中文後，經已看過了，很是歡喜。至于禮物不能全部運往熱河行宮，要把那些笨重的安置在北京一事，也准如所請。同時皇帝已下令爲我們在北京準備好兩所大厦，一在北京城裏，一在城外約六英里之處，與圓明園相近。這兩處任我們選擇。但徵大人等說，他們相信我們一定歡喜郊外那一所的，因爲它接近圓明園。徵大人又說，我們到熱河，見過皇帝，祝皇帝生辰後，便可立即回北京，因爲皇帝不久後也要回到北京的。前些時，我們曾對徵大人等說過，禮物之中，有幾門野砲，幾門臼砲，它們雖然很笨重，但不易損碎，儘可以帶往熱河。到這時，他們就說我們居留在熱河的時間必然很短，此種武器，不如放在北京，因爲恐怕帶往熱河也沒有機會和時間試放，反不如不帶，以省麻煩。

於是他們就大放厥辭，談論宮廷禮節，看來雖與正文絕沒有關係，但意中仍有所指，我就不得不深歎中國官員談話的藝術之高明了。之後，他們就談到各國服裝的異同，又故意走上前細細觀看我們的服色，然後說：「貴特使的衣服窄小輕便，我們中國的廣博舒服，兩者相較，似乎是我們中國的好一些。」接着又說：「我們的皇帝接見臣工時，臣工所穿的衣服都是一式一樣，絕沒有別的樣式的。但貴特使的衣服，和我們中國的大不相同，似乎在觀瞻上不大好。」說後，他忽然指着我們所縛的蔽膝說：「這種東西縛在膝上，行禮起來很不方便的。貴特使覲見時，先要將它們除去。」我聽了不解其意，便對他說：「這件事無勞貴欽差置念，我們在敝國覲見君主時，也是穿這種禮服，並不覺得有什麼不便之處。我們現在到了中國，就打算用覲見我們君王之禮來見貴國皇帝陛下。想來貴國皇帝陛下一定不强我們用中國的禮節吧。」他們說 他們以爲覲見皇帝之禮，無論哪個國家必然是相同的，他們見皇帝時，照規矩是雙膝跪下，九叩首，這是不可免的。我對他們說，我們的禮節，恰恰與此相反。我們奉敝國君主之命，出使貴國，雖然以萬分至誠之心，使每件事都合於貴國皇帝之意，但仍然要盡職於敝國君主爲第一要務；如果一定要我們放棄本國的禮節來改從中國，那我就只好在到達北京之後，立卽草一意見書送交貴國參考了。

他們聽我這番話之後，就不談這個問題，改談別的事情了。他們說：「貴特使遠道而來，在海上的日子很長，想來貴國的君主一定很關心你們，希望你們能早日平安歸國的。現在敝國皇帝已決意取消今年秋狩之舉，等萬壽節一過，就啓鑾回京，以便在北京和貴特使商討一切，不想使到貴特使一行滯留敝國太久，致勞貴國君主掛念。」我說：「敝使此次航海東來，帶有敝國君主的書函獻給貴國皇帝陛下，貴國皇帝看過之後，必能了解敝國致書的本意和敝使來見的本意。這樣，敝使回國的時期以及回到英國後將如何向敝國君主覆命，諒貴國皇帝亦已胸有成竹了。貴國皇帝聲威及於四海，敝使來到貴國觀光，非常榮幸，將來回國，一定向敝國君主詳述各種情形，使敝國君主知道貴國皇帝是東方一位允文允武的英主。」

說後，他們又問我，我們這次來中國，除了英王送給乾隆皇帝的禮物外，我私人有沒有預備一份禮物送給皇帝陛下。這一問來得很特別，使我幾乎不能回答；但我也毫不遲疑的答道：我本人帶有一輛馬車，是預備送給皇帝陛下的，這輛車子，雖然遠不及我們君主所送禮物之珍貴（原注：我所備的禮物，例當賤於英王所送之禮），但這種車子的樣式，和中國的大不相同，在英國的馬車中，堪稱上品，所以我就不揣菲陋，打算送給乾隆皇帝，不知能值大皇帝一哂否？接着，我又說，此外我又有幾種禮物，預備在新年時候進呈給貴國皇帝的。我這樣說，意在試探他們之意，因爲我們到天津之後，就聽說中國的習慣和政策，不許外國使臣久駐京師，這件事關係我們很大，所以我故意提到新年送禮，以便試探他們的口風，他們果然沒有什麼答話，只支吾其辭，可知前此風傳之說是可信的了。

他們三人中，欽差徵大人和我最不契合，我雖然竭力向他表示好感，以博其歡心，但仍然不能使他改變，我猜這個人是不容易向他表示親善的。至於王、喬兩大人則和我們很談得來，他們盛意殷殷，極爲可感。有一次，恰值徵大人不在座，王、喬兩大人和我閒談，他們很坦白的說，他們的皇上是滿洲人，所以重用滿人，而不十分信任他的漢族子民，因此朝廷有什麼大政，有漢人處理，就一定要加派一個滿人去插手其間。現在歡迎貴特使而有一個滿洲籍的欽差，無論什麼事都由這位滿洲欽差直接上奏，而這位欽差又是一個愚昧昏暗的人。他們又稱贊我，說我一見到徵大人就知此人的人格不大好，卽時以忍耐之心應付之，此實非常聰明之舉。

八月十六日，星期二。今日下午六時半，我們抵達通州城外，至此，我們的水路已完，捨舟登陸了。但在我未登陸之前，有一件頗關重要的事，我得坐下來記錄，否則在事務繁雜中就會一時忘記了的。我覺得，凡有所觀察，就應該立卽把所得的印象記下；如果過了一個短時期，就是憑記憶力去追想，也會發生相當錯誤的。

這件事的經過是這樣的。某日，我和中國那三位大人閒談，其中一人忽然談到英國在孟加拉的情形，他很肯定的說，近日駐孟加拉的英軍，曾予西藏叛軍以援助。我聽他這樣說，不免爲之愕然，但立卽就對他說，這種事情是絕對不可能的，我可以保證此說必非事實。那位大人說，不，這確是事實。當中國官軍和叛軍在西藏開戰時，初時以爲叛軍不過是一些烏合之衆，官軍一到，便可一舉而掃平之。但交鋒之後，才知道叛軍也有作戰能力，并非烏合，因此就懷疑到叛軍中一定有歐洲人援助，否則不會善戰至此。後來在某一次交戰時，見叛軍中有幾個歐洲人爲其指揮。而他們所戴的帽子，則和我們英軍的相同，所以懷疑他們是英軍。

我因爲這件事頗關重要，如果不加以明白解釋，很容易引起國際間的惡感。或者此事完全不確，而是中國人故作此言以試探我們英國有沒有覬覦中國邊疆的野心，此則更不得不辯辨於先的。於是我對他說，這件事是一定不會有的，卽以地理而論，孟加拉和西藏距離很遠，西藏有事，我們駐在孟加拉的軍隊，不僅不能參加，就是消息也未必得到。

第二天，那位大人又問我道：「先前曾經諾

傳孟加拉的英國駐軍援助西藏叛軍，已由特使閣下證明其誤，我們當然相信您這樣說是可靠的。但不知孟加拉英軍，也可以幫助我中國軍隊討平叛軍嗎？」我覺得此人很是俏皮，便以肯定的語氣答他道：「不。以地理來說，我們英軍既然不能助叛軍，就算有心助中國官軍，也限於距離，有鞭長莫及之苦。」這位大人作此言，無非欲使我在無意中答應英軍可助中國官軍，於是他就可以把我昨天所說的地理上相距太遠之說完全推翻了。（譯者按：關于印度英軍助西藏叛軍一事，副使斯當東有極詳細的記載，請參考此處的附記。）

「出使中國記」記云：岸上許多事物引起我們的極大興趣，船隻航行得非常緩慢，我們時時下船上岸去探求新奇。但我們開始發覺我們的行動被中國人用一種妒忌和懷疑的眼光監視着，程度超出一般想象之外。我們調查出來，欽差大人特別指示他們這樣做的。不能把這種不必要的限制措施完全歸之於他們脾氣不好，但我們又猜測不出有什麼其他的原因。後來我們的繙譯從中國官員的漫談中流露出來的片斷字句，發現北京王朝近來對英國抱有不滿情緒。經過小心謹慎同他們談話，我們探詢出來，原來是這樣的：在西藏地區的戰爭中，中國軍隊為遭到敵方預料之外的頑強抗拒，遭受到預料之外的損失。中國官員馬上認為，一定有歐洲軍隊支援敵方或者他們的軍隊受過歐洲的訓練所致，他們從敵方發現了帽子和頭巾，而他們認為帽子只能是英國人的。中國人表面說英國人在這次戰鬥中幫助」中國。特使深信，任何說法都沒有根據，英國軍隊既沒有幫助中國打仗，也沒有幫敵國打仗，不過中國政府既然懷疑英國幫助了敵人，當然定對英國政府不會有好感也不會加以信任了。

雖然皇帝陛下個人對使節團的遠來感到洋洋得意，并下了隆重接待的上諭，但大臣們的心中，一方面認為英國藐視中國，另方面感到英國在印度邊境的雄厚實力，他們總懷疑幣重而言甘的使節團員包藏禍心的。相似例子可以舉出，鄂圖曼（土耳其舊稱。——原譯者）朝廷不久以前突然禁止英國商人通過埃及。他們在佈告中說，這些商人都是軍隊的假扮，到埃及去為的是做軍事調查，準備將來更有把握地進行侵略。在向某地進攻之前，先派一個親善使節去做情況調查，這在東方確是常用的慣技。英國政府完全了解，英國人佔有了印度，這個事實本身就自然容易引起別人對英國任何行動都懷疑其有野心企圖；因此，命令特使小心謹慎，消除由於獲得了這塊完全出於偶然的不求自來的屬地而引起的人家對英國的懷疑。但他怎麼也沒有想到中國人竟有這種非難 認為英國軍隊參與了西藏戰爭這個從沒有過的事。這個毫無事實根據的懷疑究竟怎樣產生的，直到第二年特使到達廣州，接到從英國和加爾各答來的信件才明白真象。

信件中這樣敘述：拉薩和尼泊爾（尼泊爾是地名，後為國名。廓爾喀是族名。廓爾喀人十八世紀中葉征服尼泊爾，清代文獻不稱尼泊爾，只稱廓爾喀。——原譯者）之間過去經常衝突。拉薩在加爾各答東北偏北．尼泊爾在加爾各答的西北，二者俱在孟加拉總督區之北、尼泊爾同英國印度屬地的北端平原交界。從邊界上的平原起，在尼泊爾境內十五哩的距離上，地勢升高到七千呎。用倫納爾少校的巧妙字句來形容，「站在這個屋頂上看下面平原，猶如一眼望不到邊的茫茫大海。」西藏位置在尼泊爾之東，不丹之西。二十年前英國軍隊會進攻過西藏，迫使那裏的政府求和。西藏的教主和君主德恕喇嘛（按：一七八〇年（乾隆四十五年）第六世班禪額爾德尼來北京慶賀乾隆七十壽辰，到北京不久即患天花逝世，此處所述德恕喇嘛（Teshoo Lama）可能即指的是班禪。——原譯者）派遣特使到加爾各答。加爾各答也派遣了使節回訪拉薩。此後，兩個國家之間即沒有任何糾紛，友好相處。兩國之間并有商業往來，而且貿易額正在增加。

中國皇帝以喇嘛教信徒和政治保護者的身份，當時未曾干預西藏事務。不久之後，他邀喇嘛到北京去商談宗教事項。根據記載，當時皇帝以非常隆重的禮節招待喇嘛，又記載皇帝對喇嘛到達北京不久，得天花症逝世，表示哀悼。這個突然不幸的事并引起西藏很大疑懼。他們認為德恕喇嘛同孟加拉英國政府的關係引起了皇帝的疑心，于是他就別有用心地約請喇嘛去到北京。在東方這種作法是司空見慣的。死者的兄弟沙瑪爾巴（沙瑪爾巴系按乾隆「東華錄」譯。——原譯者）喇嘛因此感到恐懼，携帶大批財物從拉薩逃亡，花錢買通了尼泊爾王對他的保護。為了向尼泊爾王討好，他敘述拉薩附近有大量金銀礦，并說拉薩附近有個布達拉宮，宮內藏有大量財寶。受到這個誘惑，尼泊爾王馬上興兵向拉薩進攻。軍隊走了二十天，遇到了集結的西藏軍隊的抵抗。雙方打了好幾仗，進攻的軍隊戰勝了西藏的軍隊，同西藏訂立了和約，規定西藏每年向尼泊爾國王進貢三百萬盧比。

東方許多地方的權力變化浮沉非常頻繁，拉薩過去曾經附屬過尼泊爾，尼泊爾國王的肖像曾印在拉薩的錢幣上作為統治的象徵。在這次和約上，尼泊爾國王提出恢復這個制度。

花隨人聖盦摭憶 補篇

黃秋岳 遺著

同治二年，秦緗業得御筆圖卷於上海，時城復，庵址僅存，明年卽惠山寺地建湘淮昭忠祠，又數載，秦恩延得漁隱卷於洞庭山人家，會黃埠墩僧舍落成，併付住持華翼綸，卷首有乾隆「頓還舊觀」四字，今惠山尚有竹爐山房，位於第二泉上，不悉其果爲聽松庵舊址與否也。

壽丞出示譚茶陵跋湘綺手寫圓明園詞冊子二則，有足供考證者，錄其全文：「余年十七，得讀湘綺翁此詞，聞有自注，求之不得，徐亦鴻序，意未盡也。及見湘綺翁長沙，乃知就自注演成，因欲求觀，則久刪棄不可得矣。去歲歸滬上，見家弟有鈔本，卽此冊，積想廿餘年，始獲見之，已未二月，曹君孟其寄此冊來，爲晉棠索題，乃知已爲晉棠所藏弆，留案頭匝月，謹題記還之。辛酉驚蟄前三日。」後又書云：「湘綺翁語余，圓明園燬後，周垣半圮，鄉人竊入，盜甎石，伐薪木，無過問者，然品官無敢往游，云禁地也，爾時士大夫，迂謹可笑，類如此，延闓甲辰至京師，欲尹佩之偕往，咋舌不敢去，縱馬獨尋，不識路而返。辛亥夏訪陳鳳光于清華園，始約同游 仍入自福園門，青壠彌望 如行野田中，訪所謂雙鶴齋者 不可得，蓋湖四軒亭 亦不在矣。唯極西有樓閣，以白石爲之，畧如今泰西制，雕鏤精美，壁立如故，玲瓏一石，挺然孤秀，猶矗榛莽中，按之徐序，知湘綺翁當時未至此境也。黃澤生聞余言，欣然復偕往 是日更往頤和園，澤生問余兩游孰佳，應之曰，頤和之游，人人所同 至圓明園，于瓦礫想見亭臺，于蘆葦想見湖沼，于荆榛想見花樹，非曾見圓明園詞者，不知也。澤生笑謂，吾意云然，吾亦爾耶，後數日見于晦若，言李合肥乙未罷鎭居京師，與人言及園居時事，悽然傷心，遂往游焉，明日爲言者所劾，以擅游禁地下吏議鐫級，其時雙鶴齋探芝徑長廊獨存，蓋同治末曾小修葺，旋罷，庚子復被焚燬 遂蕩然矣。于又言：頤和之營，卽爲規復圓明計 使無甲午一役，已大興工作矣，嘗戲語合肥，與其沈之威海衞，無寧置此爲佳也，合肥默然，偶憶舊聞，因並記之。」按組菴先生此跋，卽程演生君圓明園考中所引者。程考未錄全文，而註稱付記，不知何據。營造社重修圓明園史料，亦仍程考之舊，似皆未嘗見原文也。晉棠姓唐，名榮陽，澧州石門人，此冊當日湘綺本爲長沙曹晉蕃書，其子孫不能守之，乃爲唐得，組庵此跋在辛酉，爲民國十年，其時尚在上海。跋中留案頭匝月，月字疑歲之誤，以上文明言已未二月曹孟其寄此冊來，後又註明辛酉驚蟄，非匝歲而何？辛亥夏四月，組庵以諮議局議長到京師，五月學部有教育會議，組庵與張季直等皆在，予親見之。于晦若時是否爲學部副大臣，則不暇考矣。程考曾訂組庵游踪方向之誤，度劉君敦楨所云欲另爲刋正，亦是此等處。譚言庚子後被焚燬，今考重修圓明園史料稱：金勳幼時猶及覩海嶽開襟，庚子之役，被土匪折毀，則是歲破壞，諒亦不少。末段述李文忠游園被議一事，程考稱：「李文忠光緒丁酉歷聘歐洲還朝，謁孝欽后於頤和園，召見賜宴賜戲之餘，公偕幕僚馬建忠曾廣銓諸君，往游圓明園廢園，守園太監，奉接極殷，意欲得公贈獻，公未理。明日，孝欽來游，守監遂奏李某游園，孝欽未置意，越數日，德宗亦來游園，守監又奏之，德宗歸，燕見翁叔平相國，告之，翁與李素不相能，遂撫此劾文忠，擅游禁苑不敬，交部議奪職，摘三眼花翎。議上，孝欽殊不謂然，旨下，僅罰俸而已。」程自稱聞之公孫李偉侯者。案，此事程所記當可信，當光緒中葉，李文忠方被詬為賣國之漢奸，常熟恨李切，遇事齮齕，理有必然。觀爾時盈廷昏憒，一二能明白事理者，成見又深中之，及今重思，與其沈之威海衞，無寧置此為佳，吾亦云然也。

前撫鮑辛圃琉璃廠春游詩，其「料絲羊角燦成行」句，所謂羊角風燈者，乃宮中常用之燈，而為南京人在北京手工業之一。羊角燈，大者北人俗稱氣死風燈 言風不能滅燭，直當氣死也。今此物幾已絕產 北京既不名京，南京業此者亦盡 夏蔚如「舊京瑣記」云：「南京人在北京執工商業者，曰緞莊，凡靴帽之材皆聚於此，初僅三家，所居在打磨廠之三義店，曰扇莊，亦祇二家，曰周全盛，曾萬聚。曰羊角燈店，惟吳姓者一家，昔日玻璃未盛行，宮中用之以防火患。曰刻字鋪，與眼鏡鋪，其工人皆籍金陵，聚處琉璃廠，今猶世其業。又有織工，昔內府設綺華館，聚南方工人，教織於中，江寧織造選送，以為教習，又織絨氈者，亦南京人，能以金線夾絨織之，璀燦耀目，昔黃慎之創工藝局，曾訪得之，惜其工資太鉅，不克推廣，此藝遂成廣陵散矣。今緞扇羊燈之業皆廢，而一般工人，亦於此長子孫成土著矣。」語皆紀實。案羊角燈制絕笨，宮中所用，外間燈市，不尚之。辛圃雖為乾隆時人然彼時已尚紗製之燈毬，與辛圃同時之符幼魯，錢塘人，查初白之門弟子 其都城上元竹枝詞云：「鳳城不信轉東風 花匠能移造化功。二十四番齊在手 一時催放照春紅。」「珠結流蘇絡寶鐙，星毬佳製出時興 游人競集琉璃廠 巧樣爭誇見未曾」。「桂花香餡裹胡桃，江米如珠井水淘。見說馬家滴粉好，試鐙風裏賣元宵。」「清脆鈴聲放鴿天春 風流響粉雲邊。竹筒截出伶倫手，妙法新傳絕可憐。」「玉河冰泮水潺潺 金水橋邊綠未還。春到瓊華春正好 都人齊唱兎兒山。」「星月高高三五明 天街相約上橋行 就中樂事誰知得，暗裏春情獨自生。」「小甕流璲玉不如 碧闌寸寸貯來虛。兒童箏向階前過 滿市春聲喚賣魚。」「風俗相傳總不同，詩家爭詠竹枝工。他年誰記都城勝，好譜新翻樂府中。」其第二首卽言燈毬也 第一首，言唐花 第三首，言粉製元宵湯圓 第四首言放風箏，所懸之哨子，與予前記之鴿哨相像，以竹為之，受風則鳴，第五首言瓊島之兎兒山，第六首言天橋，第七首言賣魚，以薄玻璃盛紅色金魚，皆京舊風俗。自日下舊聞考所記，二百年間，無大更變。今則昔之首善，淪為臨邊，凋瘵崩摧，不知所極，上元燈火，祇增忉怛矣。

舊京呼湯圓為元宵，昔唯燈節常供，今則長年有之。中以果實蜜糖為餡，符詩所謂桂花餡裹胡桃者，是也。方海槎詩，元宵更糝糖，此則指純以白糖為餡者，周禮有糝食，謂以米屑和肉煎為餌 正是餡意，海槎此詩，題為詠都門食物，作俳諧體 云：「旅食京華久，肴羞亦編嘗。山珍先麅兎，海物首鰣鰉。燒鴨尋常薦，燔豚饋送將。鷄如春筍嫩　魚比麪條長。火鼎膏凝雉，炙爐肭熟羊。黃獨眞瑣細，炙雀漫張皇。鹽汁蝦成滷，調羹蟹去匡。晨鳧掌堪擘，夜鴿卵難藏。鹽肆嫌生脯，屠門陋貫腸。蒲抽聊時筍，藍劈却無瓢。出瓮憐菘白，堆盤愛韮黃。蔓菁醃作腊，薯蕷熱爲糧。釘小蘑菇掇，珠圓豌豆量。菜名跟斗巽，瓜類醋筒詳。羅蔔兼稱水，芫荽獨號香。是人皆食蒜，無品不調薑。惡漢葱三斗，貧兒薺一筐。炊嚥要和合，說餅即家常，扁食教濡醋，元宵更糝糖。窩窩充糗糒，餑餑佐餦餭。油饊鬆盤髻，牛酥瑩割肪。卷蒸高飣座，和落細排床。著手蕨花膩，沾牙豆粉涼。碾纏銀綫短，鍋炸玉磚方。綏火詅羹擔，通薪賣腐坊。茶膿和炒麪，粥薄飲甜漿。果有頻婆美，仁稱巴旦良。蒲桃靑擬乳，柿子白留霜。杏酪醍醐味，楂糕琥珀光。露芽烹茉莉，紅唾嚼檳榔。糖栗充饑腹　酸梅解暑湯。淡疏誇易水　苦酒說良鄉。定許供饕腹，從教慰渴羌。方言多掎摭，故實任評章。戲作俳諧體，談資餔啜場。詩成遺一笑，七箸早相忘。」案此詩可考證者雖多，然泰半皆眼前習見物，久居北地者率知之，唯茶膿和炒麪句，乃指茶湯而言，茶湯以炒麪和糖爲之，以滾水澆食，如南方之藕粉然，迺蒙古食品，遺於朔方。舊京製此，以鮮魚口內之天樂園對面某肆爲良。餑雖入聲　在月韻，然北音讀作浡波，此則北人讀入作平之恆例也。「舊京瑣記」中　亦有關飲饌者，附摘數節：其一云：「飲食以羊爲主，豕佐之，魚又次焉，八九月間正陽樓之烤羊肉，都人恆重視之，熾炭於盆，以鐵絲罩覆之，切肉至薄，蘸醯醬而炙於火，其馨四溢。食肉亦有姿式，一足立地，一足踞小木几，持箸燎肉，傍列酒尊，且炙且啖且飲。常見一人食肉，至三十餘拌，拌各肉四兩，飲白酒至二十餘瓶，瓶亦四兩，其量可驚也。水鮮，惟大頭魚黃魚上市時，一食之，蟹亦然，如食某魚時，則舉家以此爲食，巨室或至論擔，但食此一種，不須他饌，亦不須麪或餅。」其二云：「飯以麪爲主體，而米佐之，本京人多喜食倉米，亦謂之老米，蓋南漕入倉，則一經蒸變，即成紅色，如蘇州之冬秈然，煑之無稠質，病者爲宜。」其三云：「酒肆之鉅者曰飯莊，皆以堂名　如慶壽同豐之類，是也。人家有喜慶事，則筵席、鋪陳、戲劇，一切包辦，莫不如意。其下者曰，園館樓居，爲隨意宴集之所，宴畢皆記之賬，並可於櫃上借錢爲游資，亦弗靳也。三節始歸所欠。然非至年節，索亦弗急。」其四云：「南人固嗜飲食，打磨廠之口內，有三勝館者，以吳菜著名，云有蘇人吳潤生閣讀善烹調　恆自執爨，於是所作之肴，曰吳菜，余嘗試，殊可口，庚子後，遂收歇矣。士大夫好集於半截胡同之廣和居，張文襄在京提倡最力，其著名者爲蒸山藥，曰潘魚者，製自潘炳年，曰曾魚，創自曾侯，曰吳魚片，始自吳閏生。又有肉市之正陽樓，以善切羊肉名，片薄如紙，無一不完整，蟹亦有名，蟹自勝芳來，先經正陽樓之挑選，　始上市，故獨佳，　然價亦倍常。城內鋼瓦市，　有沙鍋居者，專市豚肉，肆中棹椅皆白木，洗滌甚潔，旗下人喜食於此。」其五云：「月勝齋者，以售醬羊肉出名，能裝匣遠賣，經數月而味不變，鋪在戶部街，左右皆官署，此齋獨立於中者數十年，竟不以公用徵收之，當時官廳猶重民權也。

編輯後記

△歲月不居，時節如流，不知不覺，本刊出版到如今，已是半年了。作爲「一腳踢」的編輯人——我，在這六個月中，備嘗酸苦辣氣四味，而甜却未有嘗到。所謂「甜」者，是指目前仍然是賠累不堪，尙未賺過一文之謂也。朋友中無不匿笑，罵我傻仔，爲貪過癮而備嘗「四味」，何苦來哉！但自「大華」誕生以來，承讀者不棄，紛紛賜以文稿，其中有些還聲明不受酬，作道義的支持；又有讀者來函獎勵，勉以奮鬥不懈，給人家看看民間辦的刊物，不一定是不能支持的。讀到這些信，使人感奮，敢不倍加努力，希望出到第二十四期，少賠一些，就是這樣的不賺錢而永遠賠下去，也是使我快樂的。不過，到那時，仍然會有人罵我爲傻仔，以賠錢爲樂事也！「百無一用是書生」，書生有時是不爲人了解的，作此詩的黃仲則就是書生，此書生也未必了解書生也。

△本期寒木先生寫的「藝壇三畫人」，是談中國現代三位成績最突出的文人畫家——葉恭綽、吳湖帆、謝稚柳，他們住在北京、上海兩處，海外的人，不很容易求得他們的作品了，葉氏已八十六歲，不大動筆，吳氏簡直已成廢人，長住醫院中，謝氏則終年漫游各城市，鑑定古畫，沒有空閒時間創作。不過，香港集古齋卻蒐羅有他們的畫很多，不愁買不到，只是要題個上欵什麼「某某先生」似乎就不容易辦到了。

△李徵五是民國初年一「奇人」，譽之者捧他上三十三天，罵之者打他入七十二層地獄。其實皆有偏見。若持平之論，則李孤帆先生這篇「從三民主義到三子主義的李徵五」實獲大衆之心矣。

△蒙德卡羅成立到今年已一百周年，本期有兩篇文章介紹它，一篇是從新近出版的什志繙譯的，一篇是已故宋春舫先生的遺著，皆與賭城掌故有關。海外讀者對于宋春舫先生大概還有點陌生，他是中國研究西洋戲劇的老前輩，民國初年留學日內瓦，歸國後在聖約翰、清華、北京等大學教書，晚年因病，改入上海商業儲蓄銀行辦事，主編「海光月刊」一九三八年夏，死於青島，年僅四十九歲，中年凋謝，很是可惜。他的次子宋琪，亦精研西洋文藝，今在邵氏影片公司主持劇務。

△有很多讀者來信請改良本刊的印刷字體，最好改用稍大的字排印，免傷讀者目力。這個問題，編者早已考慮到了。現在年青的學生，有不少戴上近視眼鏡，弄壞眼的原因，一部分要由報刊負責。近二十年出版的報刊，都用新五號字體（甚或六號）排印，傷害目力至大。所以本刊決從第十三期起改用老五號字排印，排得疏落一些，使讀者閱讀起來自有舒適之感。（但有些文章是早已排好的，仍然是新五號字體，故未能一律，請讀者原諒！）

大華　第十期

國文教學
國文學習　參考用書

國文月刊

國文月刊爲抗戰期間西南聯合大學師範學院國文系主編，爲討論國文教學與培養國文閱讀及寫作能力權威刊物。先後由朱自清、郭紹虞、呂叔湘、周予同、黎錦熙、夏丏尊、葉聖陶等專家編纂。內容包括十類：（一）文字、聲韻及訓詁學；（二）文法學；（三）修辭學；（四）經學及文學史；（五）文學批評；（六）國文教學；（七）文辭疏解；（八）新書評介；（九）紀念逝世之國文教授；（十）當代文選評。撰稿者皆爲一時碩彥。凡所討論，俱屬切要問題。同時關於大專方面之國文教學，亦有專題研究。茲爲適應當前國文學習與教學之須要，先將抗戰復員後出版之國文月刊，由四十一期至八十二期，全部影印流通，分期零售；另合訂成册，利便庋藏。又編有總目分類索引，以便檢索。至於抗戰期間所編之國文月刊，由第一至第四十期，係用土紙印成，不便影印，刻在整理排印中，以饜海內外讀者雅望。

茲爲便利讀者採用起見，特輯有「國文月刊總目分類索引」單行本。售價港幣叁角；港九區郵票採購，付郵票肆角，寄英皇道一六三號二樓龍門書店，當即寄奉。

龍門書店謹啓

原書原樣

大華

半月刊 第十三期

大華　第十三期

封面插圖：林千石先生寫杜詩

大華半月刊　第十三期

一九六六年九月十五日出版
（每月十五 三十日出版）

出版者：大華出版社
地址：香港銅鑼灣希雲街36號6樓
Ta Wah Press,
36, Haven St., 5th fl.
HONG KONG.
電話：七六三七八六轉

督印人：林翠寒

主編：林熙

印刷者：朗文印務公司
地址：香港北角渣華街一一〇號
電話：七〇七九二八

總代理：胡敏生記
地址：香港灣仔洋船街三十二號
電話：七二三四三七

粵海政潮

胡漢民被蔣扣留始末

結果：蔣介石當衆承認錯誤

蒙穗生

胡漢民被蔣介石扣留，事實上是國民黨內部狗咬狗的鬥爭現形之一，同時也充分暴露了這個「最高當局」剛愎自用、獨裁專制的淫威。這事的經過，掀起了西南反蔣的派系如：孫科的太子派、汪精衛的改組派、鄒魯的西山會議派、和屬于胡漢民系、李濟深系、陳濟棠、李宗仁系的實力派及某些政客們，聯合起來，在廣州另組政府，打鑼敲鼓，堅決與南京蔣政權對抗。最後寧粵雙方舉行和談，粵方提出先要釋放胡漢民、李濟深及要求蔣介石下野爲主要條件。無疑的，這是說明了胡漢民的被扣，是屬于粵海政潮之一。（本文所述，大部分以胡漢民、葉楚傖的回憶爲主要資料，並參攷了其他有關的史實，分析、綜合而寫成。）

被扣的原因

胡漢民于民國十七年（一九二八年），由歐洲回國時，抵達香港、上海，已經有許多人（包括許崇智、居正、謝持等在內）勸他不要到南京去當傀儡。可是當時胡表面上說，爲了全國統一，要從事建設，不得不到京去。骨子裏也是靜極思動要做官。且有一批徒衆要吃飯，借此可以安揷職位。于是到南京去，口口聲聲的說：「我是幫助某人做凱末爾，如果他是袁世凱，我必首先反對他，任何犧牲，在所不辭。」十八年春間，蔣與新桂系李宗仁們在武漢火倂起來，蔣拉攏馮玉祥，給馮位置了幾個部長、委員之類。胡卽提出反對。後來馮到南京，閻錫山沒有響應，又把閻做了海陸空軍副司令，閻系趙戴文當了監察院長，趙丕廉當了內政部長。事前蔣曾徵詢胡的意見。胡極力反對的說：「這樣的做，不特不對，而且不該。」但終于反對不來，而成爲事實。到了馮玉祥、閻錫山都起來反蔣時，蔣又去拉攏張學良，把閻錫山的海陸空軍副司令一職，轉給張學良。張到南京，大家要簡派張系的某人做國府委員、某人當部長。事先，蔣與吳敬恒、戴季陶等對胡說：「現在要和漢卿（張學良的字）合作，非這種辦法不可，胡先生以爲如何？」胡仍表示反對，所持理由，是在一個政府立場，不應該用拉攏、湊合的卑劣手段，我們不能做鄭莊公，把人家當作共叔段。在過去這種手段，曾施于馮、閻，我已反對，現在又如此這般的施于張，當然也反對。我以爲爭取、團結，並不在于分配官職。國家的名器，也不能這樣濫施亂給。而且在一個中央政府的意義下，對國內的任何人，都談不到什麽合作。過了幾天，王寵惠訪胡說：「爲了胡先生反對把幾個委員、部長給張漢卿，介石發憤要辭職了，這是李石曾、吳敬恒說的，他們要我轉知你。」胡說：「介石要辭職，是他的事，何必告訴我？我是對事不對人的。」又有一次，在中央黨部會議，議決了一案，陳立夫說：「還是問問蔣先生的意見」（這時蔣在前方打內戰）。胡聽了陳的話，先站起來就走。譚延闓向來最圓滑，這次也忍不住的說：「既然黨部的決議，還不能作算，又何必提出來叫我們議呢？」有一次，胡在中央黨部告訴陳立夫說：「其實什麽機關都可以不要，只存一個海陸空軍總司令部便可以了。」意思是指蔣介石對什麽部門都要過問干涉，陳果夫立夫等，對任何事件，都說「不知介石意見如何？」好像除了黨部政府之外，還有一個「太上皇」來綜攬一切似的。十九年秋，南京搞了一個中日關稅協定簽訂，立法院提出質問，蔣在前方慌了，發電給某人問：「事情緊急，胡先生這樣子做，是不是想推翻政府？」這個人和譚延闓都在後告訴了胡。胡說：「簽訂法律案，不經立法院許可，是違法的。王正廷昏憒糊塗，擅簽協定，使關稅政策，大受打擊，就國家紀律說，王正廷應該撤職查辦。提出質問，是立法院職權所在，不能不問。」原來這個協定，是由宋子文、王正廷等人，預先秘密商准了蔣介石，便不顧一切鬼鬼祟祟與日本重光葵訂下來的。這一連串的經過，是胡漢民被扣前與蔣介石的種種矛盾事實。

另據深知內幕的人透露，還有一個重要原因。就是蔣在民國十九年，打垮了馮閻以後，認為蔣家的實力充足，準備提前召開國民會議，制定約法，選舉總統，借以登上寶座，作福作威。胡漢民却認為訓政時期，國民會議只能作為政府的諮詢機關，不能作為權力機關。訓政時期已有建國大綱為依據，不應再來一個什麼約法，搞得不倫不類。因此與蔣爭執起來。蔣即另撑手段，主張召開國民黨第三屆四中全會來解決這個問題。後來胡經過王寵惠的勸告，要他隨和些，胡也不堅持己見。但對國民會議的代表資格，仍是嚴加限制；對于制訂約法，也不能超越建國大綱和三民主義的範圍。這個限制，對蔣來說，當然不能達到大總統獨攬一切的妄圖，于是千方百計，要四中全會通過他的提案。當蔣是國府主席，海陸空軍總司令兼行政院院長，而胡是立法院長。雖然中央方面，彼此都是常務委員、政治會議委員。但蔣是掌握了黨政軍的實權，靠蔣吃飯附和蔣的人，當然是佔多數。惟胡以總理忠實信徒自命，對蔣不作遷就，不論在什麼場合，凡是涉及到國民會議，制訂約法等問題，都根據事實，加以指責。言詞尖銳，說理透闢，聽者動容。

公布了定于民國二十年五月五日（這一天是孫中山在廣州就任總統紀念日），召開國民會議和代表選舉法以後，蔣介石嗾使陳果夫、立夫們，用中央組織部名義，派了二十多人，分赴各省、市、區，名為視察黨務，實際是預先佈置、操縱、拉攏各地代表選舉的勾當。當二月中各視察員回京彙報情況，才知道各省市區內定當選的代表，除了江蘇、浙江、安徽和南京、上海等省市，可由蔣系控制之外，其他全國各省市區絕大部分，無法控制。將來選舉總統，蔣系所得票數只佔百分之三十二，其它百分之六十八，多是傾向于胡漢民。原因據各方反映，胡是黨的元老，又是文人，易于相處。蔣則專橫自恣，幾年來，多少軍政高級人員，都吃過他的苦頭，尤其是最近李濟深的被扣。蔣據報後，焦灼起來，終日把親近的爪牙謾罵來洩忿悶。有一天，約集了葉楚傖、戴季陶、吳敬恒、邵元冲、陳果夫、立夫等，密談對胡的處理。吳敬恒自告奮勇當說客去勸胡辭職休養，被胡當面罵了一頓，指說吳是無恥之徒。過了幾天，蔣又召集原班脚色，再謀對付。戴季陶提出把胡關起來。蔣說：「胡是立法院長、國府主席，有這個權力嗎？」戴即說：「隨便列舉幾條罪名就行。李宗仁、唐生智、馮玉祥、閻錫山、李濟深幾個軍事巨頭，都已先後倒下，此外還有什麼人敢來多事？」蔣系政客如此這般的陰謀佈置下，于是乎，出身是前清舉人，日本留學生，參加中國同盟會，從事革命活動多年，曾任廣東大都督、南京總統府秘書長、廣東省長、代理大元帥，現任立法院院長的胡漢民，就做了國民政府主席蔣中正的階下囚了。

深夜被扣的一幕

牛鬼蛇神們根據預定陰謀，張開了羅網，囚禁這隻飛鴻（胡漢民原名衍鴻）的經過，是這樣的。

民國二十年二月二十六日，胡漢民接到蔣中正具名的請柬，約他于二十八日晚上八時吃飯。二十八日是週末，週末是立法院例會，那天討論法案，從上午八時至十二時，下午三時至晚上八時，還沒有完畢。胡見蔣約飯的時間已到，而且全日開會了九小時，人也疲乏，便宣告休會。休會後，他回到辦公室，處理一些急件，才乘車赴約。抵達時已是八時三刻。晚餐是在總司令部，欵客却在司令部後蔣的住所。胡車直駛蔣寓，剛到門，便有十多個總司令部警衛兵荷槍實彈的圍上去，把胡的四名便衣衛士、四名武裝衛士，邀進另一別室去了。胡本人拿着帽子手杖，踏步進門，是一條通道，盡頭一併排兩間屋。右邊一間，房中有戴季陶、吳敬恒、朱培德、葉楚傖、劉蘆隱、陳果夫立夫等，正在談天說地。葉楚傖見了胡，得意忘形的大聲說：「好了，胡先生到了！」接着高凌百迎了出來，接了胡的呢帽手杖，讓胡到左邊一間屋中，一面讓一面說：「來了，請胡先生那邊坐！」胡不知什麽，以爲有事相談，便隨着高去了。一入室，只有首都警察廳長吳思豫一人沒精打彩的呆坐那裏。胡當時便即起了一陣驚愕。室內冷冰冰，只有幾把椅子圍着一張大飯枱。胡便向枱邊的椅子坐下，高凌百、吳思豫便在兩旁站着，表情異常嚴肅。高吳向胡招呼了幾句，便拿出一封厚信，有十多張信紙，不是蔣的親筆，但在字旁加了許多注，下面簽了名。胡把信看過後，即被高凌百收去了。信的內容，大意是說蔣如何尊重崇拜胡，次說胡近來反對政府，反對蔣，無論在黨務政治各方面，處處與蔣爲難。接着便羅列了胡許多罪名，主要的有：一、勾結許崇智；二、運動軍隊；三、包庇陳羣、溫建剛；四、反對約法；五、破壞行政等。在每條之下，蔣又加注了幾句。最後的幾句是：「先生每以斯丹林自命，但我不敢自承爲托洛斯基。中正正欲努力革命，故必須謁我能力，不顧一切做去，斷不敢放棄自身責任也。」當高凌百收回此信時，胡吩咐高說：「找介石來，我有話說。」高吳兩人表情很忸怩，吶吶不能出口似的說：「總司令開會，怕沒有時間，胡先生吃飯吧，有什麽話，吃完飯再商量。」邊說邊傳飯，胡不要吃飯，扳起面孔說：「非請介石來不可！」高吳兩人無法，一個僞裝打電話，一個在室內兜圈子。搞了半小時，邵元冲進來，誠恐誠惶地說：「胡先生有什麽意見？」胡還是說要找介石來，待他親自問個究竟，是什麽意思。邵似乎不敢盡其詞，悄悄溜了。一會又回來，吞吞吐吐的說：「蔣先生沒有什麽意思。」好像沒有把胡的話完全轉達出來。胡說：「沒有什麽意思，爲什麽要這樣做？」邵知道挨延不了，只好引胡到另一房子去，開門見山的說：「蔣先生想胡先生辭去立法院長。」胡即淡然的說：「何止立法院長，什麽我都可不幹，譚組安（延闓的字）未死前，我早已說過要辭職了，但必須找介石來！這樣，就可以了事嗎？」

（下期續完）

孔子世家

冉庵

太史公書列孔子以世家。贊云：「余讀孔氏書，想見其爲人，適魯，觀仲尼廟堂車服禮器，諸生以時習禮其家，余低回留之不能去云。天下君王至於賢人衆矣。當時則榮，沒則已焉。（按：世界上的統治者，獨裁者皆如是）孔子布衣，傳十餘世，學者宗之，自天子王侯，中國言六藝者，折中於夫子，可謂至聖矣！」文境極高卓，而特列世家之意可見，固於予與王侯世家之列等視也。王介甫（安石）讀「孔子世家」。責以自亂其例，謂：「處之世家，仲尼之道不從而大；置之列傳，仲尼之道不從而小。」筆鋒雖利，實不本怙未能體會。

孔子之後，世居曲阜，可謂中國第一世家。舊日衍聖公府大門聯云：「與國咸休，安富尊榮公府地；同天並老，文章道德聖人家」，口氣之濶大，斷不能移諸他氏。其北京太僕寺街之府亦有之。余未嘗至曲阜，於太僕寺街見其語如是。梁章鉅楹聯叢話卷五云：「曲阜衍聖公府大門聯云：『與國咸休，安富尊榮公府第；偕天不老，文章禮樂聖人家。』此前明李文正公（東陽）所題也。」文字猶有小異，當更考之。（「叢話」卷三廟祀云：「憶在京師曾遊國學，得恭閱聖製大成殿聯云：『氣備四時。與天地日月鬼神合其德；教垂萬世。繼堯舜禹湯文武作之師。』惟聖人能言聖人，後人有作者，弗可及矣。」此爲清高宗聯，莊嚴稱題，未知是否詞臣所擬。）

張宗子（岱）「陶菴夢憶」，述明季事，卷二有云：「孔家人曰：『天下只三家人家，我家與江西張，鳳陽朱而已。江西張，道士氣；鳳陽朱，暴發人家小家氣。』」自負語頗趣。亦非他氏所能出。

從晚晴園談起

向晚

一

去年爲紀念孫中山先生百年誕辰，在各地報刊和紀念畫冊上，差不多都影印着星加坡晚晴園這一所別墅式的建築物；而且在樓前還站着三個人，當中一位是要紀念的人，但站在他右側的青年，却成了無名氏。看至此，不禁感慨萬千！

這個無名氏，究竟爲何人？非他，就是晚晴園的主人翁張永福。張是當年星加坡同盟會會長，所以晚晴園便變成南洋華僑的革命策源地。在這裏除中山先生爲常客外，餘如汪精衛等革命黨要人，多數都住過。據張說，在他家裏的住客中，後來竟出了八個都督。像這樣一位對驅逐韃虜、建立民國有如此貢獻的人物，如今何以竟連姓名都湮沒了呢？說來眞是話長。

二

張永福是廣東鏡平縣人，家貧，十餘歲卽遠走南洋謀生，後成鉅富。我曾問過他致富之道，他仰首莞爾告：「那是很容易的呀，我起初種胡椒，那地方土地既肥沃便宜而生長又快，後來改變販賣布疋，……」以這樣一個人怎會與中山先生拉上關係呢？其中經過很是微妙，原來由於一種月份牌作了媒介。當上海「蘇報」案件發生後，張永福（三十歲）、陳楚楠（二十歲）、林義順（十七歲）卽以小桃園俱樂部名義，致電上海領事團抗議。旣而感到南洋不可無宣傳機關，乃創立「圖南日報」，張自任董事長兼總編輯。該報由於不能廣銷，張遂別出心裁，創刊「圖南日報月份牌」，上印有極富革命性的圖畫和文字。不意這個小玩意，輾轉流入檀香山後，却引起中山先生大大的注意。他一方滙美金二十元購買二十張，一方又致書張，予以嘉勉，並言願與訂交。後來中山先生抵星加坡，成立中國同盟會星加坡分會，就以原爲張母養老用的晚晴園做秘密革命機關，同時推舉陳楚楠爲會長、張永福爲副會長。

世人都知黃花崗之役，而不知在此役以前，尙有潮州黃岡起義，所有一切準備，中山先生卽是假晚晴園召集同志決定下大計的；而出錢最多者就是張永福和陳楚楠。不僅如此，後來晚晴園簡直變成革命同志的避難所，所有費用、營救、安置等等亦概由陳張二人負擔，這非有大勇氣做不到。張說：「當時我們革命，事之成敗，尙在未可預料之中，各人生命財產不論在國內國外，時時皆有危險。各人能蹈險如夷，毫不畏縮，一直向前衝，其動機旣不爲升官，尤不在發財，而一心一意只求祖國不受瓜分，能夠獨立自强，四萬萬同胞得以恢復自由，長享平等之福，於願已足。」

黃岡起義，當場殉難者十八人，陣亡於井洲者七十七人，事後成仁者六十餘人。首要余旣成，失敗後逃往香港，因清吏陷害被捕，清政府要求引渡。張旣須聯合同志奔走營救，而漏網同志紛紛遠颺星加坡，更須加以安頓。他所經營的三四家店舖，便統通做爲這些同志的避難所，不必說所有火食、花用，一概由張負責。

這百餘同志的供應本已不易支持，不料不久越南砒霜案發生，在越南的四百多同志亦逃到星加坡。他們先被羈押於居留所中，張看見被押同志，衣服藍縷，髮辮蝟亂，乃與獄吏相商，允派理髮匠入所理髮，並由各同志募捐千元趕製白帆布西式學生裝每人兩套，携入所中分發，而鞋帽則由沈聯芳、林鏡秋同志捐贈。第二步，一方由陳楚楠供應三層樓房佈置招待，另一方中山先生便命張以商人名義，向當地政府擔保，一人二百元，四百餘人需八萬元。張即以自己產業契約作抵押，統通把他們保出，並聲明所擔保的人，倘不遵守地方法律，概由擔保人負責。

一波未平一波又起，這四百餘人方保出，而河內又來電報，報告河內又捕去同志二百餘人。中山先生接電後即致電越督，謂留越革命黨人須加分別，凡安分營商者，不可以軍事相待，一律驅逐出境。越督覆電，允可照辦，並云這二百餘人爲最後一批。這批同志抵星加坡後，張又拿出價值五萬元的產業契約作擔保。這時陳楚楠的樓房再不能容納，乃由另一同志張振東騰出兩幢樓房作宿舍。前後共計六百餘人，日食白米千斤，食指之繁，實可驚人。張爲同盟會長責無旁貸，火食完全由他供應，其他同志則各以所籌供給菜肴茶炭醫藥等物。類如以上諸事實不勝枚舉，然此不過聊舉其一端而已。（參閱張編「南洋與創立民國」及「自由陣線」十二卷三期拙稿）

三

在國民黨要人中，除中山先生外，最與張接近的就是汪精衛。張說，汪精衛這個人富熱情重友誼。我說，不錯，我亦有同感。回憶民國十三年冬，我在天津八里台南開大學秀山堂大禮堂第一次聽他講演，便着了迷。事後我常對同學模仿汪講演：「吾兄弟來在你們北方……」幾乎成了沙文。按「你們北方」實在不妥，應改稱「咱們北方」或「北方」。十年後唐有壬在滬被暗殺，在南京外交部紀念週上又聽他講演。上次講的是軍閥如何禍國殃民，這次講的是痛悼良友的遭難，看他落淚了，我眼眶亦濕。像這樣一位對黨忠、對國愛、對友誠的人，怎會正當全國上下一致奮起抗戰之際，却偏偏向日閥投靠呢？實在令人難以理解。宜其蔣汪唱雙簧之經傳，至今仍喧騰人口。

八十七歲紀念

壽高於佛

鈍等於牛

張永福自題

十餘年以來，看到關於汪的文章很多，但不出兩類：一是一味的謾罵，罵不會錯，表示自己才是愛國；一是多方的辯護，大半都是汪派的人，爲汪辯護等於爲自己遮醜；然而却很難得看到一篇合情合理的分析，所以都不足使人折服。很多人說，歷史未可盡信；原因即由於記載歷史的人太主觀偏見，甚至杜撰，愛之者捧上三十三天，惡之者貶入十八層地獄，不能屛除私見、秉直筆。可是董狐、太史公亦需要可靠史料，故下筆不可不愼。嘗見某報刊載，謂顏惠慶於解放軍入上海後，曾一度飛赴莫斯科云云，其實，他因年老久病連樓亦不能下，史家倘根據這條謠言記載之，豈非天大的笑話？

當中國抗戰到第二年，大半名城陷敵後，就全國人心粗畧的估計，可分兩派：一是「抗戰到底」的抗戰派，一是失敗主義的「和平派」（這是日敵派和汪自稱）。問題是以汪過去的歷史和當時在政府的地位，爲什麼他竟要投靠日敵呢？我們平心靜氣地研究一下，可以從以下幾方面透視：（一）意識上的，汪以爲「宣戰與講和同爲國家用以保衛生存之利器，應戰則戰，應和則和。」他不認日本「以滅亡中國爲唯一之目的。」且隱然以普法戰爭之甘必大及第一次大戰之列寧自居。（見汪給張的私函及「春秋」某特刊號第一篇拙稿）普法之戰、德俄之戰、中日之戰三種當時情形各不相同，不應如此相提並論，我們可以說汪只能在第一次大戰時與英國失敗主義者羅素相比。高宗武私下亦和我說過：「我們既打不過人家，只好暫時忍耐一下，一旦把我們的武力養成，如希特勒之撕毀凡爾賽和約，再來反日有何不可。」不是「存在決定意識」，而是意識決定行動，所以汪卒由抗戰的重慶而投奔到淪陷區的上海、南京。

（二）權勢上的，無論古今中外，凡是搞政治的人，在未登台前，他們的動機可能把國家、人民置第一位（當然一般流氓政客除外），但一旦執政，什九便只注意到個人的權勢了。到這時，所謂國家、人民直是變成鞏固個人權勢的工具，如克魯瑪、蘇加諾兩個寶貝即其最明顯的例證。至於華盛頓（不僅不肯登皇帝位、終身總統，連第三任總統亦不幹）、中山先生（致力革命數十年被選爲臨時大總統後，却輕易讓給袁世凱毫不留戀），這當然是歷史上罕有的例外，足稱得起世界偉人、大政治家。在抗戰前後，汪雖任行政院長兼外交部長，但在他權限內一切大政，却事事要請示於蔣委員長，心情上自然不舒服，對左右常不免流露出怨懟。汪是有涵養的人，爲了顧全大體，所以尚能忍受；但陳璧君久不肯屈居宋美齡之下，想做第一夫人，這是凡汪的左右都是知道的事。「婦兒之言，愼不可聽」，只是劉伶說得出做得到，事實上世間男子極少不受枕邊語蠱惑的。

（三）受左右游說，第一個是高宗武，他一方受了日人（近衛及其以下犬養、影佐等）的甜言蜜語欺騙，說什麼「日本決無意滅亡中國，只求中國與日本合作，如過去法之與英……。」同時，另一方亦受了上海銀行界鉅子如徐新六、錢新之、徐寄廎等的影響不少。民國二十七年春，高由港經滬到東京時即與這些人見面，當由東京再返滬時，他們向汪還提出正式建議，請汪出國，最好是往羅馬，其次是馬尼剌，俟局勢變化，亦就是說，到抗戰不可能時，這時汪便可囘國收拾殘局，主持大政了。因爲他們認定了軸心國會勝利的，所以有如此安排。這個建議經高手送給汪後，汪當時在漢口，尚殊不以爲然，認爲「國事應依會議決之，個人不作主張。」（見汪致高秘電）世人對於高的爲人，可以說是毀譽參半，其實，他是天性純厚的人，不僅對親孝、對兄悌，而對友更重義氣。在觀察一個人之前，先要看看他交的朋友，知名者如胡適之、董顯光等，豈不都是一些忠厚人。忠厚人才容易受騙，幸而高雖忠厚，還不致於糊塗，能夠見機行事，懸崖勒馬。事後蔣委員長在給他親筆函中，稱讚他爲「浙東健者」，因爲他是温州人。汪怎會認識日閥和他們發生了如此的關係，就全靠高從中拉攏。周佛海固然比高資格老，但周之異動，那是在汪已脫離中央以後之事，事前並未與日閥接頭過。政府遷都漢口後，他原打算入上海租界作寓公。

其次該談到陶希聖，他有演說天才，讀書多、記憶力强、寫作快，每每於飯後閒談中，便會想出文章來；但他有個缺點，重現實而不怎講原則，好發議論，以故常常會弄到今日之我不惜對昔日之我作戰。既講現實，當時軸心國正在發威，所以他對抗戰思想動搖了。會講說，能使人動聽，汪的決策可能受他的影響很大。

其他的人如周佛海、陳公博、褚民誼之流，說公道話，亦非甘心事敵的人，不過僅是一些追隨者而已，自然與殷汝耕、王克敏等漢奸有別。因爲他們與汪的關係較久，一向崇拜他，唯馬首是瞻，總認爲汪的舉措，是不會錯的，可惜這囘却錯了。張永福亦就是這一類人。最可鄙的是梅思平和傅式說，前者因謀不到內政部次長而反蔣，後者已投奔內地，想獲一參政員議席失敗，轉囘投汪，都是蘇秦之流，不足以談。

四

至於唱雙簧之說，是否眞有其事，只有蔣汪才明白，他倆不說，將永不會揭穿這個謎。我們知道，青年黨、民社黨就在汪組偽府後，都在唱雙簧，如趙毓松、諸青來就是加入偽府的人，而曾琦雖未正式參加，但留連上海不去，明明是在看風聲，想投機。要知道他們為什麼這樣做，必須明瞭當時世界大勢。當時希特勒已征服歐洲三分之二，戴高樂先逃到北非，後託庇於英國；而東條的勢力亦遠達東南亞，神經敏感的政客，正與上海銀行界徐錢的心理不謀而合，深恐德意日會眞能重分世界，故不如趁早與日閥取得聯繫，先放一顆棋子，壓對了，自然取其益，敗了亦不過犧牲少數同志而已。歷來國際戰爭，多是一面作戰，一面仍秘密交易的。抗戰到中央政府遷都到漢口後，蔣委員長即派高來港主持研究敵情工作，不斷與日方特務交談，甚至遠到東京與日內閣總理大臣近衛面洽，這有什麼稀奇。故如說當時蔣汪唱雙簧，回想當年險惡局勢，亦未嘗不在情理之中。

五

我雖始終反對汪派的作法，然這派中有不少我的朋友，當時雖不值他們所為，要查清界限，爾為爾，我為我，但無論談話、寫作，總不忍心把「漢奸」、「賣國賊」這種惡名加在他們身上；對張永福亦在內，不僅如此，看在晚晴園時代，這位老人對革命偉大的貢獻，至今仍存相當的敬意。張由於後來勤苦自修，雖亦能讀道德經、南華經、且常常作詩，但實際上對於日本以及一般國際政治常識，都毫無所知。以他偌大年紀，本應該坐在家中納福，不再問世事，但老糊塗了偏偏不甘寂寞，讀到汪自河內發出的「艷電」後，馬上致電重慶，「望尊重汪先生之意見、促其返渝、共商一是」。之後，他參加了汪偽府，只不過做了一個空名義的「僑務委員會委員長」，到後來，以數年的「委員長」，却換來一年多的鐵窗風味。依照國法，判處他入獄半年，已夠懲罰，他對國家沒做什麼壞事，何致一些民間刊物，硬把張永福的姓名削除，不是太過麼？所以忍不住要想說幾句話。

七年前冬，張已九十餘歲，以病逝世於九龍住宅，埋葬於和合墳場。

我所見的張永福

林　熙

一九五二年，張永福任廣東國民政府參事。下一年國民革命軍北伐，他正在汕頭的中央銀行任經理，不久，調廣州中央銀行總行做副總理。一九二六年十月，國民政府發表他做汕頭市市長。他往汕頭接任時，恰恰和我同船，因此相識。這件事至今正好四十年。

我於一九二六年九月從上海回廣州省親，當時因為廣東各界抵制香港，我只好在上海趁直航廣州的貨輪「醒獅」號（此輪係虞洽卿的三北輪船公司的，不載客，因為有人和他們相識，賣了兩張客票，一張是我所有，另一張則為曾昭森先生）。我在廣州住到十一月，又搭船回汕頭。這一次趁的是暹羅、汕頭線的貨船「夏利南」號，是香港乾泰隆行代理的。此船由廣州往汕頭，在汕頭裝貨載客後，即航往暹羅，所以往汕頭的人客不多，大餐間只售港幣十五元，火食另計。張永福就是搭這艘船往汕頭就職的。

「夏利南」號是十一月十二日早上六時五十分開行的，我先於十一日晚上八時即上船，因船沒有碼頭，要雇艇到白鵝潭登輪，所以不得不先在船上睡一晚。張永福何時上船，我不知道。

船開行後，七時半我到餐廳吃早餐，見一個五十多歲的老人和一個二十來歲的少婦同座，少婦手上還抱着一個六七月大的嬰兒。從他們的談話，知道他們是夫婦。我坐在他們對面，點了早餐，便和那位老人攀談，原來就是張永福。

船要十三日上午七時才到汕頭，大餐

間的搭客只有我和張永福夫婦，所以我們就成為忘年之交，談得很投契。他知道我在日本念書，打算過了年就要往歐洲求學，就着實誇獎我一頓，又說他的女兒正在倫敦念書，將來可以相識。

到汕頭後，張永福忙於接印視事，我也沒有去拜見他，向他道喜，只偶然有一次在宴會中和他相遇，也只互相點頭打招呼，沒有機會傾談。我的親戚多是生意中人，電燈公司的一個經理有一次在談話中提到市長張永福，稱他為「老市」，我不禁好笑，這兩字的字面夠幽默，但還不知其中更有深一層含義也。（汕頭的下級妓女，聚居老市，人們提到「老市」，就是指那個風流區。今以「老市」稱市長，無乃「褻瀆」乎？）

張永福的市長做得不很久，大約三五個月便下台，他也回到新加坡做他的生意了。我往歐洲時，趁的是法國郵船「亞多士第二號」，法國船在西貢停三四日，但在新加坡只停八小時，所以我想去晚晴園拜訪他也沒有時間。（這八小時中，我的五哥帶我遊我家經營的樹膠園，在園中吃午飯，然後坐汽車往柔佛。回新加坡，在別發書店，商務印書館買些書，下午四時上船。）

一九四二年五月，我因為房地產的事情，往廣州一行，那時候已是汪偽組織時代了。一日和熊潤桐、余心一在銀龍酒家吃午茶，余心一問我有沒有見到張永福，我說沒有，他說，張永福就住在愛羣酒店，和我同一旅舍。於是我們就一同去見見十六年未曾會過面的老友。當時的張永福是「僑務委員會委員長」，比以前的「官」做得似乎更大了。他早已忘記了我這個人，經過一番「敘舊」之後，他才記起，但仍然是印象很模糊。從這時起，我們又重新做起朋友，我在廣州居留期中，差不多每天都和他相見，他很健談，我的談鋒也不弱，有時我們整整談四五個鐘頭，連吃飯的時間也忘記了。每逢談過之後，我回到房間，獨自一人偃臥床上，就想到張永福真可惜，以古稀之年，還熱心做官，自毀過去的光榮歷史，也可說是愚不可及了。他做「僑務委員會委員長」時，有「官」七絕一首，自嘲也，詩云：「筮官爬到最高竿，不少閒人瞪笑看。一日手鬆溜下去，難為情處更為難！」似乎早已知道將來難逃法網了。

日寇投降後，張永福被判入獄一年，有「被判後在牢寄內人」一首云：「自古成功不易居，毀家徒且費工夫。空留旌義煌煌詔；盡寫天家懇懇書。鐵券如今無所效；訟庭何事便依於。願卿投向洪爐火，當作嬴秦一炬餘。」詩中不僅充滿着怨憤之語，並且有極濃厚的功臣思想，好像他以前對革命有過功，有人賜過他「免死牌」似的。（鐵券即免死牌，本人犯罪，可赦無罪，並可以免死刑若干次，子孫免死刑若干次）

張永福是民國三十四年（一九四五年）十月被捕的，到三十五年十一月二十八日釋放出獄。他回到新加坡後，有「再過晚晴園有感作」三首云：「戶積苔蘚案積塵，樓臺不似舊時春。履杖聲高鄰犬吠，伺庭未見有闔人。」「神策譯邊野草蕪，晚晴今日亦依於。大業皆隨人事化，王孫歷歷意何如。」「是非相去無多遠，禍福惟心自適之。苟知病病能生病，莫若事先莫病疑。」

蔣介石沒有特赦張永福，這是張永福晚年最痛心疾首的事，因此他凡有詠時事之作，總要把老蔣大罵一頓，例如「有感」一首，罵蔣滿口民主共和，但厲行特務統治，於「六法」之外，「蔣家一法最森嚴」，因此當年的國民政府有的是「七法全書」了。又罵蔣介石許多次向國內外宣言，身與國土共存亡，而今日則優遊於台灣，以總統自居。凡所罵，我們不能說罵得不對。

張永福出獄後，有時住新加坡，有時也來香港小住（他有一所簡陋的房子在九龍城，二樓租給親戚居住，他來香港即寓居彼處），我和他不見又十多年了，有一次因訪友之便，順路去拜候他，那時他已將近九十了，豪氣全消，但仍然健談。他又罵一班名流沒人性，在日本仔時代，他來香港宣慰僑胞，那班人日夕趨奉左右，託他辦這件事，那件事，現在連一個影子都不見了。言下不勝喟然。其實這是古今中外的世態，張永福臨老還看不破也。（張永福死前一年，自印詩集，名「瓠園耶許聲」收詩百餘首。）

陳楚楠與張永福

·馮自由·

陳楚楠原名連才，別號思明州之少年，福建同安縣廈門人。世居新加坡，有商店曰合春號，設于美芝律街三百二十七號，營木材及罐菓業。

河口革命失敗後，其將士多退入越南境內，概由越南法官繳械拘留。轉送新加坡安置。總理（按：即孫中山先生——引注）乃令楚楠等設法收容，各給相當工作，使免凍餒。楚楠於是開設中興石山公司於蔡厝港，以安插彼等，且介紹檳榔嶼吉隆坡叱叻文島各埠工廠礦場農場，使各得所，而衆心紿安，總理之負擔因亦為之一輕。惟楚楠以歷年為革命事業。耗用合春號公欵過巨，發生兄弟分產涉訟案，無力兼顧黨務。張永福亦因商業虧折，幾致破產，「中興報」緣是乏人支持，負債纍纍，屢次招股。均隨手輒盡。無法抵欠，遂於已酉（民國前三年）冬。總理離南洋後數月停版歇業，聞者惜之。說者謂倘楚楠當日不因分產案被控，而喪失其處分財產之自由，則「中興報」決不致停刋，是可知楚楠一人關係於南洋黨務之興衰矣。楚楠後於庚戍辛亥（民國前一二年）兩載，在黨務軍事均無所表見，殆即為此。

民國成立後，楚楠家業久未恢復，其母逝世之前，以楚楠曾動用公產逾額，遺囑以楚楠之子為承繼人，俟其子成年，始以遺產授予之。楚楠是以失所憑依，漸形潦倒，時其舊店夥林義順已藉種植樹膠致富。扶搖直上，有樹膠大王之稱。楚楠賴其協助，生活為之稍舒。民六年楚楠歸國，謁見總理於廣州市士敏土廠大元帥府，總理禮之特優，並聘充大元帥府參議。民十七年國民政府定都南京後，楚楠先後兩任福建省政府委員。及民國二十二年其子已達成年，依法可以接收其祖母所授予之遺產。楚楠於是重返新加坡，代其子接收產權，其中不動產附有田園礦場多處，所值不貲，故楚楠大可息影南洋，面團團不作家鄉想矣。民二十六年日寇禍作，越二年而汪兆銘降敵，遂以偽中央監察委員及國民政府委員二席為餌，誘僑務委員會常務委員張永福就範，永福竟靦然從之。且奉命使南洋，招致楚楠歸國，以加强偽組織之聲勢，詎楚楠不為少動，且以順逆大義責之，永福乃知難而退，事後楚楠即移書老友馮自由詳述此事之經過：：：聞者莫不深敬楚楠之為人。（此文轉錄自馮自由的「革命逸史」以備讀者參考。題目是編者改的。）

病榴行 有序

·徐亮之·

亮齋後園安石榴，盈尺時余手植也。未數歲亟高過屋。四時皆花，秀健可愛；數颶風亢旱無恙。乃去春忽病蟲，枝敗葉枯過半，生意黯然。而未幾余亦病腸癌。後偶於折枝得蟲竇，跡之，果得蟲；其色青黑，長或至寸餘；殆桂蠹桑蝎之屬歟？憤其病榴甚，窮搜悉出而踐踏死之。泫然有作。

後園石榴手親種，尺許便花勢鬱葱；雨露所加似獨厚，旋觀過屋青瞳瞳。幾抗颶母仆還起，亦戰魃女健且雄；肯共楊柳挂秋月，不隨桃李弄春風。虬枝鐵幹無撓屈，玉蕊瓊英眞天功。解語憐渠丰神澹，無言坐我酒面紅。方期投分侔石友，孰意勝契遽驚鴻？枝葉無端日凋瘁，飄擢應手如斷蓬。攀條偶然蟲竇見，窮索果得蠹爾宮。汲髓飲精行過半，潛侵暗賊計何工！卒其醜類恣寢饋，心忍貌愿毒蠆蠭。剔使出之踐且訾，縱殲百輩恨豈窮！自我去夏病癥瘕，與榴病蟲將毋同？愴然念榴行自念，世法浮生本忽忽。生寄死休法無我，生何足喜死何惆？不如兩忘置之去，一笑出門海天空。

前塵夢影錄

日本侵畧中國一段秘史

陳彬龢

張作霖同町野武篤「俠義結交」

張作霖如果早晨起來聽說雞蛋漲了價，那一天他就會省着不吃，可是要買槍砲的時候，幾十萬百萬毫無吝色。他的日本顧問町野武篤說他是個自奉甚薄而野心很大的人。

町野武篤是在一九二二年張作霖任督軍的時候，日本陸軍部命他來當張的顧問的。町野不客氣地對張說：「我不是來當馬賊的顧問的啊！」張答得更坦率：「我現在不是馬賊了，當上督軍，就要打主意統一中國嘛！」也許一個是江湖好漢，一個是浪人氣質，兩人一拍卽合，就成其爲「俠義結交」了。町野說：他們是誓共生死的。張曾經勸他歸化中國，說是張做了皇帝，就可以封町野爲「滿洲王」。町野說，他雖然託詞拒絕了，但他心想，張有一個漂亮女兒，如果一個退居臣籍的日本皇族同她結了婚，豈不是一個現成的「滿洲王」！町野至今說起來還洋洋得意，就可想見他們是塊什麽材料了。

町野承認他自己讀書很少，張作霖比他還不如，他說，張雖然根本沒有讀過書，可是官做久了，不但電報公文看得懂，連日本報紙雜誌也畧知大概，尤其是決斷力强，腦力足，具備一個大人物的條件。吉田茂經常笑他把張作霖捧得太過火了。（按：吉田茂當時是奉天總領事，他是主張强硬對付當時東北的反日風潮的，町野袒護張作霖，所以他們之間就自然發生了磨擦。說實在的，奉天總領事這個缺，是日本外交官的畏途，因爲他要伺候四個婆婆，就是：外務省、關東軍、關東廳、滿鐵等四個頂頭上司衙門，哪一個也得罪不起，做兒媳婦的就不免疲於奔命，無所適從了。也正因爲日本在東北這種多頭政治，儘管它們的共同目的是侵畧，但各自爲政，行險邀功，所以才會發生郭松林倒戈，張作霖被炸，「九一八」這一連串的事變。）

町野爲了誇張他和張作霖的交情，還說了下面一段不像故事的故事。他說：因爲他回到家鄉會津探視父母多躭擱了些日子，老張等得不耐煩了，問他何不把父母接到北京來住？町野答稱：父母是不願離開鄉井的。你猜張作霖怎麽說？「那把整個兒會津若松市搬來好了。」這只是張作霖那一套籠絡人的手段，說說也就算了；可是町野心想，人口五萬的若松市，每戶給一萬元，在大陸建立一個若松市，那對張作霖的權勢來說，眞算不得一回事吧。

町野說，老張遺產不過六百萬元，而小張四年之間就有二千四百萬美金存在美國，從這裏就可以判別他們父子的優劣。（張學良是不是有二千四百萬美金，不得而知，卽會有，比起蔣、宋、孔來，恐怕也只是小巫見大巫吧。）

張作霖炸死後，町野武篤鍛羽而歸，並沒有履行同生共死的誓言，現在還活着，已經八十八歲了。

鐵道借欵密約草案簽字的一幕

一九二七年，田中義一任日本內閣總理，特地把町野武篤喚回來，嚴肅地對町野說：「滿洲是日本的生命線。現在要張作霖向日本申請借欵建築五條鐵路（見後）只是要他負個虛名，一切都由日本包辦。事關重要，無論如何都得使張作霖答應這件事。」町野當即表示反對，他說：「如果現在這樣做，張作霖有可能會垮台。爲什麼呢？張作霖的勢力已經控制了十四省，只有西南四省未入掌握（他的意思是恐怕給人以反張的口實，張的勢力就會瓦解），最好再等兩年（也就是說，等張統一了中國之後），那時日本就可以如願以償了。」田中說：「可是再無法抑制陸軍內部了，老實說，如果鐵道借欵的計劃馬上不能成功的話，他們就會發動用武力佔領滿洲的。」

町野懷着沉重的心情回到北京，不久日本政府發表山本條太郎任滿鐵總裁，田中和山本不斷催促町野回音，町野始終沒有勇氣向張作霖開口。在山本約定到北京謁見張大元帥的前夕，町野無奈，硬着頭皮偕同江藤豐二去見張作霖。江藤是滿鐵的社員，中國話講得不錯。町野說他平日同張談話，都是由張的手下繙譯，這次爲了保密，才把江藤帶來的。

町野把鐵道借欵密約草案遞給張作霖的時候，張面色突變，憤怒地說：「媽的把子，這樣的東西可以忍受嗎！」（「媽的把子」是從前東北人的口頭語，同廣東人的「三字經」一樣，當年奉軍入關，這四個字就成爲他們的標誌了）說着，把文件往桌上一擲，站起身來就往寢室裏走，町野說他連忙趕上去一手抓住張的肩膊，哀聲道：「難道我們明天就分別了嗎？」町野是想用誓共生死的交情來打動張作霖。張默不作聲地走進寢室裏去，町野說，這一晚，他和江藤眞是難過極了。

翌晨九時，山本在北京車站出現了，十點，他們照約定時間去謁見張大帥。十點半，還不見張出來，町野有點慌張了，三人面面相覷，好容易等到十一點，才見張作霖頭纏白布，一步捱一步走進會客廳來，町野鬆了一口氣，低聲對山本說：「大元帥似乎在發高燒吧。」

張作霖平日接見賓客，總是張開兩手，大聲說：「久等了」，隨着緊握對方的手搖動幾下，表現得很歡迎的樣子。這回接見山本，聲音很小，只是輕輕地同山本握了一下手。山本也不客氣，見面就說：「大元帥，我們也許有場爭論吧！」隨手把條約拿出來。可是，江藤猶豫了五分鐘，還沒有把山本這句話繙譯出來，町野從旁催他快說，江藤又考慮了幾分鐘，這才繙譯給張作霖聽。町野盯着張作霖看他怎樣表示，沒有料到事情會這樣簡單，「你們同楊宇霆好好地商量吧。」張作霖說着就站起來了。

在另一間屋子裏，楊宇霆在那裏等着。町野說，楊宇霆是日本士官學校畢業的軍人，有才有識，平日他們兩人很講得來。當山本把條約草案交楊看的時候，楊憤然作色說：「我常常感念日本的恩義，思有所報答。但是，最近日本的官吏和軍人在東北的行爲，不是高利剝削，就是明火打刧，我們以爲這只是些低級官吏和軍人搞的事情，沒有把它放在心上。現在，看到日本政府這種無理的要求，使我對日本的觀感完全改變了。」町野說，楊宇霆當時說話的神氣是很感動人的，連山本也不能不表示同情。

山本爲了敷衍面子，還强詞奪理地說，鐵道建成後，滿洲的物資可以大大出口，這不是日本八千萬人口所能消納的，那時一部分可以運到美國去賺取外滙，一部分統由大連港運到中國南方去，這樣，南方的饑饉問題也就可以解決了。

當然，在日本軍國主義的强大壓力下，外强中乾的張作霖終於簽訂了這個賣國條約。

那天晚上，張作霖舉行了盛大的宴會，大概由於良心的責備吧，這回裝病的不是張作霖，而是山本了。張作霖笑着說，山本先生也許是太累了吧，命人扶他到休憩室靜臥了約莫二十分鐘，山本爬起來就大吃特吃，口裏連聲嚷着好吃，好吃，說一輩子也沒有吃過這樣的好「料理」。

鐵道借欵密約的內容和交涉進行的曲折

鐵道借欵賣國條約，也稱做「山本張作霖密約」，它的內容是這樣的：

敦化——老道溝——圖們江江岸線

長春——大賚線

吉林——五常線
洮南——索倫線
延吉——海林線

以上五條鐵道的建築，交由滿鐵包辦，所有資金作爲借欵辦理。比這個更無理的是，密約禁止中國的打虎山——通遼線路再向通遼以北延長，同時禁止中國建築開通——扶餘線。山本還在交換公文中提議「日滿經濟同盟」和「軍事同盟」。

山本奉田中內閣命令把交涉移交駐華公使芳澤謙吉正式辦理，芳澤明知道交換公文是山本使張作霖讓步的花招，但認爲山本不通過正式外交機關逕自提出軍事同盟這一類問題太不應該，向田中請示，田中也認爲山本節外生枝，電令芳澤向張作霖收回這項交換公文。可是，代表日本軍部的本莊繁武官是山本——張密約幕後人，堅持外交當局應該根據這個成案進行交涉。這一來，收回交換公文的事，田中和芳澤都感到棘手了。同時，張作霖也强調這個密約是東三省的地方秘密事件，反對與芳澤交涉。

楊宇霆堅持行文只能以田中爲對方，反對同芳澤之間公文來往，他是深懼這個賣國條約一旦成爲外交上的正式交涉，一定要遭到全國人民的反對，結果就會像町野所顧慮的那樣，張作霖有垮台的可能。果然，天津「大公報」揭露日本强迫修築東三省鐵路，侵佔土地所有權和新設領事館的記事發表了。同時，東三省的報紙也報道日本把東三省當作殖民地，向美國摩根財團借欵來敷設鐵道了。事實上，摩根財團的賴蒙特在東京的確答應滿鐵的齋藤理事締結一個三千萬美元的借欵條約。

楊宇霆答覆記者的質問說：「美國的滿鐵借欵，是對中國政府和人民的一種挑撥。」（一九二七年十一月二十九日）芳澤大吃一驚，認爲這是表明反對鐵道密約，寫私信給楊宇霆質問，同時，本莊也爲此訪問了張作霖。張作霖對本莊大發牢騷，他說：「南方政府不斷地攻擊我」，說是我在日本援助之下想做「皇帝」，事情搞到這樣糟，應該是日本的責任。

楊宇霆也辯稱，奉天派在北京政府內的地位越來越不妙了，在公共的場合中，爲了保持體面，除否認鐵道借欵密約外還有什麼話好說呢！

結果，田中承認行文的對方爲田中外相（兼任），楊宇霆表示同意，但不允更正對新聞記者否認密約的談話。國民革命軍北伐着着勝利，形勢越來越不利于張作霖，張作霖乘機把鐵道密約交涉表面上交給吉林省長張作相同日方進行，藉以緩和國內各方對他的攻擊。同時，張作霖、楊宇霆以軍費支絀爲理由，對日方提出二五附加稅作爲鐵道交涉和日本在帽兒山設置領事館的交換條件。

南人北人

湘山

抗戰期間，直接稅局長高秉坊，因貪污案發，被處徒刑，關在重慶石板坡監獄。王撫洲得有力者支援接充，把局擴大爲署。好事者針對當時實際情况，借用諧聲詞句，描寫官塲現狀云：「從軍不如爲正（政），爲正不如從良（糧食部門），從良不如下堂（食糖專業部門），下堂不如當娼（倉庫管理），當娼不如直接睡（直接稅）。」把衙門的油水一層比一層好，分別揭露了。

譚廷闓的日記，有一段記述蔣介石宋美齡聯婚的事說：「應宋美齡電話到（上海）西摩路赴宋母之約，抵彼，美迎于梯口，稱有事奉託。入室，宋母以美將嫁介石事見告，並稱不料子文反對，託爲勸解。繼呼子文來，同至另室詳詢經過，當婉勸以兒女婚事，尙不應多管，何況姊妹！徒傷感情，且貽口實。歷四譬解，始得完成使命而歸。」看此，則知道蔣宋的結合，宋對大哥總不無芥蒂，尤其是後來蔣介石對宋子文永留下一個不愉快的印象。據說蔣宋的搞在一起，是由宋藹齡做媒，而宋子文却極力反對，故找譚老板出來打圓塲的。

黃洊送徐悲鴻畫馬兩幅給戴笠，戴因沒有想的上欵，感到不高興，而把吳敬恒題有「雨農將軍法家」，戴傳賢題的「雨農宗弟」兩張字屛，當作寶貝。

譚廷闓有一顆石章，印文是：「生爲南人，却好馳馬試劍」，表示自己才兼文武，不是書獃子。

鄧家彥在廣西跟從孫中山北伐，梧州至桂林水道中，每晚均由參軍處派人檢查船隻，鄧妻爲山東籍，習慣裸睡，一夕，鄧妻已入睡，檢查員堅要她起來，發生爭執。事後，查船的統受處分。

粵軍旅長謝文炳在年靑時，曾當過轎夫，後來被桂軍拉去當挑夫，不久轉當伙夫。因此朋友們都叫他爲三夫旅長。

歐洲游記

英絲勃羅克

宋春舫

我這段游記，原名愁城消夏錄。我自己是一天到晚，游山玩水，那裏還有功夫，想到愁字上去，但我有時同此間居民談天，就不知不覺的替他們發愁。

天下的人，最可怕是把「希望」兩字，完全失掉。德國大文豪希洳氏（Schiller）說得好：

「Noch im Grabe, gibter nicht die Hoffnung auf」

這一行詩的大意，是「人已經葬在坟墓裏面，還眼巴巴的希望活轉來。」中國這十年來，雖無日不在軍閥淫威之下過日子，但我們小百姓，却沒有一天，沒有一人，不在那裏希望內戰停止，以便政治可以走到軌道上去。可是現在的奧國，不論男女老幼，都顯出垂頭喪氣的樣子，以為國事到了如此地步，他們還有什麼希望？

英絲勃羅克（Insbruck），是鐵洛耳（Tyrol）山中最大的城，大戰以前，是歐洲一個最著名的避暑勝地。因為交通便利，所以人來客往，熱鬧非常，而工商業因此也特別發達。城的中心，有一條河，名為英河（Innflus）。城的四圍，崇山峻嶺，到了冬天，却變成了天然溜冰塲。

既有這樣好的天然環境，城中居民，又是十分勤儉刻苦，他們把英絲勃羅克佈置得同仙宮一般。八年前，我曾經來過一次，那時燈紅酒綠，暮管朝絃，現在却成了「崔護重來，桃花人面」了。

大多數商店，閉門歇業，旅館還有幾家，但是不要說人，恐怕連鬼也沒有上門。路上行人，都是靜悄悄的，皺了眉，低着頭，彷彿像家中新近死了人一樣。

摩托車是完全絕跡了。

到了黃昏時候，有三兩家影戲院，在那裏萬分無聊似的，換上幾張十年前七拚八湊的老片子。我在英絲勃羅克住了三天，實在有些不耐煩了。第四天早起，心中一個焦燥，便跑到司退那黑（Steinach）去了。

英絲勃羅克以前的熱鬧，以及他工商業的發達，完全是由外來遊客的提倡。可是現在奧國，因為糧食缺少，自顧尚且不暇，那裏還有東西來供給遊人？所以現在外國人，要到英絲勃羅克來遊歷，是一件極不容易的事。吾呢，因為吾的護照，是一張「外交護照」，又在羅馬使館簽了字，所以奧國政府，沒法來阻擋，祇好讓我來享受數日的淸閒。

外國人既然不來避暑，本地居民大宗的進欵，就此一筆勾消。天下無論何種事業，沒有金錢來接濟，那裏會支持得下呢？

司退那黑離開海面，約一千零四十五個邁當，所以一年到頭，只有春秋冬三季。我到這裏的第一天，是八月六日，別處正值盛夏。那天下午，忽然下起雨來，到了晚上，北風吹得窗子刮刮的响，第二天早起，推窗一望，四面的山，都蓋滿了雪。我趕快把我的箱子打開，將上海帶來的狐皮袍子，披在身上，我當時有兩句詩，「北風帶雪催人老，一夜青山盡白頭」。

我住的旅館，叫做司退那飯店，對面是車站，我的臥房，却在後面。窗子正對伊蘭河（Ille）。這條河裏的水，因爲距離山頂不遠，所以流得非常的急。他們又在河的中流，築了幾所石灘，河水經過石灘，往下直瀉，彷彿像瀑布一般。司退那黑的旅館，本來也有十餘家，從前買賣是很好。譬如明年要來避暑，今年就得寫信預定房間，可是現在每家旅館，至多不過有兩三位客人。司退那黑的泉水，向來著名。村的東首，有一所很大的澡堂，現在却賣給人家去開鋸木廠了。

司退那黑四圍的山上，有極茂盛的松林。所以村裏房子，都是用木料蓋的，冬天生火，現在用的也是木柴。煤呢，價錢太貴，奧國人那裏買得起。

這一村居民的人數，約一千五百左右。村的東口，有教堂一所。奧國人民，都信奉天主教，尤其是Tyrol山中的人民，極端的虔誠。路旁到處是十字架，木刻的耶穌像，高高的釘在上面。鄉僻地方，還有極小的禮拜堂，裏面掛了許多聖像，沒有去過外國的人，見了這一類的建築物，必然以爲是吾們中國南方的五聖堂。

吾有時在邨中散步，村人見了，都說Gruss Gott，是「向上帝請安」的意思。這一類的寒暄，却別有風味。

教堂的旁邊，便是村中的小學。還有平民圖書館一所，却在一個雜貨鋪子裏面。

南鐵落耳山中的酒，是很著名的。有一天，吾在一家咖啡店裏獨酌，一個我向來認識的村人，跑來同我招呼。我問他飲酒否？他搖搖頭，歎口氣，說道：

「自從意大利把南鐵落耳山中佔領以後，因爲國外匯兌漲落的原因，我們現在的酒，比從前至少貴了數十倍。那裏再有錢去買酒吃？」你想，鐵落耳山中的人，連自己釀的酒，也喝不起，吾眞替他們可憐，又替他們可惜。……

吾在這裏，每天除了吃飯睡覺以外，就是爬山越嶺，不知不覺的，過了兩個星期，有時看看英絲勃羅克出版的日報，有時同車站上的車務總管，討論些國家大事。但是說來說去，他總說「我們奧國人，現在走的路，是山窮水盡了。」

明天吾要到維也納去了，那裏的居民，向來是抱樂天主義的。男子呢，只知道「醇酒婦人」。女子呢？跳舞，電影，巴黎化粧品。別的事情，都可以放在腦後，確有「商女不知亡國恨，隔江猶唱後庭花」的態度，……但願如此，我的愁城消夏錄，也就可以結束了。

石爾子堡

我去年上歐洲去，除了幾冊書籍以外，還帶了一柄在上海先施公司買的愛國紙傘。今春在意國南方的時候，風和日暖，始終沒有用過一次。可是一到奧國，這柄紙傘，就交起好運來了。

奧國石爾子堡（Salzburg），是著名下雨的地方。我到的第一天，就逢了一場傾盆大雨，衣履盡濕，所以每次出外，總有戒心，那柄雨傘，也就成了我形影不離的好伴侶。

一天，我從一家照相館門前走過，忽然聽見背後有人在那裏狂笑，回頭一看，原來是一羣十六七歲的女孩子，立在店門口，指手畫脚的，對着我的傘癡笑。

我想，這羣女子的常識，未免太缺乏了，光景連中國的雨傘，也沒有見過。

歇了片刻，我回旅館去午餐，侍者來說，外面有三個女孩請見，我當時聽了很奇怪，因爲我是第一次到石爾子堡，半個朋友都沒有。下樓一看，原來就是剛才站在照相館門前的幾個女孩子。

「請先生原諒，我們是照相館裏的夥計，剛才看見先生手中所持的紙傘，確是稀世之寶，不知先生肯借給我們一用否？半小時內，一准可以奉趙。」

那一天下午四點鐘的時候，我又出去散步，途中遇見了一羣小學生。

他們剛放了學出來，可是瞧見了我的傘以後，好像受了催眠一般，就緊緊的在我後面跟着。我立住，他們也立住，我跑過橋，他們也跟着過橋。一個飄零海外，無羈無束的旅客，一煞那間，竟變成了小學教員，領着一班學生，在郊外旅行，那時我眞有些不耐煩了。

好容易，僱了一輛汽車回家，上車的時候，那一羣孩子，還不住的拍手狂笑，恐怕也有些戀戀不捨的意思罷。

第二天早晨，又來了一位古玩鋪的掌

櫃。說：「聽說你老人家，從中國帶了一柄傘來。」我連忙回答說：「傘是不出賣的。」他說：「這倒不妨，我是來長些見識的。」我一方面佩服他好學不倦的精神，一方面便把那柄傘給他瞧。他看了又看，咀裏還問長問短，眞有些愛不釋手的樣子。

那天下午，我從歇爾白倫（Hilbrunn）宮中，看了水戲囘來，那時已近黃昏，一個彪形大漢，在後面鬼鬼祟祟的跟着。奧國近來經濟破產，盜賊充斥，恰巧那天我手上又帶了一只很大的鑽戒，不禁有些胆寒起來，就三脚兩步的，跑回旅館。晚餐時候，侍者遞上一張名片，上刻Heinrich George幾個字。

紀亞葛先生，是弗郎克福大劇塲著名的伶人，這一次，他到石爾子堡來，是應賴因哈脫（Reinhardt）之請，來演Jedermann一劇的。但我向來不認識他，何以忽然來拜我。

出去一看，正是剛才那個彪形大漢。他不等我開口，就說道：

「先生，恕我冒昧，剛才在路上，看見了先生的傘，眞是光怪陸離，就不知不覺的跟了來。我一打聽，知道先生也是酷好藝術的人，不識肯與我締交否？」

紀亞葛先生，不但是位名伶，而且對於近代戲劇的改善，頗有獨到的見解，我很佩服他的議論。有一天，他忽然說道：

「我想今天晚上，向你借那柄傘來一用。」

那一天，可不下雨，我說：

「傘是借給你，可是你得同我說明借傘的緣故。」

「我今天晚上，在戲園裏請客，想把你的傘，張開了，放在包廂上面……」

陳望曾有心進貢

·竹 坡·

民國十二三年（一九二三——二四）間，溥儀還在紫禁城裏稱孤道寡，伺候他的「內務府」仍維持着一個頗為龐大的組織，有「內務府大臣」數人。他們要為「皇上」籌欵來繼續支持所謂皇室的派頭，有時候，現欵未能到手，就拿故宮的古物抵押給銀行，變換金錢來濟急。一批古物押出後，往往周轉不靈而不能備欵贖取。期限已屆，便為內務府大小職員湊了錢贖出，騙他們的「皇上」說是寶物到期，已為銀行拍賣了。

某次溫肅（廣東順德人，也是溥儀心腹的「大臣」）囘廣東，經過香港，和陳望曾相晤，溫對陳說，他們的「上頭」有一批古物抵押給中南銀行，得現金約三十萬元，兩個月後便到期，如果陳望曾能籌出三四十萬元，這批價值百萬的古物即為陳所有，可以發筆大財。（陳望曾本台灣府人，同治九年庚午舉人，十三年中進士，列三甲第六十九名，時年二十一歲。辛亥革命時，他剛好在廣東做提法使。清亡後，卜居香港。一九二八年逝世，年七十六歲，葬香港。）

陳望曾打算贖出這批古物，先在天津、上海、香港各地開個展覽會，以善價沽出，除本錢外，以所得的贏餘，全部報效故君，以解故君一時財政之急，倒是一件好事。但陳望曾並非鉅富，一時不容易籌措三四十萬元，便和大富翁郭春秧商量。郭翁存在銀行的現金，常有一千數百萬，區區三四十萬，不在眼內也。郭對他說：「你何時要錢，隨時通知我，如數交上。」陳望曾很高興，決定派他的兒子陳樹階入京辦理這件事。但陳樹階還未動身，他的父親忽然生病，樹階因為父親已上了年紀，不敢遠行，便把北行之事暫時擱下。過了不久，陳望曾的病已有起色，但郭春秧忽然因商務關係往新加坡一帶巡視，陳望曾父子便不想買寶了。

後來這批古物另為一個商人所得，發了一筆大財。這件事是近日陳樹階兄對我說的。（陳望曾和李準有親戚關係，李準之子景武，叫樹階為姑丈。十七年前，李景武將來香港，在北京冷肆偶然買到陳望曾同治甲戌殿試策，帶到香港送還給姑丈保存。）

掌故答問

朱庵一士

問：「清代皇子教育，其情事如何。又幼年皇帝，如何從師受業？」

答：「清代家法，皇子教育，甚爲認眞，其就學之所曰上書房。師傅選翰林充之，謂之上書房行走。大臣任教者，則有上書房總師傅之稱。皇子每日進書房甚早，課程亦嚴。乾隆間趙翼嘗爲軍機章京，儤直內廷，其『簷曝雜記』，紀皇子讀書云：『本朝家法之嚴，卽皇子讀書一事，已迥絕千古。余內直時，屆早班之期，率以五鼓入，時部院百官未有至者，惟內府蘇喇數人（謂閒散白身人在內府供役者），往來黑暗中，殘睡未醒。時復倚柱假寐，然已隱隱望見有白紗燈一點入隆宗門，則皇子進書房也。吾輩窮措大專恃讀書爲衣食者，尙不能早起，而天家金玉之體，乃日日如是。既入書房，作詩文，每日皆有課程，未刻畢，則又有滿洲師傅教國書，習國語及騎射等事，薄暮始休。然則文學安得不深，武事安得不嫺熟？宜乎皇子孫不惟詩文書畫無一不擅其妙，而上下千古，成敗理亂，已了然於胸中，以之臨政。復何事不辦？因憶昔人所謂生於深宮之中，長於阿保之手，如前朝宮庭間，逸惰尤甚，皇子十餘歲始請出閣。不過宮僚訓講片刻。其餘皆婦寺與居。復安望其明道理燭事機哉？然則我朝諭教之法，豈惟歷代所無，卽三代以上亦所不及矣。』其言似近諛頌，而情事要自可徵。近支親貴子弟，亦得承命入上書房讀書。皇帝未卽位時，亦皇子也，且清自康熙時建儲發生糾紛，後罷建儲之制，皇子中亦無復太子非太子之別。（光緒間孝欽立端王載漪之子溥儁爲大阿哥。讀書於弘德殿。又類建儲矣，惟未幾卽廢黜）故言皇子讀書，未卽位之皇帝卽在其內矣，惟值沖主踐阼，勢不能不特有讀書之所，其事較皇子尤形鄭重。乃更指定宮殿選任師傅授讀。稱某宮某殿行走。同治間，李鴻藻等之直弘德殿；光緒間，翁同龢、孫家鼐等之直毓慶宮；宣統間，陸潤庠、陳寶琛之直毓慶宮是也。雖貴爲天子，而對師傅敬禮有加。師傅之課讀，亦從嚴格，不能敷衍了事。翁同龢嘗傳穆宗，其傳德宗，在同列中尤專而久。觀其日記中所紀，關於皇帝就學情事，可見大凡。師傅教授漢文，多以漢人充之，體制甚隆，除爲文字上之教授外，兼有規勵德性，匡正過失之責。此在翁氏日記中，亦多可見。至教授滿文及騎射之滿師傅，亦稱諳達，則體制較殺焉。」

問：「宋代制度有迥異於近代者爲何？」

答：「最奇異者爲選尙公主者，降其父爲兄弟行，見宋史公主傳，不但改其輩，且改其名，如王溥子貽正，所生子克明，尙太宗女，改名貽永（見本傳），紊亂祖孫父子之序如此，誠匪夷所思者。然按宋史孫永傳，世爲趙人，徙長社，年十歲而孤，祖給事中沖列爲子行。沖卒喪除，復列爲孫，蓋昭穆之不講，臣庶之家固有其俗矣。」

問：「宋制有所謂京朝官差遣院者，何解？」

答：「自魏晉以來，百官銓選均屬吏部，宋初承五代弊習，京外各官多由方鎭擅除，欲矯其弊，乃不除正官，而但遣人知某州事，知某縣事。其稅務工務諸官，亦皆遣人監臨。至於諸路財務、刑務，各要政，則遣使爲之，或曰某某使，或曰提點某某，或曰提舉某某，皆臨時差遣而非正式官吏，故不歸吏部。太宗太平興國五年，沿京朝官除兩省御史台，自少卿監以下，奉使從政於外受代而歸者，並令中書舍人郭贄等攷校勞績，品量材器，以中書所下闕員類能擬定引對而授之，謂之差遣院（見續資治通鑑）。宋亡而後，知府、知州、知縣皆已成正式官吏。卽無所謂差遣矣。」

問：「舊時府佐通判一職，對府屬亦居長官地位，而事權不屬，爲人所輕，有『搖頭大老爺』之目，此官始於何時，初制若何？」

答：「此官之置，始於宋初，每與長吏爭權。有監郡或監州之稱。歐陽修『歸田錄』云：『國朝自下江南，始置諸州通判，既非副貳，又非屬官，故常與知州爭權。每云我是監郡，朝廷使我監汝舉動，爲其所制。太祖聞而患之，詔書戒勵，使與長吏協和，凡文書非與長吏同簽書者所在不得承受施行，自此遂稍稍戢。然至今州郡往往與通判不和。往時有錢昆少卿者，家世餘杭人也。杭人嗜蟹，昆嘗求補外郡，人問其所欲何州，昆曰：但得有螃蟹無通判處則可矣。至今士人以爲口實。』又「宋稗類鈔」（清潘永因輯）云：『宋初懲五代藩鎮之弊，置通判以分知州之權，謂之監州，有錢昆少卿者，餘杭人，嗜蟹，嘗求補郡，人問其所欲，昆曰：但得有螃蟹無通判處則可。此語風味似晉人。東坡云：欲問君王乞符竹，但憂無蟹有監州。即用其事。』亦本於宋人紀載，從知其時之通判頗有權力，異乎明清府佐之通判也。（元不設通判。）」

問：「山東曲阜縣知縣，曾由孔子子孫充任，此制何時改革？」

答：「清初沿前朝制度，以孔子後裔知曲阜縣，乾隆間以其制非便，乃將曲阜知縣一缺改爲題缺（由本省大吏遴員奏補之缺）。二十一年諭：『吏部議覆曲阜縣知縣改爲題缺一本，闕里爲毓聖之鄉，自唐宋以來，率以聖裔領縣事。夫大宗主鬯，既已爵列上公，而知縣一官，專以民事爲職，奉法令則以裁制傷恩，厚族黨則以偏枯廢事，甚至因緣爲奸，簠簋不飭者有之，且亦非古人易地而官之道。我國家尊崇先聖，遠邁前朝，延恩後裔，有加無已，豈於此對有靳焉。但與其循舊制而致瘝官，有乖政體，何如通變宜民，俾吏舉其職，民安其治，於邑中黎庶孔氏族人，均有裨益。著照該部所議。』自是孔裔乃不更領曲阜縣事。」

章太炎罵吉林督軍

·洛　生·

章太炎在民國二年（一九一三年）到吉林，曾把吉林省大都督陳昭常痛罵了一頓。這件事，「太炎先生自訂年譜」不載。「年譜」民國元年條下記事有云：「乃任爲東三省籌邊使。命下，彼冰雪赴之，冀以避地，然卒不免也。」年譜不記這件事，眞是可惜。

熊成基烈士是光復會會員，也是烈士徐錫麟的好友，他在宣統元年（一九〇九年）十二月十八日，在哈爾濱謀刺殺滿清親貴載洵（溥儀的叔父，管理海軍），事敗被捕，宣統二年正月十一日死難。

章太炎做東三省籌邊使，設使署於長春，他記起熊成基烈士死難之日是陰曆正月十一日，到此時已是三年的忌辰了，就約集同志和省城各界人士，在巴爾虎門外空塲，搭席棚開大會追悼。熊烈士死難之地就是在巴爾虎門外，在此處開會是有很大意義的。

開會時由章太炎報告熊烈士生平事蹟和他在長春遇難經過，順便把吉林都督陳昭常痛罵了一番。因爲熊烈士遇難時，陳昭常正是滿清吉林省的巡撫，將熊烈士斬首的劊子手。追悼會台前兩柱，懸有太炎一聯云：「早到三年，亦同稱國事重犯；蠢爾元惡，敢來弔革命先驅。」大概陳昭常以一省之尊，此時亦不得不勉附革命，遂去追悼會一些輓詞，故章太炎有此一罵也。但章太炎不單是用聯一罵，在他所作的祭文中也把陳昭常罵爲「凶人」。祭文的末段云：

昔浙江巡撫張曾敭，在官無愆，殺一秋瑾，而士民敵愾，後徙它官，所在見拒。清廷雖愛曾敭，猶不能遣。今是凶人，貪以敗官，又造矯誣以摧義士，其罪視曾敭且什百！民國改建，而猶晏居東表，專鎮一圻，斯實國家之羞日！昭告君之神靈：凡今日與奠者，自奠之後，而不能本君革除之志以劾貪邪，而敢有周旋容閱以爲凶人地者，有如松花江！

陳昭常看見一聯一文後，當然怒氣衝天，便打電報向袁世凱辭吉林都督，老袁「溫旨」慰留。結果還是章的籌邊使一「籌」莫展，辭職入關了。

陳昭常是廣東新會人，字平叔，號簡持，光緒二十年甲午庶吉士，散館改刑部主事。頗能詩。

洹上村的一些人和事

·詩　遙·

彈指光陰，瞬然而逝，袁世凱帝制自爲，至今年恰爲五十周年。本刊雖然未爲這宗半世紀前的民國大事，特出專號，但却連續發刊劉成禺的遺著「洪憲紀事詩本事簿注」，又登載了幾篇談「皇二子」袁克文的文章，確是很有意思的。那幾篇有關袁二的文章，除了記述其生平外，又兼談及袁世凱的幾件大事、袁世凱的妻妾子女，以及有關洹上村的瑣事，俱屬難得而又可信的史料，朋輩對之都很欣賞。我手頭恰也有一些有關洹上村中人和事的零星資料，茲不遜續貂之嫌，將那幾篇文章中未曾談及的一些零碎事，畧紀於次，聊作補充。

洹上村在河南省安陽縣。安陽是自古以來的名都要地，名勝遺迹甚多，例如城西的隋代天寧寺塔和其南的宋代名臣韓魏公（琦）的晝錦堂，都是千百年來聞名遐邇的。洹水自太行西來，作盤曲狀，有鐵橋架其上，以通京漢火車。那兒有會盟亭，即「史記」所記蘇秦說六國合縱，使天下將相會於洹水之上的地方。亭的東南隅，前對彰德城，俯瞰洹隩，即袁世凱在清末罷官後，卜之以爲宅，而刻意經營稱建的洹上村的所在。

洹上村袁的園宅，名曰養壽園，是由徐世昌題額的。園內的謙益堂之謙益兩字，是慈禧皇太后御題以賜袁的，袁便以此爲堂名。堂聯：「聖明酬答期兒輩，風月婆娑讓老夫，」則爲袁自題。袁世凱歸葬洹上後，即以園西的一座堂屋爲祠，堂中有祠龕，供設袁的遺像。

袁世凱歸葬後，其子女多散居北京、天津、上海各地，只有長子克定，獨依老母，挈妻兒，及二三尙屬稚齡的弟妹，居於洹上故宅。袁世凱逝後的最初三幾年中，每年逢清明節及端陽袁之忌日，諸子多回洹上掃墓拜祭。袁克定以嫡長兄的身分，必導諸弟到祠後的一所小亭內聚談和合食。這亭名曰接葉，是袁世凱生前自題的，亭柱上刻一聯曰：「雨勻春圃，華覆平泉。」這亭名的意義是大有講究的，「葉」字據「商頌」中之注，是「世」的意思。袁克定聚會諸弟於亭內，諄諄告囑，要諸弟顧念先世勛業，而善爲繼述。看來，這位未成氣候的過時「皇太子」，對於重振其袁家的大業，仍未死心。（以袁世凱腹內的墨汁而言，這「接葉」二字，雖名爲自題，實際上仍由門下的不知那一位文士代擬的。）

袁世凱死後，袁克定歸居洹上，雖然已是一個過氣的人物，且身爲天下笑，但氣派和威風仍是相當十足的。洹上村內所蓄的管家僕傭輩，仍有百數十人之多。在園內祠堂的右偏，列屋而居的，有十幾二十家人，都是袁世凱生前的部屬侍衛人員，衣食都仰給於袁家，袁克定且特設一所私塾，聘師教導那些人家的子弟。（至於袁世凱的稚齡子女和孫輩，則另聘名師數人課讀，是不和那些人家的子弟混在一起的。）袁克定在那時已無政府中的任何名義官銜，但洹上園內，仍養有衞兵一團，司警衛之職。另外，袁克定又延致了一些江湖技藝之士在園內，例如當時有名的隴西王道士徒南和武當李敎練等，都在園內爲主人鼓琴說劍。

本刊第一期「袁克文的洹上私乘」文內，曾列記了袁世凱子女的名。袁的兒子以「克」字命名，孫兒以「家」字命名，女兒則俱以「禎」字爲名的第二字。該文所記的袁的幾個女兒的名，與我所知的略有出入。我手頭有合浦張肇崧在民國八、九年間寫的一篇文章（按：張爲袁克定所聘的西席，在洹上的園內，課克定的幾個弱妹和子女讀），內稱當時從讀的世凱數女，爲復禎、元禎、經禎。這三女之名，都不見於「袁克文的洹上私乘」一文。

袁世凱的葬處，在洹上村東北，名曰袁林。（袁家不便稱世凱墓地爲陵，但仍用與陵音同的「林」字，其意可知。）養壽園即在袁林的西南（園外有園牆，周可數里，其園宅的面積之廣可知）。袁林的四周有垣，面積甚廣，員丘崇峻，植樹數千株，多古卉異木，四時都有花開。墓地的碑亭、坊柱、圜橋、翁仲和奇獸等石儀仗，無不應有盡有，備極壯麗宏偉。同省的衞輝縣，有明穆宗愛子潞簡王的墓，奢麗異常，爲明代三百年間任何一位親王的墓所不及，當時耗資達數百萬兩之多。袁墓的壯麗宏偉，比起明潞王的墓來，是絕不遜色的。

袁林鳥瞰

（圖最高處如饅頭形的即藏棺之所）

據抗戰勝利後，葉恭綽的門生故吏所編印的「葉遐庵先生年譜」記述，張作霖入關至京，自任中華民國大元帥，一日聞報，北伐的黨軍會在彰德給袁世凱墓以極大的破壞。張作霖大怒，準備採行報復手段。當時，孫中山先生靈柩暫安放於北京西山碧雲寺，張的某些部屬便提議毀棺焚尸。葉氏聞訊，向張作霖力加譬解和勸說，認爲外間所傳黨軍破壞袁墓之說，未必確實；而焚棺毀尸乃極不文明的舉動，將會受盡舉世的斥罵，萬萬不可行。張聞葉氏之勸，意漸解。葉又勸張速出保護中山先生靈柩的告示，並派兵去守衞碧雲寺靈堂，張都一一照辦了。次日，有一批人，手上各持鐵器等，來到西山碧雲寺，準備破毀中山的靈柩和遺體，一至寺門前，見到大元帥的煌煌保護告示和守衞的兵士，才不敢輕舉妄動。那時倘無葉氏的向張作霖勸阻和從速採取保護措施，孫先生的遺體危矣。事後查知，黨軍對於袁墓，並無破壞，不過，有少數兵士曾經進入墓地範圍內，踏壞了一些綠草和砍伐了幾株樹而已。稍後，國民黨的若干黨政軍大員，都紛紛致函葉氏申謝。（編者按：七八年前，地方當局已將袁林改爲一個公園性質的游樂地方，袁世凱的墳墓並沒有絲毫受損。）

上・元・夫・人

伶人舊慣，每遇令節，特演一二齣應時之劇，以引顧客，俗謂之應節戲，如端午之混元盒，巧日之天河配，中元之盂蘭會，中秋之嫦娥奔月等，要皆適合時令。惟正月十五日演上元夫人，實爲不當。蓋此劇爲扮演漢武帝遇西王母上元夫人事，本出於漢武帝內傳，其日爲七月七日，而上元乃三天上元之官，出於道書，與正月上元節字偶同，遂誤認爲上元節事。　・中　合・

「皇二子」袁克文

陶拙庵

民國十二年十月，他為子納婦，北上，海上友好，設宴祖餞，有孫東吳、嚴獨鶴、周瘦鵑、丁慕琴、沈駿聲、步林屋、宣古愚、畢倚虹、戈公振、王鈍根、余大雄、張舍我、張光宇、謝介子等，克文寫了篇「離筵小記」，羣弟子又餞之於「新園」，并攝一集體照片，克文又有「新園照景記」，記述其事，涉及諸人，如俞子英、梅慕陶、王小恒、朱烈楨、李耀亮、陳健生，都是他的弟子。他又有「臨歧詩」，畢倚虹、張丹翁、周南陔標，陳飛公都有和作。這次他不久即來滬。民國十三年十二月十三日，他又由滬返津，同行的為他的門人沈國楨，李鵬飛，俞子英及朱烈楨四人，在北上之前，先把寓屋退租，住居遠東飯店，朋好往往挾紙乞其揮寫，他興酣，落筆狂書，頃刻盡數十紙，飯店侍役見而羨之，也求他寫數字，他却一視同仁也書聯以贈，當時倚虹有「留雲瑣記」紀其事，他謂步林屋：「兄好長句，其為我賦宛轉之歌，使兄之寄女晚香玉書之，」林屋應允，後果踐諸言，克文在臨行之前夕，他詩興大發，呼酒，拉周南陔，畢倚虹及其門人梅慕陶痛飲，且倡聯句，詩成酒闌，天已大明，行裝待發了。到了天津，楊庸齋宴之於其私宅，并約善歌者相聚一堂，有魏易，惲瀾生，胡嵩甫，顧公可，翁克齋，朱幼泉等。豪竹哀絲，極賓主相聚之樂，又與侯疑始及五弟規庵飲酒賦詩，排日為歡，連寫若干篇小紀，寄給上海「晶報」。自從這次北上後，直到逝世，他沒有再到上海。

他和「晶報」的淵源，是很久的，最早是在民國八年開始發生關係，那時「晶報」闢有「三日一人欄」，就是每期有一社會名流，為該報寫幾個字，鑄版刊印在報端。四月，克文為寫「談天雕龍」四個字，五月，他的夫人劉梅眞又為寫「薑史齋諸」四個字，當然都鑄版登載。六月，克文又集六朝人寫經字，由梅眞雙鉤，且附信謂：「讀『晶報』，得佳趣，集十六字以祝萬年；除印入大報外，可用原紙屬商務館製版，以中國紙印成信牋，分酬投稿諸君。」後來余大雄果然印了一些信牋送人，但所印不多，送人亦不普遍，現在一張都找不到了。

余大雄對於克文是很殷勤趨奉的，每月致送稿費，但克文自己是不受的，由他的小舅子唐采之領用，原來克文有筆特殊收入，即河南焦作福中煤礦公司，月送六百元乾薪，因公司主持人為袁世凱舊部，知克文生活不裕，所以每月致送不斷，直至北伐後，公司主持者易人，乾薪也就停止，所以他就靠賣字賣骨董為生，不能過那豪奢富麗的生活了。

常和人家筆戰

克文在報上，時常與人發生筆戰，如與胡寄塵，因談新體詩問題，意見分歧，互相詰責，有一次，克文撰「罪言」一文，力斥當時一般純盜虛聲的文學家，用韻不當，不諳小學，暗中是指姚鵷雛而言。當時有署名健民的，寫了一篇「與寒雲論小學」，又力斥克文所書不合小學，謂：「何寒雲方慨小學之衰亂，而躬自蹈之乎！」既而姚鵷雛致大雄，丹翁書又力斥克文之不知古韻。克文又寫「謝罪」一文向健民，鵷雛打招呼。後來胡寄塵寫了一篇「大家都錯了，」開玩笑說：「『晶報』上寒雲說鵷雛錯了，鵷雛又說寒雲錯了。馬二先生說涵秋錯了，涵秋又說馬二先生錯了。可以說：寒雲，鵷雛，馬二先生，涵秋，都錯了，不但他們錯了，連丹翁也錯了，為甚呢？因為丹翁硬要把這幾篇文章登出來，所以說丹翁也錯了，不但丹翁錯了，連我也錯了，因為我硬要做這篇文章，所以說我也錯了，然而我明知道是錯，還要犯錯，分明是雙料的錯。我知道丹翁登這篇文章是錯，我還要強他登我這篇文章，又分明是雙雙料的錯……」大家看了一笑而罷。又周今覺化名㤅公，在「晶報」寫稿，有署名笑禪的，向㤅公挑眼，今覺誤笑禪為克文，便向克文反擊，克文寫「告恣公」一文，却大叙世交戚誼，說：「恣公乃周玉山姻丈之文孫。」（按：周玉山卽前兩江總督周馥）丹翁謂：「克文不過想做個太老伯罷了。」今覺又猜笑禪爲林屋，林屋又有答恣公，有猜癯蝯，癯蝯也有文不認，直使今覺莫名其妙。

癸亥歲首，克文忽在「晶報」上刊載「自約二事」：「化名罵人，爲最不道德之事，往者，不佞犯之屢矣，淸夜自思。愧悔交并，今特自約，自癸亥正月始，凡披露本報之文，除用名外或署寒雲，决不再自欺欺人，而勞讀者之測度也。又譏彈政事，鍼砭世風，爲記者之天職，曷敢自棄，若攻揭隱私，肆意詬詈，快一己之口舌，敗他人之聲譽者，施予不當，卽是罪惡，當力懺除，勉毋隕墮。至於巨猾老奸，元兇大惡，應加誅伐者，不在此例。」

克文與余大雄相處是較好的，且和大雄的父親綎生也有交誼，綎生與張叔馴藏泉都是很多的，大雄一一拓了，擬印成「泉鑑」一書，請克文任勘注，可是克文只作了一篇序文，沒有勘注，書也沒有印成。有一次大雄不知在哪裏獲得袁世凱「戊戌紀畧」手稿本，下有「八月廿五日書於小站營次，交諸子密藏」等語。給克文辨眞僞，克文一閱之下，覺得可疑，便寫了一篇「戊戌紀畧書後辨」，謂：「先公有戊戌政變日記詳紀靡遺，予讀之，畧憶始末，故作『定變記』以紀之，今讀傳錄之『戊戌紀畧』，謂是先公遺著，中皆泛論，而無事實，與予舊讀之日記不同，疑是洹上記室，見先公日記，旣欲白先公之苦心，而又慮招人之忌怨，故隱其事實，衍爲泛論，先公雖旣疏文字，若通藉二字尙非不解，胡竟以通藉自引，此必非先公自撰，可斷言也。」按以上云云，那麽現在作爲史料考證的「戊戌政變紀畧」，也就靠不住了！

他和張丹翁時相調笑，張恨水把丹翁兩字譯作白話「通紅老頭子」，克文便作碎錦格詩鐘云：「極目通明紅樹老，舉頭些子碧雲殘。」又時而相齟齬，有時又和好無間，彼此交換古物。

推崇丹翁的字

丹翁的粥書潤例，便是克文所訂的，謂：「丹翁獲漢熹平漆書，因窺隸草之奧，藏唐人莫高石室記，遂得行楷之神，施於毫墨，極盡工妙。」對於丹翁的書法，始終是推崇的，我的篋中有克文手稿「篆聖丹翁」一文，似乎沒有發表過，原文錄之於下：「今之書家，學篆籀者夥矣，而能眞得古人之旨趣者，蓋寡，或描頭畫脚，或婦妮作態，則去古益遠。在老輩中，惟昌碩丈，以獵碣爲本，而縱橫之，而變化之，能深得古人之眞髓者，一人而已。昨丹翁兄見過，出示所臨毛鼎，予悚然而驚，倏然而喜，展讀逾時，而不忍釋，蓋丹翁初得漢簡影本而深味之，繼參殷墟遺契之文，合兩者之神，而出以周金文之體，縱橫恣放，超然大化，取古人之精，而不爲古人所囿，今之書家，誰能解此耶！其微細處，若綿裏之鍼，其肥壯處，若廟堂之器，具千鈞之勢，而視若毫毛，吾以爲三代人涂漆之文，不過爾爾也。予作篆籀，尙拘守於象，而丹翁則超超於象外矣，俗眼皆謂予爲工，而不知其荒率者，難於工者，百倍猶未止也，工者循象迹求，猶易以工力爲也，率者神而明之不在方寸之間，無工力不成，無天才亦不成，豈凡夫俗子所能夢見者哉！予能知之，黃葉師能知之，恐再求知者，亦不易也，予讀其所作，懍然有悟，它日作書或可進歟！予嘗曰：秦以後無篆書，晉以後無隸書，今於數千載下，得見古人，洵予之幸也。」雖多過譽，然論書確有見解。

克文對於南通張季直（謇）深惡痛絕，雖到過南通，參與通俗劇場客串，備受張季直的優禮，但回滬後，一再在「晶報」上譏罵張季直，如「篇更俗劇場」。「南通小記」，「南通竹枝詞」，都對張季直作了貶語，更反對他爲了梅蘭芳與歐陽予倩作「梅歐閣」。當張七十壽誕，他撰了副壽聯：「江北大皇帝，天南老壽星」，原來張有「土皇帝」之號，克文所以諷笑出之，張看了大不高興，沒有把這聯張懸禮堂上，克文爲了沈壽事，很同情於沈壽的丈夫余冰人（覺）他有一封覆余冰人書，公開在報上，如云：「冰人先生，竟遭此厄，冒終身不白之寃，抱彌天長恨而死，人神同泣，江海永哀，天下聞之，應爲憤慨，若某老傖，人首獸心，妄竊時譽，三百年後，自有公論，秦奸鑄鐵，當世未嘗不赫赫也，眞投彼豺虎，豺虎不食之徒，尊夫人在天有靈，有必有以誅之，亟望見過，暢言其詳，弟雖不才，尙能以口筆布遠其惡，使天下後世毋爲所欺焉，兄以身受之痛言之，自足昭重，温犀秦鏡，奸不可遯矣，敝報嫉惡如仇，直書無隱，利勢不可屈，威武不可奪，故於兄之恨事，深願披露，非若其它聳於土皇之尊，甘低首下心，爲之臣奴也，臨顯企盼，鵠候寵光，此覆。」竟呼張季直爲老傖，爲秦奸，爲豺虎不食之徒，其痛恨可知，未幾，「晶報」上便刊出賡續若干期的「余覺痛史」。

談到他的儀表，温文爾雅，舉止灑然，不蓄髭，御眼鏡，常戴六合帽，帽上綴着一顆渾圓光瑩的明珠，或燦然生輝的玭霞，這是北方宦家子弟的氣派，他還是習染着，服御很整潔，逢到嚴冬，他穿着一件海龍皮裘，價値很高，他也非常珍惜，至於西裝革履，他不喜歡，所以生平從未穿過。

有人仿明末四公子及清末四公子之例，創爲民國四公子，所謂民國四公子，是哪些人呢？那就是張作霖的兒子張學良，盧永祥的兒子盧小嘉，張季直的兒子張孝若，袁世凱的兒子袁克文，，至於醇酒婦人，則袁克文更可上比戰國時代四君之一的信陵君。（全文完）

釧影樓回憶錄

天笑

七襄公所荷池裏的荷花，是一色白荷花，據說：是最好的種，不知是那個時候留下的，每年常常開幾朵並頭蓮，惹得蘇州的一班風雅之士，又要做詩塡詞，來歌詠它了。所以暑天常常有些官紳們，借了它那個四面廳來請客，以便飲酒賞荷的。

這時候，我家有個小小神話；有一天早晨，祖母向母親說道：「昨夜裏做了一個夢 有人請我吃湯包 不知是何意思？」母親笑道：「這有什麽意思呢？前幾天，不是皋橋堍下新開一家湯包店嗎？我們明天去買兩客來吃。」婆媳兩人，也一笑而罷。誰知那天下午，七襄公所的看門人，把我送還家裏，好像一隻落湯雞。原來我到他們花園裏去玩，見荷花池裏有一只大蓮蓬，足有飯碗口大。我想採這隻大蓮蓬，跌入荷花池裏去了。幸虧看門人拉起來，雖不曾受傷，但是全身衣服，都濕透了。當母親給我換衣服的時候，祖母說道：「哎呀！對了！湯包！湯包！不是姓包的落了湯嗎？準是觀世音菩薩來託夢了。」

我家遷居文衙衕時，房東張氏，爲一位年過半百的老太太，她已孀居了，有子女各一。我們住居在樓上三大間，甚爲寬暢，兼有兩個廂房，張家住在樓下，而樓下一間客堂，作爲公用。此外他們還有傍屋，也是出租給人家住的，但留下一座大廳，是不出租的。門前租一裁縫店，那就不需要看門人了。大概這位老太，除了一些儲蓄之外，便靠收房租也足度日了。

她的那位女兒，年已二十三四了，小名喜小姐，讀過書，人家說她是才女。不過當時蘇州一個女孩子，到了這個年紀，還未出閣，人家便要說她是老小姐了。但這位小姐，却還未許配與人，當然姿色是差一點，但也並不十分難看。終日躲在房裏，不大出來，有一部木板的「紅樓夢」，據說顚來倒去，看過幾十遍了。我那時還沒有看過「紅樓夢」，很想借來一看，但是父親不許，他說：「你這年紀，看不得紅樓夢。」我這時，却也莫名其所以然。

她的那位兒子，比我大三四歲，後來我附讀在他們所請的先生那裏，我就和他同學了。（從前又叫做「同窗」。）他的名字叫禹錫，與唐代詩人同名，爲人倒也懇摯，就是不大勤學。這位我的同學而又是房東，在我五十多歲的時候，忽然又遇到了他，四十多年未見面，他這時是上海德國人所開的西門子洋行的職員。

在這個時期，我的那位顧氏表姊出閣了。這位表姊，從三歲起，一直就在我祖母身邊，因爲我的顧氏三姑母，在她三歲時，便故世了。因此那位表姊，是在我家長大，而我們對她，也像胞姊一樣。現在她出嫁了，從祖母起，我們全家，對她都有依依惜別之情。

她的夫家姓朱，我那位表姊丈朱靜瀾先生（名鍾瀠）後來是我的受業師，以後常要提起，這裏暫且不說。但我那位表姊出閣時，她繼母也已故世，家裏僅有父親一人，他究竟是男人，而且住在店裏，不常歸家。所以表姊歸甯，也常常囘到外祖母家，即是我家來，而這位朱姑爺也隨之而來，好像是我家女壻一般。

那時我已十歲了，父親因爲自己幼年

失學，頗擔心於我的讀書問題。可是他在我們遷移到文衙街的時候，早已探聽得房東張家是請了一位先生的，這位先生是很好的，於是就預備遷移過去後，就在那裏附讀了。

紀顧九臯師

顧九臯先生，是我的第四位受業師。當我們遷居的時候，恰巧姚和卿先生又出外就幕去了。如果遷移了新居，於我讀書不便，可不是焦心的事嗎？後來父親探聽得張家本請了一位教師，而且知道這位先生的教書，很爲認眞。有了這樣一個機會，不可錯過。因爲我們這個時候的家境，已不能獨立請一位教書的先生了。

先給張老太太說好，然後父親去拜訪顧先生，談得很好。父親的意思：「現在那些塾師教學生，只是要教他們死讀，讀得爛熟，背誦如流，而不肯講解，似乎不能開他們的知識。最好是讀一首書，便要把書中的道理，給他講一遍，方能有益。而且懂得了書中的意義，便也可以記得牢了。」

顧先生的意思：「講解是要緊的，熟讀也是必須的。那些聖經賢傳，非從小讀不可，年紀一大，就讀不熟了。」他說：「將來你令郞要應科舉考試嗎？主試的出一個題目，你却不知道在那一部書上？上下文是什麼？你怎能做文章呢？如果讀熟了的，一看題目，就知道這題目的出處，上下文是什麼，才思敏捷的，便可以一揮而就了。講解自然是要緊的，但要選擇容易明白的，由淺而深方可。假使是一個知識初開的幼稚學生，要給他們講性理之學，道德之經，這是很煩難的了。上學以後，我先試試令郞的資質如何？再定教導的方法吧。」

本來這學堂裏，已有了兩個學生，一個便是張禹錫兄，還有一位錢世兄（已忘其名），年已十六七歲了。我去了，多添了一人，共有三人，而我還是三人中年紀最小的。先生是願意的，多添一位學生，每年也可以多得十餘元的束脩，不無小補，而我的加入，也可以算例外的。

顧先生的家裏，住得很遠，是在葑門內的織造府塲。（前淸時代，有三個織造衙門，一在南京，一在蘇州，一在杭州。）從織造府塲到文衙衕，眞是從城內的東南到西北。所以顧先生要在館裏住四五天，方才回家一次。那位錢世兄呢，也住在葑門平橋，是顧先生到館及回家必經之路，因此帶出帶歸。原來錢世兄的父親，和顧先生是老朋友，年齡既大，又無妻室，把錢世兄重託了顧先生，但是錢世兄佻㒓性成，顧先生監督甚嚴。

爲了錢世兄年紀大了，已經開筆作文，張禹錫也十三四歲了，所以顧先生每天就要講書，我年紀最小，但在講書時候，令我旁聽。講過以後，他們都要回講，可是回講不出，尤其那位錢世兄，結結巴巴的不知說些什麼，先生常常罵他。實在當先生講書時，他並未入耳，因此心不在焉。我在旁邊，心中想道：這幾句書的意思，我倒明白，可惜先生不來問我，不教我回講。

有一天，也是講書以後，要他們回講，他們都講得不對。先生見我坐在旁邊，便問我道：「你講得出嗎？你來講講看！」我便把幾句書的意義解釋了，先生大爲誇獎我。誇獎我便是斥責他們，先生說：「你們年紀如許大了，反不及一個年紀小的。」其實先生講時，他們指東話西，不在子細聽，我却是靜聽了，所以回講得出。

從此顧先生便特別注意我了，常常講書給我聽，但淺近的我可以明白，深奧的我可是不懂。這時候，我四書已經讀完了，就在讀五經。照尋常規例，是詩、書、易、禮、春秋，依着那個順序讀下去，但是在姚和卿先生案頭時，他就說：詩經、尙書、周易，更加使小孩子難懂，不如先讀禮記吧？禮記有幾篇較爲容易明白一點，所以我那時，禮記已讀了半部了。

父親的意思，要教我開筆作文了，因爲我「三國志演義」也看得懂。而且見那兩位大世兄讀「唐詩三百首」，先生講時，我也旁聽。先生教他們讀時，我覺得音調很好聽，於是咿咿唔唔也哼起來了。先生也教我買了一部「唐詩三百首」來教我讀，先讀了五律：「夫子何爲者？棲棲一代中。……」高興得了不得，從睡夢中也高吟此詩，好似唱歌一般。

英使謁見乾隆記實

馬戛爾尼 原著
秦仲龢 譯寫

通過當時中國駐藏大臣的干涉，這個條件似乎終於規定下了。但打敗的一方簽訂條約的目的可能只是爲了換取時間爭取外援。西藏當時向孟加拉總督求援，但遭到拒絕。

尼泊爾國王還不滿足於在拉薩已得的勝利，以後又向西藏的唐古拉（原文爲 Diggurah ——原譯者）地區進攻，搶奪了當地喇嘛的大量金銀財寶。這位喇嘛也是皇帝信仰的宗教的高級國師之一。由於尼泊爾屢次侵犯皇帝陛下所信的教的教主，進攻陛下保護的國家，中國皇帝不顧長途跋涉，道路險阻的困難，決定發兵報仇。一七九一年，七萬中國軍隊進到西藏邊境。從這裏到尼泊爾還有五百里難走的崎嶇路程。根據倫納爾少校的描寫，「從一百五十哩距離的孟加拉平原就望得見覆蓋着白雪的西藏高山。西藏位置在亞洲的最高原，這些山在舊的半球上是最高的山。它不僅是印度和中國的河流發源地，而且西伯利亞和韃靼地區的許多河流也都發源於此。」它的地勢雖處在北緯四十度，屬于溫帶地區，但氣候却非常寒冷。不僅西藏的地勢很難行軍，並有大量的尼泊爾軍隊把守着尼泊爾國境山頭。尼泊爾的軍隊很多，並由於過去打了勝仗而士氣很高。尼泊爾王認爲自己是孟加拉的近鄰和同盟國，指望在戰爭中得到英國的幫助。他過去曾對英國做了許多友好表示，最近又簽訂了一個商約。孟加拉政府確曾常常派遣軍隊幫助與國作戰。例如曾派遣軍隊幫助地令哈（原文爲 D[illegible]ngha）國王恢復孟加拉以東，距離中國西部邊境不遠的失地，又派過一支軍隊到阿薩姆（原文爲 Assam）平息由孟加拉夫的土匪擾亂。尼泊爾王對他的兵士說，英國軍隊曾將前去支援，並且已經發兵了，這樣一方面鼓舞了自己的士氣，一方面恐嚇敵人。

此外，率領軍隊進入西藏的中國將軍（係指福康安。——原譯者）以高傲的口氣寫了一封信致孟加拉總督，以他的「皇族的精華，天空的太陽，照耀在中國大地的光輝燦爛的寶玉」的主子名義，希望「英國出兵懲罰尼泊爾國王」。中國人素來認爲中國皇帝是天下的共主，他可以命令所有鄰國。這種荒謬觀點雖被現在的溫和英明皇帝所糾正，但這位將軍仍然保留着這種觀念的殘餘。他認爲英國總督應當立刻遵照他的指示出兵。這封信是用滿文寫的，當時加爾各答無法繙譯，後來統治拉薩的達賴喇嘛寫信給孟加拉政府重述了這封信的內容。……中國將軍送給孟加拉政府的信到達加爾各答不久後就値雨季，因此拉薩到印度之間的道路非常難走。送信人由加爾各答回拉薩的路上，因病時間耽閣了很久。這位將軍很久不能得到回信，而他又遭到尼泊爾的頑強抵抗，因此懷疑英國軍隊不但不來幫助中國，反爾幫助了尼泊爾。一些少數的印度逃兵非常可能跑到尼泊爾軍隊去參戰，甚至穿着英國軍裝跑去，這當然是爲尼泊爾歡迎的。……於是英國人參加了尼泊爾軍隊的報告就到北京了。這位將軍和北京王朝有着極密切關係；道路隔得這樣遙遠；中國的法律制止軍人除非得到統帥的同意，不得隨意暴露前方情況；中國人民對實際政治毫無所知，同時大家都明哲保身，諱言國事；等等原因使得這位將軍可以任意製造黑白。這位將軍過去曾率領大軍同東京作過戰，從一些人背後的談論中提到他在當時也玩過相同的花樣。在那次戰爭中他雖然失職打了敗仗，但他揑造戰功欺騙皇帝，反而受了獎賞。他在兩廣總督任上憎恨外國人並進行壓廹，種種行爲都是値得譴責的。

中國人懷疑英國人幫助了尼泊爾，這是沒有任何事實根據的。當時孟加拉總督採取了維持自己的尊嚴，同時於國家有利的正確態度，一方面維持絕對中立，同時充分照顧到中國皇帝。他決定「派遣一個代表見尼泊爾國王，傳達孟加拉政府的眞摯願望，希望尼泊爾停止這個勞民傷財的戰爭。代表準備對尼泊爾國王說，英國同西藏維持着極好的友誼，同時和中國有長期的大量的貿易關係，除非出於自衞，它絕不能對這兩個國家采取敵對行動；假如尼泊爾同中國進行和平談判，英國願盡一臂之力；最好尼泊爾先同中國進藏將軍直接談判。」派遣一個代表團到尼泊爾，對英國也是有利的。「過去尼泊爾國王對英國也是非常猜忌，英國對尼泊爾的內部情況，同對中國的內部情況一樣，知道得很少。這次有這樣一個好機會派一個代表團到尼泊爾，借此可盡量對這個英國願與之友好往來的國家的人口，風俗習慣、工商業和農產物等等做一個詳細調查。」

孟加拉總督在致達賴喇嘛的回信中說，「英國東印度公司同印度境內所有勢力都維持着最友好的關係。同樣，除非出于自衞，它也絕不願意卷入別國的糾紛中去。尼泊爾國王曾寫信請求英國的軍事援助，英國方面已給以同上述宗旨相同的答覆。達賴喇嘛一定知道英國同尼泊爾和中國都維持友好關係。中國皇帝對喇嘛和英國在華貿易負有保護責任。很久以來，英國人同中國人就有交易關係，並且在中國境內設有商店。由於英國同中國皇帝的關係，以及皇帝陛下對喇嘛如此尊重，英國深切希望西藏能同尼泊爾罷兵停戰。戰爭下去，除了加深兩地人民的痛苦而外，不能有其它的結果。假如英國能使尼泊爾國王和西藏喇嘛重歸于好，孟加拉政府極願作爲雙方的朋友和調停人出力斡旋其間。現在正值雨季，道路難走，他準備等雨季一過，馬上派一個親信代表到現場，進行調停，希望通過他的努力使尼泊爾王同喇嘛重歸于好並且增進友誼。這個代表將携帶少數印度兵作爲隨身警衞，這點應預先說明，免生誤會。」

中國和西藏軍隊，由於形勢的需要，等不到英國人的調停就急於想罷兵言和。尼泊爾國王請求英國支援，遭到拒絕，仗無法子打下去。最後，尼泊爾退還了從西藏搶去的財富，保留下來自己的領土。中國將軍最初倡言要消滅尼泊爾人種，吞幷它的國土。這樣一來，中國就將要同英國直接爲鄰了。或者由於他顧慮到英國是否願意與中國爲鄰，是否將出面加以阻碍，或者由於考慮到已經得到的光榮和他的兵士在過去幾次戰爭中所受的損失，這位將軍只好適可而止，向中國皇帝報告請求赦免尼泊爾國王，其中說：「尼泊爾土地狹小，同中國不同種族，它的國王準備每年向中國進貢，並將挑撥戰爭的沙瑪爾巴喇嘛尸首同他的一些女眷和財物移交給中國。」事成之後，這位將軍在拉薩設置了一個駐藏大臣，負責管轄全藏行政事務。他說：「拉薩很久以來就是，而且今後將永遠是屬於中國的。」

大喇嘛是西藏地區的教主，宗教事務的最高權威。過去西藏被認爲是屬於大喇嘛的，只在政治事務上受中國皇帝個人，作爲佛教信徒和大弟子的保護。今後西藏被認爲是中華帝國的一個組成部分了。中國的新國界同英屬印度地區之間只隔着緯度左右一塊狹小地方，其中一部分還包括尼泊爾的邊界在內。一七七三年，中國一位將軍，名叫阿桂，鎭壓了「苗子」族的叛亂，當時中國的西部邊境，已經伸長到同印度的最東邊爲鄰。過去苗族的一部分住在中國舊的國界以內，一部分作爲獨立勢力住在中國舊國界以西。印度東部邊境上，如同北部邊境上一樣，有一些小部落彼此起糾紛。中國皇帝今後可能要對他們之間的糾紛出面干涉。這樣一來，英國同中國政府的接觸和協商事項就勢必多起來了。這些小國分別附屬於兩邊的大國，或者同兩邊大國有同盟關係。這就更加須要愼重處理，以免兩個大國直接卷入糾紛之中。中國同印度邊境之間的來往，在西藏和尼泊爾的衝突解決之後並未有所增加。

（待續）

洪憲紀事詩本事簿注

劉成禺遺著

伯濬以保全清室優待條件，護衛溥儀，爲盡臣職。當時語人曰：現處危疑之局，對袁（世凱）用敵君體，彼需索于清宮者，無傷體制，概得移付，故索鑾儀衛仗，與之；索遏必隆刀，與之；索內藏宋元書畫，名瓷貴器，與之。段芝貴、江朝宗强索大清御寶，爲鑄洪憲國璽之規模格式，伯濬則宣言，頭可斷，御寶不可私授也。可謂亡清之社稷臣矣。（錄後孫公園雜錄）

北人二張，謂張之洞、張佩綸，以諫書爲捷徑，漸成門戶。皖人張某，前兩廣總督張樹聲之子，爲二張奔走，世論以鼓上蚤目之，見李蒓客「荀學齋日記」戌集下。（成禺補錄）

遯伯注：李越縵，名慈銘，字愛伯，號蒓客，浙江會稽人，著有越縵堂日記。李蘭蓀，即李鴻藻，直隸高陽人。咸豐壬子科進士，散館授編修，官至軍機大臣，吏部尚書，協辦大學士。王懿榮，字廉生，山東福山人。光緒庚辰科進士，散館授編修。精訓詁金石學，官至翰林侍讀、祭酒。庚子，義和團起義，與妻妾投井死。盛昱，字伯羲，滿洲鑲白旗人。編修，官至祭酒，有鬱華閣詩鈔。「江山船案」，指滿洲鑲藍旗人寶廷，字竹坡。同治戊辰科進士，散館授編修，官至禮部右侍郎。因赴福建當主攷，事畢，道經浙江蘭溪，納江山船娘爲妾，回京自請處分。「光宣詩壇點將錄」，爲江西人汪國垣所撰，在「甲寅」雜誌發表。散原，即詩人陳三立，「光宣詩壇點將錄」，推爲詩壇都頭領天魁星及時雨宋江，地位比其師陳寶琛爲高。

千枝鐙帽白如霜，郎照歸朝妾倚廊；叫起守關銀甲隊，令人夫壻有輝光。

劉師培，初名世培，字申叔，江蘇儀徵人。自曾祖以降，三世傳經，頗爲世所稱道。師培承先業，亦服膺漢學。早歲，與餘杭章炳麟太炎善，論難經術，每不能勝。師培儒生好大言，負其所學，故爲瓌異。太炎主「民報」時，惜其才，使相爲助，乃易名光漢。師培婦何震通文翰而淫悍，能制其夫。何中表汪某，充兩江總督端方之細作，說何勾引師培，陰置毒欲死太炎，共獲上賞。會暴露，遂不克自容，走投端方于南京。端援之入幕，而使偵伺其黨。太炎深恨之，責之以書，竟不獲報。已而端方去任，有長鋏之歎，卒卒靡遑。後隨端方入川，方授首，師培留川講學自給。川人又縶而幽之，將有所不利。太炎聞之，急持書解免，且爲之激揚於北京大學，獲主講席。及袁世凱稱帝，躊躇未發。師培奮緣楊度以自階，得辟爲參政。因與孫毓筠、嚴復、李燮和、胡瑛暨楊度等六人，發爲籌安會，楊爲理事長，孫爲副理事長，餘四人爲理事。將以宣示君主之勝於共和，以惑天下之觀聽焉，故命名曰籌安六君子。師培名雖次嚴復，居第四，而急欲自見，乃著「君政復古論」，以明勸進之悃曰：

「夫國無强弱，視乎其政；政無良窳，視乎其人。是故千里之勝，決于廟堂，萬化之原，其于用舍。至于創制天下，賓屬四海。至大之統，非至辨者莫之分：至重之業，非至能者莫之任。伊古膺期贊世之主，必有顯懿翼天之德。德象天地謂之帝，仁義所在謂之王。斯必竹帛以載之，金石以昭之。立天下之美號，制天下之大禮。表明功德，故立名立度：繼天治物，故以爵事天，緬尋謨典，歷聽風聲，損益雖殊，其揆一也。是以天生蒸民，無主則亂；事弗稽古，無以承天。往者清承明祚，天地板蕩，斗機絕綱，攝提無紀。黃炎之後，踣弊不振，披髮之痛，甚于伊川；左衽之悲，興于微管。迄乎季末失馳，帝命殞越，內外混淆，庶官失職。國政迭移于親貴，强鄰窺伺夫衽席。綴旒之喻，未足爲方，守府之靈，于斯亦泯。上失其道，民背如崩。用是雄傑揚聲，雷動電發，階亡之歎，兆生于華夏；雲集之衆，事浮于張楚。斯實金火相革之交，抑亦天命去就之會也。天祚有聖，纂作民主，懸三光于既墜，揚清風于上列。萬姓廓然，蒙慶更生。誠宜踵蹟靈區，扶長中夏。顯章國家竺古之制，以拒間氣殊類之災。紹胤漢勳，俾知族類，保育生人，使得蘇息。其在詩曰：「民亦勞止，亦可小康。」庫下安宅，靡切于斯。顧復虛建極之尊，遵與能之典，宸位曠而不居，皇統替而弗續。是蓋繼變化之後，示撥亂之法，深惟厲揭隨時之義，以慰遠方瞻望之觀。非謂王政乏郅治之用，世及非經國之術也。惟是舍澄鑒沫，未爲善鑒，揚湯弭沸，計拙抽薪。故道術之要，百世不移，行權反經，春秋所疾。今也以一朝之計，遠萬世之軌，委成功之基，造難就之業。道乖于經始，義昧于愼終。卒之巨猾竊靈，上陵下替。侵弱之釁，綿歷歲年，凌夷之禍，曾不終日，雖曰天命，豈非人事，得失之故，可畧而言。夫民生有欲，假物斯爭，好惡無節，教亂之源。然峻城十仞，樓季弗踰，鑠金百鎰，盜跖不搏。蓋必爭之情，民所恒具，無冀之利，衆所弗干。先王因民之情，以爲之節，名以定分，分以止爭。爰峻其防，俾無或潰。譬之戶必有墉，器必有範。襄陵之浸，制以金隄，惡駕之馬，驅以銜策。所以重齒路之防，定逐鹿之分，成長久之計，定永年之功也。是以大寶之位，必屬大德之君。斗筲小器，不經棟樑之任，藪澤之夫，弗希雲龍之軌。下無覬覦之望，上無偏謬之授。人心專一，風化以淳。觀化上機，於是乎在，撫民定業，恒必由茲。遭時危絕，諸夏無君，元后之尊，下儕匹豎，九服之廣，民無定主。火澤易位，數見換易。蕩滌等威，墮損威重。致玉改行，習爲故常。用是徒步之人，樞繩之子。曾無體睿之明，合元之德，十室之資，百乘之賦，拔于陪隸之中，僥越什伯之際。挾負舟之力，忘折足之凶。功過强晉，不戢請隧之圖；地劣荆楚，思假九鼎之問。則是神器可以力征，而天鈞可由竊執。是必分威共德，禍成于禍國，比知同力，釁兆于土崩。雖無下人伐上之痾，必有炕陽動衆之應。湘贛之難，自是而生；滬寧之師，勢有必至。至于黨爭之弊，則又可得而說焉。夫醜言異計，見恥前志；阿黨比周，先聖所戒。自古善言庸違之衆，必生滔天泯夏之因。以黨舉官，適滋姦倖。往者邦朋枋政，列士養交，一鬨之市，不勝異意，頻頻之黨，甚于喪斯。傾動輔頰之間，反覆唇齒之內。下以受譽，上以得非，陰行取名，則伐枝以憑上，取乎自己，亦肆意而陳欲。及夫私議成俗，名器雙假，授位垂越，署用非次。詆訐之民，密通要契，賕納之政，更共飾匿。出入踰侈，犯太上之節，溪壑靡厭，峻太平之賦。（待續）

張謇日記鈔（十一）

張謇遺著

八日。作袁恭人壽文。

九日。知點景處方且催工，為之喟然。

十日。聽錄，通海人皆報罷。

十一日。聞浙人有上恭邸書，請上忍辱受和者，發端先引明與我朝事。（按：以下有數字塗抹。）

十二日。知昨聞果實，領銜者編修戴兆春，主稿者孫寶琦，與其事者孫寶瑄、夏敦復、夏偕復、姚詒慶、湯壽潛、陳昌紳等十四人，皆杭、嘉、紹人，軍機徐用儀嫉之，或謂軍機孫毓汶之子棫嗾之。（按：以下有八字塗抹。）

十四日。叔兄以江西巡撫委往天津坐探軍事，將行。

十五日。叔兄與彥升出都。詣常熟，歸後，子培、叔衡、仲弢、子封來談。

十六日。雨。得家訊，大人病退而未收口，飲食未復元，精神尚倦，計得外患已月餘矣，自前再患外證以來，凡三次，一病而愈，精神益不如前，此次家中僅婦女主張，心滋不寧，然兵訊未解，勢不當便去也，與常熟訊。

十七日。晚詣子培，與仲弢、叔衡議請分道進兵朝鮮。夜分心忽大動，乃與子培言大人病狀，歸益不寧。

按：是日日記末書云。

據協紀辨方，卜中憲府君葬日，墓擬州城東南王字河東，龍脈屬巽，乙山辛向，用乙未年，己卯月，乙亥日，己卯時（三月初四日），亥卯未三合局，府君戊寅命，戊於乙為正財，合財局，寅與亥合，又合臨官，卯為日祿，又合帝旺。於戊命為天福貴人，乙為歲德四合，與坐山合，乙亥日與歲德合，直春分節中太陽到辛。若用癸未時亦三合局，又合福星貴人，玉堂貴人。若用丁亥時。

光緒二十一載

太歲在乙未，四十三歲。

正月

元旦。自上年九月十八日亥正聞赴京邸，二十日寅正啓行南奔，由天津與叔兄歸里治喪，十一月十五六日受弔，十二月十九日啓殯權厝於外曾祖墓側，至百日薙髮，設祭戶庭，几筵觸緒增慟，無日記。歲除之先，貧迫彌甚，約略所貸，一歲之中，幾及六千餘番，意緒荒忽，亦無日記。是日晴。

四日。林蔚生同年來。

六日。詣謝王雁臣司馬，林蔚

生同年。

八日。與厚卿往通州，大風，止小海。

九日。腹疾，仍冒大風而行，到塋地小雨停，坐佃舍，止江西會館。

十日。雨。腹疾大作。

十一日。服藥。

十二日。晴。腹疾小閒，與厚卿相度塋地。

十三日。謝客。寫弢庵、晉蕃訊。

十四日。雨。定築塋地承攬。

十五日。謝西門客。傍晚往西亭。

十六日。理墓田租事。

十八日。往金沙，止謹臣處，晤顧澤軒（鴻閶）。

二十一日。返。

二十五日。爲王司馬擬防務章程，不日有仲字六營來海也。

二十六日。得汪直剌訊，隨復。與劉貫丈訊。

二十八日。聞畏皇十三日病歿吳淞之耗，故人寥落，日甚一日矣！

三十日。得汪州牧函牘，南皮奏派總辦通海團練，團練之不易措手也，籌之審矣，言者勤以湘鄉見責，不知寇非粵逆，時非咸豐，地非長沙，人非曾侯，共事非塔、羅、楊、彭、謬相假借，不自知其傎也！

二月

八日。至通。

十八日。復南皮訊。

十九日。往白蒲。

二十日。至延卿家，冒雪行十二里。

二十二日。至林梓，沈堅亭留飯，君謀鄰也。是夜二更開船。

二十三日。至通，旋至小海。

二十四日。至海門。

二十五日。與錢觀察、王司馬會議。

三月

一日。大雪，甚寒。

五日。返。

六日。祭祖，祭外曾祖父母，中憲府君厝墓。

四月

二日。歸理葬事。

六日。得萃公訊，和約十款，幾罄中國之膏血，國體之得失無論矣。一、韓自主；二、割全台、奉天九州縣；三、換約後三個月撤軍；四、賠二萬萬兩，換約後半年還五千萬，再半年還五千萬，餘六年清還，加息五分；五、蘇杭、沙市通商；六、內地皆通商；七、兩月內派員會同劃界；八、駐兵威海，每年給兵費五十萬，賠款清後撤；九、俘虜彼此送還；十、限六個月議通商洋款，現停戰期滿，展限至四月十四，以便期內換約。

十日。遣人石灰、櫧樹於通州。

十一日。家祭。

十二日。扶先君及葛太恭人匶歸通州，未刻抵老壩，啓行已戌初。

十三日。以河淺，繞從秦灶，酉初抵通。

二十八日。至海門。見江督會奏請展換約期電。

二十九日。見臺民佈告天下之文，爲之惛憒。

日記第十六

缺乙未正月至五月

（按：下有張孝若注云：「怡祖敬查閱未缺。己巳五月注。」）

二十二年丙申日記（按：此行係篆書）

光緒二十一年乙未閏五月後日記（按：此行亦篆書）

光緒二十一年歲在乙未年四十三

閏五月

八日。復南皮電，由惲丈致。

十四日。亥正，接南皮撤防公牘。

十五日。子正，定撤防議。

十六日。叔兄料理團防報銷。

十七日。陳小舫伯文，往新陽撤副營。

十八日。吳千總玉哲，撤正副兩中隊，留三四十人。

花隨人聖盦摭憶 補篇

黃秋岳遺著

曰二葷館者，率爲平民裹腹之地，其食品不離豚鷄，無烹鮮者，其中佼佼者爲煤市街之百景樓，價廉而物美，但客座嘈雜耳。」方詩所紀土宜品物，爲三百年來之習俗，而夏記則近三十年者京僚所聞見，兩人雖截然不同，信手詩摭，皆足流涎。夏記作時，廣和居尚未歇業，今已閉七八年，相傳有二百餘年之賬薄，及名賢字畫甚多。光宣以來，飲此肆何啻百回，及今閉目尋思，壁間趙堯生侍御之字幅，几上潘魚江豆腐之佳肴，猶宛然浮目而饜口也。

袁項城曾見賞於吳淸卿先生，予前此摭錄王伯恭蜷廬隨筆，已記及之。春夜過羅儀元家，壁懸淸卿畫梅，弢庵題詩，蓋爲其先德稷臣先生作者。吳畫題云：「光緒乙酉元旦，仿玉几山人法於煙臺東海樓，時自朝鮮查案事竣歸，阻凍未得北渡也，稷臣仁弟雅鑒，吳大澂。」弢老題二絕句，第一首云：頡頏曾薛使重瀛，好學深思有薦評，同抱冬心誰竟展，返魂香裏憶平生。自註：愙齋會辦北洋時，奏保稷臣好學深思云云。第二首云：當年槃敦伏兵戈？朝貢銷沈鴨綠波，君自愛才人負國，可曾鷄酒墓門過。自註：畫爲使韓歸途作，是與日本定約，韓若有變，兩國均遣軍援護，須先相聞，及甲午事起，袁某累電請兵往剿，戰衅以成，袁固愙兄所稱爲第一才人者，讀此慨然。案顧起潛吳愙齋先生年譜，光緒十一年乙酉，五十一歲，正月初六日，奉到初三日電旨，李鴻章電稱吳大澂等已抵煙台，陸行赴津較遲等語，吳大澂續昌着俟開凍即行乘輪回津，欽此。十九日，始由烟台乘輪至津，此畫正是乙酉獻歲船阻煙台所作。考愙齋使鮮，在甲申冬，年譜中，十一月初三日具摺奏報啓程日期，酌帶隨員，內閣中書潘志俊，分發候補直隸州羅豐祿，揀選知縣魯說，發往直隸差委同知銜汪啓四員。觀此可知羅於此時尚滯於州縣，東渡後，與愙齋談判者，爲井上馨，稷臣則與朝鮮左相金宏集商洽。年譜中不述及袁事，但於啓程內渡條，註云：「按先生此行，偕袁世凱同歸，並贈以聯曰：凡秀才當以天下爲任，求忠臣必於孝子之門。又跋云：慰庭仁弟，念母情切，乞假歸省，朝鮮士民，乃攀留之不暇，余不忍重違其意，偕之內渡，然時事多艱，需才正亟，尤願慰庭以遠大自期，移孝作忠，共圖幹濟，因撰是聯贈之。先生於袁賞識有素，故相勗甚殷」云云。即此測之，蜷廬所述袁之得吳賞擢，殆非無因，或其事未必如所紀耳。袁之才調，當時自爲第一，吳摺保不虛。至後來諸事，另是一問題，非吳所逆覩，弢老以遺老身分，又與愙齋交誼及平生深惡袁項城諸點上言之，當然如此，此公案，亦不煩更爲平亭矣。

愙齋生平有一大事，則奏請尊崇醇親王典禮是也。此在舊史，其擾攘必幾等於宋之濮議，今則時代久易，無人談此類矣。然此事實爲政爭，非議禮之爭。錢基博撰愙齋傳中有云：「方是時，大澂盛負時譽 頗發抒意氣，見孝欽皇后寖驕侈佚樂，頗以醇親王帝父，爲天下歸望也。使奄人風人，倡帝以天下養之說，會海軍議與，以王總理海軍衙門事，王揣知后意，頗思所以媚之者，於是歲責成各直省大臣籌巨帑。供海軍衙門費，猶不足，聞海軍捐例所入，亡慮數千萬，泰半耗宮中以興築頤和園，孝欽皇后大悅，而天下顧非皇所爲，大澂夙與王善，治河有成功 詔實授河東河道總督，賞加頭品頂戴 旋錫兵部尚書銜，寵命稠疊，自恃眷倚方隆，具疏請飭議醇親王稱號禮節，疏中大恉 引高中御批通鑑論治平濮議嘉靖禮議爲據 意醇王名帝父，義當擁號歸邸，嫌於預政也。自謂立論遵依祖訓，尊稱本生，於義當無罪，疏草具，以視河南巡撫倪文蔚，輒慫恿上焉，孝欽后得疏震怒，意尊帝父，卽以傾己勢也，隨發鈔元年正月醇親王預杜妄論一奏，嚴旨斥大澂闞名希寵，不容覬覦，傳者謂王奏實大澂疏上，孝欽后以其引高宗御批，無能以折之，不如託王小心寅畏，樞臣承旨代草奏，倒塡年月，假說王密陳留中，故能與大澂疏針芥相投，事秘莫能明，然說者不爲無因也。」案錢說甚碻，憃齋以光緒十五年己丑正月二十四日上尊崇醇王典禮一摺，直至二月初二日，始有上諭宣示，謂爲豫杜妄論，當時已喧傳出之軍機僞作，比日顧君撰譜，復從故宮博物院文獻館，檢取舊軍處檔案中各奏摺，摺上所批日期，均係初三涂改初二，而醇王之奏，僅有鈔本，而無原摺，皆滋疑竇。顧又以畀吳寄荃（燕紹）共觀，吳爲憃齋同年友仁傑（望雲）先生之姪，甲午通籍，于晚淸舊聞所知甚多，乃爲長跋，不僅確證王摺之僞，卽樞臣弄柄底蘊，亦昭然若揭。原跋甚長，以有關史料，故全錄之：

「慨自沈文定薨逝，寶文靖罷斥，恭親王養疾家居，朝局爲之大變，醇親王以本身父之尊，遙執朝權，創辦海軍衙門，將海軍借欵海關收入，移充頤和園工程之用，一般梯榮希寵者流，趨之若鶩，其管事家人張翼洊歷至內閣侍讀學士，家貲累鉅萬，銀潢華胄，與締婚姻。爾時樞廷領袖爲禮親王，一物不知，惟利是圖，無論何人，均可拜門，以千金壽，輒畀荐牘，向當道干謁，剌剌不休，滿大學士額勒和布，伴食而已，漢大學士張之萬，以書畫音樂自娛，其中樞執要者，唯濟寧孫毓汶、仁和許庚身馬首是瞻，仁和由軍機章京出身，深得摭拾人過恐嚇索賄之衣鉢，濟寧性陰險，深阻如崖穽，不可測，能以一二語含沙射人，傾擠淸流，誅鋤殆盡，其頑鈍無恥者，率爲效用，爭以誣陷善類爲功，庇其同鄉吳樹梅，羣目之爲白面秦檜，不數年驟列卿貳，而耿介名流，驅逐出外，有若甲申中法之役，出通政使吳大澂會辦北洋事宜，內閣學士陳寶琛會辦南洋事宜，侍講學士張佩綸會辦福建海疆事宜，陽示爲國用人，陰納諸罟擭陷阱之中，而莫之辟，故吳大澂辭北洋會辦，則嚴旨責其飾詞不許，蓋非廹之名譽掃地，不置也。又若趙爾巽爲滿族中翹楚，出爲石阡府，著名瘠苦，且以曾參黔撫史念祖，思借刀殺人也。文碩亦鐵中錚錚，授駐藏辦事，正以緬約十年期滿，英人力求印藏通商之故，卒假擅行密疏於都察院褫職，達賴喇嘛，知中朝無人，不足倚賴，遂生聯俄之計，而藏事不可問矣。名御史屠仁守，以時事孔殷密摺封奏，懿旨飭其乖謬 罷御史下部議，原摺擲還，蓋援御史朱一新豫防宦寺流弊 降爲主事之例也。時適濟寧因病休沐，及假滿視事，厲聲究問秉筆之寬縱。故事，京曹以資俸升遷，若謫回原衙門行走，則自奉旨日與新進比肩，六鷂退飛，永無翺翔之望，罰亦重矣，於是羣叩其術，則曰，若輩好名，死且不懼，何有於一官，惟簡放一苦缺知府，密囑其長官持擠細故，彈劾罷官，則石沉大海矣，聞者莫不咋舌。吳大澂之祭𠕇河工也，李鴻藻、倪文蔚方以貽誤河工獲革職留任之處分，李鶴年、成孚且並戍軍臺，豈眞哀下民昏墊哉，殆欲假手於績用弗成，而作羽陵之殛爾。何意河伯效順，鄭工合龍，雖寵以一品頭銜，授河督實職（河東河道總督，乾嘉時本道員升階，吳大澂以廣東巡撫授此職，亦爲明升暗降之證）究非樞臣所樂意。適吳大澂以勅議尊崇醇親王典禮請，乃乘間得遂其中傷之計矣。夫吳大澂之所以奏此摺者，豈取媚而邀寵乎，目擊羣小弄權，好家山將被纖兒撞破，而小人之敢於無忌憚者，以醇親王柔闇易欺也。又在吉林年久，習聞朝鮮以大院君之故，天有二日，政出多門，內黨紛爭，外患迭起，若不變計，漸致陸沉，故欲滌瑕蕩垢，以清朝班，非從根本解決不可，而又未便諷之去位，不得已，以尊崇典禮奏，蓋醇親王既尊皇帝本生父，自不能屈就臣列，貴而無位，則權奸自失其護符，庶朝政有澄清之望，濟寧等知其故，不得不出死力以爭之，於是假造一豫杜妄論之摺，以爲抵制。何以證其假造也？考穆宗賓天，爲同治十三年十二月初五日甲戌，距光緒元年正月初八日丙午，不過三十三日，梓宮在殯，醇親王方爲恭辦喪儀大臣，哭泣之不暇，安得從容閒豫，考訂史冊，何者爲至當，何者爲不當，作此議禮文字，儼然在哀服之中，何又因以爲利，盡人能知之，豈醇親王夙讀聖賢書而遽出此？又是時輿論，以穆宗中興令主，忽以德宗入承文宗大統，雖名爲召集宗親大臣會議，實出孝欽后獨裁懿旨，故是月有廣成請頒鐵牌之奏。迨至惠陵奉安禮成，尚傳吳可讀之尸諫，深宮方有違言，是年二月即遭孝哲皇后盡節之喪，醇親王憂讒畏譏而作此疏乎，此可證者一。自古僉壬奸邪之徒，大率機警靈敏，頃刻間喋喋利口，强辭辯難，占人先着，惟其論議只多眉睫之利，不作遠大之圖，若能預計至十五年，是必老成攸久之藎謀，曲突徙薪，正不當指爲妄論。蓋宵小之舞文弄墨，無非躁進巧宦求目前之富貴功名，即醇親王原奏，所謂草茅新進之徒，趨六年拜相捷徑也。倘預計十五年之後，方可梯榮希寵之效果，無論古今僉壬，斷不若是迂拙，其時兩宮垂簾聽政，德宗方在襁褓，恭親王等正色立朝，醇親王不過閒散差使，並無權力，豈有於十五年前預作帝黨之冷曹，以樹后黨之大敵，此必無之理，既無奸謀之發見，何用預杜？此可證者二。又查十五年二月初三日爲歸政之日，吳大澂摺及醇親王原奏，均標初三，諒欲於歸政之初，明發此懿旨，不知何故，提前一日發表，故以初三字樣，均以濃墨改爲初二，懿旨首稱本日據吳大澂奏云云，一若吳大澂摺爲初二日遞奏事處者，實則吳大澂摺於正月二十四日拜發，以鄭工歷次拜發及到京日期，當爲正月晦或二月朔，且證以軍機處奏片二件，內稱遵旨往晤醇親王，是必軍機散值後前往商議，則往晤之日必爲明發之先一日。由此觀之，吳大澂摺到京，必非本日，懿旨時日可以倒塡，何事不可爲耶？且懿旨欲發則竟發矣，無庸醇親王修改，醇親王所修改五字，毫無價值，其爲假造原奏，是否意見相同，故爾前往商議耶，此可證者三。

編‧輯‧後‧記

▲蒙穗生先生所作的「胡漢民被蔣扣留始末」，是一篇翔實可靠的記述，所說的字字皆有來歷，並非嚮壁虛造的。胡漢民被釋後，立即卜居香港，辦「中興日報」和「三民主義月刊」，他所作的「革命過程中幾件史實」，即刊「三民主義月刊」中。

▲「日本侵略中國一段秘史」，是陳彬龢先生經心之作，揭發九一八前夕日本人蓄意侵略我國土地的野心。這件事雖已成歷史陳跡，但在三十年後的今日，我們讀起來還覺得日本帝國主義者之可怕可恨，而又慶幸他們今日不敢這樣對中國了。

▲張永福是孫中山先生進行反清革命時一個忠實同志，一同反清反帝的戰士，但張永福後來竟然向帝國主義者投降，仰敵人的鼻息，好官自爲，卒至身敗名裂，爲民族罪人，事誠可惜。向晚先生「從晚晴園談起」一文，對他有很客觀的批評，持論公正，實獲我心。

▲向晚先生曾在天津南開學校念書，後來留學日本東京帝國大學，一九三五年任職外交部，他是北邊人，但在香港住上二十多年了，編者和他訂交，始自一九三八年十一月，那時候我們都在香港從事文化工作。最近十年，向晚先生從事教育，沒有多大時間寫文章，但爲了幫忙老友辦好一個刊物，他寫文章的興致忽然又高起來了，他繼談張永福一文後，又寄來「天津八里台二三事」，是談天津南開大學的掌故。這篇文章，將於第十五期發表。

▲下一期有直言先生所作的「記民國初年肇慶發生的謀殺祖父案」，是一篇記實之作。當時直言先生在肇興縣做知事（民國十四年以後，知事才改稱縣長，在清朝則叫知縣），案雖然不是在他任內發生，但也經他審訊，並且是他一力主張翻案，開棺驗尸而告水落石出的。這是一篇曲折離奇的故事，不單與地方歷史有關也。

▲羅萬先生是上海報界老輩，清宣統初年他已在上海的文壇上享盛名了。他和「申報」的老板史量才、「時報」的老板狄平子都是老朋友。陳景韓是「時報」的主筆，「申報」爲了發展業務，要把陳景韓拉過去，但又不知要用什麼方法才能如願。羅萬先生這篇文章就是談這件事的經過，是中國報壇一掌故。陳景韓於一九六零年已八十四歲，隱居上海，現在是否尚健存，不大清楚了。

▲讀者王敬一先生給作者朱庵先生的信，已經轉交了。朱庵先生因學校開課，目下未有時間寫作，所以「掌故答問」未能繼續寫下去，他說要到寒假後才作打算。請編者代爲致意。

稿約

本刊的宗旨，是向讀者提供高尚有趣味的益智文章，並希望貢獻一些翔實可靠的資料，給研究歷史、文藝的人作參考。我們歡迎下列文章：（一）人物介紹　注重古今中外人物的描寫及其傳記。（二）近代史乘　注重近百年中國及國際政壇上重要事件的發生經過及其內幕。（三）史料　名人的日記、筆記、游記、自傳、傳記、年譜、回憶錄，函牘等。（四）趣味性的掌故。

以上所列，只不過約略舉出一個範圍，其實文史掌故的範圍很廣，不能一一開列，希望讀者認定文史兩字寫文章便好。稿件內容不要評論現實政治的得失，要注重輕鬆趣味，使讀者一卷在手，覺得開卷有益，不枉花了寶貴的時間。

惠稿文言語體不拘，但最好還是用語體，如果不擅用則以淺顯易懂的文言寫也一樣歡迎。字數以五千字內爲限，太長則未易刊出；超過一萬字以上的，請來信商洽。譯稿務請附原文，如無原文，恕不考慮。

來稿務請用稿紙書寫，如屬有史料性的文章，字體更要寫得清楚，一來使編輯人易於看懂，二來，排字工人也不致排錯。

不合用的稿，不管附有郵票與否，在收到後十日內寄還作者；如不寄還，就是要採用，但何時刊登，未能立即告知，請來信詢問。刊登的稿，在出版前二日即將稿費寄上。

國文教學
國文學習

參考用書

國文月刊

國文月刊爲抗戰期間西南聯合大學師範學院國文系主編，爲討論國文教學與培養國文閱讀及寫作能力權威刊物。先後由朱自清、郭紹虞、呂叔湘、周予同、黎錦熙、夏丏尊、葉聖陶等專家編纂。內容包括十類：（一）文字、聲韻及訓詁學；（二）文法學；（三）修辭學；（四）經學及文學史；（五）文學批評；（六）國文教學；（七）文辭疏解；（八）新書評介；（九）紀念逝世之國文教授；（十）當代文選評。撰稿者皆爲一時碩彥。凡所討論，俱屬切要問題。同時關於大專方面之國文教學，亦有專題研究。茲爲適應當前國文學習與教學之須要，先將抗戰復員後出版之國文月刊，由四十一期至八十二期，全部影印流通，分期零售；另合訂成册，利便庋藏。又編有總目分類索引，以便檢索。至於抗戰期間所編之國文月刊，由第一至第四十期，係用土紙印成，不便影印，刻在整理排印中，以饜海內外讀者雅望。

茲爲便利讀者採用起見，特輯有「國文月刊總目分類索引」單行本。售價港幣叁角；港九區郵票採購，付郵票肆角，寄英皇道一六三號二樓龍門書店，當即寄奉。

龍門書店謹啓

原書原樣

林熙主編

大華

半月刊 第十四期

廣東的綠林大哥
史量才與陳景韓
火車中的彈孔
肇慶的謀殺祖父案
松岡外交碰壁記
三位中年被狙擊的同志

一九六六年九月三十日出版

大華

第十四期

封面插圖：敦煌壁畫

大華半月刊 第十四期

一九六六年九月三十日出版（每月十五 三十日出版）

出版者：大華出版社
地址：香港銅鑼灣希雲街36號6樓
Ta Wah Press, 36, Haven St., 5th fl. HONG KONG.
電話：七六三七八六轉

督印人：林翠寒

主編：林熙

印刷者：朗文印務公司
地址：香港北角渣華街一一〇號
電話：七〇七九二八

總代理：胡敏生記
地址：香港灣仔洋船街三十二號
電話：七二三四三七

賊頭做了軍官　賊仔當了兵卒

廣東反正前後的綠林大哥

西鳳

强盜，說得文雅一點，是叫綠林豪傑，廣東人叫他爲綠林大哥，也叫他爲賊公、强盜。官文書叫他爲匪、盜，屢次犯案叫積匪，首領爲匪首（賊頭），有相當勢力的叫劇盜、大盜等。綠林名詞的由來，據「後漢書」劉玄傳：「王莽末，南方饑饉，人庶羣入野澤，掘鳧茈而食之，更相侵奪。新市人王匡、王鳳爲平理諍訟，遂推爲渠帥。于是諸亡命馬武、王常、成丹等往從之，藏于綠林中，數月間至七八千人。」這就是綠林的詞源。綠林山，在湖北荆州當陽縣的東北。從這一段故事，綠林們嘯聚山林的形成經過，一般多是如此。

在清王朝統治，貪官汚吏、劣紳地主，土豪惡覇層層壓迫剝削之下，人民過着非人的生活，其中有些强悍的，不得已便鋌而走險，結集同伴，備了武器，拚了生命去「撈世界」，藉圖生存。有的且標出「切富濟貧」，來對付官府。各省地區，綠林豪傑，無縣不有，檢閱各縣歷年檔案，盜案佔了大部分，足以證明當時的政治情况。今把辛亥革命前後，廣東廣屬幾個主要縣份，有代表性的綠林活動情態，擇要的寫述。舉一反三，以例其餘。

南海縣的綠林，以上淇鄉陸領爲主要，其他有陸常、陸養、陸錦、梁就等，嘍囉共有一千多人，經常在縣屬內活動。陸領出身貧農，上淇鄉人多地少，勞動力過賸，加以地主豪紳夾攻中，難以生活。他的兩個哥哥，爲了曾參加陸何兩姓的械鬥（打大交），慘遭清吏不分皂白，誣爲土匪而捕殺。他抱報復之志，移居樂從，經常吐露所懷，給何姓劣紳告密駐防樂從的清兵要緝捕，他只得逃避鄰村。後由各鄉同伴湊集了二百元送他到南非洲謀生。到了香港，即把辮髮剪去，因此被人叫他爲「冇辮領」。可是在港久候無船，盤費已用了一半，因之只好潛回家鄉，參與綠林隊伍，並出名向富戶勒索，致被清吏懸賞二千元通緝。在惡勢力高壓之下，從此他更加痛恨王朝，更加猖狂搶刼，勒收行稅。清吏加派隊伍會同鄉團，四處偵緝。他感到藏身艱困，又恐連累鄉里，于是在宣統元年（一九零九年）秋間，逃到星架坡，倚靠鄧澤如生活，並加入同盟會。第二年回鄉，鼓吹排滿，繼續幹那切富濟貧活動。辛亥年秋，武漢起義，黨人在廣東各屬組織軍隊，他也在樂從墟搞民軍，率領所部二千多人，開入廣州，任領字營協統。民元，陳炯明代理都督，排除異己，解散省內民軍，領字營也不例外。二次革命失敗，龍濟光由桂侵粤，他遷居澳門，暗中聯絡順德、南海、三水等縣的綠林，民團，農民等，準備討伐龍濟光。袁世凱死後，龍濟光失了靠山，被逼調往瓊州（海南島）。舊桂系盤踞廣東，他就勾結官吏，承包烟賭，分佈爪牙，幹那禍國殃民的勾當。民七（一九一八年），靜極思動，任肇軍第十統領，桂系與肇軍火併，他把隊伍調回南海遣散。民九，粤軍從閩南漳州回師，討伐桂系，許崇智不想他搗亂，委爲第二軍司令（實際只是空銜，沒有一兵一卒），月給乾薪一些而已。到了北伐前夕，這個無兵司令也撤除了。他回到故鄉當土豪，作威作福。日寇侵畧廣東，他又出任珠江三角洲游擊司令，後來改組爲廣東游擊區第一縱隊副司令（司令是陸滿）。到了民國廿九年（一九四零年）春天，他被僞軍的救國自衛軍總司令呂春榮收買，當了僞軍長。有一次，他到中山縣大江、大黃埔運動梁振剛時，被游擊隊拿獲，解往前山聽候押送柳州審訊懲辦。當時恰值日寇入侵前山，游擊隊即把他轉解石岐。他因帶病在身，行動不便，途中痛苦異常，在他不能掙扎再行路時，請求押解的人員，把他就地槍斃，才結束了他的一生醜史。

番禺方面的綠林，以李福林爲首，有李湛、李雍、李菱、林駒、李伍平，李田等五百多人，活動于廣州珠江南岸的一帶。李福林生于大塘鄉農家，在私塾讀過一年書，學過技擊。在廣州雙門底一家雜貨店當過學徒一年，投入衙門當號兵，因誤班被革退，回鄉在賭館幫閒，在河撈取魚蝦度日。跟着在河南地區幹偷竊而至結黨搶番攤館。一次，用墨塗黑玻璃燈筒，僞裝手槍行刼得手，同伴叫他爲「李燈筒」，他便用「登同」同聲字作爲別號。他胆子大了，隨同李贊（胡椒贊）、李玲（鬍鬚玲）去打家刼舍、擄人勒贖及勒收行稅等活動，被清吏通緝，逃到南洋，倚鄧澤如生活。後由劉甄介紹，他與譚義、黎廣、李菱等加入同盟會。謁見孫中山，表示如黨人在廣州起義時，他可團結綠林一二千人，借鄉村械鬥爲名，集中廣州郊區，爲之響應。並約定在大塘鄉萬馨茶居爲通信處。（在反淸的運動中，朱執信、李文範、徐宗漢（女）、李海雲、胡毅生等都到過大塘鄉聯系。）辛亥年秋，廣東反正前夕，他接受朱執信領導，在大塘與李湛、李雍、車從周、林駒等聚衆二千多人起義，他當了福字營統領，後改福軍司令，以李湛、李雍爲第一二統領，譚義、張炳、黎炳球、何江、黎志榮、何夢、鄧剛、王會、李就、劉世傑等分任義、炳、球、江、榮、夢、剛、會、就、傑等字營統領。以豪紳李樹椿、江孔殷爲座上客（軍師）。龍濟光踞粵，鎮壓革命黨人，他借詞保全實力，便投靠龍。護國之役，轉投舊桂系。他的總部設在河南海幢寺。莫榮新當粵督時，他當廣惠鎮守使兼福軍司令。護法之役，孫中山當了大元帥，派他爲大元帥府親軍總司令。粵軍回粵，他和魏邦平于九年中秋節晚上，宣布獨立，響應粵軍，逼使莫榮新狼狽逃遁。民十，他任第六路司令駐軍韶關，陳炯明叛變，回師討逆，因孤軍無援，改攻福建，驅逐閩督李厚基，改編爲東路討賊軍第三軍長，討伐陳炯明殘餘部隊。北伐前夕，改編國民革命軍第五軍。民十六（一九二七），廣州公社起義，他出兵，鎮壓。同年冬間，投降桂系。他先後到過南京，重慶等地活動。日本投降後，一度掛起軍委會特派員招牌，在廣州呼風喚雨一陣，也就遥迹銷聲了。一九四九年，他隱居香港新界的康樂園，到一九五二年去世，享年七十九歲。

三水縣的賊頭陸蘭淸、陸蘭福、黎志榮等的隊伍，有五百人左右。陸蘭淸是九水江鄉人，出身農民，曾在廣州帶河路的織造厰做織綢紗工人。一年，南海著名綠林陸乾、陸顯，受了兩廣總督岑春煊招安爲管帶（相等于營長），招收陸姓子弟爲巡防營士兵，他就棄工投軍。可是兵餉微薄，他嗜好多，不夠開銷，便請假不幹，並向同伴說回鄉「撈世界」（就是做賊）。回鄉後，糾集了十多個同鄉兄弟，幹那打家刼舍的生活。九水江鄉小人稀，難以藏聚，經常躲到金竹鄉陸姓去。當地諺語：「生怕金竹陸，死怕遊地獄」，說明了金竹陸姓，族大且惡，官兵也不敢去招惹它的。光緒卅二年（一九零六年），他率領數十嘍囉，在三水縣屬馬口附近，騎刼行駛香港梧州間的外籍貨輪。行動時，船中一個外籍醫生，妄圖反抗，他立即將他槍決。搜刼之後，他把自己的名片，交給船上買辦，聲明一切由他負責，可出花紅（獎金）來緝拿，但切莫牽涉別人。不然，再把貨船燒毁，到時悔之晚矣。貨輪被刼後，果然懸賞一萬元緝拿他。他不特不歛迹，反而乘此機會（聲名響遍遠近），分別寫信給廣州沙面各洋行，每家勒索一萬元，聲明如不按時照數交付，即以猛烈手段對付。有些老番置之不理，有的怕事，照信辦理。淸吏對他，特別防範，並責成各鄉紳，協同緝捕。聲明如有窩藏包庇，燒殺全村。在此種形勢下，他感到活動不易，便化裝逃到星架坡去，投在鄧澤如處暫住，加入同盟會。宣統三年（一九一一年）春間回國，在欒從墟與陸領起義，支援廣州三月廿九之役。失敗後，隱于農村，秘密聯絡同志，直至秋間，廣東反正，已在三水、南海交界的西樵山一帶組成隊伍起義，當了蘭字營鎮統，陸蘭福、郭口分任第一二協統，下轄陸蘭培、潘錦、譚世昭、黃晚四個標統，黎志榮轉到福軍去。他後來因侵蝕軍餉，尅扣糧秣，被屬員向都督胡漢民密告，查有實據，胡漢民將下令查辦，他就潛逃廣西，投靠陸榮廷。二次革命失敗，龍濟光再次入粵，他在龍部當統領，做龍的幫兇。護國之役，桂軍入粵，他又反龍，得任陸軍游擊第十統領兼台山赤溪兩縣清鄉督辦。努力巴結陸榮廷，升任欽廉鎮守使。粵軍回師，他投入陳烱明部爲司令。陳烱明叛變，滇桂軍東下，他即投靠劉震寰爲獨立旅長。民國十二年，他隨軍東征陳部楊坤如，途中得病，回廣州醫治，十月死于韶美醫院（即今之廣州市工人醫院的前身），無宗旨無政治路線的陸蘭清，就此完結了。

其他呢，順德縣的綠林如：龍江鄉張炳，龍山鄉鄧剛、王會、陳村附近的周康、胡新，大羅村黎成，露州鄉黎甲、良教鄉何江、何夢、桂洲鄉王敬寬，馬齊鄉麥報等，全縣一千多人，以張炳、鄧剛等爲著名。香山縣以劉世傑爲首，小欖有李就等，全縣三百人左右。新會縣以天河譚義爲主要，全縣約有五百人。其他各縣半農半盜，三五成羣，出沒無常，那就無數可計了。

珠江三角洲的綠林活動，一般是以首領個人名義，或集體的堂名，具名發出信件，向所轄區（等于舊時軍隊的防區，有特殊勢力的也可越區。）的富戶、大商店、工廠打單（勒索）。要一次過（或按季按年）送給他們數百元而至數千元的欵項。如被打單的商戶或個人，不依時派人與之接洽送欵，或拒絕其要求，甚至報告官廳派兵緝捕的話，則必要遭受武力的對付（搶刧燒殺擄人等），來警告其他不服從者。他們每發一信，是有的放矢，勢在必得，既要維持他們的集體生活，又表示言出必行，以示威信。還有一種活動，就是標參，即江浙人叫綁票（擄人勒贖）。起初是專擄富戶的妻妾。無如有錢的人輕視婦女，多不肯備欵去贖，寧願花錢另娶。于是他們改變辦法便擄有錢的人或富家子弟，尤其是獨生子；破財贖命，富戶是樂意的。但他們不肯擄掠洋人或華教士，恐怕惹起交涉。順德黃連鄉福音堂教士楊澤堂被擄而撕參，聞當時綠林們知道誤擄，準備放人。詎料北美長老會西教士恃惡蔑視，綠林們才把楊殺了滅迹，這是個別的事了。綠林的打刧當押店，或洗刧大墟鎮市塲。必先偵察清楚，做好準備，用閃電戰術，內外夾攻，四面襲擊，尤其是在風雨黑夜，使當地防軍、團練，無所抗拒，攻入當押鋪後，把押值一元以上的衣物搶捆而去，一元以下的，任由當地的人取用。這種活動，直至廣東反正以後，各地綠林大哥，變了民軍統領，才告停止。

陳烱明當都督時，把各隊民軍解散，只留下李福林的隊伍。民軍復員，沒有安排計劃，他們大部分只好走回頭路，再去「撈世界」，這是很自然的。龍濟光仰承北京袁世凱鼻息，迎合廣州劣紳奸商心理，對各民軍統領和其軍官士兵，一律以亂黨看待，亂拿濫殺。統領們多避居澳門，有的且投入綠林隊伍。爲了組織力量，對抗龍濟光的殘殺，同時也爲統籌兼顧，解決集體生活，于是由陸滿、陸常、何夢、何德、黃晚、廖勤、陸湛，陸昭，倫權，黎掌等二十餘人爲代表，舉行會議，決定組織「兩粵廣義堂」，推定陸滿爲領導，其他代表爲副領導。訂定十項守則，共同遵守，關于宗旨，對抗官軍，互相支持，尊重婦女、行稅分配、貨物處理、武器配給、死傷醫治撫邮，擁護孫中山等等都有明文規定。兩粵廣義堂擁有隊伍二千人。其後南海、順德、花縣、高明、香山、台山等縣各鄉的綠林，也紛紛組織起來，成了有領導、有章則的集體行動。他們的收入，以收行稅和保護費爲主，綁富豪和搶刧富商爲輔，尤其是對付貪官、劣紳爲主要行動。收行稅以絲廠、繭市、木排、輪渡、拖帶貨船等爲主要對象，收保護費以瓦窰、當押店及各大市鎮商號，工廠等爲主，也有收耕牛或人口保護費的。

民國三年八月間，樂從墟有五隻行駛廣州的絲船拒絕交行稅，並聲言五船武器齊備，陸滿黨羽如果來犯，必使他有來無去。陸滿聞訊，爲了保持威信，即用木排在奇槎大都河面攔塞，使絲船到此不能進退，密放大砲進攻，各船打手頻呼饒命。各船所載白銀、武器，全被刧去。事後廣州經綸商會出花紅五萬元緝捕陸滿，連同以前龍濟光出花紅，共達六萬五千元。但陸滿還是存在，毫無影响。

史量才與陳景韓

羅萬

當史量才在老申報的舊主人席子佩手中接收申報的時候，最出力的，却有三人，一爲張季直（謇）、一爲趙竹君（鳳昌）、一爲應季中（德閎）。但史量才只是一個蠶業學校出身的人，對於新聞事業，到底是個門外漢，而報紙對於編輯是主要部份，因此他們就想到了時報館裏筆名冷血的陳景韓。（景韓單名一個琦字）

但是陳景韓是時報的重要編輯，也是時報的開國元勳，時報主人狄楚青是非常信任他，倚重他的。當時景韓在日本留學，楚青也到了日本，二人一見傾心，商量到上海來開辦這個時報館。因爲時報有康梁股本（民初卽拆出），總主筆名義是羅孝高（康的學生），實際上對於新聞編輯，都是景韓主政的。卽如時報的注重文學，以及聯絡上海的教育界，並請黃遠生爲北京通訊員等等，楚青都是與景韓商量過的，現在要把陳景韓從時報館挖出來，不免頗費斟酌呢。

上述最出力的三人之外，還有兩位參謀。一位是沈信卿（恩孚），一位是黃任之（炎培）。這件事，他們商議下來，起初想和楚青直接交涉，說是把陳景韓借過來，或是兼任兩家報館的編輯。後來想想不好，而且誰和狄楚青去交涉呢。趙竹君和應季中，（江蘇第一任省長）與楚青泛泛之交，張季直那時還是江蘇省教育會會長，狄楚青是會員，他也不肯老氣橫秋的和楚青去說，何況他也是這個新組織裏的股東呢。

但後來兩個參謀說：「這何必和楚青多麻煩呢？我們要的是景韓，只要景韓答應了，那就成了。」大家覺得這很對呀，於是由兩位參謀出馬，他們本來是時報館的常客，朝夕和景韓見面的。景韓初尙猶疑，一則似乎對不起楚青；二則他熟悉史量才脾氣，恐怕不能相處得很好。但是兩位參謀既然肩負此職任，必將玉汝於成。那個時候，時報很不景氣，楚青還負了債。雖然辛亥以後，楚青已把康梁的股本拆出，保皇黨報紙名稱仍在。那申報的新組織，規模宏大，前途發展更是不可思議，幾次三番，便把陳景韓說服了。那個時候，瞞着狄楚青，他一點也沒有知道。

申報這個新組織，似乎有一個不成文的董事會，由這個機構，和史、陳兩人，訂了一個合同。以史量才爲總經理，陳景韓爲總主筆（當時尙無編輯的名稱），史專任事務上事，陳專任編輯上事，兩個職位是平行的。原來上海自有華字報以來，都在外國人掌握中，申報是英國人創辦的，新聞報是美國人創辦的，外國人不懂得請中國主筆的，一切都委之於他所雇用的華經理，這個華經理，就是上海所稱的「買辦」（新聞報在辛亥以後，館中僕役，尚呼汪漢溪爲買辦）。所以報館中延請主筆，由華經理主其事，他是可以進退主筆的（從前對於報館主筆，僕人們呼爲師爺）。直到中國人自辦報紙，如中外日報、時報出版，也承襲這個規例，主筆是聽命於經理的，不過如中外日報、時報，所謂經理也者，便是這一報館的主人，那又當別論。

現在這一個合約便不同了，說是經理與總主筆平行的，就是說：經理不能進退主筆，並且就是說：經理不能干涉編輯上的事。當時還有人引經據典的說：這是英國的新聞法律，英國新聞法，總主筆的權，高於一切，至於當經理的人，只不過管管業務上如印刷，發行等事而已。這也不必去管它，中國人辦報，也不必盡照外國。那時陳景韓的合約上，規定爲期是五年，這也是創格，意思是說這五年內，不能離開申報。也規定每月薪水是三百元，這在那時上海的新聞記者薪給是最高的了，景韓在時報，月薪只有一百五十元，若新聞報館的編輯，這個時期，不過百元左右而已。

關於用人行政諸端，新組織自當有所改革。在編輯方面，留着張蘊和而予以重任，此外裁汰了一部份。在營業方面，管理財務一切，當然要認爲是經理親信的人，其餘一仍其舊。這時有兩位新進的人物，一位是趙竹君之子趙叔雍；一位是應季中之子朱應鵬（因過繼於外家朱姓，故冠以朱）。趙叔雍長於文學，朱應鵬是一位新畫家（當時亦頗有名）。這兩位的父親，都是接收申報出力的人，而且也是申報股東，自然是要接納的。但到後來，量才把趙竹君、應季中的股份拆出，歸他獨資經營以後，叔雍尚留任，而應鵬則已辭去了。

最初的一年，景韓很高興，每天下午便到申報館來，規劃編輯上的事，或與張蘊和等談談（蘊和與景韓，同是松江人），有時也寫寫短評，但比在時報館裏，要輕鬆空閒得多。因爲申報館編輯多，有張蘊和總其成，也無須他看大樣，他反覺得無事可爲，每日下午，只是銜着烟斗，騎着自行車，到申報來小坐一回。

可是雖然合約上說：總經理與總主筆兩不干涉，在景韓，確實不去問他們事務上的事（在時報也向不問的），而量才却是不能不干涉編輯上的事。有時有一條和他有關係的，他就並不問景韓，直接交給主筆房，令張蘊和發了。他沒有經營申報館的時候，常到時報館來，他知道時報的北京通信記者黃遠生，爲讀者所歡迎，於是也把黃遠生拉了過來。所以狄楚青對於史量才是恨如切齒，永不和量才見面，直到量才被刺身死以後，他倒送了一幅陀羅經被，親來弔奠一番。

申報隨時勢而發展了，量才也交游廣濶了，自從南洋糖商黃奕住到上海開辦中南銀行，量才和他聯系以後，更可以相得益彰。（史與黃奕住的認識，是黃任之介紹，任之先到南洋游歷，認識了黃奕住的）其間史量才吃了一塲官司，爲前申報主人席子佩所控告，幾乎關到巡捕房裏，幸有黃奕住當天保出，不在本文範圍，我且不述。總之新聞界與金融界結合以後，申報亦即蒸蒸日上，而量才亦興家發業，這個報館，便成了他獨資經營了。

申報館自遷到漢口路以後，有兩個大房間，一間是總經理室，一間是總主筆室。這房子裏只一張寫字枱和幾把椅子，每室有一個茶房承值。平常鎖起來，每到下午三四點鐘，史、陳兩位來了，然後開門。所以要訪問他們的，必定在這個時刻來。但是在兩室之間，顯見冷暖，量才的房間，總是賓客如雲，景韓的房間，却是淸凉似水。爲什麽大家不去呢？原來景韓有些特別脾氣，有時議論風發，有時則緘口不言，人家向他討論什麽事，他也不理。相傳有一天，胡適之去訪問他，坐在他的寫字桌對面，和他談起他的哲學來，景韓口銜烟斗，把脚擱在寫字桌上，口中哦哦，也不說是，也不說非，使胡適之竟不能落塲，出而語人曰：「這冷血眞冷得使人難受。」實在景韓並非對胡適之傲不爲禮，對於別人也是如此的，和他相熟了，也知道他很和易近人的。

自量才獨資經營以後，那又是一番景象了，因爲上海的新聞事業，向稱報館，不稱報社，所以並無社長，只有館主，現在他既是申報館的主人，自然大權獨攬，以前所謂總經理與總主筆並行之說，也就無形消除。景韓每天到報館，本來也無所事事的，現在也更懶散了。於是兩人不免都有了芥蒂，量才背後向人說：「景韓不管事，撒濫汚。」景韓呢？不但覺得量才自大自私，難與共事，而且對於新聞事業也厭倦了。

好容易到了五年合約期滿，景韓便正式辭職了。但是景韓雖然辭職，不復到館，而每月三百元的薪水，量才依舊照送。不知是何種名義，或者仍爲總主筆吧？那個時期，正是軍閥時代，申報這時辦得很糟，但越是很糟，銷數越發達，戔戔三百元，何足掛齒。景韓自脫離了申報以後，果然不問津於新聞事業。

但有一事，則屬於舊友狄楚青者。楚青那時候，爲了這個時報，正是焦頭爛額，負債累累，日處窘鄉，用人不當，又被那一個沈能毅來攪亂一番，起初還有一個有正書局，所得餘利，貼補時報，現在有正獲利亦微了。正在走投無路之際，來訪景韓，景韓勸他丟棄這個時報爛包袱。但債主林立，一時亦丟不掉。適有黃伯惠，頗艷羨於新聞事業，極思一過其癮，景韓乃極力玉成之。時報讓與伯惠，使楚青脫離此煩惱境界，彼固信佛，因大念阿彌陀佛不置也。

量才被刺以後，大殮之日，量才諸友好，商議及申報善後事。大家說：「非請陳景韓出來支持不可。」景韓歎一口氣道：「諸公欲史量才我耶？讓我多活幾年吧！」諸友不得已，於是請杜月笙出來，爲申報總經理。

火車中的彈孔

——張其鍠遇險記——

林熙

辛亥以後，文人而又是大鬍子的，不少死於非命。其中有幾個還是清代科舉最後一次的同榜中人。他們的死法也各自不同，總之都不能不怪他們自己擇術不愼。

情形比較相近的是林長民和張其鍠，林雖不是科甲出身，而文雅風流，也是一時之秀，却不料都自己投到北洋軍閥的陷阱中，死於兵馬倉皇之際，幾乎屍體都找不到，兩人都是瘦削面龐，未老而蓄長鬍的，因此，事後常有人將兩人相提並論，覺得大鬍子果然不祥。

我在這裏要插幾句話：林長民的長字應讀上聲，是用「孟子」：「輔世長民莫如德」的意思，所以他的號叫宗孟，而北京人一般只讀爲長短之長。張其鍠號叫子武，因爲鍠是鐘聲，而「禮記」說：「君子聽鐘聲則思武臣。」不但人的相貌與其一生有關，連名號也可以反映人的個性，和他所選擇的事業。從林的名號可以看出他在政治上的野心，果然他始終不離政客的行當。張雖不是武人，却一輩子和軍人打交道。

以下畧談一談張的歷史。他的上輩也是科甲出身，曾在廣東做過幾任州縣。他本來是個紈袴，只因爲是庶出，家庭中不免有些歧視，讀書特別努力。姿質也是特別聰慧的，頗能摸到學問門徑，不僅以文章翰墨見長而已。甲辰（光緒三十年）一榜，中了進士，以知縣分發湖南，他沒有點得翰林，據說是爲陸潤庠所擯，後來他提起來，還深以爲恨。進士即用知縣是相當容易得缺的，不久就署了芷江縣。芷江是沅州府的首縣，雖然不是十分重要地方，因爲由湖南入雲貴，這是必經之路，所以容易爲人所屬目。他本是在縣衙門長大的，還有什麽不內行。又是少年新得意，滿肚皮要出風頭，遇事敢作敢爲，因而頗有武健嚴酷之稱，在湖南算是一員能吏。這時已是宣統年間了，李經羲放了雲貴總督，走過沅州，首縣照例辦差伺候，兩人在船上一談談了個把鐘頭，張把一些外省的積弊向李痛切說了一頓，李當面深爲激賞，到任後，就將他作爲人才，具摺密保，稱爲堪任封疆。這件事情是他日後政治活動的一條伏線。張勳進行丁已復辟之前，黎元洪準備以李經羲組閣，張其鍠跟他一同到天津，奔走佈置，大家都知道張就是未來的李內閣的秘書長。這場夢也沒有做成，不過張和北洋軍閥就有接近的可能了。李經羲之所以能在北洋軍閥政府提名組閣，完全因爲他在雲貴總督任內，靳雲鵬一派的北洋軍人曾在他的部下任要職，而李家又與北洋勢力存在着歷史關係。至於張，却是任何歷史根源都沒有的，插足於北洋系之間，畢竟犧牲自己而告失敗。

張作知縣也沒有得到升遷，就因丁憂而卸任了，丁憂人員還可以留省當差，他就捐了個郎中職銜，充南路巡防營統領，這是他投身軍界的開始，也是他與湖南的進一步發生關係。順便說一句，他在知縣任內，由他的上司辰沅永靖道俞明頤做媒，娶了前任浙江巡撫聶緝槼的女兒爲繼室，俞聶都是湘鄉曾氏的門壻，這也加深了他在湖南的關係。辛亥革命後，湖南都督譚延闓是他的同年，因而得任軍事廳廳長。但他不是新式軍人出身，巡防營也不是正規陸軍，所以到底不能安於其位。直到譚與吳佩孚在衡陽對峙，張代表譚與吳聯絡，拆了皖系的台，從此才打入了直系內部，而與南方漸漸疏遠。

直系中的保、洛兩派又是意見很深的，張雖與吳接近，究竟連吳嫡派也算不上，至於保派，更是一無好感，單靠與吳情投意合，就想做他的入幕之賓，本是萬難的事。所以在洛派最盛的時候，他並沒有被吳保薦入閣，僅發表他作廣西省長。廣西雖是他的故鄉，其實關係已經很淺，在地方軍閥割據的局面下，他那光桿省長的味道是很不好受的。直到吳佩孚的再起，以聯張（作霖）討馮（玉祥）為旗號，他的主意較多，一度得到北洋舊軍人的贊賞，他才正式就任為吳的秘書長。可是吳部的軍人看到這個不是自己人的秘書長簡直是眼中一刺。他也原想只借此作個過渡，當吳氏與奉張為了組閣問題不相下時，他十分想乘機過一過國務總理的癮，却不知道這不僅是奉張所不能答應的，即使吳氏個人沒有意見，他的左右也決不容許張為自己活動，張在吳左右費盡心機，終於葬送了自己，總無非是政治上派系矛盾所決定而已。

某年我搭乘京漢車，經過武勝關向北去，旅途中無聊，不免和同車的人搭話解悶。在餐廳中看見玻璃車上一個圓洞，玻璃很厚，而圓洞是斜穿過去的，洞的位置既不在窗的中央，也不在上，也不在下，不像是有意做成的。我正在納悶，同伴的說道：「你不懂這是什麼吧！這是手槍子彈打的。開槍的時候，離玻璃太近，子彈發出，非常迅疾穿過玻璃，就留下這樣一個洞，好像用機器鏇成的一般，非常光滑，假使是從遠處發射來的，力量已經較小，玻璃就會粉碎開裂，不是這個樣子了。」我說：「如此說來，這節車上，必是曾經發生過什麼凶險的事故了。」那人道：「那何待言！前些年月，各處都是軍人橫衝直撞，什麼事情沒有發生過？」他隨即談到有關張子武的事，見景生情，說得有聲有色。如今還大致能夠記憶。

以下便是他說的故事。

張子武代表譚延闓，鼓動吳佩孚從衡州撤兵，給段祺瑞征南的計畫以絕大的打擊，段派恨之刺骨。那時吳光新是長江上游警備總司令，急於取得地盤，尤其為段賣力，派了密探在武漢偵查吳與各方的來往。知道張正乘車北上，就在武勝關附近某一站（站名不記得了），派兵上車檢查。查到頭等臥車，張有點知道不妙，趕緊將房門從裏面鎖上，電燈熄滅，不敢出聲。及至敲到他的門，屢敲不應，軍官就拳打脚踢起來，大聲吆喝，再不開門就要開槍射擊了。其時稽查員中有一個姓紀的（彷彿是這個姓），便說：「裏面是什麼人，拿官銜名片出來看看。」這句話分明是替張開一條路，於是檢了一張從門縫裏遞了出來。誰知那軍官接過去一看，更加暴跳起來，說：「怎麼又是隔壁那人的名片啊！」姓紀的慌忙接口喊道：「拿錯了，拿錯了，快些再拿出來。」如此一再遲延，車早已到站，不能久停，他們急於要到別的車廂去查，就此含糊過去了。當時車廂中形成很緊張的局面。事後有人問張；事急時你打算怎樣，他說：我儘量平臥在地上，不得已的時候就開手槍還擊。這個姓紀的稽查為什麼肯幫忙，是一個謎，問張，張却笑而不答。據說後來姓紀的曾經去找過張，恐怕是不免有所要挾了。

張在少年時代，畢竟算是得意的，未免有些趾高氣揚，後來到處遇到挫折，急於想孤注一擲。無論不能如願，即使如願，也是必遭內部毒手的。他在隨同吳佩孚逃奔入川的途中，死在南陽附近，據張聯陞的官報說是奉令截擊吳佩孚，將其秘書長張其鍠擊斃。其實吳就是張聯陞放走的，張也不是張聯陞所擊斃，不過藉此掩飾他的放走吳。張之死，因為沒有隨從的親信，當時不知道實情，只知道是遇難。大概情形是這樣，吳佩孚在路上替人寫對子，他不耐煩先走，其時天氣已熱，他只穿一件汗衫，走得不遠就遇伏開鎗打中了。據個中人事後說，吳的副官某人有招搖納賄行為，張向吳據實報告，吳大怒要行軍法。吳妻出來緩頰，才又收回成命。這人懷恨異常，所以下此毒手。吳的左右也是一團糟，比其他軍閥頭目也好不了多少。

張在京漢車中不死於吳光新的兵的一彈，卒至死於吳佩孚部下不知姓名之人的一彈，其實是一樣的白被犧牲。他是自命精通六壬的，曾經自己算定五十以後無運可走，所以在吳幕中，始而沉迷於密教的修持，以學佛自晦。後來亂七八糟大買其書，不管什麼，只要書店送來，就將第一冊留下，蓋上他的藏書章，以示志不在做官。倚靠這些做作，畢竟還是不免於遭忌。（張子武和唐天如最相好，兩人是癸卯同榜舉人，又好談命理，寫古文。唐天如入吳佩孚幕，是張介紹的。唐晚年在香港極信「呂祖」，家中有「呂祖」降壇寫的梅花，珍逾拱璧云。）

肇慶的謀殺祖父命案

·直　言·

民國三年（一九一四年）肇慶發生謀殺祖父的逆倫案，一直到民國十一年才結案，兇手李立名伏法，這是粵省唯一逆倫要案；且延擱八年之久，爲前所罕見。民十一騰載省報，肇籍名記者孔君，且編爲章回小說，連載報端十數日。此案曲折離奇，孔君亦未盡悉內容。余爲主辦本案重要人之一，知之最悉，暑日多暇，用述經過，俾資談助。

兄弟同食魚粥暴斃

民三年，肇慶之首富李某（日久已忘其名，代之以甲），在肇慶及新橋墟等處，設有當鋪多間，刻薄成家，蔚成巨富。其子某，亦忘其名（代之以乙），只得一子，名立名，甚愛之。立名性素奢侈，而財權在祖父之手，號爲鐵沙梨，立名欲揮霍而無從，正俗之所謂失匙甲萬也。甲最友愛，其弟丙，時相過從。一日晨，甲所用傭婦送大碗猪肉魚粥至，尚未入口，丙適來訪，甲喜謂「合晒」。立命傭婦另換小碗，兄弟分食，盡歡而散。未幾，甲丙同時暴斃，兩家同時開喪收殮。甲爲巨富，親友先後往兩家送殮者甚多，咸謂甲丙同時暴斃，同時呼號輾轉而死，且眼耳口鼻皆七竅流血，顯爲中毒，甚以爲異，但不知其由。丙之子爲丁，初不知其父曾至甲家，同食猪肉魚粥，以爲在外偶食毒物而已，故亦草草收殮出喪。後以親友輾轉傳述，衆口一詞，始疑爲同中猪肉魚粥之毒。又以粥由傭婦手造，而傭婦又知爲與立名有染，復疑爲立名主謀毒死祖父，因而毒及叔祖。始而責問其兄乙，追究立名。乙只得一子，舐犢情深，不願追究。遂控於高要縣。以其時只省會設有審檢廳，各縣則尚以縣知事兼理司法也。縣知事爲潘某，傳訊兩方，認爲時有疴嘔時症，甲丙均感疫而死，謀毒並無憑證，不能以疑似入人以罪，判子免議。其後乙丁連年纏訟，歷任均以案經判決，不予受理，此民三至民九之概畧也。

案情曲折辦理困難

民十，余奉委高要縣知事，接篆之翼日，慣例於大堂親收呈詞。丁卽以立名謀殺祖父，殃及叔祖，呈請依法懲辦。余未及查案，當詰以事隔七年，何以此時呈控？渠謂潘前縣判由病死，以致沉冤莫雪。余詰以有何憑證？渠謂甲乙同時七竅流血而死。又詰以何以知爲立名主謀？渠謂甲乙同食粥，而弄粥之傭婦與立名有染，人所共知，故疑爲主謀。詰以傭婦何在？渠謂纏訟多年，早已辭工他去，不知所蹤。余謂事關大辟，何能僅憑疑似定讞，究竟有無人證？渠謂親友共知共聞，係事實而非疑似。余謂親友僅泛泛之詞，誰願出堂作證，有何實據？渠答公門爲人人所怕，誰肯作證。余詰以誣告反坐，律有明條，知之否？渠答深知，如屬誣告，情甘反坐。余見其貌頗誠懇，但詰問多時，毫無合法之證據，未得要領，只許以查案辦理而已。是午，高要正紳五人聯同來謁，謂李立名謀殺祖父，街知巷聞，龍軍據粵，政治黑暗，沉寃莫雪，現在國民黨治，大放光明，希望澈底查究，以維倫紀。余答以案情重大，自非詳晰研求，難得眞相，定以萬分精神，集中此案，且必以研求結果，公諸大衆，以報邑人。退而商諸承審員何君文鐸（字劍甫，余之廣東高等同學，且進而畢業於北大法科，素有剛正之名，余之畏友也），共同檢卷研求。則七年纏訟，案牘高逾數尺。兩人互商之結果，以爲是毒非毒，非剖驗屍腹不明。潘任初訊之始，雖已殮而棺未葬，開棺剖驗，爲應有之義。乃並不實行剖驗，而以疴嘔症盛行，判爲病死，殊爲率忽。此爲初審之大病。其後歷任以案經判決，不予受理，亦嫌顢頇。現已事隔七年，兩棺均葬，始行掘墳開棺剖驗，實爲前此所未有，不能不愼益加愼，此爲初步之觀察。

開棺驗屍實有必要

隨由劍甫承審，分傳兩造，告以如兩方各執一詞，必須掘墳開棺剖屍，以期水落石出。乙立表反對，謂甲之死，實由疴嘔症，並無七竅流血之事。丙如七竅流血，是渠在他處中毒，不必牽累他人。甚且謂丁之堅控其子，名是爲伯爲父申寃，實則借刀殺立名，欲遂奪產之毒計而已。如必剖驗，可驗丙屍，渠不忍目覩其父死後無端遭掘墳開棺剖驗之慘也。詞堅決而毒，訟棍之設計，眞不可及。劍甫初頗疑慮。余謂只驗丙屍，卽屬中毒，亦可謂在他處中毒，不足以成信讞。必須兩屍同驗，且爲同一之毒，方昭折服。劍甫亦以爲然。但以事隔七年，方始剖驗，未合程序。余認爲必須說服乙，破其詆犢之私，或承認甲死時係七竅流血。或不反對掘墳開棺驗屍，方免種種困難。故於乙之呈文，明白批示。告以：（一）父比子重，不應詆犢忘父；（二）孫敢毒祖，何不可毒父；（三）政府必期水落石出，勢必出於剖驗，因詆犢而令死父蒙掘墳開棺剖屍之慘，於心何忍。反覆譬解，冀其覺悟。縣署時辦有高要縣公報，因以批詞登諸公報。余初答縣紳之言，謂必以研求結果，公諸大衆，以報邑人，亦欲借此宣示也。未幾，肇軍前某統領來言，謂乙不忍見其父之開棺剖屍，勸余照歷任辦法，批以「案經潘前縣判決，死由時症，不必多瀆」十五字。卽酬謝白銀二萬元。余始聞而大駭，繼而大悟。乙最後以賄賂運動，其爲情虛可知。昔之認爲立名謀毒祖父，不過五分，今則進而七八分矣。因與劍甫商，同認爲剖驗必不可少，但翻七年前之定案，而反當事人之意見，出掘墳開棺剖屍之創舉，驗非中毒，眞無辭自解。余嗜讀陶淵明詩，一日讀至：「應盡便須盡，無復獨多慮。」又：「任道或能通」，「遂盡介然分」，「吾駕不可迴」等語，大有感發。蓋認爲剖驗爲應盡之大道，則應盡之遂之，豈宜顧慮個人之立場。故遂決定剖驗。劍甫又謂渠及余均無檢驗學識經驗，而高要縣所用之檢驗吏，爲棺材店之仵作，不惟學識不足，且慮其受人運動。余亦有同感。再三思維，決返省商之高等審判廳長陳融，代覓富學識經驗之檢驗吏爲助。陳言粵省僅廣州市設有地方審檢廳，現正着手推廣，於較繁盛之府治，先設若干廳，其餘各府治，再陸續擴設。高要現旣有此特別重案，當提前籌設。不數日，又告以已選任陳鴻慈爲高要地方審判廳長，開辦之始，盼予協助。鴻慈字芑村，爲留學日本大學法律科畢業生。（十年前死于香港）民元任廣東法政學堂法科教員，曾與余同事，且有剛正之名，素稱知好。因與晤談。鴻慈言：「得委卽當就任，但開辦伊始，苦無設廳及監獄地點，請予協助。」余許以在縣署佈置辦公地方。地點旣定，鴻慈卽於民十秋間偕推檢各員到肇就職。此逆倫重案遂卽移交高要地方審檢廳辦理。此案爲全省所注目，審檢各員，無不認眞辦理。短期卽實行剖驗辦法，並由廣州專聘檢驗員化驗。兩屍同中砒毒，李立名判處死刑，於十一年夏間在肇慶執行，人心大快。其時因粵省舉行縣長民選，余先於春間交卸回省，遠道聞之，亦感快慰，足對邑人。事後追思，余與劍甫末期所商辦法，與其後檢廳所採行者無異，只以未諳檢驗學，心無把握，未敢當機明斷，立雪奇寃。工欲善其事，必先利其器，由此可知荀子勸學篇所謂學之不可以已，確屬至理名言，人而欲事業之成就，非先志於學不可也。

溥儀册封「皇后」的笑話

溫大雅

溥儀所著「我的前半生」上册（一九六四年四月，香港文通書店出版）一二七、一二八頁談到他的「大婚」。他說：「婚禮全部儀程是五天：十一月二十九日，巳刻，淑妃粧奩入宮。十一月三十日，午刻，皇后粧奩入宮。巳刻，皇后行册立禮。丑刻，淑妃入宮。十二月一日，子刻，舉行大婚典禮。寅刻，迎皇后入宮。十二月二日，帝后在景山壽皇殿向列祖列宗行禮，十二月三日，帝在乾清宮受賀。」文中的日子，皆經作者溥儀從陰曆改爲陽曆，原來樣子不是這樣的。「子刻」、「巳刻」都是原來的婚禮儀程中的文句，溥儀保留原樣不改，單單改陰曆爲陽曆，以迎合潮流，甚有趣！（子刻是夜裏十一點、十二點；巳刻是上午九點、十點）溥儀文中的「十一月」、「十二月」，也沒有說明是那一年的十二月。若以陽曆來計算，是民國十一年（一九二二年）的十二月，陰曆是壬戌年十月。他結婚的日期是「宣統十四年十月十三日」，陽曆爲民國十一年十二月一日。

關於溥儀「選后」一事，書中說得太過簡單。本來這種事最有趣味而爲讀者所樂於一讀的，但溥儀寫得太過保留了。現在摘該書第一二六頁所說「選后」的事如左：

> 最有趣的是我的兩位叔父，就像從前一個强調海軍，一個强調陸軍，在攝政王面前各不相讓的情形一樣，也各爲一位太妃奔走。「海軍」主張選端恭的女兒，「陸軍」主張選榮源的女兒。爲了做好這個媒，前清的這兩位統帥連日僕僕風塵於京津道上，匆匆忙忙出入於永和宮和太極殿。

這裏所說的兩個太妃，一個是敬懿太妃，是同治皇帝的瑜嬪；一個是端康太妃，是光緒皇帝的瑾妃（珍妃之姊），她住永和宮。溥儀說兩個叔父，一個是他的六叔載洵，一個是七叔載濤（今尚健存）。載洵在宣統元年主海軍，載濤主陸軍。事隔十年，載洵主張立端恭之女文綉，載濤主張立榮源之女婉容。到最後，仍須溥儀去「欽定」。他看照片來「選后」，隨便在一張比較順眼的照片上畫個圈兒，就算是選定了。書中說：

> （選中的）這是滿洲額爾德特氏端恭的女兒，名叫文綉……這是敬懿太妃所中意的姑娘。這個挑選送到太妃那裏，端康太妃不滿意了，她不顧敬懿的反對，硬叫王公們來勸我重選她中意那個，理由是文綉家境貧寒，長的不好，而她推薦的這個是個富戶，又長的很美。她推薦的這個是滿洲正白旗郭布羅氏榮源家的女兒。……

就這樣選定了榮源的女兒婉容了，同時又選端恭之女爲妃，封爲淑妃。榮源字仲泉，他的祖父是吉林將軍長順（字鶴汀，侍衞出身，光緒十四年任吉林將軍，三十年卒，謚忠靖。榮源娶貝勒毓朗之女爲繼室，辛亥革命後，舉家住在天津，婉容立爲「后」，他們才遷回北京帽兒胡同老家。）

溥儀文中說婉容是「郭布羅氏榮源的女兒」。但當日小朝廷的「煌煌詔書」中，這個婉容竟是郭佳氏，而與其祖父的姓郭布羅（布或作博）氏不同。爲什麼「煌煌天語」中有此「烏龍」呢？我現在抄「內務府大臣」耆齡的「賜硯齋日記」給讀者一笑吧。壬戌年（一九二二年）二月初十日記云：

入直，隨醇邸及諸王貝勒至長春宮呈陽桑札布漢羅札布榮源之女照像，并三代清單。邸及艾老又詣養心殿請見。奉旨，十二日再定。

醇邸指醇親王載灃；艾老指溥儀的師傅朱益藩，字艾卿。敬懿太妃居長春宮，溥儀居養心殿。十二日日記云：

入直，召見養心殿，奉旨：「候選道，輕車都尉榮源之女郭佳氏，著立爲皇后。候選同知端恭之女額爾德特氏，著封爲淑妃。欽此！」散直過午，又至邸賀喜。……

莊士敦的「紫禁城的黃昏」，也根據宮門抄登錄這一段「聖旨」。但「皇后」的姓氏仍作郭佳氏，這是錯的。爲什麼有此「烏龍」呢？耆齡的日記二月十六日云：

入直，又同越千至長春宮見主位。……榮源謝恩，言其姓非郭佳，乃郭綽羅氏，則前日載濤所交之三代門戶帖眞荒唐矣！濤問之毓朗，朗爲榮源妻父，何以不知其壻之姓？天地間竟有如此疏忽之事，怪怪！業奉明旨，何以能改？請示於邸，邸諭不必上陳，僅將行知宗人府咨文改正而已，眞不成事！事前□□□爭言知其家世，今幷姓氏尙錯，他更可知，其欺罔之罪，百口何辯！推彼輩之心，不過欲借椒房聲息，以爲將來希榮之地耳。小人肆無忌憚，何事不可爲，此第嚆矢也。不勝杞憂！

載濤一力主張立榮源之女，但連女家姓什麼都弄錯，以致「煌煌立后諭旨」，立了一個「郭佳氏」，此亦小朝廷中一笑柄。後來醇親王又吩咐耆齡不必將此事「上陳」，一定要蒙蔽溥儀，亦甚有趣。（按：溥儀「大婚」後一月，毓朗即謝世。）

溥儀「大婚」是十月十三日，婚後十三日，於昏夜中命「內務府」進百美圖，此亦一趣事也。耆齡日記十月廿六日云：

得電，上欲看百美圖。時已昏夜，何事亟亟？「可憐夜半虛前席，不問蒼生問鬼神」，雖漢文不免，吾復何言！

看看百美圖有何不可，耆齡這樣責溥儀，居然以眞皇帝看待他，遺老之心可笑，試問溥儀當時還有「蒼生」可統治嗎？既無可統治，則蜜月中看看百美圖，亦人之常情也。

納粹集體屠殺的劊子手

西德一個神秘人物的自殺

湘舲譯

歐爾特‧彼德士（Ewald Peters）在他的一生快要結束時，可能是一位很受人艷羡的人物。他是個高個子，英偉，面部常帶笑容的人。自殺時他才不過四十九歲，作爲一個西德秘密警察部門的頭子，當時他已達到事業的最高峯。他曾陪同西德總理艾哈特訪問西歐各國首長，約翰遜總統在他的德州牧場招待過他，邀他參加總統府舉行的燒烤會，和聆聽一個德美合唱團用德文唱的「德薩斯州的內心」。彼德士離開時，當地人送他一頂容量有十加侖的帽子。

在倫敦，彼德士陪同艾哈特出席一個市長的宴會；在巴黎，他很榮幸地和戴高樂總統握手。第三個他到的地方是羅馬，他是一名天主教徒，所以艾哈特覲見教皇保祿時，他也隨侍在側。此外還有別的約會酬酢，其盛況不能一一盡述。它們都留給彼德士一個深刻的印象。艾哈特曾與意大利社會黨的副總理蘭尼會談，並對後者的女兒在納粹集中營去世一事，表示深切的關懷，而意國輿論亦交口稱讚艾哈特的外交手腕。彼德士深知與鄰國論邦交，對這個新的德意志國家的前途和國運有何等重要的價值。他的一位同事描述彼德士是一位「害羞，誠實和富於同情心」的好好先生，他與蓋世太保的殘酷成性的嘍囉相比，簡直是個鮮明的對照，他寫家信給太太雲黛，認爲羅馬之遊是他職務中最愉快的一頁。

一九六四年一月三十那天，彼德士從羅馬返回波恩。雲黛後來回憶：「他面帶春風，得意非凡。突然間，他還沒有把外衣脫去，兩個男人來找我們，他們說他們是警局人員。最初我以爲他們只不過是我丈夫的屬下，前來向他報告一些事情。我正在煮咖啡。一會兒，我丈夫走入廚房，他面色蒼白。在一分鐘的時間內，他差不多整個人都變了；他正在哭，上帝啊，他哭得多厲害。」

警察把彼德士帶走，判他坐牢，罪名是集體屠殺。兩天後，他把監房的床單撕成幾塊，將它們打成一個結，把一端綁在鐵床。這樣，他替自己做了一個圈套，把自己的頭伸進去。獄卒趕至時，他已經死了。

他在波恩的一層高樓的寓所裏，藏有許多公文簿，裏面滿是外國政府和大使寄給他的，充滿讚美之詞的信件；此外，還有獎章和勳章，一幅鑲了銀框的肯尼迪總統的照片，當美總統在一九六三年夏季訪德時，彼德士曾任衛護之職。照片上題了這些字：「送給歐爾特・彼德士，謹致敬意，約翰・肯尼迪」。

他的死訊傳來，使得和他有過接觸的人都大大地吃了一驚。波恩的政治部最高首腦，畢克納博士就這樣說：「以我目前所知，他的罪名是不可能成立的。作爲一個政治幹部，他是個特殊人物。他喜歡音樂，精於製造蝕刻版畫，你從不會想像到他是一名戰犯。」

笑盈盈的納粹戰犯

他的妻子是一個聰慧動人，嬌小玲瓏的金髮女郎，她是波恩公立學校的音樂教師，她也認爲她丈夫落得這樣下場，是一個「法律上的大錯誤」。她告訴筆者：「我丈夫是淸白的，我們曾經無拘無束地討論過這次大戰。當提到戰犯問題時，他會說：『我實在很幸運沒有被牽涉在內，我當時只是任職於刑事部，我實在不願跟他們在一起』。」

但是負責通緝戰犯歸案的德方主控却拒絕相信彼德士之死是法律錯誤的結果。「他的自殺是一個悲劇，」北萊茵，威斯揮尼亞省的主控官說，（彼德士若不死的話，他將會在這裏接受審訊）「但如果他受審的話，正義也會判他死罪的，我們已掌握到可靠的證據。」

而這些證據指出艾哈特總理的侍衛官確是一名納粹戰犯。從一九四一年十月至次年三月，他在德國佔領下的蘇區，曾參加捕殺一萬二千名烏蘭克族的猶太人。

這樁彼德士事件並不是單獨的一件，它和一個常被談論到的問題——到底德國人有沒有淸除他們整個民族的大汚點——有深切的關連。大戰的將近結束，產生了第一個問題：誰是罪魁禍首？雖然希特拉，希姆拉，戈林等用自殺方法來逃避審判，還有二十一名納粹頭子在紐倫堡的國際戰犯軍事法庭受到裁判。但二十一個人不可能開動所有的機關槍，建造這許多苦刑室和煤氣爐——但這並不是說，全部德國的八千萬人民都要負起集體屠殺的罪名。在這兩個數目——二十一和八千萬——之中，一九四五年的動盪和混亂給予許多人一個逃刑的好機會。城市和工廠不是唯一被戰火所摧殘的東西，同時還有戰事紀錄和檔案文件。有些德人能改名換姓，成爲另一個新人物——正如李察·比亞一樣，他在戰後十多年，始終以砍木工人的姿態出現，過其隱匿的生活。另外有些人對以往發生的事的細節已無記憶，他們堅持，他們一向維持自己以往的工作或事業，像醫生、律師、銀行家、外交家、將軍或警察等。

時光逐漸流去，過去的事已漸漸地在人們腦海中褪色；同時，繁榮也隨着回來，德國現在大量需要它的醫生，律師、銀行家和警察。而且，當冷戰開始時，正如赫斯主控官說：「盟國已失去審訊戰犯的興趣，似乎已成無可辯駁的事實」。在大戰時利用集中營的龐大人力投入德國當時首屈一指的工廠大企業如克合·菲力克和奧比爾一事，現在再沒有人提起。至於審訊戰犯一事之拖延至今，德國的一份警務雜誌會出埋怨之聲，認爲「輿論不讚成拖延審判納粹戰犯的審判，這使有關連的警務人員在感情上受到擾亂和痛苦。」

這個普遍的健忘症產生一種寬大的氣氛，有些納粹黨徒，趁此機會，爬上政府機關的高層，也是很自然的事。前總理阿丹諾防範納粹精神復甦的工作，雖然做得極嚴密，他的處理難民問題的部長，在一九六零年被廹離職，因爲他被查出有「案底」。艾哈特生平對納粹恨之刺骨，但他的處理難民問題的部長古魯加原來曾是德軍佔領的波蘭領土中的一位納粹法官。初時，古魯加堅持他只不過是納粹黨的普通黨員，但是共產東德保存有較爲完整的戰時檔案，他們提出證供，證明古魯加曾參加所有的納粹組織，甚至爲了討好納粹頭子而不惜放棄他信奉的基督教。古魯加和他的同道中人，都把自己描述成一隻代罪羔羊，而這，又豈是一個等閑而視的現象！在他的辭職信中，他寫道：「直至今天，我還不知道我到底觸犯了法律那一條，和作了什麽不人道的事。」

許多「受罪人」一致說這是東德共黨加害他們的陰謀，因爲共產黨常指控西德的政府機關，全由前納粹黨員操縱。在東德這方面，只要納粹黨員一旦靠攏了共產主義，那他們便不愁被人掘起他們以往的臭史了。但東德這一指控，到頭來却被證實是言之有物，這已經夠尷尬了；而西德之利用納粹黨員來對抗共產黨這一理論，也是個尷尬的錯誤，就以一事爲例，嘉哈倫將軍是戰時的德軍高級司令部的情報頭子，但在一九六三年，嘉哈倫的三名線人（他們是前納粹黨員）却因爲他們出賣情報給蘇聯而被處罰。

佛蘭克福區的主控官波亞說：「你必須記得，五分之四的德人是擁護希特拉的，多數的成年德人對戰犯被審判一事是如此看法的：「如果我不幸運的話，我也許現在要站在法庭的犯人檻裏。」波亞比許多德人直言，因爲他是猶太人，他是戰前在德國境內五十萬名猶太人，而現在僅存三萬名中的一個。全靠波亞和其他把正義看得比忘記以往更重要的青年人搜集證據，這二十一名戰爭販子才能有機會償還他們欠下許多無辜的人的血債。但這並不是件易事，德國在一九五五年才回復它整個自主權，而第一次在德國法庭審訊德戰犯，是一九五八年的事。西德政府缺乏與背景有關的資料，它需要美英等國的協助，才能得到這些文件的影印本。

一九五八年，波亞第一次獲得奧斯維茲侍衛的全部名單。它是一張半被煙燻黑了的紙，它從比利士留一幢蓋世太保的建築物的煙卣飄下來的。這原是一九四五年的事，它被一位蓋世太保的囚犯當做紀念品般保存了十三年，當時，他並不知道這張紙的重要性。直至去年，西德一間警署內發現一個櫃，裏面藏的都是文件，其中有負責在德軍佔領的東歐地區大量捕殺生靈的特別密探隊的全部名單。搜集到的證據越來越多，從一條線索可以尋找到另一條，而遭審判的人也就越來越多了。在那個充滿陰影的時代，彼德士這個人名漸漸出現了。（下期續完）

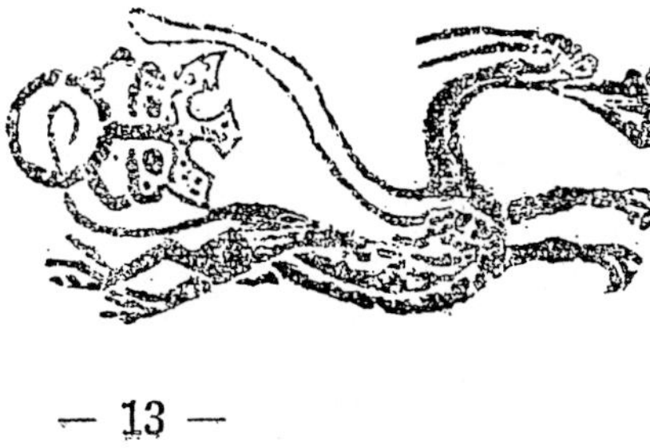

粤海政潮

胡漢民被蔣扣留始末

蒙穗生

義正辭嚴斥責介石

到了深夜十二時，蔣介石來了，帶了十幾個武裝丘八，他一進房子，丘八站在門外，王世和戎裝持槍跟在後面。蔣坐在胡的對面，王世和不客氣的傲然按槍坐在胡蔣旁邊的一張椅子，高凌百、吳思豫在室內，有時坐，有時溜了出去。胡先開口問蔣：「你近來有病嗎？」蔣答：「沒有病。」胡笑笑的說：「那很好，我以為你發了精神病。」話盒子打開後，胡把蔣信所說的一件一件的向蔣質問。蔣先不作聲，胡再三再四的根據事實，逐條的指斥。蔣還是口含了石頭一樣，默不作聲。最後蔣弄得沒法，才囁嚅說：「胡先生你反對我的約法呢。」胡聽了大為動氣，便把蔣前幾天不贊成約法的事實指證出來說，這是經過中央黨部決定，今日又說我反對你的約法，眞是滑稽矛盾。並援引王寵惠、吳敬恒、戴季陶等，都是不贊成的事實。這時，弄得這主席十分的尷尬。蔣又節外生枝說：「交通部的郵政儲金案，立法院沒有議定。……你常常嚴責黨務人員也太過，胡先生責備他們，還不如責備我吧！」胡說：「這些小孩子且不能責備，何況你！我未嘗沒有責備過你，但可惜你不能接受，反而發生惡感。老實說，政治的策畧手段，我也懂，只是懂而已，但不屑做。為你個人計，約法根本不能增加你的聲望，反而減少你的信用。你做總司令、做主席、做行政院長，而國事弄成如此，請你想想吧。」最後知道蔣不可理喻，多說無益，便說：「組安在世時，我已經說過不幹了，從今天起，什麽事都可不問」。蔣即順水推舟的說：「胡先生辭職也很好，」跟着拍胸脯說：「胡先生今晚火氣太盛，我素來不會說話。不過我斷不肯寃枉胡先生，如果寃枉一句，我蔣中正不姓蔣。」這是蔣演戲般素所念熟的發誓台詞，胡笑笑不作聲。蔣就鞠躬如也灰溜溜的出門走了，按槍旁坐的王世和也拉着蔣的衫尾出去了。這時是第二天早晨三點多鐘，馬路上倒馬桶的人正在分頭出發的時候。

天亮後，胡即寫了一封辭職書，內容很簡單，只說因身體衰弱，所有黨部政府職務，概行辭去。後來各報紙公佈時，又由吳敬恒擅自加了「況國民會議開會在即，尤不勝繁劇」等語做尾巴，絕沒有提到被扣和原因。明眼人一看，便知這是魔術家弄把戲的掩眼法。

被扣後的內外動態

三月一日（也就是被扣的第二天）上午九時，吳思豫、邵元冲帶了十多個武裝軍警，把胡漢民押送湯山。胡要求邵准許鄧德眞醫生來陪伴。下午胡的獨生女兒胡木蘭，也從上海趕到。而鄧醫生的能夠去陪伴，是由孫科從中斡旋，才能辦到的。胡抵湯山後，覺得頭腦發脹，幽居陋室，空氣惡濁，窻外鬼影憧憧般軍警荷槍從窻中映入內，形同囚犯。下午，吳敬恒、戴季陶嘻皮笑臉來訪。戴勸胡學佛，吳學了小丑口吻，勸胡在台下看戲，不必登台演戲。胡聽了異常氣憤，把他兩人臭罵了幾句。中央醫院劉瑞恒帶了助手來，借說胡血壓高，強廹替胡打針。胡極力反對，弄得這位劉院長撲了一鼻子灰。胡在湯山，百感交集，寫了些舊體詩，既沒有報紙看，也不能和外間通信息，生活極度無聊，精神自然困頓。胡木蘭去找孫科、王寵惠等，向蔣說話。在三月八日，又由吳思豫、邵元冲等把胡押回雙龍巷胡的住宅。可以到胡宅的，只有邵元冲、孔祥熙兩人，還有一個立法院秘書李曉生，是爲胡辦理家務，由邵特許出入，不過要經過駐軍警的檢查。王寵惠孫科，都不能去，或到了門而不能入。有一次，王寵惠以司法院長官銜，直衝入去，坐了半小時。但從此，軍警把雙龍巷兩頭堵塞起來，車輛不能通過。此外可以往來的，只有兩三個詩友，如冒鶴亭、易大岸等人而已。到了六月初，才許增多了幾個人去訪問。

五月五日，南京召開國民會議的前一天，蔣介石親自去訪胡漢民，勸胡出席。胡推說身體不大好，怕不能出席，而且軍警監視着，也不便參加，怕也不好看。蔣聽了，沉默了一會卽走，胡送蔣到梯旁說：「不送了，你知道我是失了自由不能下樓的！」

原來胡被扣後，胡的親信古應芬卽南下香港、廣州，到處吱吱喳喳，煽風點火，鼓動反蔣。四月一日，霹靂一聲，林森、古應芬、鄧澤如、蕭佛成四個中央監察委員，發出對蔣介石的彈劾案。接着兩廣將領陳濟棠、李宗仁等數十人又發出通電。擁護林森等四監委的彈劾案，且有不達目的誓不甘休之句。蔣一面唆使吳敬恒等在南京中監會替他撐腰，一面調兵遣將，向兩廣進軍。怎知西南討蔣的聲勢越來越大，汪精衛的改組派，鄒魯的西山會議派與平日反蔣的人物，麕集珠江河畔，孫科的太子系人馬，也絡續離開滬寧南下，與陳李等實力派聯合，組織中央非常會議，成立國民政府，與南京蔣政權唱對台戲。海外華僑對蔣的毁法亂紀，尤爲憤激。海內外一致要求釋放胡漢民，要蔣介石下野。至此，蔣在黨內的派系壓力之下，感到不易應付，繼續蠻幹，不是辦法。因之用種種方法，來緩和各方的視線。到了七月十六日，胡又被遷到香鋪營蔣的襟兄孔祥熙的住宅，那時廣東方面正在秣馬厲兵准備出師討蔣了。

老蔣當衆認錯，老胡恢復自由

九一八（民國二十年九月十八夜）。日寇侵略瀋陽，突如其來，整個局勢，爲之大變。陳銘樞、張繼、蔡元培等奔走金陵羊城間。表面上，國難當前，一致對外，舉行寧粵和談。實際呢，寧粵各提條件，做分贓會議，分配官職委員，雙方勾勾搭搭。十月十一日，情形急轉直下，陳銘樞訪胡說：「介石因粵方堅持須先恢復先生自由，到了上海，然後再議和，所以有意思送先生到上海了，我看還是快些走吧，一遲便又要變卦。」第二天，陳銘樞、張繼來訪胡說：「介石想和先生一見。」胡說：「我可以去看他，禮尙往來，他上次來看我，這次我該去看他。」於是約定十三日下午，在中山陵園會晤。屆時，由陳張陪胡到陵園，見了面，照例寒暄了幾句。那時是九·一八之後，全國民情激昂，一致抗日的時候，蔣先開口問胡對日寇侵略的應付辦法。胡畧爲表達意見，並力說絕對不能倚賴國際聯盟。匆匆談了二十分鐘。這一會見，胡便決定坐十四日早上的特別快車到上海。蔣介石裝模作樣的說，「過去的一切，我都錯了，請胡先生原諒！」十四日早晨，許多人到了孔宅送行，蔣介石也來了，一見面，當着衆人面前，假惺惺的說：「請胡先生原諒，我前時所做的都錯了，以後還請先生指敎指敎。」張靜江在旁插了一句，「時間到了，我們到車站去吧。」

胡漢民被扣，是二月二十八日，至十月十四日到上海爲止，幽居生活，是八個月又十四天。而胡從十七年到南京，到二十年十月離開，在南京生活過了三年又一個半月。從此，胡漢民一直到死（民國廿五年五月十二日），都沒有再到石頭城下去了。胡到滬時，寫有「由京至滬答大岸見贈幷寄鶴亭」詩一首照錄于後：

握手相見歡，回首相違憶；離合非尋常，誠至兩不息。爾時文字飲，酣極話南北。憂患不自矜，惸惸惟念國。裘葛瞬再更，災祲橫相迫。下視唯與阿，其間豈能尺。道罔故吾慚，事期衆望塞。持此報故人，我心交忻惻。

（續完）

宋春舫游記

蒲達配司脫

宋春舫

蒲達配司脫（Budapest）是匈加利的都城，大戰以前，繁榮富庶，也是歐洲數一數二的都會。蒲達配司脫一字，分析起來，蒲達是佛，配司脫是瘟疫，所以有人說，蒲達配司脫城之繁榮，是菩薩與瘟神合作之結果！

自從德奧戰敗以後，匈加利因爲與奧國有連帶的關係，逃不了割地喪師之慘禍。大戰以後，匈加利的版圖，日蹙一日，可是匈加利的人口，却依然天天在那裏增加。不但如此，匈加的僑民，聽說祖國命運危殆，有許多搬回匈京去住，實行他們「臥薪嘗胆」的計劃。還在戰前，在中歐及巴爾幹半島各國的匈人，大戰時回國從戎，等到戰事終了，有的是因爲財產已經爲敵人沒收，有的是因爲國際上的關係，那一邊政府不許他們回去，…還有許多外國人，因爲克隆價錢便宜，趁此機會，樂得到匈京來游歷一下，我便是其中之一分子，…以上這些人，都擠在蒲達配司脫城中。所有上中下三等旅館，被他們擠了一個密不通風，…旅館呢，不消說得，一定是利市十倍了。

所以我未動身到匈加利去的前幾天，就打電報給我朋友，託他在紅加利亞旅館，預定一個房間。紅加利亞，是匈京第一著名旅館，面臨多瑙河，推窗遠眺，全河風景，盡在目中。可是我到匈京的那一天，我的朋友，在船埠守候，說道：

「我接了你的電報以後，就跑到紅加利亞旅館，據他們說，三個月以後，才有一間小房間，可以讓出。我曉得事情糟了，就趕緊到別處去，整整的跑了三天，好容易被我在皇家旅館找着了一間，我趕緊孝敬了那門房先生八十克隆，那件事才算運動成功。」

皇家旅館，也是一個很大的旅館，陳設也很精緻。我當時十分滿意，謝了我的朋友。

那一天我可疲乏極了。到旅館以後，息燈便睡，…一回兒忽又醒，覺得枕邊有物，蠕蠕在那裏動着，說聲不好，這一定是臭虫了。（我數年前，在津浦車中，被臭虫咬了一夜，害我鬧了一塲大病，所以至今，還有些談虎色變。）趕緊開了電燈一看，枕套，褥單，絨毯上的空隙，都被臭虫佔去了，牆上呢，爬來爬去，恍惚像螞蟻搬家一般。

我當時又氣又急，拚命的捺鈴，那個值夜的侍者來了，我說：「你們經理在那裏，快請他來。」

那侍者一時也摸不着頭腦，以爲一定有緊要事情發生，或者我的護照，被人家偷去了，（那時候的護照，比生命還要寶貴。）一連答應了幾個是字，退了出去。歇了一刻，那位經理先生來了。我暴跳如雷的說道：

「先生，我不是第一次上蒲達配司脫來。」我一面指我的牀舖，「你瞧，這是什麼東西：在那裏爬？在紐約，巴黎四五等的旅館裏，才能發現這一類的動物。你們皇家旅館裏，也算是此間數一數二的旅館，現在居然變成了他們的巢穴，…」那位經理先生，不等我說完，就搶着道：

「先生，請你息怒，你是剛來此地，或者對於敝國政治的變遷，沒有十分留意。敝國今年三四月間，在貝怕拉（Beiak-uhn）氏過激政府統治之下，凡是大旅館，悉數公開。所以那兩個月裏，敝館的主顧，百分之九十九，爲農工兩界的人物。這一種動物，就是他們帶來給我們作紀念品的。直等到貝氏的政府推翻後，吾們才盡力去殲絕這種可怕的動物，可是他們已經根深蒂固了。我們雖天天澆些殺虫消毒藥水，却還沒有生十分效力。我們對於先生，固然十分抱歉，但要請先生原諒，因爲這是政治變遷的結果，我們是絕對無從爲力的。」他一面說，一面按鈴，呼侍者說：

「你趕緊把先生的牀舖整理一下。」

「我以爲是什麼大事，原來是幾個臭虫，也値得這樣大驚小怪。」侍者在那裏嘰哩咕嚕地說。

一九二一，八，十九。

前塵夢影錄

松岡外交碰壁記

陳彬龢

班門弄斧貽笑大方

一九四一年三月十二日晚，東京車站出現了一個非常熱鬧的場面，許多許多人集合在歡送外務大臣松岡洋右到歐洲去，新聞記者描寫松岡當時的神氣儼然是一個大將軍出征的樣子，氣概不可一世。

的確，松岡是懷着一個大計劃到歐洲去的，在他的公事皮包裏就有一份「日德意蘇交涉案要綱」，他的計劃是想在日德意三國同盟之外，再來一個日德意蘇四國協商。可是，當時巴爾幹的形勢，已經反映了德蘇關係的變化，外務省的情報也有着德蘇關係惡化的看法，無奈松岡一廂情願地在做他「四國協商」的迷夢，也就聽不進逆耳之言了。

松岡的「四國交涉案要綱」，儘管已經成爲帝國主義的垃圾，但那些「荒唐言」還是値得今日中日兩國人民警惕的。例如：日本承認蘇聯在新疆外蒙的地位，蘇聯承認日本在華北蒙疆的地位；日本是大東亞共榮圈的政治指導者，負有維持東亞秩序的責任；戰後世界應劃分爲四大圈，即大東亞圈，歐洲圈（包括非洲）、美洲圈、蘇聯圈（包括印度、伊蘭）等等。

松岡到了莫斯科，同美國駐蘇大使斯坦哈特作了一個鐘頭的會談，松岡保證日本沒有武力佔領新加坡以及其他以南地區的意圖和領土的野心，並且希望羅斯福總統出面調停日中戰爭。這是松岡準備在對蘇交涉任務完成之後進行日美交涉下的一個棋子，也就可見松岡當時在外交上是如何自命不凡了。

三月二十四日午後四時，松岡到了克里姆林宮同莫洛托夫會談的時候，突然斯太林也出現了。松岡爲了討斯太林的歡心，班門弄斧，大談其共產主義，說什麼日本人雖然不信仰「政治的經濟的共產主義」，而在傳統上是「道德的共產主義者」。現在日本人思想的混亂，是由於西方自由主義思想侵入的結果，爲了要恢復日本人的傳統思想和建設新秩序，就不可能避免和英美自由主義發生衝突。他說，在這一點上，蘇聯的立場也是反西方自由主義的，所以日蘇應該屬於共同陣營。這樣，松岡强調了日蘇合作是世界歷史的必然性。老練的斯太林當然對這些議論是不會置一詞的。至於「四國協商」的那些話，松岡在沒有到柏林取得希特拉同意之前是不會提出來的。

「四國協商」胎死腹中

柏林車站歡迎的熱鬧場面同東京車站歡迎時的情形差不多，松岡正暗自高興，但是等到同李賓特洛甫（納粹外交部長）會談的時候，松岡大大失望了。

原來三月五日希特拉已經下令給陸海空軍總司令說：「基於三國同盟協力的目的，此時務須極力導致日本在遠東積極作戰。」因爲那時納粹認爲英國屈服只是時間問題，如果日本在這個時候攻擊新加坡，一面可以促致英國早日投降，一面可以阻止美國參戰。納粹熱烈歡迎松岡，正是爲了要說服日本執行它這個戰畧，至於從前說的什麼贊成搞「四國協商」和幫助日蘇調整國交那些話，早已丟在九霄雲外去了。

在會談中，松岡表示個人贊成攻畧新加坡（聲明不是代表日本政府的立場），儘管他已經明知道對方會談的目的在此不在彼，但也不能不硬着頭皮提出「四國協商」問題來談一談，李賓特洛甫的答覆是毅然決然的：「由於德國軍民全體反對進一步同蘇聯合作，所以『四國協商』的話是絕對不可能的。」他還說什麽「日本和德國是站在國家的立場，而蘇聯是國際的。蘇聯破壞家族制度，而德國是擁護家族制度的……」這些話看來和上面松岡對斯太林的話恰恰成爲一個有趣的對照。

三日間會談的結果，納粹不僅反對「四國協商」問題，連對松岡調整日蘇國交的努力也暗示不同意。這樣，松岡的幻想破滅了，只落得乘興而來，敗興而返。

簽訂日蘇中立條約

松岡在失望和複雜的心情中回到莫斯科，但他終不相信希特拉會發動對蘇戰爭，也許是怕無面目回去東京，所以不顧一切地同克里姆林宮進行交涉。松岡最初主張日蘇訂立互不侵犯條約，莫洛托夫藉口抵觸中蘇不侵犯條約拒絕了他，松岡不得已讓步來談中立條約。松岡提出前述的「對德意蘇交涉案要綱」中劃分勢力範圍問題，主張把華北、內蒙劃爲日本勢力範圍，外蒙、新疆爲蘇聯勢力範圍，作成秘密協定。莫洛托夫推託說：「這個等到將來再談吧。」結果，在日蘇中立條約四條之外，附帶聲明說，日本尊重蒙古人民共和國的領土安全和不可侵犯，同時蘇聯尊重「滿洲帝國」的領土安全和不可侵犯。

日蘇中立條約成立的消息到了東京，優柔寡斷的近衞文麿（當時首相）表示欣慰，他說：「這才鬆了一口氣……！松岡這個人很能幹。」一般也認爲，日蘇國交安定下來，以後日本對中國和南方的行動可以更自由了。但是，在樞密院和外務省內部有些人躭心，這是克里姆林宮的圈套，嗾使日本加强推行南進政策。前外相幣原喜重郎指責松岡是「無軌道外交」，中了克里姆林宮「鷸蚌相爭，漁翁得利」之計，他指出蘇聯對中立條約的目的是：第一，促成日美戰爭；第二，萬一對德作戰時，無後顧之憂。

斯太林破例到車站送外國使節啓行，當他擁抱松岡親吻的時候，可以想像這位克里姆林宮主人心中是怎樣高興和感謝這位日本使節送來這份厚禮。

條約簽字的那一天

西春彥是當時日本駐蘇大使館的公使，他記述日蘇中立條約簽字前後的情形說，松岡一行是四月十三日午後二時左右走進克里姆林宮會議室的，那時斯大林和莫洛托夫等人已經在那裏等候了。斯大林一見面就問松岡幾點鐘從莫斯科車站動身，松岡答道是午後五點，斯大林說何必那樣匆忙，隨即掛了一個電話，然後告訴松岡今天火車改爲六點開車。大家暗自驚服這位克里姆林宮主人的精力和權力。

簽字後，斯大林舉杯祝日皇健康，松岡不知是眞糊塗還是假糊塗，他舉起杯來說是爲斯大林健康而乾杯。斯大林隨着請大家爲加里寧而乾杯，加里寧是當時蘇維埃最高會議主席團的主席，憲法上國家的元首，松岡大大失態了。

簽字儀式完畢，松岡一行回到日本駐蘇大使館，不免飲酒慶祝一番，到車站已經是五點了。西春彥發現斯大林和莫洛托夫也進了車站，連忙到候車室去告知松岡和建川（日本駐蘇大使），可是這兩位都酒醉得糊裏糊塗，好容易才把他們叫醒過來，這樣就在月台上演出了互相擁抱親吻的一幕。

西春彥說，從當天車站送行的情形來看，似乎蘇聯方面把日蘇中立條約作一件大喜事看待，同時，看到斯大林在車站對來送行的德國駐蘇大使和武官那種親熱的樣子，不能不令人有一種異樣的預感。

德蘇開戰日本尷尬

果然，希特拉下令東部戰線的納粹軍隊向蘇境開始攻擊了，這是六月二十二日拂曉的事，距離日蘇中立條約簽字的四月十三日剛剛七十天。

德蘇開戰的消息震動了東京，松岡是在歌舞伎座陪同汪精衞看戲的時候接的報告。不消說，這個消息對松岡的打擊最大，因爲他是認定德蘇不會開戰才主張訂立日蘇中立條約的。

松岡也許是爲了掩飾締結日蘇中立條約的失策，極力主張對蘇宣戰。他對日皇說：「德蘇既已開火，日本只有同德國協力對蘇作戰。因此目前南進政策應當稍緩進行，但結果日本勢必對蘇對英對美同時作戰。」據說這些話當時把昭和嚇了一大跳。

但在日本軍部方面，海陸軍的妥協案是主張暫時觀望，俟德蘇戰爭進展到了對日本極爲有利時，才行使武力來解決北方問題。同時，即令到了行使武力的時候，亦以不影响對英美作戰的整備態勢爲原則。這顯然是海軍方面意圖牽制陸軍發動對蘇作戰。

從六月二十五日起至七月一日止，日政府例與統帥部舉行了國策討論聯絡會議。松岡在會議中反對軍部所採取的形勢觀望方針，尤其對於「極爲有利」那些字眼表示不滿。他說：「……我們堅持道義外交，三國同盟協定必須遵守，至於中立條約，簽訂在後，理宜廢棄。……而且應當在德蘇戰事情況不明之前即行參加戰爭。……」軍部爲了敷衍松岡面子，對原案畧加修改，也僅僅是把「極爲有利」的「極」字刪掉，基本上仍然是主張一面觀望形勢，一面整頓軍備，目前不介入戰爭。

另方面，儘管德國一再催促日本履行盟約對蘇採取軍事行動，但日本政府在七月二日的御前會議上，終於作了不介入德蘇戰爭的最後决定。

這樣，烜赫一時的松岡外相，在內外形勢夾攻之下，再也無法戀棧下去了。

三位中年被狙擊的同志

君 邃

一、趙鐵橋先生

我認識趙鐵橋先生，是在民國十六年（一九二七年）九月國民政府清查整理招商局委員會結束之際，交通部王伯羣部長，擬將招商局移歸該部管轄自任監督，派趙先生爲總辦，設監督辦公處於郵政儲金滙業局五樓，因爲我是清查整理委員會常務委員兼秘書主任，所以他一到上海就來和我接洽。十一月，監督辦公處成立，我奉派爲秘書兼設計科長。十七年二月，交通部接管招商局，成立總管理處，我被派爲赴外稽核，四月，淸查漢口分局帳目，兼管漢局事務；九月，淸查天津分局帳目，兼管津局事務。十九年四月，淸查積餘公司及四棧經理處帳目，任積餘公司及四棧經理處經理。這一段時間，我和趙先生合作得很好，有許多事，由我建議，趙先生接受我的意見，而派我去做的。不料就因此和交通部當局和該局敗類相衝突，他們聯合起來對付趙先生了。所以他的被害，我雖不殺伯仁，伯仁由我而死，我是不能辭其咎的。

十九年（一九三〇年）七月二十日，趙先生從福州路局門上石級時，忽被人鎗擊，彈由背入，他極機警，知已遇刺，即囑同事鎭定處理公務，他仍搭座車往廣慈醫院急救，不料動手術後，非常煩躁，延至深夜，卒不治逝世，享年僅四十餘歲。趙先生淸末與黃復生同隨汪精衛北上圖刺攝政王，辛亥武昌起義時，組織京津同盟會，策劃首都革命。在北伐前後，又在四川上海奔走運動，以响應廣州之策反工作。北伐軍克服京滬後，任交通部參事。奉命任招商局總辦後，時時受交通部長王伯羣及招商局董事長李國杰之牽制。於是設法仍歸國府直轄，改爲整理專員，一方面澈查積餘公司，收回局產，以致激怒敵對的雙方。適有李國杰祖父李鴻章淮軍遺孽向以暗殺爲業之某某，向國杰要功，藉刺鐵橋爲取媚伯羣之計，深得雙方之借重，遂出此卑劣手段。事後經英法兩租界捕房緝獲刺客，供出係李鴻章舊部之子因國杰被鐵橋壓迫，致不安於招商局及積餘公司之位，故仗義出擊云云。因特區法院已由國民政府司法部直轄，故最後結案，須司法部核定，因有關伯羣同謀以致鐵橋沉冤不白。國杰於廿一年陳孚木任監督時私將招商局全部房地產向美商中國營業公司抵借鉅款，被孚木攜款出走國外，被判入獄。抗戰時，李國杰正思附敵，被愛國志士所殺，伯羣在渝亦以不治之症謝世，兇手亦以他案被判極刑，至此鐵橋一案始獲無形的平反。

二、楊杏佛先生

我認識楊杏佛先生，是我的老師馬寅初先生所介紹的。在民國十五年五月我從漢口遷回上海時，馬先生適從廣州來上海，知我已加入國民黨，就帶我去見那時在上海擔任地下工作的楊先生，因我和上海政治分會的兩位元老蔡元培、吳稚暉二先生，早有師生之誼，故楊先生和我一見如故。那年十月，我和楊先生同赴武漢，在九江得晤北伐軍總司令蔣中正，奉邀同船赴漢，並與俄顧問鮑羅廷馬綸二人相見。楊先生在辛亥革命時已任南京臨時政府，總統孫中山先生的秘書，後以留學代勛位的辦法，派赴美國留學，習工商管理，回國後在東南大學任教，因與校長郭秉文積不相能，遂被免職。旋任孫中山先生葬事籌備處主任，在北伐軍克復武漢後，助蔡吳二先生辦理上海黨務。後來楊先生即助蔡孑民先生組織大學院，至大學院改爲教育部後，又助蔡先生組織中央研究院。

民國二十二年（一九三三年）六月十八日中午，我正在威海衞路中社參加聚餐會，忽趙厚生君來告，謂楊先生已在中央研究院院門前遇害；我遂即往見蔡院長，詢知楊先生已不救逝世，蔡院長囑我會同他的已離婚的夫人趙志道女士同往收屍及辦理後事。楊先生卒時年僅四十餘歲，正在年壯有爲之際，因正義感極強，致招執政之忌，殊可痛惜！

楊先生因與宋慶齡女士蔡孑民先生同組人權保障同盟，致觸當道之怒，由特務加以暗殺。事前早獲有警告，並造謠誣蔑他和宋女士發生曖昧，故宋女士的「爲楊銓被害而發表的聲明」一文內有：

上星期五楊銓來看我，給我看了他最近幾個星期接到的許多恐嚇信，並且把他聽到關於陰謀殺害他的一些口頭警告告訴了我。他說有幾次有朋友直接從南京來警告他，說某些人正在計劃殺害他。他星期五是特地來警告我的，說在他接到的信中，有幾封把我的名字也列在就要受到恐怖狙擊的名單中。我告訴他，我也接到許多類似的恐嚇信——常常是用最下流的話寫的，我並且叮囑他自己也務須小心。……（見宋慶齡：「爲新中國而奮鬥」）

楊先生遇害後，由法租界捕房將自動木殼鎗的子彈，拿去研究，證明完全是南京兵工廠的出品，並由中央研究院左近的警崗，說出早就見有穿中山裝的人，徘徊在該院的門首，可知南京方面的特務，久已奉命行事了。在楊先生出事之後，治喪處接到國民政府來電致唁，並謂已囑京滬軍警機關協緝兇手歸案，擺出一副貓哭老鼠的面孔。其實則爲殺雞儆猴之故，對宋女士和蔡先生既不好意思下毒手，只有拿楊先生作爲替罪的羔羊了。

三、唐有壬先生

我和唐有壬先生由神交而成莫逆，可說比趙楊二先生爲早，民國十三年，我在漢口辦「銀行雜誌」，那時唐先生在北京辦「銀行月刊」，戴靄廬先生在上海辦「銀行週報」，我們三方面常有交換雜誌與文稿之事。戴先生和我是老朋友，唐先生則先從通信入手，後由漢口中國銀行的洪苓西經理間接介紹，進一步使雙方更接近了。唐先生爲清末維新志士唐才常烈士的次子，留學日本慶應義塾，畢業回國後，在中國銀行任職。我早已心儀其人，在十六年籌備中央銀行時，由我提出，聘馬寅初先生和唐先生南下任顧問，從此得以朝夕相見，獲益非淺。他南下後，頗受國民政府的器重。廿四年十二月廿五日唐先生在上海住宅門前遇刺身死，遇害的原因，據說在中央會議對日國策問題，他秉承國府的政策，致與其同鄉同姓的軍人爭執，他就做了決策人的替死鬼。汪精衛附敵後，他的夫人深居簡出，不復與往返，可謂深明大義了。

有壬先生美豐姿，性情溫和，與朋友交，信而能負責，廿三年因中央銀行舊同事相告，中央信託局即將成立，適因事赴京，順道訪晤唐先生，託其向當局進言，即承約定次晨赴中央政治會議秘書處相晤，及期往見，適值會議告終，即蒙面介孔祥熙先生，孔先生本爲素識，當荷約定同上海時在中央銀行續談，至期往謁，即承派爲中央信託局籌備員。先是，唐先生已有介見汪精衞兼外交部長，派我任駐美大使館商務專員之意，我因母老子幼，不欲遠行却之。

唐先生生于光緒二十年六月二十日，和我同齡，長我三月。我在一九四九年小住天津時，得與其胞姪安之世兄相晤，因知其夫人已在北京人民政府做事，子女亦在北京就學。當將我收藏的他們先人才常先生手跡和譚復生集相贈，以留紀念。（按：唐先生一字壽田。他在中國銀行任調查部科長，一九三二年一月改稱經濟研究室，仍任科長。）

洪憲紀事詩本事簿注

劉成禺遺著

民彝之命，危于累卵。刑犀之凶，生于喜怒。民神痛恐，億兆悼心。衛墨覆車，其迹非遠。今者約法更新，頗易前轍。垂石室之制，頒金匱之法，斯蓋應偶變之具，屈伸濟用之階。杯水之益，其與幾何，釋根務枝，孰云有濟。至于存名漏跡，損轍襲新，張歙失序，既陳彝憲，眞僞相貿，尤爽昔談。

非所以昭示國典，垂無窮之制也。是以羣才大小，斟酌所同，稽之典經，假之籌策，靜惟屯剝，延首王風。亦猶羣流之歸巨壑，衆星之拱北辰。夫積力所舉，無弗勝之業，衆知所歸，無或隳之功。邦命維新，屬當今會。世之論者，則以昭功之章，莫尚于寧民，懷遠之經，莫先于體信。若復法禁屢易，位號數革，信不可知，幾無所立，轉易之間，慮滋民惑。知弗然者，昏明相遞，晷景恒度，豹變之義，大易所著。流之濁者澄其源，景之枉者正其表。是蓋自然之物理，抑亦前世之明鑒。方今百姓，盛歌元首之德，股肱貞良，庶事寧康。吏各修職，復于舊典。雖復屯沴屢起，金革變動，幸蒙威靈，遂援國命。畢殲羣醜，載廓氛浸。采芑之什，弗足改其功，戕斧之歌，未足喻其捷。曷其戎謀，民服如化。此實天下乂安刑措之時也。顧復邦國殄瘁，惠康未協，野里有兼並之民，江介有讐釋之備。賦發充于常調，生人轉于溝壑，上貽日昃之憂，下重倒懸之厄。失不在人而在于制，是可知矣。夫臨政願治，莫如更化，創制不物，古以顯庸。追觀季末傾覆之戒，宜有錮法改憲之道。緬維逐兎分定之義，彌慰瞻烏知止之情。外植國維，內昭人望，正受始之大統，秉握乾之靈運，用協大中之法，俾抑禍患之端。則磐石之安，易于反掌，休泰之祚，洪于來業矣。」

文出，識之者擬諸揚雄之劇秦美新焉。袁氏既敗，師培志行隳喪，益爲士論所不齒，鬱鬱以歿。婦何震，不知所終。當師培爲參政時，所居胡同，樓館壯麗，軍士數十人握槍環守之。師培每歸，車抵巷口，軍士舉槍呼「劉參政歸。」自巷口及于大門，聲相接。婦何震乃憑欄逆之，日以爲常。濮一乘伯欣長安打油詩云：「門前燈火白如霜，散會歸來便舉槍；赫奕庭階今聖上，凄凉池館舊端方。」蓋紀實也。（浠水閧惕生注釋）

雉裘文馬見申章，德意居然過
漢唐；怪底舊臣遺筆載，曲傳四弟
誚三郎。

中華帝國洪憲元年一月十五日，政事堂奉申令：在昔賢明之主，莫不崇尚節儉，禁絕苞苴。旅獒郜鼎，戒于周魯；却馬焚裘，美于漢晉。史冊所載，法鑑炳然。

良以貢獻之途一開，則寵賂之彰宜應。假任土作貢之名，爲獻媚取盈之計，旣累君德，亦爲民怨，實爲秕政之尤。現在開國伊始，此等弊制，允宜刪革。除滿蒙藏回各王公世爵年班朝覲貢品仍准照常辦理外，其從前各省例貢及清末年節壽朝貢獻，自今以後，一皆停止。並著爲禁例，永滌舊習，昭示來茲。此令。世凱一日坐便殿，語典制局長吳廷燮曰：「唐玄宗以中興之主，治邁漢文，故周秦而後，文景開元，政治爲史冊所稱頌；天寶以還，奢侈誇大，四方貢獻不絕，宮妃外戚，欲求無厭。一騎紅塵，且貢荔枝，國破家亡，生民塗炭。以皇上之尊，而不能保全一妃子，皆由貢獻既多，縱欲成習。杜漸防微，此所以永遠革除之令也。」廷燮稽首曰：「此萬年有道之基，蘇子瞻詠天寶遺事，潭裏租船百倍多三首，願皇上誦之。」廷燮以此令語嚴範孫。範孫曰：「袁四弟可以語李三郎矣，決不得聞雨淋鈴曲也。吾子宜將此事，載諸史策，垂于後世。馬通伯手筆最宜此種文字，謀彼記載，必有至文。」（後孫公園雜錄）

遜伯注：吳廷燮，字向之，綽號大袖子，江蘇江寧人，當時是政事堂主計局局長，不是典制局長，政事堂所屬並無典制局機構。向之享高壽，到民國三十六年（一九四七年）十二月逝世，年八十三。日寇降後，南京的國史館於三十六年一月正式成立，吳向之被聘爲纂修，史官也。袁四弟，指袁世凱，世凱是袁保中第四子過繼給袁保慶的。李三郎，指唐玄宗。馬通伯即馬其昶，安徽桐城人，諸生，精古文。清末，任學部主事，京師大學堂教習，遺著有「抱潤軒集」等十餘種，一九三〇年逝世，年七十五。

放言小詔昧多姿，春殿風懷屬內司；寂寞御溝紅葉水，無人幽怨更題詩。

有賀長雄纂「中華帝國皇室規範」，告禮制館曰：大日本皇室設宮內大臣，管理宮政，內設女官，猶漢之大家，唐之昭儀，所以修文史隆坤儀也。選妃選宮女之制，東西各國所無，中國數千年宮禁典儀沿襲，民怨沸騰，隱傷人類之和，外爲友邦所笑。民國數年來，此制既廢。皇上建極，宜首罷此制，始能與文明各國相提並列云云。諸臣密奏世凱，遂有罷除選宮女之令。令曰：「中華民國四年十二月二十二日，政事堂申令：中國歷朝舊制採選宮女，以供使令。雖或明定年限，及時婚配，而末流之失，每永閉掖庭，幾同幽禁。有明中葉以後，每屆採選秀女，民間婚嫁爲之一空，擾累閭閻，可爲殷鑑。從前挑選宮女之例，著即永遠革除，以袪秕政，而重人權。此令。」韓逸千新華宮詠云：「勝却皇明張后詔，不教選女下江南。」歌美其事。（後孫公園雜錄）

遜伯注：有賀長雄，日本法學博士，曾與大隈重信同組進步黨，創辦早稻田大學，自任教授。袁世凱聘其來華，爲最高法律顧問，借此與日本大隈重信內閣聯系。有賀爲袁世凱叛國幫兇，自稱「外臣有賀長雄。」

帝歲盤龍氣象佳，當今萬壽字橫排；聖容楹語書推戴，新舊歷頒月份牌。

查書江蘇圖書館，不獲。館長柳翼謀手示洪憲月份牌曰：吾子可謂射麞得鹿矣。世凱出殯後，予入新華宮，諸物搬毀無遺，壁間貼有元年月份牌未毀，即撕懷而出。最名貴者，有當今皇后萬壽生辰，書中華帝國元年不書洪憲也。紙幅與常牌同，四圍盤五彩龍花，上橫列新舊曆對照表，次橫列中華帝國元年，舊曆歲次丙辰，再次橫列中華帝國皇帝陛下，再次中刊老袁帝容，容右上聯云：「聽四百兆人巷祝衢歌，恍親見漢高光、唐貞觀、明洪武。」容下聯云：「數二十世紀武功文治，將繼美俄彼得、日明治、德威廉。」上聯之左橫列當今皇上萬壽，下橫列小字新曆九月十六日。

釧影樓回憶錄

天笑

當時中國兒童的文藝教育初步，最爲奇特，第一步就是對對子。最先是兩字對，以後便是三字對、四字對、五字對以至七字對。這其間便要辨四聲，每一個字，都要知道它的平仄聲。如果不知道，不是問先生，便要去翻字書，須要弄清楚那個字是平聲還是仄聲。對對字也得辨明平仄，譬如「紅泥」對「白石」，那是平仄協調，假使「紅泥」對「黃沙」，因爲「紅泥」與「黃沙」四字，同爲平聲，便不協調了。

對對子到了五個字，便要成一句子，而且「仄仄平平仄」，就要調起平仄來了。這時候，也可以開始做詩了，五字一句，先做二十字，不管你通不通，謅成一首，先生便給你改正，爲什麼要做五言詩呢？原來每逢考試，總有一首試帖詩，五言六韵，或是五言八韵，因此從小就要練習起來。這八股八韻的考試制度，先把兒童的腦筋，凍結起來了。

大概開筆作文，總是先做詩，後作文，這個傳統，不知從何來的。不過我在這四句詩約畧可以謅成的時候，顧先生便教我作文了。作文爲了預備攷試起見，便要學作制藝。（名曰「時文」又曰「八股文」）最先做「破承題」，其次做「起講」，隨後做「起股」「中股」「後股」，才得完篇。但顧先生却不如此，他教我先做一百字以內的小論，題目也是出在四書上的，第一篇是「學而時習之論」。

我在顧先生案頭，很有進步，顧先生對我，也循循善誘。當時的作文，不是像現代那樣用語體文的，我至少對於文言文的虛字，算是已弄通了。大概有兩年多光景吧，這其間有個波折了。原來這位先生是張氏延請的，我不過是附讀而已。張氏老太太因爲她的兒子進境很遲，說先生偏愛了我，這位老太太心窄嘴碎，時時冷言冷語，我祖母聽了，便不服氣，以爲她們自己溺愛，學業不進，却還怨人家。於是在我十三歲的春初，就拜了我的表姊丈朱靜瀾先生爲師了。

顧九皐先生是一位道學家，平日規行矩步，目不邪視。他每日要寫幾行「功過格」，把每日自己的行爲，爲功爲過，寫在一本簿子上。這本寫「功過格」的簿子，鎖在書桌的抽屜裏，不給人家看見，我們却千方百計想去偷看他的「功過格」。有一天，他的抽屜忘記鎖了，被我們偷看了，中有一條寫着道：「今日與年輕女子作戲謔語，記大過一。」我們看了都大笑，以爲顧先生是一位「迂夫子。」

自從我出了他的書房門，又過一年，他也辭館了。好像他曾經出了一次門。一直到我進學那一年，照例，要鈔考試的文章給教我作文的師長看，到他家裏，他非常客氣，將文字加圈，加上贊譽的評語，還送我到大門外。後來我爲飢寒所驅，奔走在外，一向不曾去謁見先生。直到一九三一年的時候，我在南京，有一位同鄉談起說，蘇州有兩位共產黨，都是顧九皐先生之子，現在已被捕入獄了。我想顧先生是一位道學家，怎麼他的世兒是共產黨呢？如果嫌疑輕，或者可以想營救之法。因爲那個時候，嘉興沈家，有一位學生（沈鈞儒先生的姪輩），也是以共產嫌疑被拘，我是受了沈定九之託（定九爲鈞儒之兄），向陳公洽（儀）說項，託他在憲兵司令部保出來的。到了從南京回上海時，我特地在蘇州下車，訪問此事，他們告訴我；這還是前年的事，那兩位世兄，一位已瘐斃獄中，一位釋放出來，現在不知何往了。至於顧先生則已逝世多年了。

桃塢吳家

十歲以前，我隨母親，到外祖家去的時候多。十歲以後，我隨祖母，到舅祖家去的時候多。那時我的最小姨母已嫁，外祖故世，母舅無業，日漸雕零了。舅祖家即是桃花塢吳家，簡稱之曰：「桃塢吳氏」，其時則正欣欣向榮呢。

我的舅祖吳清卿公生有二子，長子號硯農，次子號伊耕，這是我的兩位表叔。他們兄弟兩人，相差有九歲，那時候，硯農表叔已娶妻，生有二女，伊耕表叔則年方十八九歲，尚未娶妻，他們兄弟兩人，都是在十五六歲，便進了學。清卿公家裏請了名師課培二子，我記得第一位請的名師是葉昌熾，就是寫「緣督廬日記」，「語石」，「藏書記事詩」的那位名翰林。第二位管先生（我已忘其名），也是吳中的經學大家。兩人的資質都很好，但是清卿公的意思，以硯農不再追求科舉，教他管理一切家業，伊耕使他學問上進，將來在考試上博取功名。這個在蘇州的紳富門第，都是如此打算的，大概以一二人保守家產，其餘的進取功名，這樣則「富」「貴」兩字，都可保得。

殊不知我那位伊耕表叔，學問雖好，身體孱弱，從小時候，就是一個「藥罐頭」，（從前中國，有病總是吃湯藥，故稱多病之人曰「藥罐頭」。每年總要大病一場，小病就是家常便飯。他廿一歲就補了廩，第一次鄉試，得了個「堂備」（堂備者，房官把這本卷子薦上去，名曰「薦卷」，主試閱卷後，在卷子上，批上「堂備」兩字，就是預備的意思），第二次鄉試，可以穩穩的一名舉人抓到手裏。蘇州鄉試是要到南京去的，臨行之前，又是一場大病，懊喪得了不得。

當時的讀書人，除了爲博取功名，應付考試，專心於所謂八股八韻的制藝以外，還有兩大流。一種是詞章，一種是經學。詞章除詩詞歌賦之外，什麼駢體文、韻文、仿古，擬體等等，都在其內。經學則盛行一種經解，摘取各經中一名一物，一詞一句，而加以考據解釋，這算是考據之學。譬如說：詩經上第一句是「關關睢鳩」，就要考證出睢鳩是何物，古時鄭康成怎樣說？顏師古怎樣說？作者的意思又是怎樣，引經據典的寫出一篇文章，其它羣經中也是如此。實在此種學問，破碎支離，鑽入牛角尖裏去了。

我們這位伊耕表叔，他便是一位做經解的好手，大概他所師傳，不是葉鞠裳，便是那位管先生了。蘇州從前有三個書院，一個正誼書院，一個紫陽書院，一個平江書院。這三個書院每月都有月考，正誼書院中就是考詞賦（當時稱古學）、經解兩門，而他的經解，往往冠羣。家裏有一部「皇清經解」，卷帙繁多，我翻了一翻，一點也不知道它裏面講些什麼。

我嘗戲問伊耕叔道：「做經解有什麼用處？」他笑說：「一點也沒有用處。」我說：「既沒有用處，去做它什麼呢？」他說：「人家既然歡喜這一套，我們就弄弄也無妨。」雖然這不過是騙騙小孩子的話，後來想想；也有道理。凡百學問，總是一窩風，都有一個流行的時代，這個經解，詞章之類，也不過是變相的八股八韻罷了。伊耕叔除了經解之外，還熟讀「漢書」，寫了一部「兩漢韻珠」，木版精刻的十本，這部書，現在他家裏沒有了，我本有一部，流離轉徙，也已遺失了。總之他因多病而不出門，只有讀書，讀書愈多，身體也愈弱。

我隨祖母到吳家，有時一住就是一個多月，但讀書倒不荒廢。因爲兩位表叔都喜歡教我，他們從來沒有教過學生，以爲教學生是有趣的事。他們有一間很大的書房，就是伊耕叔日夕在其中的。這時我已經在讀五經了，他是一位經學先生，常常給我講書，可惜我對於經學不大有興趣，尤其是書經與易經，我讀也讀不熟。硯農表叔除了家務之外，他也研究醫道，偸忙功夫，跑到書房裏來，出題目教我做「起講」（八股文的開首一段），講究作文的「起承轉合」（當時的文法），一定要說一個透徹。

張謇日記鈔（十二）

張謇遺著

十九日。林爵生同年炳修，往青龍撤正營，留四十餘人。

二十二日。陳小舫遣副營練丁回，留八人。

二十三日。得吳汝臣訊，知導岷以五月客死天津，三歲之中，連喪其父子祖孫三世，眷念師門，可勝悼歎。

二十五日。催理團練報銷。

二十九日。團練至此而畢。挽劉蔭人太夫人聯云：「季能侍養宦成，而仲歸與侍終，以視鮮民，其幸遠矣；我方無父赴至，而友悲其無母，誰非人子，嗚呼痛哉！」

六月

十四日。啓行，由二甲顧船至通，夜分到西門。

十五日。詣汪刺史談，同行者林蔚生、陸敬軒兩同年。

十六日。附江孚輪船，無艙極窘，露坐，與俞恪士談台灣事。

十七日。至江寧，寓奇望街行台惲寓。

十九日。謁南皮尚書久談。

二十日。曉微寒，熱。

二十二日。林蔚生、杜伯慈、周石夔約游後湖寺中。病又發。

二十四日。亮山借吳園置酒，寒熱大作，遂止吳園。

二十六日。愛蒼置酒，病又大作。

二十八日。服西人金雞那霜截止。

二十九日。為文童吳正樹草捐助禮器禀：「竊維膠庠俎豆，累朝所以奠先師，羽籥鐘鏞，後生於焉觀典禮。比來州學春秋上丁禮樂之器，闕然不備，伏遇使君眷慨遺墜，準圖備物，稽經習儀，帥諸縉紳先生，飭我學官弟子。草茅側聽，誠忭誠歡，顧聞人言，其費尚絀。以賢使君之修禮明禁，文教蔚新，而費嗇不充，下無應者，亦部民之羞也。童禀父命，欲輸棉力助銀錢六十枚，以奉錢上食，故應頌美於史晨；造禮器立碑，敢冀附名於韓勅。伏惟示收，無任感幸！」

七月

二日。南皮來談，留商商務。

七日。詣南皮辭行，久談留飯。

八日。乘祥雲輪船返，船管駕慶軍舊部也。

十三日。題人「松鶴圖」。（按：本日日記眉頁上寫有「題松鶴圖」詩。詩云：「養鶴應增二頃田，種松繞屋長風烟。縱教此事都難得，畫裏婆娑也自賢。」「崢嶸卷裏題詩客，寥落人間感舊銘。眞覺臨川李廷尉，幕書不負草堂靈。」）

十九日。海門墾闢荒灘，籌備海防經費議。

二十二日。題顧氏忠貞錄，石公父姊殉粵匪之難也。（按：眉頁上書云：「奉題顧氏忠貞錄」：「王師失律遼東日，吾友從征幕北時。軍府文書臣以告；儒門忠孝帝知之。九原白日昭昭在；一切沈灰泯泯遺。猨鶴虫沙紛滿眼，更無人覺可勝悲。」）

二十三日。與石公、太夷訊。

二十四日。挽劉蔭人聯：「禮自有經而以痛，母氏百年，君從其至者；哀不勝喪而可厲，人子萬輩，我弔也興哉！」

二十五日。述答南皮尙書。

二十六日。與惲、錢、潘訊。

三十日。爲李幼淸寫法輪寺聯：「無我無人無衆生，壽者皆以無爲法；如露如電如夢幻，泡影應作如是觀。」

八月

一日。晤書箴。

二日。午前雨。與子培、叔衡訊，星樓、聘耆、陳亮伯、康長素訊。

三日。寫熙侍御訊。

四日。報南皮尙書商務書。

五日。挽孫東甫：「斯人斯人，非猶夫人而傾其生，天何知，天命也；有孤有孤，庶幾不孤而屬諸友，告後死，告聞之。」

七日。作「爭戶部減官俸加釐捐議疏」，「請飭江北州縣悉立善堂片。」

八日。脫與熙侍御（續）訊稿。

九日。西刻得惲莘老電，隨復，並分致汪、王。

十日。答蘭賓訊，與翔林訊，以帖二分附寄。

十五日。寫惲莘老訊。

十六日。寫南皮訊，以商議寄請定局。

十七日。以十一世下八世支系列表送譜局。

十八日。葛恭人忌日。

九月

十七日。先府君忌日，質明陳奠，感慟無已。

十九日。得惲心耘丈電報，速叔兄往省。

二十二日。叔兄往省，治裝。

二十三日。叔兄行。

二十四日。得施樹亭丈昨夕凶耗。張華穠鎮軍來，薰南來。

二十五日。爲薰南治具道故。

二十六日。往弔施氏，薰南行，以曼君柩事託之。

三十日。得亮伯訊。（按：是日日記後，提行書：「長與春風約，今日每憑南斗望京華，以此爲長策，端居恥聖明」等句，「憑」字塗去，但仍約畧可見。）

十月

一日。家祭。

十日。得梁星海約興强學會電，（按：十一日至十九日均無記事。眉頁記云：「初十日下午九點鐘，寧局電：張狀元，現與中弢、長素諸君子在滬開强學會，講中國自强之學，南皮主之，刋布公啓，必欲得大名共辦此事，以雪國恥，望速復。鼎芬蒸。啓原訛作垞，譯局作憑，改作啓。」

二十日。以捐事與虞山電訊，惲丈電訊。

十一月

三日。汪刺史函請議包捐。

六日。由二甲往通。

七日。至通。

八日。與惲丈電訊。

九日。得南皮論包捐電訊，有屬查淞滬花包數。

十一日。得書局提調韋道照會。

十二日。附輪往省。

二十一日。辭書局總校。

英使謁見乾隆記實

馬戛爾尼　原著
秦仲龢　譯寫

這位進軍西藏獲得勝利的中國將軍，同以往的西藏統治者一樣，對於英國人派代表進去也是抱着猜忌態度。他寫了一封很客氣的信給孟加拉總督，勸阻不必派代表前來。信上這樣說：「從總督所在地到尼泊爾的路很長，不必費事派代表前來。有什麽必要找這個麻煩呢？他希望總督改變前意，因爲總督給尼泊爾國王的信件無問題已經發生了作用，該國王已經接受大淸皇朝的統轄了。」信上最後表示承認孟加拉總督的「公正，忠誠和友誼」。假如中國皇帝看到這封信的抄件，他一定會駁斥英國會經幫助尼泊爾作戰的謠言了。但這位寫信的人是不願意讓皇帝知道眞實情况的，因爲那就否認他以前向皇帝所做的假報告。北京和倫敦之間沒有直接聯系，中國皇帝因此也無由從其他途徑得知事實眞象。（按乾隆六十年，也就是英國特使訪華以後的兩年，英國國王通過商船又送信件禮物給乾隆。根據「東華錄」，乾隆給英國國王如下的回信：「爾國遠隔重洋，上年遣使恭齎表貢，航海祝釐……茲爾國王復具表文土物由夷船寄粤呈進，具見恭順之誠……已飭諭疆臣將貢物進收，俾申虔敬。至天朝從前征剿廓爾喀時，大將軍領大兵深入，連得要隘，廓爾喀震懾聲威，匍匐乞降，大將軍據情入奏，天朝仁慈廣被，中外一體，不忍該處生靈咸就殲除，是以允准投誠。彼時曾據大將軍奏及，爾國王遣使前赴衞藏投禀，有勸令廓爾喀投順之語，其時大功業已告成，並未煩爾國兵力。今爾國王以此事在從前貢使起身之後，未及奏明，想未詳悉始末。但爾國王能知大義，恭順天朝，深堪嘉納……。」這裏所說的廓爾喀就是尼泊爾。……所說的大將軍就是本書上所指的那位進軍西藏的將軍福康安。從乾隆這封信上可以看出：當時福康安並未把

英國進行調停的事情對乾隆隱瞞。——原譯者注）

本書前章中曾經提到，在一七八七年英國會計劃派遣使節訪華，不幸因公使中途逝世，致計劃未能實現。假如當時能順利成行，在西藏尼泊爾的戰爭中就不會發生對英國的誤會，或甚至連戰爭都可能不致發生。中國皇帝作這次長途冒險的出征，只是由於尼泊爾國王屢次挑衅而引起的。前者，中國皇帝同韃靼區的蒙古人作戰，結果固然是他佔領了當地，但在戰爭過程中却是互有勝負，他的軍隊幾次遭受打擊，招致大量傷亡。戰爭延續了好幾年，消耗了巨大財力。皇帝本人現在年歲已高，已沒有以前那樣好大喜功，而他的大臣們，對戰爭更是厭惡。假如在一七八九年或一七九〇年在北京有一個英國使節，通過使節的關係請求孟加拉政府阻止尼泊爾不要侵略西藏，中國皇帝一定采取同這位將軍寫信給孟加拉總督的相同方法，不必經過冒險而同樣達到目的。對於孟加拉的利益來說，西藏作爲一個獨立國家比作爲中國一個省份好得多。

假如特使在離開廣州附近之前，能掌握以上所述關於西藏戰爭的材料，這將使他能用具體事實說明眞象來闢謠了。不幸，在現在情況下，他對事實一無了解，無法對無稽謠言進行申辯。特使在船上費盡口舌同中國隨行官員解釋，說明整個故事不可能是眞的。這些官員對特使的講話是相信的，但他們無權同朝廷直接聯系，同時也不敢在朝廷當中同說英國人的好話，怕因此而受到懷疑說他們受了外國人的賄賂。此外，他們都是漢人，沒有辦法來影响是滿人的欽差，兩個民族之間有着秘密的，但是强烈的互相猜忌。

關於使節團事頂，只有欽差一人向皇帝上奏報告。因此

，特使用盡方法來討好這位欽差大人。特使委婉地向欽差說：從加爾各答到尼泊爾和西藏的路途非常遠；英國在廣州的商業利益遠比對這兩個國家關係重大得多；英國政府經常訓令孟加拉總督，在處理和中國有關係或受中國保護的地方的有關事務上，應當特別小心愼重，等等。欽差大人並沒有公開地向特使提出西藏問題來討論。假如特使直接闢謠，那麼只能使他更證實謠言的眞實了。不管在這個具體問題上特使的努力對欽差發生了多少效力，在其他一切方面欽差的態度仍然沒有什麼改變，無論對英國人或是使節團，仍然沒有一點好感。雖然他知道皇帝陛下非常高興地把送到熱河的一個包裹傳送給特使，但出於懷疑，或者出於惡意，他竟至拒絕由政府驛站代爲傳遞特使寫給伊拉斯馬斯‧高厄爵士的信件。（按：高厄爵士，在本書中譯爲高華，即「獅子」號的艦長。——仲龢注）沒有欽差的批准，使節團任何文件都送不出去。特使要求同東印度公司代理人通信，同樣沒有結果。使節團因之陷入完全孤立隔絕的狀態，而且沒有補救希望。據說欽差是當朝首相的親信，從現在欽差對使節團的態度也可以推測出將來這位閣老的狀態。使節團還未到首都，所受到的遭遇已如此困難和不幸。……

我們的游艇自天津到這裏，一路供應的食品都非常豐富，所有的酒果蔬菜，無不應有盡有，伺候的人也十二分殷勤。兩岸相近之處，駐有軍隊，他們見我們的游艇經過，就從營盤中列隊而出，表示歡迎，他們在岸上行禮，高豎旗幟，並且演奏軍樂。如果是晚上，他們就點上燈籠火把，數以萬計，照耀如同白晝。我們坐在船上，一切皆極舒適，偶然要些什麼東西，中國的官員就立即備辦，有好些東西不是公用而是我私人所要的，我打算自己掏腰包購買，但中國官員一定不肯，要由他們付帳。

中國官員這樣的盛意接待賓客，又極和藹撝謙，嘴邊常帶笑容，似乎是無可譏議的了。但這種態度中不免含有虛僞，誠意反爲所掩，這是我不得不引爲遺憾的。試舉一例言之。當我經過一處地方，覺得那兒的風景很清幽，就請求中國官員讓我們上岸去訪問附近的鄉村，藉此一見中國的社會。但我這樣的請求，每次都被中國官員所婉拒。他們婉拒的方法很巧妙，能隨時隨地隨機應變而大發妙論，使到我們明知此舉是阻止我們的建議而不復有所怨，甚而反覺得很有趣。這可見中國官員平時是怎樣講究禮貌和辭令，其一言一語，一舉一動，無不周旋中節，使人對之無可譏彈。

更有一事，我不得不在這裏一說的。那就是我們到這裏之後，中國官員在表面上對我們雖然敬禮有加，而實際上我們的一言一動，無不受中國官員的密切監視，就是我們的起居服飾和一切禮節習慣，他們都以好奇及嫉妒的眼光監察之。我嘗讀過有關中國的歷史，據說中國人最嫉妒外國人，初時我不敢十分相信，現在身臨其境，和中國人接觸，覺得其實在情形過於歷史所說者萬萬。我雖然存有這個觀念在心裏，但表面上無論遇到什麼事情，都以和顏悅色處之，希望此行獲得好結果。即如我們所乘坐的各船，船上都懸有旗幟寫着「英國特使進貢之船」，我也詐作不見，絕不提出詰問，待到適當的時候才可以提出。

「出使中國記」記云：中國的上等社會人士，非常講究喝水。他們每個人都飲茶或其他富於營養的飲料，他們絕不喝沒有濾過的水。中國人所有的飲料都喝熱的，包括酒品在內，認爲這樣更有營養。其他地方也有認爲熱飲料有營養的。在熱帶的印度，公路的兩旁開設了許多小店，專供來往行人飲用淡的但是熱的飲料。在夏季，中國人用冰來鎮水果和蜜餞，但絕不用來做飲料。在特使和隨員的早餐中，經常有大碗盛着一層一層的鮮胡桃仁，鮮杏仁和鮮藕，當中夾着一層一層的冰。

茶是中國的普通飲料，他們不是在吃飯的時候也喝茶。

客人無論什麼時候來都要敬茶。他們有時也很喜歡飲度數很高的酒，北方幾個省份的人尤其如此。在大家宴會興高彩烈的時候，他們有時用酒來限制個別人早退，或者追回已走退的人來喝酒，這種習慣歐洲也有。

中國官員對於吃飯眞是過於奢侈了。他們每天吃幾頓飯，每頓都有葷菜許多道。空閒的時間，他們就吸烟或者咀嚼檳榔。他們有時把一些香料放進烟內，有時放進一些鴉片。關於歷史、戲劇、小說等消遣性質的讀物，中國很多，但這個官員們似乎沒有歐洲文明社會那種以讀書作消遣的風氣。他們沒事時寧願閒坐着，也不願讀些有興趣的書或者做些體力活動。

喬大人和王大人把很多時間消費在通過繙譯同特使和使節團員談話。但事實上在談話當中，他們回答客人們的問題比他們問客人的問題要多。除了在廣州而外，中國人對一切外國人都感到新奇，但關於這些外國人的國家，他們却並不感興趣。他們認爲自己的國家是「中華」，一切思想概念都出不去本國的範圍。除了少數住在沿海鋌而走險的人，或者以航海爲業的自成一個階層的人以外，沒有人想離開中國到別的國去看看。他們使用着許多外國產品，但這些外國產品只能使他們聯想到廣州，好像這些東西就是廣州出產的。他們的書上很少提到亞洲以外的地區，甚至在他們畫得亂七八糟的地圖上也找不到亞洲以外的地方。他們的書上對於印度却有着極爲美好的敘述。……對於更遠的區域，中國政府，如同外國人做生意的中國商人一樣，只有一個抽象的觀念。中國一般的老百姓對於外國事物除了離奇的神話般的傳述而外，一切都不知道。

陪同使節團前來的中國官員，回答客人們向他們提出的有關中國各種問題，非常覺得高興。他們雖然在觀念上偏向自己的民族，但他們還是實事求事地回答問題。尤其是喬大人，他所作的回答都是以官方文件爲依據的。客人們在欽差的面前不便露出追問中國事務。他很少同特使親切交談，雖然他差不多每天都來拜會。他不喜歡坐船，他陪送使節團的一半路程是起旱走的。他的官氣很十足，每次拜會的時候，前面都由一些兵士和僕役高聲吆喊肅清道路。他坐的轎子同我們以前敘述的差不多，不過多一些絲穗子。轎子由四個人抬駕着。轎竿頂端用繩子綁着竹筒，轎夫的肩就駕在竹筒下面，轎前兩個人，轎後兩個人。四個人抬轎，另有四個人輪流換班。僕役們撒着傘和扛着官銜走在前面，另有一些人騎馬跟在轎後。中國官員出門都是按照身份携帶隨從人員。這種排場爲的是使一般人民爲之肅敬，任何官員獨自一個人隨便在路上走，將被認爲是一件不體面的事。他們盡力做到使他們的身份得到人民的尊敬，同時他們對別人的身份也同樣尊重，尤其是對有地位的外國人。

船隻經過每一個兵站和比較大的城鎮，兩岸上都排列着軍隊向使節船隻致敬，並鳴放三聲禮炮。這種禮炮是一種鐘形的小型炮，筆直地安裝在地面上，四周用泥土或沙土塡緊，將少許炸藥裝進去。這種炮只能作敬禮鳴放。兵士們在排隊敬禮的時候，身上穿着整齊的制服，事畢之後，即把制服收在倉庫裏，等下次站隊時再穿。平時他們就穿和老百姓同樣的服裝，經營各種行業或者耕種田地。這種辦法，在和平時期固然可以使他們有一些生產，但遇到戰爭，這種兵士就一定缺乏勇氣。兵士的待遇比一般老百姓掙的多一些。被征入伍被認爲是一種優異的選擇，兵士從事其他行業比普通老百姓多許多便宜，因此，在中國招募軍隊不是一件難事。

河岸靠近的地方，船隻每天經過幾個兵站。公路很好，但非常狹。公路上很少車輛。所看到的少數車輛中，最多只有兩個車輪，有的載貨，有的載人。車輪上都沒有彈簧。紳士們出門多是騎馬坐轎或肩輿，很少坐車。這種交通工具只在短途旅行或距離水路很遠的地方使用。塞米多先生在他寫的中國史上說，中國車傳至意大利。

花隨人聖盦摭憶　補篇

黃秋岳遺著

又懿旨內引醇親王原奏，僉壬倖進等語，下緊接歸政伊始，吳大澂果有此奏，是明明指吳大澂爲僉壬一流人物，既指爲僉壬，何不將吳大澂拿問交刑部治以應得之罪，卽或以鄭工甫經合龍，不無微勞足錄，亦當傳旨嚴行申飭，乃明發上竟無下文，懿旨向主嚴厲，何以此次獨虎頭蛇尾，豈色厲內荏，自知豫杜妄論一疏，爲僞造文書，氣餒於中，不敢深究乎？此可證者四。如果醇親王實有此奏，原奏內稱如有以治平嘉靖等朝之說進者，務目爲之奸邪小人，立加屏斥等語，醇親王自當將吳大澂專摺參劾，以警其餘，可方自圓其說，乃緘默不言，何耶？卽醇親王不願作此彈章，亦何難諷滿漢言官繼踵奏劾，當時言路雖仗馬寒蟬，究尚有祥麟威鳳，何以不聞上崇正之連章，非自問不能理直氣壯，卽一時言官，若不知箇中別有作用耶？此可證者五。又明發懿旨，嘉許醇親王至優極渥，較之賜坐杏黃轎，尤爲隆重，醇親王自應有感悚下忱恭謝天恩之摺，乃現查軍機隨手檔，並無此摺，一若賢王心跡，從此以可以共白之語，與醇親王痛癢不相關者，非專爲應付吳大澂而何？此可證者六。又軍機處凡有封奏，無不紀載，卽留中不發者，亦有特別註明，或標明某人摺片，而不敘其事由，蓋當日不發者，事後必有發交之日，對於留中之摺，事關機密，尤爲注意，今查軍機檔中，元年正月初八日實無紀載，此可證也。高宗濮議辨內稱，爲帝王者苟不違君道，自無有無嗣旁支入繼之事，萬一有其事，何不稱所生曰皇帝本生父，歿則稱本生考，立廟於所封之國，無國則於其邸第，爲不祧之廟，祀以天下之禮。高宗於旁支承統者，早定折衷辦法，是醇親王爲皇帝本生父，於事實毫無疑義，則名分自應早定。且高宗於治平嘉靖之事，一再評論，而子稱秀王之封，不復置論，蓋治平嘉靖之論既如此，則子稱秀王之事自如彼，可不辨而明。吳大澂恭述高宗御批，萬無駁斥之理，聖訓煌煌，斟酌乎天理人情之至，當卽醇親王原奏所謂廹其主不得不視爲莊論者也，吳大澂摺內有至當過當等語，而醇親王原奏亦有至當之語，何其針鋒相對也。且醇親王原奏，乃根據吳大澂摺而申駁議，豈有於十五年前已知吳大澂必上此奏，而作如是語乎？恐卜筮前知，未能如是詳明也。且醇親王稱子稱秀王之封爲至當，則高宗御批之論爲不當，隱躍紙上，醇親王何人，而敢違背聖訓乎？此可證者八。又醇親王於光緒十四年八月乙巳，以歸政有日，請解職務，得懿旨海軍署神機營依前管理，歸政後奏事勿列銜，是醇親王之請解職務，與懿旨之奏事勿列銜者，均濮議辨父母重於帝王之意若合符節，與吳大澂摺隱相脗合，至十六年十一月丁亥醇親王薨，上奉皇太后臨邸視殮，上成服持服一年，懿旨定稱號曰皇帝本生考，立廟於邸第之後，是本生之尊稱，恪遵乎高宗濮議辨及御批之訓，卽與吳大澂摺無異，採用其語，而斥爲妄論，有是理乎？此可證者九。故事，凡密奏留中之摺，日後發交軍機處者無不將原摺發下，至今軍機處檔案內，發現當時原摺，不一而足，此案祗有鈔件，視其紙色，與尋常軍機鈔發之紙色無二，若謂原摺仍留之宮中，今日所發現於宮中者，康雍乾嘉諸朝，尙皆存在，而此摺獨未見，且內廷雖有識字之閹人，而不能干預政事，歷垂明訓，軍機章京又無入內鈔件之例，則此摺究爲何人所鈔，其爲孝欽所手書乎？覈按原摺筆跡尙可辨認，此事實上之不可能者，何居此摺獨以鈔件聞？況所以宣示中外者，正欲其信而有徵，若有原奏焉得不發下？而懿旨明言原摺發鈔，而不言原摺發下，是當年宮中本無此原奏，尤顯而易見，此可證者十。綜此十證，當年樞臣鬼蜮伎倆，無可遁飾，雖九京可作，亦難置喙。推原其故，醇親王忠厚長者，事事爲人愚弄，樞臣利用其易於左右之得以保全其祿位權勢，遂不惜顚倒黑白，自蹈於倒塡年月，揑造文書之罪，苟患失之，無所不至，正懿旨所謂其患何堪設想，而吳大澂心跡轉可共白於千秋，是以倪文蔚慫恿於事前，郭嵩燾、王闓運稱揚於事後，而醇親王陵園，猶將此懿旨大書特書於碑石，蓋其時仁和已卒，濟寧獨秉國政，與蔡京之刋元祐黨人碑，用意將毋同，君子小人，勢不兩立，一薰一蕕，十年尙猶有臭，此之謂也。今日者，玉步已改，恩怨胥泯，吳大澂一人之是非，皆成陳跡，所可慨者，國家將亡，必先譸張爲幻，棄黃鐘而鳴瓦釜，可乃爲所欲爲矣，元氣斵而身亡，枝葉摧而根撥，千古一轍，良可嘆也。」吳君此跋可謂大聲疾呼，洞見原本矣。郭筠仙於愙齋摺發下後，曾有一書致李文忠論之，其書未刋集內，文忠有一書致洪文卿云：「清卿大禮之議，發之太早，都中議論，多諒其無他，郭筠仙書來且盛稱之，洵爲清卿第一知己。議禮本如聚訟，此事尤難是非，稚圭、永叔固無可疑，文忠、文襄人猶原其初意，王陽明有言張生此論千載不易，此老豈曲學阿世者。二月三日詔書初下，中外聳然，清卿處之泰然，方請出境治河，其志慮純實，非流俗悻悻者可比。」此是于晦若擬稿，然必文忠命意可知。至湘綺稱揚則掎摭筠仙之議論以入愙齋六十壽頌者，不深意，不具錄。筠仙集中尙有致文忠一書，畧云：「前書論吳清卿一疏，自謂有見而多未達其旨，竊以爲天下大政，總之樞府，樞府得其人，卽萬事理；如不得其人，各以所存之志所處之時與地，求自靖焉，可也。」此則不滿樞府之甚，大概當時朝士於吳摺，多不敢置論，卽有論議，亦不形於筆墨也。吳寄荃跋首所論朝局，可與前錄樊山上南皮牋相證，光緒初政，誤於濟寧，清議所僉同。

附錄

吳大澂奏請尊崇醇親王典禮原摺

奏爲恭逢皇上親裁大政，擬請皇太后懿旨，尊崇醇親王典禮，以昭定制而篤天親，恭摺密陳，仰祈聖鑒事。臣竊維醇親王公忠體國，以謙卑謹愼自持，創辦海軍衙門各事宜，均已妥議章程，有功不伐，天下臣民所仰望，在皇太后前，則盡臣下之禮，在皇上則有父子之親，我朝以孝治天下，當已正名定分爲先，凡在臣子爲人後者，例得以本身封典，貤封本身父母，此朝廷錫類之恩，所以遂臣子之孝思者，至深且厚，屬在臣工，皆得推本所生，仰邀封誥，況貴爲天子，而於天子所生之父母，必有尊崇之典禮，孟子云：聖人人倫之至，本人倫以制禮，不外心安理得，皇上之心安，則皇太后之心安，天下臣民之心，亦無不安。臣攷之前史，見宋英宗詔議濮王典禮，明世宗詔議興獻王典禮，聚訟紛紜，幾無定論，恭讀高宗純皇帝御批通鑑輯覽云：英宗崇奉濮王，事由韓琦等申請，且所議並非加尊帝號，更無嫌疑陵僭之虞，必執爲人後者不得復顧私親以相辨析，既與大記所云不合，使濮王尚在，又將何以處之乎，且以本身之親，改稱伯父，固非所安，而不加皇於伯，名亦不正，王珪、司馬光之說，並無經傳可據，徒以强詞爭執，自不若歐陽修援引經禮之爲得也。御批通鑑又云：嘉靖欲推崇自出，本屬人子至情，諸臣必執宋時濮議相待，無論事理不同，且亦無慰尊親本願，蓋旁支入承大統，于孝宗固爲有後之義，然以毛裏至親，致稱叔父，實亦情所不安，誠使集議之初，卽定本生名號，加以徽稱，使得少申敬禮，則張璁等亦無由伺間陳言，或隱全大義等語，聖訓煌煌，斟酌乎天理人情之至當，實爲千古不易之定論，自制禮之聖人出，而天下後世有所遵依，本身父母之名不可改易，卽加以尊稱，仍別於本生名號，自無過當之嫌。臣受皇太后皇上知遇之隆，忝躋卿貳，先後十年，雖身列封圻，而心殷戀闕，感恩圖報，當與國家休戚相關，朝廷有大典禮，自不容緘默不言。本年二月初三日，恭逢皇太后歸政之期，擬請懿旨飭下廷臣會議，醇親王稱號禮節，詳細奏明出自太后特旨，宣示天下，以遂我皇上孝敬之懷，以塞薄海臣民之望，是否有當，謹恭摺密奏，臣不勝惶悚戰慄之至，伏乞皇太后皇上聖鑒，謹奏。

二月初二日欽奉慈禧端佑康頤昭豫莊誠皇太后懿旨。

本日據吳大澂奏請飭議尊崇醇親王典禮一摺，皇帝入嗣文宗顯皇帝，寅承大統，醇親王奕譞謙卑謹愼，翼翼小心，十餘年來，深宮派辦事宜，靡不殫極心力，恪恭盡職，每遇優加異數，皆再四涕泣懇辭，前賞杏黃轎，至今不敢乘坐，其秉心忠亦，嚴畏殊常，非徒深宮知之最深，實天下臣民所共諒。自光緒元年正月初八日，醇親王卽有豫杜妄論一奏，內稱歷代繼統之君，推崇本身父母者，以宋孝宗不改子稱秀王之封爲至當，慮皇帝親政後，僉壬倖進援引治平嘉靖之說，肆其奸邪，豫具封章，請俟親政時宣示天下，俾千秋萬歲，勿再更張，其披瀝之誠，自古純臣居心，何以過此？此深宮不能不嘉許感歎，勉從所請者也。茲當歸政伊始，吳大澂果有此奏，若不將醇親王原奏及時宣示，則此後邪說競進，妄希議禮梯榮，其患何堪設想，用特曉諭，並將醇親王原奏發鈔，俾中外臣民咸知我朝隆軌超越古今，卽賢王心事亦從此可以共白，嗣後闞名希寵之徒，更何以用其覬覦乎？將此通諭知之，欽此。（軍機檔東華續錄）

編輯閒話

△「廣東反正前後的綠林大哥」，是一篇記述辛亥革命前後廣東賊公打家刧舍的歷史，後來這班匪徒的頭目，都變成了民國初年的「偉人」，但仍有不少作禍國殃民的勾當，賊性不改。西鳳先生此文對這些「偉人」有翔實的描繪，錯誤之處或少有不免，但大體上是可靠的。

△張子武（其鍠）是軍閥吳佩孚的親信人物，吳對他的倚任，差不多和劉備對孔明那樣，言聽計從。近年所見寫張子武軼事的文章，類多把他寫成一個無所不通、文武全才的英雄人物，其實張也不過是普通書生一個，而官癮極大的人而已。因爲他線裝書讀得太多，五四運動以後的書刊完全未讀過——甚至不屑一讀，因此在二十世紀二十年代的時候，他的頭腦、思想仍是十九世紀末期的人，結果違逆潮流，盲人瞎馬般跟着吳佩孚走，而走上死路。編者雖不識其人，但收集有關他的材料頗多，「火車中的彈孔」就是記述他遇險的一段故事。

△「宣統皇帝大婚」，在四十年前確是引人注意的一件「大新聞」。婚前數月，溥儀在紫禁城裏仍然搭皇帝架子，冊封皇后。可笑的是冊封的「聖旨」中，連「皇后」姓什麼他都不知道，拿別家的姓套在未婚妻身上，成爲小朝廷一大笑話。後來還是他的岳父親到「內務府」說明，那班「內務府大臣」才相顧愕然，請教溥儀的父親怎辦，他說，「聖旨」怎可認錯，一路錯到底可也。温大雅先生這篇「溥儀冊封皇后的笑話」，就是記這件有趣的事。

△前兩年，西德有個政界要人忽然自殺，原來此人乃希特拉時代的劊子手，戰後搖身一變，成爲「貴人」，先後和美統總甘乃迪、法統總戴高樂等人周旋，人人都稱贊他的「微笑攻勢」。但終於事情出破，他不得不自殺逃避制裁了。政海中常有這種事，湘舲女士譯此文，只不過揭出其黑暗一二而已。

△「宋春舫游記」是宋先生四十年前的作品，曾刊於「東方雜誌」，現在轉載於此。本刊以後每期都轉載有價值的舊雜誌文章一兩篇，俾作資料，以備讀者參考。下一期先轉載一篇談清宮選宮女的制度及其故事，此文雖然近於學術性，但讀來覺得很有趣，清代帝王荒淫縱欲，都以選宮女爲其途徑，此文記載詳明，所以不見得有沉悶之感。

稿約

本刊的宗旨，是向讀者提供高尚有趣味的益智文章，並希望貢獻一些翔實可靠的資料，給研究歷史、文藝的人作參考。我們歡迎下列文章：（一）人物介紹　注重古今中外人物的描寫及其傳記。（二）近代史乘　注重近百年中國及國際政壇上重要事件的發生經過及其內幕。（三）史料　名人的日記、筆記、游記、自傳、傳記、年譜、回憶錄，函牘等。（四）趣味性的掌故。

以上所列，只不過約畧舉出一個範圍，其實文史掌故的範圍很廣，不能一一開列，希望讀者認定文史兩字寫文章便好。稿件內容不要評論現實政治的得失，要注重輕鬆趣味，使讀者一卷在手，覺得開卷有益，不枉花了寶貴的時間。

惠稿文言語體不拘，但最好還是用語體，如果不擅用則以淺顯易懂的文言寫也一樣歡迎。字數以五千字內爲限，太長則未易刊出；超過一萬字以上的，請來信商洽。譯稿務請附原文，如無原文，恕不考慮。

來稿務請用稿紙書寫，如屬有史料性的文章，字體更要寫得清楚，一來使編輯人易於看懂，二來，排字工人也不致排錯。

不合用的稿，不管附有郵票與否，在收到後十日內寄還作者；如不寄還，就是要採用，但何時刊登，未能立即告知，請來信詢問。刊登的稿，在出版前二日即將稿費寄上。

國文教學
國文學習

參考用書

國文月刊

國文月刊爲抗戰期間西南聯合大學師範學院國文系主編，爲討論國文教學與培養國文閱讀及寫作能力權威刊物。先後由朱自清、郭紹虞、呂叔湘、周予同、黎錦熙、夏丏尊、葉聖陶等專家編纂。內容包括十類：（一）文字、聲韻及訓詁學；（二）文法學；（三）修辭學；（四）經學及文學史；（五）文學批評；（六）國文教學；（七）文辭疏解；（八）新書評介；（九）紀念逝世之國文教授；（十）當代文選評。撰稿者皆爲一時碩彥。凡所討論，俱屬切要問題。同時關於大專方面之國文教學，亦有專題研究。茲爲適應當前國文學習與教學之須要，先將抗戰復員後出版之國文月刊，由四十一期至八十二期，全部影印流通，分期零售；另合訂成冊，利便庋藏。又編有總目分類索引，以便檢索。至於抗戰期間所編之國文月刊，由第一至第四十期，係用土紙印成，不便影印，刻在整理排印中，以饜海內外讀者雅望。

茲爲便利讀者採用起見，特輯有「國文月刊總目分類索引」單行本。售價港幣叁角；港九區郵票採購，付郵票肆角，寄英皇道一六三號二樓龍門書店，當即寄奉。

龍門書店謹啓

林熙主編

大華

半月刊 第十五期

日軍攻佔香港時的梅蘭芳

我的年青時代

清宮怎樣選宮女

汪胡交情

日治時代的上海「三老」

記天津八里台二三事

一九六六年十月十五日

大華 第十五期

封面插圖：天然圖畫硯東坡游赤壁（正面）

大華 半月刊 第十五期
一九六六年十月十五日出版
（每月十五、三十日出版）

出版者：大華出版社
地址：香港銅鑼灣希雲街36號6樓
Ta Wah Press,
36, Haven St., 5th fl.
HONG KONG.
電話：七六三七八六轉

督印人：林翠寒
主編：林熙
印刷者：朗文印務公司
地址：香港北角渣華街一一〇號
電話：七〇七九二八

總代理：胡敏生記
地址：香港灣仔洋船街三十二號
電話：七二三四三七

前塵夢影錄

我的年青時代

·陳彬龢·

逝者如斯，我今忽忽已屆七十之年，回首前塵，百無一是，僅餘青年時期片斷生活，尚堪尋味。其時我遇見不少的碩學通儒，渾渾噩噩，錯過請益的機會，洵屬幼稚可笑。

我出生於破碎的家庭，先父早背，家道寒微，所受正式教育，祇在高等小學讀過幾年。先母爲維持生計，在上海哈同花園倉聖學校女學部覓得舍監的職務，兼教刺繡。而我則於十六歲時，由親友介紹，在浦東中學充任一名書記，寫鋼版，印講義，於蠟紙油墨間虛擲大好光陰。此時母子兩人，隔江（黃浦江）相念，連這破碎的家庭也不存在了。

母愛是偉大的，雖然窘境，總希望自己所哺育的孩子，不時見到一面，撫摩煦嫗，在心理上得到安慰。無如哈同花園的規制極嚴，舍監又是住堂的職務，輕易不得出門；而一江之隔，也使我省視不便；先母爲求打破此種隔絕，多方請託，好容易才將我弄進哈同花園，當上男學部初小一年級的國文教員，月薪十元。其時我僅十八歲，論學歷，論學識，這十元錢我是沒有資格拿的，好在倉聖是私費設立，關門辦學，除一般學制依照教育部規定外，其他全由該園總管兼倉聖校長姬覺彌（佛陀）任意爲之。只須通過人事關係，我這小子居然濫竽充數。

初小一年級的國文課本指定讀孝經。這部書，我聞其名，未見其面，莫說書中意義我不明白，即連字面也有不少「攔路虎」，使我讀不下去。當然，我是費盡心機做預備工作的，無奈手邊無參攷書，又無可以質疑的師友，暗中摸索，總是隔靴搔癢，吃力而無法取巧。姬覺彌和教務長范某（名已忘，蘇北人），却不時來堂監課，聽到我的字音不正確，講解不明晰，往往當場指摘，毫不留情，根本不當我是教員看待。幸虧我是一箇大孩子，和學生的年齡相差不過四五歲，情意相投，處得很好，沒有因我念白字、解錯書而起鬨鬧我。刻在香港以「花王周」筆名寫文章的周世勳兄，當年就是我這一班的學生，如見此文，追憶前情，當不禁啞然失笑。

哈同花園中有兩箇魔頭，一箇是姬覺彌，一箇是門房許福。姬覺彌除諂事迦陵夫人一人外，儼如園主，一手遮天。他所訂下的法例，如師生全體終年素食；要聽佛經；規定十天休息一日；平時不許在園中自由賞玩；假期非得許可，不許出大門；如此這般，可以說是精神肉體，同時受到他的磨折。就中除極少數與姬私人有深交的教員，姬覺彌特別看待外，其他人等，概被視爲奴役，我更不必論矣。許福掌門房，狐假虎威，夜郎自大，見人行近園門，無問教員學生，便大聲喝問：「那裏去？」聽到這聲音的人，還是識相些，乖乖走上回頭路的好，否則惹他性起，教訓還是小事，破口辱罵，就更自討沒趣了。

因此，我母子倆雖同在園中任事，能有見面機緣，而我在精神上是受罪的，想來先母亦是同樣受罪。尤其是那部孝經，大大的使我頭痛，聽到上課鈴，心頭卜卜的跳，不知如何支撐下去。所幸天不絕人，徬徨無計間，救星到了，我的房間忽然住進了一箇同事，他姓胡名光煒，號小石，南京人，三十零歲，請來担任中學部國文教員的，行李不多，書籍却帶得不少。當時我並不知他研究金石小學，擅長詩詞歌賦，是一箇學問淹博的人，只覺其風神瀟洒，態度和易，不以禮數拘牽，我才敢老老實實的向他訴苦。他說這事不難，遇有疑義，儘管提出，我會給你詳細解釋。由此我一面學，一面教，現炒現賣，才算度過難關。孝經是薄薄的一本書，這學期教過了，已有一箇譜子，下學期再教，由熟生巧，我已能應付裕如了。

胡先生是講究氣節的人，太監式的姬覺彌是看不順眼的，忍耐半年，辭職而去，在虹口清道人李瑞清家處館，我因訪候胡先生，故不時出入於清道人之門。

清道人有詩云：「為人莫學書，學書誠無益，醜無損於己，善徒為人役。」他為不願徒為人役，因在上海賣字，訂有潤例，取值不菲。寫的是北碑的半隸書，迎合時好，求者頗衆。五十年前，海上名書家除清道人外，有鄭孝胥、曾熙，及為商店寫招牌的唐駝、天台山農。名畫家則為吳倉碩、何維樸詩孫等。談到商業價值，清道人首屈一指，賣字所得，每年約二萬元。

胡先生在清道人家，賓主相忘，情意彌篤，曾熙常為串門客，談詩論藝，雅韻欲流。張大千時已在滬，屢以所作，就正先進，說者因謂大千是清道人、曾熙的學生，那是表面的說法，實際他從胡先生處，受益最多，大千書法，即模仿胡先生的字體，僅得其貌，未盡其神。近年大千以長髯高帽，濶袖輕裾，出入於國際機場，即由清道人的裝束脫胎而來。

後來胡先生由陳鐘凡介紹，任北京國立女子高等師範學校國文系主任，陶玄（曾任北京女子中學校長、立法委員）、錢用和（徐州女子師範學校校長、宋美齡的秘書）輩均為其高足。北伐後，他在南京中央大學任教授，直至數年前病故為止。

溥儀復辟以後，哈同花園住進了許多遺老，一條豚尾，滿口黃牙，搖搖幌幌，高談濶論。哈同夫婦旅居上海多年，絕少沾染中國文化，惟於三鼎甲出身的人物，則一心嚮往，視為殊榮。住客中有光緒廿一年乙未榜眼，喻長霖被他看中了，聘為倉聖大學的監督，與姬覺彌同管校務。喻先生是浙江黃岩人，年齒五十有零，對我來說，他是高不可攀的。由於監課關係，我才和他認識。又由於我的勤力，他似乎對我發生好感。

喻先生同時賣字，但請教者不多。當時我於書法，還是外行，對於他的功力，未敢妄說。但有人告訴我，他的館閣體寫得很好，但在家鄉，從未見過碑帖，直待到了北京，殿試，逛遍琉璃廠，在書法上才大開眼界，經過一番苦功，才從館閣體解放出來，所寫聯幅，才算像箇樣子。

民國八年，浙江成立通志局，總纂編纂，用的當然全是浙江人。浙督盧永祥，省長齊耀珊，鄭重其事，會銜敦聘沈子培（增植）先生為總纂，又聘喻先生為提調，接任徐班侯（永嘉人，翰林出身，死於水）的遺缺。提調是事務上的局長，不似總纂可以遙領，必須駐局辦公，喻先生因辭倉聖監督，赴杭就職。

喻先生臨行前，招我去，他說：「你的書還未讀成，年紀很輕，應當好好的用心進取。姬覺彌待人刻薄，你像小媳婦般，我代你難受。不如隨我去，一面我教你，一面給你一箇書記的名義，月薪十二元，比這裏還多兩塊。你看可好？」這還用說麼？我當然是滿肚皮的高興了，但還不能滿口應承他，聲明待徵先母同意後再定。他見我如此說，認為理所當然，反而誇獎幾句。後來先母同意了，我便隨他到杭州去。這是我生平第一次離開本省（江蘇省），時年已二十歲了。

浙江省通志局設於杭州城隍山，喻先生為便於翻閱四庫全書，常川駐宿於西湖圖書館。無間風雨，我須於侵晨下山，趕往西湖，直待夜間九點，才能回通志局，一箇單程，足足要走五里路。山上尙無電燈設備，沒有月亮的夜晚，一團漆黑，我一手持燈籠，一手拿棍子，以防惡犬。

我在喻先生身邊所做的工作，內勤方面，爲他掃地抹枱子，整理書籍，聽候使喚，這是一般的。遇到他寫對聯條幅，我先磨好墨，再給他拉聯紙，有時他的興緻好，逛西湖，在自備小艇中，我是唯一的搖櫓手。外勤方面，我爲他送書信，全是跑腿，除非書籍過多過重，手提肩負，都不濟事，才能叫一次東洋車。我至今腰脚輕快，也許就是由此鍛鍊出來。隨着季候的轉變，又有例外工作，夏天我要爲他放紗帳，趕蚊蟲。冬天我要爲他鋪牀墊枕，燒水灌入湯婆子，一天雜務，才告完畢。說得漂亮點，我確做到「有事弟子服其勞」，說得切實點，我只是一名書僮而已。

關於我的學業，喻先生只處於輔導地位，規定我一天看多少書，寫多少字，從不講授，只許質疑問難。如上所言，我一天的光陰全由他支配凈盡，僅餘夜間，回到城隍山，才是我自己的時間，挑燈下帷，讀書習字，直待倦眼矇矓，然後登床就寢。至今我雖爲不學無術之人，但於文字尙辨香臭，也畧懂得鐘鼎古籀，這便是從喻先生的督教下得來的。

喻先生還一力的提拔我，由書記升爲校對，又由校對升爲會計。薪水隨同增高，由月支十二元加到二十四元，又加到三十六元。那箇年頭，錢貴物賤，三十六元不是小數，對我說來，更不是小數。

喻先生是掛着道學家的嘴脸的，管束甚嚴，時常提出「非禮勿……」的告誡。事實上他有姨太，在飢不擇食中，小丫頭，老媽子，統統要的。大約他的體子過於結實，這是天賦所關，說不上「風流」。

康有爲是他的同年進士。康到杭州，十有九次向他借錢。他爲了年誼，不能不借，又爲了肉包子打狗，有去無還，不願再借。所以每逢康有爲信到，不待拆封，他已能預測到什麼事，搔頭抓腮，繞室徬徨，經過反復的思想鬥爭，才下决心，學蘇州人折半價，敷衍過去。

喻先生在杭州是很有面子的，盧永祥、齊耀珊待以賓師之禮，警察廳長夏超則更侍奉唯謹。事因辛亥革命不過是換上新招牌，掌實權的仍屬前清餘孽，與遺老遺少同爲一丘之貉。喻先生不問政治，貌似淸流，而身負一鄉之望，朝野交通，潛力不弱，當官的爲求政通人和，故不得不特別看重。這裏附說一句，齊耀珊是寫的一手好字的。

我自升任會計後，開始與沈曾植、朱祖謀、王國維諸先生發生接觸，因他們雖任通志局的總纂、編纂，却都住在上海，從不來杭，每月薪水，須由我去滬登門面奉。我記得沈先生的薪水最大，每月二百四十元；朱先生一百六十元；最少的爲王先生，僅八十元，大約因他既無科名，又未居官，評價便不免較低了。

當年沈先生的寓所在麥根路，住的是一所舊洋房。他本人是一箇瘦骨如柴的老頭子，積垢滿身，終年不浴，從冬至夏，蜷縮在一張大沙發上，據說晚間亦以沙發爲眠床，却置有姨太太。我每次送交薪水後，他總是留住我，不讓走，問我近來讀什麼書？臨什麼帖？我一一具告，他似有懷疑，指出某書某章某節，要我背誦一遍；又挑出三五句，要我解釋。他並批評喻先生，不是名師，教不出什麼來。所以當時我到沈家，爲了怕他考驗，提心吊膽，認爲一箇難關。及後我到北京，見聞較廣，才知他是大學問家，精通經義，尤精於四裔地理，傳名世界。以往多少請益機會，我都錯過，悔之晚矣。

朱先生住虹口東有恒路，身材矮小，一臉秀氣，白鬍子，聲音爽朗，衣冠整潔。名攝影家郎靜山兄卽住其隔鄰，他比我大二三歲，屈指相交。已五十年了。

王國維先生住愛而近路，豹牙齒，挂深度近視眼鏡，腦後垂髮辮，其貌不揚。待人極有禮貌，我告別時，他加上馬褂，送出大門，打恭作揖，唱其大喏。

這兩位老前輩，一箇是一代詞宗，一箇是國學大師，我均有親炙的機緣，由於無知，空入寶山，絕無所獲。後此我在北京，國維先生適在淸華園講學，陳援庵（垣）先生知我與他曾有一段淵源，每將借書借碑帖等事務，委我往洽，接席承顏，猶能親聆謦欬，可惜人事栗碌，我已騰不出工夫來。在學術研究上請求指導了。

台二三事

晚

八里台在天津市之南，一望無邊，縱横阡陌盡是稻田，很少看到人烟，叫做台而實無台。每當星期假日，我曾細心遍訪，發現一碑，上刻着「聶士成殉國處」。按士成合肥人，出身行伍，同治間累積軍功，官至提督；甲午中日之役，曾大敗日軍於遼東分水嶺，和議成，授直隸提督。庚子之亂，八國聯軍侵入津沽，士成喋血鏖戰，陣亡於此。八里台不比清華園、海甸，過去是向不為世人注意的，好像沒有它的存在，但是後來何以弄得世人皆知呢？此無他，實由六十年前，教育家嚴修、張伯苓兩先生在這裏創立南開大學之故。

清華大學建立於清華園，燕京大學建立於海甸，兩者都是京郊名莊。但南開大學則異是，它建立於遠離市外的大平原上；但亦有其便宜地方，即可以隨心所欲地去設計，想怎樣便怎樣，決不必提防什麽阻碍。照原來計劃，校內的來往交通，要使用電車的，惜總未見完成這樣工程。我在該校讀書時，只建築四座大樓，一是秀山堂四層，正門向東，內有教室及大禮堂，後面是教員住宅；另一是思源堂，亦四層，正門向北，內有圖書館及理化室等等；此外就是學生第一宿舍、第二宿舍，每三人一房，內有煖氣設備，單身教員亦住於此。學生下課後，回到宿舍約須行十分鐘，由宿舍走到校門，約需二十分鐘。校門雖有象徵式的小門，但無牆壁，不僅校門如此，整個全校亦然，有之只是用鐵藜加以圍圈而已。

校門外是一木板小橋，小到不能再小，門外有一道小溪，正所謂小橋流水，頗有詩意。每逢入市內，下野的政客和富商子弟，多乘自備汽車或馬車，一般外地來的學生，只有坐黃包車了。我是由塞外（今已被劃入北京市區）來的鄉下青年，故最喜愛乘小船，船只能容一二人。每次坐在船頭，但見兩岸蘆葦搖曳，溪水無波，不期然而然哼起赤壁賦「縱一葦之所如，凌萬頃之茫然」的名句來。到了冬季，河水結冰不能行船，但可乘皮筏子（雪橇），坐在筏上，兩隻腿脚蓋上皮草，船夫易櫓為竿，竿端有一鐵針，把針刺入冰皮，用力去推，刺喇刺喇地，便可使筏向前推進。想起愛斯基摩人在冰天雪地中用狗拉雪橇的奇景，却別有一番滋味。進入校門後，只有一條走道，滿鋪的是褐色細砂，兩旁種植着波斯菊和其他花木，時有陣陣香氣隨風吹入鼻端。當我初入校時，覺得這裏不像個學校，倒像個公園或農場。

南大當時有「化緣大學」之稱，因為每當學校經濟拮据時，張校長便要動腦筋出外捐募了。他的捐募，與某地不同，既不是向學生家長發捐簿，更不是以某種方法向學生伸魔掌，而是向平津高官富商懇談。據說一般情形，是以請客方式，在宴會席上到了酒酣耳熱的時候，首先訴說私立大學的重要性，然後入題，據實報告南大的經費如何困難，許多計劃不能實現，說到極點，往往仰天悲嘆，淚下霑襟，是否如此，不得而知。至誠足以動人，刻薄寡恩的秦王尚可被伍子胥感動，高官富商亦不致於眞是鐵石心腸造的，故多受感召。捐欵最多的，據說有袁世凱的孀母、軍閥李純、大統總黎元洪、以及企業家李祖紳等。當然，這些人捐欵亦不是無條件的：例如李純要為他立銅像，並以其號名樓即秀山堂。黎元洪的兒子紹基、女兒紹芬都入南大讀書。紹芬和我同班，坐在最前排當中，她入學既不需考試，而入學後一切考試亦不必參加。她專聽中英文學，教師亦從來沒問過她。她長得美麗，豐滿的面

記天津八里

向

龐，大大的眼睛，且嗜着黑服，故越發顯得嫺雅大方，儼然一位公主氣派。至於李祖紳，是列入校董之林。其中唯一例外，是袁世凱的嬸母，她捐助南大四十萬銀圓（按當時一畝田約值一百圓，四十萬圓可購四千畝田）。這個數字不能算少，故張校長亦要想爲她立銅像，但卽刻被她婉拒，於是乃退而求其次，再想以其號名樓，又不被接受。張校長想，向她索一幀像片，把它放大懸之於禮堂，應該可以罷，不料仍然碰個釘子，不過却由此獲得一封彌足珍貴的覆函。函用文言體，約不到兩百字，語氣非常謙虛；就記憶所及，大概是說：我所捐的錢，原是國家的，現在仍用之於國家，以造育人材，這是應該應分，我個人無功，決無可褒揚之處，像片亦免了罷……。因此，張校長乃以思源堂名樓，卽取飲水思源之意，又以她的覆函，照原樣用大理石刻出，砌在二樓梯的正中牆壁上。我頭一次入思源堂圖書館，一登二樓，最引我注意的，便是這塊刻石；端詳了許久，眞愛不忍放過，以後每次經過，必向它看看。該刻石豎約九寸左右，橫約三尺左右，字不僅潦草，且塗改之處亦多。每字約七八分大，但草率中仍見出其磅薄氣象，如顏魯公別弟書，的是樸拙可愛。「竊國大盜」袁世凱，何幸尚有這樣一位令人矜式的嬸母！所可惜的，當時未將該刻石攝拍下來，甚至連她的姓氏都已忘記。我覺得這塊刻石，遠比它對面丈餘高的銅像偉大不知多少倍。

現在該輪到談南大人物了。首先是校長張伯苓，天津人，身裁高大，頗有關雲長氣慨，海軍學校出身，但未行其所學，一生輔佐嚴範孫辦學，由嚴氏家塾，而南開中學、大學。他是一位躬行實踐家，所以很少見到他的文章，我曾看到他爲某書刋寫的序文，但極短。嘗見以營利爲目的開學店的一些市儈，每每在報刋上自吹自捧爲「教育家」，不免令人作嘔，這是某地的怪現象，過去在國內實未之聞。像張伯苓這樣人，才眞是實至名歸，不折不扣的教育家呢。他在市內中學部的時候多！到八里台的時間很短，所以大學部學生難得見他一面。雖然如此，但每個學生都莫不對他衷心地尊敬。南開出身的學生，團結力似乎特別强，全球各大都市，差不多到處都有南開同學會的組織，每於校慶時，各地同學會都不約而同的除致送賀儀外，並附全體照像，中學部偌大一個禮堂，每個角落都被掛滿。張伯苓眞誠的把學生當做他的子弟，故所有的學生亦都視他爲老家長。辦教育辦到這種地步，眞嘆觀止矣。民國二十六年平津陷敵後，張伯苓倉皇逃入南京，寓傅厚崗陳宅，距我寓甚近，由於正逢敵機空襲時期，想去訪問未果。三十二年（一九四三年）重慶國民參政會開會時，終於看見他了，他是主席團之一，但又未得機會向他致意。正正二十幾年了，我看到這位老人家，不禁觸起歲月不饒人之嘆，他的面形由方而變長了，在主席台上講話聲音微弱，後排坐的人幾乎聽不到。

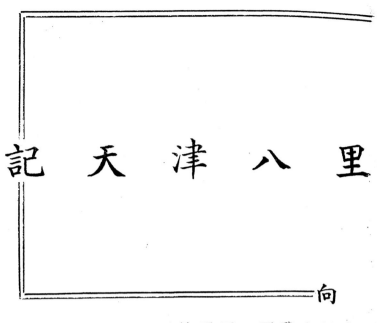

其次是凌冰，河南人，大學部主任，留美習教育。我曾讀過他著的「兒童心理學」，沒聽過他的講；但他的夫人却教我們英文文學的。他們夫婦都和藹可親，每次校內路上遇見，倘若你不睬他們，他們必定死盯住你，廹你不得不和他們打個招呼。後來，他入外交部任條約委員，並出使過暹羅，任訪問團團長。

以下該談到「輪迴事件」的主要人物：李濟、徐漠和蔣廷黻。李濟湖北人，他有個特徵，好歪脖，講書不面對學生，不是向窗便是向牆。都說湖北人好口才，但他是例外。他教邏輯學，簡直不知所云。他離校後，有人告訴我，才知他還是著名人類學專家呢。他現在台灣，任中央研究院歷史研究所所長。徐謨江蘇吳縣人，兩耳煽風，兩顴高下顎尖，面白無鬚，活像戲台上的小生，教政治學。他爲書中Conceptior與Perception兩個字，竟費了一堂時間，這明明不是上Political Scierce的課，而是在教中一的English了。後來他入外交部，任政務次長時間很久，曾任日內瓦國際法庭法官，一九五六年死在任內。蔣廷黻湖南邵陽人，然實像波里尼西亞人，教世界史，從人類起源開始。他說人決非從猴子（人猿）演變而來，其中有一證明，即人的五指可以個別拳伸，而猴子則不能。上他的課用書最多，一學期要買四五本書，每本以美金五六圓計，單他這一門所費便不貲了，然事實上一學期連一本十分之一亦未教完。學生們很納悶，爲什麽要買這麽多書呢？他說每本書只能選擇其最佳者一部分而已。他講書似較李徐吸引人，然爲買書事，還是使學生不滿意的。後來，他入清華大學並時爲天津大公報撰專論，於是聲望頓起。他在美國是從中學讀起的，中文的造詣可想而知；然而何以能寫專論呢？一方固由他回國後努力自修，一方不免要託人修正，這差不多是人所盡知之事。之後，他亦入外交部出使莫斯科及華盛頓，死於任內。以上三個人講書有一共同處，即只揀書中某一點，加以解釋便算了事；不僅無講義、綱要（筆記），當然更談不上引證、比較、個人發見了；而且往往中英語混合，聽者固然吃力，莫名其妙，我想講者亦未必眞了解透澈，聽說平津洋化大學教授多如此，就這樣一堂一堂的混下去，當然不會受學生歡迎。

有一天問題發生了，淸早起來，當我們上課時，不僅文學院，連理學院亦在內，各教室都無教授，跑到教員住宅去看，亦無影踪，原來教授在實行罷教啦。當時平津各大學風氣，都是學生動輒罷課，想不到這次特殊，教授居然亦會罷教，因此立刻轟動平津。大公報當時在津創刊不久，更把此事件當做本埠頭條新聞刊出，這不僅爲報館乘機宣傳，亦因在南大潛伏的布黨份子陝西人想興風作浪，不惜加鹽加醋，向大公報連續投稿，從中煽動。

教授們爲什麽要罷教呢？其實說來亦很簡單，即由於學生會刊物上刊載了一篇「輪迴教育」文章。教授們看到後，以爲受了侮辱，冒犯了他們的尊嚴。這篇東西寫得很長，但重要幾句話，我還記得一二，大意說，高小畢業出來教初小，中學畢業出來教高小，大學畢業出來教中學，留洋鍍金騙得博士名銜回國者，便可教大學了。其中着重點，當然在後者，不免把一些年輕不學無術的教授大大的挖苦一番。其中最使人難堪的，莫過於罵他們爲草包博士」、「飯桶教授」。顯然的這是針對着李濟、徐謨和蔣廷黻等幾人而言。

張伯苓得到消息後，當天晚晌便召集全體學生在大禮堂訓話。平時他的態度雖然嚴肅，但在嚴肅中總帶着幾分喜氣；這次不然，一下子愁容滿面起來，登台後把兩袖一甩，大意訓道：這次事件，雖說是教授罷教，但追源溯始，還是由學生會那篇「輪迴教育」文章攪出來的。從文章中，我才知道他們對於某某教授是如何的不滿。不過，你們該了解，我延聘教授時是如何困難。我們南大是私立，決不能與國立相比，經費短絀，教授待遇低微，況且地址又遠離北京，且又在天津郊外，故許多富有經驗的老教授多不肯來；不得已才延聘新從國外回來的學者，但亦是幾經考慮並且費了很大功夫才請得到的。你們來此求學，原是相信南大、相信我，現在你們做出這樣事，豈非和南大作對、和我爲難。說至此，老人家不禁感慨起來，幾乎聲淚俱下。全體學生聽後，都有些懊悔，然已挽救無術。

結局由於時屆殘冬，一年將盡，學生會負責人除向張校長悔過外，多自動離校；而「被侮辱」的教授們亦不好意思再留南大，紛紛作孔雀西北飛（按過去北大鬧風潮，若干教授紛紛投入廈大，平津報章稱「孔雀東南飛」）。李濟、蔣廷黻及姜立夫等都進淸大，正如橘逾淮而爲枳，不久這批鍍金者便統通變成名教授、專家了。所謂輪迴事件，教授罷教風波，至此告一段落。

一九六六年，八月二十四日。

清宮的秀女和宮女

單士元

我國歷代統治者的多妻制度和役使大批宮女,由來已久,在「周禮注疏」中記載周朝的制度是:「天子后六宮三夫人九嬪二十七世婦八十一御妻」,翻開二十四史,歷代君主選擇美女「充侍后宮」的事,從未間斷。這些選入宮中的女子的命運是悲慘的,唐朝詩人白居易曾用「三千宮女胭脂面,幾個春來無淚痕」的動人詩句來替她們訴苦。在清代,皇帝選秀女宮女,訂有極嚴密的制度,由於清代距離現在不太遠,有關的文獻資料也保存了不少,所以我們對這方面的情況,也了解得較多一些。

清代選入宮中的女子有兩種,一種叫秀女,一種叫宮女。秀女系指八旗官員的女兒,地位較高;宮女子是內務府包衣佐領下的女兒,地位較低。秀女可選爲妃嬪或指配宗室王公大臣子弟。內務府包衣的女兒則僅供內廷使令,「嘯亭雜錄」中有「後宮使令皆內務府包衣女」即系指此。大約在清初時區別不是這樣嚴格,如「清宮史」宮規門選看秀女條下有「凡三年一次引選八旗秀女……凡一年一次引選內務府秀女……」。無論八旗或內務府籍的女兒,均稱秀女,到後來則區別較嚴。(見「光緒會典」)案內務府「包衣」二字,本滿族語,就是家人奴婢的意思,因此「包衣」的女兒不得正式選爲妃嬪,不得與宗室結親,這是因爲清代貴族階級自認爲比別人優越的原故。(「內務府則例」:掌上三旗包衣之政令,其王府包衣俱入下五旗。「光緒會典」:『八旗都統凡秀女之及歲者三歲而一選。』內務府條:『凡選宮女出其氏族年齡以備閱。』)此外王府的包衣,滿族人稱爲「雙包衣」,地位就更低下,但是從清代歷史事實來考訂,「包衣」的女兒選入後宮有的還是可以升爲妃嬪,這種情況當然決於君主。「清史稿」后妃傳敘論中就曾說過:「宮女子侍上自常在,答應漸至妃嬪」,這樣就是不論八旗秀女或內務府籍的宮女得到獨夫的喜愛,就可以得到封號了。又案清代的故事,內務府旗人官至一品時,可以改入八旗,叫做「抬旗」,后妃亦准照此例,漢軍旗可以抬入滿洲旗,如順治的孝康后即由漢軍旗改佟佳氏入滿洲。(佟佳氏是滿族一大部落。見「清史稿」后妃傳)若宮女子得主位封號,當然可以援例抬旗了。不過包衣的女兒初選時即冊爲妃嬪的則無此例。

後宮使令的宮女,在清朝的典制裏,康熙朝規定是「皇太后宮十二名,皇后宮十名,皇貴妃位下八名,貴妃位下八名,妃位下六名,貴人位下四名,常在位下三名,答應位下二名。」(見「清宮史」宮規門)不過這僅是各「主位」下使用額數。僅是名義上的規定的數字,實際上不止如此,而各貴人以下「主位」等則無定額。據「清宮史」訓諭門,在康熙時內廷有宮女太監四五百人,雍、乾以後則日益繁衆,即就一年一選的事例,也就可想數字之多了。「慈禧寫照記」中有:「宮中除宮主外,有宮女千百人,常川駐宮侍奉太后及其他貴婦人。」這是外國人所目睹的清代末年情況，而這位外國畫家卡爾所見到的大約還祇是頤和園而已。（清光緒末年，美國女畫家卡爾在頤和園爲慈禧后畫像，歸國後撰『慈禧寫照記』，有中文譯本。）

清代選擇秀女，限於八旗戶口之中。清初，凡八旗女子，不論是屬於官員或兵丁的家屬，到了十三四歲時，必須報明戶部準備應選。康熙朝規定后族近支或母族是「宗室覺羅」者，可以聲明免選。關於秀女的應選或免選，歷朝有如下規定：

應選秀女的家庭條件：

順治朝定：1.官員。2.另戶軍士。3.閒散壯丁。

乾隆朝定：1.外任文官同知以上、武官游勇以上。（乾隆八年定）
2.各旗佐領下附入額魯特女。（乾隆十二年定）
3.密雲、良鄉、順義駐防三品官以上。（乾隆四十五年定）

嘉慶朝定：1.八旗漢軍文職筆帖式以上，武職驍騎校以上。（嘉慶十一年定）
2.護軍領催以上。
3.皇后妃嬪親兄弟姊妹之女。（嘉慶十二年定）

免除選閱秀女的家庭條件：

康熙朝定：1.后族近支及母族系「宗室覺羅」者。（嘉慶時復列入應選）

嘉慶朝定：1.嬪以上親姊妹。（五年定，十二年又一幷備挑）
2.公主之女。（六年定）
3.嫫嫫親生之女。
4.拜唐阿以下之女。

道光朝定：1.旗籍抱養民人之子爲嗣者其女不選。（道光二年定）
2.內務府三旗「回子」「番子」之女不選。（道光二年定）

上列各條采自嘉慶、光緒「會典」及「事例」、「八旗則例」、「內務府現行則例」各書。從歷朝所規定的條文中可以看出：除去八旗血統子女外，滿族人抱養漢人之女也不選，這反映當時漢族對滿族統治的強烈反抗，因此清代選閱秀女不敢及於漢人；至於「回子」、「番子」之女不選，除了防止反抗外，則是對少數民族的卑視，雖然後來又規定可以應選，但僅供內廷使用，不能選爲妃嬪。

合乎應選標准的八旗秀女，到了選期，除在北京的先報名本旗外，外任官員的子女，皆須先期送到北京。「八旗則例」卷七：「其在屯之秀女該旗佐領驍騎校派領催前往稽查，與在京秀女一體送選。」外省秀女進京應選制度，在「紅樓夢」第四回講到薛寶釵進京是這樣寫的：「……近因今上崇尚詩禮，徵采賢能，降不世之隆恩，除選聘妃嬪外，在世宦之女，皆得報名達部，以備選擇，爲公主郡主入學陪侍，充爲才人贊善之職。……薛蟠素聞得都中乃第一繁華之地，正思一游，便趁此機會，一來送妹送選，二來……」這段小說的描寫，是符合歷史情況的。

據「清會典」及「內務府則例」上記載，凡八旗秀女年至十三歲即由本旗佐領查明（根據內務府檔案秀女挑單的年齡是由十一歲起）。屬於外旗的每屆三年一選，由戶部主辦；內務府三旗女子是一年一選，由內務府會計司主辦。年齡過了十六歲的叫做「逾歲」。到了選期由旗署官員會同戶部司員，按照「旗」別次序分排領至神武門東柵，再由領排太監引入宮內。在清代嘉慶、道光年間時吳振棫所著「養吉齋叢錄」記錄此事很詳細。原文如下：「挑選八旗秀女事，例歸戶部，每旗分滿蒙漢爲先後，滿蒙漢之中，以女子之年歲長幼爲先後。造冊分咨各旗，其年至十四、十六爲合例，有應挑而以病未與者，下屆補挑，年已屆十七以上謂之逾歲，則於本屆合例女子之後。每日選兩旗，以人數多寡勻配，不序旗分也。挑選之前一日，該旗參領，領催等先排車，如排正黃、廂黃兩旗，則正黃之滿蒙漢分三處，每一處亦按年歲先後排定，然後始行，首正黃之滿洲，而蒙古，而漢軍。繼以廂黃之滿蒙，貫魚銜尾而進。車雙行，各有標識。日夕發軔，夜分入後門（地安門）至神武門外，候門，以次下車而入。其車即由神武門夾道出東華門，由崇文門大街直至北街市還繞入後門而至神武門，計時已在次日巳午之間。選畢者，復以次登車而出，各歸其家。雖千百輛車，而井然有序，俗謂之排車。」（滿族八旗廂黃旗居首，秀女排單均是廂黃旗在前，「養吉齋叢錄」所記正黃在前，誤。）可見清代選秀女時是夜以繼日的，這些十幾歲的幼女困苦可知，眞是虐政了。當時每個秀女都備有騾車，所以每人皆給車銀一兩（內務府例）。

秀女由太監引入宮內後，選閱地點，據清宮老太監唐冠卿、陳子田（唐冠卿、陳子田是清末慈禧太后的御前首領，他們對清末慈禧時代宮廷故事知之甚詳，曾親眼看到慈安、慈禧在體元殿爲光緒選后妃。）說是在御花園坤寧門前，引見時每五人爲一排，一般人見帝后都是要跪的，但是爲了選閱的方便，秀女可以立而不跪。選中的留下名牌，謂之「留牌子」，定期復看，不留的叫「撂牌子」。（「養吉齋叢錄」作擱牌子）牌子上寫出某官某人之女，旗別及秀女年歲。名牌與引見大臣的膳牌畧同（膳牌系以薄木片製成，塗以白油粉，寬約一寸，長不及尺，上背約一寸處塗綠色，所以又叫綠頭簽，宗室王公則塗紅頭，中間書某官某人，牌在膳前遞上，故又名膳牌。），用薄木片製，綠頭白身，又名綠頭簽，選閱時綠頭簽置御案上，秀女胸前挂一粗木小牌，也寫出姓氏，不中選者撩牌，中選者留牌。

秀女進宮，出入皆由神武門，這是清朝的制度。神武門爲宮城的北門，門內都屬於內廷宮殿，外朝官員不能來到。宮城的三門——午門，東華，西華，除去在皇帝偕后妃到西苑三海時，內廷宮妃秀女才能跟隨出入西華門之外，其餘二門均爲大臣出入，卽使后妃亦不能行走。祇有在「皇帝大婚」時皇后是乘鳳輿由大清門、午門歷太和、中和、保和等外朝宮殿，到達坤寧宮降輿。「大清通禮」記載此事極詳。至於與皇后同時册封的貴妃，祇由神武門迎入宮內。「清宮遺聞」記同治后與慈禧后婆媳間不和的故事，有下面一段記載：「左右有勸后暱慈禧者，否則恐不利。后曰：敬則可，暱則不可，我乃奉天地祖宗之命，由大清門迎入者，非輕易能動搖也。」同治后是以由大清門迎入的身份對由神武門進入的婆婆表示驕傲。（待續）

（轉載一九六零年出版「故宮博物院院刊」第二期）

急急如律令

中和

道教爲中國人自創之宗教，於古昔遺制，包孕頗富，如符咒所用「急急如律令」一語，卽古制之一。見者昧於所自，視爲神秘，致生曲解，不免附會之譏也。明虎丘山人都穆「聽雨紀談」謂：「道家符咒。其末皆曰急急如律令，說者謂律令（讀作平聲）雷部鬼神之名而善走，用之欲其速也。此殊不然。急急如律令，漢之公移常語，猶宋人云符到奉行。漢張陵私創符咒，亦借用之，道家遂祖述之耳。」又清梁晉竹（紹壬）「兩般秋雨盦隨筆」卷六云：「急急如律令，道家敕語也，解之者曰。律令雷部之獸，其行最速，故以爲比。然宣和中陝右人發地得一檄云：『永初二年六月丁未朔廿日，丙寅，得車騎將軍幕府文書，上郡屬國都尉二千石守丞廷義三水十月丁未到府受印，發夫討畔羌，急急如律令！馬四十匹，驢二百頭，給內侍』云云。此檄梁師成得之，以入石。然則急急如律令乃漢之公移常語，張天師漢人，故沿用五字，道家得其祖述耳。」來歷說破，方覺梁氏之言此，蓋本於宋人記載。（憶宋趙彥衞「雲麓漫鈔」中有之。）公文用語，歷有變遷，「急急如律令」，世久不知何謂，而迄猶沿用於道教符咒，其保存古制，可見一斑。

又按陳琳「爲袁紹檄豫州文」，末曰「如律令」，亦正漢時公文體式。其有加「急急」字樣者，蓋更重其語氣耳。唐人李匡義「資暇錄」云：「符咒後言急急如律令，令者零，律令，鬼之最捷者，謂當如律令鬼之捷也。」是漢時公文用語。唐人已不能曉，李氏强不知以爲知，從而爲之辭，此類曲解，誤人不淺。

「洪深大鬧大光明」的補充

·元　濟·

讀林熙先生所作的「洪深大鬧大光明」一文，寫得很詳細，的確是很好的一頁電影史料。回憶這事發生，我恰巧在上海，畧知其中一二，現在把我所知道的，寫幾句作爲補充。

大光明電影院，確有新舊之分，新的即現今南京西路二一六號和五味齋爲貼鄰的大光明。舊的地址偏右一些，在派克路轉角（即今之黃河路）和卡爾登戲院相並（即今之長江劇院）。當時放映羅克編導兼主演的「不怕死」影片，洪深認爲誣辱我們中國人起來大鬧的，便是舊大光明。

洪深是早期的留美學生，歸國後，在上海復旦大學任教英文教授。一九二五年，上海明星影片公司增招外股；大事擴充，一方面羅致人才，聘請洪深爲編導，先後編成「馮大少爺」、「四月裏底薔薇處處開」、「愛情與黃金」、「女書記」、「一脚踢出去」等影劇，放映都能賣座。一九三〇年，羅克的「不怕死」影片，在大光明放映，這個影片，以美國的唐人街爲背景，描寫華僑生活，那些華僑，幹的全是無耻卑劣的勾當，販賣人口，吸鴉片烟，偸東摸西，强搶豪奪，總之，華僑沒有一個好的。這時明星公司的某導演，知道了非常氣憤，就在公司中秘密開了一個會，商量怎樣對付的方法。一時有血性的演員探得了消息，攘臂而起，願意參加。計劃決定，屆時開車前往，分據四周座位。影到唐人街時，一聲叫囂，四座响應，在正義的呼聲中，立令影片停放。接着由預先推定善於辭令的一人躍登台上，向觀衆演講，務使觀衆激起愛國熱忱，成爲一股洶湧澎湃的怒潮，再進一步，要求當衆焚燬該片，藉洩公忿。

計劃擬定後，擬於二月二十三日，作有組織的發難。那時洪深當然是組織的中堅分子，可是他沒有看過這個影片，便在先一天（即二十二日）獨自往大光明觀看，映到唐人街的華僑，醜態百出，加之他留美時，對於唐人街一帶的情況是很熟悉的，覺得决沒有這種無耻卑劣的行爲，顯然是羅克故意揑造出來，用以誣辱我們中國人的。他不看則已，一看頓時怒髮冲冠，無可容忍，顧不到明天組織的發難，先就難由己發，乘電影放映及半，照例休息十分鐘的時候，三脚兩步跨到台上，向觀衆演說，痛斥該片的荒謬，誣辱我國的華僑，也就是誣辱我們整個的國家和人民，於是造成觀衆義憤塡膺，紛紛向該院退票。該院的經理看到了，認爲洪深是搗蛋的首腦，指院中的工役搶上去將洪深一把揪住，任意毆打。洪深的眼鏡被打掉，衣服又被扯破，觀衆更爲不平，一方面圍護着洪深，一方面到外面去叫了巡捕來一同到巡捕房，先存了案，然後寫着狀紙向法院起訴。這時上海影戲公司的主持人但杜宇，他平素是富有正義感的，首先捐送一百元爲訟費，此舉立即發生作用，各界人士也就聞風而起，解囊相助。大光明老闆勇某，賄賂法官袒護他。可是洪深一起訴，上海的著名律師都自告奮勇，爲他義務辯護的，竟有十位之多。開庭的那天，旁聽席擠得水洩不通，申報、新聞報用絕大的篇幅記載這項社會新聞，法官看到羣情激昂，和輿論嚴正，也就不敢公然偏袒，勇某枉費了金錢，結果還是敗訴。一切費用和損失，由大光明負擔，並向起訴人洪深道歉。大光明從此一蹶不振，最後關門大吉。另有人在相距二三家門面的左邊，別建新型的大光明，作東山的再起。

起訴和判決，是要經過相當日期的。在未判決之前，「不怕死」還是照舊放映，並且不但大光明放映，又有光陸電影院同時放映該片。經過報上登載該案，却起了反宣傳作用，一般爲好奇心所驅使和那些冷血動物之流紛往觀看，反而生意大好，增加老闆的收入。但杜宇又再動腦筋，發動他影戲公司的職演員數十名，潛藏保安剃刀的刀片，分批到大光明和光陸充觀衆，在放映時暗中用刀片劃着坐椅的皮面，這時沒有對號入座的制度，可以隨便坐的，劃了一隻，移坐到空位上再劃。一場電影放完，坐椅損壞了很多，老闆只好自認晦氣。這樣還不算，另有人異想天開，裝着阿摩尼亞在瓶中，在放映時開了瓶塞，一種怪難聞的臭氣，使人不耐安坐，觀衆也就相率離座而去。又有人買了廣東炮仗，包裹着帶進院裏，在放映時，把炮仗橫置在地上，用吸着的香烟頭燃着火藥線，砰的一响，竄到銀幕，觀衆正在凝神觀看，忽聞巨响，誤爲炸彈爆發，嚇得直跳起來，擠擠攘攘，紛紛逃命。一時男呼女喊，秩序大亂。這樣一來，大家深恐再出亂子，不敢嘗試觀看。於是該片不得不停止放映。洪深又打電報給羅克，提出責問，羅克才知中國人民不是好惹的，只得向中國人民道歉，聲明自己沒有到過中國，不了解中國人民的情況，以後如有機會，一定來中國遊歷，觀光一切，再拍一部介紹現代中國的影片，糾正以前的錯誤。實際上，無非宕塞敷衍一番。羅克始終沒有到中國來，至死也沒有拍過介紹現代中國糾正以往錯誤的影片。

納粹集體屠殺的劊子手

西德一個神秘人物的自殺

湘舲 譯

歐爾特·彼德士的原名叫歐爾特·參比亞，他在西里西亞省出世。他的父親是間小雜貨店的店東，全家都是虔誠的天主教徒。他曾在萊比錫大學修讀法律，但根據後來他的上司說，他的父親猝然而死，歐爾特便無法繼續讀書，廹得停學。當他年青時，他在銀行服務。後來他加入了刑事治安部，其理由是他懂得會計學，而這個條件將很容易使他獲得升遷的機會。根據他的妻子說，彼德士是個細心和勤力的工作者，就算是次要的罪犯，他也不惜花盡時間精力來捕緝他們，所以他很爲上司所「讚許」。她又說：「彼德士的工作能力高，他也喜歡他這份職位。但他心腸可能太軟，些微小事便會使他大發慈悲，因此，他常拿他的錢去週濟已出獄的犯人。」彼德士雖然心軟，但他大概念念不忘他上司所說的「升遷的機會」。一九三五年，他參加刑事治安部不久，便正式成爲一個納粹黨員。然後在一九四〇年，有條「德國化」的條例被通過，它給德國阿爾安語系的人民一個機會，把他們的外文名字改變，所以，歐爾特·參比亞以後成了歐爾特·彼德士。

這時德國已在戰爭狀態——一九四〇年是德國打了許多勝仗的一年：它橫掃低地國家（荷蘭和比利時），法國降服，然後，它又與英國交戰。彼德士在這段時間曾銷聲匿跡了一會子，雖然他的職務已被調到被德軍攻陷的海港高登哈芬。然後，在一九四一年，他在烏克蘭再度露面，穿上　制服的彼德士會和這單位的其他員工合攝了一張照片。他雖然穿上　制服，但這並不是說他是個不折不扣的　黨員，在戰後發現的納粹名單中，彼德士這名字從不在內。根據雲黛說，他拒絕放棄他的宗教信仰，所以他始終沒有成爲正式的納粹黨員。彼德士參加的這個「艾因沙茲高曼道斯」組織，它的目的是幫助推行希特拉的「猶太問題的最終處置」計劃。而彼德士解釋他一九四一年在基輔，只不過是當軍部的憲兵司令，他那時的工作是在德軍部隊審查刑事案件。

當時，沒有人能提供證據來指出他曾在「艾因沙茲高曼道斯」組織裏服務過，而當局對這些憲兵司令各部的情形，也混淆得很。一九四一年六月廿二日，希特拉向蘇聯進軍後，德軍的進軍快捷而比較少流血事件發生。在利於安尼亞、烏克蘭，和在蘇聯佔領下的波蘭的某些地區，當地人民用和德軍合作這一方法，來表達他們對他們的舊主子的憎恨。

一九四一年夏天，希姆拉命令艾組織盡可能減少它的活動，使到東歐國家以爲它們當前的處境十分安全，此外，這個組織還要在本區的猶太領導份子的協助下，編好一張猶太人的名單，這組織告訴猶太人說，他們很快會被「搬遷」到一個特爲他們而設的地區，所以必須有一張名單。一九四一年十月，這個屠殺猶太人的組織開始行動了。所有猶太人都奉令收拾行裝，然後聚集一處，以便「重新安置他們」。實際上，他們被運到老遠的地方，這裏已有掘好的萬人塚等待着他們，這地方荒蕪雜亂的槍聲不會傳出去。一個生還者（名叫奧斯卡·畢渣，是一名商人）描述當時的情形是這樣的：

「大搬遷」剛要開始之前，所有在醫院和家裏養病的病人——大概有四五百人——以及住在孤兒院和養老院的人，都被槍殺或被注射致死……然後，屍體被拋進一個坑內，他們身上的衣服沒有被脫掉。我們便去搜他們身上有沒有金飾和值錢的東西，這些通通都要交給納粹黨員。完工後，我們在猶太會堂聚集，蓋世太保的頭子便會從我們之中揀一些人，運去克力北力加。這個旅程眞是一場噩夢，我們在車箱裏蜷伏着，擠廹着，小孩子哭泣，女人則像在發狂……我們像羊羣一樣從車廂走出來，這時，德國和烏克蘭的納粹黨員已經爬上了屋頂，開始向我們毫無保留地亂鎗掃射，男人，女人和小孩子在他們自己的血液中滾動着，抽搐着……。」

彼德士在這段時間做什麽呢？這方面的證據不夠充實，那些時日，蘇聯的西南方正與敵人在軍事上爭持不下，雙方殺人的數字都是龐大而又可怕的。殺人的地點可能在戰場，也可能不是。總之，彼德士當時的動態還是一個謎。他大約在一九四二年之後離開烏克蘭，然後在匈牙利和羅馬尼亞當過秘密警察。一九四五年，他被美國軍隊拘獲，坐過牢，當時，他被列爲納粹的第四級戰犯，即是最不重要的。就在德國戰敗這個混亂的局面，他和舊愛人雲黛重逢，他們已經分別了五年。一九四六年，他倆結了婚。

他們結婚後，彼德士立刻被美軍的一名徵訊員逮捕，這次大概眞是一個「審訊的錯誤」，因爲這名徵訊員要通緝的是一名叫彼德士的男子，他是納粹頭子奧圖·史哥山利的嘍囉，而不是歐爾特。不過，他還是被扣留了幾個月，直至另外那位彼德士的行蹤已經明朗。爲了掩飾這相當尷尬的局面，美軍官方介紹彼德士夫婦到一所美軍官的子女學校任教，雲黛教音樂和體育，歐爾特則教拉丁文。雲黛回憶這一段時光：「我們和學校有關的人都非常合得來，學生家長和別的教師對我們這樣的好，世界上好像不會剛經歷過一場大戰似的。」

彼德士教書的歷史並不長，當時西德的經濟已呈蓬勃的現象，它缺乏會計員這類人材。以後的七年，他在利眞斯堡的一家工廠任會計，而雲黛則在美軍家屬的學校任教。她說：「他的僱主非常不願彼德士到別處工作。」僱主寫的介紹書，對她丈夫推崇備至。

一九五二年，他重入警界，一九五六年，他被調至秘密警察這一部門，終在這裏成了尖兒頂兒的人物。他到處受人歡迎、崇敬和信任。「他比普通的警務人員高出好幾重，他是個學養很好的人，懂得音樂和其他藝術。」這是畢克納博士對他所下的評語。

但有一件事爲彼德士和他的上司所不曉得的，有些查辦戰犯的起訴人在靜靜的搜集證據。一九五八年，德國法庭第一次審訊戰犯時，戰犯名字的出現，越來越多。其中一條，與本文有重大關鍵。一位「艾」組織的前首領，羅拔‧摩亞，一九六三年被審訊。摩亞的一營，在戰時曾殺戮數以千計的烏克蘭籍猶太人，這個證供，是由「艾」組織的會員供給的，他們都是照上頭指示去執行任務的兵士，所以本身無罪，他們供出這個組織的排長的名字，其中一位，叫做彼德士。他們還供出，在彼德士的指示下，他們三番數次圍捕猶太人，掘萬人塚，以及射殺這些無辜生靈。根據彼德士這一組的公文——公文被遞送至柏林，一九四五年被發現，全份完整—的紀錄，從一九四一年十月至一九四二年三月，在基輔一處，有一萬二千名猶太人被害。

士兵們還一五一十，把彼德士的身份揭露。他們說完，還給了一個額外的情報：「你們要的這個人，是住在波恩地區的。」彼德士是個普通的德國名字，但徵訊者棋高一着，最後他們查到了現任治安部的歐爾特‧彼德士，有三個人從照片認出了他。

這些證供，足使德國一名市長下拘捕彼德士的命令了。一月三十日，上述的事情發生了，也就是雲黛在驚詫下，回憶他倆的事。「他說那兩個男人是爲了在蘇聯戰場發生的一些事，來把他帶走，他還說他與此事毫無關係，我幫他打點行裝」。

「第二天，我和他在一起達四十分鐘，他神情十分沮喪。我安慰他，他也不再哭了，甚至和我們在一起的警員開玩笑，他說：『如果你贊成，我要知道事情的全部眞相。』他又强調他與戰時的任何殘酷行動無關。」他自殺前給妻子的一封信，裏面用肯定的口氣說：「我和此事無關，我沒有做過我被控告的事。如果有見證的話，他們一定在說謊。」

彼德士死後，他的鄰居紛紛安慰雲黛，他們表現了極大的同情心，她收到數以百計的信，和無數的電話。這些信有些來自他倆的朋友，有些則來自他們在利眞斯堡所認識的家長和同儕，他們一致認爲彼德士是清白的。只有一個電話帶給她悲哀，彼德士死的那晚，一個含糊不清和沙啞的聲音在電話筒裏問她：「你的老伴死了沒有？」

彼德士的死，是一批熱心追查眞相的人的努力結果。大約有一百名負有這個任務的人，正追溯以往的罪惡，而他們的工作，並不是一件受人歡迎的工作。在佛蘭克福和林白舉行的審訊，其中有四名醫生被控謀殺十萬名神經衰弱和有精神病的病人，而旁聽席上可能有年輕的一代，他們會曉得他們的長者的以往罪惡，他們會爲每天都發生的射殺和煤氣謀殺、縛着的監犯被活活燒死、赤裸的婦女在雪地爭相逃命時被機關槍掃得一個不留、小孩子被提起雙脚、四面揮動，直至他們的腦袋撞在石牆上等瘋狂行徑而震驚。今日的德國人對這些事件有何種看法，沒人能知道，但他們存有不想再知道多些這類人間慘事的心理，則大概是眞的。一九六五年五月八日之後，這類審訊大概不會再有了，除了那些特別和鮮見的罪惡，這一天（德國投降二十週年紀念），也許會是這批主控人停止工作的一天。一道赦免所有未被起訴的戰犯的條例，將會通過。我們不禁問：有多少德國人正在等候一九六五的來臨——那些有罪和無辜的？

但是，可能任何審訊都沒法解釋彼德士這個人的神秘性。他是一個從多方面看來，都是一個使人欽崇的人，有學識、慈悲爲懷，他的趣味又是那麽高雅。但是爲了一個短暫的戰爭，他竟願意加入當時德政府所謂「低等人類」的大屠殺的行列；而事過境遷，他又從不懺悔，甚至從不記起以往所犯過的任何罪行。如果他的起訴人沒有那股持久的耐心，或者摩亞的審訊拖延一兩年，歐爾特‧彼德士今天大概還在暢遊西歐的名城，會見各種要人，和以前一樣地鞠躬，握手、笑容可掬呢。

日軍攻佔香港時的梅蘭芳

魯頓

一九三七年抗日戰爭發生後，上海既成孤島，梅蘭芳南下來香港，住在干德道八號，馮六爺（即前中國銀行總裁馮耿光）也在香港，與梅同住。一九四〇年陰曆九月，為馮六十歲生日，梅的生日也是九月，馮的侍妾陳綠雲（北京名妓，人皆呼之為馮太太），特由上海來港為馮梅拜壽，當然也住在干德道，當時關於日本要和英美開戰的謠言很多，傳了兩年，居然成為事實，一九四一年十月，日寇偷襲珍珠港，同時日本陸軍也出動，攻打九龍，我住在九龍，因職務上的關係過海到中環辦公的地方，稍事料理擬回九龍，天星小輪已停航，不得已跑到藍塘道友人家中寄居。不三日，九龍已為日寇攻陷，寇軍早晚即用大炮向香港射擊，十七日夜，日便衣隊由筲箕灣登陸，有些便衣隊竄至藍塘道，將四十一號住的人，拉出在屋邊空地上用刺刀刺殺二十餘人，次日早我得此消息，即離開藍塘道奔回辦公的地方。二十五日，港督楊慕琦過海向日軍投降，我恐怕中環不穩，就逃到梅蘭芳家裏。到梅家時，周作民父子已先在，梅家的北房面海，無人敢住，南房周氏父子住一間，馮六爺、與梅蘭芳和我同住一間，馮太太不敢住有窗的房，所以就住在巷子裏。梅蘭芳不慣早睡，夜間一個人在燈下，看照片，看郵票，還要消夜，快天亮才睡，起身也很遲。第二天早上，山下有人上來說，一夜無事，很為平靜，筆者就和周氏父子下山，周即回金城銀行，我也回辦公的地方。

有一天忽然接到一個日本人的電話，自報姓黑木，是報道部囑托，問梅蘭芳是否住在我家裏，因為矢崎部長（日本軍民政部長）要請梅蘭芳去談談。我對他說，梅蘭芳並不住在我家。黑木說，矢崎請梅去，是仰慕他，絕無惡意。隨又說，他就要來我處。我並不認識黑木，也不會日本話，何以他知道我和梅相熟，這是很奇怪的。黑木到後，堅要我陪他到梅家，我不肯，黑木就在我處和梅蘭芳通電話，梅無法拒絕，黑木就坐了汽車上梅家，接他過海到半島酒店（日軍司令部）。這麼一來馮六爺急壞了，到我處，要我設法打聽此去有無危險，並有怨我之意。馮六爺來我處四五次，結果梅仍由黑木送回來了。據他說，他和矢崎談了三個鐘頭，矢崎頗為客氣，說日本人對他的藝術很愛好，並問來港的經過，也有要他唱戲的意思。但梅蘭芳多謝他的稱贊，並將他來港的經過告知矢崎。又對他說，關於唱戲一層，隻身南來，行頭都未帶，配角也沒有，場面也沒有一個人，如何唱法。矢崎也很了解，就叫黑木送他回來，並說：「下次如有機會，再請你來談談，也許酒井司令官（華南派遣軍司令官）會請你來見面的。」

梅蘭芳在香港住到八月（一九四二）才由廣州乘飛機回上海，那時矢崎是廣東特務機關長，梅得到矢崎的招待及種種便利，皆出矢崎之意，決非梅之請託。梅飛到上海時正是趙叔雍做「市政秘書長」，汽車迎接等等，非常便利。梅仍住馬思南路老宅，那時已留了鬍子了。這時候，我也回上海，有一次吉田東佑（報道部囑託）來訪我，要我同去訪梅，所談的多是同情中國人的話，很出意料，而梅時時摸摸鬍子，吉田問梅留鬍子是什麼意思，梅笑而未答，遂辭出。

題關穎人戊戌童試冊

冒鶴亭

廿石橋頭老尚書，當時門下盛生徒。沈胡二李都黃土，猶有天寥德不孤。

沈小沂，胡眉仙，李亦元，堯琴，皆張冶秋尚書辦京師大學時最得力門生。戊戌廣州歲試，穎人與其兄吉甫同案，今惟穎人與葉裕甫尚存，葉為吾師蘭臺戶部次孫。穎人妻銅山張石卿督部孫女，余表妹也。冶翁官郵傳部尚書，與侍郎唐紹儀互參，奉旨申飭、尋歿、余輓以聯云：「愛好似王阮亭，微聞遺疏陳情，動天上九重顏色；憐才若龔芝麓，為數攬衣屑涕，有階前八百孤寒。」頗為世傳誦，有記載之者。

生小并州掌故語，嶺南四世當江南。因君試錄添詩事，助爾茶餘酒後談。

余家四世宦粵。

司捕南番藉貫分，捕為寄籍外江人。西關小北今休說，全讓東山張異軍。

粵籍有司屬，捕屬之分，司屬皆土著，隸南海，所居在西關。捕屬十九外來官幕之子孫，隸番禺，所居在小北，其舉止語言，微有派別。科舉廢後，故家寥落，崛起者輒於東山建洋房，與人言「東山」二字，必延長其聲，以示驕貴。

緡蠻黃鳥止丘隅，神妙金鎗出手殊。偏是難題偏見巧，全憑釣渡挽工夫。

粵中鎗手，自宋芷灣後，以嘉應州人為多。有某鎗手頂替入場，為人舉發，學使枷之堂下，是日題為「可以人而不如鳥乎？詩云：穆穆文王」，蓋截「緡蠻」、「文王」兩篇語，所謂無情搭也。某生坐號與鎗手枷處近，鎗手謂只銷兩句過渡售矣，如其言畀之金，乃曰：「夫人不如鳥，恥也。緡如恥之，莫若師文王」。案發果售。

不論大小亦登科，細蟹幫雞弊竇多。闈姓除開陳李濟，一千銀兩一聲鑼。

粵中僻姓考試，有幸有不幸，闈姓賭商於人意中以為必售者作弊竇抑之謂之細蟹，人意中以為必不售者買關節予之，謂之幫雞。雞二足，故幫之，蟹八足，則細之也。陳李濟藥房，為陳李兩家合營，其子姓入學，皆得獎銀一千，有「鑼鼓響，一千兩」之諺。陳、李、與張、王、何，皆大族，不列入闈姓，闈姓之弊，自學使吳寶恕參革後不敢明目張膽。

科名學術蔚南荒，提倡無忘阮與王。廣雅論功張孝達，朱梁差不愧全杭。

書院專試舉人者為應元，同治辛未初落成，梁耀樞中狀元應之，粵中共三狀元，梁以前為乾隆己未莊有恭，道光癸未林召棠，多在未年，未肖羊也。其專試經古為學海堂及菊坡精舍，應試者皆高材生，無山長名，主之者名學長。督撫所轄書院越華，粵秀，廣州府所轄爲羊城，南海所轄爲西湖，番禺縣所轄爲禺山。山長皆科甲出身之紳士，正課生有固定膏火，附課生則月課前列者可得獎金，若有膏火而兼宿舍者，惟廣雅而已。阮者阮元，王者王凱泰，張孝達者之洞，朱一新，梁鼎芬，皆廣雅山長。全、杭則全祖望，杭大宗，皆乾隆時主粵中講席者。

操貌安知今古同，六朝名諱善相攻。宰官幸免囚階下，四萬朱提手已空。

王雪澄語余，游智開爲粵撫，王存善方攝南海縣事。一日，撫院召存善出所擬劾名單，使加考語。存善於雪澄考語中有「貌類曹操」四字。既出，則智開將存善名補列其考語，爲「存心不善，善於鑽營，善於聚斂」等等。摺既發，存善知無可挽回，適考試西湖書院，所出首題爲「言游過矣」，次題爲「何如其智也」，詩題爲「滿座頑雲撥不開」。或告智開，智開怒，欲監禁之，同官爲婉求，卒罰四萬元所得欵，乃已。雪澄言時，猶憤憤謂「彼曾見曹操耶？史於曹操但言其短，未及其貌也」。

盡取青年與世家，流傳怨毒碧雲騣。惡言小姐求雄牡，又說夫人覓艾豭。

徐花農督粵學，所取皆世家子弟及美少年，單門寒素，遂騰播惡詩，有云：「若非小姐求雄牡，定是夫人覓艾豭」。花農女，其後一嫁曾廣漢襲伯，一嫁吳緯炳編修，皆名門。余嘗戲呼編修爲「雄牡」，彼此一笑。

斷無暗疾掛彈章，報客文宗夜宿娼。難忘深深西苑揖，官銜要拜拜仁皇。

于晦若惡俗客，恒使門者謝客曰：「學臺昨夜宿娼，未歸。」余曰：「君不畏白簡耶？」曰：「吾天閹，世共知，何畏？」以學使改提學，不就，改郵傳部侍郎，又不就，就吏部侍郎。憶余以四五品京堂候補，時九卿已裁，謝恩日，與晦若遇於西苑，晦若深深揖余，自踵至頂，謂老同年所拜者，仁皇帝舊時官也。

微名蟣蝨等灰塵，師友淵源記憶眞。頭白年年牀下拜，凄心從此更無人。

光緒庚寅，湘陰莫覲廷師，諱炳琪，宰如皋縣試，余第一，通州試正場第一，州尊爲霍丘裴浩亭師，諱大中，院試第一，學政爲茂名楊蓉浦師，諱頤。同案諸君並亡，惟縣試第二人繆桂芬之子鏞樓在滬，每歲元旦或初二必來叩頭，謂拜我即如拜其父，如是者十餘年。今歲怪其不至，詢知已病入醫院。余急往視之，越旬歿，歿年七十七歲。又縣試時，莫邑尊師自撰一聯於考棚云：「諸君皆名下士，漫云平地飛騰，便一領利市襴衫，也要文章有聲價；今我亦箇中人，猶記初衷辛苦，倘半點通風關節，自甘門第絕書香。」附記於此。（案：冒先生文中關顯人，名賡麟，南海人，光緒廿四年戊戌入學的。沈小沂，名兆祉。胡眉仙，名煥，江西人。李亦元，名希聖，湖南人。張冶秋，名百熙，湖南人。吉甫，名霽，顯人之兄。葉裕甫即恭綽。蘭臺名衍蘭，恭綽祖父。顯人妻名張織雲，張石卿，名亮基，銅山人，顯人妻父。宋芷灣，名湘，嘉應人。王雪澄，名秉恩，四川人。游智開，字子代，湖南人。王存善，字子展，杭縣人，克敏之父。徐花農，名琪，杭縣人。曾廣漢，國荃後人，湖南人。于晦若，名式枚，廣西人）。一九五八年戊戌，爲關賡麟重游泮宮的紀念，關君以此冊請友輩題詠，下一年，冒君逝世，一九六二年三月，關君亦下世，年八十二歲。這幾首詩，有關廣東掌故，故錄於此，以廣其傳。）

汪胡交情

·乙瑛·

民國二十五年五月，胡漢民猝患腦溢血死於廣州越秀山麓陳融之顒園中，汪憬吾（兆鏞）輓以聯云：

兩世論交，烽火倉皇猶念我，
尺書却聘，蔬水平生總負君。

辛亥九月廣州光復，胡漢民爲廣東大都督，時汪憬吾居粵北樂昌縣之樂桂埠，助孔昭鋆辦理鹽務，胡氏亟派人迎接憬吾回省相助爲理，其護照曰：

中華民國軍政府廣東大都督胡　爲發給護照事，現派人接汪兆鏞君回省，有要公相商，沿途軍隊扒船民團，務妥爲保護，毋稍留難，切切，特給護照。右給汪兆鏞收執。

末署「黃帝四千六百九年十月初七日」，鈐有「中華民國軍政府粵省大都督之印」。按：印文曰「粵省」，而署銜曰「廣東」，文字互異，可反映當時之忙亂異常矣。

汪氏返抵廣州，即走澳門，翌年爲民國元年，亂事稍定乃旋省，時汪精衛亦歸粵，故憬吾之「自訂年譜」曰：「精衛至廣州回家相見，余誓不任事。」蓋漢民又促精衛敦促之也，聯語即記此段故事。胡汪之先世皆游幕於粵，漢民之叔父胡衛，字金甫，即毅生之父也，嘗從汪穀庵先生治刑名錢穀之學，與憬吾摯交，故聯中有「兩世論交」句也。

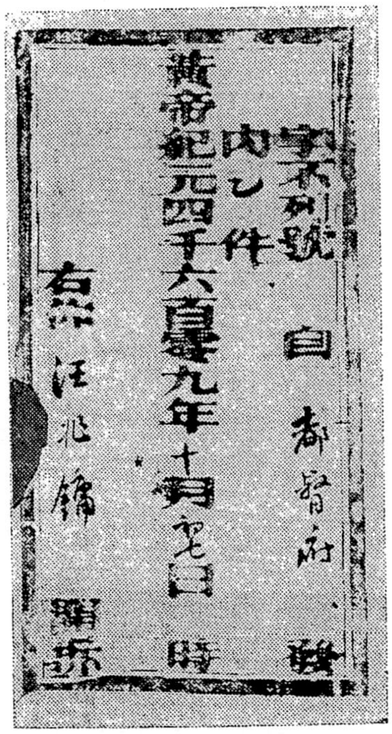

護照封皮

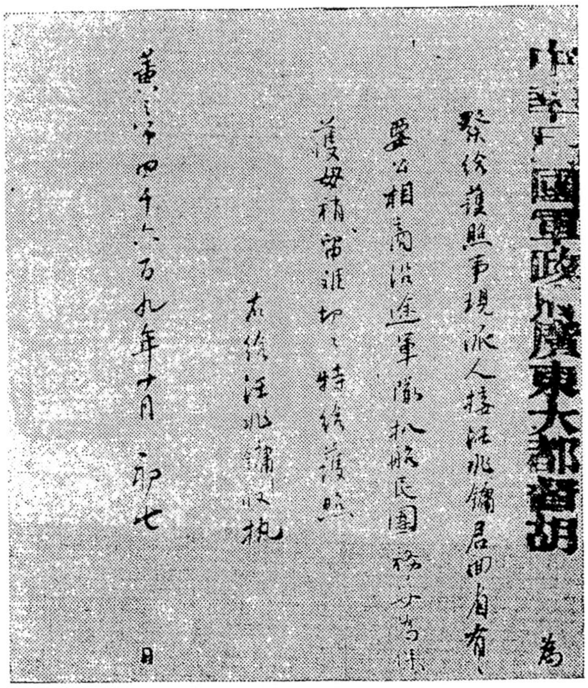
中華民國軍政府廣東大都督胡　爲
發給護照事現派人接汪兆鏞君回省有
要公相商沿途軍隊扒船民團務妥爲保
護毋稍留難切切特給護照
右給汪兆鏞收執
黃帝四千六百九年十月初七日

廣東都督府的護照

日治時代的上海「三老」

匀廬

兩漢時代有三老的名稱，是選擇鄉里年高德劭的父老任之，爲地方上的大老，受人敬重，政府有什麼事情也請敎他們。因此，三老是個好名詞。但淪陷期間上海的所謂「三老」，就和兩漢的三老大不相同了，玆介紹上海「三老」如左，使國人知其面目云。

一、袁履登

袁禮敎字履登，原籍浙江紹興，後遷寧波落籍，其尊人在太平天國時被擄，從太平軍轉戰四方，太平軍敗後，以裁縫自活，旋娶妻生二子二女，長子卽履登。履登先生幼時因家中已奉基督敎，得免費入學讀書，因生性穎慧，爲敎士所喜，得送入聖約翰書院深造。聖約翰爲美敎會最早在華東創設之高等學府，外交界如顏惠慶、顧維鈞等均爲該院畢業生，先生爲早期畢業生之一，畢業後回寧波母校斐廸中學任英文敎員，兼副校長。宣統二年（一九一〇年）我入斐廸肄業，從先生習英文，自此與先生遊，以迄其晚年。辛亥革命後，先生入岑春煊幕，作英文秘書，後又在商務印書館任職，先生正式入商界，實爲同鄉謝蘅牕先生所延攬，初助其上海恒昌煤號業務，第一次大戰告終，我國參戰之結果，德奧二國留華商船被政府沒收，謝先生思染指，請先生赴北京活動。我那時適在北京大學肄業，一次邂逅先生于東交民巷，遂又獲過從請益之機會。民國十前後先生任寧紹商輪公司經理，常川駐滬，我自民國八年卒業北大後回滬，仍與先生往還如前。

民國十六年（一九二七年）北伐軍克滬，先生擔任總商會副會長，因傅筱庵任會長，助孫傳芳負隅江浙，故在北伐軍將抵滬之際，加以改組。先生自卸副會長後，頗感寂寞，且慮國民政府不諒其助傅的一層關係。我因已助楊杏佛先生任國民黨地下工作，知先生不致牽連，及北伐軍旣達京滬，傅筱庵卽遭通緝，先生卒無恙，始信余言之不謬。二十六年抗戰時，我已離滬在南洋視察，滬戰後卽留港主持信托局事。但因辦理戰時財政工作爲收兌金銀，推銷儲券及勸募公債，三次返滬，先生主持寧紹公司，擔任商會及工部局董事如故。及太平洋戰事發生前，虞洽卿離滬入渝，先生以領導乏人，意志遂有動搖。適余以募債返滬，在渝時虞洽卿囑先生留滬不預外事，倘公司、商會及工部局均無法維持，則居家不出，生活費由他派人按月致送，決不可加入僞組織。余飛港後，卽搭船赴滬，經樂振葆代約先生詳談，初時袁先生頗有決心照辦，余返渝後，卽轉告虞洽卿，均以爲不致有變。不料事發後，先生經不起羣奸包圍及門人慫恿，竟以民食及治安爲重，出任「米糧管制委員會」及「保甲委員會」的主任委員。太平洋戰起，渝港已不通航，當然無法勸阻，以先生一生淸白，終至晚節不保，殊可慨嘆。

民國三十四年（一九四五年）抗戰勝利後，余以被派爲京滬區交通接收委員，首先飛滬，到達之次晨，卽偕斐廸老同學周康候兄往訪先生，見余歡若平生，一見卽謂：「我知你必能首先到滬，且我的一切，唯你可向當局洗白，」余唯唯而退，但那時實無法爲之保全。不久懲治漢奸條例公布，政府偵騎四出，對曾任僞組織官職人員，均以漢奸罪逮捕入獄。余在諸同鄉爲先生具保之呈文呈遞時，約由渝來滬之同學共同簽名，同時保護先生公子森齋之私產，以森齋未做漢奸，罪不及妻孥，故其私產不應沒收。至虞洽卿靈柩自渝運抵上海，在四明公所治喪時，先生曾獻輓聯，出言不遜，謂虞先生赴渝前，秘不令知，以致被敵所廹，不得脫身云云。事實則爲虞行前，早約其過訪詳談，但行色匆促，袁先生當晚未踐約，以致從此一別，卽成永訣，余以雙方均屬尊長，袁先生自一九五〇年後亦已下世，余誠不願作左右袒，但不容不留信史于人間也。

二、聞蘭亭

聞蘭亭先生江蘇武進人，幼年來滬習紗布業，漸升至紗號經理及紗業公所董事，民國九年，上海證券物品交易所開業，他代表紗業出任爲常務理事，又代表交易所爲上海總商會董事，這時爲他的全盛時代。我從北大畢業加入交易所籌備處至任所員養成所及總務科主管時，他對我頗重視，常和我一起吃中飯，無所不談。他賞識一位蔣君毅，是他兒子的朋友，曾在清華肄業，一無所長，出言無聊，有一次我們三人同飯時，他說清代一個出使歐洲的大臣，將他太太的裹脚布晾在使館大門上，以致當地外交官及各國使節都來道賀，以爲是中國的國慶。我卽告訴蔣某，這種笑話，出之于無知識者之口，不過一笑而已，但你我都受過高等敎育，則不應再加流傳。他聽我說了此言，更爲器重，亦謂蔣荒謬。但不久保舉蔣任塲務科長，蔣對交易所原理無所知，且塲務科長必須在市塲上擔任拍板之職，蔣再四學習，終于怯台而遁，但他仍堅欲蔣君任科長，而以另一常務理事沈潤挹所保舉的陸福基作爲副科長，一意偏袒所私，早爲人所齒冷。民國十年余有他就，辭去總務科長，他遂調蔣繼余之職，但也弄得一籌莫展，且虧空公欵，使他受了影响。他的剛愎自用，倚老賣老之氣燄，殊不可一世，知者避之惟恐不及也。

太平洋戰爭，日寇進入上海租界後，假意助汪僞組織收囘租界，成立擴大的上海市政府。當時，上海商界前輩虞洽卿等，都以明哲保身，遠離滬地。敵僞孌方乃思及聞蘭亭尚可加以利用，遂令其組織「商業統制委員會。」該會下設米糧、粉麥、紗布、日用品等五個委員會，分別掌握滬市的物資，當然，是爲日寇把持我國的經濟，其罪惡豈下于汪僞組織的軍政人員。在肅奸進行時，他被捕入獄，初尚欲以念佛拒絕出庭，及被廹受審時，一言不發，遂被判徒刑五年，他入獄後卽以病送紅十字醫院治療，至民國三十七年夏卽逝世，余于其大殮時，曾去一弔，囘憶交易所同事時的往事，不勝今昔之感了。

三、林康侯

林康侯是江蘇上海人，早歲留學日本，囘國適值南洋公學在滬開辦，被聘主持下院蓋公學，那時設上中下三院，上院爲大學，中院爲中學，下院爲小學也。時報創刊時，林曾任編輯之職。後又加入蘇省鐵路公司，又組設新華儲蓄銀行，並于上海銀行公會成立後擔任秘書長。他的前半生，實與中國新興的敎育，鐵路，銀行等事業有莫大之關係。惜晚年不甘寂寞，太平洋之戰，日寇攻取香港後，他與顏惠慶等人被日寇俘獲遣囘上海。雖然敵僞孌方都沒有邀他加入，但聞蘭亭出任「商統會主任委員」時，遂提拔他爲秘書長，得如願以償，勝利後入獄，刑期屆滿又來港，以至老死。

李越縵常服補品

·蔡 雲·

李慈銘的「越縵堂日記」，大家都認爲値得重視的文獻資料之一，該日記最先載於「紹興公報」，後登「古學彙刊」，再次發表於「文藝雜誌」及「文藝叢書」。民國十年，才由北京浙江公會影印手稿，共五十一冊，十年前，我訪吳眉孫老詞人，在他的齋頭瞧見越縵手寫本「癸巳琑院旬日記」一冊，朱絲行格，有「受禮廬叢鈔」五字，下又有「越縵堂雜著」五個較小的字，且鈐有「李越縵六十後作」七字朱文印，內容約四五千言，小行書很精勁，據說是由陳夢庵處借來，影印日記時，也沒有收入，且日記的影印本，不但代價很貴，携帶也感不便，所以吳眉孫曾一度與陳左高合作，擬把全部日記加以選輯，歸某出版社，用鉛字排印，成爲普及本，不意眉老不久病死，這事也就告吹了。

李越縵晚年身體失健，在他的日記中一再提及，如云：「近以肝氣痔病，半多偃臥。昨覺對客無憀，今日尤感形神昏憊。」又云：「比日倦甚，閱書甚懶，時亦僵臥。」又云：「比日咳甚，疲劣多臥。」因此他常服補品，借此攝養。上月，我獲得從越縵家散出的尺牘數通，其中有他的弟子黃國瑾和樊雲門二札，都關懷老師的健康問題，商酌如何進補。黃國瑾云：「淸恙日內何似？至深懸馳。聞雲門兄言公服牛乳甚宜，恐外間售者，或揭去精華，或係經宿，或和入漿水，皆無補益，瑾家蓄一黑牛，牛乳甚良，『方書』言黑牛乳良，其犢亦黑，蓋純陰之性，養陰爲佳，謹奉上一瓶，請試用之。」樊雲門云：「今月作弔，歸已日昳，路經魁和參店，特購山參一匣，送請函丈試服。如有效可多購也。此係淸水，轉勝於糖炙，黃壽老服之有驗，當非虛語，此較再同所買更好也。」所謂再同，便是黃國瑾。他是貴筑黃彭年的兒子，官翰林編修，外間傳「越縵堂日記」手稿，尙有兩冊，因詆毀樊雲門，被樊焚燬了，但從樊這封信看來，師生情感很厚，也許不會付諸祖龍一炬吧。

洪憲紀事詩本事簿注

劉成禺遺著

下聯之右横列當今皇后萬壽，下横列小字新曆十月二十二日。皇上萬壽下横列春夏秋冬四節，自小寒至夏至。皇后萬壽下横列自小暑至冬至，初中末伏日蝕。再次一長列一月至十二月，再次排代行立法院决定君憲推戴今大總統爲皇帝咨文，全國國民大會總代表第一次推戴書，全國國民大會總代表第二次推戴書，三種全文。按元年元旦，宣佈洪憲年號，月份牌刋布元旦前，故只書中華帝國元年。此種月份牌，宮內刋用，外間絕少流傳。

【成禺記丹徒柳詒徵閱證】

遜伯注：柳翼謀，名詒徵，江蘇鎭江人。曾任南京江蘇圖書館館長，東南大學教授。袁世凱生于咸豐九年己未（一八五九年）八月二十日，比照陽曆爲九月十六日。

敕册江神御墨濃，彝陵祠廟有重封；宮人善解山靈意，鱗甲森森報石龍。

附錄丁睿膏宜昌發現石龍經過紀畧

民國四年，爲予任宜昌縣事之次歲。籌安議起，荊南道尹凌紹彭飭屬縣勸進。予漫應之，故湖北州縣唯宜昌無表示。巡按使段書雲諭予曰：民主制度試辦已四年，不適國情，再試辦君憲，汝勿拘疑。紹彭嚴重威逼，並促宜昌商會會長李稷勳進行一致。同時縣屬三遊洞上之神龕子，俗名硝洞，有龍化石，爲駐宜英領事許勒德所發見，宜昌關監督劉道仁電奏入京，同時道尹，監督先後易張履春、朱壽彭，曰特爲石龍來也。洞位半山間，舉火入內，大小蓋八九尾；中一尾軀幹較長大，以針刺之，似石灰質。有位洞壁間者，但羣龍無首。履春以爲祥瑞，奉巡按電飭縣保護。而統率辦事處奉上諭派專員張某來宜察驗。履春召予製一大龍首。予曰：「作僞誰負責？」議乃止。官吏皆尊張某曰：「欽差」。予疲于軍運，由團長王都慶導欽差入洞視察，返城，竟謂首尾俱全，實爲大皇帝之國瑞。履春卽席賦詩，廣集和章，令全縣演戲張綵慶祝。張某據情入奏，電署「北京皇帝陛下」字樣。令省庫撥欵萬元敕修祠廟，聞册封石龍爲瑞龍大王，改宜昌爲龍瑞縣。帝制取消，履春急收詩草，石龍亦不神應矣。

附錄神龕洞石龍記　甘作霖譯自遠東雜誌歐陽溫原著（東方雜誌十三卷四號）

以中國而有爬行海棲之動物，示人

類以碩大無朋之遺蛻，其事已足異矣。乃出現之期，又適在此政海波瀾異常洶湧之日，則爲味尤濃郁也。化石爬蟲如此類者，以我所知，中國實從無發見，此次旣開未有之局，而發見之地又與現時海岸相距約一千英里有奇，則知自當時迄今，中國地勢嘗迭經絕鉅之變遷。而此蟲時代之古亦可由此推見。至就中國民俗而言，則禎異休祲之說，深入于人心，帝王與龍關係至密。方今國體更始，而石龍亦同時出現，其以祥瑞視之，又無足怪矣。

石龍始見在一九一五年十月間，探得之者爲男女四人所組之旅行隊，卽宜昌英領事許勒德夫婦與記者夫婦也。記者夫婦自夔州府乘紅船二艘，由峽泛江而下。紅船爲江上著名之舟楫，乘客有攀嶺探穴等雅興者，僱用最宜，以其駕駛輕靈，隨在可捨之而登陸也。舟抵囊拓（譯音），許君夫婦來與吾儕偕行，囊拓在宜昌峽適當其上游之峽端。于是四人由宜昌峽而行，泛舟甚樂。許夫婦告予謂平善垻稅關之上游，相距一英里許，江之右岸，有一巨穴，可入探之。及舟抵其地，遂相率登臨，思一窮其勝。華人名此穴曰神龕洞。洞口有巨石，石後八碼許，又有一石，形狀絕詭異，畧如蟠曲之爬蟲。石之與蟲，雖依稀形似，未爲酷肖。然華人垂注之情則顯甚殷切。蓋據土著相告，謂此洞有時亦稱龍穴，穴長五十里，直通宜昌相近之龍王洞，故其名甚著云。歷年以來，外人蒞穴探訪，且深入幽邃，遠過于石龍所伏之處甚多，何以尋侵至于今日乃始由我儕發見。況乎遺蛻在地，視之甚晰，決不足逃先我而游者之目，或以當時泥垢重叠，掩而不彰，近被大水衝汰，掃其積穢，遂得豁然呈露，而我輩幸當其際，亦獲以發見之名，居然自負，此則未可知也。我輩篝燈而入，約百碼，以四週水淺甚多，避登石脊，于于而前，旋覺此石脊屈曲如蛇，頗以爲異。及俯而細察，始知所履者爲石龍之背，殆華人鑿石而成。六七龍作互相繞蟠之形也。繼又增燃篝炬，續加探驗，並拾獲斷鱗數片，乃恍然悟爲眞蟲之化石，非雕刻之龍蛇。時以未携繩尺，無從量度，相約次晨復來，務在短促之日期，加以盡力之攷察。緣吾儕此次游歷，爲時不能過久也。攷得此項化石約有六具乃至八具，其最大者自龐然巨首半埋洞壁中之某點起，至最先與他爬蟲相接觸之某點止，其長在六七十英尺之間。以我輩觀之，此蟲蜿蜒而進，其長度似更有六七十英尺，惟他蟲與之糾結盤繞，甲乙相混，判辨不易。當俟專門學家從容以求之，非吾儕倉卒所能奏功。至其身軀呈現之一部份，卽攝于第一圖者，厚二英尺，兩腿半露，與頭顱相距約十二至十四英尺。而距離頭顱至四五十英尺處，又續有兩腿可見。頭巨而扁，此物殆係中古代草食類之大爬蟲，所謂 Worosuruscamneri 者。以偶然被誘入洞，遂致絕食而死。觀其體之厚薄修短，與肥脊爲不倫，卽知記者此言，或非瞽說也。記者自宜昌行後，卽由許勒德君偕中國攝影家一人。用電光攝影法攝得數照，本雜誌所列第一圖，爲蟲身之一部分，當時經吾儕丈量者也。第二圖，爲若干之爬蟲橫臥洞中，作盤旋形者也。第三圖，爲鱗形，第四圖，則脊梁之隆起線也。予並已將發現情形具爲書函，連同照片及鱗片，分寄英國及日本。俟大不列顚博物院及東京之專門家審定之，此物確爲爬蟲之化石，抑僅爲雕琢之龍蛇，或竟爲水入灰石而變成之異形，各處專家不久卽有明確之報告。惟無論爲化石與否，而其事蹟之新奇，趣味之濃郁，則必不遜于今日。記者當時嘗貽書北京瑪禮遜博士，請其達諸要津，設法保存。未幾，而袁總統果電致湖北長官以此相飭，是知博士之言，已見功效矣。

張謇日記鈔（十三）

張謇遺著

二十五日。劉一山、劉益卿、陳楚濤到省。（按：二十六日至三十日均無記事。眉頁記云：與韋道辭書局：「局不刻書，而下走猥厠總校之間，是素食也。昨謁南皮，深辭不獲，而硜硜之意，不自知其不可，照會脩金，俱以奉繳，南皮處當另函謝。」與南皮辭書局：前輩以風義郵後進之士，可隨地而用情，總督爲官書求校刊之人，必計功而授食，校量二者，名利判然。一昨入謁，具陳微悃，未蒙鑒許，重荷縶維，謂有待輯之書，俾異無處之餽，心知其口，感不可忘，斯須徘徊，蓋惟公故，今公且去食武昌之魚，賊子何堪索胡奴之米，照會脩金，已還韋道，造次申謝，伏維亮察，不宣。

十二月

二日。詣南皮辭行，爲改認捐事，辨論二十日，萬目睽睽，至是有緒。

三日。附輪還通。

十三日。歸。

十四日。抵家。

二十二日。惲莘耘丈督銷宜昌，招叔兄相助。

二十四日。得南皮書，聘主文正書院，院故創自許藩台，以報曾文正公者也。

二十六日。寄崇明課卷，辭明歲館，薦少石自代。

二十八日。總計負累已七千餘金，而所以謀竟先志者，尚未終也。

二十九日。是歲萬年歷有三十日，時憲書止於二十九日，殆推測積差之故。

光緒二十二年歲在丙申，年四十四。

正月

元日。

二日。叔兄治裝。

五日。叔兄啓行。是日至敬夫處。

六日。叔兄至通。雨。

八日。得叔兄通州附輪訊，謂兄弟皆出門，方知無父之苦也，痛哉！

九日。得南皮電，詢認捐結，不知商結已成，阻撓於司局也。

十一日。復南皮訊，具述司局勒州廳具結認賠，及必解制錢之故。

十五日。得叔兄省訊。

十九日。雨。

二十日。得叔兄十八日至宜昌之電。

二十四日。得叔兄漢口訊。

二月

三日。祭祖。微雨。吳姬以分種蘭華胎動漏血，內子調護之甚至。

四日。祭外曾祖墓，仲兄墓，附奠陳妾。吳姬稍平。

五日。啓行。以須就館江寧，故省祭先墓而後出門，亮祖、仁祖侍。

六日。祭金沙高祖、曾祖墓、祭西亭祖墓。諭墓佃種桑。雨。

七日。至州。微雨。適彝。祭府君墓，金恭人墓，悽愴徘徊，不能自已。諭佃種桑。寫沙健庵訊，還前借五百番（從施借得）。復延卿訊，與君謀訊。

八日。諭遣亮祖、仁祖歸，屬大兄與翊林景唐業蠣灰。

九日。內子送裘來，有吳姬服朱楊梁已安之訊。

十日。與內子訊。

十一日。附江孚輪船行。與釐局蔣直牧同行，雖直牧亦以爲認捐上下有益，勝統捐萬萬也。不知稱心之談，抑幸事之未成而姑爲此云。至鎮江，招許釁竹來舟中談。

十二日。至下關，遣六九、張文定先送書箱至院。遇爽秋深談。

十三日。至安慶，謁孫師母，悲不自勝，東甫二子亦立而雨泣也。

十四日。設祭拜奠孫師及東甫，長號痛哭，無孤子之肩，尤令人肝腸摧沮也。拜中丞、藩、臬、道府、縣。

十五日。與方倫叔談孫氏家事。驟暖，未帶棉衣，燥甚。

十六日。謁辭孫師母。仍附江孚還寧，留經古課題。

十七日。至院。院中屋宇甚多。

十八日。糞除屋宇。寫叔兄訊，內子、亮姪訊，敬夫、楚濤訊，託楚濤買桐油。

十九日。拜客。是晨詣曾文正祠展拜。遣人寄訊，與袁子良訊，託買板，付去十元。

二十日。拜客。

二十一日。晤張仲明，畧知旅順失守情事，據所言，龔照璵早當殺。

二十二日。清明。午後寒熱頓作，至晚少解。

二十三日。與汪通州、李少巘及敬夫訊，龍學使訊（說習禮采芹會土著寄籍，許各聲明催查出貢），張南皮、惲觀察及叔兄訊。得家寄叔兄及校生訊，福中丞訊，許聘三訊，與爽秋訊。

二十四日。爲桐城師校訂年譜，東甫所述也。未刻疾復作。

二十五日。仍校孫師年譜。

二十六日。以公丁香肉桂屑紙卷，塞左鼻而愈，臍上貼膏，亦用此屑。

二十七日。校孫師年譜。得叔兄宜昌訊，精神健爽云。與從子亮祖訊，聘三訊，翊林訊，均入敬夫訊中。

二十八日。開課。宿松高仿青（駿烈）來，譚仲修高第，長於校勘。

二十九日。得一山、磐碩訊。

三十日。江生謙到院。校孫師年譜雜記竟。

是月聞毓慶宮罷師傅入直，文道希爲楊御史崇伊彈劾，罷遣。

三月

一日。作「孫開封遺集」後序。

二日。得爽秋訊，汪刺史、李少巖訊。

三日。太夷約同石公、禮卿修禊吳園，晚至禮卿處談，有詩。

四日。沈生書紳到院。得楚生、蔚生、倫叔訊，敬夫訊，德泰訊。

五日。得一山兩訊。

六日。課卷閱竟。託人寄家訊。

七日。以紗廠事，與新寧、南皮、呂巡道訊。得敬夫訊。寄來紗絲廠章，隨答，隨以函送新寧。眉孫來談。

八日。與敬夫兩訊。

九日。約眉孫、蘇龕來談。

十日。與爽秋訊。與新寧訊，訂定通廠不復聽人攬溷。

十二日。仿青往蕪湖，以顏柳碑寄孫蔭祥。

十四日。校安慶課卷竟。伯虞邀飯。

釧影樓回憶錄

天笑

這時伊耕叔還未結婚，但早已訂婚了，所訂的是住在閶門西街的曹氏小姐。她有三位哥哥，大哥曹志韓，又號滄洲，是蘇州最紅的名醫（曾看過慈禧太后的病，因有御醫頭銜）。二哥曹再韓，是一位翰林，外放河南開歸陳許道。三哥曹叔彥，是一位經學大家，也是兩榜，是一個大近視眼（在我寫此稿時，他已八十八歲了，聽說去年還結了一次婚）。我這位表嬸，出自名門，也讀過好幾年書，不過她的老太爺，不許女子多讀書的，他說：「讀書求功名，是男子之職，不是女子之職。」

可惜我們這位伊耕表叔，娶了這位夫人，伉儷很篤的，不到三年，他就謝世了。也曾生下一個兒子，不幸那個兒子，也早殤了，世間慘事，無逾於此。後來把硯農叔的次子，嗣在他的名下（就是國醫而兼國畫的吳子深，他的醫，就是向他母舅曹滄洲學的）。伊耕叔的病，也是肺病，有人說：那些青年患肺病的，在年齡上，要過兩重關，第一重是二十歲，第二重是三十歲，逃過這兩重關，畧可放心，而在二十與三十之間，斷送大好青春者，却是最多。

扶乩之術

談起桃塢吳家，我不能不想起一件事來，便是他們家裏的乩壇了。他們家裏有幾個密室，任何人都不能進去，除了舅祖清卿公及硯農、伊耕兩表叔之外，尤其是女人。他們家裏的女人，從未入內，我的祖母也從未進去過。他們都呼這幾間密室為「祖宗堂」（這時他家還沒有造祠堂），說是供奉他們列代祖先的神位之處。實在裏面房子有兩進，前面的一進，是供奉列代祖先的神位，安放古物之類，後面的一進，却設立了一個乩壇。

扶乩在中國源流甚古，我且不去考據它。不過在我幼年時代，扶乩之風，很為盛行，尤其是在江南一帶。卽以蘇州而言，城廟內外，就有十餘處。有的是公開的，有的是私設的。公開的人人皆知，大都是設立在善堂裏，很有許多人去問病，求事，甚而有去燒香的。私設的帶點秘密性質，不為人家所知，卽使親戚朋友知道了，要去問病求方，也只能託他們主人，代為叩問的。

像吳家這個乩壇，當然是私設的了，可是私設的不獨是吳家，我們無從知道罷了。我曾問我的祖母道：「公公（指清卿公）和兩位表叔（指硯農與伊耕）常在裏面做什麼？」祖母說：「他們是在求仙方。」這個我很相信，因為他們家裏，無大無小，凡是吃藥，那個藥方，都是從乩壇上來的。除非是有大病，方才請醫生呢。

我常見清卿公早晨起來後，便到他們所說的祖宗堂去了。就在他所住居的那個屋子天井內，靠西面開兩扇小門進去。那門平常是鎖的，要他進去的時候才開，及至他進去了，裏面又把門閂起來了。而且到祖宗堂去，僅有這一個門，除此之外，別無門可進的了。我幾次為了好奇心，總想進去看看，但恐被他們呵責，終於不敢造次。他們外面有個帳房間，管理收租米，收房金的有幾位先生，我問他們：「裏面那個祖宗堂，有些什麼？」他們騙我道：「你們的公公，裏面藏有好十甕的元寶與洋錢，你不知道嗎？」實在他們都沒有進去過。

但是有一天，這個秘密之門忽然對我開了。那時我不過十二歲吧，也隨着祖母住在他家，伊耕叔是病着。我正在他們書房裏讀書，清卿公忽然到書房裏來，向我說道：「你高興看看我們的乩壇嗎？」我聽了非常高興，那眞是求之不得的事。我就說：「我願意去看看。」清卿公道：「但是有兩件事，要先和你約定。第一，這裏面是一個神聖所在，非同兒戲，必須恪恭將事，不可意存戲謔。第二、這個乩壇是秘密的，我們爲了怕人來纏繞不清，不能公開，你在外面，不可向人談起。」我說：「我一定都可以答應。」

這教他們家人都驚異了，因爲除他們父子三人之外，任何人都不能進去的，現在却讓一個小孩子進去了，顯得十分奇特。我也是從那深鎖的小門進去，却見裏面的房子很大，有三開間的兩進。前一進確是他們的祖宗堂，祖宗的神位很不少，還有許多祭器等等，都陳列在那裏，後一進便是那乩壇所在了。

那個地方，張着黃色的帳幕，供着極大的香案，連所點的蠟燭也是黃色的，案上又陳列着許多黃紙。中間並沒有什麼塑的神像，只有在正中掛着一頂畫軸，那畫軸也是由一個黃色帷幕遮蔽了，畫的是什麼神佛，黑洞洞瞧不清楚，况且我從小就是近視眼呀！進去時，大家都是屛息靜氣，我也不敢動問。

江南的這些乩壇，必定有一位主壇的祖師，那時最吃香而爲人所崇奉的，就有兩位，一位是濟顚僧，一位是呂洞賓。大概信奉佛教的是濟顚僧，信奉道教的是呂洞賓。不過濟顚主壇的，洞賓亦可降壇，洞賓主壇，濟顚亦可降壇，他們是釋道合一，是友不是敵，吳氏這個乩壇，我知道是濟顚主壇的。

扶乩的技術，也分爲兩種，有兩人扶的，有一人扶的。中間設有一個四方的木盤，盤中盛以細沙，上置一形似丁字的架子，懸一個錐子在其端，名爲乩筆。「神」降時，就憑此乩筆。在沙盤裏劃出字來。如果是兩人扶的，便左右各立一人，扶住丁字架的兩端；假使是一人扶的，一人扶一端，另有一端，却是垂着一條線，懸在空中。吳氏的乩壇，却是兩人扶的。

假如是兩人扶的，每一次開乩，就得有三人。因爲兩人扶乩之外，還必須有一人，將沙盤中所劃出來的字錄下來，這個名稱，他們稱之爲「錄諭。」這吳家父子三人，他們都可以扶乩，每次總是兩人扶乩，一人錄諭，三個人是缺一不可的。但如果有一人病了，或者有事外出，這乩盤便只可以停開了。可是我們這位伊耕叔，却是常常鬧病的，而他們又不願意招致外人入此秘密室，因此這乩盤也便常常停開了。

可是這回清卿公便看中了我了。因爲我雖不會扶乩，却可錄諭。試想：他們有兩人在扶乩，有我一人在錄諭，不是仍可以開乩了嗎？但清卿公却顧慮着，我究竟是個孩子，沙盤裏寫出來的文字，一時只怕錄不出，硯農表叔却力保可以担任，他說：「這是淺近的文字，即使錯了，也隨時可以改正。」他們爲了要收這個新學徒，所以教我先到這個秘密室去瞻仰一下。

這錄諭不似速寫，可以慢慢地的，聽不明白，可以再說一遍。爲了這事，硯農表叔說：「不妨先行試驗一下。」於是說了一篇濟佛祖（他們稱濟顚爲濟佛祖）降壇文，三四百字中，只差了四五個字，他把它改正了，便說：「可以了！」明天早晨，就可以實行。他教我：「明天早晨，不要吃葷腥，到了吃中飯吃葷，便沒有關係了。」

第二天早晨，我就實行我的新工作了。所謂錄諭者，擺一几在他們的乩盤之傍，備有筆硯和一本諭簿。諭簿之上，每次降乩沙盤上所寫的文字，都錄在上面。錄諭是要跪在那裏寫的，他們爲我安放了一個高高的蒲團，矮矮的茶几，却很合式，也不覺費力，好得不過半個鐘頭，就完事了。這一天的成績，却覺得非常之好，他們把我所寫的來校正一下，只不過差了兩三個字。

不過在求「仙方」中，我較爲困難，因爲有些藥名，我不熟悉，寫了別字。但硯農表叔是知醫的人，他一向研究醫理，乩壇上開仙方，也是他主持的。於是他開了一張通常所用的藥物名稱單子，教我常常看看，到乩壇上臨開方子，他更詳細指示，謹愼檢點，也就順利進行了。

及至後來，我隨祖母回到家裏，他們的「三缺一」（這是說三人之中缺了一人），常來請我去做錄諭工作，我的父親很不以爲然。母親說：「不過上午一兩點鐘的事，下午仍可以進學堂讀書。不許他去，是不好的。」我起初爲了好奇心的關係，很爲高興，後來也不感到興趣了。但是我的錄諭工作，也有報酬的，什麼是報酬呢？便是看戲。淸卿公是蘇州的大富翁，但非常省儉，一無嗜好，連水烟也不吸的（就是喜歡聞一些鼻烟，也非高品），所好的，看看文班戲（崑劇），他以前總是一個人去的，現在帶了我同去，那崑戲是中午十二點鐘就開鑼的，有時飯也來不及吃，帶點什麽雞蛋糕乾點心之類，塞飽了肚子。所以對於崑劇的知識，我從小就有這一點。

我總疑心這扶乩是人爲的，假造的，不過借神道設教罷了。但是許多高知識階級的人，都會相信這個玩意兒，我眞解釋不出這個道理。最近幾年前，上海有一處有一個乩壇，主壇者叫做木道人，我的許多朋友都相信它，而這些朋友，也還都是研究新學的開明人物呢。

後來伊耕叔故世了，淸卿公也故世了，只存硯農表叔一人，「獨木不成林」，他們的乩壇也就撤除了。在二三十年以後，有一次，我問硯農表叔道：「你們的扶乩，現在坦白地說一說，到底是眞的呢？假的呢？」他說：「可以說眞，可以說假。」我道：「願聞其詳。」他說：「譬如在乩壇上求仙方，假使教一個一點兒沒有醫學知識的人去扶乩，那就一樣藥也開不出來。若是有醫學知識的人去扶乩，自然而然心領神會，開出一張好的方子來，使病家一吃就愈。再說：假使一個向不識字的人去扶乩，沙盤裏也寫不出來。但我們踏上乩壇，預先也並沒有什麽腹稿，並沒有謅成一首詩，那隻手扶上乩筆後，自然洋灑成文，忽然來一首詩，有時還有神妙的句子寫出來。所以我敢認定一句成語，『若有神助，』這便是我說的可眞可假。」硯農表叔之言，有些玄妙，我還是疑團莫釋呢。

出就外傅

我自從脫離了顧九皋先生以後，便拜朱靜瀾先生爲師了，這是我離家就傅之始，這在我童年是一個變換時期。

前文不是說朱靜瀾先生是我的表姊丈嗎？自從我顧氏表姊嫁到朱家去後，因爲表姊是祖母撫育長大的，她視我家爲母家，歸寧也到我家來，靜瀾先生也視我家爲岳家，時常往來。表姊聽得我附讀在顧九皋先生處，張氏太太噴有煩言，她極力主張要我到她家去讀書。

原來靜瀾先生也在家中設帳授徒，他是一位名諸生。從前所謂讀書人者，除了幾家搢紳子弟外，其餘都是作教師生涯。因爲從前沒有學校，而子弟總要讀書，社會上需要教書先生也就多起來了。教書先生有兩種：一種是人家請了去，當西席老夫子的；一種是自己在家裏開門授徒的。人家請了去的，比較待遇優然而受束縛，不自由；開門授徒是一種退步，然而以逸待勞，却比較自由得多。這兩種以後我都嘗過，却也深知甘苦。

但顧氏表姊的要我到他家去讀書，大有一種報德主義，因爲她是在我家撫育成人的，她心中常懷報答之心。近來我父親無固定職業，家境漸窘，她想擔任我的教育一部份，使母舅（我的父親）稍輕負擔。所以她聲明倘我到她家裏去讀書，所有學費膳費，槪不收受。可是父親說：「不能如此，學費膳費照例致送，因你丈夫還有母親弟妹，你不能擅自作主，而我對於兒輩讀書之費，無論如何，是應當勉力負擔的。」

從前學生們住在先生家裏，而先生家裏，供他飯食的，其名謂之「貼膳。」貼膳與束脩，總共計算，普通是每年三十六元，可見從前生活程度的低廉。以每年三十六計，每月僅合三元，以一元作束肩，二元便可以對付一月飯食，住宿就不收你費用了。那時我就以三十六元一年貼膳於朱靜瀾先生處，便住在他家了。

英使謁見乾隆記實

馬戛爾尼 原著
秦仲龢 譯寫

但後來中國人認爲這種交通工具又不方便又費錢，不再使用它了。

中國人在車子上使用帆的習慣現在還部分地保留着。這種辦法大概在比白河沿岸更荒涼的地方才用得着。英國詩人密爾頓的著作中有這樣兩行詩：

在色利卡那的荒蕪平原上，
中國人運用帆和風力來拉竹車。

這種車是用一種竹子製的單輪手推車。在沒有風的時候，一個人在後面把車駕穩，並向前推。在順風的時候，車子上加一個帆，可以省去前面拉的人。帆是席做的，掛在兩根木棍中間，安裝在車前面。這個簡單的設計只在車子走順風的時候才用得着。這可能是一個人在推車找不到伙伴或者不願意找伙伴來分自己的利益的情況下發明的。由此類推，那些複雜的作用大的機器的發明都是由人們企圖改進產品質量，增加產量或減低成本以謀求更大利益的推動下搞出來的。（色利卡那〔Sericana〕古希臘羅馬人給東方一個地區的稱呼。這個地區據說就是中國大陸的西南部。——原譯者。）

八月十七日。星期六。

我們到了通州，我不得不在這裏小作句留，以便將行李和各種禮物從船上移到岸邊，用車輛載往圓明園，我們將不在北京停留，就在圓明園直趨熱河了。從通州到北京的路程是十二英里，由北京往圓明園約七英里。

近郊岸邊已建築了兩座大貨倉，專爲存放禮物和行李之用。每一貨倉長二百零七英尺，濶十三英尺，自地至簷頭高十三英尺，自簷頭至屋脊也是十三英尺。建築材料是粗壯的竹子，上面用厚席加蓋，以防雨水。兩貨倉之間，闢一通路，濶四十二英尺。路的兩旁，各有一門，派兵防守，不准有人携帶火種入內，以防火災。據說這兩座貨倉和通路，在數小時以內造成的。我們到這裏後，還未到一日，中國的工人已將三十七艘船上的物件全部搬到貨倉安放了。有些物品是很沉重巨大的，但中國的工人却能憑其膂力及其活潑的精神，合力抬起來，從船上抬到貨倉，一直沒有歇息，他們在工作時又非常歡喜高興，不像是有人强廹他們來做此苦工的。這大概是中國政體的完美和人民天賦之厚使然，非其他國家所能及。中國工人具有天生的一種力量，怎樣沉重的物件，他們都可以用力舉起，一人之力不能勝任，就增加到兩人，甚或四五六人。其法以粗大的繩子縛在物件上，然後用大竹竿兩根穿入繩案，每人卽以竹的一端放在肩頭上抬起來。如果兩人還不能抬得動，仍可照此法加竹竿加人數，務使人力可以克服一切。

我們所住的地方是城郊的一所廟宇，地方很大，有好幾個院子和廣濶的廳房。我們在這裏暫住，覺得很是舒適，每日所供給的物品，和在船上一樣，凡有所需，只要畧一開口就咄嗟立辦。這所廟宇是數百年前一個大施主爲十二位和尚所建的，廟宇築成，施主並捐出一部分金錢田產爲廟中香火基金。這廟子的地方雖然很大，但只有一小部分供奉佛像，此外多爲僧舍，有時遇到達官貴人過境，他們也借居僧寮。

使節團的人數很多，整個廟宇盡爲所占用，卽使看守廟宇的和尚，也只留下一人，使他照應佛殿香火和看守琉璃燈，不使熄滅，其餘大小和尚皆移往附近的廟宇暫住。

八月十八日。星期日。

早餐時候，王大人來見我，他說車輛人伕，大約在星期二早晨便可以齊備，隨將貨倉各物品裝入車中，星期三一早就出發，一直往圓明園，不在北京下車了。他又說乾隆皇帝已經指派了一位閣老和一位歐洲籍傳教士在圓明園迎候我們。王大人並沒有說這個歐洲教士名叫什麽，也沒有說他是那一國人，但據我的猜測，這個人一定是葡萄牙教士約瑟·巴納·達阿美特（Joseph-Bernard d'Almeida 1728—1805 是葡萄牙的耶穌會教士，長於天文數學，乾隆廿四年〔一七五九年〕入北京服務於清廷。——譯注），這個人對我們不利，是我心目中不滿意的人物。

晚上，王大人和喬大人來看我，他們說，欽差徵大人有點小病，不能和他們一起同來拜候，心裏很不安，叫我們來告罪。我說，徵大人連日勞頓，以致貴體違和，都是因爲我們之故，我們很覺不安，請轉告徵大人，表達下懷，我明天要親往問病。兩位大人連稱不敢，告辭去了。我以爲那個滿洲欽差未必眞正有病，也許是和我的意見有點不洽，懶得見我，故託有病罷了。

八月十九日，星期一　今早我親往貨倉，看看他們將禮物如何裝置，欽差徵大人和王、喬兩大人以及幾位官員都已經在場了。他們正在討論明天出發的事情。我向徵大人問安後，見他們已辦妥公事，就趁這機會對他們說，禮物中有一尊輕便銅製野炮，取出來也很容易，我想在這裏試放一下，藉博三位大人一粲。他們連說很好，於是我就叫炮匠拿出銅炮一尊。這尊小野炮製造精巧，型式美觀，安放在車輪上，一切佈置停妥，施放時，每分鐘開放二十響至三十響，像這樣的速率，我以爲三位大人一定覺得很奇異了，然而他們見了竟無動於中，他們雖然也很留心觀玩，但意態很是滿不在乎。他們的態度如此，照我看來，並不是因爲此炮製造不良，我敢說，在整個中國恐怕也找不出這樣優良的火器。而他們的滿不在乎的神氣，也許是還未知道我們的炮是怎樣的精良和威力之如何猛烈罷了。

我從貨倉回轉寺中，王喬兩大人跟着趕上，和我同行。我們一同到了下處，他們對我說，乾隆皇帝的諭旨已經收到了，我們到北京後，可以在宮廷服務中的歐洲教士任選定一人，爲我們覲見時的舌人。又說，皇帝對於我們的使節團到中國後，很表歡迎，並吩咐地方官員隨時把使節團的一切情形奏報上去，皇帝讀了很爲滿意，認爲我們很是文明有禮，所以命令大小臣工，以至隆重之禮接待我們。我說萬不敢當，這可見中國大皇帝和敝國君主同有敦睦友誼之心，我感激之餘，謹代表敝國君主向貴國皇帝陛下致其謝意。

於是兩位大人又提到覲見時的禮節問題了。這個問題，自上一次提及時經我否認後，中國的官員已有數日不再提到了。這件事，他們看來似乎是一件很重大的事情，時時刻刻不能忘懷。現在兩位大人又再極力言及，好像要迫我承認實行。他們說，這是一種常見的事情啊，說後，他們就跪在地上，作叩頭之狀，一定要我照樣學習。我說，敝國見君主之禮，並不要跪拜，我當然不能改變敝國之禮而來學習中國之禮。兩位大人見我拒絕學習，就轉移目標，叫我的繙譯員跪拜，做個榜樣給我看。我的繙譯員雖是中國人，但只有服從我個人的命令，因此，他就請命於我，以定行止。我對他說不必，他就站着不動了。兩位大人見了很不高興，但仍然和顏悅色，絕無半點怒容浮在面上，可見中國官員之善於處事和涵養之深。他們既奉其皇帝之命以隆重禮節接待我們，當然不以此事而和我有惡感了。

我覺得兩位大人乘興而來，不能令其敗興而返，於是命樂工奏樂，以娛嘉賓。他們似乎很高興，告辭時，仍然和我客氣一番，表示敬禮，和來時一樣，好像剛才我們的小小爭執已忘個一乾二淨了。

夜間，亨利·伊茲（Henry Eades）以痢疾逝世，他病了一個很長的時間了。他是個很有巧智的優秀銅鐵工技師。當我在倫敦啓程東來之時，要物色一個銅鐵工技師同行，以爲隨員，一時自薦者頗多。亨利既有遠游之志，而又懷有技術才能，屢次向我和副使斯當東爵士請求，經我考驗過他的本領後，認爲合格，就答應錄用他。怎知他身體太過虛弱，不宜於海上長途旅行，上船之後，就患有重病，我們的使節船到了馬得拉，我叫他改趁別一艘船回國，但亨利決意不肯，一定要同到中國觀光，不意到中國後，還未到北京就謝世了。

八月二十日，星期二。　今早我們安葬亨利·伊茲，使節團的音樂師、衛隊、僕役等都列隊送葬；這裏雖然沒有牧師，但我們仍舉行宗教儀式，並在他的墳前鳴鎗百數十響，以致敬禮。很多中國人圍着觀看，但他們很肅穆不譁，好像深受我們行禮的嚴肅和有秩序所感動。

葬禮完後，我們的行李就裝入車中，準備出發了。但大部分禮物將於今晚啓程，使節團全體人員將於明日起行，因爲貨物運輸，較人行爲遲慢，人貨並進，貨物必定落在人後的。

八月廿一日，星期三。 我們一早就起身，看見轎子、車子、馬匹都已準備好了。欽差徵大人和王喬兩位大人及數位高級官員都在大門上等候我們啓程。我們經過通州城，這是一座很大的城，四面圍以高厚的城牆，城外的一邊有城河繞着。城砦上並沒有安裝大砲以資保護，我所能見到的武裝，除了城門有幾個很小的迴旋炮座之外，可說一無所有。我們走了兩小時才走過通州城，我觀察所得，通州城裏的街道頗廣濶平直，兩傍的商店也很齊整美觀，可是見不到有美麗宏偉的屋子和公共建築。主要的大街上，築有幾座牌坊，看起來也頗可裝飾市容，但它們只是木製的，不過加以髹漆使之增加美觀而已。路上的民房，很多都懸掛布篷以爲遮蔽太陽和雨水之用，篷的一端有小繩子可以收放，不用到布篷的時候，將繩子一收，就捲起了。

我們走了不久到了一個在通州與北京之間的鄉村，我們就坐下來畧事休息，並進早食，因爲天氣很熱，道上塵土又很多，不得不時時休憩一下。從這個鄉村再行，約兩個鐘（行六英里）就到了北京，我們在宮門畧進茶點和水果，又再啓程前往圓明園，下午三時，到達圓明園，看見我們大部分的行李已經先到了；其他不久便可以跟着到。（按：「宮門」二字，原文是 Palace Gate，不知何指，恐怕所指係北京的城門。又據馬戛爾尼所記，使節團由通州入北京所用的人力和交通工具，都一一列明數目，計運載禮物及行李的大貨車八十五輛，手推車三十九輛，馬二百零九匹，人伕二千四百九十五人。這只是爲使節團服務的，至於中國官員所用的大量人力物力則不在此內。又按：巴羅的「中國旅行記」說，使節團所帶的行李什物，大大小小共六百餘件之多，重量既大，而形式又參差不齊，但自從到大沽口後，換船數次，最後由水路改爲陸路到了通州，點查各物，沒有一件遺失，也沒有一件損壞，可見中國人做事之負責一斑了。按：約翰·巴羅（John Barrow）是使節團的主計長，他這部「中國旅行記」雖然不及馬戛爾尼和斯當東那兩部書價值之高，但有些記載却爲前二書所沒有的，所以也值得參考。其書初版本於一八〇四年印於倫敦。——譯注。）

我們從通州至北京，由北京往圓明園，所行的道路，都在大平原的鄉村上，路很廣濶，兩旁皆植有樹木，多爲楊柳，而且是很巨大的，這樣大的柳樹，我在歐洲還未見過呢。大路的中間一段是石子路，以巨石砌成，平滑光潤。從通州往北京，我們路經一座美麗的大石橋，濶約四十英尺，橋上有五座牌坊，中央的那一座，照我看來，不會少過……尺（按：馬戛爾尼原文的字寫得不清晰，看不出是什麼字，也許是年久，墨跡褪謝了。）一路上都有軍隊爲前驅，他們手執長鞭，時時向兩邊揮打，不使路旁的觀衆接近我們，因爲觀衆不時擁到路中心來觀看，阻塞道路，難以通行。（按：巴羅「中國旅行記」說：「路旁觀看的人很多，有站着的，有騎在馬背上的，有坐在車中的，也有坐在轎子裏的，也有設坐位在路旁的，大抵男子坐在前列，婦女在後一列，大家婦女，則在坐位的四周，以紗幃障之，不使人見其面貌，所以我們也看不清她們的容貌如何。前導的軍隊，雖然時時揮鞭發出一種奇怪的聲響，但鞭所擊之處是地面，而不打人。這都是中國人民極有禮法，即使人民多擁擠，也極守秩序，與其他國家人衆擁擠時秩序大亂之情形不同，因此他們雖各執一鞭，除用以示威外，就沒有別的用途。—」按：這種鞭子，叫「淨鞭」，是大官出門時的儀仗之一。——譯注。）

花隨人聖盦摭憶　補篇

黃秋岳遺著

附醇親王摺

奏爲披瀝愚見豫杜僉壬妄論恭摺具奏，仰期聖鑒事：臣嘗見歷代繼承大統之君，推崇本生父母者，備載史書，其中有適得至當者焉，宋孝宗之不改稱秀王之封是也；有大亂之道焉，宋英宗之濮議，明世宗之議禮是也，張璁桂萼之儔，無足論矣，忠如韓琦，乃與司馬光議論牴牾，其故何與？蓋非常之事出，立論者勢必紛沓擾攘，雖乃心王室，不無其人，而以此爲梯榮之具，迫其主以不得不視爲莊論者，正復不少。恭維皇淸受天之命，列聖相承，十朝一脈，至隆極盛，曠古罕覯，詎穆宗毅皇帝春秋正盛，遽棄臣民，皇太后以宗廟社稷爲重，特命皇帝入承大統，復推恩及臣王親王世襲罔替，渥叨異數，感懼難名，原不須更生過慮，惟思此時垂簾聽政，簡用賢良，廷議既屬執中，邪說自必潛匿，倘將來親政後，或有草茅新進之徒，趨六年拜相之捷徑，以危言故事聳動宸聽，不幸稍一夷猶，則朝廷從此多事矣。合無仰懇皇太后，將臣此摺留之宮中，俟皇帝親政時，宣示廷臣世賞之由，及臣寅畏本意，千秋萬歲，勿再更張，如有以治平嘉靖等朝之說進者，務目之爲奸邪小人，立加屛斥，果蒙慈命，皇帝敢不欽遵？是不但微臣名節得以保全，而關於君子小人消長之機者，實爲至大且要。所有微臣披瀝愚見，豫杜僉壬妄論緣由，恭摺具奏，伏乞皇太后聖明洞鑒。光緒元年正月初八日（同上）

附軍機大臣片奏

臣等遵旨往晤醇親王將所擬懿旨稿，公同商酌意見，均屬相同，惟稿內大聖賢三字，公酌擬改爲純臣二字，欽重二字，擬改爲嘉許二字，謹繕摺呈遞，伏候命下欽遵辦理，謹奏。（軍機檔）

與湘綺同爲肅黨，而有郗嘉賓之目者，唯高心夔伯足。伯足年十七，舉咸豐辛亥鄉試，計偕入都，賓於肅順之門，事敗，往來門下者皆自異，獨伯足有死生之誼。嘗爲中興篇云：「沖皇受賀朝明堂，國有元老平南疆。鍾山九隧迅雷族，掃穴萬馬眞龍驤。五年荆湘畫地勢，一旦揚越通天光，遂連長圍舉京觀，轉策飛將窮飄颻。假息周星不更貸，長鯨短狐從滅亡。景風協律開慶典，亞相金印題紫囊。介弟虬服寢輝映，次列圭璧銘鐘旒。采薇采薇詠未已，汰遣部曲耕資湘。別留艨艟置十鎭，率然首尾江防峻。侍郎威略湖海知，霆軍轉戰兵無頓。七閩督師匡復才，西征宿將宏農儁。尋常躡履牙帳閒，開府連圻對昌運。肥淮壯士起中原，一旅平吳竹當刃。文致太平武定亂，王民執虜同虎奮。北塘要盟找所銜，八城白帽猶犯順。隍阮應歸黃髮翁，艱難念自先朝進。文宗詒謀深且奇，默禱申甫當傾危，翰林潘卿諫臺趙，薦疏但入皆鎖頤。侍臣故有造膝請，首贊大計承疇咨。口銜兩江授楚帥，所爲社稷它何知。烏呼受遺左軍桀，倏忽謀逆丞相斯。君親無將與衆棄，不濟則死忠成欺。國家除惡方務盡，功輕罪重誰敢疑。謬哉區區擲要領，不覩告廟分封時。況論成敗雖人力，亦喜神明扶正直，當時曲突豈與賓，此日登壇動高職。垂碭將士勛業雄，嘗膽君臣憂辱極。范燮陳誠戎馬前，葛亮抗表禽蠻役。吾皇治統茂康宣，紫光劍佩新顏色，台輔宜宏退讓風，法宮日養恭儉德。鳳鳴河淸莫虛致，普天率土還耕織。人生有命佐中興，明哲兼垂後賢則。」意以中興將相皆咸豐簡拔之人，而肅順實啓沃其間。肅家始籍，伯足有城西二首云：「連雲列戟羽林郎，苑樹依然夕照蒼。一狩北園盛車馬，再尋東閣杳冠裳。滫蘭苦汚生前佩，炷麝能升死後香。赫赫爰書鑄惇史，天門折翼夢荒唐。」「寵冠親賢料遽衰，致身胡取亟登危。將軍淸靜歸醇酒，公子聲華誤繡絲。坊樂入筵天慶節，殿材營第水衡司。十年風誼虧忠告，江海堙流此淚垂。」近人筆記，但錄赫赫兩句，或錄十年兩句，不知坊樂兩句，正肅順之專恣逸樂，伯足必有不以爲然者，權相僨事，往往坐於驕奢，書生忠告之詞，初謂寒酸，久方知驗。中興篇中之侍臣造膝直至功輕罪重數句，寫肅豫庭力主用曾左，戮非其罪，明白如繪，不媿詩史。

胡文忠當時亦爲肅順所舉薦，叔章近得文忠家藏信札絕夥，中有數札，似是肅順與胡者，或當時肅黨在軍機大臣之箋候，論政局及各省大勢維詳，惜隱語太多，予正在細考中。又有梁瀚致文忠一書，則言咸豐末年政局，今全錄之：「聞芝仁兄年大人閣下，頃奉冬月二十四日手書，憂國憂民，奮不顧身，忠愛之誠，形於楮墨，讀之令人酸鼻，惟時事至此，前所恃以無恐者，天子聖明，乾綱獨斷，冀望大有振作，漸挽狂瀾，今則情形大非昔比，爲左右數人所蒙蔽，權漸下移，卽樞密亦成贅瘤矣。如外夷一事，初到津門，兵勢正强，人心正銳，偏不准剿而議撫，以致僧力不鼓，人心渙散，迨藩離已去，漸廹都城，有人議和，復不准撫而議剿，彼時若聖心堅定，久坐不搖，亦可維繫人心，乃滿漢合朝攔阻，痛哭言之，而此一二人者，已暗中安排，備駕以待，迨翠華已行，而百官猶夢夢也。恭邸在京，爲保全大局，忍氣吞聲，勉爲和議，雖宗社無恙，而元氣大傷，冀望鑾輿速返，極力整頓，在京文武百官，合詞恭請，並行在樞臣當面碰頭，又爲此數人所阻。又恐聖意不堅，逼樞中立繕明發一道，復寄信在京諸臣，以後不准再瀆，此後內外續請者，不下數十紙，均以覽之一字了之。現又將行宮所有座落，大加修理，大有久安之勢，所需銀十餘萬，皆派定城中滿洲著名諸大家捐輸，皆此數人之謀也。所有以前正月戲玩之具，以及優伶人等，無不運赴行在，卽此可知大概矣。現在部庫支絀萬分，而克翁統兵萬餘，駐扎城外，以保護京師爲名，其實於事毫無補益，日前與芝相商榷，爲省餉起見，請將勝兵裁撤，或酌減，竟不准行。各省請餉，請撥，紛紛告急，大江南北情形尤甚，部中明知決不可靠，而不能不爲紙上之談，且一切由行在一人作主，稍不如意，卽被駁回，同事五人，直有若無而已。鄂中捐事，如若再請，當與同事者商之。閣下以宏濟之才，居有爲之地，正天下安危所繫，務望珍重自愛，加意調攝。弟本庸材，毫無知識，又際此不能建白之時，仗馬日食三斗，一鳴卽斥，亦只好隨人碌碌，且重慈年近九旬，侍養無人，久欲陳情而不果，與其訥訥於朝，作無用之人，何若學萊衣舞，猶可取悅於重闈也。渭青開府中洲（王笑翁已得大銀臺矣），實爲地方之福，然破壞已甚，整飭亦不易易。承惠之件，得濟燃眉，感不可言，匆匆草此。布請台安，兼鳴謝私，惟荃照不盡。年愚弟梁瀚頓首。臘月廿日。」案梁字海樓，號平橋，陝西鄠縣人，官至戶部左侍郎，此書係咸豐十年十二月作，以書中有渭青開府中州一語，渭青者，嚴樹森也。嚴以十月授河南巡撫。所叙文宗幸熱河肅順專權情事，與各筆記大畧相同，唯修理行宮需銀十餘萬，皆攤派滿人，則爲各書未詳，宜八旗恨肅順之刺骨也。克翁者，勝保，芝相者，周祖培，字芝臺，是年十二月由吏部調戶部，正梁爲侍郞時也。

談宣鑪者，莫詳於秦暘谷之宣鑪說，秦名東田，有梁溪詩鈔，今摘其說云：「明宣德間，詔訪秦漢以來鑪鼎彝器古式，命司禮監會同工部督造，凡千百十件，以供大內暨各官釋道之用。其質料之美，鍛鍊之精，皆非民間所能辦。其料乃暹羅風磨生礦之洋銅，及日本之紅銅，加以倭源之白黑水鉛，賀蘭國之洋錫，至天方之番碙砂，三佛齊之紫硑，渤泥之紫礦臙脂石，琉球之安瀾砂，以及石青，石綠，硃砂，文蛤，古墨，雲南白黑碁子等，皆所以助其色澤之用。爰自八鍊，十鍊，以至十二鍊，而後成。有棠梨、熟梨、豬肝三色，其式有商夔、龍九子、鳳九雛、再蚰、龍耳、冲天耳、三足乳、雙魚耳、釜底天雞、錦邊九鳳、穿花飛鳳、貼耳、環耳、獅首、象首、豸首、角天雞、馬蹄、鏒金、戟耳、橋耳、三足、朝冕、四足、三元、太極、幷雜欵、井口、獸面、九箍桶子、如意、方式、夔龍、梵書、虎面、百摺、冲耳、橘囊、朝官、馬蹄、大小臺几等。鼎鑪鑄成，分進陳設乾淸宮、坤寧宮，暨各妃王府各官府衍聖公府。其索耳一種，則分賜各神廟祠壇，幷學宮。押經法鑊鉢盂三種，則分賜各厰各經寺觀，爲釋道二教用者。以上各種，或大字欵，或小字欵，或無欵，或鍾王體，或歐體。而其正色，則有鏒金、流金、蠟茶、藏金四種。蠟茶以水銀浸搽入肉，薰洗爲之。藏經，以金爍爲泥，數四塗抹，火炙成赤，鏒金，流金，金銀絲片嵌減，俱實用赤金白銀若干兩。其在上半名覆祥雲，下半名涌祥雲。若流金單傳本色，則有蠟茶，藏經本色，又有蠟茶，鏒金最佳，又有蟹壳青，栗壳色，棠梨色，熟梨色，棗紅色，硃砂斑，雞皮皺，其藏經栗壳，更有淡者一種，硃砂斑者，用番硃砂點入，名金帶石榴。鑪雞皮色者，跡如雞皮，拂之實無跡，火氣久而成也。或謂鑪之舊者，爲覆手，必有青綠色，卻不盡然。余家索耳宣鑪，覆手頗黑，押經鑪，有高脚碁二種，謂棠梨子，白果赤，以赤爲主。梨色，生者青，熟者肉白皮黃，若黃熟者，又不然，此當以樹頭霜打熟者爲主。熟梨色，嫩黃，豬肝色深紫。三代及秦漢澗器，流傳世間，歲月浸久，色微黃而潤澤者，曰蠟茶色，可知原是古銅器也。藏經黃色極亮，類赤金色。

編輯閒話

△本期的精彩文章可不少，編者雖有「贊花香」的嫌疑，但有眼共賞，海外並非沒有文字知己也。首先我得介紹陳彬龢先生那篇「我的年青時代」。作者寫他少年貧苦艱難，努力向學的一段歷史。平時他和編者閒談，也曾談到這些往事，和編者所記得很淸楚。現在他寫出來的，和編者所聞的，無一不脗合，可知言言皆實錄，沒有半句車大砲。凡車大砲，常會前言不對後語，矛盾百出的，編者閱人多，交游也不少，故敢作此經驗之談。像陳先生這類的文章，本刊極歡迎，希望朋友和不相識的讀者，多多寫寄。

△向晚先生的「記天津八里台二三事」，在第十三期的「編輯後記」中已約畧介紹過。現在這篇文章已和讀者相見了。知道南開大學的人，讀過之後，如晤良友（例如編者就是，我從未入南開大學一步，但好些朋友皆從南大出身，兩個姪子也在南開中學畢業，一九二九年張伯苓游倫敦，我們十多人也合資請他吃飯，談了半天，而南大的教員徐謨後來又是我的上司）；連南開大學及張伯苓之名都未聞過的，讀了便知道五十年前有這樣的一位教育家和這樣一所大學（今日仍存）。

△淸宮怎樣選宮女，選的是什麽人，怎樣選法，凡喜歡讀掌故文字的人大都愛知道的。單士元先生「淸宮的秀女和宮女」一文，就替讀者解答了這些問題。單先生此文是廿三年前的舊作，改寫後，刊一九六〇年「故宮博物院院刊」第二期，這本刊物不易見，故轉載於此。

△魯頓先生是一位銀行家，他和梅蘭芳是老朋友，一九四一年日寇攻陷香港時，梅蘭芳正避寇在島上，後來被日寇請他回上海。魯頓先生這篇「日軍攻佔香港時的梅蘭芳」就是記述日寇怎樣找尋梅蘭芳，和怎樣安排他回上海的經過。其中情形，皆魯頓先生所聞所見，故極可貴。

△詩人冒鶴亭的「題關穎人戊戌童試冊」是一篇有關廣東科舉掌故之作，詩中的小注皆極有味。

△「汪胡交情」一文，是乙瑛先生記辛亥廣東反正後，廣東都督胡漢民和汪兆鏞的關係。胡請汪出來為新國家服務，但汪立心做遺老，不肯出山。士各有志，胡也不去勉强。這一件事，外人知者甚少。

△醇廬先生的「銀行外史」，中斷了幾期，有讀者寫信來問是否登完了。其實尚未寫完，因為醇廬先生近數月來要經營商業，一時無暇執筆。現在他的大寶號已開張，一切上了軌道，他的文興又大發，繼續寫來了，下一期發表。本期有兩篇文章是新五號字排印的，那是未改老五號前早已排好，所以不一律，請讀者原諒。

稿約

本刊的宗旨，是向讀者提供高尚有趣味的益智文章，並希望貢獻一些翔實可靠的資料，給研究歷史、文藝的人作參考。我們歡迎下列文章：（一）人物介紹　注重古今中外人物的描寫及其傳記。（二）近代史乘　注重近百年中國及國際政壇上重要事件的發生經過及其內幕。（三）史料　名人的日記、筆記、游記、自傳、傳記、年譜、回憶錄，函牘等。（四）趣味性的掌故。

以上所列，只不過約畧舉出一個範圍，其實文史掌故的範圍很廣，不能一一開列，希望讀者認定文史兩字寫文章便好。稿件內容不要評論現實政治的得失，要注重輕鬆趣味，使讀者一卷在手，覺得開卷有益，不枉花了寶貴的時間。

惠稿文言語體不拘，但最好還是用語體。如果不擅用則以淺顯易懂的文言寫也一樣歡迎。字數以五千字內為限，太長則未易刊出；超過一萬字以上的，請來信商洽。譯稿務請附原文，如無原文，恕不考慮。

來稿務請用稿紙書寫，如屬有史料性的文章，字體更要寫得淸楚，一來使編輯人易於看懂，二來，排字工人也不致排錯。

不合用的稿，不管附有郵票與否，在收到後十日內寄還作者；如不寄還，就是要採用，但何時刊登，未能立即告知，請來信詢問。刊登的稿，在出版前二日即將稿費寄上。

林熙主編

大華

半月刊 第十六期

一九六六年十月三十日出版

大華 第十六期

封面插圖：天然圖畫硯正面（東坡得硯圖）

大華半月刊 第十六期
一九六六年十月三十日出版
（每月十五 三十日出版）
出版者：大華出版社
地址：香港銅鑼灣 希雲街36號6樓
Ta Wah Press, 36, Haven St., 5th fl. HONG KONG.
電話：七六三七八六轉
督印人：林翠寒
主編：林熙
印刷者：朗文印務公司
地址：香港北角 渣華街一一〇號
電話：七〇七九二八
總代理：胡敏生記
地址：香港灣仔 洋船街三十二號
電話：七二三四三七

舊桂系陸榮廷侵粵（下）

廣東連續四個賊公省長

鳳文

草澤英雄，都是以打家刧舍，殺（擄）人越貨爲生活。他們如果受了招撫，或是投機參加民軍起義，而當了軍職，是比較自然的。東北紅鬍子張作霖投誠以後，由管帶一直爬到督軍、巡閱使而至軍政府大元帥（相等於北方的總統）；張景惠陸軍總長、張作相督軍，馮德麟奉天軍務督辦，汲金純、湯玉麟熱河都統，張海鵬，洮遼鎮守使，這批傢伙，都是强盜出身。南方廣西陸榮廷（做賊時名陸亞宋），由管帶而至都督、兩廣巡閱使、軍政府總裁；譚浩明、莫榮新等因係陸榮廷的同幫，也當了督軍。廣東的李燿漢、陸蘭清、李福林等，也當過鎮守使。以上這些都是屬於武職。他們本來是江湖好漢，搖身一變，當了軍佬，是順理成章的事。在當時的黑暗社會，不足爲奇的。最可怪的是，在二十世紀二十年代，廣東竟出現了四個綠林省長。省長是文官，負一省最高的行政責任，而由搶刧出身的軍佬來幹，這是全國所未見，古今所罕有的了。而這四個綠林省長，又是聯迭而來，一個接一個，以前所未有，以後也沒有，恰在此地此時，連續的四個都是徹頭徹尾，不折不扣的賊公，騎在人民頭上，這又是奇之又奇的事。談廣東近代政治史的不可不知有這幾幕怪劇表演過，給廣東人帶來了極大的耻辱，這就是舊桂系陸榮廷把廣東看做征服地的怪現象之一。（筆者按：幾十年來，强盜投誠後，下塲最快的，恐怕要算民國十二年夏間，津浦路北上火車在臨城發生的刧案，主犯孫美瑤當了旅長。因爲野性難馴，不到半年，便給袞州鎮守使張培榮把他槍决了。）

袁世凱帝制自爲，西南起兵討袁、舊桂系陸榮廷派軍入粵，當了督軍，不久任兩廣巡閱使，由陳炳焜當督軍。當時省長朱慶瀾，沒有舊官僚習氣，也肯做事。可是陳炳焜野心勃勃，要集軍政大權於一身。因朱統轄警衛軍數十營，且財政權又在省長手上。陳便借詞地方不靖，宣佈戒嚴，自封戒嚴司令，把全省軍民財政等，置於戒嚴司令管轄之下，逼朱去職。北京黎元洪政府雖然明令把廣西省長劉承恩與慶瀾對調，而陳炳焜又與廣西督軍譚浩明玩弄手段，通電兩廣暫行自主，使到劉承恩無法到任。這是民國六年夏秋間的事。

廣東省長一缺，不能虛懸，陳炳焜是舊桂系一武夫，爲了緩和空氣，於是廣東省長一職，便開始由四個賊公出身的：李燿漢、翟汪、張錦芳、莫榮新先後接充了，這是打破了政治史上賊公做省長的由來。把它和民國十年，孫中山任命得了博士學位的留學生馬君武，出任廣西省長，也是中國政治史的新紀錄，相與一比，很耐人尋味的。

草澤英雄李、翟、張、莫四人，蟬聯竊踞廣東省長，眞是無巧不成書，說穿了，實在也沒有什麽奇異。當時是舊桂系宰割廣東之際，李耀漢、翟汪、張錦芳、莫榮新與陸榮廷都是同路人，自然湊合。當然其中因爲權利人事的關係有許多矛盾，故又產生了不少的波折。

陳炳焜把朱慶瀾排去後，進一步拉攏比較有實力的廣東人原任肇陽羅鎭守使李耀漢當了省長。於是李率肇軍六營開到廣州，居然抓了「廣東省印」；所遺的肇陽羅鎭守使，由李的親信翟汪升任。陳炳焜又把女兒許配李耀漢的兒子，結爲兒女親家。李乘機招募爛仔地痞，把肇軍十五營，擴爲十八營。「土地升城隍，」自然聲勢喧嚇一時。

李耀漢當省長時，已屬護法時期。李未任職前，各方屬望胡漢民，但卒爲李耀漢所攫得，原因李有槍桿實力。李就職後，因胡是他的舊日上司，又是黨中要人，禮聘胡爲省府最高顧問，月送夫馬費千元。胡初時沒有表示，過了三四個月，便派員持章照領了。

李耀漢是個怎樣的人物呢，他別號子雲，廣東新興縣天河鄉人。體格魁梧，如俗語所說「牛高馬大。」少年時好看「三國演義」、「水滸傳」和武俠小說，常以李逵、武松自命。稍長在鄉間做教書先生，並替人寫信及婚姻喪祭禮帖等。他的族叔李北海，是新興、高要、三羅一帶的劇盜，平日所發的打單信件，多由李耀漢代寫。後來漸爲鄉人所知，向清吏控他通匪。因此他只好棄館不教，跟着李北海去擄了。李北海和他一同先後搶刧了雲浮縣腰古一家當鋪和洗刧一所稅廠，目標既大，最爲地方注目。

光緒末年，淸政愈加腐敗，廣肇等屬，土匪蜂起，李北海的嘍囉也跟着擴大，在西江一帶騷擾，有些小股的匪徒，也冒用李北海名義去搶刧擄掠，收行稅等。因之李北海的惡名，幾乎無人不知。廣東水師提督李準採取剿撫兼施手段，把他招撫出任哨官（等於連長），李耀漢當了哨書（連部書記）。經辦的是陽春縣知縣許南英（即新文學作家，曾任香港大學教授許地山的父親）。不久，李耀漢因李北海幹了一宗壞事，便向李準告密。李準即把李北海法辦，李耀漢升充哨官。從此工於吹拍，得到李準的歡心，升爲水師提督的親軍管帶，又任廣東西路巡防營管帶兼雲浮縣守備（五品武職）。辛亥革命起義，他在人民壓力之下，率隊反正，駐防肇慶一帶，名義是標統（團長）。袁世凱暗使德慶縣知事梁邁與他聯系，收爲己用。果然，二次革命，廣東獨立，龍濟光由桂入粵，鎭壓黨人。他在肇慶叛變，替濟軍鳴鑼開道，侵入廣州。龍踞粵後，即升李耀漢爲肇陽羅司令，而至鎭守使。護國軍起義，討伐袁世凱，兩廣都司令部、軍務院在肇成立。李耀漢因爲龍已失勢，且屬地主關係，拉攏岑春煊，籌措供應，異常賣力。因之廣東、香港、上海等地報章，李耀漢的名字，也有出現。後來李之得任省長，固屬時務使然，而其迎岑討龍，也屬原因之一。李任省長時，粵督爲陳炳焜，兩親家狼狽爲奸，相處尙好。後來莫榮新當督軍，莫李兩人搞得極糟。原因李還暗中與北方政權通消息，北方政權曾許粵督一席給他。莫知道後，便設法把他排斥。其次李的幕僚人才缺乏，參謀長彭華絢、副官長鄒其觀，政務處長梁日東等，僅懂得咬文嚼字，沒有政治頭腦。將領李華秋、翟汪等是草莽之夫。丘可榮、陳均義、古日光等行伍出身，駐防城市有餘，而不能戰鬥。即陸軍生的陳銘樞、陳濟棠、蔡鍇、余漢謀等，當時也僅營長、連長，既非過江兄弟，又是人微言輕，不起作用。李耀漢認爲文武全才的賀蘊珊，也被駐防新會的桂軍營長李宗仁所解決。李耀漢終於倒下來，省長職務，交由翟汪代理，自己回到肇慶去了。

關於莫榮新、李耀漢同時窃踞廣東的督軍省長時，大元帥府招募軍隊，竟被莫、李多方阻梗，且誣爲土匪，截獲槍決了數十人。大元帥致函取保，也悍然不顧。孫中山赫然震怒，公開的申斥說：「如果做過土匪的，便要槍斃，那就怎樣的去處理今日的廣東督軍、省長？」莫李聞言，不敢哼一聲。

許南英在李耀漢當省長時，在福建龍岩賦閒家居。有人勸他找李耀漢。因爲李的招安，是許經手辦理的，必定得到一個肥缺，最低限度，也可以得顧問、參議之類，月拿幾百元乾薪的名義。但許南英說：「李是做賊的，而且由我經手去招撫的，我沒有飯吃，也不屑去找他，就是他送錢給我，我也不要！」

莫榮新初時想用武力對付李耀漢，但因李的兵力不少，握着粤桂交通咽喉的西江肇慶，弄得不好，眞是首尾不能兼顧，無路可走。於是運用陰謀，由楊永泰去誘惑翟汪、古日光等反李。果然，翟因頭腦簡單，又想一坐省長交椅，就繼李當了廣東省長，古日光也接充了翟汪的肇陽羅鎭守使。

楊永泰素來以劉基自命，足智多謀。他怎樣的學效撒但誘惑亞當吃禁果的呢。楊與翟汪都是黑籍中人，經常在一起睡横牀吹直竹。瞎話三千。有一次，楊對翟說：歷史上的人物，春秋戰國的諸侯，至今人都知道他們的名字，可是一國之中，諸侯很少，做官就要做到諸侯，才有意義。翟問，鎭守使是什麽職位？楊說：這是近年的武職小官，再過幾年，却沒有人知道了。你該設辦法弄個省長來做，才能在歷史上留名。翟說：恐怕對不住李老總。楊說：他已做過了，你去做不是和他做一樣嗎？他對你一定很贊成的。這一段話，打動了翟汪。於是由軍政府岑春煊明令廣東省長李耀漢免職，調翟汪接充了。

翟汪、字浩廷、廣東新興人。早年跟李北海做賊，李投降後，他當了什長（班長）。此後李耀漢升了一級，他也連帶升一級。翟汪幹了省長，肇軍中人都說後浪推前浪，新興一縣，連續出了兩個省長，肇軍的新興人更當作是一件了不起的大事。

李耀漢卸了省長職，還是住在肇陽羅鎭守使署內，作福作威，又與北方段祺瑞拉攏，這使莫榮新加深疑慮。於是用武力向肇慶壓廹，桂肇兩軍發生火拼。同時莫使沈鴻英用電話通知翟汪說：肇軍造反，莫督已派兵平亂，你要怎樣？翟聞訊大驚，急往見莫。莫表示肇軍卽要改編，但你的省長仍舊不動。翟誤信爲眞。莫與楊永泰早有成約，待翟去後，楊卽接任省長。楊急派人見翟，諷他自動辦職，好由自己上台。翟昂然的說：十多年前，我已落草，殺人放火都已幹過，有什麽可怕！如果有人逼我太甚，我惟有令命部下大鬧一塲，放火燒街，燒光搶光才走，弄得一拍兩散。原來翟汪擁有肇軍六營，分駐廣州的西關，永漢門一帶繁盛市區。莫楊得報，認爲翟是賊仔出身，說得到可能做得到，不能趕狗入窮巷，造成因小失大。派員再去見翟，問他有何困難。翟答：肇軍欠餉甚鉅，要二十萬元，可以淸發一部分，才能離開。該員據實囘報。楊是現職的財政廳長，有的是錢，卽以省庫巨欵給翟。當時翟本想欵到卽辦移交。翟的策士獻計，收到現欵，託辭醫病，暫將職務交粤海道尹張錦芳護理，到了香海，再公開通電辭職，較爲安全。翟卽照辦。收欵後，用電話請張錦芳到省府面商要公。張來，翟卽開門見山的說：「我立卽要到沙面醫病，請你暫時護理省長。」說畢，卽把省長印信交張。弄得張一頭霧水，時值深秋，呆若木雞，仍頻頻用手帕揩汗。良久，才面露笑容，鄭重地行禮，鞠躬接受印信。翟交代印信後，轉入內房。肇軍駐省的統領、

※※※※※※※※※※※

林庚白算命

林庚白是民國初年的福建才子，他自稱馬列主義信徒，但又喜歡談星命之學，爲人看相看八字，定人一生吉凶。傳說他在廣東時，爲廖仲凱批命，斷定他在乙丑年（一九二五年）死于非命，廖果於是年八月二十日被刺斃命。

庚白又爲溥儀批八字，說他被逐出紫禁城，雖然倒楣一時，但不到十年，他還有做皇帝的機會。其時溥儀正在天津日租界避難也。後來溥儀果然在「滿洲國」做了十年「皇帝」，最後又成爲階下囚，則非庚白所知矣。

信馬列主義的人而大談命理，矛盾孰甚。庚白能定人吉凶，但不能算出自己將來也會死于非命。

·夢　湘·

※※※※※※※※※※※

營長、軍需員們，還在客廳等候領餉。詎料日已西沉，搖鈴下班，毫無消息。差弁傳語，翟省長早由後門出去了。於是大家才垂頭喪氣溜走。翟新得到的二十萬元，已全數歸入自己的荷包，不顧士兵的死活了。

張錦芳拿着省長印信去見莫榮新。莫初時啞口無言，繼而畧爲指示，先把駐廣州的肇軍安定一下。原來這個時候，廣東省長一職，各方爭取甚力，桂軍方面希望由莫榮新兼任，可以介紹一批人去當縣知事。滇軍方面則推出李根源，國民黨方面則推伍廷芳、胡漢民，可以位置一批政治人員，並可取得一部份財政權。楊永泰運動省議會議長時，花了一筆巨欵，也收買過一批劣紳政客的議員，因之省議會方面有人推舉他。加以楊與岑春煊、莫榮新早有勾結，省長一職，自恃十拿九穩。而在「投骨於地羣狗爭之」的相持下，岑莫也不敢貿然作主，於是急電廣西，向陸榮廷請示。陸認爲省長只有一職，這麽多人來爭，個個都是好友，給誰也不好，一動不如一靜來回答。張錦芳便由岑春煊以軍政府主席總裁名義任爲廣東省長了。

粵軍回師時，莫榮新藉口軍民兩政應該統一，才可維持地方治安，即把張錦芳踢開，自己兼任省長一個短時期，撈回一大筆賣縣知事缺的黑錢。莫榮新，字日初，廣西桂平人，率桂軍入粵後，恬不知恥的冒充粵籍，是陸榮廷的過江兄弟，同撈同煲的死黨。他到廣東後，先是廣惠鎮守使，他的不肖子莫正聰，也當了順德香山淸鄉督辦，父子同時毒害廣東。陳炳焜返廣西，他才接充廣東督軍。後被粵軍驅逐，竄躲上海麥根路（今名淮安路），在家無事，天天寫字，屛幅多寫「橫刀躍馬想當年」幾個草書字，對聯多寫「海爲龍世界，雲是鶴家鄉」，張三李四，有求必應。「上海有些慈善社團，常找他寫件，送給捐欵百元以上的人。有一次，曾任廣東師長的陳坤培到滬，約了幾個舊友去訪莫，見莫正在赤膊寫字，搞得滿身大汗，如落水狗。陳約他吃飯，他硬要做東。到了一家小飯館，他點了一元的和菜，連酒飯在內，五人只吃了一元四角。這位宦囊豐裕的下野督軍省長，眞懂得裝窮。分手之後，陳說莫是狐狸，善於作僞，邀同朋友去東亞酒樓再吃一頓。

張錦芳，廣東高州茂名人，粗通文字，加入黑幫。淸末流浪廣西，隨着陸榮廷寫些勒索錢財的信件，有「鼓上蚤時遷」的技能，同伴叫他爲「偸雞張」。陸投誠後，他始終跟着陸跑。舊桂系侵入廣東，莫榮新特擇一個肥缺給他，讓他多撈幾個錢，張便當了東莞知事。接事不久，粵海道尹缺出，一時沒有適當的人接充，他就暫行護理，竟因此而當了省長。舊桂系垮台，樹倒猢猻散，他也跟着抱頭鼠竄而去了。

翟汪任省長與張錦芳任道尹時，兩人時相過從，脫盡客氣，開口「媽」，閉口「弟」，隨便扯談。一日，翟摩着張的頸後背的疤痕，問其原因。張說：在前淸時，常是三五成羣，由廣西的鎭南關（今名友誼關）偸進安南邊境，向法軍哨師襲擊。有一次，被法軍圍困，無法覓食，曾偸得母雞一隻充饑，所以有人叫我爲偸雞張。被困數日，無法逃脫，給法兵捕去，指定我是陸亞宋（陸榮廷做土匪時的名字）的黨羽，因而判了死刑。綁去執行，突然暴風雷雨，劊子手發抖，只擦傷了頸皮。我卽乘機倒下詐死，等他們走後，逃回醫治，刀疤仍在，就是如此。張又回問翟的額上傷疤的由來。翟不假思索，念了一句「三字經」卽說：十多年前當土匪時，搶刼新興天河墟一間當鋪，被事主斬了一刀，因有傷疤。彼此一笑，絕沒有一點難爲情。

這幾個雙手沾滿了人民鮮血的賊官，給廣東人民帶來了不少的災難。他們下台以後，莫榮新僞裝窮困，既怕有人來借錢，又怕綁票匪注意，住的是一樓一底的弄堂舊房子，在家出外，穿的土布短衫。除了寫字以外，看些「太上感應篇」，「關帝明聖經」一類壞書。翟汪、張錦芳躲在澳門，日夜吸毒。李耀漢在香港，開了一間銀號，好收買骨董書畫，給古董商人的僞品有一個銷路。堅道的房子，係託風水先生安某代爲選買的。粵軍回師時，投機當過新編第六軍長，到達廣州，即被撤銷。部隊由陳銘樞領導，編入第一師，這是後話了。這四隻吃人不吐骨的野狼，就是如此不同的結局。

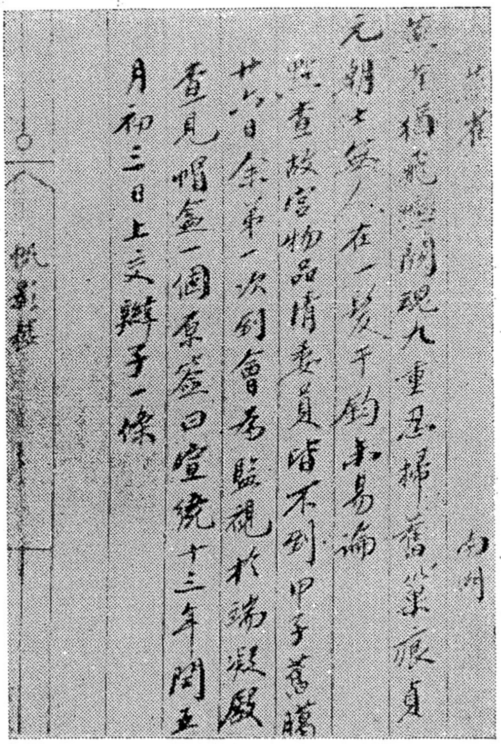
萬年稱觥開現九重丞掃舊巢痕貞
元朝大人在一髮千鈞未易論
曾查故宮物品清委員時不到甲子舊藤
廿六日余第一次到會為監視於端凝殿
查見帽盒一個原簽曰宣統十三年閏五
月初三日上交辮子一條

廉南湖題御辮詩

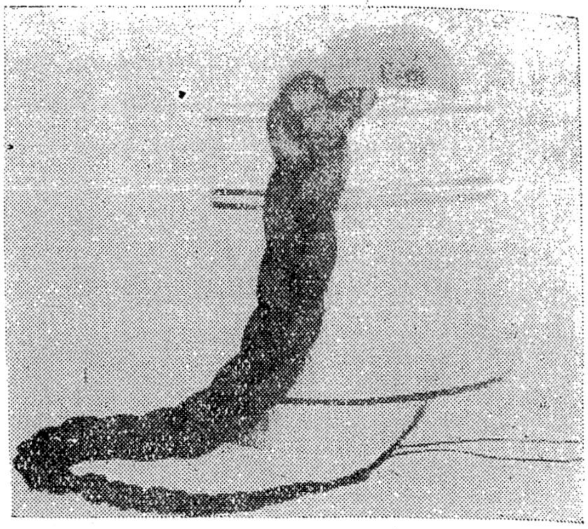

宣統皇帝的辮子

「宣統皇帝」割辮記趣

温　大　雅

滿族的辮子是他們身體上一個極重要部分，如果沒有辮子，他們就會如喪考妣尋死覓活的大鬧一番。後來滿淸王朝倒了，全國人民都把辮子剪去，但北京紫禁城裏以溥儀爲首的那一班人，仍然腦後拖着一條豚尾，怪狀百出。到溥儀年紀較大，覺得有條辮子太過不合潮流了，才硬着頭皮把它剪去。而影响溥儀剪辮的人是他的英文教師莊士敦。據莊士敦所作的「紫禁城的黃昏」一書說，溥儀因爲皇族中有很多人已剪辮，而他的叔姪中也多數沒有辮子了，所以他也想剪掉，但宮廷裏的人說，任何人都可以剪去，獨有溥儀剪不得，他是滿族人的主子，怎可以把宗祖三百年傳下來的傳統破壞了呢。溥儀聽了不出聲，某日傳見那個爲他剃頭的太監，叫他將「皇上」的辮子剪去。那太監聽到「綸音玉旨」，嚇到面無人色，伏地請罪，他哀求「皇上」另叫別人，他不敢動手將「皇上」的辮子剪掉，這個罪名他是躭待不起的。溥儀見他嚇成這個樣子，便走到另一房間，拿起剪刀，將「御辮」剪去了。

莊士敦又說，自溥儀剪辮後，紫禁城裏的辮子紛紛失蹤了，本來有至少一千五百餘條的，現在只剩下三條，那是屬於三個「帝師」的，不久後，有一個師傅死去，只剩兩條了。（按：死去的師傅，是教滿洲文的伊克坦，他是一九二二年陰曆壬戌年八月初六日死去的。另兩個師傅爲陳寶琛、朱益藩。莊士敦文中沒有說溥儀剪辮是哪一天，今查出係壬戌年四月初一日。）他們不肯剪去辮子，意在表示悲痛和抗議。「皇上」剪辮後數日，當他上中文課的時候，師傅們見他的辮子失了，便作七言詩一首，呈給「御覽」，大意說：洋鬼子無父無君，所以也沒有辮子，現在中國的辮子越來越少了，實在是痛心的事。

溥儀寫的「我的前半生」關於他剪辮一事，說得很簡畧，不如莊士敦的詳細而有趣。溥儀說：

從民國三年起，民國的內務部就幾次給內務府來函，請紫禁城協助勸說旗人剪掉辮子，並且希望紫禁城裏也剪掉它，語氣非常和婉，根本沒提到我的頭上以及大臣們的頭上。內務府用了不少理由去搪塞內務部，甚至辮子可做識別進出宮門的標誌，也成了一條理由。這件事拖了好幾年，紫禁城內依舊是辮子世界。現在，經莊士敦一宣傳，我首先剪了辮子。我這一剪，幾天功夫千把條辮子全不見了，只有三位師傅和幾個內務府大臣還保留着。

因爲我剪了辮子，太妃們痛哭了幾塲，師傅們有好多天面色陰沉。後來溥傑和毓崇也藉口「奉旨」，在家裏剪了辮子。那天陳師傅面對們的幾個光頭弟子，怔了好大一陣，最後對毓崇冷笑一聲，說道：「把你的辮子賣給外國女人，你還可以得不少銀子呢！」

溥儀把辮子剪掉，是懷着高興的心情去幹的，因爲那時候他年紀還輕，有朝氣兼有些勇氣。但他的內務府大臣耆齡就和他大不相同了。耆齡聽說溥儀剪了辮，內心痛苦萬分，如果不跟着剪，實在對不起「皇上」，剪，又對不起祖宗。據耆齡的「賜硯齋日記」壬戌四月初六日云：「上（指溥儀）於初一日剪髮，我輩於義應爭，既已不及，則應隨之剪去。五十二年受之父母者，一旦棄去，實有不忍，此舉也，殊難委決耳。內事之不堪設想者何許，是不過一端而已。」這個內務府大臣因爲五十二年來都有一條辮，現在要跟「皇上」剪去，實在痛心，不剪又不成樣子。十二日日記云：「因剪髮事，不應再遲，而又不忍，胸中輪轉者盡日，覺世間無此感傷之事。人之事君，苟有涓埃之利，雖斷肢體何惜，況我之以此身許之者乎？今無端出此，何敢抗違。然五十年全受者而不能全歸，其茹痛當何如也！」十三日云：「入直，散頗早。午刻，遂同均兒剪髮。」攬鏡自照，殊難爲懷，妻孥亦含悲視之，互相勸解，此舉也，無異自滅矣。」（按：耆齡字壽民，滿洲人，宣統元年，以內閣學士爲馬蘭鎮總兵，兼內務府大臣。他的「賜硯齋日記」沒有印單行本。）

溥儀的辮子後來存在故宮博物院，廉南湖有一首詩記其見「御辮」云：「燕雀猶飛戀闕魂，九重忍掃舊巢魂。貞元朝士無人在，一髮千鈞未易論。」記事云：「甲子舊臘點查故宮物品，淸委員皆不到，廿六日，余一次到會爲監視，於端凝殿查見帽盒一個，原簽曰：『宣統十三年閏五月初三日，上交辮子一條。』」廉南湖此詩充滿遺老思想，自不足取，但他做過淸朝的官，他是戶部郎中，官也不算小了（光緒三十二年，一九〇六年辭職的），對於淸朝及故君，不無戀戀，此亦人之常情。但他的記事似乎有些錯誤。「宣統十三年」係民國十年辛酉（公元一九二一年），這一年并非閏年，沒有「閏五月」。下一年壬戌（一九二二年）有閏五月，溥儀於壬戌年四月初一日剪辮，閏五月初三日才將辮子交給他的奴才們保管。那麼，所謂「宣統十三年」的「三」字，必係「四」字，廉南湖看不淸，故有此誤。（按：辦理淸室善後委員會，有監察委員，南湖亦其一，淸室方面，耆齡亦其一。）

剃髮留辮

明夷

滿洲侵畧者佔領中原後，順治即位，初時不敢命全國人民留一條辮子，扮滿洲裝。過了一年，天下稍定，他就强迫執行，要人民剃髮留辮了。當時有很多中國人不願學夷狄裝束，起而反抗，都被殺。

二百六十年後，滿淸垮台，那班遺老遺少却至死不悟，一定要留一豚尾，用以表示「忠淸」，竟忘記了滿酋是我們的大仇人。所謂「讀書明理」的士大夫原來如此！

遺少劉公魯的辮子

·老蒼·

民國初年，上海有些遺老要表示忠於亡清，不肯將辮子割去。這一小撮人中，有個名叫劉世珩者，在清末官至度支部右參議，向溥儀叩過頭的，他不剪去辮子，還「情有可原」，但他偏偏不許他的兒子劉公魯剪辮，使公魯成爲一怪物，二十多歲的青年，在上海被人稱爲遺少。（世珩字聚卿，安徽貴池人，舉人出身，父瑞芬，任駐英公使，廣東巡撫。聚卿雅好文事，藏書畫古董極富，大小忽雷卽爲其所藏，其後歸上海銀行家劉晦之，近年歸北京故宮博物院。）

劉公魯年近三十，背後拖一條大辮子，招搖過市。但公魯亦能文知書之人也。據說：劉聚卿在逝世之前，立有遺囑：「吾家世受君恩，不能去辮，若去辮者，非我子孫，家產悉不能與彼。」家產的確是很富有的，公魯不得不遵守父囑。有友戲改「孟子」中語曰：「予豈好辮哉？予不得已也」公魯亦忍受此謔而已。公魯有一怪脾氣，他在上海有他的公館，他却不住在公館，而住在妓館。在某妓院裏的一個亭子間，是他的溫柔鄉而又是黑甜鄉，自宵至旦，又爲吞雲吐霧之場。大概他也是夜游神，白天不大見面。妓家利其多金，趨奉倍至，因此他亦得以暢所欲爲。吸鴉片烟人多懶，這也是通例，他一條大辮子，十餘天不加梳理，蓬亂得好似乞兒一般，他也不理。

有一天，那個妓院的侍兒，看不過眼，她說：「劉大少！你這條辮子，有十幾天不梳理了，已經發了臭，而且要生虱了，找一個理髮師來，好好地梳一下吧！」他說：「不！不！我最怕理髮匠，硬手硬脚，多說多話。」那俏麗的侍兒道：「那怎麽辦呢？」公魯吸好了那侍兒所裝的一口烟，便道：「我倒願意你明天有空，給我梳一梳，你的辮子不是梳得很好嗎？」侍兒笑道：「我們的辮子，不同於你的辮子，况且我們的辮子，輕輕快快，不到五分鐘就梳好了，你這一條辮子，是一個大工程呀！」公魯道：「大工程就出大代價，誰給我梳好這條辮子，我出酬勞費一百元。」侍兒道：「酬勞不酬勞，也不去管它，我們實在看不慣你這條骯髒的辮子，說幹就幹，何必要待明天呢？」於是便端來一隻洋瓷大面盆，邀着姊妹幫忙，把這位劉大少的頭顱，揿在面盆裏。用梳妝台上的生髮香水，先作了一個醍醐灌頂，洗清了頭髮裏的垢污，然後把辮子梳理起來，亂髮也芟去了不少，不管它是「一髮千鈞」了。這個工程，足足花費了兩小時的光陰。劉公魯决不食言，坦然取出一百塊錢來，作爲酬勞之資。侍兒們也覺得却之不恭，受之無愧，劉大少既然賞賜，也便不客氣笑納了。但是以一百元梳一條辮子，在北里中傳爲珍聞，（當時吃一枱花酒，也不過十餘元，若正規理髮，不過三四毫耳）又喧傳於花叢姊妹，作爲笑談。上海晶報館余大雄，最喜歡此種有趣味的新聞材料，舉筆直書，於是讀晶報者亦資爲談助也。

日寇進據上海時，劉公魯已移居於蘇州，然而蘇州亦同遭蹂躪也。其時公魯方病，他以烟霞癖甚深，身體本已孱弱，時時病不能起。一日，有日軍三數人，入其室，方肆搜掠。公魯臥病在牀，尚手持一線裝書。日軍嚴詞詢其姓名，彼驚悸不能答。日兵毁其書，把他拖下牀來，正思毆之，忽見他背後垂着一條大辮子。一個軍官連忙制止，說他是「大大的一個清朝忠臣，也許是滿洲國的什麽人」率衆巡逡而去。

可是劉公魯本在病中，經此一嚇，不多幾天，便逝世了。從此中國又少了一個遺少，使人眼前較爲清淨。

我所知道的廉南湖

李菊

本刊第五期有今霞「我所認識的廉南湖」一文，讀後很感興趣。現在把我所知道的廉南湖，寫一些出來，作爲補充。

南湖的小萬柳堂，在上海曹家渡聖約翰大學的右向，前面臨街，後面沿河，在塵囂萬丈中有這一角勝地，的確很不易得。那麽它的風景究屬怎樣呢？容我抄錄南湖夫人吳芝瑛蘙淞閣詩的小引，以見當年的概況。如云：「自吾營小萬柳堂於曹家渡，又樓其東，曰帆影，堂之上曰西樓，兩樓鈎連處爲蘙淞閣。王君冰鐵藏有伊墨卿所書蘙淞閣橫額，喜其命名適同，因此見貽。閣爲地不過丈餘，方夕陽始落，紅霞彌空，倒印入水，似水中別有一天，而水之迴瀾，被風帆所激，忽起忽落，均閃閃作金線。對岸爲蘆灘，帆隨灘轉，不能窮其往，惟見暮色蒼然，楓葉荻花，蕩漾於風漪之內而已。自吾堂渡河而東，沿溪行，不一里，徐氏小蘭亭在焉，亦有蘙淞徐渡之額。」又南園詩小引云：「園在小萬柳堂南，故曰南園，地可六畝，環以垂柳數百株。中爲毬場，面場編竹爲屋，繁花匝之，時鳥弄音，若能與主人同樂者。當窗植芭蕉十數，綠陰如幄，於深秋聽雨爲宜。西南兩面，有溪流環抱，斗折蛇行，由吾棻畦而過。……。西南隅有亭聳然而特立，登其上者，見平疇彌望，悠然有高世之想。」環境如此，殊足欣羡。但越年久遠，既經變遷，當然無迹象可尋，今日徒從寥寥數行中，窺見一斑而已。

當廉南湖盛時，夫婦雙棲其間，既有竹石亭榭之美，又有書畫文物之藏，一時名流，詩酒宴集其間，如沈曾植、侯毅、潘蘭史、陳三立等人，都爲座上之客。杭州西湖，亦築小萬柳堂，如嚴復、趙熙、袁克文輩，屐印詩痕，傳爲韻事，即鑑湖女俠秋瑾，以母喪歸里，也來此話別。原來南湖夫婦，春秋赴杭，冬夏居滬。所藏的東西，嘉客莅止，出以共賞，有朱淑眞，管道昇璇璣圖詩各一卷，管楷尤爲精絕。關仝看碑圖、趙大年手卷、馬遠繪柳、倪雲林軸冊、浙江山水，邢子愿藏澄清堂帖，爲海內劇蹟。又收藏許多古絹素，非常精雅。其它還有淸乾隆田竹節御印，刻文「馮列宿而贊之。」又乾隆黃琮連印三方，一長圓，二正方，刻「樂天」、「乾隆宸翰」、「惟精惟一」諸文。印連紐高不及寸，而環鏁相連，長四寸，用一塊整玉雕成，極透剔玲瓏之致。又秋瑾與芝瑛，所換的金蘭譜，署名「秋閨瑾」，寫在梅紅全帖上，書法很端勁。綜合他的收藏，以書畫佔絕大多數，至於「小萬柳堂扇集」影印裝一木箱，由文明書局發行，尤爲藝林瑰寶。他的書畫的來源，本是他的友人宮子行遺物。宮歷宰東魯諸邑，愛書畫成癖，宦囊所入，悉以易名人縑幅。宮子行買書畫的方法，托人四方物色，每歲新正，例必宴客，客有赴幽燕的，有入巴蜀的，有過梅嶺而作兩粤之遊的，每人給以銀摺一，見佳書畫，即代爲羅致。歲暮歸來，以所獲呈之於宮，宮設宴慰勞，逐一檢點，熟爲眞而精，熟爲劣而僞，分別收貯。明春再宴，那就擇其精於鑒別的復加委托。這樣若干年，書畫充斥。官俸不敷，以致負債。南湖家設有錢莊，宮欠南湖凡銀四萬兩。及宮老病死，即以書畫歸之以償債項。實則書畫代價，固超出所負之數。可是沒有幾年，南湖商業失敗，經濟奇絀，書畫佳品大都由北方潘復、靳雲鵬收去，名扇累累，絡續讓給日本人，文物外流，那是莫大的損失。

汪蘭皋，爲南社詩人，和南湖很相契合，甚至有人說，吳芝瑛的寫件，有些出於南湖代筆，有些是倩汪蘭皋爲之。在南湖沒有傾家時，蘭皋已看到跡兆，曾書南湖，謂南湖夫婦，不善治生，日後必致窘困，這樣的警告，南湖雖不以爲忤，却漠然置之，果然數年後，竟應了蘭皋的預言。當時擬把上海小萬柳堂讓給一風雅友人，願稍廉其價，於是致書樊增祥、沈曾植，均以無此資力而婉謝。後來只好登報出售，那廣告甚爲雋雅。如云：「南湖所遺別墅，道契五畝七分。前門馬路，後臨蘇州河。一曲淞波，風景獨絕。所有三代銅器、古玉古錢、宋瓷書畫，一併讓渡。有欲得此名園者，請用電話西七八六通知，便可枉觀議價。小萬柳堂啓。」又附一啓事：「鄙人此次南來，結束浮生，移家潭拓。凡婚喪喜慶，不克躬臨。文墨讌遊，從茲謝絕，爲閉關之預備，悟有家之已非。敢告親朋，幸垂鑒恕。京師拈花寺優婆塞顯惠，和南」顯惠，南湖學佛之名，消極逃禪，這是他的下場。至於杭州的小萬柳堂，那是讓給金陵名士蔣蘇盦的，蔣名國榜，李梅庵弟子，工詩善書，著有「飲恨巢。」因此人以蔣莊稱之，蔣收購之下，加以補葺，且爲南湖留一紀念，專設一榻，藉答高誼、且有一詩贈南湖云：「南湖一角數峯青，寂照偏宜夕照亭。風月無邊難作償，湖山管領孰居停，結鄰處士呼籬落，逸境遊人謝戶庭。欣爲北堂留供養，夢回堤上是初醒。」附識：「湖山疊爲管領，得閒便是主人。覺今日之雲嵐署券，反爲多事，知不免爲達人呵也。」現在蔣仍安息其間，與馬一浮老人同居，著書吟嘯，樂數晨夕。

南湖曾精印小萬柳堂明信片，花木掩映，堂廡留眞，南湖與人書，纖細如蠅頭，寫在明片上，親朋獲得，視爲至寶，但明片郵遞，易於沾污，甚爲可惜。邵松年爲此有詩寄之云：「蠅頭細字迥超羣，祇惜澄空著點氛，一紙千金難購取，願君幸勿吝三分。」原來這時郵費，明信片只須一分，信函須四分，故詩末云云。南湖所用信牋，亦極講究，牋上有圖紋，南湖往往就紋隙作書，極有致趣。因常代吳芝瑛作瘦金體書，用自名寫的字，就不寫瘦金體，偶或爲之，輒加題識：「仿萬柳夫人書，但不知能得其髣髴否？」無非放煙幕彈而已。南湖詩饒有唐音，以「夕陽穿樹補花紅」一句，傳誦於時，人稱廉夕陽，有云：「十年種得溪橋柳，輸與詩人廉夕陽。」刋有「南湖巢」、「拈花巢」、「東遊草。」「小萬柳堂圖」，爲吳觀岱所繪，盛伯希題詩四十二韻，賀松坡作記。此冊於兵亂中失去，後復彙錄朋好題詠三百十五首，刋存一冊，名「翦淞留影巢，」投贈友好，以寓雪泥鴻爪之意。（按：南湖一九三一年死于北京，年六十四歲。）

福建才子楊仲愈

閩縣楊仲愈，字子恂，是清末一個著名的福建才子。據林庚白的「孑樓隨筆」說，沈葆楨爲船政大臣，楊在其幕府，沈交給他十萬元，叫他往上海買軍火。他到上海後，把上海的名妓叫齊，作「裙釵會」。參加盛會的妓女，每人送扇一柄，手巾一條，金釵一支。扇由仲愈題詩寫字。十萬塊錢，通通給他花光了，軍火沒有買到手。他回到福州後，沈葆楨大怒，將要軍法從事。他求沈給半月時間，以便更衣理髮。事畢，仲愈寫信給沈，有句云：「魯囚越石，感大夫知己之恩；晚節李嚴，冀丞相他時之用。」沈奇其才，得不死，云云。十萬之說，似太無稽。

仲愈早年，與林天齡、龔易圖友善，他的才情，比林龔二人更勝。他工駢體文，尤擅聯語。同治末年仲愈以道員候補江南，死於上海，身後蕭條，並且虧空頗大，由好友龔易圖，爲其彌補，龔有聯輓之云：

早結下三生香火緣，同是謫天來，誰知風流文采，陶寫中年，縛繭爲人絲竟盡；

代銷了一篇詩酒債，可憐揮手別，依舊富貴神仙，蹉跎兩誤，繫鈴請我解何從。

·洛 生·

剎及其住持

周志輔

兩個月前，臥病兼旬，文思頓澀，至今懶於執筆，在病榻無聊時，取時賢詩集讀之，以消永晝。如膠西柯鳳蓀先生之「蓼園詩鈔」，遼陽楊雪橋先生之「聖遺詩集」，瞿兌園之「補書堂詩錄」，及溥心畬之「寒玉堂詩集」，皆瀏覽一過。柯楊二家詩集，皆用仿宋活體鉛字排印，而瞿溥兩家詩集，則皆親自手抄用照相石印，紙墨俱精，而溥氏之書，裝潢尤極考究，展卷讀之，使人想見其致力之勤也。

瞿氏集中所詠北京景物，皆昔年所嘗經之地，頗覺往事如烟，不堪回首，而溥氏集中，有遊拈花、極樂兩寺之詩，尤不禁有眼底滄桑之感。緣此兩寺，皆余五十年前舊遊之處，嘗以暇時盤桓竟日，至今思之，恍如隔世，茲先將此兩詩錄之於後，而將余所知於此兩寺者，分別綴書於下焉。

遊拈花寺

訪全朗退居

孤客來初地，從師問死生，眞源了無悟，大道若爲名。臥柳垂荒井，飛簷向古城。松風天際落，吹散轉經聲。

拈花寺爲賢首宗之古剎，在北京德勝門內九道灣，廟門不臨通衢，由地安門外，鼓樓西大街西行，距德勝門不遠，路北有窄巷，蜿蜒而入，曲徑通幽，山門前頗軒敞，有鐘鼓樓及旗杆，山門內，大殿及藏經樓均極壯麗宏偉。廟初建於明萬曆九年，有明碑二，至清雍正十一年重修，始賜名拈花寺，有御製碑文。大殿上塑釋迦牟尼佛拈花微笑像，兩旁有諸天及阿羅漢銅像，色黝黑而光可鑑，係風磨銅所鑄。風磨銅產於朝鮮之新羅，爲入貢中國之例品，清時北京有諺語曰：「高麗國進貢，送銅」，以形容人之每賭必輸者，即源本於此。佛像後壁背面，懸八萬四千手眼觀世音菩薩畫像一幀。縱廣均逾丈，色彩鮮明，莊嚴無比。大殿兩傍，東廊下爲齋堂，西廊下爲禪堂，齋堂東有菜圃，禪堂西爲方丈，余於民國六年（一九一七年），第三次入京時，以湖南鄧伯誠居士之介紹，得識拈花寺住持全朗上人，時至其方丈晤談，覺其地方幽靜，而上人又和靄可親，故每盡興暢所欲言，雖至日昃而不忍遽去也。其方丈北房五間，三明兩暗，東頭一間，爲其臥室，西頭一間，門上有董其昌書畢砵巖三字橫額，東西各有廂房三間，有時於其中備素齋接待檀越，尋常以人跡罕至，寂靜無比，誠避囂之勝地也。

菜圃中有屋數楹，在民國十餘年時，有禪門大德，省元大師棲息於此，師來自京北懷柔縣之紅螺山資福寺，寺中素來規律謹嚴，爲北方罕有之叢林，每年有講經法會，平時則禪淨雙修，其不入衆者，別有茅棚可以修行。省元大師，本來住紅螺山茅棚有年，以後來兵燹連年，地方不靖，乃入京覓養靜之所，爲全朗上人迎居於此東跨院中，後來大師即圓寂於拈花寺。

上人於國廿餘年間，傳其位於量源法師，而自份退居，將以餘年辦道，而求解脫也。乃於日寇攻陷北京後，迫於外來之壓力，不得不與日本僧侶有所週旋，於是在勝利後，被人指爲漢奸，欲加之罪，殆覬覦其廟產者，訴於法庭，使其身入囹圄，未幾患病保出，不久即示寂矣。上人平居，待人接物，從無失禮之處，不知何以開罪於人，乃以拈花寺廟產頗能自給，遂至懷璧爲罪，而令政治上之風雲，波及方外，亦可哀也。

遊極樂寺國花堂

平原蔓草碧於煙，門對寒流夜泊船，頭白貞元朝士在，尙零清淚過堂前。

極樂寺在西直門外高梁橋西，前臨長河，後倚高阜。長河在北京農事試驗場圍牆外，寺居長河東岸，一灣清水，風景絕佳，即溥氏詩中所謂門對寒流者也。寺建於元至正年間，明成化時重修，有碑二，皆嘉靖年立，一爲嚴嵩撰，一不知撰人名姓。寺內東院有國花堂，西有芍藥亭、雨花亭。從前牡丹最盛，且有荷花池，後來僅存海棠丁香二花，及文官果花而已。據「日下舊聞」所載，關於極樂寺者有四則

記北京兩名

，錄之於後：

（一）極樂寺門外有二柳，高拂天，長條蜿地，可掃馬蹄，寺中有松亦佳。（二）寺臨水，有垂楊，婀娜甚。殿前四松，遮蔭不見一人。寺左國花堂，花已彫殘，惟存故畦耳。堂左有三層樓，望西山，惜樹封之。（以上二則出燕都游覽志）

（三）極樂寺去高梁橋三里，馬行濃綠中，若張蓋。殿前有松數株，松身鮮翠，嫩黃斑剝，若大魚鱗，可七八圍。（以上見瀟碧堂集）

（四）寺成化中建，中有牡丹園，春日游屐恒滿。園有高樓，萬曆壬辰進士曠鳴鑾欲登之，寺僧辭以久扃不便開，曠不聽，甫登樓，火發，曠與樓俱燼。（以上見春明夢餘錄）

綜上數則觀之，在成化年間重修之時，所植牡丹極盛，為遊人麕集之所，殆後一度彫殘，祇餘松柳而已。至淸初又有人重植牡丹，欲恢復舊觀，故洪稚存集中，即有國花堂看牡丹詩，而國花堂三字匾額，為成親王所書，至今猶懸于堂中也。至淸末寺園逐漸荒蕪，民國以後，牡丹又復蕩然無存矣。

余於極樂寺中，識其住持靈雲上人，亦在民國六七年間。其時廟中傾圮殊甚，敗瓦頹垣，一片荒涼景色，寺屬於禪門中臨濟一派，同宗衲子，無人肯涖斯寺，乃公推靈雲師接任住持，師知其艱苦，而猶毅然允諾不辭，蓋已懷有重整道場之志矣。

師接任後，常無隔日之糧，其為難可以想見，乃四出化緣，先從食糧入手，由施主月供粮米、由數斤以至數十斤不等，此外亦有月給香錢者。師則每月按期率廟中工役，挑担入城，至各施主家收取月米，並持摺取銀，冬夏均無間斷，如是者數年，緣法日廣，廟有固定收入，始停止不再奔波焉。

余之得識上人也，係在親戚家中，覺其言談舉止，純屬修行人本來面目，知為月米而來，於是亦畧有供養，親近日久，氣味相投，其後廟中一切重建計劃，每為之借箸代謀，上人亦多採納其意見也。

師在極樂寺住持逾二十年，對於殿宇，兩次重修，頗具規模，第一次僅能因陋就簡，取其可以蔽風雨而已。嗣又重行翻修，增高殿座，擴充簷椽，益顯其恢弘壯濶，以次修葺禪堂，多留掛單僧衆，儼然十方叢林氣象，而每日率衆上殿，暮鼓晨鐘，悉遵規制，道場由此復興矣。

師於廟中建設，畧具端倪以後，乃推廣緣法，佈置園林，以點綴景色，而求恢復昔日之名勝。先覓得施主，出資由山東曹縣購來名種牡丹數百株，遍植東院國花堂前，每年施肥壅土，極盡培植之勞，雖偶有花開，引得遊人不鮮，但終以水土關係，自師沒後，無人護持，逐漸零落，日久已所餘無幾矣。

師幼年出家，曾在紅螺山資福寺參學多年，對於山中諸老修行，虛心請益，更見精進。為人涵養功深，無疾言遽色，余嘗見其入一施主家化緣，適逢午餐，座中有促狹者，取滿勺辣椒糊，置其飯盂中，師不拒，亦不棄置一傍，談笑自若，終食若無其事者，此忍辱波羅密也，誠為不可及矣。

師對人無論僧俗，一本至誠，有時語近迂濶，貌似痴騃，而實為僧伽本色，有不諒之者，輒為取「靈魔子」三字別號以相戲謔，甚至譏為濟顚僧者，而師則付之一笑，亦不以為忤也。在敵偽期間，師又就廟前低地，濬為魚塘，成立放生會，月必放生一次，在北方叢林中尚為罕見之創制也。某年，師忽示疾，未數日，工役亦不以為意，侵晨入室灑掃，則見師已結跏趺坐而圓寂矣。案上有師所自書紙箋，為「萬緣東謝，一意西馳」八個字，即葬於大殿後身塔院中，以此知師於百端叢脞之餘，絕未懈怠其西歸之願，所以能捨報安詳若此，師其高僧，而亦異人也。

銀行外史

·醇　廬·

金城銀行

金城銀行創辦人是周作民，周是江蘇淮安人，日本留學生，民國初年在北京財政部當司長，後來任交通銀行總行總稽核，不久調蕪湖交通銀行兼蚌埠交通銀行經理。那時安徽省長倪嗣冲是個軍閥，駐蚌埠，長江巡閱使兼安徽督軍張勳駐徐州，帶的軍隊叫做定武軍，倪也有軍隊，叫做安武軍，周因此和倪很熟，同時和他的手下軍需及財政廳長也很熟，於是周就勸倪拿點資本辦一間銀行，倪答應了，周卽到北京創辦金城銀行，倪是大股東，另外招了些股本，資本金定爲一百萬元，收足多少就不知道了，有了五十萬就可開業。

後來金城銀行的業務，一天比一天發達，帳面也最大，是北四行第一位，周以銀行爲終身事業，專心辦理，不想在政治方面活動，但又不能不與政治方面，發生關係，所以對政治派別，軍人系統，各方面都有聯系，不過他很少自己出面，手下有專人，負責某派某系，利的方面固有，害的方面也時時發生，如在馮玉祥軍隊內，卽由金城銀行設有軍人儲蓄處，到了馮被張作霖趕出北京後，張對金城銀行在馮軍隊裏設有儲蓄處一事，很找他的麻煩，後經各方面向張說項，聽說還有不能公開的條件，方才了事。

日寇佔據上海南京等重要商埠，汪精衞在日本卵翼下組織僞政府，周作民當時在香港，日寇佔據香港，周作民等被俘，關在香港大酒店，後來汪精衞和日本交涉，經過四個月，這批高等難民全部用飛機送往上海。汪精衞、周佛海要他在僞府中担任一個職務，但他總是推辭，結果周就派他的手下人出面，而他在幕後支持。到日寇投降，國民政府對周作民頗不諒解，經過兩位要人向蔣說項，才算無事，有無其他條件，則非局外人所能知了。

一九四九年，人民政府在北京成立，周作民也在香港，那時身體已不很好，二樓都不能自己走上去，要坐了椅子由兩個工人抬上去，據聞一九五二年，北京方面派了一位說客，請周回國去，說客對周說，金城銀行創辦人，北四行創辦人，只剩周一人，大陸談（丹崖），中南胡（筆江），鹽業張（鎭芳），皆已去世了。周說，在香港還有吳達銓、錢新之。說客道：「吳錢都非北四行的創辦人。」不久周果離港回上海，那時國內正鬧三反五反，而又有謠言，周等八十三人不在鬥爭之列，結果周始終無事，不久就病死在上海。金城銀行總行副總經理殷某，被公事房一個工人檢討他，鬥爭他，用種種方法侮辱他，就在該行六樓飯堂平台跳樓而死。

周作民用人異常廣泛，舊式錢莊的人也有，從別家銀行請來也有，留學生也有，各派系荐來的也有，分支行最多，帳面亦最大，所以居北四行之首位。

大陸銀行

談丹崖是大陸銀行的創辦人，他的原籍是江蘇無錫，寄居淮陰，日本留學生，光緒三十三年卽已回國。談回國後，卽在南京高等商業學校任教務長兼教授商業課程，校長是胡思敬，湖南人，胡離開即由陳福頤繼任校長，後又與中等商業學校合併，改稱高中兩等商業學校，高等有大學預科，銀行，稅關，師範等專科。高等校長陳福頤於光緒三十四年赴北京應留學生考試，即由談兼代校長。中學校長是宗嘉祿，有本科（等於後來甲種商業），有預科，經費由商會負担，辛亥革命，即行停辦。民國元年，談就中國銀行南京分行經理，他喜歡用商業學校的學生，南京分行，文書主任，會計主任，營業主任，出納主任，四位都是商校學生，後來談調北京分行經理，因為在南京與馮國璋及其部下很熟，拉他們投資創辦大陸銀行，總行設在北京，當時談尚未脫離中國銀行，就叫姓曹的學生以協理資格執行總理職務。

南京商校學生，各銀行都有，如中國，交通等銀行，但大陸銀行用的最多，所以商校學生對談先生異常好感。

大陸銀行是中國第一間蓋新式幾層樓洋房做行址的銀行，地址在北京西交民巷刑部街口，中國銀行在西邊，金城銀行在對門，後來成了一條銀行街。

大陸銀行也是第一個用電鐘的銀行，母鐘在總理室，用電線聯系各室電鐘，當時北京電燈公司所發的電流很不準確，時高時低，並且有時停電，所以大陸銀行的電鐘也跟着時快時慢，甚至有時停止不走，談甚以為苦，旁人笑他好新奇，他只有搖頭苦笑。不久他與西門子電氣工程師商量，改為電池，由電燈電冲足電池，再由電池發出電流而發動電鐘，從此電鐘也準了，不再停了。那時人們都不相信北京電燈公司發出電流是準確而不會中途停電的，談既採用此種電鐘，非將他弄好不可，亦可見談的辦事百折不回的毅力。

談喜歡用舊官僚及民國時代退職各省廳長階級的人物做分行經理，他喜歡燒熱灶，不喜歡燒冷灶，他死的早（民國二十一年），所以在北四行中比較最弱，他故世後，許漢卿繼任大陸總經理，許曾經做過南京中國銀行副經理。談是一個無積蓄的人，死後，據說還虧空大陸銀行九萬元云。

鹽業銀行

該行是張鎮芳發起創設的，他是河南項城人，袁世凱表兄弟，清末在直隸做官，宣統三年十二月，署理直隸總督，北洋大臣，不數日，清帝即退位，他久居天津，因此與鹽商很熟，他既有心創辦鹽業銀行，就要拉鹽商入股，吸收他們的存疑。張本人是進士出身，不懂生意的，就用岳乾齋做協理。岳在前清專結交清宮內務府官員，及王公大臣，如有外省來京謀差缺的人，他可向王府或有關衙門，代為接頭。他的方法是這樣的，某人要謀某差或某缺，要多少兩銀子，就請他到前門外一家古玩珠寶鋪買寶。岳會對那個人說：「請你買這件古玩吧。」那件古玩多少兩銀子，就是那份差事或缺的代價所須要的數目。岳又說：「我可以代你送給某某人。」隔了不多日，那個人所求的事果然發表了，而且見了上諭。原來這家古玩珠寶鋪就是岳開的。那個收到古玩或珠寶的某某，就將原件送到岳的鋪子裏，取回多少兩銀子，這項交易到此算是雙方圓滿成功。諸如此類的，在清末時是很多的。（南亭亭長的「官場現形記」小說，記此事極詳細。）

張鎮芳開辦銀行，認為岳乾齋與清室及王公有往來，所以就請他做協理，拉這方面的生意。鹽業銀行開辦時大概是民國二三年（一九一三、一四年）當時袁世凱還在位，不愁沒有生意。到民國五年袁世凱死了，張鎮芳知道失勢，不易支持這個銀行，就請出吳達銓做總經理，但大權仍操在岳乾齋手上，清室的王公存欵不少，他就拿這些存欵放給溥儀的「內務府」，抵押品多數是宋元明清（康熙、雍正、乾隆）磁器，也有珠寶及金飾，到期不贖，即行沒收，所以岳的家裏有名貴的磁器很多。前兩年報上登載，張伯駒（張鎮芳的兒子）將眞金十八羅漢獻給政府，但未說明重量及高度，據傳十八羅漢是清宮之物，抵押於鹽業銀行的，到期未贖而被沒收，銀行即將抵押品由北京偸運到天津分行嵌在牆裏頭，張恐怕人告發，所以就獻給政府了，張伯駒早已脫離銀行，現在吉林博物館做館長。

北京電燈公司，雖是股份公司，但年年賠錢，有勢力用戶多不付電費，不但不付電費，還換大燭光燈胆，因爲電力不足，燈不夠亮之故。股東又拿股票向鹽業銀行做押款，公司也向鹽業銀行借錢，這兩項債戶，根本無法還本，有的連利息都不付，銀行不得已，就完全拿過來自己辦，竭力整理，對用戶如不付電燈費，就剪線，這樣辦法也只能勉强維持開支，不再賠錢，想有利息，及公積金還談不到。到了民國二十三年，鹽業銀行索性把公司賣給國民政府，算是國營，鹽業拿到三百多萬法幣。那時鹽業上海經理（是北方老銀行界）就將這筆錢撥到上海，變成美金。有位專做美股票經紀的某某（前年在香港自殺死去）向上海經理獻策，拿一百萬美鈔在美國交易所做物產，完全賠光，經理因之神經失常，離滬回北平休養去了，過了很久後才復元，但從此未見再回到上海的分行了。

美國物產交易所；有很多物產在交易所裏買賣，如棉花，小麥，大豆，玉黍，等等，買賣都可以，有一個月期，有兩個月期，有三個月期，發財也快，賠光也快，銀行是禁止做此項生意的，公司股票是可以做，但只限投資股，投機股是不准做的。鹽業上海經理，自以爲銀行老資格，聽了經紀的話，大做其物產，如果那時做了股票，現在最少是十倍了。

鹽業銀行上海分行是一位姓倪開辦的，倪是鎮江人，在清朝是一個河南候補道，四品大員也，他和張鎮芳很有交情，所以做上海分行經理，他到上海後，行裏仍然用舊式帳簿記帳，他說他一日在職，一日不改新式簿記，總行也無如之何。

鹽業香港分行恐怕是北方的銀行來香港分行最早的一家，縱然不是第一，也是第二。德輔道中是自建的行址，經理姓倪，是上海倪經理的姪兒，香港鹽業銀行開設在上海鹽業銀行之前，所以姪哥進行亦較乃叔爲先。香港倪經理從開行即任經理，一直到前三年逝世，始終未更換過，據說北幫（如天津，大連，青島，等處）多數與該行往來。

「後畫中九友歌」

大　年

吳梅村（偉業）在明末清初年間，曾寫「畫中九友歌」。畫中九友，是指當時的董其昌、王時敏、王元照、邵長蘅、楊龍友、程孟陽、張爾唯、卞潤甫、邵僧彌九人。

抗戰末期，有書畫收藏家某甲，拿了畫中九友的雜冊請葉遐菴（恭綽）題詠。題好之後，這位收藏家跟着和葉說：「畫中九友，距今已歷三百年，現在國畫家也可以來一個畫中九友，給他們流傳一段佳話，請您對此課題選評一下，我想是很有意義的啊！」葉沉思一下，覺得來客這一段話，很有意義。客人去後，乘興寫「後畫中九友歌」，歌云：

湘潭布衣白石僊，藝得于天人不傳，落筆便欲垂千年（齊白由・璜）；新安的派心通玄，驅使水石凌雲烟，老來萬選同青錢（黃賓虹・質）；映菴長髯時自妍，膠山絹海紛游畋，已吐糟粕忘蹄筌（夏劍丞・敬觀）；名公之孫今鄭虔，閉關封筆時高眠，望門求者空流連（吳湖帆・萬）；更有嵩隱，馮超然，俾夜作畫耘硯田，畫佛湧現心頭蓮（馮超然・迥）；王孫萃錦甘寒氈，予固大滌相後先，上與馬夏同周旋（溥心畬・儒）；越園避兵窮益堅，有如空谷馨蘭荃，妙技辭如藏珠淵（余越紹・紹宋）；三生好夢迷大千，息影高踞青城巔，不數襄陽虹月船（張大千・爰）；疊殊風致疑松圓，日親紙墨窅管弦，世人欲殺誰相憐（鄧誦先・芬）。

詩雖然每人只有三句，有的點明他的籍貫，有的說他的別號，有的突出他的特徵或生活，恰如其分，不能與別人相通的。今再略爲說明，齊白石是湘潭人；黃賓虹籍貫歙縣，即古之新安；夏劍丞別署映菴；吳湖帆是吳大澂的孫，終日居家，不理外事，等于閉關；馮超然住在上海嵩山路，室名嵩山草堂，是俾夜作畫的癮君子；溥心畬是清室恭親王後人，住在北京萃錦園；余越園抗戰時期，避寇龍泉；張大千當時住在灌縣青城山上；鄧誦先別署疊殊，嗜好管絃歌曲。葉的標題冠以後字，是說明了別於吳梅村的所作。

這九個畫人二十多年來，逝世的已有七人，刻下存在的二人。吳湖帆去冬再度腦充血，現仍在醫院治療。身體癱瘓，僅能張目略轉身體，不能講話，吃東西要從鼻管灌入流質，因爲喉部動手術，暫時還沒有縫合。大千移居巴西，已有十多年了。

清宮的秀女和宮女

單士元

八旗秀女凡未經選閱的，不能私相聘嫁，如果違犯就要交有司衙門治罪，假使在選驗時，因故不及閱看，也須等待下次選驗。若是年齡已到二十歲，還須有本旗都統（旗的最高官長）查明遲悞原由，還定要「具奏請旨」，這樣條文定在「八旗則例」中，這已經是夠厲害的了。可是到了乾隆朝，又規定雖然秀女到了二十歲，還是不能聘嫁（見「內務府現行則例」），即使是官高一品的封疆大吏，也不能通融，乾隆六年兩廣總督瑪爾泰，曾專摺奏請其女完婚，因爲瑪爾泰的女兒恒志還沒經過乾隆的閱看，於是大加申斥，原文抄在下面：

總督瑪爾泰伊女恒志原與德珮議定姻親，尚未挑選，今年已十七歲，懇恩完婚一摺，此時德珮尚未到京，俟德珮到京時，另降諭旨。至八旗女子，必須挑選後，方准結親，此本朝之舊制也。旗人等理宜欽遵奉行。近日旗人等竟有將未選女子許配與人，試思如有奏事之責大臣等雖係奏明請旨，然於體制究有未協。所有挑選旗人女子，原爲與王阿哥等揀選福晉，若未選之前便與人許聘結親，不但有違舊制，似無奏事之責人員等之女，業經許人，朕弁不知其詳，另婚與人，大有關係。况八旗女子十三四歲時即行挑選，並無遲悞之處。將此諭交戶部通行曉諭八旗，嗣後將來選女子，斷不可私自與人結親，務須照例挑選後，方准結親。

乾隆在這裏强調說挑選八旗女子，爲的是與王阿哥揀選福晉（福晉即夫人之意）。按清代近支宗室，有時由皇帝在不選取的秀女中指婚，所以在選秀女的時候，宗人府將宗室名單呈上（清代選女指婚宗室，皆屬近支，雍正朝指配康熙衍派廿四支，乾隆朝指配雍正衍派子孫）。但是，指婚是屬於附帶的事情。嘉慶時代襲封禮親王的昭槤所著的「嘯亭雜錄」中提到選秀女時是這樣說的：「擇幽閑貞靜者入後宮，或配近支宗室。」吳振棫的「養吉齋叢錄」說：「八旗挑選秀女，或備內廷主位，或爲皇子皇孫拴婚，或爲親郡王之子指婚。」都是說．選秀女首先爲的是入後宮。

未經入閱的秀女，撩牌子後可以得到賞賜，以後即可自由聘嫁。「惕庵年譜」中道光十六年有一條記事云：「冬，吾母送胞姊回京應選，弟妹皆從，惟留實在署。」十七年有一條是：「春間接京信，知四妹撩牌，蒙上賜大紅江綢二卷，又皇后賞翠花兩對。予寄詩賀之，有：「不櫛居然成進士，宮花插帽認君先』之句。」惕庵名崇實，爲道光時河道總督麟慶之子，麟慶即撰「鴻雪因緣」的麟見亭氏，麟爲完顏氏世族，又居官一品，所以他女兒撩牌子後可以得到較厚的賞賜。

另外還有入選記名的秀女，准備復選一次，她們都是十一歲至十三四歲秀女，等待長大後復選，所以記名期爲五年。三品以下人員之女記名者，每月給銀一兩，復選如再落選，即可以退出記名，滿五年才退名的另外加賞銀二十兩（見「八旗則例」。）記名秀女久不復選的，也無退出記名的明文，那只有終身不嫁了。至於那些選入後宮的秀女的不幸遭遇就更可憐。在歷史文獻中有不少記錄着：「後宮粉黛日望君王顏色」的可憐人，唐朝李建勛有詩形容這樣的事：「宮門常閉舞衣閒，畧識君王鬢便斑，却羨落花春不管，御溝流得到人間」。她們較因記名不能議嫁娶的更爲慘酷不自由。在淸宮二百六十多年中，若連同明朝二百多年在內，因此抑鬱而死的，不知有多少（北京城內景山後，有吉安所殿一處，係專爲後宮身份低的如常在、答應等而設，每遇她們患有重病或臨時暴亡，宮內不能停留，即由宮中後鐵門抬至吉安所）。康熙年間規定久未得封號的秀女，三十歲以上遣出宮外，雍正間改爲二十五歲，預挑五年放還擇配。若按康熙時所定，三十歲以上遣出，青春早已消逝了。

當日秀女的最大「幸運」，是選爲后妃或升至后妃，但這是有定額的。淸代后妃的名號級別，創始在順治朝。在關外天命、天聰時僅有元妃、大妃的名稱；順治進關以後，用明朝宮殿，由禮部議設宮闈等級的名號，計有：「乾淸宮夫人一，淑人一，婉侍六，柔婉、芳婉皆三十。慈寧宮設貞容一，愼容二，勤侍無定額」。這是順治十五年議定的，見「順治實錄」。康熙即位後，又從新規定：「皇后居中宮，皇貴妃一，貴妃二，妃三，嬪六，貴人、常在、答應無定額，分居東西十二宮。」（淸史稿）這些名額都是八旗秀女，僅是取得身分地位不同。皇帝在帝位時，舉行大婚，而在八旗秀女中立后選妃的這是一種。另一種是以一般秀女身分選入後宮，得到皇帝的喜愛而取得原無定額的答應、常在、貴人的等級，也可以再升爲妃嬪，也能夠由於「中宮虛位」而由妃嬪升到后位。還有的皇帝是由親王入承帝位，原來稱王時的福晉就隨之改冊立爲后爲妃，屬於第一種者在淸代十帝中（順治——宣統）由「大婚」所冊立的計有順治、康熙、同治、光緒，宣統則系在辛亥革命後一九二二年才結婚，這些人都是在四五歲時做了皇帝，若雍正、乾隆、嘉慶、道光、咸豐五朝，則都是中年時代「入承大統」，所以他們的后就都是「藩邸」時的福晉而再冊立的。「淸史稿」后妃傳中有寫某年冊爲嫡福晉或側福晉的都屬於這類。在史稿中尙有「格格」的名稱（格格的名稱，在滿族是姑娘的尊稱，淸代王府側福晉以下的「妾侍」通稱爲格格，淸文滙書解釋格格字義是「姐姐之稱，乃泛稱也」，「又凡尊敬女孩兒亦稱之」。因此王府的女孩子，也通稱爲格格），或傳中僅書「事上潛邸」而無名號的，也都是秀女，她們一旦從「藩邸」進宮，都可以得到不同等級的封號。如雍正的純懿貴妃耿氏，在雍正未即位以前，本號稱格格。咸豐的慈安后（即與慈禧幷稱的東太后），在咸豐未即位時，原無名號。淸朝末年赫赫有名的慈禧太后在咸豐元年由秀女選入後宮稱貴人，後升爲懿嬪，因爲生了兒子（即同治）又升爲懿妃，其後母以子貴（兒子作了皇帝）遂尊爲皇太后了。

淸代秀女被選入宮中或指配皇子，她們可能有以上的前途，因此淸代滿族特別重視女兒，在未完婚以前，家族或親屬例不接受她們的跪拜之禮，此爲北京舊日習見之事。蓋八旗女兒均須經皇帝選閱，一經選入後宮，得到主位的封號，其家族長輩還須尊以國禮，向晚輩行跪拜。「紅樓夢」第一回冷子興述說賈府歷史，有一段「政大老爺之長女名元春，因賢才德，選入宮中，作女史去了。」第十六回有「賈元春才選鳳藻宮晋封賢德妃」的事，就是由秀女得到主位封號了。第十八回元妃省親大觀園時，賈母王夫人等皆須跪拜迎接的描寫，是很眞實的寫照。據淸末滿洲廂黃旗增桂說（增桂爲滿洲廂黃旗印務參領，一九二五年故宮博物院成立，聘他整理滿文書籍，他精通滿文和淸代掌故，約在一九四〇年死去，年八十餘歲）：「八旗女兒凡應選而獲記名的，旗族人皆呼其家爲『皇后邸』。」至於被選稱妃的秀女，她們並不完全幸運的，淸代同治的皇后固曾以因大婚從大淸門迎入者以傲慈禧，在當日不能說不幸運了，同治死時她才二十歲左右，被逼自殺；光緒的珍妃也是在大婚時冊立爲嬪，後進爲妃的，一九〇〇年八國聯軍侵入北京，慈禧携光緒逃赴西安時，使人將珍妃推入井中，這個青年少婦被謀害的故址，是在故宮寧壽宮後，她的屍體在一九〇一年才從井中打撈上來，當日淸宮太監宮女們因傷感她的遭遇，遂稱這個井爲珍妃井，一直流傳到今天，還是沿用這個名稱。被選爲后爲妃的，下塲尙且如此，其他無名號的，結局就更悲慘了。

秀女在一定期間裏可與骨肉家人相會，叫做會親，淸代情況且不談，先引一條唐代的文獻，「古今圖書集成」宮闈典引「咸定錄」說：「唐每歲上已許宮女於興慶宮大同殿前與骨肉相見，縱其問訊，家屬更相餽遺，一日之內，人有千萬，有初到親戚便相見者，有及暮而呼喚姓第不至者，涕泣而去，歲歲如此。」由這段看來，會親一事是一幕可憐的悲劇。淸代是怎樣的呢？「淸宮史」宮規規定：「凡秀女入宮，有名號者，父母年老特旨許會親，一年或數月，許本生父母入宮，家下婦女，不許隨入，其餘親戚不許入宮。」這個規定不能說不嚴格，有封號的秀女還需有特旨才行，無封號的或者得不到「特旨」便「宮門一入深似海」了。「紅樓夢」第十八回賈元春省親一段，曹雪芹是這樣寫的：「賈妃一手挽賈母，一手挽王夫人，三個人滿心皆有許多話，俱說不出，祇是嗚咽對泣而已……半日賈妃方忍悲强笑安慰賈母王夫道，當日旣送我到那不得見人的去處，好容易今日回家，娘兒們一會不說不笑，反倒哭個不了，一會子我去了，不知多早晚才能一見呢。說到這句，不禁又嗚咽起來。」又元春向她的父親賈政說道：「田舍之家，齏鹽布帛，得遂天倫之樂，今雖富貴，骨肉分離，終無意趣。」所言多麽悽慘可憐。曹雪芹把元春扮演一個有妃位名號的秀女，把賈府鋪叙的那樣富貴氣象，會親一幕還是寫得這般淒切，這確是眞實的反映。不過在淸朝制度秀女在宮中會親需要有特旨，回家省親在規定上則是不准的。元妃省親大觀園的事，是曹雪芹對秀女境遇的安慰，省親情節的描繪，則是作者對封建制度的反抗。淸代的秀女，每與本宮太監結認親戚，這類情形以宮女子居多數，借向家中傳遞言語，因此有嚴切停止的禁令，載在宮史訓諭門。

由於秀女的命運是這樣不幸，所以當時滿族內部對這種制度也有着不同程度的反抗，最突出的是咸豐九年一個秀女面斥咸豐的事，王闓運曾以「直辭女童」爲題，爲這位不知姓名的勇敢少女作傳，記得很詳細。直辭女童的父親是四品官，她在咸豐九年冬入宮備選，女童衣薄不耐寒，出又出不來，於是就大聲嚷嚷說：「吾聞朝廷主事，各有其時，今四方兵事，京餉不給，城中人衣服日困，恃粥而活，吾等家無見糧，父子不相保，未聞選用將相，召見賢士，今日選妃，明日挑女，吾聞古有無道昏主，今其是耶！」這話給咸豐在屛後聽見了，出來問了幾句，就把她送了出宮。可是，事後降了她父親一級，美其名曰：「今後選時可不預」，其實據「恬庵語牘」載，女童的父親是驍騎校，根據嘉慶的規定，驍騎校以下的滿族官員子女是不挑選的，這完全是咸豐把事情遷怒於她父親身上的原故。女童雖然逃脫了咸豐的挑選，然而，據「恬庵語牘」說：「當日罷選後，其時正値某邸喪偶，遂以女指婚之。」指婚的命運還是一樣未能倖免。

滿族中直接的反抗以外，還有間接的反抗。嘉慶九年曾有一道極長的諭旨，禁止秀女穿漢族服裝和纏足，內有廂黃旗都統奏，查出廂黃旗漢軍秀女內有十九人俱經纏足……」等語，至嘉慶十一年選秀女時，把這道禁令重提了一次，道光年間又反覆提出幾次。據北京故老相傳，一些滿族人認爲選秀女是一種殘酷的壓廹，所以遇到選期，時常有出錢購買漢族貧苦女子來頂替的。嘉慶朝所發現的十九個纏足女子，也許是屬於這種替身。又聽說在淸末，有些滿族人故意在自己女兒的臉上弄上痣痕以期逃避這不幸的命運，這類情況屬於選宮女子時較多。至於八旗秀女禁着漢裝，在淸代是極爲注意的，目的在於鞏固統治，可是到後來防不住了，上面提到的幾道諭旨，就說明了這件事實。（續完）

迹删鷲上人關中操履詩卷

中彥

明末淸初間，廣東之僧人，約畧可分爲幾派；一爲光孝寺著名之南園十二字之一詩人通岸，字覺道，憨山大師弟子，其後有願光、元默亦詩僧也。一爲天然函昰，開法於番禺海雲寺，値滄桑之際，以忠孝作佛事，法嗣阿字今無輩，世有十今之稱，皆工詩，幷尊爲海雲詩派焉。一爲鼎湖慶雲寺，自棲壑道丘開山，其弟子在犙弘贊著述弘富，凡二十餘種，精研戒律，故後之粤僧多剃度於此；迹删鷲上人，慶雲之七代住持也。其粤籍開法諸方者，有天然法弟祖心函可，爲博羅韓文恪公日纘長子，以文字獄罹難，遣戍瀋陽，闡法千山，大關以東奉爲鼻祖，其聲名洋溢於東國焉。若木陳道忞、茆溪行森流衍於越之天童，杭之龍溪，順治間，木陳奉淸帝詔入宮論道說法，賜號弘覺禪師。董鄂妃薨，茆溪奉命爲作法事，設大道於宮中，且爲帝淨髮（卽剃光頭），二人相視而笑，順治崩而荼毘，茆溪復爲秉炬，茲二僧者，可稱廊廟之器，與覺道、天然、祖心之高風、在犙、阿字、迹删之遺民僧又異其趣。至若淡歸今釋、厂翁大仙本江浙籍爲僧於粤者未易更僕數也。

迹删上人名光鷲，後以從平陽字派，改名成鷲，番禺方氏子，原名顓愷，字麟趾，號卽山，明永曆四年諸生，明舉人方國驊之子，淸進士方殿元之從弟也。遭國變，國驊隱居教授生徒，既歿，乃別母棄家爲僧。始與石洞躬耕羅浮山，師資契合，相與游戲翰墨，以文字作佛事，往來諸方禪林。旋入鼎湖，聞母歿，縗衣絕食，跣足奔喪，途中哭泣不寐，抵家痛絕而復甦者再，苫塊一遵儒禮。晚歲退而掩關於大通寺，名流登覽，無不傾慕，互相唱酬，尤以詩名，書、畫爲世所珍。著述甚富，有「楞嚴直說」、「金剛直說」，「老子直說」、「莊子內篇注」、「鼎湖山志」、「咸陟堂詩文集」，「二集」、「紀夢編年」等，蓋通於老莊而好儒者，佛名儒行者也。樂塊然序其集云：「迹公英雄佛子，處夢泡之世，不期而夢與聖賢古佛同堂，此集咸陟所名也。」生於明崇禎十年丁丑（一六三七），卒於淸康熙六十一年壬寅（一七二二），世壽八十六歲。

此卷首題「西方路引」四字，凡七言絕句六十二首，幷系以長跋，九百餘言，通二千六百六十餘言，迹公書法，生平所見十餘事，皆爲堂幅箋冊之屬，如此牛腰巨卷，誠爲罕覯。末署「己亥中秋迹道人筆」，爲康熙五十八年（一七一九），時年八十三矣，老筆紛披，瘦硬通神，非天然諸僧所跂及也。跋言：「此老僧四十年前關中操履，拈出心血徧示同人，人多視爲紙中空言，古人殘唾，笑而寘之，束之高閣久矣，涵萬戒子由近事出家，頗知敬信，念佛精勤，早晚禮拜，祈生西方，花開見佛，如斯行履，保不錯失路岐，墮落野狐禪裏，未能不落因果，可能不昧因果矣，書此授之，俾紬繹焉。」絕句云：「毘耶天女煞痴頑，鷲子無端爲改顏，去是阿婆歸趙老，一時携手出臺山。」蓋迹公康熙十八年已未年四十三始爲僧，康熙二十六年丁卯至翌年二月掩關於佛山陶家莊中（見「紀夢編年」），此述其初出家換却面目時也。又曰：「一曲無絃聽者稀，月明長對十三徽，殷勤寄語東林客，莫落維摩第一機。」迹公嘗有「寓澳林普濟禪院寄東林諸子」詩曰：「但得安居便死心，寫將人物寄東林，夷童久住諳華語，嬰母初來學鴂音。兩岸山光涵海鏡，二時鐘韻雜風琴，只憐關禁年年密，未得閒身縱步吟。」東林庵在香山（今中山）縣城東之河泊，高氏兄弟割其園林結社於此，迹公寓東林者七八年，見「紀夢編年」，桑海之際，遺逸之士行遁之靜室也。

卷末有謝里甫蘭生跋，錄之如下：

跡公天下奇男子也，吾嘗讀其自叙年

譜，出身絕奇，結果甚正。此册為其戒子涵奇苦口說法，耑以淨土為宗，此眞渡河筏子上天梯也。至詩中普勸念佛，隨手招來，言言入妙，即如騎象上針鋒，蟭螟吞大蟲等句，皆是實在境界，非十方徹悟，不能道其隻字，亦非畧窺堂奧者所能領其妙處。若嗤為紙上空言，古人殘唾，負却此公心血不少矣。道光元年辛巳夏五，里甫居士蘭生識。

所謂自叙年譜即迹公之「紀夢編年」也。此跋不見於「常惺惺齋題跋」中，得此佚文，尤可寶貴，時里甫亦年六十二歲，越十年而逝，亦歲晚之筆也。（上篇）

聯巧談續

舊日梨園中之旦角，都喜以盞燈為藝名，多到一至十三之數。如毛韻珂後改生角者，而為旦角時，其藝名即七盞燈也。清光緒末葉，有人以旦角藝名擬成一聯，登某報徵對；因以數目字加起來，作上下句的連鎖式，故頗不易對。後由南滙（上海鄰縣）名士陸某（名已忘，但猶憶為老貢生濟淸先生之介弟）用唐宋兩朝丞相的姓氏對此數目字，成為一副巧聯。聯云：

一盞燈、二盞燈，其為三盞燈，三盞燈四盞燈，其為七盞燈，燈燈相照；

房丞相、魏丞相，俱是李丞相，李丞相王丞相，俱是趙丞相，相相皆賢。

陸某以「李」唐的丞相與趙宋「李」沆丞相兩「李」字連鎖上下句，以對數目字底和數的連鎖，眞煞費苦心。但有人以上下聯「相」字重出為責難；而主持者認為此兩「相」字形雖同而音義實異，故不失為佳構云。

中國字，一字可讀二三種音者固多，而可讀五種音者，似只一「大」字。一、與太通用；二、可讀若動，松江人凡紅字上面的大字，都讀為動；三、讀若代，說書者說到大王，都說成代王；四、讀若度；五、本音。淸同光間，松江人以「大」字虛構一事實，成一上聯求偶。由松江才子郭友松想出「阿」字亦可讀成五種音，便也虛構一事實對上。聯曰：

太上老君坐大紅橋上，請大王大吃大蒜；

阿彌陀佛入阿鼻獄中，問阿相阿要阿膏。

下聯五個阿字的讀法；一、讀若凹，平聲；二、讀若屋，阿鼻二字，應讀作屋育音；三、讀若捱打捱餓的捱，阿相，即道光年間有煙霞癖的穆彰阿；四、讀若押；五、讀若烏。此聯之事實，雖屬虛構，而為當時松江府屬人讀之，因語音關係，覺頗饒趣味也。

「半夜二更半；中秋八月中。」聞此聯出於金人瑞（聖嘆）手筆，委實「巧聯本天成，妙手偶得之」也。與此聯性質相似者更有一則，續談如下：傳說：「有一宿儒，於月圓之夜，推窗觀賞夜景，一時聯興大發，成一上聯曰：『天上月圓，人間月半。月月月圓逢月半；』可是有此上聯，下聯卻一時想不出，便時常將上聯高聲朗誦，以冀靈感之來而獲佳偶，致合家老幼對此上聯俱耳熟能詳。及除夕為一十餘齡之孫女對成，繕寫呈上。宿儒展而閱之，則為：『今朝年尾，明日年頭。年年年尾接年頭。』閱竟不禁為之繫節讚賞。」此上下聯，亦屬天造地設，非妙手不能得，料由宿儒自己對出，假託出諸其孫女，以表揚其孫女之才能而已；所以這個傳說的一部分，也未可信。

·荷　齋·

張謇日記鈔（十四）

張謇遺著

十五日。校定安慶課卷。寫書箴、敬夫、翔林、聘三訊。宗玉自宜昌來，得叔兄訊，莘丈、玉昆訊，隨寫答訊，寫家訊。

十六日。作「太夷約同禮卿伯虞石公修禊吳園」詩。

十七日。周亨來，得家訊，薰南、蘭賓訊。

十八日。邀繆、蒯、鄭、顧、陳、鄭諸君小飲。陳善餘、丹徒人、優貢、能讀書。鄭翰生同知汝騤，廣東南海人，熟於交涉事例，人亦爽直。

十九日。遣張文定、周亨同旋。與鄭純臣訊，蘭賓訊，託寄翔林訊，兪濂甫、敬夫訊，與內子、亮姪訊，聘三訊（寄「產孕集」）。迻寫姚惜抱、梅伯言圈選「唐人萬首絕句」，顧千里校「文心雕龍」。寄叔兄訊。得聘耆訊，隨答，幷答磐碩訊。

二十日。齋課。得方倫叔訊，隨答。

二十一日。得宋先生訊，濂甫訊，爽秋、小山訊，復東台飽訊。

二十二日。復宋先生及濂甫訊，與純臣、仲舒訊，寄家訊。

二十三日。作「胡香九觀察墓志」、「鄧氏譜序」。金表姪來（永壽，字之曰籌叔。）。

二十四日。得敬夫訊。

二十五日。作「璞山存稿序」。

二十六日。得一山書。

二十七日。得書箴訊。課卷校竟。

二十八日。復書箴、一山訊、敬夫訊（有與聘三訊），與叔兄訊。

二十九日。校安慶課卷。

三十日。子鵬約同小山、蘇龕薛廬餞春，有詩。

太姨置酒吳園修禊用伯虞均

陰晴無定亦良辰，寂寞相娛祓禊人。野漲乍渾寧許盥；林花未盡不妨春。當杯儘聽前朝事；賣藥由來海上民。滿把芳蘭勞北望，招魂續魄自今頻。

禮卿約同小山石公太夷雨中看牡丹用石公均

重陰漠漠亂城鴉，積水塘邊舊史家。雨自作泥寧失路；天能養葉當扶花。呼燈近壁開書橙；沽酒分錢數畫叉。儘有閒人消令節，不愁敗興到天涯。

唐夫人百花圖爲鋸華太守作

冰銷三尺皎如雪。當花展之兩愁絕，千藪百鄂相撑拏，寒女機絲幾回結。太守夫人眞爾閒，調鉛吮朱簇盎間，不須白璧買奇嫭，坐憐灼灼金釵環。我家有屋滄洲上，花葉臨窗高下向，欲憑長句換丹青，更乞餘芳作綾橙。

（按：「張季子九錄」詩錄，藪作藪，誤。）

四月

二日。得叔兄訊，眉孫、一山

訊。

三日。寫叔兄、書箴、眉孫、一山訊。課卷校竟，與倫叔、熙虞訊。（說貂褂）。

四日。作詩三首。同人集書院爲句會，石公示所作詩，依韻答之，並呈諸君。

延祖丹陽會，温公洛下英。際時皆浩蕩；有黨各聲名。未覺江山變；相憐意氣生。酒徒今正少，不醉若爲情。

雅復成歡笑，隨時得靜便。住仍詩老席（書院初成，山長爲武岡詩人鄧輔綸）；歸託釣人船。春去清觴裏；山來短檻前。料能成勝事，有暇即周旋。

石公招集龍潭餞春和伯虞第一首韻

人間直把春償酒，吾輩何因醉問天。近水遠山看老大；落花養絮故芳妍。詩成欄角聽鶯坐；客散城陰任馬旋。但苦茲游未能數，等閒樂事要誰傳。

五日。寫與張仲友訊。作同文館課藝叙。

六日。太夷約看吳園芍藥。鹿苓歸，遣高榮叔同行。有與敬夫訊。

七日。得叔兄訊，寄巫峯新茶。作吳粵生年丈壽叙。答仁卿訊。

八日。有「吳園看芍藥荼䕷次所語示太夷三首」。

取次園林只看花，荼䕷芍藥一春賒。主人早向神京去，我亦花時不在家。

垞中最念方橋好，非閣非船與夏宜。七尺釣竿三尺簟，夕陽才去月來時。

海東尚有棲賢地，薄宦終應子不堪。安得剡溪錢百萬，更招沈四與丁三。

改益原徐氏譜叙。聞李鴻章臨使俄時（二月）請見慈寧，摺列五十七人，請禁勿用，第一即文道希；李出京而御史楊崇伊抨彈道希之疏入矣，楊李戚也。又聞慈寧爲毅廟立端王之孫溥倫爲子，瞻望北辰，憂心如擣。告者曰，五十七人中，子名殊不後。

九日。走詣愛蒼，歸與太夷縱談周昌、賈誼、蕭望之事以論常熟。有與顧仁卿，呂熙虞訊。

十日。與叔兄訊。

十二日。與叔兄訊，作議辦包捐本末提要。

十三日。作夏雨亭墓志銘。

十四日。與澄甫訊，敬夫訊，家訊（交楊銘之父帶去）得惲丈訊。

十五日。遣舊僕郁福往淸江。與何弁訊，雲題訊（託爲金永熙覓事）。

南皮尚書廣東三忠祠聯，三忠者，虞翻、韓愈、蘇軾。「海氣百重樓，總爲浮雲能蔽日；文章千古事，蕭條異代不同時。」集句與彭剛直太山聯同工。陳蘭甫挽友聯：「生爲循吏，歿必有可傳，亟宜紀載；少與齊名，老不復相見，是用痛傷。」王守基鹽法議畧，浙江鹽務，崇明之半洋等沙田、劃歸隸海門廳管轄，由海門地丁項下編征，崇明包課銀六十三兩九錢，海門之有解浙運司欵以此。

十六日。作烏程張封翁墓碣。復禹九訊。

十七日。得惲丈舟中訊。是日遣宗玉往下關。

十八日。寫乙盦、同叔、恒齋訊。恒齋放山東沂州知府。與敬夫訊，家訊。聘三訊。

十九日。寫妻志二。

五月

二日。得心丈鎭江電。

三日。啓行，至鎭江，寓尹元仲潤昌公局。訪心丈，知已上駛。

四日。返。

五日。至通。

七日。假中營礮船歸。泊闞家庵西。

八日。到家。

十八日。大雨。

十九日。大雨連夜。

二十四日校安慶經古書院課卷。

二十五日。生日。得叔兄訊，高仿靑、方倫叔訊，書院訊。

二十九日。校竟，寄安慶。

三十日。與書箴往海門。

洪憲紀事詩本事簿注

劉成禺遺著

洪憲元年一月十日，政事堂奉申令：王占元、段書雲電稱：據宜昌商會暨學堂員董地方紳耆等公具陳請書，內稱宜昌神龕山洞，近經歐人深入探得，見石質龍形，起伏蟠迴，約長五十餘尺。考係上古眞龍形質蛻化成石。當此一德龍興之日，肇造萬年磐石之基，神龍石化之遺形，適蜿蜒效靈于江滋。天眷民悅，感應昭然。懇據情電呈，請將宜昌石龍發現一事，予以表彰，並付史館紀錄，垂示來茲，以答天庥，而副民望等語。自來國家肇興，在于憂勤惕勵，政教修明，每一夫不獲；若侈談瑞應，以爲貞符，如古之神爵鳳凰，黃龍甘露等事，實無當于治化。方今科學日新，凡事必彰其眞理，詎可張皇幽渺，粉飾太平。所請宣示史館之處，着無庸議。惟岩巒深邃，蘊此瑰奇，古跡留遺，足供採考。應由該將軍巡按使等，責成地方官吏，妥爲保護，裨資學者之研究。予早作夜思，惟以民生休戚爲念，但使來庶豫悅，即是庥徵，願我將吏士紳共體此意。此令。

遜伯注：王占元，字子春，山東館陶人。袁世凱稱帝時，官職是「特任陸軍上將彰武上將管理湖北全省軍務一等侯爵。」段書雲，字少蒼，江蘇蕭縣人。袁稱帝時，官職是「湖北巡按使管理巡防警備等隊受政府特別委任監督財政司法行政教育實業事宜一等男爵。」

裹頭頑嘯虎生風，海內無人白眼工；安坐檻車箋爾雅，學人黑景步河東。

當袁氏謀帝，余由長安被捕檻車送至燕獄（詳拙著入獄始末記）。張衡玉有憶梅九七律六首：（按：詩中所注，出于景梅九手筆）

經年盼斷尺書來，匹馬秦關久未回；湖海一身輕似葉，鬚眉萬刼不成灰。人傳姓字知非福，天與文章太露才。晴日空山生霹靂，神仙何地避風雷（余入秦隱清涼山，時作狂吟。）

夜半飛傳緹騎軍，迅雷驚自九天聞（余入長安，方與亡友李岐山定討袁計劃，忽由北京軍政統率處電陝當道云，據報探某某推景某某在陝主動，及派同黨李閣臣入甘逮捕，陸建章命呂調元當夕召我到署，因無確據，派兵押送北行）；久無複壁藏元節，那有多金贖長君？貫索西連秦嶺月，銀鐺北踏燕山雲。到頭總是讀書誤，苦把賢奸抵死分。

落魄韓非悔入秦；飛言造獄竟成眞。覆盆頭上無天日，草檄燈前有鬼神（余被捕前一夕，挑燈作檄，一揮而就，中有：本紹衛之餘孽，襲莽操之故智。謀破五族共治之均勢，希圖萬世一系之帝業。諷令二三奴儒，上勸進表，賂遺各省代表，奉請願書。藉共和以推翻共和，假民意以摧殘民意。稱帝稱皇，有靦面目；誤民誤國，全無心肝。欲令天下仰望之遺老，列傳二臣；更辱國民保障之軍人，同功走狗諸句，同人許爲警絕。此事甚密，衡玉聞之于預謀陝友郭希仁君云）。詒捕白衣關內俠，詞連朱邸坐中賓。檻車臨賀都門道，風雨離亭幾故人？

江海東流日落西，英雄末路首頻低。無心竟作投羅鳥，有智應輸斷尾雞。破屋傾家連舊友（指李岐山賣全史得四百，爲臨時運動費事），重關複水累窮妻（內子玉青，與余同囚車）。殘生一息心猶壯，障袖不聞兒女啼。

送死宮中紂絕陰，晴空無日晝沉沉。天垣黑暗修羅掌，地獄慈悲佛祖心。尚冀皐陶憐孟博，誰聞魏武殺陳琳？十年奔走貧如洗，莫與輸官贖命金。

上世茫茫帝未醒，天中夜半射奎星。惜才留作中郎史，好學應傳黃覇經（余曾于未死前，完成佔俾字說，衡玉此一聯與紀事詩箋爾雅兩語，俱相關合，特未免過許耳）。夜雨驚心羅剎獄，西風回首夕陽亭。南冠縱有生還日，盼斷金雞下漢庭。（越南亡命客阮鼎南有詠椎秦事，寄衡玉梅九諸君子五古一首云：「成陽欲放桀，鳴條會三軍；武王八百國，率之以伐殷（因余與李岐山，皆安邑人，李君家居鳴條崗，故借此以影討袁）。一椎擊皇帝，振古所未聞；壯哉張氏子，胆氣空人羣。祖龍駭且怒，大索空紛紜；神龍一掉尾，已入千重雲。奇謀雖不成，氣壓萬乘君（指余與衡玉詆袁詩文）。重瞳眞懦夫，乃掘死人墳。」（譏某督軍于袁死後獨立云）」紀事詩頑嘯白眼句，不特與鄙詠「白眼狂歌酒肆中」句相合，竟兼及阮君此詠矣，奇極。（梅九黑景自記）

梅九來書云：「洪憲僭竊，爲中華五千年帝制之回光返照，雖八十三辰，能出盡歷代正僞各朝宮禁態象，此所謂冠絕千秋之業也。惜黑弟時在幽囚，未獲目覩。前寫十絕，聊附驥尾。遵命自注本詩，以老衡贈詩及越南阮氏一古爲證。在秦時，同邑王君戲書袁字請測時局。予立斷曰：土頭哀尾，其敗必矣。革命舊雨，夢寐不忘。麻哥交情，在此一舉」云。梅九形貌壯黑，自署黑景名定成，山西河東人，當時有雅黨人之目。（成禺附記）

遜伯注：張衡玉，名瑞璣，山西趙城人。前淸進士，入民國，參議院議員，摘奸發伏，守正不阿。辛亥革命，鎭統吳祿貞在石家莊被政敵刺殺，張錫鑾爲山西巡撫，率第三鎭曹錕部，攻破娘子關，統兵官第三鎭統領盧永祥，軍紀極壞，在趙城焚掠奇慘，人民流離載道。事後張瑞璣發起特鑄永祥鐵像，懷抱兩個大元寶，長跪在趙城通衢。像後鑄有一歌，歌云：「漢族之賊，滿淸之奴。厥名永祥，其姓曰盧。山東巨盜，袁氏走狗。貪財好色，無賴游手。笥無遺縑，盎無餘糧。民苦欲死，賊已遠颺。鐵像道旁，不磨不滅；唾罵千秋，寃哉頑鐵。」盧永祥後來由淞滬護軍使而浙江軍務督辦，儼然大軍閥之一。曾派兒子盧子嘉，携帶鉅欵，到山西與閻錫山聯系，企圖用金錢勢力，引誘趙城人民，把鐵像銷燬。當地人民一致拒絕，並揭發盧永祥父子陰謀。土皇帝閻錫山雖然與盧官官相衛，爲民衆反對，亦不敢將盧像撤去。趙城人民且將此事刻碑樹立，並編入縣志，永垂久遠。陸建章，字朗齋，安徽蒙城人。袁世凱特務頭子，任軍政執法處長，與國民政府的軍統局戴笠相同。當時是陝西督軍。陳樹藩在陝南獨立，圍西安。建章父子僞裝火夫逃竄。後爲徐樹錚所殺（一說實爲楊宇霆所殺）。馮玉祥爲建章之甥，又嗾使部下張之江殺徐樹錚，以爲報復。呂調元，字燮甫，安徽太湖人，陸建章推荐，任陝西巡按使，狼狽爲奸，種運鴉片，毒害人民。

釧影樓回憶錄

天笑

朱先生的家，住在胥門內盛家濱，他們的房子，有些不大規正，大概是量地造屋，一面通盛家濱，一面通廟堂巷，也不能說誰是前門，誰是後門，因爲兩面都有一座廳，不過廟堂巷一面是朝南，盛家濱一面是朝北的，朱先生的一家，都住在盛家濱的那方面。

我們兒童也喜歡盛家濱，那邊開出門來，便是一條板橋，下面是一條河濱，雖不通船，可是一水盈盈，還不十分汚濁。從板橋通到街上，一排有十餘棵大樹，這些大樹，都是百餘年前物了。尤其是在夏天，這十餘棵大樹，濃蔭遮蔽，可以使酷烈的陽光，不致下射。晚涼天氣，坐在板橋上納涼頗爲舒適。板橋很濶，都有欄干，沿濱一帶，有八家人家，都有板橋，東鄰西舍，喚姊呼姨，因此盛家濱一面，比廟堂巷一面，較爲熱鬧。

我們的書房，在大廳的後面，一個很大的後軒。庭中也有一棵極大的櫸樹，樹葉樹枝，遮蔽了幾間屋子，此外也有些假山石，還種了些雜花之類，我記得在四月中，有一架薔薇，開了滿牆的花，似錦屏一般，任人摘取。總之蘇州人家，有一個庭院，便不讓它空閒，終要使它滿院花木的。這座大廳是朝東的，後軒到了夏天，有西晒太陽，書房便搬到大廳上來。大廳旁邊有一間耳房，便給我們的貼膳學生做了宿舍。

朱先生家裏人很多，父親早已故世，他有一位母親，還有兩位弟弟，一號軼萬，小名多；一號念碩，小名滿；還有一位妹妹，閨名圓珠。其他，朱先生還一位出嗣的異母兄，號筱泉，是個廩生，也是就館在人家的，他有夫人兒女等，也同居在一處。筱泉的嗣母，是頭沉在水缸裏死的，也是異聞。

在朱先生那裏，同學甚多，每年多時有十餘人，少時有七八人。當然走讀的居多，而住讀的（即是貼膳）也每年必有三四人。胥門這一帶，衙門很多，如藩台衙門、臬台衙門、知府衙門等等，都在那裏。住居的人家，有許多候補官們公館以外，便是各衙門的書吏家屬居多。（以藩台衙門書吏最多，俗稱「書辦，」又號「房科」）他們在衙門裏，有額有缺，世代相傳，只有他們是熟習地方上一切公事的。因此我的同學，此中人也很多。

第一年的同學，我不大記得了，第二年的同學，我記得有貝氏三兄弟。（說起貝氏，據他們說，凡是蘇州人姓貝的，都是同宗，如我前章所說的我的寄父貝鹿巖，以及後來在金融界上有名的貝淞蓀都是一家。除了蘇州有一家筆店貝文元之外，因爲貝文元是湖州人。）這貝氏兄弟，是仲眉、叔眉、季眉。也是貼膳，因此很爲熱鬧。後來仲眉習醫，叔眉游幕，他和我家有一些親戚關係。季眉曾一度出洋，習建築學，做過司法部的技正，設計建造監獄等事宜。

後來有一位戚和卿，也膳宿在朱師家，此君比我年小，而比我聰明，十三四歲時，字就寫得很好，那是從蘇州另一位書家楊懶芋學習的。和他同學不到兩年，他便離去。三十年後，在上海遇到，他已更名爲戚飯牛，在電台中講書，頗爲潦倒，大概有烟霞癖之故。在朱師處的同學最知己者，爲李叔良，曾與結金蘭之契（俗名換帖兄弟），李君留學日本，回國後爲學校教師，蘇州草橋中學這班學生，都受過他的教導。

我小時爲祖母及母親所鍾愛，年已十三四歲，還不准獨自一人在街道上行走，必有女傭陪伴着。到朱家讀書後，不能時常回家，回家時必有人伴送，大約每月歸家不過一二次，歸家住一兩天，便即到館。但回家後，反見寂寞，不及在朱家的熱鬧。從家裏到朱宅這條路，已經馴熟，屢次請於祖母，不必派人伴送，可是她總不放心。

實在，我住在朱家，正和家中一樣。我表姊待我，正似長姊之待其弱弟。不但是表姊，朱家的人，都和我很好，都呼我爲弟弟。從前背後還要拖一條辮子，早晨起來，表姊便爲我梳辮；晚上預備熱水，供我洗脚。此無足爲異，因爲她未出閣時，本住在我家，也常幫助我的母親調理我的呀。

在朱家讀書這幾年，我自我檢討，實在不用功。這其間有幾個原因：第一、這位朱先生交游很廣，交際頻繁，常常不在家中，如果不是開門授徒，便沒有這樣自由。先生既不在家中，學生更可以自由了。第二、同學既多，品流複雜，雖然都是上中等家庭的子弟，却有各種性質的不同。尤其是那種年齡較大的學生，更足以引壞年齡較小的同學。第三、我的表姊太迴護我，放縱我了。假使我說今天身上不舒服，休息一天，那就休息一天了。實在這個年齡，正是求學的年齡，最是蹉跎不得的。

這個時期內，我看了兒童們不應看的書，如「西廂記」、「牡丹亭」，以及滿紙粗話的「笑林廣記」之類，都是在朱家一口壁櫥裏尋出來的，蟲蝕鼠嚙，殘缺不全本。那些曲本，我頗愛它的詞藻，雖然還有許多是不大明瞭的，那時候正是情竇初開，便發動了我的性知識。此外也偶然看到了別的雜書，什麼「莊子」「墨子」等等，我也抓來看，多半是不明白的，不管懂不懂，我也亂看一陣子。

紀朱靜瀾師

朱靜瀾先生，是我第五位受業師了。我在他案頭，差不多有五年之多，這不可以不紀了。

先說朱先生的家況，他們是一個小康之家，便是不作教書生涯，也可以過度。但是從前吳中的風氣，既然進了學，教書好像是一種本業。並且中國的傳統，我有知識學問，當然要傳給下一代，而我也是從上一代傳來的，如此方可以繼續的傳下去，從孔子一直到現代，都是這樣一個傳統。

還有一個理由，就是從前古訓相傳的「教學相長，」一面教學生，一面自己也可以求學問。憑藉着教學生的緣故，也可以把從前所學的不至於荒廢。再說：即使你並不靠教學生所得的一點束脩爲衣食之資，但也可以檢束你的身體。如果太空閑了，一點事也不做，那末，不但是學問荒疏，連身體也因此放蕩了。

但是朱先生實在不適宜於教學生的，可是他的教書生涯，頗爲發達。有許多先生，我覺得都不適宜於教書的，然而在當時的社會風氣及其環境，所謂讀書人者，除了坐冷板凳之外，別無事可作，我是坐過冷板凳的，所以深知其中的甘苦。從前的教書先生，只有兩條路：一條是在科舉上，忽然飛黃騰達，平地青雲，扶搖直上；一條是屢試不中，顛躓科場，終其身做一個老學究，了却一生罷了。

朱先生爲什麼不適宜於教書呢？我可以約舉數點：

第一、他的教書不嚴也不勤。我們從小讀「三字經」，有幾句道．「養不教，父之過；教不嚴，師之惰。」不要以爲開蒙的三字經，却是很有道理的。試舉一個例：譬如他出了一個題目，教我們學生做一篇文字，限定當日要交卷的，但是當日不交卷，他也馬馬虎虎了。假使他出了題目，監視學生，非教他立刻做出來不可，好歹也寫出一篇文字來了。但他出了一個題目，並不監視他們，自己却出去了。學生們不做的不必說，做的只是潦草塞責，飣餖滿紙，有時還亂鈔刻文。他如果勤於改筆還好，而他又懶於修改，如此學生的進步更慢了。

第二、便是我上文所說的他的交友很廣，他今天去看那一位朋友，明天又去看那一位朋友，自然這都是讀書朋友。而且他的朋友時時變換，每年常有新朋友。又譬如你去訪了那個朋友，那個朋友明天就來回訪你了。家裏並沒有像現代的什麽會客室，來訪的朋友，便直闖進書房來了。好了！書房裏來了一位客，學生們都停書不讀，昂起頭來聽講話了。那位不識相的朋友，甚而高談濶論，久坐不去。還有拉着先生一同去吃茶、吃酒，先生推辭不脫，於是只得宣告放學。這時學生們，好像久坐議場裏的議員，聽得一聽散會，大家都收拾書包走了。

第三、他自己很少讀書時間，因此他的思想不甚開展，也影響到所教的學生。在淸代的一般士子，爲了科舉，在未入學以前，只許讀四書五經，最多讀一部「古文觀止」。除非是特異而聰顯的子弟，閱讀些史漢通鑑之類。那就全靠進學以後，多讀一點書，以備後日之用。但有許多士子，進了一個學，好像讀書歸了本，不再進取了。我們這位朱先生，入泮以後，南京鄉試，也曾去過兩回，都未中式，第三次又因病未去，對此好像有點失意，而紛心於別種事業。那些已開筆作文的學生，作了文字，必待先生改正，這改文章的確是一種苛政，有些學生文字做得不通，簡直要先生給他重做一篇，而朱先生却是怕改，拖延壓積，因此學生家長，嘖有繁言了。

一個人，交友是有極大關係的，我在朱先生那裏，從學有五年之久，後來出了他的學堂門，因親戚關係，也還是常常到他家裏去的。我見朱先生所交的朋友，常常變換，但也並非是什麽毫無知識的酒肉朋友，却是一班蘇州人所謂慈善界的人。慈善界的人，受人尊重，律己也是最嚴。可惜這一班慈善界，總是涉於迷信，後來朱先生也相信扶乩等等一套把戲，對於教書生涯，更不相宜了。

這一班慈善界中人，我稱之爲職業慈善家。大概有一班富人，捐出一部份錢來，經營慈善事業。他們的出發點，也有種種不同，有的是爲求福計，根據於爲善的人，必有善報。有的是爲了求名，某某大善士，到底也是光榮的銜頭。也有的資產有餘，且已年老，好像辦點善事，有所寄託。這便是古人所謂「爲善最樂」了。但是出錢的人，未必自己去辦，那就仰仗於這班職業慈善家了。因爲他們有經驗，有閱歷，而這種慈善事業，也是地方上，社會上加以獎勵崇奉的。

朱先生後來奔走於慈善事業以後，也就放棄了教書生涯了。蘇州那個地方，有很多善堂之類，有的是公家辦的，有的是私人辦的，從育嬰堂以至養老院，應有盡有。此外便是施衣、施米、施藥、施棺等等。有一個積善局，也是地方上的紳士辦的，朱先生曾爲該局的董事，而兼管了「急救誤吞生鴉片烟」的醫生。

這個「急救誤吞生鴉片烟」，也是慈善事業之一種。因爲吞食生鴉片烟，便是仰藥自殺，吃了生鴉片，在若干小時之內，便要一命嗚呼。那時候吸鴉片烟還是公開的，蘇州吸烟的人很多，而吞食生烟自尋短見的更是不少。夫婦反目，姑婦勃谿，母女衝突，尤其是婦女占多數。這些人一有怨憤，便到烟榻上撩了一手指的生鴉片，向自己口中直送。這都是一時之氣，及至追悔，毒已中腑，却已來不及施救了。因此每年死去的人，統計下來，便是不少。

於是慈善家就辦了這個急救誤吞生鴉片烟的機構，好像我舅祖吳淸卿公以及開雷允上藥材店的東家雷先生等數人，出了錢，朱先生便做了急救的醫生。朱先生不是醫生，却是臨時學起來的。本來像急救誤吞生烟的事，那是要請教西醫的，中醫是全不會弄的，但那時候，蘇州的西醫極少。有兩處美國教會到蘇州來辦的醫院，地方極遠，一在葑門內天賜莊，一在齊門外洋涇塘，要請外國醫生，他們雖是信教之士，但都是搭足架子，而且醫費很貴，普通人家是請不起的。現在有了這個處所，是慈善家辦的，一個錢不要，連藥費也不要，一報信即飛轎而至，什麽時候來請，什麽時候便到，即使是在嚴冬深夜，也無例外。

英使謁見乾隆記實

馬戛爾尼 原著
秦仲龢 譯寫

北京的城郊很廣大，要走兩個鐘頭才穿過北京城，從西便門到城郊要走十五分鐘，又從城郊起行到圓明園要走兩個鐘頭。中國官員給我們預備好的房子也是在一個花園裏的，地方很大，有好幾個小院子和亭榭。有一小曲徑通到小河邊，循河而下，曲曲折折而到一小島，島的中間有一小屋可爲避暑之用。這一帶都種了很多樹木，頗有草坪山石之勝。整個園子圍以高牆，園門駐有軍士一隊以資保護。園中的房子，雖然有幾間頗爲廣大並且精潔良好，但若從整體而言，可說是荒穢破損，在冬季時候住下來一定不會很舒適，而只適於夏季避暑。聽說像這樣的館舍好幾所，都是招待外國使節之用的，我們現在所住的這一所，算是其中最好的了。

我們在通州時，中國官員說，我們一到圓明園後，就有歐洲傳教士到來相見，但今日仍然不見他們的蹤影。（按：巴羅「中國旅行記」說：「我們住在這個花園裏的地方，房屋破舊，與其說是給人居住，無寧說是猪狗所住的圈欄更爲近實。這裏距離皇帝所住的圓明園不過二百碼，而一處則如天上宮闕，一處則簡陋令人震驚。園中有房屋三四座，每一座有幾個房間或十幾個房間不等，而室中牆壁，石灰多數剝落，天花板也搖搖欲墜，地板也破朽不堪，用力蹈踐，立卽陷下。房間裏陳設的器物極少，只有一張枱子，兩三張椅子，而且又是很舊的，不能再用。我一進入這個房間，就吃了一驚，覺得中國官員以前招待我們是窮極奢麗，何以現在又簡陋至此。於是我問中國的招待官員，他們說，這裏雖然很簡陋，但時常有大官到這裏，暫作居停，實在是在這一帶找不到比這裏更好的房子，並非是我們故意用這種壞房子來招待貴客的。我說：『無論如何，請你代我另外找個房間吧，像這個，簡直不是人住的。』於是中國官員又帶我到另一房間，它雖然比先前一個較爲好一點，但顯然是好幾個月沒有人住過，也未經洗掃，因此一打開房門，就有一股霉臭氣味，直撲鼻端，令人難受。官員立卽叫夫役來大加掃除，將地板和牆壁洗滌乾淨，然後將我們的行李搬進去。有幾個中國官員見這個房間較其它爲良好，也自己將行李拿進來，在空隙之處設牀鋪，和我們同住。不久後就是進膳時間了，肴饌精美豐盛，和以前一樣，我們住居陋室，而食則珍羞，食物之鮮美，我一生中未嘗吃過，麵條和其它麵食，又白潔如雪，很是好吃。」——譯注。）

關於英國使節團從通州進京一節，「出使中國記」記云：中國官員決定僱用通州工人搬運物品和行李至北京郊外秋宮附近的宏雅園。使節團自從英國出發以來，不是走海就是走河，所携帶的東西雖然非常沉重，但毫不成問題。現在得用人力和獸力搬運東西，重量就成問題了。有的東西靈巧易碎，甚至不能用沒有彈簧的車搬運，只能用人抬。至於行李，使節團員們準備的時候，只考慮到海程，而沒有估計陸程。過去誰都沒有到過中國，爲了有備無患，每個人都帶來很多東西，後來發見這些東西中國都有，還有些東西先怕不夠用，後來根本沒有不夠用。中國官員們估計一下，除了他們自己和隨從人員的東西另外搬運外，只使節團的禮品和行李，就僱用了九十輛運貨馬車，四十輛手推車，二百多匹馬，和將近三千人來搬運。……特使和三位高級隨員乘坐轎子。中國大官上路，卽使路途很遠，都乘轎子。使節團其餘隨員同中國官員一起騎。一位主要官員騎馬緊靠在特使轎子後面。中國步兵行在兩旁列開路。使節團警衛和廝役們乘坐馬車。全部物品：上全體車馬行人浩浩蕩蕩占據了一大片道路。這是行人和貨物由東和東南往北京去的大道，非常平坦，當中二十尺寬鋪的都是每塊約四呎寬，六到十六呎長的花崗石。花崗石兩旁土便道可容馬車來往幷行。路邊許多地方栽種了大柳樹。一行人等走出不久就穿過一個非常精緻的漢白玉石橋。這樣寬濶堅固的大橋，建在一個永不會泛濫的小溪上面，橋的兩端微微高出地面。除了實用的目的之外，還有點綴裝飾的作用。

車馬行人走得很慢，使節團有些警衛曲膝踞坐在馬車裏，非常不舒服，不得不跳下車來步行。這樣一來，他們於是就供給了擠擁在路旁的大量中國羣衆一個就近觀看外國人的好機會。英國人的健壯像貌，搽着髮粉的頭髮，瘦長的衣服，處處引人的注意。天氣非常熱，車內溫度高達華氏九十六度。步行的警衛們，頭上晒着太陽，口鼻裏吃進灰塵，四外大量圍觀羣衆熱氣使呼吸都不舒暢。有些羣衆看到這些外國人的狼狽情形，特意讓出一點空地來叫他們透透風。但也有些輕浮和愚昧的人簡直把他們當作開玩笑的對象。

一行人等路過一個村莊，停下來小憩進早餐。他們停在一個小客店裏，同英國的現代化的村莊小店不能比擬。客店不算華麗，沒有裝飾，但收拾得還很乾淨，也相當涼爽。供應各色點心。雖然行色匆促，但大家還是吃了一頓非常豐盛的早餐。據說北京是世界上最大的一個都市，距離越近，心裏越急於想看看它到底是什麽樣子。但這裏還沒有看到紳士住宅和別墅，說明距離北京還不很近。最後終於到達北京東郊。鋪石的街道擠滿了人。商店、作坊和顧客之多，處處表出興盛繁榮的氣象。使節團從此處經過，羣衆多離開自己的本位跑來圍看，但很短時間以後，他們又分散回到每個原處，說明這麽多的人聚在這裏並不是專門爲看外國人，他們各有各的事務。穿過郊區共走了十五分鐘，最後到達北京城牆。使節團剛剛走到城牆，城上馬上鳴炮表示歡迎。城門以內臨時設了一個休息站，大家停下來略進茶點。城牆是磚砌的，城門附近是石頭建築的。城門上有一個幾層高的守望台，每層都有炮眼露在外面。一個半圓形牆環繞城門之外，有一仿照歐洲堡壘的側面門，這可能是新建築。城牆約四十呎高。胸牆是鈍鋸齒形的，沒有砲眼，城牆上似乎並沒有砲。城堞上有放箭的射眼。城牆底部二十呎厚，壘頂十二呎厚，胸牆就建在壘頂上面。城牆外面雖不是筆直的，但牆面很平。城牆裏面，上下層磚砌成斜角，好像埃及金字塔面。城牆由方形城堡所側衞，城堡凸出城牆四十到五十呎，城堡與城堡之間相隔約六十碼。壁壘上面可容幾匹馬並行，壁堡裏面有斜坡可到達上面。

初進北京大門，第一個印象是它同歐洲城市相反：這裏街道有一百呎寬，但兩邊房屋絕大部分是平房，歐洲城市街道很窄，但房子很高，從街的這一頭向那一頭望，兩邊房子好像彼此互相傾斜靠近一起。北京空氣流通，陽光充足，人民表現非常活潑愉快。

北京街道都是土路，需要經常洒水以免灰塵飛揚。許多漂亮的「牌樓」橫穿街道。按照字義，牌樓相當於凱旋門，但上面並沒有拱門。牌樓是木製的，牌樓門共有三個，兩邊的小，當中的高大。牌樓上面共有三層頂蓋，油漆雕刻得非常漂亮。牌樓上面橫楣用油漆或者塗金寫着幾個中國字，說明這個牌樓的建築意義，有的爲了紀念某一個人，有的爲了紀念某一件事。

進城之後，第一條大街一直往西，最後被皇宮的東邊城牆隔斷。這個城牆上面是用黃色琉璃瓦蓋的，所以又名黃牆。同時看到的和皇帝有關係的所有建築物都是黃色琉璃瓦的屋頂。這些黃色琉璃瓦頂，當中沒有烟筒，在邊上和背脊上搭成調和的凹形線條。這樣比一條整個長直線好看得多。瓦上面刻着各種事物形象或者幻想式創造，在太陽下面發出閃閃金光，確是偉大壯觀。黃牆外有幾家大糧店。黃牆左角上有一瞭望台，據說是前朝永樂皇帝蓋的。永樂皇帝對北京城的建設有很大貢獻。

街道上的房子絕大部分是商店，外面油漆裝潢近似通州府商店，但要大得多。有些商店的屋頂上是一平台，上面佈滿了各種盆景花草。商店門外掛着角燈、紗燈、絲燈或紙燈，極精巧之能事。商店內外充滿了各種貨物。

關於使節團的到來和使節團所携帶的禮品，在羣衆中間流行着許多傳奇式的傳說。據說使節團帶來一隻象，只有猴子那樣大小，但却有獅子般的兇猛。又說帶來一隻餵木炭長大的公雞，一切東西俱同他們在北京所見的大不一樣。使節團走在路上招致大量羣衆停下自己的行業，跑出來圍着。伴同使節團的中國兵士，手裏揮舞着長鞭，驅逐擠在前面的觀衆，但他們並不任意使用他們的威權，他們的動作非常有節制，只用鞭子打地示威，並不眞往人身上打。

使節一行走到黃城之東，然後沿着右首走，北邊這條街似乎沒有剛才經過的那條街道熱鬧。這條街上沒有商店，只有不顯眼的普通人家的住宅。每一所房屋的前面都有一面牆或一幅門帘為的是不使街上來往行人看到房子裏院。這個牆中國稱為恭敬牆。使節團在黃牆北面當中的三座門對面地點又作小憩。從這裏遙望宮牆內，不似城外一片平地。裏面有的地方修成斜度很大的山，挖出土來造山的一些地方就成為深谷，裏面盛滿了水。曲曲折折的人工湖，當中點綴了各種奇巧小島和不同樹木。皇帝有些宮殿就建築在這些山上。整個好似一個仙境。在一個山的高處，有許多高大樹木，當中建有許多涼亭。其中一處據說是前朝最末一個皇帝自盡的地方。……

站在原處，大家一方面通過黃城大門遙望皇宮禁地，同時視線往北一轉，看到街道頂端有一高大建築。在它裏面懸掛着一個圓柱形大鐘，據說用木槌去敲，可以聲聞全城。鐘樓之西，是北邊城門之一，上面有一個高大的守望台。從皇宮大門直往西看，在黃城和北城之間有一幾畝地的人工湖，上面長滿了蓮花。……

使節團繼續往城的北邊走。路上經過一些俄國人的住宅，想不到還看到一所收存外國文寫本圖書館。據說在這個圖書館的寫本中有一部阿剌伯文的可蘭經。在這裏看到一些頭戴紅帽子的回族人。圍着的人羣中有一些婦女。他們大部分都是韃靼婦女。他們不是小脚，脚上鞋的厚底有一吋多高。穿這樣鞋走起路來的不方便恐怕同小脚婦女也差不多。這些婦女身上穿的很好，臉上有很濃的脂粉。口紅只塗在下嘴唇的中部，似乎是這裏塗施脂粉的方法。……

使節團一行人穿過一個南北長四哩中間有幾個牌樓的大街。這裏是韃靼族的居民區。一行人從東邊城門入城之後，經過了許多大廟和大商店，走了兩個多小時，最後到達西邊的一個城門。城門附近，沿西邊城牆之外有一小河流（這裏加寬成為很大的溝渠），幾乎環繞整個北京城，流向通州，最後進入白河。西城外比使節團剛剛進城時候走過的城外更大，用了二十多分鐘的時間才走完。

使節團在郊區的盡頭又稍停留，大家交換了一下剛才穿過北京城時所得的印象。他們自然知道這樣匆促的走馬觀花無法得出一個恰當的判斷。不過大家共同感覺是，實際所看到的一切，除了皇宮而外，遠沒有來到之前想象的那麽美好。假如一個中國商人觀光了英國的首都之後，做一個公正的判斷，他將會認為，無論從商店、橋梁、廣場和公共建築的規模和國家財富的象徵來比較，大不列顚的首都倫敦是超過北京的。

出城之後，使節團一行繼續往西北方向走。這裏的大道同剛才從通州進城時候一樣，又是花崗石鋪路。這裏直通海淀鎮。海淀是接近圓明園的一個鎮甸，除了一些售貨商店和技師們的住宅外，其它房子不多。這裏住了幾個意大利傳教士，他們被中國政府任用當畫師。海淀商店裏除日用品而外，還出售一些供有閒有錢人玩的小玩意，例如籠子裏面裝着一種蟋蟀屬的像蟬一樣喧叫不休的小昆虫，也在這裏出售。

花隨人聖盦摭憶 補篇

黃秋岳遺著

總由質料之美，鍛鍊之精，故質純而嫩，晶瑩透脫，而無一膜之隔，色嬌而雅，鮮潔膩潤，而有油然之光，眞足爲希世寶。明末國初間，有周文富、湯子祥二家，湯用補法，周則鑪身耳底，三什裝就，宣廟時本然，二家亦稱好手，餘則施家北鑄，其僞造宣鑪，誠有如「日下舊聞」所云者，而文啓美「長物志」，高深甫「遵生八牋」內，歷叙鼓鑄各家，如元時杭城姜娘子，平江王吉，及明時雲間潘銅、胡銅等，種種不一，互有低昂，未能殫述。今時下又有對銅鑪，予因今之賞鑒家，以耳爲目，故特表出，並系以詩。」案奉此說，於鍊銅雖詳其材料，而不詳鍊法，唯於辨色頗晰。昔後周製瓷，請世宗定色，世宗援筆題詩云：「雨過天青雲破處，這般顏色做將來。」此即柴窰雨過天青色之祖，蓋古人心目中欲得某色，而不得其名，觀宣鑪之佳者，亦實難名其色也。比見報章，歐人區別顏色，謂共得七百餘種，則亦難爲定名矣。

沈文肅廉公威猛，治兩江五年，去暴戢殘，閭左以淸。尤銳意國防，經營海軍，不遺餘力，其遺摺大意謂宜以全力繕備，而不可輕於戰，前已摭及，識量遠到，可謂之政治家，而非止於爲封疆良吏也。然同時淸流名士，譏病文肅者，已所在多有。如孫琴西之輓詩，李越縵之日記，皆頗致微詞。相傳文肅與琴西之間，蓋有蔕嫌。文肅與李文忠，道光丁未會試，皆出沈葆田（鏘鳴）之門，葆田爲琴西弟，文肅督兩江，琴西爲布政使，頗以世丈自居，衙參之期，率避不至，文肅以爲名儒長者，亦敬禮之。文肅深嫉鴉片如仇，一日，傳江寧府知府，令限制禁烟，搜罰勿避，琴西聞之，亟肩輿詣制府，言比日爲肝氣所苦，在署不能治事，醫言以阿芙蓉膏解之，文肅亦唯唯。無何，琴西內調太僕寺卿，遂謝官歸。中間論事，頗相左矣。琴西督府沈公挽詞云：「漢法文無害，秦風武克剛。如公宜耇皓，蚤譽況龔黃。吏牘牛毛細，僮書馬足詳。有才方世用，何遽惜淪亡。」「吳楚猶分轍，芻蕘屢獻疑。兵因屯駐弱，財以算緡衰。弧矢威終用，花門事可危。未知天下計，輕作管中窺。」「船官垂七載，肺病輒三秋。重幣求奇器，遺章尚鐵舟。心眞匪石轉，事恐與生休。卻恨中行說，精微爲虜謀。」「最愛資材美，猶須記覽全。豈聞宣政世，不讀建隆編。制節延三鎭，通家託二天（公嘗試出舍弟門下），鐫磨都未盡，生死一潛然。」漢法牛毛之外，其第二三首，皆致微詞，重幣二句，言文肅銳意船政，而收句則言徒爲虜謀也。文肅光緒五年卒於位，琴西謂：金陵淸涼山麓，舊有一拂先生祠，祀宋監門鄭俠，已卯春有受當道意旨者，請以閩二林公配食。辛巳得江寧續志，則所謂當道者亦與末坐，口占云：「一拂淸風自渺然，如何譽組葉羣賢。今年更比去年好，又有囝來郞罷前。」意尤有未慊者。琴西嘗謂永嘉經制之學，開於鄭文肅，至文節陳公集其大成，通今知古，最有裨於實用，葉文定公上孝宗劄子云：今日之患，兵以多而弱，財以多而貧，挽文肅詩第二首頸聯，卽用此語。

文肅治政，以嚴爲主，謂去一豺狼，則鹿豕脫其牙角者，不知凡幾。又謂，吏治不飭，兵端不息，故於驕兵悍將，貪吏土豪，無所假貸。然其政治思想，則極平等寬仁，在兩江任時，有請免仵作馬快兩途禁錮一疏，持論甚公而恕，李蒓客日記，錄全疏而痛斥之，可見爾時士大夫思想之錮蔽也。「越縵堂日記」，丁丑十一月廿九日，附錄兩江總督沈葆楨請免仵作馬快兩途禁錮疏：「爲仵作馬快兩途關繫於吏治者甚鉅，宜免其禁錮，以養廉恥，而勵人材事。伏維三代以上，庶人在官者，與士同祿。漢制往往由小吏（李於小吏二字，加乙，旁批云：仵作馬快，今之隸卒，古之斷養，非吏也，卽此已誤）至公卿，故循良稱極盛，所學其所用也。自晉人重門第，寖變風俗，相沿至今。夫芝草無根，醴泉無源，不問其所出，與求才初意，兩不相謀，然指倡優爲身家不淸，彼誠無以自解，若供役公署者，雖風塵奔走，勞瘁不堪，究其所逐日營營者，非國事，卽民職，固天下之所必不可無者也，乃不待其作奸犯科而先絕之於人類，於求治之意，毋乃左乎？況不嫻文理者（李於不嫻文理四字，加乙，旁批云：仵作皆相傳口授，天下豈有此等人嫻文理者）無以爲仵作，不精武藝者，無以爲馬快，屏之於不足齒數之列，而望有出類拔萃之才（李於出類拔萃四字，加乙，旁批云：四字出何書，指何人乎？豈孔子嘗爲此兩途乎？夫仵作馬快，而須出類拔萃之才，則爲總督者將何等人乎？）起而應之者乎。命案全視屍傷爲準，屍傷一舛，雖皋陶無由得其情，洗寃錄一書（李批云：天下豈有看洗寃錄之仵作）其理極微，又有不盡一一可憑者，須以意會之。在由甲科及幕友入仕者，日夕研究，猶憚其難，再以不自愛之仵作，顚倒是非，含寃其誰訴乎？有終身不見賊之兵，無終身不見賊之馬快，奉票緝捕，其危險與臨陣同，若罷軟無能，安望其爲鷹爲鸇（李於爲鷹爲鸇四字，加乙，旁批云：四字不切馬快），闤闠不皆成盜藪乎？說者謂仵作以命案爲市，馬快以盜案爲市，今再予以出身，不啻養虎而傅以翼。夫天下未嘗無包攬詞訟之生監，不因此而廢士之出身。（李於夫天下兩句，加乙，旁批云：此直不成語矣，天下舍生監，將以何者爲出身，沈君不由生監，何以得爲翰林作總督乎？蓋當曰天下未嘗無作奸犯科之書吏，不因此而廢吏之出身，則語無病矣，如其言，何不曰天下未嘗無欺君誤國之督撫，不因此而廢督撫之升遷乎。）未嘗無騷擾閭閻之弁勇，不因此而廢兵之出身，賢不肖各以類分，進其賢者，退其不肖者而已矣。若並賢者而錮之（李加乙，並批云：賢不肖豈可指此兩途言，禁錮此兩途，便爲禁錮賢者乎）是驅之出於不肖也，又何誅焉。其品甚卑，其才甚劣，而其權則甚重者，不至於惟利是視，無惡不作也幾希。現查各直省，有一縣全無仵作，命案報驗，借諸鄰封，遇有應行開驗者，則束手無策。馬快多不足額，其濫竽充數者（李於濫竽兩字，加乙）非能通曉技藝，遇有巨案，亦束手無策，豈無認眞公事之牧，欲破格召募，而相需甚殷，相遇終疏，蓋稍有微長者，甚不願終身自棄，兼使其子孫，亦無罪而爲聖朝所棄也。合無仰懇天恩，飭部核准，將仵作照刑科書吏一體出身，馬快照經制營兵一體出身，俾激發天良，深知自愛，養其廉恥，竭其心力，庶命案盜案，本源易清，倘仍作奸犯科，自有加等懲辦之法，在臣愚昧之見，是否有當，伏乞聖鑒。」李於摺後，又加跋云：「沈君此疏，不知其意何云。或謂其激於浙江餘杭之獄，不寃殺匹夫匹婦，而反黜撫臣學臣，故歸咎於仵作之無人，爲劉錫彤鳴寃，蓋沈君去年曾奏江蘇一上控案，而牽及楊乃武之屢次翻控，其蓄意然也。然君子論人，不以深文，姑取其疏論之，仵作馬快，關係於命案盜案，誠爲非細，然或優其工食，或免其子孫禁錮，已足矣，而遽議出身，試思爲仵作馬快者，皆賤隸之子，無賴之尤，直倡優伍矣，而儼然入官，與士大夫齒，尚成事體乎？必欲予以出身，則雖先澄其源，仵作取之書吏之子，馬快取之弁兵之子，刑律傷格，出其家傳，擊刺追蹤，爲所素習，而州縣不輕笞辱之，取效呈能，猶爲可冀，否則今之爲此兩途者，雖日厠之倡優盜賊，而不以爲羞，如果識文理嫻技勇，又知自愛者，雖令仵作視文進士一甲一名以修撰出身，馬快視武進士一甲一名，以頭等侍衛出身，亦恐無人願爲也。此疏稱之者有人，詆之者甚衆，其立言非體，擬人不倫，總由文理不通而已。余錄存其疏，而旁乙注之，人不可以無學，信哉。」案仵作之職，即今之法醫，馬快之職，即今之偵緝及警察，當時乃以爲賤業，禁錮其子孫，蒓客好詆人不通無學，於文肅尤甚。今試觀之果孰爲無學耶？此疏未聞有俞旨，度部議亦格不果行。

文肅雅愛才士，蓋得林文忠之遺風。朱曼君感逝銘中，於文肅則曰：「桓桓文肅，搴材自天，曜崇照下，運淵神淵。方皇奏記，割刈波連。沒有餘潤，結感如緜。」可見一斑。其實並時諸老，曾左胡等莫不禮重文儒，愛拔賢士也。文肅幼時，母林，值夜，每使獨趨闇處，己即從之，弗使知，以練其膽。然天資亦特沈毅有識，公時自號希狷子，常謂讀舊書自有新獲，多貪多也。並見「濤園集」自注。

文肅與曾文正齟齬，爲皖贛稅欵事，亦不亟於左文襄也。文肅亦曾爲文正幕府，「濤園集」中，有南隄報功寺祀先文肅公並湘鄉曾文正公一詩，詩云：「臺諫論公賊可戮（先公在諫垣，疏請專任曾國藩剿賊），後來幕府尙同參（外簡九江府，謁文正公南康營次，暢談累日，強留辦理營務處，是爲訂交之始），平反寃獄水難濟（都司劉青雲，詐財釀命，文正以爲疑，全案移送安慶，訊鞫半年，竟從原擬，而意終不釋），賓客盜言亂用餤（時江西參革之員，多向安慶投効）。建業遺官猶對宇（江南專祠，均在龍蟠里），淮堧私祭亦同龕。毅皇温語褒廉藺（文正欲提九江關茶釐，先公疏請留供江軍，文正疏爭，語多負氣，上諭均分，並引廉藺賈寇爲勖），二老當年謝弗堪。（同時均有謝表）」以上皆愛蒼先生自註，持論甚平。案此事，陳右銘調停之，已見前筆。

遺囑析分財產，今所習見，昔人不多覯。名人墨跡，尤不易得，竹垞老人析券云：「竹垞老人，雖曾通籍，父子止知讀書，不治生產，因而家計蕭然，但有瘠田荒地八十四畝零，今年已衰邁，會同親族，撥付桂孫、稻孫兩孫分管，辦糧收息。至於文恪公祭田，原係公產，下徐蕩續置蕩七畝幷荒地三分，均存老人處，辦糧分給管墳人飯米，孫等須要安貧守分。

編輯閒話

△民國初年的廣東人民，有些地方和北邊的不同，他們曾經長期在外省籍的軍閥統治下呻吟着過活。先後在廣東肆虐的軍閥，有桂軍、滇軍、湘軍、而廣東省本身居然也出過四個綠林省長，最奇怪的是四個綠林省長是連續性的，去一個來一個。西鳳先生寫的「廣東連續四個賊公省長」就是記這個史實。

△溥儀在四十年前還拖着一條辮子的，到一九二二年他十七歲，才決心剪去。過了幾年，溥儀被逐出紫禁城，當局清查故宮，發見溥儀的辮子。名士廉南湖見了，題一首詩志慨。溫大雅先生寫的「溥儀割辮記趣」一文，記他剪髮的經過和紫禁城所受到的影響，關於廉南湖的生平，本期有李菊先生的「我所知道的廉南湖」，可供參考。

△周志輔先生的「記北京兩名剎及其住持」是有關北京的掌故。寺廟應否留存，我們可不必在此討論，我們讀歷史，不會忘記會昌滅法這件事，滅後還會興，眞奇怪也！乾隆皇帝以孔子之道統治，列孔孟之說爲正宗，當時有些逢迎聖意的臣子請他尊孔子，淘汰僧道，毀寺院，十全老人不以爲然，作詩示之，末句有云：「留增畫景與詩材」，表示他不滅法，但也不提倡釋道，至於寺廟不妨由得它存在，任其自生自滅，留爲吟詩寫畫的材料。從這件事，也可見乾隆要麻醉人心，便利其統治。

△迹删上人是清初廣東的高僧，工書畫吟詠，友人李啓嚴先生藏有上人手寫詩卷，中彥先生爲作「迹删鷲上人關中操履詩卷」，詳記上人事跡。此卷爲廣東著名文物，下一期將原詩登出，幷附圖片。

△下期有幾篇精采的文章，先預告一下「洪憲太子袁克定」、「溥儀大婚演戲記趣」，都是寫兩個沐猴而冠的貴族的故事，皆附有圖片，尤其是袁克定陪袁世凱便裝往德國公使館拜會德使一圖爲最名貴，外間甚少見的。「張學良演話劇」、「革命北伐與聯省自治」，都是記實的文章，字字皆有來歷。

△黃之棟先生來信指出：「第十四期第二頁，第二欄第五行『豪紳李樹椿』應爲李慶椿，當年住河南躍龍里，爲汪精衛親家何秀峯之岳父。其四女適劉蘆隱，慶椿之子浩駒，和我是皇仁書院同學。十五期十四頁，第一欄第十行『一九四一年十月』，應爲『十二月八日』……」謝謝黃先生的盛意。十字之下，月字之上，實漏去「二」字，當時沒有校出，故有此誤。

稿約

本刊的宗旨，是向讀者提供高尚有趣味的益智文章，並希望貢獻一些翔實可靠的資料，給研究歷史、文藝的人作參考。我們歡迎下列文章：（一）人物介紹　注重古今中外人物的描寫及其傳記。（二）近代史乘　注重近百年中國及國際政壇上重要事件的發生經過及其內幕。（三）史料　名人的日記、筆記、游記、自傳、傳記、年譜、回憶錄，函牘等。（四）趣味性的掌故。

以上所列，只不過約畧舉出一個範圍，其實文史掌故的範圍很廣，不能一一開列，希望讀者認定文史兩字寫文章便好。稿件內容不要評論現實政治的得失，要注重輕鬆趣味，使讀者一卷在手，覺得開卷有益，不枉花了寶貴的時間。

惠稿文言語體不拘，但最好還是用語體，如果不擅用則以淺顯易懂的文言寫也一樣歡迎。字數以五千字內爲限，太長則未易刊出；超過一萬字以上的，請來信商洽。譯稿務請附原文，如無原文，恕不考慮。

來稿務請用稿紙書寫，如屬有史料性的文章，字體更要寫得淸楚，一來使編輯人易於看懂，二來，排字工人也不致排錯。

不合用的稿，不管附有郵票與否，在收到後十日內寄還作者；如不寄還，就是要採用，但何時刊登，未能立即告知，請來信詢問。刊登的稿，在出版前二日即將稿費寄上。

國文教學
國文學習
參考用書

國文月刊

國文月刊爲抗戰期間西南聯合大學師範學院國文系主編，爲討論國文教學與增進國文閱讀及寫作能力權威刊物。先後由朱自淸、郭紹虞、呂叔湘、周予同、黎錦熙、夏丏尊、葉聖陶等專家編纂。內容包括十類：（一）文字、聲韻及訓詁學；（二）文法學；（三）修辭學；（四）經學及文學史；（五）文學批評；（六）國文教學；（七）文辭疏解；（八）新書評介；（九）紀念逝世之國文教授；（十）當代文選評。撰稿者皆爲一時碩彥。凡所討論，俱屬切要問題。同時關於大專方面之國文教學，亦有專題研究。茲爲適應當前國文學習與教學之須要，先將抗戰復員後出版之國文月刊，由四十一期至八十二期，全部影印流通，分期寄售，另合訂成册，利便庋藏。又編有總目分類索引，以便檢索。至於抗戰期間所編之國文月刊，由第一至第四十期，係用土紙印成，不便影印，刻在整理排印中，以饜海內外讀者雅望。

茲爲便利讀者採用起見，特輯有「國文月刊總目分類索引」單行本。售價港幣叁角，港九區郵票採購，付郵票肆角，寄英皇道一六三號二樓龍門書店，當即寄奉。

龍門書店謹啓

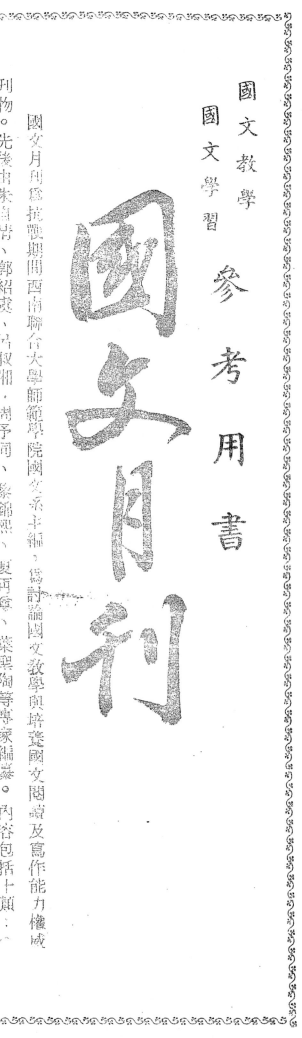

大華

半月刊第十七期

[illegible]

[illegible]

[illegible]

決儲太子之爭究定

溥儀結婚演戲記趣

革命北伐與聯省自治

張學良演話劇

英國女間諜的浪漫史

一九六六年十一月十五日出版

大華

第十七期

封面插圖：荆鴻先生寫自作詩

大華 半月刊 第十七期

一九六六年十一月十五日出版

（每月十五、三十日出版）

出版者：大華出版社

地址：香港銅鑼灣希雲街36號6樓

Ta Wah Press,
36, Haven St., 5th fl.
HONG KONG.

電話：七六三七八六轉

督印人：林翠寒

主編：林熙

印刷者：朗文印務公司

地址：香港北角渣華街一一〇號

電話：七〇七九二八

總代理：胡敏生記

地址：香港灣仔洋船街三十二號

電話：七二三四三七

「洪憲太子」袁克定

柳杰士

袁世凱的十個妻妾，生了三十二個兒女。大兒子袁克定，二兒子袁克文的名字，比較人多知道。袁克文的生平瑣事，幾十年來，報刊上常有敘述。現在讓我談談這個走在時代逆流妄圖做皇太子的跛仔袁克定吧。

袁克定，字雲台，號蜨盦，是袁世凱原配于氏所生的長子，是曾任湖南巡撫吳縣吳大澂（現在上海畫家吳湖帆的祖父）的女婿。少年時期，從家庭教師讀些四書五經，同時學習外語。經常和一班紈袴子弟鬥雞走馬，捧女伶，好揮霍，而待人却刻薄異常。光緒廿七年，袁世凱任直隸總督，因克定沒有攷取功名，爲了便利他在政治上活動，就替他捐了個候選道，也就是花錢買資格。克定在家時，涉獵過一些兵書，却以知兵自命，好騎馬談兵。光緒三十三年（一九〇七年），清廷改革官制，把商部改組爲農工商部，載振仍任尚書。奕劻、載振父子和袁世凱加深聯絡，載振請授克定爲右參議，其後遷右丞，署左丞。光緒帝死後，袁世凱被黜回籍，克定先到彰德洹上村監工督造房屋，而農工商部的官職，還是掛名領乾薪。辛亥革命以後，託着總統兒子的招牌，到處招搖，向各方拉攏。

袁世凱的文武屬員，都叫克定爲「大爺」。克定久隨老袁左右，和北洋派將領都有密切交情。看到新建陸軍勢力的成長雄厚，對於攝政王載灃把老袁罷黜，常懷切齒之仇；但目擊奕劻的貪婪，載灃的庸懦，載濤、載洵、毓朗之流主張建立皇族軍權，信任士官生之可爲己用，又排斥鐵良開缺閒住（後來雖任江寧將軍，這是恐怕鐵在北京別有勾結，特爲外放），以致弄到北洋將領離心離德現象。克定認爲報仇的機會不遠。到了辛亥年秋（一九一一年），武漢革命軍起義，袁世凱運用手段，出任湖廣總督，而至內閣總理大臣。克定雖然留守在洹上村，而指謀劃策，參與攫取國家大權的密謀，是核心人物之一。

馮國璋奉清廷的命令，任前線第一軍總統，率軍南下，攻佔革命軍根據地漢陽時，南北軍暫時停戰。忽有一人從武昌方面渡江北來，被馮軍截獲，疑爲間諜。問他的名，爲朱芾煌，身上藏有「欽差大臣袁」的龍票（即護照），難辨眞僞。據朱自稱，係受袁克定密命和南軍黎元洪接洽和議。馮國璋據報，命把朱芾煌暫行拘禁，密電袁世凱詢問究竟。袁覆電說「此事須問克定」。後得克定電報說：「朱即是我，我即是朱，若對朱加以危害，願來漢與之拚命。」這樣，馮才了解克定的行爲，立即把朱釋放。（按：朱芾煌是吳山的妹夫，吳山對於朱的破壞革命行動，甘心做袁門走狗，從此不和朱往還。吳爲四川江津人，護法期間，一度任廣州軍政府司法部次長，代理部務。）溥儀「我的前半生」，也有談到克定在此時期的活動，如說：「袁世凱到北京，兩人（指袁與汪精衛）一拍即合，汪精衛也很快與袁的長子克定變成了好朋友，從而變成了袁的謀士……」這也說明了克定向各方拉攏的事實。

袁世凱攫得臨時大總統，躊躇滿志，玩弄手法，借詞北京兵變，而不肯到南京就職。個中策劃，就是袁克定所預謀。

民國三年（一九一四年）十月，老袁為了擴充個人的實力，創辦陸軍模範團，自任團長，陳光遠任團副。克定等為辦事員。第一期官兵都經過嚴格的選擇和保證，而以各師旅的中將團長充營長，營長充連、排長，正目也是下級軍官。訓練的目的，是絕對服從袁世凱個人的命令，能為袁效死出力不惜性命。每人宣誓有「違背誓言，天誅法譴」等語。第二期，即由克定升任團長了。團的官兵，薪餉被服，待遇優厚，畢業照原職升級任用，企圖造成專供老袁指揮的特別系統。按照老袁意旨，他自己既創練新軍的權威者，期望克定也能克承父業，樹立袁家軍勢力。

王士珍（清末曾任陸軍部大臣，民初任陸軍總長）有病，克定前往探問，作揖行禮。王只略略舉手示意。克定沉不住氣的說：「我不是公的部屬，為什麽這樣的傲謾？」王說：「我是尊大人的朋友，論行輩，可答可不答。你雖然高貴，和我毫無關係，我不能顛倒秩序，來取媚他人的！」克定碰了釘子，悻悻而去。

老袁的獨裁政治而至叛國稱帝，固然是他本人的野心作祟。而熱心帝制，一力慫恿老子去幹的却是這個帝制謬種袁克定。現在把他與老袁盜國稱帝有關的醜事談談。

民國初年，克定奉老袁命赴德國，德皇威廉第二在宮裏設筵款待，屢說中國如不採用帝制；絕不能圖强。力勸轉達老袁從速採用君主制度，德國當用全力相助。並親筆寫信給老袁。克定歸國以後，悍然慫恿老袁稱帝，是恃有德國做他的後援。當時德皇窮兵黷武，野心日熾，威脅歐洲。老袁更加迷信德制，毅然推翻民國，帝制自為了。

老袁陰謀帝制，初時不甚顯露，到了成立籌安會，馮國璋從南京北上謁袁。馮問：「外間有總統要改帝制的傳說，不知確否？」袁答：「歷史上開創之主，年皆不過五十，我已是將近六十歲的人了，鬚髮盡白，精力也遠不如前。大凡想做皇帝的人，必須有個好兒子，才能克繩基業。長子克定脚有毛病，是個無用的跛子。次子克文只想做個名士，三四子（指克良克端）都是紈袴，更沒有出息。我如做了皇帝，哪一個是我的繼承人呢？將來只能招禍，不會有好處的。」馮後來對人轉說袁所講這番好像入情入理的話。直到次年改元洪憲，才知受騙。

袁世凱和李經羲（李鴻章之姪，清末官至雲貴總督，袁叛國時，封為「嵩山四友」之一）談話，也有提到這個不中用的跛仔。一天，李經羲由天津到京，訪老袁于居仁堂。李問袁，外間盛傳慰亭將稱帝，究竟有此意否？老袁哈哈大笑的說：「九爺（李行九），試思我行年將到六十了，功名憂患，都已飽嘗，何必再幹這勞什子！如果說是為子孫萬世之業，那我的幾個兒子，老大（指克定）跛脚，老二（指克文）天天和樊山、實甫們鬧詩酒，都不能做大事的。老三、老四，年幼識淺，更談不到了。九爺，謠言儘管謠言，你我相知有素，何必信它呢！」李因老袁所談的率直又有風味，也拍掌大笑。

日本法學博士有賀長雄，是老袁的最高法律顧問，有賀對老袁極恭順，自稱「外臣」，為了迎合克定的意圖，特把日本皇室典範，改頭換面，替老袁起草「皇室規範」。其中：第一條，中華帝國大皇帝傳統子孫，萬世延綿。第二條，大皇帝位傳統嫡長子為皇太子，皇太子有故，則傳統嫡子皇太孫。第三條，嫡皇太孫有故，則立皇二子為太子，立太子以嫡不以長。這樣一來，克定在皇室中規定取得了候補皇帝的資格，即使他有故，他的兒子家融也是皇帝的唯一候選人了。這是克定和有賀勾結所弄的把戲。

山東賈某，原是走江湖的堪輿家。北京帝城一切新建造，都由克定負責料理，特把賈某請來，尊為風水大師。賈某是慣走江湖，油腔滑調的指東劃西說：帝王旺氣，薈萃前門。儲公大名是定，定沒有坐位，氣嫌空洩，難以坐鎮。前門皇運咸備，門內左右，對建高樓洋厠兩座，使儲公制定坐位，那就河山帶礪，穩如泰山，安似磐石了。胡說八道，令人發笑。原來山東土語，定與臀同音。賈讀定爲臀，才弄出這樣的笑話。然而這位皇太子袁大爺，居然迷信到極，自己住所的陳設，也要賈用羅盤定線來安排。

有一次袁克文和蘇妓出身的小老婆雪麗淸，在頤和園遊玩，寫了歪詩兩首，竟觸怒了克定，幾乎惹起殺身之禍。雪麗淸看到此種封建家長的趣事束縛，（克定是嫡子，克文是妾侍仔）因此與克文脫離關係，即到漢口再度掛牌當娼。常向嫖客訴說袁克定，未做皇太子，已經威福自恣，盛氣凌人，將來在家庭中，怎能忍受，故寧願做「胡同先生」（指妓女），不願做皇帝的家中人。

袁世凱在「太子」陪同下，以私人名義拜訪德國駐華公使

老袁稱帝，一切佈置，多由克定發號施令，從中擺佈，楊度之流只是等因奉此的出面辦理，有時又兩人協同密幹。民國四年的春間，克定與楊度談及變更國體事情。克定說，此事關係極大，先要羅致一些有名望的人共同討論，才可進行。任公（梁啓超）領袖名流，如得他的一言，勝於十萬毛瑟。於是約梁會談。克定先說，近來有以共和不適合國情，主張變更國體的，先生高見如何？梁突然聽着，不知所答，繼着眉頭一皺才說：我生平所研究的是政體不是國體。楊度對克定說：任公只問立憲與否，不管民主與君主的。等到帝制將要實現時，各方紛紛奉命上勸進表，但徐世昌絕無表示。克定特訪徐世昌，徵詢意見。徐是著名老奸鉅猾的狐狸精，他對克定說：「我不贊成，也不反對，你們去做好了。」克定先後聽了梁徐兩人的話，估量一切都可以平安過去，怎知結果上了大當。

籌安會氣燄高張時，嚴修（字範孫，天津人，清末學部大臣。）到北京，直接向老袁規勸說，帝制有百害而無一利。在面談之外，再用書面痛說帝王子孫朝士嗣紹殺戮之慘。中有「且帝制諸人，日挾雲臺（克定）以蔽大總統；外間眞輿論，大總統得知其梗概乎？修爲雲臺危，爲大總統危，爲袁氏危，願弟言之不中也，願大總統三思而後行之」等語。老袁深受感動，本擬決定擺除帝制之意。楊度等聞着大爲恐懼，星夜與克定商量對策，對付嚴修。第二天，召集帝制幫兇會議。克定痛駡嚴修，大聲的說：「今日的事，改行帝制，天下共和，出爾反爾，斷無此理。如有人能担保取消帝制，袁氏家族，永無危險，那就姓袁的不做皇帝，試問誰人能夠担保？」說畢，兩目炯炯，拿着手杖東顛西倒的破口謾駡，把室內窗戶玻璃，全部打破，又把大穿衣鏡擊碎，借此示威洩憤。（在座某甲把當時克定的狂言怪狀，走告嚴修。嚴即乘車返津。後來老袁雖然卑詞謙函請嚴到京，嚴也置之不理。）跟着克定和幾個爪牙，入見老袁，反覆瞎吹取銷帝制之害。老袁一心要做竊國大盜，不聽老友嚴修的諍言，從此一錯要錯到底。

製造輿論，也是克定的技倆之一。如每天改造的順天時報送給老袁看。亞細亞報「臣記者」薛子奇，每日趨承克定左右，在報上做克定的喇叭手，社會上戲稱克定「克宗定皇帝」。後來黎元洪明令宣佈薛爲八大禍首之一，而列名籌安會的嚴復、胡瑛、劉光漢、李爕和反不在內。因此有人替薛呼冤。而好事者却以薛、子兩字相連爲孽，奇字分開是大、可，薛以大可爲號，無疑的天造地設「大可」實在帝制餘「孽」。

老袁臥病時，每天還是舉行「楊前會議」，後來病情惡化，却由克定主持代行。老袁指定託孤寄命的四人，卽段祺瑞、王士珍、張鎭芳、徐世昌，克定也在床邊參加。袁吐着低微的聲調說，「我已經不中用了。」徐卽說了兩句安慰的空話，跟着又說，「萬一……不知還有什麼吩咐？」老袁泛着垂死的眼，只說「約法」兩字。這眞把在座的人搞得糊塗了。因爲按之舊約法，總統不能行使職權，由副總統依法繼任；新約法則將總統繼任人選名單，藏在金匱石室。克定這時不肯放過他「繼承大統」的機會，卽補充了一句「金匱石室」。可是老袁毫無表示，已經不能說話了。原來老袁初時寫定的人選是袁克定、段祺瑞、徐世昌三人。到了病重時，暗中把克定的名字改了黎元洪。好像預知克定必不能統馭北方將帥，只會應了帝王子孫必無噍類的成語，而把它改寫的。

袁世凱死後，克定遂以大爺的身份，奔走各方，經常往來濟南、蘇州、上海等地，吃喝玩樂，招搖過市。隨從十多人，如按摩醫生、廚子、當差、衛士等，還有兩三個幫閒的酒肉朋友。天津淪陷期間，日寇司令坂西和他常有往來，克定兼通英日語，不需傳譯。日本投降以後，他的生活，潦倒不堪。在北京寄居在他的表弟張伯駒（張鎭芳的兒子）的海淀別業。有一次，張國淦（字乾若、湖北人，曾任教育總長，是黎元洪親信）接他到城內閒談，留他吃飯，有張聯棻、惲寶惠等作陪。希望從這個落魄、過氣太子的口中，探得一些內幕史料。結果，這個廢太子支吾其詞，無從探詢。當時克定衣衫破爛，步履蹣跚，儼然一個老病的叫化子模樣。惲寶惠掏了腰包，叫三輪車把他送回海淀。晚年的生活，是靠地方政府按月所發的救濟金。一九五八年死于北京，得年八十一歲。（附誌：袁世凱生於光緒三年十二月，死於民國五年，年五十八歲；克定母親于氏，死於民國八年，年六十三歲。）

南·人·北·人

山湘

四川都督陳宧的妹子，是袁世凱的寵妾，鍾愛最摯，因之陳宧也因裙帶關係，而得袁的信任，倚如左右手。詎料雲南起義不久，陳也通電反袁。袁得陳電，怒不可遏，立卽昏厥，陳妹侍側，急扶袁起。袁甦醒後，竟憤火中燒，立卽拔刀斬之，不數日袁也暴卒了。這是章士釗夫人吳弱男所說的。但查袁克文的「洹上私乘」，談到他的庶母數人，却沒有姓陳的。順爲附說，以供研究。

戴季陶在考試院書房的正桌上，掛着觀世音偶像、孫中山遺像，和戴的母親像。孔祥家中有幾個會客室，分別掛了孫中山、孔仲尼、基督的遺像。根據來賓的關係，由傳達員接到某一個客廳去。

鄒魯面部黧黑，身材矮，而他的幾個老婆都薄有姿色。反之，葉夏聲是小白臉，老婆的面貌醜陋如母夜义。

戴季陶早年在日本，參加保皇黨的政聞社，是用良弼名字，希望做淸王朝的弼輔良臣。不久加入同盟會，改名天仇，取義與滿淸政府不共戴天之仇。後來和蔣介石、張靜江等搞證券物品交易所的恒泰號經紀人，取名季陶，目的是要做陶朱公第二，能發財的。孫中山逝世，他便說堯舜禹湯文武周公孔子而至孫中山。孫死後，應有嫡傳，他又取名「傳賢」，以繼承道統自任。當了考試院長後，不便改名，只好搞動腦筋，迎合蔣的新生活運動，在四維八德中，把室名叫做「孝園」了。他在上海狂嫖之時，狎妓女筱恒，他曾用「小恒記」，做參加恒泰號的股東名字。

抗戰期間，內地人民的生活如何，今舉一例做證，有署名南女士寫了六首七絕，自述在重慶郊區的知識分子家庭婦女情況，題爲「早市雜詩」：「嫁得相如已十年，良辰小祝購葷鮮；一籃紅翠休嫌薄，此是文章萬字錢。」「嫁得詩人福不慳，當年儷影遍江南；於今倦了遊鞭手，五父衢頭挽菜籃。」「連年聽慣隔村雞，早市須乘月半西；遽下繩床猶卜立，嬌兒戀哺尙哀啼。」「一籃一秤自携將，短髮蓬蓬上菜場，途遇熟人常掉首，佯看壁報兩三行。」「爲羨街頭果餌香，小兒和指暗呼娘；恩恩買與紅心薯，猶囑歸分阿妹嘗。」「朝露沾鞋半染衣，街頭濃霧比人低；曉凉敢說儂辛苦，昨夜陶朱負米歸。」

溥儀結婚演戲記趣

漱芳齋戲台

溫大雅

清朝的皇帝，每逢有什麼高興事情，總要在宮裏頭演戲，過年過節，帝后生日，照例是要唱戲好多天的，至於皇帝結婚（清朝叫「大婚」），唱戲更要唱得起勁了。

溥儀在紫禁城裏「稱孤道寡」的時候，到十七歲，他結婚了。雖然「江山」已經丟掉，也沒有人民好統治了，但他在故宮裏頭，還有無數「寶座」好坐，仍然還有「內務府大臣」、「南書房行走」一班奴才捧着他，過的仍然是帝王生活，高興時還封官賜爵。因此，在他「大婚」時，一切儀禮，都和以往淸帝沒有什麼大分別，自然，唱戲這一重要節目是有的。

英國人莊士敦是溥儀的英文「師傅」，此人據說是個中國通，會讀四書五經和「古文觀止」，又曾經做過香港的輔政司。莊士敦於民國八年（一九一九年）入紫禁城教英文，到溥儀結婚，他已教了四年了，在小朝廷中也說得上稍夠資格。民國十一年十二月一日（陰曆壬戌年十月十三日，公曆一九二二年），溥儀「大婚」，莊士敦既是「帝師」，照例賜以「入座聽戲」的恩典。於是這個外臣也翎頂輝煌厠身於一班遺臣遺老中，坐在紫禁城裏重華宮東首的漱芳齋聽戲了。

莊士敦要接到通知才能去「入座觀劇」的。他所接到的通知，今錄如左：（今並將原函製版，附印於此）

敬啓者：現由奏事處傳出，奉

旨。

賞莊　於十四、十五、十六日在
漱芳齋聽戲，等因；欽此。用
特布達。專此，即頌
公綏。
內務府啓

這封通知書，莊士敦影印在他所作的「紫禁城的黃昏」一書中。書裏有一章專記述溥儀的「大婚」，比溥儀的「我的前半生」更爲詳盡，但可惜的是，莊士敦沒有記載這三日演的是什麽戲目，什麽名伶應召。現在據我所知，列表於後：

十四日

（一）跳靈官。　內外學（五分）。（二）取金陵。　九陣風（三刻十分）。（三）嫦娥奔月。　林顰卿（二刻十分）。　（四）牛頭山。　周瑞安（三刻）。　（四）戲鳳。　譚小培（三刻）。　（五）狀元印。　楊小樓（三刻）。（六）天水關。　王又臣（三刻）。　（七）長坂坡。　俞振庭（五刻）。　（八）八大錘。　侯俊山（五刻）。　（九）鬧學。　尚小雲（二刻）。　（十）惡虎村（三刻五分）。　（十一）青石山。　余叔岩（三刻）。

這一天王公大臣「入座聽戲」的共六十人，上午九時許即開演，到上燈時分他們才退出。（上表的「五分」是演五分鐘，「三刻」是演三刻鐘。）

十五日

（一）搖錢樹。　外班（二刻）。（二）汾河灣。　貫大元（三刻）。　（三）馬上緣。　小翠花（二刻）。　（四）連環套。　楊小樓（三刻五分）。　（五）金錢豹。　余振亭（二刻十分）　（六）連升三級。　朱素雲（二刻）。（七）十分英雄義。　外班（二刻十分）。　（八）竹林計。　外班（三刻）。　（九）八蜡廟。　余振亭（三刻）。　（十）水簾洞。　楊小樓（三刻）。

十六日

（一）財源輻輳。　外班（一刻）。　（二）蟠桃會。　外班（三刻五分）。　（三）冀州城。　周瑞安（四刻十分）。　（四）浣花溪。　林顰卿（二刻）。　（五）花蝴蝶。　周瑞安（三刻五分）。（六）飛叉陣。　俞振庭（二刻十分）。　（七）南陽關。　王又臣（三刻）。　（八）空城計。　余叔岩（三刻）。　（九）泗州城。九陣風（二刻十分）。　（十）搜孤救孤。　譚小培（三刻）。（十一）竹簾寨。　余叔岩（四刻）。　（十二）艷陽樓。　楊小樓（三刻）。

這三天的戲目都很精采，演出的伶人多半是鼎鼎大名之輩，只是沒有梅蘭芳、程艷秋，尚有美中不足之感。

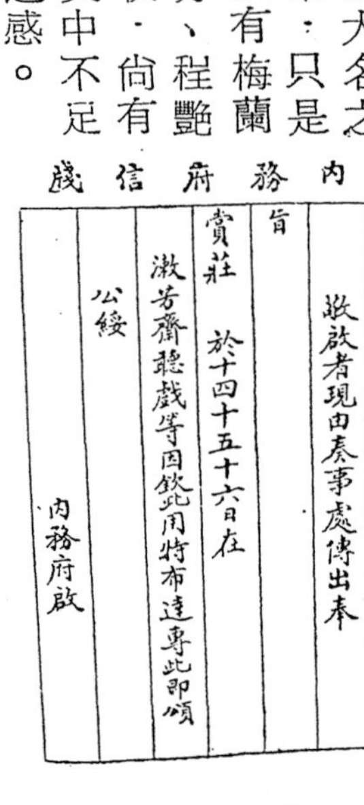
內務府信箋
欽啟者現由奏事處傳出本
旨
賞莊　於十四十五十六日在
漱芳齋聽戲等因欽此用特布達專此即頌
公綏
內務府啟

「內務府」所傳的「聖旨」

重華宮之側有漱芳齋，戲台即在齋前，乾隆皇帝爲皇子時，住重華宮，到晚年，他常在漱芳齋召集一班詞臣在此聽戲，戲台前有他的御奉題「風雅存之」的匾額。但這個戲台很小，拿頤和園的戲台來和它相較，漱芳齋的簡陋落伍之至了。

清帝賞王公大臣「入座聽戲」是一種榮典，受此賞的大臣，死後還要將「蒙賞入座聽戲」用紅色印在訃文上，當作「履歷」之一。原來清帝賞大臣聽戲是有個規矩的：凡近支王、貝勒、貝子、公、滿漢一品大臣和內廷行走人員都有份，外官如將軍、總督、巡撫、提鎮適在京者，也有份。至於在北京的一品各旗都統，和三品的滿漢侍郎都沒有資格。所謂「內廷行走」，包括御前大臣、內務府大臣、南書房、上書房翰林（其不在南書房、上書房的翰林，更沒資格）。光緒廿九年（一九〇三年）六月，光緒帝生日，在頤和園演戲，有資格「入座聽戲」的王公大臣不過五十餘人，溥儀「大婚」，「入座聽戲」的人有六十，有人說是太濫了。但這是小朝廷，也不必計較這許多了。

革命北伐與聯省自治

直　言

民國九年（一九二〇年）粵軍回粵之後，中山先生由上海返廣州，認爲革命事業，不能偏安一隅，遂於民國十年五月五日組織軍政府繼續北伐。任命各部部長，外交伍廷芳，財政唐紹儀，陸軍兼內政陳炯明，海軍湯廷光。參謀長李烈鈞。總參議兼文官長胡漢民。並函勸徐世昌退位。北方則徐世昌任總統，而曹錕、吳佩孚戰勝段祺瑞，吳佩孚高唱聯省自治之主張。徐以孫組織軍政府，並函勸退位，於十年五月二十日，下南方討伐令，分令陸榮廷出兵援粵，並令陳光遠由江西出兵，李厚基由福建出兵，三面夾攻。陸榮廷因桂軍退出廣東之後，兵多餉絀，難於應付，祇有爭廣東地盤一路可走。陳炳焜、譚浩明、沈鴻英三人野心最大，亦急於爭先入粵。

孫陳同床異夢

陳炯明雖贊成聯省自治，但以桂軍先行進攻，不得不出而應戰，六月二十日，出發到肇慶督師，分飭葉舉、洪兆麟、許崇智、魏邦平等，分路反攻。桂軍陳炳焜所部劉震寰倒戈响應，桂軍立告崩潰，桂林南寧，先後失陷，最後之據點龍州，亦於九月三十日爲黃明堂、黃大偉佔領，陸榮廷遁安南，粵軍遂告全勝。中山先生進駐桂林，籌備北伐。

中山先生移駐桂林之後，主張取道湖南北伐。陳炯明則贊成吳佩孚聯省自治之主張，以爲可以保境安民，一面窺伺鄰省之意旨，聯防互保，以免受兵。如此則退可據粵，進則聯合主張相同之實力，出而主張國事，不煩用兵，而國內自定。中山先生斥爲幻想，斷難實現。陳未再辯，但陳之參謀長兼第一師長鄧鏗實力最强，且爲國民黨忠實黨員，主張北伐，葉舉、洪兆麟等則一方力擁陳，主張聯省自治。魏邦平、李福林等部，雖無表示，而向惟中山先生之命是聽，一時陳有進退維谷之勢，此爲民十冬季之情形。民十一春間，鄧鏗突被暗殺，廣州市紛傳爲陳所主使，謠諑四起，但無確證，只可認爲疑案。但中山先生仍堅持北伐之主張，毫不搖動。陳時兼廣東省長，把握財政，拒付北伐軍費。湖南之趙恒惕等部，亦紛電反對北伐軍假道湘省。中山先生遂於十一年四月由桂林回師廣州，改道江西北伐。同時免陳炯明省長兼職，以伍廷芳兼任廣東省長，陳遵令交卸，轉赴惠州養病。

伍廷芳拚老命與論火葬

伍廷芳之任廣東省長也，委余爲省署秘書。余到職時，始知秘書僅三人，與從前額定二十人者異。一爲兼任政務廳之總務科長鄭道實，一爲專司伍私人函牘之某君，已忘其姓名，其一則余也。余與伍子朝樞交好，伍君謂「余聞（朝樞之字）梯雲言，岑春煊反袁討龍，組織都司令部，君頗努力爲助。其後陸榮廷、莫榮新禍粵，君又隨同魏邦平，轉戰西江，克復肇慶，尚能不避艱險，拚命任事，故此時特邀爲助。以余此來爲拚老命，非能拚命者，不欲邀也。」余聞而愕然。既而伍君復曰：「近南北均有昌言聯省自治者，實則聯省爲軍閥分賍之別名，自治爲軍閥分賍之實。如廣東與吳佩孚南北呼應，聯省自治，則全國永陷軍閥鐵蹄之下，無翻身之日。孫先生改道北伐。第一着爲更換省長，以粵爲北伐後方，必須後方安定，而後可望成功也。但屢徵能任是職者，均無人願任，以皆知爲鹹魚頭，不欲啃此骨頭也。余爲七十老翁，已以外交部長兼任財政部長，事繁任重，豈能復兼任省長。但余認爲革命無偏安，北伐爲革命大道，粵省爲大後方，孫先生既以強余，亦願拚此老命耳。」至是余始覺嚴重，但既來則安。伍之辦事，亦與其他省長有異，公文均由政務廳主管秘書不必分科核稿。余所任者，只爲對外代表見客，小事代決，大事請示而已。會客時間，限於下午二時至四時，初亦甚覺清閒。後以番禺縣長民選，因舞弊爲高審廳判決取銷另選，現任縣知事爲福建人，以風聲鶴唳，堅請辭職。伍於余任事之初，核閱履歷，知民五至民十，歷任陽江、新會、順德、南海、高要知事，故又委余兼任番禺，亦不得不就，早晚辦縣事，午後二時至四時，則到省署而已。

某日有省議員四人來謁，以東郊莊房多所，因當公路要衝，奉公路處令，刻日拆遷，各莊房寄棺無數，無地可遷，請予改道，或緩拆。余不能決，答以當轉達伍省長查案核定，俟定有辦法，再約期晤談。隨即據情轉達。伍久旅外地，不知粵省情形，問余何謂莊房。當告以粵人信風水，死後殯殮，多寄棺莊房，以俟擇有吉地，再行營葬。旅粵外省人，身故後親故未即運柩返鄉，亦寄棺莊房。富者每棺一房，莊租較貴，貧者一大廳而寄棺無數。百數十年來，積棺不下數千具，更有多年無主者，遷地確有爲難。伍歎爲奇聞，並言：「歷來論葬，有水葬土葬火葬之別。水葬徒供魚餌，自不足取。土葬則國人行之已久，實則死人與生人爭地，亦不足採。廣州之東北郊，遍地墳冢。大好山地，不以植林，供人賞玩，呼吸新鮮空氣；不以開荒，種植果菜，而以埋葬腐骨，終爲蛇鼠窟穴，蟲蟻嚙食，其有傳染病者，更不免貽害後人，大礙衛生。長此不已，人日益多，地日益少，何以善後？此等陋習，非革除不可。火葬最妥，不占生人之地，不貽後人傳染之病。莊房此時既當路應拆。各棺自可限期火葬，過期悉付一炬。我爲主張火葬之一人，死後亦必火葬也。」所論至有理，惜乎轉瞬伍即因葉舉請孫下野，憤激致疾，竟以身殉。伍老雖實行火葬，而偉論不克實現於廣東，直至四十五年後，始大行其道焉。

六月十六日，葉舉兵偪帥府。伍君向宿於省署，梯雲挈眷住新豐街，極近省署。余家在天平橫街，相距亦不遠。夜聞警耗，欲到省署一探究竟，苦爲兵阻。及天明始可通行，路過新豐街，先至伍宅一問，其家人云，接省署電話，伍省長忽患急病，梯雲已偕鄭道實赴省署矣。乃急赴省署，始知省長病甚危急，已乘車到廣東公醫院矣。因趕到醫院，見伍君面赤，目亦怒張，睡於病牀，詢之梯雲，則謂醫云急怒攻心，心脉已停，施救無效，惟有預備後事。伍君生前已定火葬，不知廣州有火葬機構否。余告以芳村有火葬塲，芳村爲番禺轄境，可爲佈置一切。梯雲言，現尚戒嚴，渠不欲與軍警商洽，囑代爲聯絡。余答以魏邦平爲警務處長，龍榮軒爲廣東水上警察廳長，與余爲討龍逐莫戰友，必可辦妥，請鄭飭庶務妥辦車船較便。梯雲又言，火葬之後，骨灰宜用美術之磁盅裝載，何處方有。余告以府學東街頗多古玩店，磁盅所在多有，梯雲立囑鄭代選購。余不敢怠慢，立爲分頭商洽，幸均順利無阻。翌日爲火葬之期，鄭僱紫洞艇一艘，泊於天字碼頭，爲政界紳商各界送葬之用，推余招待。到時政軍要人，無一到者，蓋風雲初定，咸懷戒心也。各界到者亦不鮮，最熟者爲美術家高奇峯。余告以伍君之論火葬，渠嘆爲語讖。及至芳村，伍君屍體已載於薄木之方形小棺，衣西裝，眼已微閉，狀亦恬靜。旋移至煙囪前之小鐵箱內，煙囪有穴，恰容鐵箱，伕役立將鐵箱由穴口送入煙囪。下有柴煤，火葬塲人請梯雲燃火，並告梯雲及余，火後棺木衣服毛髮皆已化灰，由煙囪外飛，存鐵箱者，只骨碎或少許灰而已。後如其言，骨細且碎，但色雪白，梯雲移存磁盅，白底藍花，余初以爲骨必甚多，但盅大骨少，尚未及半，博學忠誠之偉人，結局不過如斯，余雖與初交，而月來推心置腹，視同子姪，公誼私情，不禁涕淚皆下。

葉舉與陳炯明

請孫下野，叛謀出自葉舉。事前率軍移住白雲山，密謀兵偪帥府，挾持中山先生。事忽外泄，爲林拯民、林樹巍所聞，於事前數小時，密告中山先生，遂移駐兵艦，是以逆謀不逞。陳炯明爲民黨老黨員，一般人皆以爲不至無良至此。事發之後，胡、汪、廖、古均主調停。廖、汪先後絡繹赴惠，皆不得要領，廖且被扣留，則陳縱非主謀，亦不免爲葉同化，走入背叛之途矣。八月九日，中山先生離粵赴滬，陳亦回省，公然仍任廣東省長，則更爲背叛之明證。魏邦平時任廣東警務處長，余往商進止。魏言，渠個人仍認爲葉舉主謀，陳被牽累而已，並以民十至民十一，葉與余同在肇慶任事，計必熟悉，問能設法補救否。余請粵軍回粵，余任高要縣知事，葉亦同時就任肇羅綏靖處督辦，文武同城年餘，葉從未干以私，對余施政，亦有贊助而無阻撓，友情尚不錯。但葉不學無術，頭腦單簡，粗獷絕倫，其與人交，一時契洽，則稱兄道弟，可同生死，一言不合，則怒目握拳，拚箇你死我活。此時孫先生對陳雖許悔過免究，對葉並無恕辭，葉酷肖水滸傳之李逵，余覺難以化解。魏笑謂：「李逵只識宋公明及兩把板斧，葉舉殆只識陳炯明而已。」又問：「其部將如何。」余言，楊坤如、丘耀西爲葉之哼哈二將，爲同型人物，余甚少交往，亦無從設法。魏言：「目前形勢，海軍水警，態度鮮明，廣州福魏兩軍，兵力亦尚不弱，葉部無多，不足爲患。陳直轄之兵，如許崇智、梁鴻楷、李濟深，必不附葉，陳心中豈不有數，只以葉部爲其嫡系主力，不肯割愛懲治，稍假時日，或可回心轉意，孫先生既許以悔過，我輩似可靜以待變也。」余深以爲然。未幾，沈崧來告，中山先生赴滬後，以文官長胡漢民駐港綜理粵事，又遣鄒魯入桂，策動滇桂二軍討賊，胡囑余在縣庫餞糧項撥付鄒魯旅費，自當遵辦。余赴港謁胡，時胡住妙高台，古應芬爲其助手，陳初任廣東省長時，古爲政務廳長，陳所以遲疑不決，中山先生又許以悔過不究，出於古之居間調停也。鄒魯入桂之結果，劉震寰任討賊桂軍總司令，楊希閔任討賊滇軍總司令，沈鴻英亦加入討陳。十二月六日，楊希閔在白馬召集會議。十日，滇軍由大河北岸，桂軍由大河南岸，向梧州進攻。粵軍呂春榮部首先響應，十二日，克復梧州。十二年一月八日，克復肇慶。粵省各軍，次第表明態度。十六日，陳炯明宣佈下野，葉舉率部退惠州。聯省自治，從此銷聲匿跡，不復禍國。由十一年六月十六日至十二年一月十六日，不過七個月耳，調停之時間，何止過半。可知伍老「革命無偏安」「北伐爲革命大道」「聯省爲軍閥分贓之別名」「自治爲軍閥分贓之實」四語，一矢中的，確切不移。當時人同此心，心同此理，是以短期間，兵不血刃而解決。陳炯明本一世之雄，而不忍犧牲愛將之心，戰勝悔過輸誠之念，卒負叛國惡名，前功盡棄，至爲可惜。中山先生則恢宏大度，許以悔過，待以半年，與漢高之忌刻有異。余每念伍老博士之偉論，及仰臥病牀，面赤目怒之情形，輒覺其認理之精到，爲國拚命之忠誠，洵足垂芳千古，而一念魏言，又自覺對葉舉之獷悍，無術化解，於國於友，均不免抱憾無窮也。

杜月笙做戲

金夏

三十年前上海黃金榮六十誕辰，在梵王宮演堂戲。張嘯林、杜月笙都爲黃捧場，張串演京戲蘆花蕩去張飛。不意手挺之丈八蛇矛，竟拋於台下，中聽客額受微傷。羣衆大譁。張在台上抓去髯口，對衆怒罵。於是一部分聽客氣憤散去。杜月笙串演長板坡去趙雲。他隨帶保鑣四名，身懷短槍，站立場方四角，保護安全。他上場時手執長槍，全屬外行，有人說他平時慣揑烟槍、手槍，執長槍靠其所長。當天草草終場。不意翌日「晶報」上錢炯炯猶力爲延譽，稱：「黃壽堂戲中，張嘯林的張飛唱來大氣磅礴。杜月笙長板坡中的活子龍一身是胆。」閱報者皆匿笑不服。尤其是昨天被氣走的聽客，憤不能平。當時我在「福爾摩斯」報上挑他們的眼兒云：「果然是莽張飛大氣磅礴，把部分聽衆全都氣走。因爲是活子龍一身是胆，所以只帶四名保鑣。」讀者大悅，認爲一針見血，入木三分。炯炯亦稱「天造地設」。

張學良演話劇

巢燕

張學良自被幽禁以後，已成爲一闃寂寥落的人物，在其前半生中，亦可謂活躍一世。觀其殺楊宇霆，捉蔣介石，幫助郭松齡倒戈，幾成爲大義滅親之舉，即此犖犖數端，已作爲歷史上渲染之資料。如果這位張少帥，也回憶前塵，寫一部「我的前半生」，必不遜於我們這位末代皇帝溥儀先生也。後之史家，不知如何衡量此一少爺將軍，我未敢贊一詞，只畧舉其瑣事一二：

就張學良所作的幾樁大事，就不免帶有戲劇性，以他的紈袴習氣，少年好弄之性質，自然與戲劇相接近。張學良僚屬中，也有好幾位戲迷，第一位要算是周大文，曾經向王瑤卿學習過靑衣，嗓音酷似程硯秋，也會登台串演過，可惜是個大近視眼，在台上演旦角，怎能戴眼鏡呢？喝「別窰」，扮王寶釧，管場的人，偶在後輕拍其肩，便之飲茶潤喉（劇界謂之「飲場」），他沒有看清楚，便拂袖道白：「你要尊重了！」惹得台下鬨堂，成爲笑柄。

其次便是朱光沐，性好崑曲，住在瀋陽西華門某俱樂部裏，行人過此，時聞有悠揚的笛聲，從樓上隨風飄揚，就是他在擫笛正拍。胡琴他也拉得滿不差，張學良和他們兩人，也時在一起，朝夕熏染，因此對於京劇，也很感興趣。到了北京，張宗昌這輩人，爲之設宴洗塵，在會仙堂飯莊唱堂會戲，一連就是好幾天。在酒酣耳熱之餘，也有人聽到他哼過定軍山，就是朱光沐爲之操琴。唱得好不好不必說，這原是「大爺串戲」的性質，博得大家鼓掌而已。

在一九二五年的陰曆新年，張學良和他的一班僚屬，忽然發起興來，以軍民同樂的性質，演他一場戲，作爲歌舞昇平。但所有演員，都要是自己朋友以及眷屬。但是演什麼戲呢？以演京劇，也湊不到人數，而且這也是臨時起意，即使加以練習，時間上也來不及。有人主張：如不演話劇。在那個時候，中國南方的話劇正盛行，還有從日本留學生所傳人的春柳社之類，爲一般青年人所愛好。這最簡便的了，既不要唱工、又不要音樂、更不要服裝、道具，因此大家都贊成演一場戲。

本來話劇是有劇本的，句斟字酌，演員們還須熟讀了劇本，方可上台。除非像上海的所謂文明戲，只有「幕表」一張，率爾登台，都是演員臨時創造的。但此次爲了新年的軍民同樂性質，只不過逢場作戲，誰去搞什麼劇本？即有劇本，又誰去唸什麼劇本呢？劇場是借的小北門內的會仙茶園，池子裏是二六旅的士兵，輪班替換，樓上是眷屬們和老百姓。

開幕之前，先是郭松齡出來講話，告訴弟兄們：「儘管看戲，要肅靜，勿得嘩噪。」那個話劇是一個獨幕劇，也不知道是什麼劇名。開幕後，是一個班長，在操一班十個弟兄中，這十個弟兄中，就有一個張學良。但十個弟兄，數來數去，只有九個，另有一個演員未出場。這班長點名，點到第十名，叫了幾遍，沒有人答應。正在很尷尬的時候，張學良隨機應變，忽高喊一聲「病號！」混將過去，那時許多觀衆，大家都鼓掌鬨笑了。

如果在京劇的串演，以張學良的身份，必然是一位插着雞尾的武生，或者是一位文武小生，如「三國演義」中的周瑜之類。但現在却扮了一名士兵，在那個班長教練中，別人的姿式倒也還好；他却橫扛着一枝槍，忽斜忽正；歪戴着軍帽，形狀古怪；裏腿打得一高一低，一點兒不整齊；臉上也化裝過了，塗得有些烏黑，不再似個小白臉兒。喊着「開步走」，他高抬左脚，一顚一聳，同時高舉左臂，或伸或縮，步履蹣跚，變成一個卓別靈，彷彿將「從軍記」和「老爺兵」搬上舞台，種種怪狀，不一而足。那個時候，東北的陸軍整理處成立未久，這個軍民同樂的演劇，學良以身作則，或者在訓練上作一個反示範吧？

這話劇是男女合演的，郭松齡的太太韓淑秀，化妝成一個鄉下老頭兒，腰裏圍着搭布，手裏拿着一根尺多來長的旱烟管，東指西指，傴僂而行，裝着老態龍鍾的樣子，指着各位演員道：「這一位是張學良！這幾位是某某人，某某人！鄙人是韓淑秀！」這時候，又是一陣熱烈的掌聲。

演員中，還有一個女性，就是後來嫁與盛世才的丘毓芳。

那軍民同樂會，前前後後開了三天，不過演話劇只有一天，張學良那年才廿六七歲。（他是光緒廿四年戊戌生的。）

談小楊月樓

士方

南方名旦中，以小子和馮春航，七盞燈毛韻珂紅極一時，趙小廉的兒子趙君玉，後來居上，亦一時之選。不過吃大烟，玩女人，南走昆明，又被飛機炸死於昭通；這其間則以小楊月樓與王芸芳、劉小衡最佳，論三人的扮相，楊鼻尖長，王鼻樑長，劉則鼻低凹臉。唯楊身材好，皮膚細白，雖唱工不及王，但作派却有佳處，且到過日本，名頭較大，現在不妨就所知談一下。

我最初看小楊月樓是在濟南五大馬路遊藝園，即韓復榘做山東省主席時代所辦進德會的所在。他係和他的兩個兒子，以諸葛亮招親，石頭人招親，梅玉配，爲人歡迎。記得有一次演鳳儀亭，他的長子楊温豪飾董卓，次子楊玉×（一時名字想不起）飾呂布，他自己的貂蟬，苗條嬝娜，唱作都好。並且戲終後，還加一場西洋跳舞，兩個兒子穿上不三不四的紅白相間的西裝，他則穿上一襲紗裙，且胸前裝備乳罩，簡直叫人笑都笑下大牙來，要不是他的正道玩藝有兩下子，誰也不會捧他的。第二次看他是在濟南緯三路通惠街的北洋大戲院，那時北洋的經理馬壽荃與筆者相識，他的跨刀老生陸鳳山也熟，故時時去。其時所演成績甚佳。按陸鳳山係正樂社出身，與尚小雲同科，是次乎趙鳳鳴的一位好手，洪羊洞、空城計、寶蓮燈、法門寺都好；還有個武生叫劉榮萱，身段武工也很磁實。同時小楊月樓多以傳統戲號召，演出亦賣力，所以很受歡迎。當年與其前後來的幾個班，如徐碧雲、楊維娜、王鴻福、錦遇春，都不及他叫座。

小楊月樓，人極聰明，噱頭多，雖不免太「外江」，但跑碼頭，吃戲飯，這一套亦很吃香。記得早年他與趙如泉、蓋玉廷、董志揚，在上海天蟾舞台演封神榜，便花樣百出，他的妲己，嫵媚妖冶之外，還帶上西洋跳舞。

至於小楊月樓之去日本演出，乃是許少卿所促成。許是湖州人，以販珠寶，開茶舘起家，丹桂戲園就是他開的，在上海梨園界頗有勢力。到日本演出的陣容有張銘武、梅春奎、筱九霄、陳少樓、陳菊笙，及坤伶琴雪芳、蔣月樓（即蔣麗霞）等，名之爲「衡興社」。不料在日本東京本鄉座演出，不到三天，即被大阪華僑商人王鏡清控告，致行頭也被人扣留；鬧得狼狽不堪，幸託友人通融，才勉强脫身回國。

不過小楊月樓的名却是出去了，所以：南方以小子和、毛韻珂、趙君玉、賈壁雲爲四大名旦；小楊月樓、劉小衡、王芸芳、黃玉麟爲四小名旦。小楊月樓一直盛名不衰，現在恐怕已去世了；即健在的話，亦已是七十多了。他還有個兒女名楊菊蘋，藝亦不惡，嫁郭永福的兒子名武生郭玉崑，聽說已隨其夫隸武漢京劇團，與高百歲、高盛麟合作演出云。

拿愛情交換情報

英國女間諜仙荻亞的浪漫史

洛生譯

愛情和戰爭這兩樣東西，是形成人類歷史的主要成份，但你很少會遇到一個人，能把這兩樣東西同時混合一起，成了一個美味可口的蛋糕。

筆者有生以來，只遇過一個這樣稀奇的人物，這個經歷，是我畢生難以忘懷的。

她就是愛媚·伊麗莎白·柏克太太，她是一名女間諜，又叫做仙荻亞，這是她行事時用的名字。

她的任務，是一場戰爭中最具冒險性的工作——用她的美色作餌，引誘敵方的高層人物墮入她的溫柔陷阱，玩弄這班大人物於掌上；她出賣色相和同情心，換取從他們口中得來他們的秘密和苦惱，然後，把這些秘密印絡在她那副具有無比記憶力的腦海裏。

她的任務的艱巨，就是占士邦也要退避三舍，自嘆不如，但她的任務都能在她的巧黠和勇氣下，一一順利地完成。

正如第二次大戰。西半球的英國情報局首腦威廉·史蒂文生說：她是「大戰中最偉大的無名英雌」。

她憑什麼手段？她是否眞如一位英國大臣所說的「十全十美的女人」呢？或者是吧。她具有幹她們這一行的必需條件——房中技術，除此之外，還有許多好處。

以愛情交換情報

她有一個美麗而又纖巧婀娜的胴體，又有靈巧的幽默感，她聰敏非常，而且聲音和諧悅耳，使人聽起來，會產生對她的信賴。

她有一種與生俱來的好冒險精神，它像毒品一般，終於使她上了癮。最重要的，她在任務進行時，能以第三者的姿態出現，好像與現場全無半點關係。

她有一次告訴我：「我以愛情來交換情報。」

「這是羞恥的事嗎？一點也不是，我的工作，是那些『有體面』的女人所不敢做的，但我並不覺得什麼。其實，任何戰爭的勝利，都不是用體面的方法得來的。」

我第一次見到仙荻亞，是一九四一年八月的事，當時我在紐約，在史蒂文生的情報局工作。

我和仙荻亞是預先約好的，我在密地臣道的麗絲卡爾登旅館等她。

我們的見面，使我大大吃了一驚，她有一股不可抗拒的魅力。

當她告訴我她這次要進行的任務時，我目不轉睛地瞪住她，但她的吸引力戰勝了我的疑團，最後，我相信她必能順利成功。

我祝她此行順利，「我們很快會再見面的。」

她說：「但願如此。」

她當年三十一歲，正當婦女的最佳年華，而她當特務的職業，也正處於巔峯狀態。她沒有受過職業訓練，雖然她已具備所有的條件和經驗。

她是美國海軍的一個正規軍官的女兒，十四歲被人引誘失身，十九歲嫁了一個年紀比她大兩倍的男人，而五個月後，產了一個足月的嬰孩。

她的丈夫亞瑟·柏克，是英國外交部的一名職業外交家。

爲了不使醜事傳千里，和自己的名譽起見，他沒告訴人關於這嬰孩的出生，而且私自把它送給別人。這個損失，對仙荻亞來說，是無可補償的。她設法去忘記這回事，因此消磨她的時間在一些瘋狂舞會中。

沒多久，她已有一位愛人，這是一連串的愛人的第一位，他們多數來自上流社會玩馬球的紈袴子弟。

她有本領，往往出人意表地使一些大人物爲她傾倒不已，其中包括駐秘魯的英國大使。當時，她乘船循南美的海岸向北行走，這位大使的責任，是當她坐的船到達加里奧時，給她一個常見的禮貌招待。

「當船泊岸時，我正在房中，我穿了一件透明的睡衣」，她告訴我，「忽然有人敲我的房門，我以爲是侍應生，不疑有他，便走去開門，但站在門口的並不是侍應生，而是英國的大使。他走進來，小心地門好了門，然後一言不發，連「早晨」也不說一句，便要强姦我。幸而，我及時掀响鈴子，侍應生及時趕至，我才不膏狼吻。後來他向我道歉，並邀我到利馬的大使館吃飯。」

當她的丈夫在華沙的英國領事館工作時，她開始担任間諜的工作，她的丈夫染了病，被送回國治療。在仙荻亞的外交斡旋經歷中，她認識波蘭外交部的一名高級官員，她叫他做亞當。

命運注定無可避免

一九三八年三月的一晚，當時他倆正討論納粹德國對奧國的進攻，亞當告訴她，希特拉的第二個目標是捷克。而更重要的是，波蘭希望從中分得一杯羹。

第二天，她和英國大使館的一名護照監察官一同打高爾夫球，這個官員名叫傑克。仙荻亞無意之間，洩漏了亞當告訴她的話。而傑克耳聰目靈，他吩咐仙荻亞：「快些回去，設法再得到多些情報，這個消息，將會直接送達倫敦的情報局」。原來，傑克是英國駐波蘭的秘密情報的主要頭子。而從這時開始，她一生的命運被注定了，無可逃避，亦無可避免。

她現在已成了一名情報員，她自然而然的去履行她的工作。她告訴我：「沒多久，我便躺在亞當的床上，跟他做愛。別的時候，我們會旅行鄉野地方，在維斯的拿河的岸邊找一塊僻靜無人的地方，然後，我們脫了衣服，赤裸裸地在太陽之下做愛。當然啦，我一些也不愛他，我的偉大的波蘭情史是後來的事」。

這段情史給她帶來第二次的運氣，它在美國大使館舉行的晚宴中發生。「我當時坐在一個年輕的波蘭人的身旁，我姑且叫他做眞吧。他告訴我他是波蘭外交部長約瑟·比克上校的心腹，而作爲他的屬員，眞可以取得上層的秘密文件」。說到這裏，仙荻亞頓了一頓，好像要在腦海中整頓一下這段往事。「當我知道他是何等人物，就算他的尊容醜陋如魔鬼，我也會百般向他獻媚的。幸而，眞的長相十分英俊瀟洒，且具有男性美」。

仙荻亞把自己的電話號碼告訴他，次日早上，這段羅曼斯就以一束粉紅的玫瑰花做開端。那年的整個夏天，他們兩人形影不離，打得火熱。每天淸早大約五點鐘，他用仙荻亞給他的鎖鑰，開了她住的那層樓的大門，然後爬上她的床。

仙荻亞的吸引力實在太大了，眞常常把自己所曉得的告訴她。原來比克上校走的政治路線，並不是正統的那一套，而是乖張和掩人耳目的，他看起來是中立派，但私底下，他正準備與希特拉成立一個反蘇的聯盟。而這個波蘭外交上的秘密，又由仙荻亞和傑克供給倫敦方面。

同時，眞因爲熱戀仙荻亞，他不理會她的同意與否，就把兩人的私情向他的妻子和盤托出。不但此也，他還請求比克，批准他兩夫妻離婚，然後娶仙荻亞爲妻。這位上校不聽猶可，一聽之下，不覺暴跳如雷，當前的政局如此糟，假如眞堅持要這樣做，其後果眞不堪想像。而且，上校極需要眞的合作，如果他堅持己意，那他只能離職了。

張伯倫不重視她的情報

仙荻亞知道這情形後，對眞的態度，亦如比克一般的强硬。她率直的對他說：「我是個喜歡獨來獨往的人，我喜歡無牽掛的生活，對愛情婚姻看得很淡，我一定要自由，你必須知道這點。」

一九三八年的秋天，離以上發生的事沒多久，捷克面臨重重危機，在華沙的大使的職員們的妻子，通通要離開該地，仙荻亞當然不是例外。後來，我們談論到她在波蘭的奇遇和驚險時，她告訴我：「那眞是個光怪陸離的局面，我一面搜集最難能可貴，最不爲人所知道的秘密，而另一方面，我被調離該地，表面上是因爲我和主要的情報來源者有私情」。

她被撤離境與否，其結果根本是一樣的，她還是繼續供給情報給英國。我問她有何種本領。她答道：「因爲由像我這樣情報員供給的秘密，都被張伯倫和他的閣員看輕了，所以，一九三八的冬天，東歐的重重危機，還是難以避免」。

一九三九年四月，仙荻亞和她的丈夫搭船往智利，他往那裏任一個新的職位。

在此期間，她寫了一連串反德國的文章，在一張立論開明的報紙登載，結果，那裏的德國大使出面干涉，而爲了不讓英國使館陷入尷尬的場面，她決定離開了。

經過幾個轉站——她去過哈瓦那、華盛頓、雅斯多里、聖·地牙哥——她到處找尋刺激，經驗和轉變——她來到紐約，住在一家旅館。就在這裏，英國情報局終於和她取得聯絡。來找她的人說，他叫做莊尼·侯活，他是剛到達紐約，來指揮這一區的英國情報工作的史蒂文生派遣來的，史蒂文生需要仙荻亞幫他。

仙荻亞一聽到這消息，興奮得跳起來。

「我應該叫你什麽？」莊尼抓抓他的腦袋子，設法想出一個號碼名字，「就叫做仙荻亞吧。好嗎？」

「很好，我喜歡這個名字，它是最合適不過的了。」

「一切解決了，我們現在談正經事吧。」

這個計劃是讓她到華盛頓，在那裏環境良好的住宅區租一所屋子。「你需要多少錢？我們自然會負責全部費用，」莊尼這樣問她。

「我不知道」，仙荻亞答得很含糊，她說出一個莊尼認爲只僅可維持她生活的數字。仙荻亞對錢一點也不發生興趣，她對物質的享受從來不大注重，她唯一的想望，就是爲她所熱誠追尋的愛國理想去工作。

仙荻亞在華盛頓居留一個月後，一天，莊尼斜躺在一張椅上，品嘗白蘭地酒，他偶然問起她：「你大概不認識在意大利大使館的任何人吧？」

仙荻亞答道：「啊，有的，其實，那裏曾有過一個對我追求甚烈的人——當我十一歲的時候。當時，他是在海軍武官部門，習慣叫我做他的金色女郎，他叫做阿爾拔杜·里雅士」。

利用舊情人

「原來是他！」

莊尼整個人跳起來，「他正是我們需要找的人，他現在是海軍上將——又是這裏的海軍武官。」他跟着對仙荻亞解釋，里雅士對英國情報局是何等重要。原來，這位海軍上將剛從羅馬調來此處，過去三年來，他一直在羅馬担任極其重要的海軍情報局的總監，這個職位是隸屬意大利海軍部的。

那他現在又爲什麽被派到華盛頓？莊尼認爲這只是名義上的職務換替，里雅士之來到華府，是爲了替墨索里尼秘密進行一些事。

「你可否設法找着他，然後從中打探一切秘密？」仙荻亞很爽快地答應了。

次日早晨，她搖電話給意大利領事館，請接線生接上里雅士的電話。不久，他來聽電話。

（待續）

迹删鷲上人闕中操履詩卷

·中　彥·

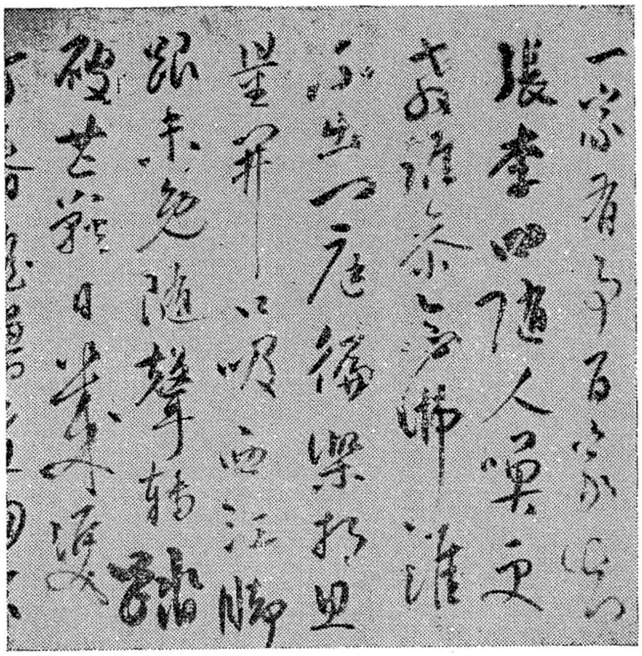

闕中操履詩卷（部分）

西方引路

冥心淸旦寂無□，正是天花亂墜時。
刹土十方都供養，當人寸步不曾離。

稽首西方大導師，法身無□亦無□。
大千法界眞如體，飲啄飛鳴更有誰。

海印光芒萬象森，雷聲浩大靜中□。
華言梵語都拈却，更借仙禽演法音。

□八願□□□□，合成一轂運三車。
法輪轉響輪迴際，華藏泥犁總一家。

不生不滅不頑空，無我無人壽命同。
歷盡僧祇千億劫，主人長在妙花宮。

天冠正□化如來，花發金瓶頂上開。
誰是觀音誰勢至，大家歡喜執金臺。

因中帶果果中因，報化原來總一身。
十地四生同淨土，相逢都是舊鄉親。

一光徧照無邊刹，空劫長然古佛燈。
會識慈親眞面目，細將程路問南能。（按：原卷古字多一衍文。）

不道菩提樹本無，靈臺花發綴珍珠。
深根蟠在虛空窟，終古無人作畫圖。

珠王端坐水晶宮，十四支分一脈通。
恰是方諸呈寶月，眞泉流出妙光中。（按：原卷水作冰字。）

老蜃氣吹乾闥城，須彌捱打太虛鳴。
好將幻見通眞見，莫遣眉毛翳眼睛。

一花一葉一珠宮，寶座莊嚴徧十空。
便與空王分半座，閉門親種碧芙蓉。

即心即佛即空虛，幻出旃檀便是渠。
度水度煙還度火，不知那箇是眞如。

法界出生無量佛，眼前突兀五須彌。
當知覿面相逢處，便是眉毛斷結時。

應化猶存古佛蹤，洛伽從此展家風。
好將一具孃生眼，挂向毘盧頂額中。

通身慈力超三趣，萬古靈光耀頂門。
得坐披衣花在手，衆生何以報深恩。

朝辭行伍暮封侯，窮老書生領狀頭。
馬上逢人如舊識，不知身已在皇州。

崑崙騎象上針鋒，蟁睫蟭螟吞大蟲。
親見空王眞面目，相逢盡是主人翁。

禹門三月浪如雷，透網金鱗逐隊來。
多少魚龍隨變化，蓮花藏裏換胞胎。

靑袍白髮老書生，玉局傳臚上帝京。
今日始知爲善樂，不分勤惰與聰明。

夜來洗脚上床眠，踏破虛空布被穿。

枕子猛然推墮地，西方驚起老金仙。

獅子咆哮吼一聲，林中無復野干鳴。
須臾作化頻伽韻，未許旁人側耳聽。

久客還家靜扣門，恐驚堂上老慈尊。
桑榆憶念頻傾耳，聞語應知是子孫。

山河大地作琴聲，打破虛空鼓笛鳴。
始信無情能說法，寶羅行樹可憐生。

鳥自能言花自開，聲聲同演古今口。
眞香供養無邊刹，功德還應屬善財。

善財首向德雲參，烟水迢迢五十三。
多少聖賢遭勘破，獨留一個爲司南。

火湯化作白蓮池，正是天書肆赦時。
一夜鑊圍空殆盡，閻家老子未曾知。

百八明珠一串穿，珠珠圓比一珠圓。
算筒自是閒家具，留與空王計子錢。

六字不勞元字脚，一家有事百家知。
張三李四隨人喚，更教誰參念佛誰。（按：原卷張下脫「三」字。）

不出門庭徧樂口，思量開口吸西江。
脚跟未免隨聲轉，踏破芒鞋日幾雙。

釘樁搖櫓直歸家，何用打牛還打車。
寸步不曾輕動着，眼前平地涌蓮花。

綿作雙趺鑊作腰，當陽坐斷路千條。
待他七箇蒲團破，古佛一聲人寂寥。

一曲無絃聽者稀，月明長對十三徽。
殷勤寄語東林客，莫落維摩第一機。

牢記西方壽佛名，最親最切最分明。
千呼萬喚無尋處，末後唯須口一聲。

金谷名園錦繡堆，何如七寶作樓臺。
西方公據閻家按，同是難將一物來。

版築胥靡躋宰輔，登壇天子拜將軍。
夜來一覺邯鄲夢，選佛塲中寂不聞。

去歲卓錐無寸土，今年錐子也全無。
祖翁田地由他賣，珍重衣間照夜珠。

蕭梁曾作寺家奴，優孟居然楚大夫。
平等法門須努力，一輪珠又一輪珠。

口霹翻身非自然，周行七步亦生緣。
大家落地爲兄弟，黑白惟爭一着先。

見不分明聽不聽，朝來總角暮成翁。
桑榆活計無多子，翹首西方落日紅。

四大乖張百苦煎，橋頭費盡鑽龜錢。
醫王恰在西家住，却向東莊買橋泉。

後去來先亦此身，前程珍重莫迷津。
蓮花國土虛前席，大鐵圍山等箇人。

明窗淨几好安排，底事從來不挂懷。
只恐閒人閒未得，勸君忙裏覓生涯。

晴江風起作波瀾，漁子操舟下急湍。
直入碧荷深處去，一天涼月影團團。

玉簫檀板聚羣優，冷眼觀塲笑點頭。
含得一門深入地，法音何處不宣流。

獨住孤峯屋半閒，松門雖設不曾關。
一聲古佛無人和，空谷傳聲出萬山。

刀鋒着蜜愼沾脣，鴆毒由來自殺身。
莫道日高僧未起，吾家那有晏眠人。

當前白額逞獰威，復有長蛇與赤眉。
左右火坑兼鬼國，剛剛正是轉身時。

苦海茫茫未有涯，輕舟破浪疾如鴉。
東風本是無情物，難得揚帆直到家。

慈親欲得小兒安，常帶三分饑共寒。
多少痴頑幼男女，每思隨順起悲懽。

祖父當年把臂行，兒孫各自立門庭。
至今憶着龍舒老，卸下儒冠便往生。

凌晨驅犢出西郊，耕破春畬雪未消。
我亦有田君信否？夜來新雨長靈苗。

塵世千金爲龍斷，樂口七寶作樓臺。
此間奇貨非難得，良賈惟須及早來。

大刀闊斧作樵蘇，斬斷葛藤誠丈夫。
若使買臣知此意，不將能事讓南廬。

不因水草別疏親，隨納些些便轉身。
鼻孔繩頭渾失却，歸來方是牧牛人。

毘耶天女煞痴頑，鶖子無端爲改顏。
去是阿婆歸趙老，一時携手出臺山。（按：原卷一字多一衍文。）

眼橫鼻直不相知，戴角披毛也大奇。
骨肉待他還父母，白蓮花裏轉身遲。

九華水月笑相迎，且喜人來說太平。
地獄盡空生盡度，傳聞猶恐不眞誠。

何事當年馬簸箕，猶自教人賣漉籬。
緇素一齊都鈍置，西方笑殺老宗師。

漫將高下別天人，問取虛空始出塵。
十萬八千門外路，四禪五濁一家親。

彼既丈夫吾亦爾，道非身外復何求。
欲知凡聖同歸處，池上芙蓉水上漚。

自來自去自承當，今古由他作戲塲。
目下一靈如未薦，何勞十劫問空王。

此淨土門庭蓮宗妙諦，至親至切，至簡至易，實豁達頑空之針砭，病狂喪心之良藥，全提佛法，直指程途，伽陀文句凡一百單八則，始從憶念，繼以在途，直至抵家，方知作活，商量結伴次第指程，普勸人人，有分同歸，個個完成，此老僧四十年前關中操履拈出心血徧示同人，人多視爲紙中空言，古人殘唾，笑而置之，束之高閣久矣。涵萬戒子由沂事出家，頗知敬信，念佛精勤，早晚禮拜，祈生西方，花開見佛，如斯行履，保不錯失路岐，墮落野狐隊裏，未能不落因果，可能不昧因果矣。書此投之，俾紬繹焉。嗟嗟，時方末法，滿目邪師，諸方學者，本無具眼，未斷名心，從少至老，耳聞目見；無非沿街走巷，招徒引類之長老，執途衲子，無問賢愚，上求門庭鬧熱，利養濃厚者，不待投機，强與印可，橫把冬瓜印子，印定面門，譬如發配囚徒，慮其逃逸，先與黥刺面門，俾其去無所往，退無所歸，自然死心榻地，甘爲我用。間有一二正信出家，一旦陷其術中，總然念佛持戒，便受盲枷瞎棒，斥爲魔頭小乘外道，從此中其雜毒，受其牢籠，不免改頭換面，掉尾搖頭，受慙無媿，移氣移體，自稱法王，受人供養，地獄之設專爲此輩；念念可爲寒心。昔日蓮池祖師預知後人有此作畧；也要防閑，明知世尊當日拈花微笑一段公案，亘古迄今，不可謂無奈果，彼當行長老，往往籍口談空撥無因源流，止須一片白紙，四句伽陀，歷代累擔荷，和盤托出，便謂心印眞宗，囑。是以蓮宗一派，只貴傳持，不消付囑，六字洪名，便是一千七百，則公案晝夜十萬聲，便是萬年一念，一念萬年，恁麼繫念，恁麼管帶，自然摸着鼻孔，拽斷繩頭，口地一聲，西天東旦，不離自家方寸；靈山安養，盡在當人眼前，任他外道邪師，橫說直說，指東話西，將無作有，頑鈍衲子，突受屈辭，忍氣吞聲，將錯就錯者，須與一阬埋却；貴圖天下太平，此我蓮祖現身說法，曲垂方便，一片婆心，愍衆生之迷惑，慮正法之陵夷，不得已而爲此淨土法門，與別傳宗旨二而一，一而二也。別傳絕學，不可復問矣。近見僧俗中間，尚有數輩老實禪和，不攀緣，不應赴，終日念佛，去來自由者。又見正信道流，不剃不染，不貪名，不求利，朝夕持念喃喃不輟，放下念珠，怡然委順者。淨土非遙，惟心所造，此種鑿鑿有據。蓮祖立教，信不虛妄，直下承當，是誠在我，涵萬勉之；勿以鈍根而退，年老爲辭，放下擔子，裴回岐路，眼見世人付囑熱鬧，如三歲小兒之塵飯塗羹，相爲勸勉者，染指垂涎，大負蓮祖一片苦心，老人千言萬語可也。

己亥中秋迹老人筆（下篇）

名人軼聞

大年

徐世昌任北洋政府總統時，民國八年內閣總理靳雲鵬，有人把當時的各部總長（除內務部外）挖苦一番，寫了一首七律，形容盡致，詩云：「婆婆媽媽薩鎮冰（海軍），天然屠戶是朱深（司法）；嬉皮笑臉田文烈（農商），喪氣垂頭傅嶽棻（代教育）。市儈神情財政李（思浩），洋奴態度外交陳（籙）。呵腰送客曾雲沛（毓雋，交通），斜眼看人靳翼青（雲鵬，兼陸軍）。

二次革命失敗，袁世凱分化民黨中人，頒布「亂黨自首條例」。第一個變節黨人魏調元（魏道明父親），回到江西南昌自首，換得一個三級縣長職位。

清末，載濤赴德參觀陸軍訓練及槍炮製造。載濤素精騎術，德政府派一妙齡女郎陪他常在柏林郊區馳騁。柏林晚報竟用諷刺口吻，報導新聞，中有「中國陸軍軍官到德後，也會騎馬了」等語。

富陽夏震武，治理學，宗程(明道)朱(熹)，以經師自負。清末任京師大學堂預科教習，時總監督劉廷琛，預科監督商衍瀛。每逢初一十五，例由監督率領全體師生向孔丘牌位行禮。夏震武道貌岙然，絕不退讓，立於中位，劉廷琛、商衍瀛只好侍立其側。夏極賞識黃濬少年多才，以爲可以道。後因黃爲陸潤庠作壽序，夏以黃無耻，逢迎官僚，認爲不可教訓，從此不予理會。

外　史

盧·

一部銀行史必定將每一家銀行開辦年月，董事名單，總經理姓名，及每半年資產負債報告，詳列無遺；方可稱爲銀行史，但筆者所寫的只是每一家銀行的特徵，或其特點，或其創辦的原委，而多半不會見諸該銀行史中，故曰銀行外史。

銀行外史分刋在「大華」雜誌上，已有好幾篇，那幾家銀行，都是分支行遍及全國，存戶及放欵戶，也普遍，所以對民衆比較關係密切。歷史悠久，可以寫的材料自然較多，以後要寫的，也是大銀行，它們和上海的關係較深，歷史也很久，但特點材料就不能很豐富了，所以只能將這些銀行的特徵，特點，及其創立與發展的奇異處，寫些出來而已。

北京銀行公會

民國五年以後，北京的銀行日見增加，只要有本事拉到存欵就可開銀行，將這筆欵放給財政部，數目不很大，决不會超過一百萬元，利息可嚇死人，大概要月息二分以上，抵押品是再硬也沒有了，就是關餘，鹽餘，海關稅欵，因爲庚子賠欵的關係，早就歸洋人掌管，管這筆欵的洋人，叫做總稅務司，各海關就叫稅務司，也是洋人。海關收的稅欵存入外國銀行，每月提出多少還賠欵；再有多餘的欵子，叫做關餘，財政部向銀行借欵，即以關餘做抵押品，但是要總稅務司簽字認可才行，借欵經總稅務司簽字，就千穩萬妥了。在民國初年，有一筆大借欵，好多國家都有關係，是以鹽稅做抵押品，因此債權人成立一個鹽務稽核總所，各省產鹽地方，運鹽機關，銷鹽機關，都有稽核分所，管理鹽和鹽欵，總所及分所主管人都是洋人，鹽欵也是存外國銀行，每月應該提多少還借欵及利息，多的錢就叫鹽餘，財政部向銀行借錢，鹽餘也是抵押品，但也是要稽核總所洋人簽字才行。中交兩行在北京分行發行的鈔票，有北京字樣，簡稱京鈔，每天錢舖有行市，漲落不定，成爲投機的籌碼，中交兩行另發天津字樣鈔票，這算現大洋，可以兌現，一些新開的小銀行，放給財政部的借欵，就在市面上買進京鈔，當現大洋交給財政部，其中利益之大可知，而此項利益，當然債權債務雙方，都有利潤，財政部拿到借來的京鈔，就發本部薪水，也可能分點給窮的部。當其時：一些小銀行：每年賺的錢很多，據說行員就可得二十個月花紅，董事及經副理，收益更可想而知了。舉一例來說，如東陸銀行，是賀德霖所創辦的，賀是王克敏時代做過財政部參事，後來做過鹽務署長；（等於財政次長）馮玉祥推倒曹錕的時候：黃郛做攝政內閣總理：馮薦賀做過一任短期財政總長，據說賀是由一位濶人荐給財政總長王三爺（一班政要稱王克敏），一時無法安插，就叫賀在公館裏招待每天來的賭友。有一次有一桌三缺一，三個人急的不得了：就叫賀湊一脚，賀不敢，因爲牌太大無錢輸。恰巧王三爺從外面回來，就對賀說代我打，賀方始坐下：這一塲牌結果：賀大贏，拿籌碼兌錢，竟贏了七萬多，賀將錢送交王：王不要，將賀說；你拿去做賭本吧。從此賀也是坐上客，而賀賭運很好，贏了很多錢：不但賭運好：而且官運同時也好起來了：不久發表財政部參事；後來又代理次長：下台後就辦東陸銀行；他對財政部借欵的把戲；再淸楚沒有了：後來做了債權人：焉有不勝利之理？

賀爲人甚聰明、壞主義很多，所以能爲王三爺賞識。有人說：他對子平之術很有研究：在抗日戰爭的時候：賀也逃來香港：時常代朋友算命，只有一事是可靠，就是收羅古今的講算命的書，不論是印的或是手抄他都買，價錢絕不計較。他自己說收藏這類的書約有三千種；香港淪陷後，一九四二年三月回上海，不久即去世。

民國五年以後，北京出現了很多小銀行，專以借欵給財政部，獲得高利息為主，同時有些銀行發起組織銀行公會，就在西交民巷自建會所。會並不長開，經理終日忙於應酬，很少到會，忙的副理，也很少到會，只有一事可說，會裏有一位廚子，倒是很出名，菜做得非常之好，常常出新花樣，極平常的原料，能做出色香味俱佳的菜。譬如北京白菜（即黃芽白），只要心及上半段，每段切一寸半高，切成四個墩，平放大海碗裏，先放在桌上，然後將極滾的雞湯澆上，食者無不佩服他的手法巧妙，色香味三者無不臻佳境。菜是白色，加上一點油沒有清雞湯，其色淡雅之至。白菜心本身有清香味，以熱雞湯一冲：清香味更出來了，此湯及菜其味甚為清淡，很多濶人想用這個廚子到家裏，他不肯，但是可以到濶人家裏到會：會裏每日中午（星期除外）有便飯兩桌，每桌可坐十人，來吃飯的幾乎沒有一位是經副理階級的：而來吃的都是各銀行的主任，其目的有三：一是飯菜好，二是離行出來活動活動：三也可與其他主任聊天。其中有一位吳眉孫（庠）：是交通京行文書主任，文筆極好，他想寫一本小說，專描畫北京金融界情形及人物，就寫了很多書的回目

銀行

醇

，結果書並未寫，回目亦未發表，今將能記憶的回目寫出，以供茶餘酒後讀之一笑，第一回「大財神人稱燕老，小錢鬼我怕鴻卿」。梁士詒號燕孫，在民國初年，無論如何，總是金融界領袖，且外間稱為梁財神。鴻卿姓張，在前門外開一間錢舖叫春華茂，專買賣京鈔，無異拿京鈔做籌碼，投機搗把，獲利甚豐：且手段靈活。第二回「張公權言不由中，周作民人稱懼內」。張公權是中國銀行副總裁，他在普通應酬場面，對時局及金融決策，隻字不提，總是說些不相干的話。有人想在談話中得點消息，總是失望，所以說他言不由中。周作民是金城銀行總經理，有一次在家裏請客，不知那一位要人叫了條子來，被周太太知道了，將電燈總開關關閉，客人只得換到別的地方，周對太太無可如何，所以外間說他懼內。第三回「馮總裁翩翩公子，任協理好好先生」。馮是中國銀行總裁，名耿光（一九六六年十月在上海逝世），人稱馮六爺：日本士官二期，前清在軍諮府當差，與馮國璋同事，且認同宗，馮國璋做了總統，馮六爺不願做官：就做了中國銀行總裁。他是廣東人：家中富有，翩翩年少，在京專捧梅蘭芳。任是交通銀行協理，名鳳苞：號振采，民國元年就做協理，為人不爭權奪利，故曰好好先生。第四回「陶老爺搖頭擺尾，談胖子疊肚挺胸」。陶湘號蘭泉，武進人，當時是交通銀行北京分行經理：歡喜研究碑帖及明版書，看東西的時候：喜歡搖頭，是小老爺出身，見了人喜歡擺尾。談號丹崖，無錫人，大陸銀行總經理：是個大胖子，肚子很大，走起路來，喜歡挺胸。第五回「居逸鴻黃昏度曲，謝霖甫白晝宣淫」。居是中國銀行總司券（即後來總發行，管發行鈔票），住在行的樓上宿舍，下樓到辦公室辦公：下班就回樓上宿舍：極少出門，晚間無事，喜歡吹簫，唱崑曲。謝霖甫，常州人，日本留學，專攻會計，中國銀行總司賬（即後來的總會計），喜歡嫖：白晝宣淫：無非形容其愛嫖耳，底下還有多少回，筆者記不起來了：但是以上幾位：確是當時金融界的名流。

洪憲紀事詩本事簿注

劉成禺遺著

當陸建章出走之日，陸紿呂曰：山西、河南援軍，早晚即來，不必畏懼。是夕呂睡，差弁急報，陸督已携鉅資夜遁。呂聞報大驚，跣足而逃，行裝蕩然，痛恨建章。阮鼎南，名尚賢，越南河內人。其父尚額，官至協辦大學士，工部尚書。一八八二年，法國侵越，將攻北圻，奉其國王命到中國求援，淸廷畏法，强與議和，所求不遂，抱恨歸越。鼎南奔走國事，策動抗法，寄居中國，遍歷粵桂江浙陝晋華北等省，與章炳麟、沈鈞儒、張瑞璣、景耀月、景定成、柯璜、施今墨、郭象升等，友誼較深，有「南枝集」印行，章炳麟作序。章與阮于民國前五年，相識于日本東京也。護法之役，鼎南重遊廣州，筆者會於梅九寓中相晤，寫示「過廣州大通寺」一詩，時隔四十餘年，尙能記憶，詩云：「驚風吹粵海，興廢到禪林。斜照無僧影，幽花有佛心；石闌雙井固，烟鎖一亭深。悟徹人間世，歸舟對酒吟。

檀索歌高衆樂停，昇平遺曲髮星星；無端捕衍魚龍戲，笑煞前朝柳敬亭。

譚鑫培，亦名小叫天，湖北武昌小東門外沙湖人。幼隨父叫天入京，習鬚生，奉二黃聖手程長庚爲師。長庚亦鄂人，會謂鑫培聲音神態，距鬚生甚遠，恐難成就。鑫培發奮，每長庚出台，必背台而坐，凡長庚演唱聲音淸濁高下疾徐之度，簡練而揣摩之。年餘，自得理味。曰，可以出台而獻音矣，然神技猶未也。又向台而坐，凡長庚手足鬚眉動態與聲音高下疾除輕重自然神合之處，出則默韻，居則演唱，有不洽于心者，明日即前往改正，于是者又年餘。親詣長庚曰：「老師神藝，弟子已畧得端倪。」長庚使一演奏，大驚曰：「鄂人二黃，吾子可得老夫衣缽。」遂爲延譽。鑫培又入昇平署外班習藝，得洞悉有淸一代劇曲，及先正典型。此譚鬚民國初年，對予自述。因予與鑫培，爲同邑同里人也。民國四年，洪憲議起，袁世凱壽辰，置廣讌演劇，盡招在京有名伶官，入南海供奉；孫菊仙、譚鑫培不至。九門提督江朝宗，親率城廂駐兵，挾持而行。鑫培沿途大笑，入新華門，乘官艇抵居仁堂。排劇時，欲譚鑫培爲新安天會主角，譚盛氣拒絕，乃改唱壓台戲，秦瓊賣馬，譚拿手戲也。演畢，譚不辭而去，大笑出新華門，抵家笑始息。人問何故大笑，如此長途？鑫培曰：「我不願小叫，豈不可大笑乎？」按：淸廷昇平署志年表檔案，譚鑫培，光緒二十六年入內廷供奉，年四十歲，光緒三十年加二兩。〔劉成禺詳記〕

書譚鑫培遺事

順天時報　日人辻聽花

譚，鄂人，父為徽班鬚生，無短長，暇弄叫天鳥，故名叫天。譚襲父號，為小叫天。初事武生，既改唱鬚生，聲名大起。時汪桂芬盛名，嫉其逼己，又輕其新進也。一日微服往觀，值譚演寶馬，貌潸癯，聲尤悲壯，舞鐧一段，更能將英雄失路侘傺無聊之狀，發揮盡致。不禁失聲歎曰：「是天生秦叔寶也，豎子成名矣。」終身不演此劇。汪擅長如取成都等，亦譚所不演也。二人爭雄長者二十年。

光緒戊申年，袁慰亭五十生辰，府中指定招待來賓四人，即那桐、鐵良、張允言、傅蘭泰也。是日集各班演戲，必有戲提調，以指揮諸伶，任之者端方最稱職，戲謂譚曰：「今日宮保壽筵，君能連唱兩齣為我增色乎？」譚不欲，曰：「那非中堂為我請安耳。」那桐大喜，乃屈一膝向譚曰：「老板賞臉！」譚無奈何，是日竟演四齣。羣稱那中堂具有能耐，會辦事。

孝欽萬壽，內廷傳戲，例須黎明入侍，而譚誤時，數傳未至。內務府大臣與譚契，為譚危。將及午，方見譚倉皇來，大臣趺足曰：「休矣，內三四詢，左右莫能對，眞老佛爺犯忌諱事也。」譚猶夷，半晌不能作一語，忽投袂起，大步入朝孝欽。孝欽問，「來何晚？」譚從容對曰：「為黃粱擾，致失覺，兒女輩不敢以時刻呼喚，遂冒死罪。」按梨園習于迷信，台前不言更，台後不言夢；更以金代更，以黃粱代夢。孝欽聞奏，諭內侍曰：「渠齊家有方，着賞銀百両，為治家者勸」云。

遜伯注：袁世凱生辰，為陰曆八月二十日，五十歲生日，為光緒三十四年戊申（一九零八年），此時袁世凱是外務部會辦大臣兼尚書。冬天，光緒帝、慈禧悍后相繼死去，袁即被逐歸里。那桐，字琴軒，滿洲人，內閣協辦大臣。張允言，字伯訥，直隸豐潤人，張人駿子。傅蘭泰，字夢岩，蒙古正黃旗人，度支部郎中授右丞。孝欽、老佛爺，均指慈禧后。辻聽花，日本浪人，常用華文寫稿，活動于華北社會，借此探聽各方消息。

訾言國賊撰成篇，敎譜梨園敞
壽筵；忘却袁家天子事，龍袍傳賞
李龜年。

黎元洪入京，袁氏帝制自為，所懼者外有孫（中山）黃（興）耳。籌安會懸賞論文，撰「國賊孫文」、「無恥黃興」二書，每書印行十萬冊，頒布全國，蠱惑人心。其詆毀黃興書中，有怪文兩條，一、項城曰：黃興屢次見我，均自稱學生，稱我為先生。我自北洋練兵以來，克强從未經我錄用推荐，亦未在我所辦學堂肄業，先生學生，不知從何而來？二、黃興為南京留守，來電自行呈請撤除南京留守一職。事前由陳裕時黃實昌齎公事來京，由陳宦帶領覲見。故取消南京留守一案，交由陳宦會同留守來京使者妥為辦理，故嘉獎其力謀統一，公忠民國。及裁撤命令發表，又痛駡政府無微不至，自作自駡，迹類瘋狂。所呈公事，寫眞徵實云云。其詆毀孫中山者，則嚴重出之，歷敘孫先生自檀香山回國學醫革命籌欵，以至南京失敗，離中國赴日本，肆意誣衊，瞎造事實。其羣下欲取媚奴隸主，乃取「賊孫文」一書，譜為新安天會，先生化為猴，克强化為猪，李烈鈞化為狗，皆此一齣之奇談也。排演成，於世凱生日大開壽筵以取樂。先逼譚鑫培為新安天會主脚，鑫培拒絕。次逼孫菊仙為主脚，菊仙又嚴拒。三延劉鴻聲為主脚，鴻聲允之，唱至「對月懷鄉自歎」一段，世凱大悅，以劉鴻聲所着龍袍甚舊，乃取張廣建等所進九條散龍龍袍不合用者，賜劉鴻聲，嘉其奏技稱旨。先是張廣建等所進九龍袍，綉龍九條，蜿蜒全身。世凱不悅，謂其氣不團聚，另製九團團龍袍，每團綉全龍一條。

張謇日記鈔（十五）

張謇遺著

六月

一日。得心丈訊。

三日。得江寧文正課卷。

七日。得楚生、楊小荔訊。

九日。得蘇龠訊，敬夫訊。

十日。得叔兄訊，謹齋、倫叔訊。

十八日。得金愼六盧江訊，心丈三訊。

二十日。得一山、欣甫訊。

二十四日。得心丈訊，寄實收十紙。

二十六日。得方倫叔訊。

七月

一日。得叔兄訊，聘耆、星樓、許子博訊。

二日。與聘耆（託買物）、磐碩訊（附答星樓、子博訊），有京松八兩五錢存星樓處。

五日。得翔林、健庵訊。

六日。得嚴伯平訊，劭直訊。課卷。

七日。辰時義莊廳上梁，家廟大門同時上梁。

二十二日。延李虎臣先生挈二姪同往江寧啓行，由小海至通。

二十四日。令宗裕先隨李先生及二姪行。

二十五日。晚宿蘆涇港。

二十六日。丑刻偕汪刺史、沈敬夫附德興輪船往滬。

二十七日。與汪刺史撤退廠董樊時薰。

二十八日。晚復與汪、沈二君附輪還。

二十九日。汪、沈至通下船，由汪撤廠董陳維鏞。寶應有古九華庵，有僧名覺眞，年四十餘，能修內功，知未來事，潘云。

八月

一日。卯刻抵下關，巳刻到皖。得叔兄、眉孫訊。

二日。詣桂道台說紗機事，不適。

三日。與惲心丈、叔兄、敬夫、胥孫、潘鶴琴、倫叔訊，家訊，翔林訊。

四日。延石夔服藥。與王海門、汪通州、敬夫、翔林訊（說樂舞，教習石磬）。石公約同太夷會於吳園。

五日。與敬夫訊。

六日。蹟李筱軒年丈，託以孫氏家事。與念撲訊。

七日。校課卷。與倫叔訊。辭安慶李課，以讓瑞安師。

八日。寄鄂督聯屛訊。

九日。得叔兄訊。與叔兄及心丈訊，催寄實收。

十日。得敬夫訊。

十一日。夢華見過，以其有調首之說，以孫師家事屬之。

十二日。與潘、郭、劉訊。得叔兄訊。

十四日。得家訊、隨答。得敬夫訊，洞庭葉訊。

十五日。與太夷同邀小山、石夔、熙之、伯虞、石公、博泉、雨生泛月吳園，禮卿一至。

十七日。得家訊，方倫叔訊，以孫師家事託李兵備。

十八日。得叔兄訊，王海門訊。

十九日。復汪通州、王海門，

議合泰、如教習樂舞。與沙健庵、金蘅挹訊，說樂舞事。

二十日。課試。與叔兄訊，得惲丈訊。

二十一日。為王海門作「西園記」。

二十二日。為章曼仙庶常作「施報說」題「銅官感舊圖」。

二十三日。得眉孫訊。校課卷。

二十六日。得家訊。校卷竟。

二十八日。得汪通州、劉一山訊。

二十九日。得惲丈訊。

三十日。得翔林訊，叔兄訊。與惲丈、叔兄訊。題陳藍洲山水，為石公作：「涇山成水墨，草樹入煙雲。劇愛陳明府；將酬顧廣文。幽深諧小築；寂寞慰孤醺。亦欲携家去，桃源我所聞。」

九月

二日。冒雨歸，至下關候船不至。夜分亥正船來，雨適止，附焉。

三日。至道，晤敬夫。潘、郭、劉未至。詣汪通州。

四日。仍未至。得心丈至寧電。

五日。雇舟返。與心丈訊，專人至寧。

六日。抵家。義莊大門廂屋牆溝已開，與所示木工者南北誤縮一尺地。

九日。寧使返，得心丈訊。

十日。弔述漁之喪。

十一日。義莊大門上梁後即啓行至通，與心丈揚州電。

十二日。附元和船至鎮江，晤心丈。

十三日。與心丈定紗廠議。晤元仲、子均。酉刻附江寬返，識常州張紹庭。

十四日。乘車由州城一日到家，行一百里。

十七日。大祥設奠。

二十四日。啓行，舟行竟夜，舟中校課卷。

二十五日。卯初至通，晤敬夫、翔林。

二十六日。書箴、立卿至城、茂之、一山來。

二十七日。同至唐家閘，規度廠基，與茂之辨論定議。晚又與潘、郭訊。晤蘭賓、寄實收，與叔兄訊。

二十八日。早行，附益利船。

二十九日。至書院。

十月

一日。校安慶課卷竟。縵卿、蘇龕來談。

二日。劭直往海門。與敬夫、翔林、景唐訊（買琴），家訊。晤桂方伯。與李筱軒年丈，瑞安師訊。讓經古館於瑞安。去年文正書院本瑞安館也。與方倫叔訊。

三日。得上海訊。與心丈、倫叔訊。

九日。得汪通州訊。

十一日。得王海門訊。

十二日。與蘇龕詣匯文書院美教士福開森。

十三日。得叔兄訊，劭直訊。福開森來。

十四日。敬夫、立卿來。見家訊，終夜不懌。

十五日。與王海門訊，顧一梅訊。

十七日。書箴來。

十八日。議官商合木事定。

十九日。書箴往湖州。

二十日。與叔兄、心丈訊。書院課期。

二十一日。敬夫、立卿往滬。

二十二日。校課卷。蘇龕、熙之來，定合同之大局。得王海門訊。

二十三日。與叔兄（有廠章）、心丈及敬夫，江西李崇如訊（有廠章）。

三十日。題「遯窟圖」：「滄海橫流劇，林皋遯窟尊。安舒容草木；佚蕩到雞豚。即此尋虞夏；端應長子孫。伊川騰識久，谷口與誰論。」

十二月

十日。趙郡曼容、德菡來歸。

十九日。叔兄自宜昌歸。是夜行禫祭禮，奉四代主入廟。

二十日。行家廟落成致祭禮。

二十三日。率內子行登科告廟禮，曼容及吳姬、陳姬預焉。

釧影樓回憶錄

天笑

學習這急救誤吞生鴉片是很簡單的，只有幾種藥，教他們吃下去，以後便是儘量的教他喝水，使其嘔吐，把胃腸洗淸罷了。所難者，就是凡要自盡的人，都不願意要人來救，都不肯吃藥喝水，那就要帶哄帶嚇，軟功硬功，且要耐足性子去求他了。這一點，我眞要佩服朱先生，他的耐性眞好。

有一次，我跟着朱先生去看急救生鴉片烟。那個吞生鴉片烟的女人，年約三十多歲，是個南京信回教的人，身體很强壯，而且潑悍非常，是不是夫妻反目，這個救烟的人，照例不去問她。朱先生勸她喝水，橫勸也不喝，竪勸也不喝，一定要死。但朱先生總是耐着性子勸她。她不但要罵人，而且還要伸手打人。可是這不能躭擱的呀！躭擱一久，毒發就無救了。那時朱先生手擎一碗水，正在勸她，她用手一推，那一碗水完全潑翻在朱先生身上。一件舊藍綢袍子上，潑得淋漓盡致。

爲着她要打人，教她的家裏人，握住了她的雙手，及至水碗湊近她的嘴唇時，她用力一咬，咬下一塊碗爿來。但救治總要救治的，不能因她拒絕而坐視不救，最後要用硬功了。硬功是什麽呢？名之曰「上皮帶」，便是將她的兩手用皮帶紮住，用一條皮管子，上面有塞頭，塞進她的嘴裏，就是用手揿着，一面灌水進去，一面吸水出來，藉此洗淸腸胃，這個婦人，便這樣救活了。過不了幾久，我走過她的門前，她們是小戶人家，我見她抱了一個孩子，笑嘻嘻和鄰家婦女正有說有笑呢。

讀書與習業

在舊日的社會制度中，一個孩子到了十三四歲時，便要選擇他前途的職業了。選擇職業，大概分兩大部，一曰讀書，一曰習業。就普通一般人的常識，當然要看那孩子的資質如何？以爲聰穎者讀書，魯鈍者習業。其實也不盡然，也要看他的環境怎麽樣？說到環境，便非常複雜了，因此對於兒童前途的取徑，也非常複雜。

假定一家人家，有幾個孩子（女孩子不在其例），那就容易支配。或者由家長的命令，成者由兒童的旨趣，誰可以讀書，誰可以習業，誰有志讀書，誰願意習業，決定了他們的前途。也有的人家，對於兒童，既不讀書，也不習業，富家成爲紈袴子弟，窮的變成流浪兒童，這樣失於教養，要算是家長的過失了。

我在十三四歲的時候，關於讀書或習業問題，曾有過一番討論。因爲我是一個獨子，既無兄弟，又無叔伯，似乎覺得鄭重一點。但是我家中人，都願意我讀書，而不願意我習業。第一個先說父親，父親是商業中人，他却偏偏痛恨商界。他在憤激的時候，常常痛罵那些做生意的，都是昧着良心；沒一個好人。他寧可我做一個窮讀書人，而不願我做一個富商。母親的意思很簡單，她說我生性忠厚，不能與貪很的商人爭勝。祖母却以爲我嬌養慣了，不能吃苦，習業在從前是的確很吃苦的。

但祖母關於我們的家事，常和幾家親戚商量，那一年的新年，請飲春酒，祖母便提出我的讀書與習業的問題來，加以諮詢。第一個是我的舅祖吳淸卿公，我們家庭間有什麽重要的事，祖母必定問他。可是他主張我還是習業，不要讀書。他說出他的理由來，他說：「第一、讀書要有本錢，要請名師教授，而且家中要有書可讀（自然，在他那個富室家裏都做到了）。爲什麽那些紳士家中科甲蟬聯，他們有了這種優點，再加以有了好子弟，當然事半功倍了。第二、讀書要耐守，現他的父親無固定職業，而又栽培不起，倒不如習一職業，三五年後，就可以獲得薪水，足以贍家，父子二人，勤懇就業，也不愁這個家不興了。我不相信商業場中，沒有出勝的人。」他列舉了某某人，某某人等等，的確，他所舉出的人，都是蘇州商界鉅子，捐了一個功名，藍頂花翎，常與官場往來，那些錢莊擋手，却都是我父親瞧不起的人。

可是我的尤巽甫姑丈，却不贊成此說，他說：「現在讀書要有本錢，這是經驗之談，我不反對，若是紳富人家，科甲蟬聯，而一個寒士，永無發跡之日，這也不對。試看吳中每一次鄉會試，中式的大半都是寒士出身。再有一說，惟有寒素人家的子弟，倒肯刻苦用功，富貴人家的子弟，頗多習於驕奢淫佚，難於成器，也是有的。」姑丈也和我母親的見解一樣，說我爲人忠厚，不合爲商業中人。他又讚我：「氣度很好，沉默寡言，應是一個讀書種子，至於能否自己刻苦用功，另是一個問題了。」巽甫姑丈的話，大意如此，可是我聽了：很有些慚愧：因爲我自己知道，這幾年並沒有刻苦用功，我在朱先生那裏，荒嬉的時間太多了。

那時父親便決定主意，不給我習業，而要我讀書了。還有幾件可笑的事，不無有點影響，我自從生出以後，家裏常常和我算命，在蘇州是流行的；連我父親也相信此道。朋友中有許多研究星相之學的，也並非江湖術士之流，他們常鈔了我的八字去推算。及至我七八歲以至十一二歲時，又常常帶我去相面，相金有很貴的他也不惜。但這些算命先生、相面先生，無不說得我天花亂墜，將來如何的飛黃騰達，必然是科名中人，榮宗耀祖，光大門楣，是不必說了。

我是公曆一八七六年（淸光緒二年）丙子二月初二日（舊曆）辰時生的。據星命學家說：這個八字很好。在我三十多歲的時候，還藏着一張自己的命書，是一位名家批的，其中還用紅筆加了不少的圈。除了他們的術語，我看了不懂之外，其餘的話，都是說我將來如何發達的話，大概是說我金馬玉堂，將來是翰苑中人物，出任外省大員，一枝筆可以操生殺之權，儘他信口開河，亂說三千。却不知道他能算個人的窮通，却不能算國家的命運，科舉也就廢了，還說什麽翰苑中人物，這無非當面奉承，博取命金而已。

所遇的相面先生，也是如此說。那些江湖派的不必說了，有幾位知識階級，平時研究各種相書的先生們，也說我氣息凝重，眉宇秀朗，是一個出類拔萃的人。不是我自吹法螺，現在雖然老醜了，在兒童時代，我的相貌，却夠得說是富麗堂皇的。我那時身體畧瘦，而面部却不見得瘦，五官也算得端正的。還有一雙手，沒有一個相家不稱讚的，爲的是手背豐腴，手心紅潤。到了我四十多歲的時候，在北京遇到了鹽務署裏一位陳梅生先生（這位陳先生以相術著名的，他曾相過邵飄萍與徐樹錚，背後向人說，這兩位將來都要「過鐵」的，後來皆驗。有人問他何故，他說，邵眉太濃，有煞氣；徐眉倒掛，作猪形。皆非善相），他也說我手可以發財。我問：「發多少呢？」他說：「可以得百萬。」我那時正在窮困，也從不作發財之夢，只有付之一笑。誰知後來竟應驗了，到了民國三十七八年（一九四八——一九四九），通貨膨漲，什麽法幣咧，金圓券咧，我偶然寫寫小說、雜文，一搖筆稿費就是百萬圓，或不止百萬圓呢。

至於筆下可操生死之權，原是算命先生的盲目瞎說。然而當我最初身入新聞界的時候，我的岳丈便極力反對，他說：「當報館主筆（從前不稱記者），就是暗中操人生死之權的，最傷陰騭。」他老先生是以善士著名的：主張一切隱惡揚善。我想：算命先生說我「筆下操生死之權」的這句也應驗了吧。但是到了民國八九年的時候，有位看相的朋友說道：「不對了！現在風氣改變了：須要臉黑氣粗，心雄膽大，方是貴人：像你這個相貌，只配做一個文人而已。」

我的話說野了，現在言歸正傳，總之我不再作習業之想了。父親的聽信算命，相面先生的話，雖屬迷信，亦係從俗，而也是對於我的期望殷切。而且他還有譽兒之癖，可惜我的碌碌一生，了無建樹，深負吾父的期望呀！

小考的預備

考試爲士子進身之階，既然讀書，就要考試，像我祖父那樣，既讀書而又不考試，只可算得高人畸士而已。我在十三歲的冬天，文章已完篇了。所謂文章，便是考試用的一種制藝，後來人籠統稱之爲八股文的。所謂完篇，就是完全寫成一篇文字，而首尾完備的意思。

這種學作制藝，是由漸而進的。最初叫「破承題」，破題只有兩句，承題可以有三四句，也有一個規範。破承題的意思，便是把一個題目的大意先立了，然後再做「起講」（有的地方叫「開講」），起講便把那題目再申說一下，有時還要用一點詞藻，也有一定的範圍。起講做好了，然後做起股、中股、後股，有的還有束股，那就叫做八股。爲什麽叫它爲股呢？就是兩股對比的意思。自從明朝把這種制藝取士以後，直到清朝，這幾百年來，一直把這個東西，作爲敲門之磚。自然講述此道的著作，也已不少，我不過畧舉大概，到後來科舉既廢，制藝也不值一顧，不必再詞費了。

我在顧九皋先生案頭，做過小論，到了朱靜瀾先生處，便做起講。但小論覺得很通順，起講便覺呆滯了，因爲小論不受拘束，起講却有種種規範，要講起、承、轉、合的文法，還有對比的句子，還要調平仄，我覺得很麻煩。並且當時中國文字，沒有固定的文法，一切都要你自己去體會。後來文章雖說完篇了，自己知道，勉强得很。做制藝是代聖賢立言，意義是大得了不得，但人家譬喻說，一個題目，好像是幾滴牛肉汁，一篇文字，就是把它冲成一碗牛肉湯。那末這碗牛肉湯，要不鹹不淡，非但適口而且要有鮮味，但是我這碗牛肉湯，自己就覺得沒有滋味。

雖然是制藝，也要有點敷佐，有點詞藻，而我那時枯窘得很。其所以枯窘的緣故，自然是讀書甚少，所讀的只是四書、五經，其它的書，一概未讀。就是在五經中，易經我一點也不懂，詩經也不求甚解，禮記是選讀的，關於什麽喪禮等等，全行避去不讀，書經也覺深奧，春秋向來是只讀左傳，我還剛剛讀起頭呢。人家說起來，到底是個十三歲的孩子呀，怎麽能板起臉來，代替古聖賢立言，做起那種大文章來呢？

從十三歲冬天文章完篇起，到十四歲開春，本來規定每逢三六九（即每旬的逢三逢六逢九），作文一篇，每一個月，要有九篇文字。一篇文字，也要四五百字，限半天交卷，聰明的也可一揮而就，但以我的遲鈍，常常以半天延長至一天。若在嚴厲的師長，決不許其如此，但是我的這位朱先生，那就馬馬虎虎了。

我那時對於作這種制藝文字，很爲懼怕，百計躲避，而對於弄筆寫小品文，或游戲文，仗着一點小聰明，却很有興趣。還有我們的朱先生，對於改文章，也非常之怕，不改則已，改起來倒極爲認眞，有時改改幾乎是重做一篇。假如三天作一文，一連幾次不改，便積壓起來了。况且他所教的學生多，大家的窻課作文，都積壓不改，這使他是很傷腦筋的事呀！

我在十四歲上半年，實在沒有什麽進境，可是十四歲的下半年，便要開始小考了。所謂小考者，以別於鄉試，會試等的考試。鄉、會試取中的是舉人、進士，而小考取中的只是一個秀才。論秀才那是普通得很的，但是有句大家所知道的成語，叫做「秀才乃宰相之根苗」，那是踏上求取功名的第一階級。

不要瞧不起一個秀才，說容易似乎容易得很，艱難起來却非常艱難，竟有六七十歲，白髮蕭蕭，考不上一個秀才的。還有他的兒子已經點翰林，放學差，而老父還在考取秀才的。他無論如何年老，至死不休的，情願與十四五歲的學童爭取功名，當時科舉之迷，有如此者。主試官也往往憫其老，而破格錄取的。

英使謁見乾隆記實

馬戛尼 原著
秦仲龢 譯寫

招待使節團住的別墅卽在海淀和圓明園之間。別墅至少占有十二畝地面。裏面花園的走道蜿蜒盤旋，小溪環繞假山，草地上各種樹木成林，太湖石不規則地堆在一起。整個別墅包括若干幢住房，分成許多小院子。住房的設計和裝飾都非常考究。其中有些房子的牆上繪着水彩畫。畫得不算壞，也注意到配景法，但就是完全忽畧了明暗面，這充分表示出中國的畫法。譬如畫一個湖，湖的周圍有房有樹，假如畫出任何房或樹的影子反映到湖水面，中國人將認爲是畫法上一個缺點。這個別墅曾爲幾個外國使臣和各省大吏到圓明園謁見皇帝時住過。這個招待所好像空閑了很久，有些地方已經失修。圓明園的總管大臣同特使見了面。二人照例先客套了一番之後，他徵求特使禮品應當如何陳列。特使和他商量結果，决定將主要禮品陳列在皇帝接見使節的大殿御座兩旁。這所大殿的外表非常莊嚴偉大。大殿之前有三個四合大院，周圍由許多各種不相連的建築環繞着。殿基石在四呎高的花崗石平台上。突出的殿頂，由兩根粗大的朱紅木柱支着。柱頭上是油漆成鮮艷顏色的雲頭和花紋，特別是五爪金龍。據說親王的府第也可以畫龍，但只能畫成四個爪，只有皇宮才能畫五爪金龍。大殿的飛簷和椽條外面由一層不容易看出來的鍍金絲網罩着，使鳥不能棲在椽條中損害建築。大殿內部至少一百呎長，四十尺以上寬，二十尺以上高。殿內南部有一行木柱，柱與柱之間安裝窗櫺，可以任意開闔。

這個寬廣光亮的大殿正適於陳列禮物。全部禮物擺滿了大殿的各個角落。寶座附近陳列了幾個古瓷瓶和一個八音鐘。這個樂器是本世紀初倫敦赫爾街喬治·克拉克製造的。能奏出十二闋古老的英國曲子。

寶座安置在壁龕間，從正面和兩邊各有幾級階梯升上去。寶座本身並沒有多少華麗的裝飾，上面有幾行中國字，歌頌皇帝的豐功聖德，兩邊有幾個三足鼎和放涎龍香的器皿，前面有一個形似祭壇的小桌。皇帝不在的時候，也照樣在上面供獻茶和水果。……中國廣大臣民的心目中，除了皇帝而外，世界上所有其餘都無足輕重。他們認爲皇帝的統治普及全世界。在這樣觀念之下，他們對皇帝的臣服的關係是無限制的，而他們認爲外國或外國人同他們的皇帝的關係和他們沒有什麽分別。假如他們在皇帝不在的時候向御座行供獻禮，自不待言在謁見皇帝的時候要行拜見禮了。中國人稱這個禮爲「磕頭」，它包括雙膝下跪，前額碰地九次。實際上很難想像世界上還有什麽禮節比它更表示行禮者的恭順卑賤和受之者的神聖崇高的了。

這種磕頭禮節，除了本國和屬國臣民而外，並且要求所有外國使臣都照樣做。欽差大人開始强廹特使在他面前向御座作這個禮。特使對於這個要求心中是有所準備的，他身上帶有英王陛下一份有關指示。在這件事上，特使也認識到中國宮廷一定要堅持的，因爲他們怕一國的使節不照樣做，其他各國也將效尤。在這樣精神指導之下，中國官員在載運使節團的船和車上插着旗子用中國字書寫「英國特使進貢」字樣。無問題這是他們奉到上級命令做的。但中國並沒有向特使正式解釋這幾個中國字的意義，特使也就視若無睹，未向中國提出異議。特使怕過早提出這個問題來，招致中國方面勒令特使回國，因而前功盡棄。但無論如何，這幾個字的意義是惹人注意的，它會一再登載在中國政府的邸抄上，登載在實錄中，通過住在這裏的俄國人和其他國傳教士們而傳到歐洲去。特使有鑒于此，無論中國方面怎樣寫法，他本人隨時警惕不使自己的任何言行有失體統，致貽英王陛下之羞。在前一個皇帝的朝代，一位俄國特使也曾拒絕執行中國的覲見禮節，最後簽了一個條約回國。據大家認爲這位使節是外國和中國的交涉中第一個有所收獲的人。相反地，一個荷蘭使節在前一世紀到中國來，他爲了賺取一些物質上的利益，不惜委曲遷就中國政府所指定的一切禮節，但最後他抱怨既受到藐視又沒有得到利益。

八月二十二日，星期四。　　今早韃靼欽差來拜會我，歡迎我到了圓明園。他說，乾隆皇帝已經派了一位大學士特地從熱河到北京來和我討論覲見時的一切事宜。他又說，他明天將帶兩三個歐洲傳教士來見我。徵大人今天的神色似乎比較以往和悅可近，因此我就趁這個機會對他提到居住的問題。我說，這個地方很是美麗，不過似乎有些失於修理，不大適合居住了，對我們歐洲人來講，我們的生活狀態和中國人稍有不同，住在這裏，覺得有碍衞生，所以我不打算在此勾留，等到各事辦妥當後，我希望他給我們便利遷往北京，到北京後，居住方面一定比這裏舒適得多。徵大人看來很同意我的建議，他說沒有問題，必可辦到。

八月二十三日，星期五。　　今天欽差徵大人派人來告知，他要來拜會，並帶幾個歐洲傳教士同行。到上午十點鐘，徵大人到了。傳教士中有葡萄牙籍的約瑟・巴納・達阿美特（按：這個教士，已在八月十八日一段中畧介紹過。——譯注），安得里・路特烈紀士（Andre Rodrigues）等人；此外又有意大意籍的路易士・保祿（Louis de Poirot），約瑟・班茲（Joseph Panzi）及彼得・阿奧達圖（Peter Adeodato）；此外又有一個法國籍的約瑟・巴黎（Joseph Paris）和一兩個其他別國的人。（按：安得里・路特烈紀士（生一七二九年，死一七九六年）和達阿美特於一七五九年同到北京的。路易士・保祿（生一七三五年，死一八一四年），是法國耶穌會教士，一七七一年供奉乾隆內廷爲畫師。他是一個精語言的人，因此這次被派爲英國使節團的繙譯員，他能講中國話和滿洲話。一七九三年他和班茲同奉召往熱河繪人像。約瑟・班茲（生一七三三年，死一八一二年）是意大利耶穌教士，他於一七七三年到北京，以畫師供奉內廷。乾隆常召他入宮爲他畫像。按：在內廷供奉的西洋畫士，有賀淸泰、潘廷章，恐卽係保祿與班茲也。約瑟・巴黎（生一七三八年，死一八〇四年）是法國教士，一七八五年入內廷供奉，爲鐘表製造師及機器師。彼得・阿得奧達圖（生年未詳，死於一八二二年），是意大利奧古士丁教士，一七八四年供奉內廷爲鐘表製造師及機器師。馬戞爾尼和斯當東都叫他爲得奧達提（Deodati）。英使節團到圓明園安裝渾天儀，大鐘表等物，阿得奧達圖奉命在圓明園爲巴勞等人做繙譯。到嘉慶十六年（一八一一年）七月，淸廷忽然禁止耶教，驅逐西洋傳教士，他在宮廷的職務被解除。當他到達廣州時，東印度公司予以優禮欵待。後來他搭船往馬尼拉。——譯注。）

乾隆皇帝因爲英國使節團來臨，實爲罕見之事，所以對這幾位傳教士賜以頂戴，以壯觀瞻，保祿和阿得奧達圖戴白頂子，而達阿美特則戴藍頂子（這是較高的品級）。達阿美特雖然供奉內廷爲客卿之一，他對於中國政事是無權參加的，但他的妒忌心很重，凡到中國的歐洲人，除其本國人之外，無不加以仇視，其對英國人的嫉視尤甚。當我初到澳門時，就有人警告我，教我到北京後，要留心這個人。今日和他初次相見，覺得此人很是陰險沉鷙，如果不小心處處加以防範，一定會受到他的陷害中傷的。他本是羅馬教信徒，年近七旬，來中國已數十年之久，他的算學知識甚淺，但却在算學書院（College of Mathematics 原文如此，但中國當時似乎沒有算學書院之設，也許是欽天監吧——譯注。）任事。他頗精於外科醫術，曾替相國和珅治病 現有此關係 或因而託和中堂向皇帝推薦他爲使節團的繙譯人。他之被選担任此職，不知是出於偶然抑爲其人蓄意要破壞使節團，我實在難以肯定。喜的是此人和我見面時，在欽差徵大人及其他中國官員之前，他對於我們通常所講的語言完全不懂，就是和他一起同來的歐洲人也同此情形。於是我的心頭就好像放下一塊大石，不再爲此事煩擾了。但達阿美特生性嫉妒，經此挫折仍然不心死，不斷以拉丁語和其近座的兩個意大利人議論英國人之短，窺其意以爲我不懂拉丁語，但就算我不懂，只看他的眉目口舌，便知道他有惡意了，又何況我從小就學過拉丁文，那有不懂之理？

在談話之時，我乘機向徵大人提出移居北京城的問題。達阿美特立即阻撓，他說遷入北京城裏居住，將來動身往熱河就很不方面了，還是一動不如一靜的好。徵大人雖然也頗贊同他所說的理由，但終以我所持的理由十分充足，他也無從反對。

同來的傳教士見他那種囂張厲色的態度，皆以爲不然，勸他不可失禮。在這個情況之下，我始終保持冷靜，不失威儀，裝出好像沒有看到他這種舉動。達阿美特告別時，我怕他難爲情，於是請一位法國傳教士替我向他致意，說可惜我不懂葡萄牙語，使雙方不能致達意見，不然的話，得到大才如閣下者做我的助手和繙譯人，對於敝使節團必有很大幫助。不一會，他回轉來見我，他似乎氣平了許多了，他說他很抱歉不能爲我服務，但將來如有用到他的地方，他一定竭力以赴，貢獻一點力量。我對他表示謝意。（按：巴勞的「中國旅行記」說：葡萄牙傳教士達阿美特前此有過挑撥中英感情的舉動。最近英國和葡萄牙戰爭結束之時，雙方舉行和議，條約中有規定將葡萄牙海外某些屬地割讓給英國之說。達阿美特既久居中國，他恐怕澳門也許會是割地之一，如果成爲事實，則於葡萄牙人大有不利。於是擬一條陳密奏中國政府，畧言英吉利乃虎狼之國，日夕以擴大其海外屬地是務，中國如以澳門讓給英吉利，則英國人在中國佔有立足點，它就慢慢向中國侵畧，中國不難爲印度之繼，被其夷爲屬國，那就悔之晚矣了。中國政府見此條陳後，也不免有所動心，他們知道英國的船隻，雖然常來往於中國沿海各處，但不知它們舉動如何，居心如何。於是命令兩廣總督調查這件事。廣東地近大海，和歐洲通商較早，西方人來往於廣東者亦多。經過兩廣總督多時切實調查，知道那個葡國教士所說的，全無其事，這只不過是出於國際上的憤恨嫉妒而已。兩廣總督據實覆奏，畧說，英吉利雖勇敢善戰，但他們派到東方的戰艦，除保護本國商船外，沒有其它企圖。爲什麽要保護商船呢？那是因爲澳門是葡萄牙的屬地，現在葡國與英國爲敵，如果英國不嚴密保護，葡軍便會乘機劫奪英國商船。乾隆帝看後大怒，立即命內務府叫達阿美特來見，責以欺君之罪，並說這種罪名，照例當擬死罪，爲了體念遠人，恕他不明中國法律之故，姑從寬斥革。仍令達阿美特跪在皇帝面前，自言此後永不再干與中國政治。這件事嘗刊於（一八零三年北京的邸報中，敘述其事甚詳，蓋爲後來追刊的。）

大約一小時後，王大人和喬大人又一同回轉來，他們對我說，上次提及皇帝從熱河派來的那位閣老惇中堂已經到北京了。這位中堂是皇帝的親戚，以後關于使節團的一切事務，由王、喬兩大人直接向惇中堂商量，不必再經那位滿州欽差徵大人之手了。（按：國老惇中堂不知何人，英文作Chun，今譯作惇。但英國使節團來華之時，滿漢大學士爲：阿桂、嵇璜、和珅、王杰、福長安、孫師毅。而阿桂、和珅、王杰、福長安四人又是軍機大臣。在乾隆五十七至五十九這三年，大學士中沒有一個姓惇或有個名叫惇或與此同音的人。馬戞爾尼又說這個惇中堂還是皇帝的親戚，英文作Cousin，照英人字義Cousin指從兄弟姊妹，表兄弟姊妹。而這六個相國中，滿洲人是阿桂、和珅、福長安。但他們都不是皇帝的親戚。查「掌故叢編」所載「英使馬戞爾尼來聘案」，馬特使一行到北京後，乾隆帝派工部尚書金簡，工部侍郎伊齡阿到京照料各「貢品」，並帶領「貢使」游覽圓明園等地。英文本第九十六頁，馬戞爾尼又提到有一位閣老Kun-san，恐Chun即係其人。我猜當王、喬兩人向他說有位閣老金中堂已到京，馬戞爾尼從譯員口中聽不清楚，記在日記中寫作Chun，後來弄清楚才寫作Kun-san。這也有可能的——譯注。）

花隨人聖盦摭憶 補篇

黃秋岳遺著

回憶老人析箸時，田無半畝，屋無寸椽，今存產雖薄，若能儉勤，亦可少供饘粥，勿以祖父無所遺，致生怨尤。倘老人餘年，再有所置，另行繼析，此炤。康熙四十一年四月日，竹坨老人書，見析徐尙賢、盛龢宸。」按年譜桂孫娶於徐，稻孫娶於盛，後載區圖分數，共計四十二畝二分，面書桂孫二字，紙墨完好，咸豐辛酉，沈韻初出以示客，張憚齋爲賦長歌。

吳摯父日記中，有蘇元春一短札，爲李文忠鳴不平者。蘇於文忠歿後，曾削職逮治，與王之春、沈藎、賽金花同時入獄，所謂文臣武將名士美人，是也。吳日記云：「四月二十九日，陳雨樵持示蘇子熙軍門元春寄羅芸舫大令書，憤切時事，自叙蓄利器，建斗碉，築臺壘，誓邊師，重欵鉅工，悉出私橐，未動公欵。又云：肥水自同治初年，整軍經武，謀勇兼人，及任北洋，撫柔控制，開利權之未逮，奪時務之先聲，環海部洲，私相勸戒，從無肇出釁端。縱中午東海變生，突如其來，顯係訛賴，儼同乞丐惡討，予以殘羹，懽然而去，務要推搡，使必做傷倒地，觸動羣情，而老團頭穩作壁上之觀，何愁不來求我，蓋乞丐者，倭也，羣情者，英法美也，而老團頭，舍俄誰能當之，陷阱已深，强我逆來順受，凡屬血氣未乾者，得不放聲大哭邪。而肥水任叢謗毀，殿然不動，迨受傷立約，明年又使極西，衰老盡躬，風濤飽歷，至今謠諑未息，仍思中傷，忠而見謗，信而見疑，今日益信。此無他，自剪羽翼，貽笑外人，以此老之勳業，至今日，且名高生忌，覺淮陰去人不遠，何況我輩。」此書恐非子熙親筆，度幕府必加以潤色，而其快快處，已形於詞，宜其終罹吏議也。然其中語，有絕可味者，如以日本爲訛賴，以俄國爲老團頭之類，今日皆仍未相遠，讀陷阱已深，逆來順受，忠而見謗，信而見疑數語，何止爲謀國之合肥短氣耶？

記孫琴西事，尙有謝枚如之「課餘偶錄」，中於琴西文肅芥蒂，亦隱及之，謝錄云：「瑞安孫琴西（衣言）方伯，官翰林時，與王少鶴、林潁叔，以古學相切劘，長於詩，亦長於文，詩先刻，名甚著，文遲久始出，多及時事，指斥當路，然其言甚確，非以好惡爲愛憎也。平陽金錢會匪發難，其長子貽穀，以團練與賊戰，屢勝，而卒死之，有殯志載集中，可哀也。丙子予應禮部試，方在闈中，琴西以陛見入京，潁叔以予稿示之，琴西書其前曰：天資筆力，皆近韓退之，而其票姚天矯，有意子長，詳切濃至，有意孟堅，此才殆非宋以後文家所能囿也，佩服，佩服。光緒二年三月，與潁叔相見都下，出此見示，以行促不及見枚如，附識數語，俟他日更印證之。夫予與琴西，未通一剌，予治古文，此心所向往，雖潁叔不盡知，何況琴西？乃琴西言之如此，在琴西爲玄識，在予則不可謂非知我矣。予涉獵文事有年，朋輩時有贊語，予見近人刻集，集首多列題詞，大抵出於此，予甚厭之，竊謂學問自在根柢，非標榜便增聲價，故一概棄之不錄，然亦有極不能忘者，聊復別見一二，如岑西，是也。丁丑予謁病歸籍，過滬上，時温明叔侍郎師在金陵，侍郎爲予最初受知，予欲省之於其家：沈文肅公聞之，留住衙齋，予因過岑西，岑西曰，子爲制府來耶？予曰，非也，明叔侍郎籍於此，吾來候吾師耳，三日即行。次日岑西報謁，手致牋金，及其巢，謂予曰，吾極不喜過此，何則，吾絕不曉洋務，而大府力講洋務，故吾自例見以外，不再至，今日之來，特爲君耳。予笑謝之。歸家，復得其來書盛推許，又多勉勵：謂當以千秋自置，予以所學未至，置不作答，於今二十餘年矣，嗚乎，其意可感也。」又一則云：「岑西遜學齋文鈔，前有沅陵吳大廷序：大廷字桐雲，亦予已酉同譜，曾官福建都轉，與予初不相知，其序前曰，渢渢乎初月樓之嗣音也。後又曰，與沈果堂文相上下，前後何無定論，且二君文似不相類，以岑西較之，亦非一鼻孔出氣．不知桐雲何以言之．而岑西又何以受之。其後予過滬瀆，忽晤桐雲：告予曰：近讀書經：思別作解義。予曰，古文家讀經，與經學家不同，經學家重考據，古文家則論體格：退之畫記，知者以爲出於顧命，夫畫記與顧命，渺不相涉，毋亦於神理中求之耳，君治古文，知必有悟於語言文字之外耶，桐雲唯唯。過金陵，與沈文肅談及，文肅曰，桐雲熱過人，予憶在滬時，桐雲於文肅有微詞，想有所干求未遂也。又後十餘年，卞頌臣制府蒞閩，予詢桐雲近狀，制府曰．桐雲熱且闊矣，近奉憲稽查製造局，桐雲震動以文章，老兵皆識歐蘇，弓刀化爲禮贄，而桐雲之朿脩塞門矣，非所謂將軍不好武：稚子總能文者乎？予聞之失笑。蓋制府官京師時，素與桐雲狎，而亦以文字往來者也。桐雲有小酉腴山館詩文集，其文蓋亦承梅伯言緒論，而有志於桐城者，但鑪鼎粗具，而九轉之丹尚未熟耳。」案前節所言，予爲制府來耶，及大府極講洋務，故吾自例見外，不再至，皆明言岑西與文肅不合之故，玩詡語氣，似頗右岑西也。後節述吳桐雲於文肅有微詞，則右文肅矣。

今年予頗詮記舊京燈事，客有以吳越燈事見叩者，予告以可覽李蒓客「蘿庵游賞小志」，此書爲蒓客同治壬戌所銓次者。其記「辛丑八月：宣宗六旬萬壽：越中張燈特盛，時太平日久，海內富樂：越人漸習華侈：與蘇杭埒：極力繪日月之光，報功德之盛，城中江橋筆飛坊，至東昌坊大街，十里廛肆鱗櫛：各出鐙樣，以工巧相尚，鸞迴鶴聳，雲實日華，又盡出奇器寶物，靑鼎綠彝，玉屏珠簾，以及古書古畫，珍禽異獸瑰草奇花之屬，無不護以欄楯，夾道列觀．入夜則星火漸繁，笙歌迭起，而各寺廟復結彩臺舞榭．標雲矗霞，敷金散葩，絳天百仞，繁曜綴空，游人多飾香車寶馬，一片光明錦繡中，釵鈿咽衢，袙襦薰巷．眞謝康樂所謂路曜便娟肆列窈窕者。至九月英夷陷寧波：犯餘姚，越人倉皇四遁，久而始定，自後丁已十月，孝和睿皇后爲七旬萬壽慶節，鐙事已減．曩再至庚申六月，文宗三旬萬壽：則越中已爲賊所擾，烽火危急，不復能舉此議矣。」讀此，則可見晚淸廿年之間，而盛衰相去已如霄壤。大抵燈事最盛時，其舉動略與美術展覽相近，其終也，皆以政治不修，寇患忽至，有美而不能審，有樂而不能娛，故吾國諸地盛衰，常如循環，國中無千年未毀之都市，殆未可諉爲天道也。

予性迂疏，陋於收皮，平生於書畫雖似結契；實無心得，不足言矣。於壽山石章；頗有微嗜，以吾外祖家甚愛藏此物，外大父蒹秋先生，鑒別尤精，故得竊其緒餘，以資品玩。貧不能蓄，則人事豐嗇之常理也。蒹秋先生之言曰：「九峯、壽山、芙蓉、稱三山。萬歷八年以前，屬懷安縣，後省入侯官。其石質純而潤，易攻不泐，志載康熙時採取一空，至嘉慶初，諸坑復產，今錄其目擊者。壽山石以田石爲第一，品產於山田，無根而璞，蓋地氣挾土力所結者，故隆寒不泐。耕者偶得之，有黃白紅黑四色，重七八斤，多硬田，雕山水人物，備陳設。粳潤者，不貴矣。道光初，新出之都丞坑，地屬壽山，具黃白紅三色，質之粳潤次於田石，亦隱隱然現蘿蔔絲，其挂皮者，亦青黑色，畧似田石之蝦蟆皮，賞鑒家且混眞贋。連江黃，產連江，似田黃，色黯質硬，油漬即黝，宦閩者誤以都丞坑連江黃爲田石，然田石是璞，不論黃白紅黑，皆由外結氣，蝦蟆皮，即璞也，氣迫於外，文成於中，故成爲蘿蔔絲，若都丞坑，乃片片雲根，割而斷之；至以連江黃僞田黃，則函石知謬矣。水坑，產於澗曲坑竇，爲第二品，如雲，如藕，如粟，如棗，有內白外斑者，有劃然中斷者，有文理分明而淺深異色者，因其色，配作人物山水花卉蟲鳥，可玩也。水坑中所得水凍，尤爲妙品，不取晶瑩，但求其白如凝脂者，黃如油蘸者，即魚腦凍。次則天藍凍，即柴窰雨過天青色也。愈淡愈佳，次則牛角凍，色如牛角，而通明過之。牛角凍中，有紋如犀角者，亦有微黃挂皮如定窰之油墜者，或以高山晶浸油僞水凍，然亮而不凍，須玩凍家方知抉擇。產於山洞者曰山坑，爲第三品，半山高山之類是已。半山多白色，偶亦似芙蓉，惟芙蓉細膩，半山硬實，不如芙蓉之凝結晃朗耳。高山質堅於半山，多紅白相間，有純紅純白者，有藉糕地而點者，似昌化之星星然，但不作雞血色，有白而晶瑩者，名高山晶。凡高山皆宜油漬，各洞所產，有肉紅，有美人紅，如薄紗籠肉，有瓜皮紅，色如瓜瓤，有牛尾紫，有豬肝紫，有艾綠，有石綠。奇艮，亦山坑，多黃白二色，黃者光彩煥發，似蜜浸老橙，白者似蘋婆，雜黃白者，似瑪瑙，皆堅而易攻，寒而不泐。芙蓉石，如白玉而純粹，玉不受刀遜於芙蓉矣。有新舊洞之別，舊者勝，取於將軍洞尤美，價亦不貲。皮挂秋葉者，名芙蓉黃，爲芙蓉之極品。黨洋，亦壽山鄉名，所產淡青藕合，極似青田，有淡綠者，呼黨洋綠，遜於艾綠，梁叔子所稱花石坑，今產絕矣。其最下者 爲圖書石，隨地可拾，市上雕玩器圖章者，是也。另有一種名煨烏，以高山、奇艮、黨洋之硬者 煨以稻殼，火色正，則純黑如漆；火色偏，則拖白如漢玉，火色過，則碎矣。石客選其光潤有白地者，僞黑田，其餘因象命名，隨色取號，各石譜所載，多虛詞。」上所述，見所著「閩產錄異中」，自予墜地，外大父即下世，然四十餘年間，外家中表諸兄弟，承祖父說，以辨別取舍，所得猶精粟無倫也。壽山石見於諸家紀載者，最稱前後觀石錄，「觀石錄」爲高固齋撰，「後觀石錄」，則毛西河所爲，今竝節錄之。提綱絜領，倂色揣稱，間及製術，視近人壽山石譜，不可同日語矣。觀石錄云：「出北門六十里，芙蓉峯下，有山焉，連亘秀拔，溪環其足，長老云，宋時故有坑，官取造器，居民苦之，輦致巨石塞其坑，乃罷貢。

編・輯・閒・話

△不知不覺，本刊已出版了八個多月，共十七期了，如果套一句世俗人愛說的話——「胡裏胡塗」居然有此「成績」，我也樂意接受，我確實是胡裏胡塗地把它編好，付印，一期一期的出版，一期一期的支付印刷費，從不拖欠一文，但老朋友的稿費就不免拖欠一兩個月了。至於不相識的投稿人，則仍然依照稿約，出版前兩日支付。這樣的辦法，已實行了兩個月，朋友說：「你這樣安排得有條有理，還說胡裏胡塗嗎？」我答道：「這正是大胡塗，試問住在香港的人有誰肯拿出血汗賺來的錢這樣胡裏胡塗的賠出去？如其有，這個人不止是胡塗蟲，亦大傻子也！」人有自知之明，我亦不例外，爲了維持本刊繼續出版，還是要從「開源」着手，現在有幾位朋友正替我大力推銷，希望增加些定戶。不過，朋友的幫忙是有限度的，最要緊的仍然是靠愛讀本刊的讀者介紹給他們的朋友，使他們也成爲本刊的基本讀者。這樣的「開源」方法，也不無少補。

△本刊的第一冊合釘本，不久即可出版，分精裝平裝兩種，附有簡單的分類目錄索引。這種合釘本每六個月出一冊，每冊十二期，便於保存，也便於參考。

△今年歲在丙午，五十年前的丙辰（一九一六年），袁世凱稱帝，據說這是他的長子袁克定極力慫恿的。本期柳杰士先生的「洪憲太子袁克定」就是描繪這個貽害中華民族的罪人一生的歷史。前幾年，曾見袁世凱的一個女壻寫過一篇大捧袁克定的文章，盡把仁義道德孝悌忠信等等好字眼都堆砌上去，把他裝扮成一個幾乎是十全十美的好人。現在請讀者讀讀柳先生此文，便可見「太子」的眞面目了。

巢燕先生久客瀋陽，熟知張學良故事，他寫的「張學良演話劇」是一篇寫實之作，字字皆爲實錄。

本期的「戲劇性」文章似乎太多一些，統計一下有溥儀、張學良、杜月笙、小楊月樓。也許有人說是個小型的「戲劇專號」，未免太多了。其實袁、溥、張、杜、楊等人，以至你我，亦無非在世界大舞台上表演一回。書此以爲解嘲。

△第十四期第二十一頁末段有關唐有壬事，編者按語謂「唐先生一字壽田」云云，頃得某君來函，謂「唐有壬的祖父名賢疇，字壽田。前期誤刊壽田爲有壬字，合亟更正。」我一向知唐有壬單名一個林字（詩經有「有壬有林」殆取此），但還不敢十分確定，乃查日本外務省出版的「中國人名鑑」，居然謂字壽田，故加此按語。有時「按」得不好，反爲不美，此類是也。但「中國人名鑑」是請中國的名人自己塡寫履歷的，實不應錯。也許唐有壬取祖父之字爲字，以應付一番。

國文教學
國文學習 參考用書

國文月刊

[illegible]

龍門書店謹啓

林熙主編

大華

半月刊 第十八期

一九六六年十一月三十日出版

大華 第十八期

封面插圖：伍浩官（參看本期第廿三頁）

大華半月刊 第十八期

一九六六年十一月三十日出版
（每月十五 三十日出版）

出版者：大華出版社
地址：香港銅鑼灣希雲街36號6樓
Ta Wah Press,
36, Haven St., 5th fl.
HONG KONG.
電話：七六三七八六轉

督印人：林翠寒
主編：林熙
印刷者：朗文印務公司
地址：香港北角渣華街一一〇號
電話：七〇七九二八

總代理：胡敏生記
地址：香港灣仔洋船街三十二號
電話：七二三四三七

梁啟超萬生園雅集圖

溫大雅

民國二年癸丑（一九一三年）三月初三日，梁啓超在北京邀集名士三十多人作修禊之會，地址在萬生園的暢觀樓，這是東晉永和（公元三百五十三年）後二十六癸丑，人生難得逢此佳會，因爲六十年才碰到一個癸丑，一個人如果稍爲短命，也許不會遇見的。

雅集當然有詩，梁啓超以「羣賢畢至，少長咸集，崇山峻領，茂林修竹，清流激湍，映帶左右，天朗氣清，惠風和暢」三十二字分韻賦詩。梁啓超得「激」字，詩云：

自我去國爲僇人，屢辜佳晨墜絕域，哀時每續梁五噫，忤俗空傳傅七「激」。秋虫聲繁亦自厭，春明夢碎何當覓。竭來京國儼在眼，起視山川翻沾臆。政恐桑田會成海，豈眞長安嗟如奕。卽玆名園問銀牓，已付酸淚話銅狄。江湖風波況未已，龍蛇玄黃知何極。……吾黨夙昔天所囚，今日不樂景既迫。灧灧酒光漸汜甃，的的花枝更照席。虎頭尺縑能駐顏（姜潁生先生繪圖紀勝），賀老四絃解勸客（唐生瑤華，二十年前以琵琶名樂部，今日招與會）。侵騣忍放日月邁，蹉跎應爲芳菲惜。他年誰更感斯文，趣舍恐殊今視昔。

梁啓超除作詩外，又有小記云：

吾生有極，駟隙不返，徒顧影而悼歎，寧假日以游娛，始吾墜地以還，逢癸丑之上巳，山陰禊事，正屬今辰，逋亡歸國，山川猶昔，撫玆令序，尚全今我。風景不殊，玄鬢非故，落落舊侶，藹藹新知，游心於爽塏，假物於陽春，永一日之足，攄千年之慕，羣賢不遺，就我呴沐，和以醇醪，拾此芳草，流傳觴詠，寧遠永和，何必天地爲大，而枋榆之足小也。癸丑三月三日，梁啓超記。

癸丑萬生園修禊後，梁啓超和雅集諸人同攝一相，凡參與的人都有一張，梁題字在相片的紙版上，文云：「晉永和後第二十六癸丑，集羣賢修禊萬生園留影。啓超記。」相片中共三十六人。「嚴幾道年譜」（王蘧常著）民國二年條下云：「上巳，先生與鄭叔進秘書沅，王書衡參議式通，李木齋總長盛鐸……等數十人，修禊京師萬生園，觴詠流傳，不減山陰蘭亭之會。」但照片中並不見有嚴復，似乎是他因爲沒有去，只是分韻賦詩而已。（王蘧常此段記事，係引自陳灨一的「新語林」一書，此書記事有不少是得自傳聞而未經證實的。）

丁文江編「梁任公先生年譜長編初稿」四一六頁，有記癸丑修禊事，現在摘錄如左：

四月初九日，卽舊曆三月三日，先生邀集一時名士四十餘人修禊於京西萬牲園。先生次日給梁令嫻女士的信裏言發起其事的緣起說：「卅八號四十號稟悉。我尚留京數日，十四五乃返津，返後卽命任發行，衣裙等卽帶去。今年太歲在癸丑，與蘭亭修禊之年同甲子，人生只能一遇耳。吾昨日在百忙中，忽起逸興，召集一時名士於萬牲園修禊賦詩，到者四十餘人（原注：有一老畫師爲我像，尙有二十年前名伶能彈琵琶者），老宿咸集矣。竟日游讌，一滌塵襟，歸國來第一次樂事。園則前淸三貝子花園，京津第一幽勝地，牡丹海棠極多，頃尙未花，我恨不得汝卽日歸來，挈汝同游，然行期無論若何迅速，歸來總在花謝後矣。大亂在卽，明年花時，不知更作何狀，故我望汝速一睹此盛，但今既無及矣。法源寺主持今日來請往看牡丹丁香，數日後當一詣也。極樂寺海棠，團匪之亂及去年兵變，戕毁無算（原注：唐時所植），其最大者又移入頤和園，隨分尋芳，不勝今昔之感。黨事極棘手，合併已中止，我亦將褰裳而去之耳」。（民國二年四月十日與嫻兒書）又十二日一信裏論當日所爲詩（江注：詩見「庸言報」第一卷第十號，又乙丑重編本「飲冰室文集」卷七十八）說：「修禊詩錄一分寄汝，兵和宣佈以後，我第一次作詩也。同日作者甚多，我此詩殆壓卷矣。方將盡南中名流各爲題詠（原注：有圖兩幅，一爲姜□生畫，一爲林琴南畫□□□□□□師也），蘭亭以後，此爲第一佳話矣。再閱六十年，世人亦不復知有癸丑二字矣，故我末聯云云，感慨殊深也（原注：蘭亭集末句「後之覽者，亦將有感於斯文」，又云：「後之視今，猶今之視昔」。）（民國二年四月十二日與嫻兒書。）（按：梁啓超詩已見上揭。按癸丑萬生園修禊，確實是辛亥以後修禊盛會，到一九七三年，太歲又在癸丑，距上一癸丑爲一花周甲，屆時海內外文士，亦必有踵山陰故事，未必「不復知有癸丑二字」也。民國二年癸丑，上海有詩人樊樊山亦在樊園修禊，會者十人，賦詩皆以杜工部麗人行韻。（又按：漢朝的人，修禊不限於三月，有八月舉行，亦有在正月、七月，皆見「漢書」，「西京雜記」、「宋書」等。自曹魏以後，始習慣於三月三日。）

癸丑萬生園修禊照相，我藏有一張，相中三十六人，大半爲海內知名之士，到今日已沒有一人存在了。今將照相製版印在這裏，三十六人中，我可以認出的三十四人，其餘二人是誰，我曾問過與會的唐恩溥先生，他也不知道。現在我試把這三十四人的名字、籍貫、簡歷、卒年分述於左：

前排坐地上的四個人，由左至右：時慧寶（蘇州人，原名炳章，字智儂，爲咸同間著名靑衣時小福次子，以唱鬚生著名。一九四三年二月廿八日死於北京，年六十二歲）。夏壽田（字午詒，湖南桂陽人，光緒廿四年戊戌榜眼）。秦稚芬（京劇名伶，小名五九 梅蘭芳的姑丈）。羅惇曧（字掞東，號癭公，廣東順德人，光緒廿九年癸卯順天副榜，一九二四年死於北京）。

第二排，由左至右：陳慶佑（字公穆，陳蘭甫先生之孫，前數年死於北京）。顧瑗（字亞蘧，河南開封人，光緒十八年壬辰進士，選庶吉士，授編修，官理藩部右侍郎。民國時代，趙秉鈞任內務總長，薦爲秘書。著有「西征集」）。楊增犖（字昀谷，江西新建人，光緒廿四年戊戌進士。詩人，著有「昀谷詩存」）。鄭沅（字叔進，湖南長沙人，光緒二十年甲午探花，官至侍讀，入民國任總統府秘書）。姜誥（不詳）。關賡麟（字潁人，號稊園，廣東南海人，進士出身。一九六二年三月死於北京，年八十三歲。他很年輕就在北京郵傳部做事，以後歷任各鐵路局局長等職）。姚華（相中穿長袍束腰帶的那一個。他是貴州省貴筑人，字重光，號茫父，光緒三十年甲辰科進士，工詩文書法詞曲）。唐采芝（卽梁啓超詩注所說的唐生瑤華，他是羅癭公帶來的，是秦稚芬的學生。在相片中只見其頭，在姚茫父後）。姜筠（相中白鬚戴眼鏡者。梁啓超給他的女兒信中注語「姜□潁生畫」卽此人，他的別字叫潁生，號大雄山民，安徽懷寧人，工書，山水師王石谷，亦善花鳥。他參加此盛會時已七十一歲，一九一八年逝世）。陳士廣（字翼謀，湖南湘鄉人，甲辰科進士，官郵傳部主事、秘書，民國初年著有「長安夢」小說，馳名文壇）。袁勵準（相中黑鬍子穿馬褂者。字玨生，號中舟，河北宛平人，光緒廿四年戊戌進士，選庶吉士，授編修，官至侍講）。袁思亮（字伯夔，湖南湘潭人，光緒廿九年癸卯科舉人，官印鑄局局長。在相片中僅見其頭的胖子）。易順鼎（相中穿馬褂叉手者。字實甫，號哭庵，湖南漢壽人）。黃孝覺（黑帽短鬚者。字孝覺，廣東人，舉人出身，官法部，入民國官至潮循道尹）。李盛鐸（相中僅見其頭。字椒微，號木齋，江西德化人，光緒十五年己丑科榜眼，官至山西巡撫，民國六年一任農商總長，一九三七年二月逝世，年七十七歲）。顧印愚（字印伯，號所持，四川華陽縣人，舉人出身，官湖北武昌知縣，工書法，能詩。他參加此會後，即於陰曆六月死於北京，年五十九歲）。王式通（相中僅露一頭。字書衡，山西汾陽縣人，光緒廿四年戊戌科進士，前淸時代歷任大理院推事，大理院少卿。入民國任政事堂機要局長、國務院秘書長、淸史館纂修、禮制館總纂。工詩文，一九三一年逝世）。夏曾佑（相中光頭穿馬褂者。字德丞，號穗卿，浙江錢唐人，光緒十六年庚寅會元，選庶吉士，散館改禮部主事，官至安徽泗州知州。精史學，著有「中國古代史」等書，一九二五年逝世）。譚天池（相中穿西服者。廣東人，光緒末年的留美學生，在康奈爾大學習農科，得碩士學位，他的詳細履歷待查）。林志鈞，字宰平，號北雲，福建閩縣人，工詩，善書法，一九六〇年死於北京，時任中央文史研究館館員，享年八十一歲）。郭則澐（字養雲，號嘯麓，又號蟄園，福建閩縣人，光緒廿九年癸卯進士，選庶吉士，授編修，官至浙江提學使，入民國官國務院秘書長，兼銓叙局局長，僑務局總裁等，工詩文。一九四七年逝世）。×××（相中穿長袍戴小帽者。不識）×××（相中露一頭者。亦不識）。姚梓芳（字君慤，廣東揭陽縣人，京師大學堂卒業，一九五二年逝世，年八十餘）。

第三排：黃濬（倚樹手扶樹枝者。字哲維，號秋岳，福建閩縣人，京師大學堂卒業。一九三七年八月，以通敵嫌疑被槍決）。梁啓超（立易順鼎身後高出者）。

第四排（全在山石上）：藍公武（倚樹而立見半身者。字志先，廣東澄海縣人，自認江蘇吳江人，爲梁啓超進步黨健者。一九四八年任華北人民政府第二副主席，政協委員，國務院法律委員會委員。一九五七年逝世，追認爲共產黨員）。楊度（字皙子，號虎公，湖南湘潭人，一九三一年死於上海）。羅宗震（小童，癭公長子，早死）。唐恩溥（坐於羅宗震之右者。字天如，廣東新會人，光緒廿九年癸卯科舉人，淸末任山東肥城知縣，入民國任粵海道尹，淸史館纂修，又曾任吳佩孚的秘書處處長。一九二六年後隱居香港，一九六一年二月三日逝世，年八十一歲）。梁鴻志（字衆異，福建長樂人，一九四六年伏法）。朱聯沅（字芷青，浙江海鹽人，京師大學卒業，學部小京官。黃濬、梁鴻志和朱聯沅都是陳石遺的學生，皆工詩。朱最早死。黃梁亦不善終，各有詩集行世。）

萬生園修禊圖

「啞行者」蔣彝教授

連士升

在倫敦、牛津、哥倫比亞等著名大學講學三十多年，在歐美文壇上樹立彪炳的功勳的蔣彝教授，現在又以「啞行者」的姿態到新加坡來觀光了。

蔣彝教授原籍江西省九江縣，和千古絕唱的大詩人陶淵明是同鄉。

誰也知道，中國的文化，是從黃河流域，傳到長江流域；又從長江流域傳到閩江流域珠江流域。先秦兩漢的文化，北方獨具勝場；魏晉以後，中原堪稱獨步；到了近代，南方才迎頭趕上。

江西算是長江流域的重鎮，而九江就是南昌故郡的近鄰。假如你記住「襟三江而帶五湖，控蠻荊而引甌越」的名句，你就知道氣魄磅礴的名山大川對於文化是有怎樣偉大的影響。

從宋朝起，江西在中國文化上老是擔任一個重要的角色。你瞧，唐宋八大家裏，江西就佔了三席：即廬陵歐陽修，臨川王安石，南豐曾鞏。宋代四位著名書法家——蘇、黃、米、蔡——裏，黃山谷就是江西省分寧縣人。自此以後，人才輩出，而江西的名士在詩壇上可以獨樹一幟，成爲萬流景仰的對象。

蔣彝教授就生長於雲蒸霞蔚的匡廬的山麓。他的家庭是當地的望族。他的堂號三徑堂，恐怕是根據蔣家的先人，即漢哀帝時代蔣詡的故事。因爲蔣詡曾於舍前竹下開了三徑，惟故人求仲、羊仲跟他有來往。他的父親是個畫師，哥哥是個詩人。因此，他自幼在詩、書、畫三方面，都下過苦功夫。

他出身於東南大學，即中央大學的前身。他專門研究的是化學。畢業後，曾教過兩年書，又做過四任「父母官」。不久之後，他忽然對於宦海浮沉的生活發生厭倦，一念之間，「覺今是而昨非」，毅然決然辭去一切職務，隻身遠往英國，那時他已經三十一歲。

未出國前，他雖然在中國第一流的報紙雜誌上發表過許多文章，但英文的知識却很有限。他自述從上海搭法國郵船赴馬賽期間，在船上，不但不能用法文跟人家晤談，而且英文會話也僅限於那麽簡單的幾句。因此，他抵達英國後，就抱着破釜沉舟的決心，運用童年時代研究中文的方法來專攻英文。一天到晚，手不釋卷，筆不停揮。在多看、多讀、多寫作、多修改、多請教的條件下，他運用英文的能力，與日俱增。積了多年的經驗，他現在儼然成爲著名的英文作家了。在美國人所編著的「二十世紀名作家」裏，他也佔了重要的地位。皇天不負有心人，我個人對他的成功，特別表示由衷的敬意。

百年來，中國積弱不振，除了割地賠欵，水旱兵災外，差不多沒有一件事情能夠使人仰首伸眉。那時，旅居歐美的中國人，除了開小規模的餐館和洗衣店外，差不多沒有其他任何事情可做。偶爾他穿着筆挺的西裝在路上散步，一般勢利眼的英國人老是把他當做日本人。這種奇恥大辱，更刺激他發奮圖强，希望鍛鍊一枝橫掃萬軍的生花妙筆，一雪心靈深處的千愁萬恨。

一九三五至三六年間，英國舉行一個倫敦中國藝術國際展覽會，一般沒有到過東方的英國人，一路來聽慣那些淺薄的勢利的商人和傳教士的謠言，以爲中國是個沒有開化的國家。「一犬吠影，百犬吠聲。」在他們長期的夾攻下，大家公認中國眞是沒有開化。

但是，事實勝於雄辯。擺在眼前的中國古代的各種藝術品，正是價值連城，舉世無匹。最重要的是英國的皇室貴族接二連三地前往展覽會參觀，而且贊不絕口，皇室貴族既然這麽尊崇中國文化，報紙雜誌又這麽連篇累牘地記載展覽會的詳情，這樣一來，整個英國對於中國文化都另眼相看。

蔣彝教授抓住這麽一個千載一時的機會，寫了他的第一部英文著作，題爲 The Chinese Eyes內容是說明中國人心目中的藝術。上文已經說過，他對於中國的詩、書、畫，本來是家學淵源，所以信筆寫來，便膾炙人口。

成功給蔣彝教授帶來至大的信心。從此以後，他就正式展開他的英文寫作生活。（一）回憶錄；（二）中國繪畫、書法的研究；（三）動物的研究；（四）小說；（五）遊記。其中以遊記爲最成功。

他寫遊記的態度，正合「史記：貨殖列傳」所標榜的信條：即「人棄我取，人取我與。」須知文章的大忌，就是人云亦云，拾人牙慧。相反的，假如作者能夠獨具隻眼，言人所未言，發人所未發，那麽這種書才有價値。

他的筆名『啞行者』，最能夠表達他的寫作的態度。他喜歡徒步旅行，他更注意百聞不如一見。雖然他整天作速寫，作筆記，但他不願意馬上振筆直書。他所搜集的資料，必須經過一階段發酵醞釀之後，這才刪其蕪雜，存其精華。因此，他的許多作品都富有個性，可以一讀再讀。

他的遊記穿插着詩、書、畫，其中最重要的是他的工筆畫，因爲許多事物，文字不容易表達出來，可是用他的畫筆一揮，即刻達到明白如畫的境界。普通書籍的插圖，多借助於他人，只有他能夠自作自畫。像他這種多才多藝的作家，我平生並不多見。

他具備學者的耐心，記者的好奇心，畫家的匠心，書家的正心，詩人的誠心。這五種條件造成他馳騁文壇的地位。簡單說一句，他是「大人者不失其赤子之心。」凡是和他比較接近的朋友，都知道他永遠保持他的天眞，而天眞是作家成功的基石。

他在歐美旅居三十三年，今年是第一次到星馬來參觀。一代詞人辛稼軒說得好：「我見青山多嫵媚，料青山見我應如是。」因此，這位兼備學者、記者、畫師、書家、詩人五大條件的『啞行者』蔣彝教授，他到星馬來觀光，可以說是星馬的一宗幸事。

一九六六年十月十六日，新加坡。

旭初「癡」學良「草」

·蔡　雲·

章太炎大弟子汪東，字旭初，爲袞甫弟。撰「寄庵隨筆」，排日刊載新聞報，益馳譽文壇。與劉成禺之「世載堂雜憶」，稱一時瑜亮。或評之：「世載堂雜憶」，質勝於文；汪旭初之「寄庵隨筆」，文勝於質。但「雜憶」已刊單行本；「隨筆」迄今未有裒之成書者，殊可惜也。予與旭初通函者數，從未謀面。曩年會於孫伯羣處晤見之，落落不多言，貌冷而情摯，今之君子也。既而某君見告。民初，旭初主大共和日報，輯政之暇，偶作北里遊，眷一校書，握其柔荑不釋，而默不一語，以爲時久，校書手麻木而呼啐之，始脫。同遊者無不爲之失笑。

民初軍閥，往往識字不多，並已之姓名有不能簽寫者。如萬福麟，每逢簽名，輒託人代之，而自鈐一章而已。某次，赴日本某名流之宴，某名流備一極精緻之簽名冊，堅請萬親自簽名。萬不得已，書萬福二字，額汗涔涔下，蓋麟字筆畫多，不能書也。又張學良雖能書，然簽名極草率，學字草寫似一草字，張學良成爲張草良。錢芥塵告之：張猶不信：乃以草書字典證之：始恍然。從此注意改正，不再誤。

上海三先生軼事

荷齋

憑史實否定「貪污是華人的傳統」說法

報載香港前警務處長伊輔先生在九龍騷動調查會說：「貪污是華人的傳統」。此語出諸未能「入境問俗」的西籍官吏之口，不足深怪！

中國人向以禮義廉恥爲國之四維，努力實行；而更注重於廉潔。許由之不受天下，夷、齊、太伯、季札之讓國，其廉潔高風，視富貴如浮雲，固彰彰可考；他如侯嬴却平原之厚賜、楊震拒暮夜之餽金；羊續懸生魚示府丞，趙軌拾桑椹還樹主；既有不以苞苴污家而瘞鹿之裴寬，更有不容賄賂污文而却金之穆修。凡此廉潔之美德，史不絕書，畧舉數人，已足證明中國人之傳統爲何如？此號稱「中國通」之英工黨議員盧雅氏訪問本港時，不得不否認伊輔先生之說法也。

我鄉（上海縣浦東陳行鄉）傳說：百數十年前有「三先生」者，其人廉潔之極，覺視上述諸古人之廉潔，尤有過之。筆者人微言輕，僅憑傳說叙述，不足取信於人，爰從胡氏雜鈔（由編輯滬諺之胡祖德字雲翹者印行；非賣品，所印不多，我家與胡氏有世誼，曾獲贈一冊。）中轉錄秦錫圭（原注：字介侯，與胡氏在幼時同硯，光緒中葉，偕其兄錫田鄉試，兄弟同榜後，會試殿試又聯捷，散館後分發山西省知壽陽縣事。編者案：朱汝珍「詞林輯畧」載：秦字鎮國，號硯畦，光緒廿一年乙未庶吉士，但沒有說他散館授壽陽縣。今可補朱氏之闕。）遺作「三先生傳」及胡氏案語，以明廉潔是中國人傳統的最大特徵，其傳如左：

余少時，閭里之人稱「三先生」者。自余少有知識，未見吾里中有是人也；及少長，試於有司，往來郡邑中，亦未見有是人也；已而鄉舉，至金陵；金陵，東南大都會也。上公車，至京師；京師，尤天下首善區也；宦游來晉，歷數千里，所閱益少，卒未見有三先生之爲人者也。乃嘆數十年前，吾鄉風俗之厚，人之狷潔自好，以爲固然，未有異之者；而今不能不異乎三先生，三先生，曷異諸？朱明者，劇賊也，與三先生居同村。朱明之爲賊。不行竊於十里以內，自其居十里以內，有朱明之爲賊，亦遂無敢竊者，以是里之人未有惡乎朱明也；其同村數十家，歲時必有饋遺，亦未有敢却之也。惟三先生固絕之，而朱明則尤欲交於三先生，久之，卒不可得。三先生，故寒士，爲學究於村以自給，會將嫁女，朱明曰：「此吾得交三先生之時矣。」乃伺其所需者畢致之，猶不可得。夜，三先生與其妻私有所議，凡欲購之物，晨興，而朱明已奉之進。三先生始猶婉辭之，繼乃痛絕之，終則詈擲之，而朱明之意則未已也。三先生乃慨然曰：「吾於明固無惡也，今逼已甚，吾不能自已」。於是首朱明於官。朱明亦喟然曰：「吾於先生，固愛之重之，非有所惡於先生也，今勢不兩立。」於是殺三先生。嗟乎！世能却千金之遺者幾人哉；有之，亦可謂烈士矣！顧一時慷慨，保無退而悔耶？若三先生，非所謂不淄不磷者歟？義所不可，持之甚堅，至死不悔，雖古君子無以加焉。顧自余觀之，卽朱明之爲賊亦非可多得者。適與樊君靜存言之，因走筆者「三先生傳」以寄諸家，求其氏族名字之詳而補之。光緒二十五年夏，秦錫圭作於壽陽官舍。

祖德案：三先生，姓陳，名國陞，號瞻雲，住沈家灣南首十圖陳宅，嘉慶十八年五月被害，越二年，朱明正法。文中樊君靜存，係縣署文案，亦上海人。

筆者曰：滿淸中葉，猶閉關自守，西風尚未東漸，凡讀書明理之士，由於澹泊自甘，皆能廉潔自持，三先生當其時，自不會例外，彼固知受朱饋贈，可稍緩生活之艱苦，屢拒不已而控之有司，必攖朱怒而獲禍；兩途抉擇，寧棄前者而取後者，其以身殉道之偉大精神，可驚風雨而泣鬼神，較讓國却贈而保無後患之昔賢所爲，尤爲難能可貴；而朱明之爲賊，能如「狡兎之不食窩邊草」然，可謂盜亦有道，故借本刊寶貴之篇幅發表：一以隨英議員盧雅氏後，糾正伊輔先生之失言；一以發潛德之幽光，於此世風日下，廉恥道喪之社會，或有廉頑立懦之助云。

狀元與美人

·徐一士·

「孽海花」一書，因所謂「狀元夫人」之名妓傅彩雲（賽金花）而命名，其淸季所成者，第二回（金榜誤人香魂墜地）爲本書發起者金松岑（天翮）所作，先寫一閨秀嫁醜狀元事，當時甚爲讀者所注意；蓋譴責小說（用魯迅語，見所撰「中國小說史畧」），方風靡一時也。金氏痛詈科舉制度，而以此項故事形容國人迷信科名之甚。其所寫云：

那順治皇帝，天亶聰明，知道中國民情只重科名，不知種族；進了中國，開宗明義第一章就是開科取士。這回殿試取出來的第一名，就是開國第一個狀元了。這開國第一科第一名的狀元，自然與衆不同，格外榮耀。這人是誰呢？在下沒有看過登科記，記不眞切；彷彿是姓房叫國元。當時詞林傳一段佳話，頗足表明全國科名的迷信。原來這房國元當日聽了臚唱，自然照例的披紅簪花，游街歸第，正是玉樓人醉金勒馬嘶的時候，不道這個風聲，一傳十，十傳百，就傳到一個閨秀耳中。這個閨秀的姓名籍貫，一時也記不得，但曉得他平日看見那些小說育詞山歌院本，說到狀元郞，好像個個貌比潘安，才如宋玉，常常心動。這日聽見房國元的消息，又是開國第一個狀元，不曉得如何扮裝玉琢，繡口錦心，不覺一往情深起來。眠思夢想，不到幾個月，就懨懨成病了。閨秀的父母，先原不懂，再三詰問，這閨秀纔告訴爲這個緣故。父母只有此女，溺愛甚深，連忙替他去打聽。誰知不巧，這狀元早有正室了。父母囘來告訴閨秀，原想打斷他這條念頭，誰知那閨秀對父母道：「兒志已定，寧爲狀元妾，不作常人婦的了。」那父母沒法，只好忍了這口氣，託冰人到房國元那裏去說。那狀元聽了，也詫異得很，然感他一點癡情，慨然允了。到了結褵這日，有些好事文人，弄筆吟客，送催妝詩，贈定情賦，傳杏苑之塵談，作玉台之眉史，喧噪一時。閨秀這日也自謂美滿姻緣，神仙眷屬，幾生修到矣！誰知到了晚上，更深客散，狀元送客歸房，那閨秀正在妝台左側，忽見錦幔一掀，走進一個瘦長大漢來，而黑如鑊，眼大如鈴，兩道濃眉，一部長鬚，且痘斑滿面，葱臭逼人！那閨秀大吃一驚，狂喊道：「何處野男兒！」旁邊侍女僕婦都笑道：「這便是狀元郎歸房了！」閨秀這一氣，直氣得三尸出竅，六魄飛天。當時無話，知道自己錯了。等得大家睡靜，哭了一塲，走到床後，不免解下紅羅，投環自盡。列位想，一個人最寶貴的是性命，看那閨秀，只爲了狀元二字，斷送一生！全國人迷信這科名的性質，也就可想而知。性命尚且不顧，那裏有工夫顧得到國家不國家呢？

此段之字，可謂出力描寫，彼時讀者多感興趣。曾孟樸（樸）民國修訂並續撰之本，將此段刪去。（其「修改後要說的幾句話」言其理由：「原書第一囘是楔子，完全是憑空結撰。第二囘發端還是一篇議論，又接敍了一段美人誤嫁醜狀元的故事，仍是楔子的意味，不免有疊床架屋之嫌，所以把他全刪了。」又關於本書之撰着，據云：「金君發起這書，曾做過四五囘。……把繼續這書的責任，全卸到我身上來。我也就老實不客氣的把金君四五囘的原稿，一面點竄塗改，一面進行不息。……前四囘雜糅着金君的原稿不少。即如第一囘的引首詞和一篇駢文，都是照原稿一字未改，其餘部分也是觸處都有，連我自己也弄不清楚誰是誰的。就是現在已修改本裏也還存着一半金君原稿的成分。從第六囘起纔完全是我的作品哩。」金君與本書之關係如此。美人誤嫁醜狀元之一段故事，當是金稿，其間或亦有曾氏點竄塗改之處也。）今惟「曾樸所敍」之「孽海花」通行，「愛自由者（金）發起，東亞病夫（曾）編述」之「孽海花」浸廢，此段文字恐將歸於淹沒，不更爲人道及，以其嘗被重視，故表而出之。

此醜狀元之姓名作「房國元」，蓋以「房」諧「亡」，由其「譴責」之意，可不深論。至其究指何人，若如所云「順治皇帝……進了中國……開國第一個狀元」．當然爲順治三年丙戌科狀元傅以漸。以漸山東聊城人，官至武英殿大學士，爲狀元而宰相者，並無閨秀誤嫁而自殺之事，且其貌非醜，亦與金氏所寫不符也。

其貌之非醜，於何徵之，徵之於清世祖（順治帝）所繪「狀元歸去驢如飛」圖。陳雲笙（代卿）「愼節齋文存」卷上有「御畫恭紀」一篇云：

光緒丙申夏四月，東昌府（聊城縣屬東昌府治，今廢府存縣）學博王君少煒，邀余至相府街傅宅恭閱世祖章皇帝御畫。一綾本山水，峯巒樹石，純是董北苑家法，氣韻之厚，絕非宋元人所能，神品也。一紙本達摩渡江圖，科頭左顧，雙手擁袂向右，赤足踏一葦，衣紋數筆如屈鐵，氣勢飄逸，直逼吳道元，能品也。一絹本青綠，大樹下一人，面如冠玉，微鬚，若四十許人，跨黑衞，二奴夾侍，一執鞭擁驢項而馳，一囘顧若有所語，騎者

狀元宰相賣字

清朝的末科狀元是劉春霖，但他並沒有拜相，傅以漸則以開科狀元大拜，似乎比劉「威風。」結淸朝狀元拜相之局並結中國千年來狀元拜相之局的人，是同治末科狀元陸潤庠。陸是蘇州人，死於民國四年（一九一五年），溥儀的小朝廷謚他爲「文端」。這位「狀元宰相」在民國初年，教「皇帝」讀書之暇，也賣賣字，補助生活，一副對聯只收潤筆三四元，來者不拒。　·**文　如**·

以手扶其肩，即開國殿撰傳祖國以漸也。神采如玉：尤為妙品。上書唐人七絕，末「狀元歸去馬如飛」，「馬」易作「驢」，蓋世祖戲筆也。家傳中謂：相國官翰林時，常乘驢扈蹕，兩奴左右侍，若防傾跌，世祖顧之而笑，因繪圖以賜。相國衣履悉如今式，惟貂冠朱纓無頂戴，蓋國初制尚未定，至雍正十年始加頂戴也。山水上題「順治乙未御筆賜傳以漸。」朱印三：「廣運之寶」，方三寸。一「順治乙未御筆」：長四寸廣一寸二分。一「順治御筆」，方一寸五分。達摩圖題印却同，但無寸五方印。是日同觀者為曹大令倜、孫廣文宗閔、王孝廉維言：暨予猶子新佐。自跋：謹案：章皇帝統一天下，自乙酉入關登極，至是方十有八齡，文德武功：冠絕前古，萬几之暇，娛神丹青：天縱多能，直合顧陸關荊為一手。觀於賜圖蹕路，猶想見君臣相得之樂：千載一時，令人敬慕無已。是日又見傳相國自畫盆景：鳳仙花二本，朱粉閱二百餘年如新：設色工妙絕倫。……

淸世祖以創業之主，兼工六法：斯亦足見一斑。雖頌揚容有逾量，要為善於斯道者；（淸初人記載，如王阮亭「池北偶談」卷十二，談藝云：「康熙丁未上元夜，於禮部尚書王公崇簡青箱堂，獲恭睹世祖章皇帝御筆山水小幅，寫林巒向背水石明晦之狀，眞得宋元人三昧。聖上以武功定天下，萬幾之餘，游藝翰墨，時以奎藻頒賜部院大臣，而胸中丘壑，又有荊關倪黃所不到者，眞天縱也。」卷十三，談藝云：「戊申新正五日，過宋牧仲慈仁寺僧舍，恭覩我世祖章皇帝畫渡水牛，乃赫蹏紙上用紙上螺紋印成之：意態生動，筆墨烘染所不能到：又風竹一幅：上有「廣運之寶。」亦可參閱。）兼知以漸之亦能繪事也。至「狀元歸去驢如飛」：不獨佳畫傳可；且屬大有風趣。畫中之以漸，見謂「面如冠玉」：其非醜狀元可知矣。（世祖六歲在關外即位：翌年甲申即入關，非乙酉也。）張詩舲（祥河）「關隴輿中偶憶編」云：

順治開科狀元為東昌傳祖國（以漸）。相國嘗扈隨聖駕，騎蹇驢歸竹帳，上在高處眺望，摹寫其形狀：戲題云「狀元歸去驢如飛」。畫幅僅二尺許，設色古茂。余道出東昌，登傳氏御書樓。其裔孫傳秋坪前輩（繩勳）出賜件獲觀，恭紀一詩。冗宜采入畫苑為佳話云。可與陳氏所紀同閱。

世祖誠善畫矣，而「狀元歸去驢如飛」圖中之傳以漸，面貌是否畢肖，宜更有旁證。彭羿仁（孫貽）「客舍偶聞」云：

世祖幸閣中，中書盛際斯趨而過，世祖呼使前，跪，熟視之，取筆畫一際斯像，面如錢大，鬚眉畢肖，以示諸臣，咸歎天筆之工。際斯拜伏，乞以賜之，笑而不許，焚之。世祖御筆，每圖大臣像以賜之，羣服天縱之能。蓋畫家的淸世祖，於所繪人物，固具面貌肖眞之特長，且喜為人圖像，使以漸貌果醜陋，斷不繪為「面如冠玉」耳。（其繪盛際斯像，頗似今之所謂「速寫」。）

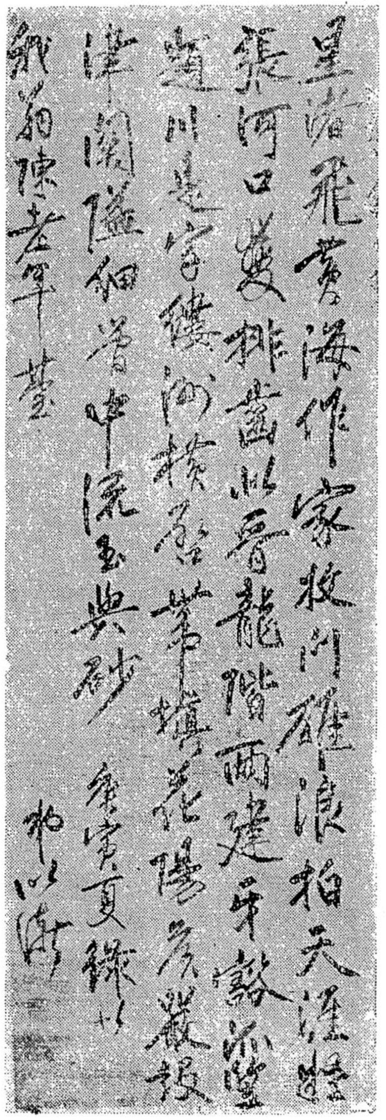

清朝開國狀元傳以漸的字

廣州城隍被斬目擊記

大符

蔣中正於民國二十年春間，施用非法手段，扣留立法院長胡漢民，掀起了國民黨內部發生鉅大的糾紛。就是各派系乘機湊合起來，在廣州召集非常會議，另組國民政府，樹起反蔣旗幟，而與南京蔣政權唱對台戲。實際呢：擺起擂台，進行分贓協商。政潮洶湧，廣東廣州的省市政府，也跟着改組：安插了一批新人。簡又文以省府委員兼任廣州市社會局長；局的高級幹部：從記憶中有：陳仲偉（嶺南大學教授）、陳寶尊（廣州七十二行商報編輯）、涂景元（梁寒操妹夫）、陸丹林（上海中國晚報總編輯）等。我當時與葉茗孫之子少孫，也在該局工作。

當年南京、上海、杭州等市的社會局，都由CC系操縱：專搞黃色工會，勾結資本家壓迫工人與搞特務工作的惡政。廣州市社會局主要工作，是關於工商業、民衆團體、國貨產品、婚姻關係等登記與管理，和有關全市的社會公益事業的興革事項，與京滬杭的截然兩樣。

簡接事後的幾個月，除了日常業務之外，做過兩件較爲突出的新建設。第一是設立工人文化宮，專給單身的男工人做宿舍。宮內除了設置床位之外，還有食堂、書報室、貯物室、洗澡房、日用品供應處、服務處等。第一所修建完成，先行登記的工人，經已搬入居住之後，按照原定計劃，市內分設十處，供應廣大工人尤其手工業、人力車工人等寄宿。怎知不到半年，政局一變，正在規劃中的幾所，中途停頓下來了。

第二，是經過省市政府的決議：設立廣州市提倡國貨委員會：由省建設廳、財政廳、市社會局、公安局、財政局和市商會等單位，派出代表爲委員：而由社會局長綜持其事。總幹事由社會局陸自在兼任，工作人員十餘人，由社會局及合組單位調用。我是辦事人之一：對於該會情況，有許多是身歷目擊的。

廣州市提倡國貨委員會的籌設：是在九·一八的前後；服用國貨、抵制日貨，已成爲舉國一致的呼聲。提倡國貨，除了利用報刊、文字、圖畫、演講、廣告等宣傳之外，還要把國貨精選彙集起來，公開陳列，給社會人們，有所認識。爲了選擇陳列所址，幾經物色研究，才決定把城隍廟全部建築物改造。（比之上海只把天后宮餘屋的改建，更爲徹底）此案經過省市的會議：一致通過，並根據議案：向市民公告。記得其中有幾句的大意是：破除迷信，服用國貨，是愛國人士共同之責，如有造謠生事，破壞阻撓，甘爲敵人利用，定當繩之以法，決不寬宥，勿謂言之不先等語。

城隍廟範圍內，除了寰樂園飲食店暫時保留之外，其他社會寄生蟲在廟內外幹的那些解籤語、賣香燭符咒和醫（不是正式醫生）、卜、星、相及脫雞眼、去墨痣等鋪位攤頭，固定的流動的有一百多。什麽生華陀、張鐵口、哲學大家的帘子，隨風飄揚，目迷五色。改造城隍廟，首先就要把這些有害無益的鋪攤，徹底全部乾淨掃除，是必然的程序。其中有幾家稍爲「聰明」一點，看了佈告，急即在附近找好新址，遷移開檔了。大多數的觀望不前，一再的推宕。初呢：幾次的聯合請願，要求保全鋪攤：以卹民困。繼而到了一再的限期：又公然糾集家屬，甚至爛仔地痞，大哭大罵：倒在地上：裝瘋詐病的抗拒，兇頑的還和執行任務的警察糾纏。搞了五六天．雖然有一部分因爲沒有生意（廟的大殿經已封鎖）而遷出，但頑固的還是一樣的胡鬧。後來警察在通路站崗，除了工作人員之外，其他只許出不許入。同時工務局派工人把鋪攤的上蓋拆除。如此一來，那些張鐵口們才忽忙地把殘攤餘物，收拾而去。

與此同時，土木工人把廟內的全部陳列品掃除，在拆卸牌匾、橫幃、木聯、燈飾、香爐、燭台、元寶罏、高脚牌等東西，告一段落後。工人們有的借口大小便離開現場，有的坐在石級上吸紙烟。對於高高在上的偶像，沒有人上去動手。十分鐘廿分鐘過去了，成了半怠工狀態。他們認爲「城隍老爺」是一省管理陰間的首長，誰要亂動它一下，是會觸霉頭的。國貨會總幹事看出了工人們的迷信心理，他就拿起一柄斧頭，登上神枱，嘩啦一聲，城隍的頭，滾落地上，變了四分五裂的幾塊泥渣了。工人們見了，才異口同聲的說：「大家繼續開工」。於是廟內外所有的泥塑木雕偶像，在半小時內，全部乾淨地一掃而光了。

廟的大殿，依着設計圖式，修理佈置後，改爲國貨陳列所：其它附屬房屋，分爲辦公室、接待室、保管室、職工宿舍等。正廳旁屋，陳列收存的日本貨一部分，陳寶尊把它題名「劣貨攤」。

城隍廟司祝，平日除了香火和租金等大量收入之外，還有一筆特殊的進帳：就是那些辦喪事的人家，爲了出喪或轉運屍棺，都到廟領取路照，說是經過的水陸，鬼怪才不敢阻攔。主要的那黃紙照上蓋有城隍硃印。也有人染了重病：他的家人去領取城隍印憑，供在家中，說是可以鎮壓妖魔的作祟。這樣一來，廟祝靠着這一塊豆腐乾印：斂錢不少。領照的先在廟中燒香加油的申請，繳納一筆領照費（沒有固定數目：由數元而至百數十元），辦理手續。我是親眼看到這一個印的：雖然是銅質，字蹟已經模糊，無從辨識了。可見它不知用了多少歲月，蓋過多少次數的了。簡又文爲了防止廟祝私自把它藏匿：在外招搖。特地命令廟祝把它上繳，由局轉送嶺南大學博物館保存（當時廣州還沒有公立的博物館）。不久，廣東政局又換了一個局面，簡又文卸事後，廣州某些與鬼爲鄰的神棍們，又搞城隍復辟，一批偶像，重新登台，這一個爛銅印，再度成爲斂錢的工具了。

統治與迷信

竹坡

清朝的乾隆皇帝，素有「英主」之稱，但他自己要的是「英明」要人民的是愚昧，這樣纔便於統治。有個御史摸不清他的心事，奏請淘汰僧道。乾隆作詩詠其事云：「頹波日下豈能迴，二氏於今亦可哀。何必闢邪獨泥古，留資畫景與詩材」。於是釋道在清朝並沒有受到淘汰，寺觀之得到保存，也許是乾隆皇帝要留來作爲自己題詩的材料吧。

破除迷信，實在是今日要大力提倡的一件事，只有封建的統治者纔不想破除迷信，尊重此種不良風俗。一九二八年五月一日，蔣介石領導的國民革命軍攻入濟南，因日本軍閥故意製造濟南慘案，山東省政府只得設在泰安。泰安的神廟最多，山東人一向有句俗語「濟南府人全，泰安府神全」：可見其多，然至此時存者亦不及半矣。那時候的革命軍也破除迷信，紛紛入廟打倒神像。但打完之後，並無善後之法，不久，神像又復辟了。原來國民政府在南京成立後，並不想人民進步，最好是永遠迷信下去，「孤乃得高枕無憂焉」。如果人民有進步的思想，則作反矣。終國民政府在大陸之日，廟觀生意無不興隆，此蓋有賴爲政者的提倡也。

「聖殿記」官司

萬·

舊日上海租界時代，凡涉於華洋訴訟者，華人無不吃虧。此由於積弱使然，預知其必爲敗訴，乃至不敢與抗。那新聞界亦然，却有一三日刋之小型報「晶報」，因「聖殿記」一案，爲白人所控告，而打了一個勝仗，是不可以不記。

我先述「晶報」所由來。「晶報」本爲上海「神州日報」的副刋。「神州日報」後經余大雄接辦（按：「神州日報」在民初亦頗有聲譽，當初沈佩貞痛打「神州」汪彭年，爲諸家筆記好材料。彭年號壽臣，皖人，以一九六六年九月十九日死於上海，年已九十。他的兒子汪曉嵩，是香港一位製片家。因「神州日報」向爲皖人之報，而余亦皖人也），而「神州」的銷數亦奄奄一息矣。於是大雄乃從事於副刋，以三日出一紙，所以謂之「晶報」者，以「晶」字乃三個日字所組成，並非有什麼晶明的意義。

余大雄是日本留學生，住日本多年，故能說極流利之日本話，返國以後，即好與上海的文人作交游，尤喜與新聞界中人相欵洽。晶報初創刋時，即注意於社會新聞，他常親出訪問，往往爲各大報所不敢登，不好登，不屑登之新聞，則加以渲染，紀載獨詳。於是大爲人所注目。神州日報本來讀者甚少，但每逢有附刋晶報之日，則銷數獨多。後來「晶報」竟脫離「神州」而獨立，如子女的脫離其父母，而自立門戶了。

以余大雄之勤奮，上海文人好事者的扶掖，此小型之「晶報」，聲譽日起。那時正在軍閥時代，許多名公鉅卿，僑居上海作寓公，怪事既多，笑話百出，都爲「晶報」的好材料。有的是好事者自己寫了有趣味的新聞，送與「晶報」的；有的却只是談話，不形諸文字的；有的必須經訪問再三，始得眞相的。而當時上海還有兩自由職業者：一曰律師，一曰醫生，他們那裏的趣聞特多，余大雄常常奔走其門，時人戲稱之爲「脚編輯」。

「聖殿記」這一場官司，從何而來呢？原來當時有兩位德醫（上海這時的西醫，分兩派，一爲英美派，一爲德日派），黃勝白與龐京周（龐京周亦於一九六六年七月逝世，年七十，以多病故，遺囑以其屍骸，送醫院解剖檢驗）寫了這篇「聖殿記」，送往晶報登載。「聖殿記」上寫些什麼事呢？這還是第一次世界大戰數年以後，有一位德國醫生希米脫，到上海來行醫，他不是普通的醫生，他是施行一種「返老還童術」的。（上海如此翻譯的。）

來了以後，大事宣傳，說是怎樣可以恢復你的青春腺，在性事上即使疲不能興的，也可以生龍活虎，永久不衰。在各報也登有廣告，極盡宣傳的能事，在那時上海這種地方，那種醫術，的確可以吃香。他不但是在文字上宣傳，而且還徵求了上海幾位名人去作義務試驗。據說試驗的共有五人，這五人都是漸漸趨於「性無能」者了。其他三人，不甚著名，但有兩人，一位是上海明星製片公司的鄭正秋，一位是鼎鼎大名的康有爲。他們並不服藥，只是打針，據鄭正秋說：「最初頗也有些效驗，過期却不靈，至於說永久不衰，那只是宣傳上文字了。」可是爲了康先生的打針，這兩位素喜弄筆的青年大夫，却來開一個玩笑，寫了一篇「聖殿記」，竟掀起了軒然大波了。

爲什麼叫「聖殿記」呢？原來康有爲向有聖人之稱，在清末維新時代，康爲了變法，也寫了許多書，如什麼「孔子改制考」之類，對於孔氏學說，多所討論。而一般尊崇孔教者，都不謂然。又以其號曰「長素」，以孔子有素王之稱，而彼乃「長」於「素」王，於是有康聖人之目，實乃譏諷之也。然而「康聖人」這三字，已傳誦人口矣。（清末民初，有很多人稱康爲聖人，因爲他要做教主，人們並爲梁啓超等取名超回、軼賜。）至於這個「殿」字作何解呢？原來這個殿字，古與「臀」

上海「晶報」的

‧羅

通，北方人呼臀為腚，南方人則呼臀為屁股。那就是說這一針是從康聖人的臀部打進去的，文甚幽默，語涉諷刺，康先生大人大物，以為此等小報「吃豆腐」，不去理它，而孰知觸怒了這位德國大醫師。

　希米脫本想以其返老還童醫術，到上海來大展鴻圖，這五位名人，便是他的模特兒。不意有人澆以冷水，觸盡霉頭，於是延請了在上海著名的外國大律師（似為穆安素，抑為遜白克，已不復記得），即向「晶報」起訴：以誹謗罪要賠償損失。這個損失，豈是「小晶報」所賠得起的。（按：小晶報三字，出於上海報販口中，常聽他們在馬路上喊道：「「老申報要哦！小晶報要哦！」」）

　余大雄召集「晶報」友人聚談，有人說：「在租界上與洋人打官司，總是中國人吃虧，「晶報」又沒有掛洋商牌子，不如向律師疏通，道歉了事。」有人說：「希米脫不過借此示威，要開展他的滑頭醫術，我們報上給他說些好話，為他宣傳宣傳，我想也就可以過去了。」余大雄道：「不！我們的晶報雖小，一向以不畏強禦著稱，諸位先生，諸位好友，所以肯援助我們者以此（在晶報投稿者，都不收稿費），許多讀者喜歡看晶報者也以此。有不少大人先生，我們常常嘲弄他，也都是犯而不校，只當我們似小孩子出言不遜一般。現在一個外國滑頭醫生，靠着租界勢力，來威脅我一個小報，我決計抗一抗。況且這篇文字，我們只與南海開一次玩笑，對希米脫也沒有什麼誹謗，南海先生也不計較，他這算什麼？賠償損失，我當然賠不起，關進巡捕房，我自任之，他總不能封我報館。」

　以余大雄之倔強，這官司是打成功了。以他的計謀，因為近來「晶報」銷數蒸蒸日上，但究竟是個小報，人每輕視之，即使有所諷刺，往往以為不屑與較。現在却有一外國人，自命為「高貴」的白人，與之打官司，借此倒可以出出風頭。所以他看定了這場官司，無論是勝訴，無論是敗訴，都可以得上海居民的同情，而與「晶報」是有益的。那時的審判，是屬於會審公廨（俗呼新衙門），是中國一官員與外國一領事會審的（各國領事輪值，法國除外），這時中國律師還未能出庭租界，那種司法制度，眞是馬馬虎虎，莫名其妙的。

　審判的那一天，是英國領事當值，中國方面的會審官，是不是關炯之？可不記得了。原告德國醫生希米脫，和他的律師；被告「晶報」主人余大雄，也有他的朋友陪了他來觀審的。據說寫「聖殿記」的黃麗兩君，還帶了錢來，預備給余大雄交交的（這是民事官司）。其如何控訴，如何辯護，詞繁我不述了。但見中國會審官與英領事，頻頻作耳語商量。後來宣布被告余大雄，賠償原告希米脫損失一元。案遂了結。

　賠償損失一元，這不是可笑的事嗎？這是象徵着原告勝訴而被告已敗訴嗎？抑或暗示着被告已勝訴而原告已敗訴嗎？再說：希米脫所要賠償的是名譽損失，而他的名譽只值一元嗎？所以判決以後，希米脫一路怒吼罵人走出，而「晶報」同人則很為高興。據說：賠償損失，在英國有此判例，是不是杜撰，這有勞於研究英倫的法律學家了。那時，議論紛紜，莫衷一是。有說：租界當局，也知這個德國醫生，不是一個什麼有學問的醫師，只是到上海寳野人頭，但他到底是白人，賠償一元，也佔點面子。有說：此小小官司，發生於第一次世界大戰以後，雖已告和平，而協約國餘憾未息。這個醫生却來此自炫其術，狂吹其牛，耀武揚威，不可一世，也足以使人憎厭呢。

　未幾，希米脫悄然離滬去了，「晶報」則連篇累牘的紀載此事，這一場官司，却增長了千餘份報紙。自此之後，返老還童術在上海無人過問。

厦門日酋澤重信伏誅詳記

老杜

距今三十多年前，厦門可說是日本人的世界。當時中國政府是以「先安內後攘外」爲口號的，因此對日本軍閥的步步進逼，只是事事退讓，不敢哼一聲。厦門密邇台灣，日本人就利用台灣同胞中一些敗類，在厦門營妓院、開賭館、販賣鴉片嗎啡、誘拐婦女兒童，他們又欺壓良善，酗酒鬥毆，故意擾亂治安，惹是生非。只因他們背後有日本人做靠山，市政府只能裝聾作啞，奈何他們不得。老百姓對這些「台灣歹狗」，更是敢怒而不敢言，所以便由着他們把整個厦門鬧得天翻地覆，到處是烏烟瘴氣！

這些「台灣歹狗」，在厦門組織了一個同鄉會，叫做台灣居民會，聘日人澤重信爲囑託（日語顧問）。澤重信綽號「華南土肥原」，是日本和樂山縣人，畢業於台灣警官學校福建語科，精通閩南方言。一九二八年奉派在廣東作間諜活動，一九三二年六月十日調厦門，一九三五年台灣居留民會聘爲囑託。他在厦門籌辦「全閩新報」，欲以辦報作幌子，進行其特務工作，利用其挑撥離間之慣技，一面拉攏失意政客，勾結綠林土匪，一面利用軍閥餘孽，誘餌土豪劣紳，企圖掠奪閩廣。策動當時軍委會討逆軍事特派員杜起雲，登場演出所謂「華南國」的醜劇。事雖無成，但其鬼蜮技倆，却因此暴露無遺。日閥恐怕他搞得不妙，乃於一九三六年被召回台灣，息影一時。

一九三七年金門淪陷，時澤重信任台灣軍司令部囑託，隨軍於十一月廿九日至金門，展開其「日支親善」的毒素宣傳。翌年五月十日，日本海陸空三軍聯合進攻厦門，只三天便全島淪陷！澤重信乃由金門捲土重來，在「海軍司令部」服務，奉命組織「共榮會」。由是青雲直上，於一九三九年升任台灣總督府地方理事官，駐厦門，兼興亞院囑託，「全閩新報」社長，這時他的銜頭已達登峯造極，但死神的陰影，也已跟在他的背後了。

先是，軍統閩南行動組漳州工作站負責人張靜山（惠安崇武人）奉重慶電，令其派員幹掉澤重信。這任務就落在汪宗海與蘇羣英二人肩上。汪蘇二人均曾在華安中美合作訓練所受訓，著有成績。汪宗海又名汪鯤，惠安後汪村人，爲民初民軍首領汪連之子。蘇羣英爲惠安蘇坑鄉人。兩人奉令潛入厦門後，首先要解決的是住宿問題。恰巧蘇羣英有一個族親　爲南洋華僑，在海岸路置有四層樓房一座，因闔家居住南洋，該屋空着，由一位族親蘇選看守。蘇選是個癮君子，又兼年老，南洋接濟中止後，蘇選在厦典借俱盡，這時已到山窮水盡的地步，蘇羣英偕汪鯤往訪，聲言來厦做小本生意，欲借其樓房暫住，月給租金。蘇選大喜。汪蘇搬入後，發現該屋有地窖設備，深符其工作理想，恐蘇選中途變掛下逐客令，乃投其所好，時贈「烏烟土」十塊，每塊重十兩，蘇選深爲感激，反恐汪蘇他遷，極力挽留。汪蘇二人求之不得，却還假說待找到妥處後，即將他遷。

自此以後，汪鯤天天喬裝小販，挑了水果担到全閩新報社門口叫賣；蘇羣英則假裝閱報，在報社掛出的報欄前徘徊閱讀，及附近茶室閑坐。如此一連五六天，還沒有發現澤重信的蹤跡。其實即使發現，他倆也是不認識的。何况澤重信身兼數職，辦公無一定時間，也無一定地點，在報社門口死等，也不是辦法，於是改變策畧，由蘇羣英出入各舞廳夜總會，結識舞廳經理夥計，藉偵澤重信行蹤。

原來澤重信生活糜爛，常和一班漢奸走狗，出入舞場咖啡廳。皇天不負有心人，蘇羣英果於十月廿四日，在蝴蝶舞廳獲得情報：「澤重信將於廿六日星期天，與「聞人」黃仲康，在大中路喜樂咖啡廳聚餐。應邀作陪的有「華南日報」社長林廷谷，「商會主席」林洪朝等。原來澤重信新近升任「台灣總督府地方理事官」，並獎賞勳七位，所以羣奸擇定是日為其設宴慶祝。

蘇羣英獲得情報後，即與汪鯤議妥，蘇負責跟蹤，通報消息；汪則執行行動任務。是日上午八時，汪先在喜樂咖啡廳前的茶攤飲茶等候，蘇則進內與舞女胡混。擬俟羣奸齊集後，給他們來個一網打盡。蘇羣英在喜樂咖啡廳裏繞了一圈出來，就在附近徘徊，至十時再進入獨自小酌。就這樣一等等到正午十二時，還不見有一個鬼影前來；深恐情報失實；遂到茶攤前向汪鯤使了個眼色，急往各處舞廳酒樓偵查，終於在蝴蝶舞廳看到澤重信，正和鄭德銘，林洪朝，林廷谷等，在摟着舞女跳舞哩；舞興正濃，所以誤了到「喜樂」聚餐的時間，蘇羣英見澤重信穿着「灰色秋絨西裝」，急密告汪鯤，並囑汪鯤退出，在外面茶攤等候，蘇羣英則仍入舞廳，藉以監視。

直到下午二時許，澤重信才覺舞倦。乃挽舞女林淑珍外出。欲邀林淑珍同往思明戲院看電影，林不願往，澤重信乃招呼林廷谷同往，汪即尾隨而去。不料澤與林至戲院前，因見思明戲院是場係招待艦隊上陸官兵，經已滿座，乃轉身往對面華南日報社（原為江聲報社）。汪本擬入戲院做事，見澤等不入而轉往報社內；只得立在報欄前，假裝看報。過了十多分鐘，澤與林又由華南報社走出，直趨思明西路，折入大中路，擬入喜樂咖啡廳。時咖啡廳正播出「櫻花」歌聲，幾個日本水兵；探首窗外，看到澤重信，個個揮手招呼。汪鯤恐其進入喜樂後，難於下手，決定在馬路上把他幹掉。於是把鴨舌帽放低．遮蓋前額．口啣大手帕一條，以遮下顎，然後拔出手槍，咬緊牙關，向澤重信連發兩槍，一中胸部，一中脇下。澤重信立即應彈倒地，林廷谷拔脚狂奔，大呼救命。汪鯤從容鎮定，恐不中要害，又奔上去在澤重信頭部加上一彈，澤重信就此嗚呼了。

日水兵在咖啡廳裏聞到槍聲，大嘩追出．人聲嘈雜。汪鯤朝天開槍兩响，想不到這些「大和魂」的「皇軍」，竟嚇得像烏龜般又縮入咖啡廳裏去。汪鯤遂得從容逃脫。由待人巷（應作刣人巷，刣者，閩語殺也）轉入思明西路，在思明西路，汪鯤迎面碰到十來個僞警，手執木棍。汪急呼：「游擊隊在海口登陸了！」僞警信以為眞；個個挾着尾巴走了。汪乃叫來一部黃包車，回海岸路寓所去。

早在九月十二日，日本陸軍特務機關長田村豐榮，就被同安人鄭穆生和惠安人周水生擊斃了。日酋及漢奸頭子人人自危，戒備森嚴，出入皆有保鑣。澤重信自也沒有例外，但因此日羣奸為其慶賀陞官受勳，興奮過度，竟致得意忘形，忘記帶了護衛．而罹此禍！眞是「閻王注定三更死，誰敢留人到五更」了。

事發後；日人立即斷絕厦鼓交通，動員全部軍警，施行特別戒嚴。挨戶搜查，就是日本僑民住宅，也不能倖免。又發出十萬元大賞格，緝拿兇手。一連十多天，遇有形跡可疑；或形體相似的人，都被逮捕，加以酷刑。被捕者達三百餘人，刑斃近百，傷者倍之；但始終捉不到汪鯤！被刑斃的百人中，包括數名日本人。這是因為田村豐榮的妻子，為日本貴族，疑其丈夫之被謀殺；係海軍假手於中國人。原來當時日本海陸軍在厦門爭權甚烈，田村之妻遂將往日與其夫有嫌隙之日人，要求軍部加以逮捕，而被刑斃。

蘇羣英於案發後，即潛返內地。汪鯤匿居海岸路蘇宅地下室；達十多天。他先令蘇選出外遊玩，將門反鎖，以示屋中無人。地下室因無人居住，塵埃遍地，汪鯤手執手槍，準備於必要時，與敵人同歸於盡。日憲兵亦曾一度光顧，撬開門鎖進入。汪鯤聞皮鞋篤篤聲，正擬先發制人，開槍射擊。但日憲兵見四壁蛛網密佈，塵埃遍地，遂不顧而去。此十多天中，汪鯤全靠預先準備乾糧度日。至十一月六日晚，乃潛出。冒險渡海至鼓浪嶼，瞥見三坵田海面有舢舨一葉，乃解纜登舟，搖向嵩嶼，中途被檢查哨發現，探照燈大明，有人駕舟追來。汪鯤只得棄舟跳海，泅至嵩嶼，雖云脫險，但已筋疲力盡矣！

外史

盧·

中國最老的一家銀行

中國通商銀行，開辦年月，手中無參攷資料，所以說不出，可能是第一間中國自己創辦的銀行，成立期間約在光緒中葉在招商局後，第一任的經理謝綸輝，寧波人，錢莊出身，內部分兩部份，一部華賬部，完全舊式賬簿，一部洋賬部，完全洋式簿記，以便與外商交易，此部有洋職員五人，職位高低不詳，尤怪者，通商是外灘銀行（洋商銀行統稱外灘銀行）會員，後來中交兩行成立，反而不能做外灘銀行會員，他與漢冶萍、招商局等，同一命運，有好的基礎，而不善運用，不求改進，日走下坡，後來因爲有發行鈔票權的關係，由國民政府收歸國營，成爲小四行之一，杜月笙就是末期的董事長，在民國十四年期間傅筱菴會做過經理。

一家異想天開而成立的銀行

王伯元，寗波人，是匯票掮客（即經紀）出身，與上海匯豐銀行買辦很相熟，上海外灘銀行規矩，每天早晨先令、標金歸匯豐掛牌，當然買辦先知道，而王又從買辦處先得消息，比對昨日行市，從中得點利潤，日子長久，雖不大富，亦成小康，但人心不足，也是常理，忽然得到消息，有人以中國墾業銀行名字，向北洋政府財政部註冊，並有發行鈔票權，而時代的申請人無力開辦，王就異想天開，想過過總經理癮，同時匯豐買辦告訴他，洋經理說，標金會大漲特漲，可漲到某種程度。他心中大喜，預備大大的做一下多頭，但他是做先令、標金老行家，知道不會一直上漲的，其間必有上上落落，如果在外間，消息多，心容易活動，可能錢沒有賺到，反而虧本，都有可能，他就大做一筆多頭。回家後，他連房門也不出，報也不看，電話也不接，就對家人說，標金跌到什麼行市，或者漲到什麼行市，才來告訴我，平時漲跌不必告訴我。經過若干時日，其中漲漲跌跌，家人都不告訴他，一日果然漲到最高點，達到他的願望，家人馬上告訴他，他就出來了，一算賺的很多，於是就辦墾業銀行，因爲有錢，朋友更相信他，股欵、存欵都來了，於是乎蓋了一座墾業大樓。居然成爲上海一家大銀行了。國民政府改行法幣，所有有發行權的銀行，一概取消，歸中央銀行一家發行，像墾業已發行的鈔票，由政府代他收回，政府派人接管，成小四行之一。不過他還是總經理，還是股東，墾業沒有外滙，全是地產，王本人也無外滙，就是有也很少。人民政府成立，他也狼狽來香港，聽說他有一位小姐在聯合國做事，所以他去美國。曾經有入問過他，假如那時標金跌到你的限度，你將如何，王答說道：「只有跳黃浦江了。」

第一間買中國公債的銀行

江浙巨紳張謇湯壽潛等人。提議開辦上海到杭州鐵路，向民間招股，當時政府主張國營，不贊同民營（因有滬寗、滬杭甬與英國借欵築路的合約關係），但收到股欵距離築路所需甚遠，後來由發起人將這筆欵，開辦浙江興業銀行，總行設在上海，以葉葵初做總經理，一直到一九四九年四月逝世爲止。民國初年政府發行六厘公債，未能如期發息，所以跌到二三折，葉間接建議政府按時發息，慢慢的抽籤還本，爲將來再發公債作想，他就向市面收購，果然政府按期發息，並抽籤還本，大獲其利。初時知道的人不多，後來連私人也投資買進，很多人都發了財。過後若干年，中國公債市塲頗大，葉對這件事是有「貢獻」的。中國銀行股票，票面每股壹百元，官息六厘，市價跌得很低，可能是四折，興業也向市面收購。財政部曾拿官股股票，向興業銀行押欵，因每年官利照發，後漲至六折上下，有一段很長時間，因有上述的關係，興業始終是中國銀行董事。光緒末年趙爾巽做奉天將軍（尚未改行省）時，葉在趙手下，管奉天財政，一時有理財家之名。其人極精明，事無巨細，多親自處理，該行全體行員待遇很菲薄，可是葉自己待遇也很低，倒是以身作則，據說興業沒有外滙，但是上海房產很多，葉雖做總經理多年，並無多錢，也無外滙，所以人民政府成立，該行沒有人由大陸逃來香港。香港只有戰後才設立一家支行而已。（編者按：葉是進士出身，精目錄之學，藏書極富。）

最富的一家銀行

浙江實業銀行，總行在杭州，上海原是一家分行，後改爲總行，杭州行反變爲分行。總經理李銘，字馥蓀，（按：此人於本年十月死於香港，年八十。）盧學溥、曾鎔甫都做過常務董事，據說該行市面上放欵並不多，多數變成美金買美國股票，有人說是第一家中國的銀行做美股，現在估計資產約爲兩億美金。當日本軍控制上海時，李未離開上海，到了汪僞政權成立，周佛海要敲他的竹槓，綁他的票，那時雖住在租界，但毫無保障，李不得已，找人向周說項，後來周答應讓他離開上海，他乘最後的一班總統公司的船去美國。那時候汪政權尚未收回上海的租界，到了一九四一年十二月八日，日閥發動對英美戰爭，美國船才不能來遠東。勝利後，李方才回上海。一九四八年，國民政府改發金元券，浙江實業因爲外滙多，亦頗受「垂青」。一九四八年該行在香港設一辦事處，一九六四年與日本第一銀行合作，改爲浙江第一銀行，在香港政府註册。

銀行

·醇

中央銀行之成立

民國十六年（一九二七）革命軍北伐成功，還都南京，國民政府擬開辦中央銀行，命周佩箴等爲籌備員，但久久基金無着，未能開辦：當時財政部長是宋子文，就自兼中央銀行總裁，調周佩箴爲杭州造幣廠廠長，周曾經做過通運公司管賬，通運公司是張靜江開的，總公司在巴黎，美國、約是分公司，上海也是分公司，周是上海公司的管賬。蔣介石未發跡的時候，常向張靜江通融欵項，張一點頭，蔣就到通運公司向周伸手，因此與周很熟。初時叫他籌備中央銀行，因他不內行，沒有辦成，因而調杭州造幣廠，這完全是照應意思。宋兼中央銀行總裁，最初並沒有什麽好辦法，這時候，財政部派顧貽穀等前往北京接收舊財政部檔案，發見稅務司保管的庚子賠欵中有德奧賠欵，因爲第一次世界大戰，德奧都是戰敗國，無需再付賠欵，顧立即向宋報告，並建議以德奧賠欵擔保，發行公債（庚子賠欵，是按期扣還，一次只扣還一部份），宋贊成以此爲中央銀行基金，遂定名十七年短期公債，總額二千萬元，擔保實在，還欵期短，認購者甚多，四明銀行孫衡甫首先認購九百萬元，中央銀行由此成立。顧貽穀有此功勞，就做央行的業務局總經理。央行開辦之初，完全做成一個銀行的銀行，省會及大商埠方設分支行，民國二十四年（一九三五）改法幣，停止兌換銀元，紋銀及所鑄銀元皆由政府收買，不得私藏及行使。

拿愛情交換情報

英國女間諜仙荻亞的浪漫史

洛生譯

「誰呀？」他問。仙荻亞只告訴接線生她是里雅士的舊友，想跟他說幾句話。「你的金色女郎呀！」她說：「我現在在華盛頓，很想見見你，不知你有沒有功夫見我。」

電話線的另一端的聲音停頓了一會，然後那個上將再說話。他的詞語生硬，說得很慢，顯見不像是和一個老朋友說話的聲調。仙荻亞聽了，已經冷了半截。

「不」，他語氣非常堅决，「我認爲這不可能。親愛的，你看，我們現在是敵人了，——最低限度我的國家和你的丈夫。還是等待戰事完了才說吧。」

數日後，仙荻亞在她華盛頓的家裏呆着，電話忽然响了，她拿起聽筒。

「誰呀？」

「我是阿爾拔杜呀」，話筒發出這意想不到的回答，「我把我們上次的對話研究了很久，現在我們可以見面了，不過一定不能給別人知道。」

「這很好，明晚飯後來我這裏吧，我的女僕要外出，屋子只剩下我一個人。」

第二晚，剛剛過了九點，上將便來了。「你仍是我的金色女郎，一點也沒有改變，」他說。

他用伸張着的兩臂去迎接她，然後在她雙頰吻了一下，仙荻亞沒有避開他雙臂的擁抱。

「你看來也沒有變了很多」，她說：「仍然那麽的豪氣和對女性小心！」這時候，里雅士上將已快六十歲了，但他看起來年輕得多。

她把手臂穿在他的臂環內，然後說：「進來坐吧，告訴我關於你的一切，我們好久不見面了，最後見你的一次，大約是我的婚禮吧。」

客廳裏，擺着一枝上好的紅酒和兩隻酒杯，他們很快就談得很熱絡，而且互相向對方乾杯，以後，他們有規律地見面，每星期兩次或三次。

上將談及許多關於意大利的事情，他認爲意大利和美國在外交上有隔膜存在，是一件憾事，他喜愛美國，而且和一個美國人結了婚。

他的妻子替他養了兩個孩子，但他告訴仙荻亞，他從未愛過他。但對他來說，他夫婦兩人很相稱，並且非常合適。

通常一個結了婚的男人，都會告訴他的情婦他的婚姻不和諧。嚴格來說，仙荻亞並不是他的情婦，雖然他若有所要求，她也會在情形的需要下答應他的。

她告訴我：「男人所需要的東西，在不同的環境下是會不同的，我的工作是隨時隨地做他們喜歡的事，使他們快樂和舒服，而最重要的，使他們向我露心頭的秘密。通常，阿爾拔杜和我會一齊坐在梳化椅上，或躺在我的床上，他會緊緊的抱着我，吻我和愛撫我，然後喃喃地說我是他在美國唯一能找回的東西。我們肉體上的接觸，只限於此。他是個感情非常豐富和容易傷感的男人，他到了這麽大年紀，對他以往的一切感到非常遺憾。」

仙荻亞向駐在紐約的莊尼報告她和上將的情形後，她的第二個任務，是設法獲得倫敦所特別需要的一個明確消息，原來她要取的是一條開暗碼櫥的鎖鑰，這暗碼被收藏在這位海軍武官的工作間。

上將出賣祖國

仙荻亞決定一有機會，就向阿爾拔杜打探。幾天後，她的機會來了。當日，上將來到她家，要送她一件他非常寶貴的東西，他說完，拿出了一個意大利工匠製造的小銀匣，手工非常精緻。仙荻亞接過後，向他道謝，然後說她也會好好的寶愛這件紀念品，正如她寶愛阿爾拔杜對她的愛一樣。

她跟着說：「但另外一件東西是你能給我的，如果我不是更愛它的話，至少是同樣的愛。」

「親愛的，什麽東西？」

她把頭枕在他的肩膊上，然後用最媚人的聲調，說出她其實最需要的東西，然後說了個謊話，說她要將這暗碼交給她在美國海軍情報局的朋友。「這對我美國的朋友將是個莫大的幫助，而且，我敢說，對意大利的前途也一樣有用。」

阿爾拔杜凝視着仙荻亞，好久說不出一句話，他的內心似乎在經歷一塲鬥爭。最後，他說話了。

「我會設法替你弄到，你需要什麽，我都會爲你赴湯蹈火，萬死不辭，但是時間不多了。」

仙荻亞不明他爲何會說最後這幾個字，但她知道局勢一定很緊急，她不得不注意他面上隱隱的憂容。

數日後的一個下午，他們正躺在床上，上將的面色很不好 他差不多要哭出來。

「什麽事呀？」她問，「你一定有些心事，讓我替你解决它吧。」

「我剛接到從羅馬下來的命令，要我把所有停泊在美國海港的商船破壞。」

他跟着解釋這些船隻已有一個時期被凍結，因爲船主知道他們不能破除英國對歐洲的封鎖。墨索里尼已曉得美國遲早會在大戰中助英國一事，所以，與其留下這些意大利船隻給盟軍，倒不如吩咐里雅士把它們炸掉。

上將告訴仙荻亞，泊在維吉尼亞和諾福的五艘船隻，它們的機器房將被裝上計時炸彈，然後炸沉。他又說明全部過程的進行，連雷管的安裝位置都告訴她。

仙荻亞後來告訴我：「你不會意料一個男人要告訴他女朋友的，原來是這樣的消息，但這類消息却正是我所要的，我幾乎不相信我的耳朵。」

阿爾拔杜說完這些話，他站起身，走進浴室。不久他走出來，面色看來更焦慮了。他說：剛才在浴室偶然望出去，見到兩個形跡可疑的男子在屋子面前徘徊。

「我肯定他們是聯邦調查局的人，他們的頭子胡佛先生大概懷疑我有什麽不軌行動，所以派他們來捉我。你一定帶我離開這裏，如果我一旦返回我的大使館，我便會安全無事的了。」

仙荻亞看見他這副驚悸的面容，不禁有幾分可憐他，她知道若要救他出去，她一定要敏捷些才行。忽然，門鈴響了，跟着有人大力敲門。

「快點！快點！」他焦急地說。

門鈴繼續響，事不宜遲，仙荻亞立刻帶他到屋後，上了屋頂。她指出一條他可以跳下去的小巷，然後通往第二條街的路線。

前門的鈴一直在響，拍門聲也更大了，但仙荻亞毫不理會，這些密探無奈，終於走開了。一待他們走開，她卽刻衝向電話機，搖電話給在紐約的莊尼。但她太遲了，不能阻止這些船隻的被毁，美國當局命令里雅士上將馬上回國。

里雅士在電話中，告訴仙荻亞這樁事，問她可否往紐約陪他最後一晚。於是，她陪他搭火車到紐約，雙雙走進一家旅館。當房中只得他們兩人時，他跟以往一樣的抱吻她，但沒有作進一步的要求。當他外出，仙荻亞將他每件行李檢查得一淸二楚，對每樣的顏色和大小，和鎖頭的形式一一記錄起來，這是她英國上司所需要的資料。本來，英國計劃當他搭的那艘中立船到達伯慕達時，製造些藉口，扣留他一個短時期，然後趁此機會搜他的行李箱。

（二・未完待續）

張謇日記鈔（十六）

張謇遺著

光緒二十三年（公元一八九七年）歲在丁酉年四十五

正月

一日。兄弟率家人詣家廟行禮。午後理卷報。
三日。分遣各路卷報。
五日。與三兄及內子往通州。
六日。金沙祭高曾祖墓。西亭祭祖墓。祭宋蓬山先生墓。
七日。三姓街祭宗祠始祖。
八日。通州祭先考妣墓。午後燕客。
九日。謁聖廟。伺應賀客。
十日。謝客。溯曉行。河凍，中路止宿。
十一日。夜至二甲。午前皆敲冰而行。
十二日。抵家。料理屋宇。
十三日。戚友漸至。
十五日。叔兄命從子親迎於沈氏，燕主客諸君。
十七日。行焚黃禮。
十八日。小雨、雪。
二十日。客散畧盡。
二十一日。曼容歸省。
二十二日。向晚啓行，之東臺。
二十三日。由于氏經石港，晤蘭賓，議掘港振，吳氏、梁氏置酒。
二十四日。詣金子義運判，說掘港振，得立卿訊，知隄外極貧之戶三百餘家，與顧生愼夔之言合，得潘保之訊。議豐利災振，蓋民之顚連而無告也，聞一可以冀幸請命之地，羣屬之矣。
二十五日。順風，經如皋，健庵來舟相晤，夜抵柴灣。舟中有詩。
二十六日。至海安，過壩易小舟，戌刻至東臺。泊三昧寺前。同年上虞杜伯勰大令，司鹺捐於此，寺卽鹺局所寓。晤謝子林。
二十七日。移寓鹺局，拜客，時運判爲沈子承曾棨，乙龕同叔同年之兄也，以往揚州未直。子林置酒。
二十八日。夘初起，候輿夫，至辰初始至，祇謁外祖父母塋，塋在北關橋外四里許東舍金家垞，以十枚番錢盡包金氏之墳，土人謂累土於墓爲包墳也。有外祖父母塋志哀詩。伯勰置酒。午正解纜，亥正抵海安，過壩。

東臺謁外祖父母塋志哀

曉出北關橋，萬塚荒纍纍，微雨勢初止，野風寒正吹。啓輿問遠近，約畧四里差。回溝抱陛角，金氏塋在茲。塋凡十有三，圜列喻半規。我外王父母，居中獨崔巍。陳牲禮再拜，口默心致辭。孫年八九齡，聞母在室時，外王父先卒，門戶王母支，道光中歲後，五歲三苦飢，亦有舅七人，各有婦嬰婗。棘棘不相保，角張自營爲。王母慟失明，與母窮相依。母以十指血，易稻供饘糜。自屑豆蔬敹，雜以鹽之虀。

王母偶啜嘗，撫母淚交頤，謂兒十分苦，兒苦蒼天知。自母歸府君，歲月有遺貽，豈得甚甘好，故亦窘錢貲。自王母之卒，母心蓄沈悲，望孫早樹立，挈孫瑩前來，嗚呼母不待，孫亦實不才，悠悠十六年，始得瞻天墀，又以府君恤，復爾三年遲。今日一尊奠，母也寧見之。母既不獲見，九鼎皆塵錙。飄飄紙錢燼，爛爛宮錦衣，紛紛路旁人，煢煢人間兒。

（按：以下各詩，皆書於二十五日日記眉頁上。）

東城

濶絕東城路，分明七載前，西流春漲減；北轉午風偏。驟暖裘知重；仍晴草欲妍。故應鄉國好，行李尚年年。

病齒訊曼容所患

上池輸濶遽失職，右輔煩煎殊苦人。欹枕拄頤成獨笑，丈夫底事效卿顰。

過剛必折相貽戒，蒨君有爲卿庶幾。短什牙堪誦否？不然叩齒驗靈飛。（靈飛經，平旦東向坐叩齒三十六通，導引家之言也，庚寅應禮部試，臨場齒大痛，有令趺坐叩三百六十通者，不效，倍而減，再倍而平，行之三日乃愈。）（按：「張季子九錄」詩錄，此詩題作「病齒示家人」，亦無此自注。）

二十九日。至如皋，詣健庵，晤君謀、闓樨，留宿健庵宅。

二月

一日。謁客。健庵置酒，張生樹屏（藩）以弟子禮見，健庵介紹也。申正啓行，過學宮時，慨然憶辛未、壬申、癸酉年事，蓋自辛未被繫於學宮，已二十七年。有重過如臯學宮書。

重過如臯學宮

泮林烟樹映池菭，衕舍陰陰樹底開。胥吏宅多三世易；校官碑又幾人來。蘇春庭草猶堪跡；認客巢禽本不猜。身世難忘桑下宿，恩讎何處溺餘灰。

五日。聘耆來電云：起復不到院有礙，代假不行。

七日。復京電，並與聘耆訊，言所以不去之故。

十二日。得聘耆續催之電。

十三日。復聘耆電，仍明不去本意。

十八日。與內子同至上海，同行者書藏，登叔及登叔夫人也。

十九日。寅正開船，午初抵上海，寓後馬路連元棧，內子寓登叔家。

二十一日。雨。晤何眉孫、汪穰卿，始識嘉興許少齋。

二十二日。雨。晤盛杏生宣懷。

二十三日。雨。

二十四日。雨。同書藏、敬夫、立卿、一山至潘、郭會議，定三月內集二十萬造廠。

二十五日。雨。

二十六日。雨。

二十七日。木齋、杏生，愛蒼置酒皆不赴，立刻附江寬船。

二十八日。丑正開行。

二十九日。到江寧，與內子乘馬車進城，易輿之院。

三十日。與惲莘老訊。太夷來談。

黃生母龔媼葬銘

歲甲午，銘黃翁，賢其子，溯所從，翁再娶，繼氏龔，佐治田，作上農，仁以儉，一始終。詩論語，孝經通，以訓子，槃諸蒙，斥佛老，孔子宗。成子儒，布衣雄，不祿仕，無怨恫，年七九，命弗融。內申歲，月孟冬，日已丑，丁禺中，逮六旬，葬合封，左有川，亘青龍，茲爲銘，疇義同。

家廟落成祝文

古惟大夫始立廟，祿可及於先人；禮以小宗爲別支，義許申其私愛。某、秉承懿訓，叨別仕途，祇考朝章，得營家廟。慶落成於堂室，修祀事於牲牢。烏乎，本源有自，敢忘積累章苦之遺，精氣相依，曷勝陟降悽愴之感。

洪憲紀事詩本事簿注

劉成禺遺著

故九條散龍袍，劉鴻聲得之。後鴻聲在滬演劇，龍袍特色，驕視同輩，不知却洪憲皇帝散氣之御袍也。壽戲演畢，人給銀元二百元。孫菊仙云：「我自內廷供奉老佛爺以來，眼中只見過銀兩，並未見過銀元。我做皇帝賞你兩百銀元，眞是程咬金坐瓦崗寨，大叫一聲，大風到了，暴發富小子，不值一笑。」乃將二百銀元，沿途漏落，至新華門，而二百元盡矣。菊仙歸告人曰：「袁頭銀洋皆落地矣。」有傳爲譚鑫培遺事者，姑存其說，不論誰何，均可表達京戲演員對世凱之輕視也。按昇平署志檔案年表，孫菊仙鬚生，年四十歲，光緒十二年供奉。庚子事變赴滬，二十年未歸。菊仙本滿籍文生，後入梨園。庚子年在滬，曾見其演二聖蒙難，開演親題絕句於座壁，有「櫛風沐雨上長安，長安雖好不爲家」等句，洵文士也。（錄後孫公園雜錄）

遜伯注：詆毀孫黃兩書，據張一麐與筆者談，實際只印五百冊，所云十萬者，是經手人張大其詞，而中飽報銷耳。張廣建，字勳伯，安徽合肥人，老官僚，甘肅都督兼民政長。昇平署，沿自明代教坊司，清雍正七年改爲和聲署，幾經變易，道光七年定名昇平署，至淸末宣統三年，歷年八十五，是淸廷內部管理戲劇藝人之機構。劉著謂孫菊仙於庚子事變赴滬，二十年未歸。此語不確。按庚子年是一九〇〇年，袁世凱死於一九一六年，計時前後只隔十七年。袁世凱此次做生日，是一九一五年秋間，距庚子只有十六年，則劉說孫二十年未歸一語，似有疑問，因與年數不符。特爲指出，以供參攷。

盛時絃管舞臺春，一闋安天跡已陳；今日重逢諸弟子，念家山破屬何人？

北京第一舞臺，爲新劇場之鉅擘。安天會一劇，極度鋪張。時黎元洪已被置瀛臺，孫黃已遠避日美。世凱帝制自爲，以爲天下莫予毒也矣。乃撰新安天會劇，盡取第一舞臺演安天會子弟排演之。藝成於世凱生日，開廣讌於南海，京中文武外賓皆觀劇。先演盜函，次演新安天會。劇中情節爲孫悟空大鬧天宮，後逃歸水簾洞，天兵天將十二金甲神人，圍困水簾洞，孫悟空又縱一跟斗雲逃往東勝神洲，擾亂中國，號稱天蓬大聖仙府逸人，化爲八字鬚，兩角上捲，以東方德國威廉第二自命，形相狀態，影射孫中山也。其中軍官爲黃風大王，肥步蹣跚，影射黃克强，惡毒之至。其先鋒官爲獨木將軍，滿頭戴李花白面少年，容貌俊秀，影射江西都督李烈鈞。前鋒左右二將，一爲刁鑽古怪，虎頭豹眼，一爲古怪刁鑽，白鼻黑頭，當時李烈鈞守九江、馬當之二將也。玉皇大帝一日登殿，見東勝神洲之震旦古國，殺氣騰騰，生民塗炭，派值日星官下視，歸奏紅雲殿前，謂弼馬温逃逸下界。又調集嘍囉，覇佔該土，努力作亂。玉皇大怒，詔令廣德星君下凡，掃除惡魔，降生陳州府，應天順人，君臨諸夏，其部下名將，有大將軍馮異、桓侯張飛、通猿背李廣、忠武王曹彬，一戰而弼馬温猴頭縱一跟斗雲十萬八千里，逃往瀛洲蓬萊三島，現出原身，再戰而中軍官現出原身，乃一肥胖獨角猪，前爪缺一指，向泥中將嘴一拱，借土遁而去，三戰而先鋒官化爲前脚狼狗，四足騰空，乘大風避往南洋羣島，刁鑽古怪長叫一聲，化爲一隻跛脚白額虎，奔入長林豐草中。古怪刁鑽，變化不來，叩頭乞命，班師回朝，俘牽受降。文武百官羣上聖天子平南頌，歌功媚德。劇之末幕，更有異想天開之怪舉，諂媚無恥，極度惡毒。幕中佈景，海天湧波，明月當空，孤島沉寂，照見一人，坐盤石上，高唱懷鄉自歎人一曲，其詞曰：小生姓口名口，廣東口口人氏。向來學醫爲業，奔走海外，誘惑華僑。中國多事，潛入國門，竊得總統一名。今日身世悽涼，家鄉萬里，仰看一輪明月，豈不慘殺人也。全詞荒謬，有類夢話。時黎元洪被演，位在前排第一座，上將軍段芝貴走近黎旁，問黎曰：「副總統這戲唱得好麽？」黎答曰：「我全不懂得，不知所唱何戲？」段曰：「副總統不懂戲，台上化裝的人，應該認得。」黎曰：「我耳聾眼瞎，教我如何看得見。」世凱死，民國恢復後，予赴北京，向黎談及此劇。黎曰：「當時我雖裝聾裝瞎，到是袁蔚亭今求唱一曲對月懷鄉自歎，而不可得矣。我現在已是瞎子回光復明，比較蔚亭閉眼長眠，尚能談瞎不瞎乎？」予曰：「諺有云，不癡不聾，不能作阿姑阿翁；不瞎不聾，不能作大總統。」黎曰：「只要有飯大家吃，我做個瞎總統也好。」（錄後孫公園雜錄）

遜伯注：副總統兼湖北都督黎元洪，於民國二年十二月八日，由袁世凱派段祺瑞到武漢迎之北上，黎派都督府參謀長金永炎代理都督。黎在入京途中，袁即下令以段祺瑞兼代湖北都督，時人謂之「覇王請客」。黎抵京後，袁安排黎住在瀛台，警衛由袁派，名爲警衛，實則監視。每日前往謁黎者數十人，表面上雖曰瞻聆風采偉論，實則受命於袁借此而來探詢政治思想。所謂瀛台，即昔年慈禧悍后囚禁光緒帝原址。兩相對比，袁世凱陰謀，則可知矣。民國三年二月一日（距黎離鄂入京，只有三星期。）袁世凱任命段芝貴署湖北都督。辛亥革命，武昌起義，湖北大都督黎元洪，幹了兩年多，至此去職矣。黎住瀛台，沉默寡言，鬱鬱不歡。民國三年九月，託詞夫人有病，瀛台過於寒冷，不適病體。袁攷慮再三，始同意黎遷居東廠胡同一號，此屋係袁贈與黎者，等於仍在袁樊籠中也。袁死，黎繼任大總統，經常與人說：「有飯大家吃」。味其言，表面上似屬不想一派一系包攬政權，實際是屬於分贓辦法，討好別系而已。如將此語畧爲一轉，改作「大家有飯吃」，才是好辦法，也就是廣大人民不致有捱餓。黎元洪對政治缺乏才具，頭腦簡單，於此可見。

伍浩官畫像

伍浩官名秉鑑，是廣州十三行怡和行東主，著名富戶也。他生於乾隆三十四年（一七六九），死道光廿三年（一八四三），年七十五。浩官不是士大夫階級，而是國際貿易商，捐了一個候補道，加二品銜戴紅頂子。此像（參看封面）是英國著名人像畫師錢納利（G. Chinner/ 1774—1852死後葬澳門）徊東印度公司駐廣州的總裁蒲勞頓所寫，於一八三一年寄往倫敦參加皇家美術會展覽的。伍家於光緒年間失敗，在西關的大厦，拆爲平地，分段出售，闢爲富善街，我家居此。

·西鳳·

釧影樓回憶錄

天笑

小考是先從縣試起的，所謂縣試，便是先從縣裏考試，主試的便是縣官。縣試畢後，便是府試，主試的便是知府。縣試、府試考過以後，便是學台來考試了，名曰院試（俗稱道考）。這一次考取了，方算是一名秀才，然後才可以去鄉試，鄉試中式了，成了一名舉人後，又可以去會試，一直到殿試。從前舉世所豔稱的狀元，就是以秀才爲始基。

爲了下半年小考問題，家庭中又討論了。祖母以爲我太小（我當時身體甚瘦弱），考試是相當辛苦的。一個在街上走路還要老媽子陪着的，如何能去考試呢？母親不敢做主，但問：「有把握嗎？如果考試能取進，一個十四五歲的小秀才，誰不歡喜？如無把握，白吃辛苦一塲，不如等待下一科，就算十六七進學，年紀也不能算太大啊。」

但是父親期望我甚切，很想我去試一試。他說：「這事須先問一問靜瀾（就是朱先生），他說可以去考，自然讓他去考。」父親的意思不差，以我日在朱先生的案頭，我的程度如何，朱先生當然知道，問他是最適當的。朱先生說：「文章既已完篇，不妨且去一試。」在朱先生自然以他的學生能出考爲然，考取與否，乃是另一問題。而且朱先生也窺知吾父之意，要我去試一試呢。

巽甫姑丈來省視我祖母，祖母便向他說了。巽甫姑丈道：「不知他所作的文字如何？鈔一兩篇給我看看，但要他自己做的，不要先生的改筆。要是先生的改筆，我也看得出來。」我聽了捏着一把汗，因爲父親是外行，而巽甫姑丈是內行，什麽也瞞不過他的。於是選了兩篇比較畧爲光鮮的文字，好似醜媳婦見公婆一般，送給巽甫姑丈去看。

巽甫姑丈看了，只是搖頭。他說：「就文字而言，恐怕難於獲售，但是科名一事，很是難言，竟有很老練的文章，難入主試之目，以致名落孫山，而極幼稚的文字，反而取中的。」他恐掃了我父之興，便說：「可以教他去觀觀塲，不必望他一定進學。縣、府試，我們壽官（壽官乃姑丈之子，即我子青表哥小名），也要進塲，坐在一處，可以幫幫忙。道考反正要明年春天，再用用功，也許要進步點。」

這樣，我就決定去應小考了。縣考是在十月中間，府考是十一月中間。那個時候，我也「急來抱佛脚」的用了一點功，但於平日間的荒嬉，根基薄弱，也不能有什麽進境呀！

考市

先談縣考，我就去報了蘇州府吳縣籍。在那個時候，省之下有府，府之下有縣，而蘇州一府之下，却有九個縣。怎樣的九個縣呢？長洲、元和、吳縣，謂之上三縣；常熟、昭文、吳江、震澤、崑山、新陽，謂之下六縣。上三縣的長、元、吳，就在蘇州城廂內外以及各鄉各鎭，其餘六縣，即今日已歸併爲常熟、吳、崑山爲三縣。

我們住在蘇州城內的人，原是長、元、吳三縣都可以報考的，何以却報考了吳縣呢？這有三個原因：一則，我祖籍是吳縣，而不是長、元。二則，我現在所住居的地方，在閶門一帶，也是吳縣境界。三則，吳縣是三縣中的大縣，轄地既廣，學額也較多。但吳縣是大縣，却不是首縣，首縣乃是長洲，所以稱為長、元、吳。可是長洲雖首縣，吳縣以大縣資格，亦以首縣自居。蘇州有句俗語，叫做「長洲弗讓吳縣。」出三節會的時候，長洲城隍與吳縣城隍往往為了爭道而儀仗隊相打起來。如果一家小兄弟爭吵，他們的母親往往罵道：「你們又要長洲弗讓吳縣哉。」及至辛亥革命，三縣歸併成一縣，統稱之為吳縣，而吳縣的區域愈大了。

蘇州有一個考場，稱之為貢院，葑在門內雙塔寺前（一名定慧寺巷），雙塔細而高，正像兩枝筆，這是吳下文風稱盛的象徵。據老輩說：蘇州從前本沒有貢院，那個考場，是在崑山的，士子考試，要到崑山去。到後來蘇州才有考場。現在這個考場很寬大，裏面可以坐數千人。有頭門、二門，進去中間一條甬道，兩邊都是考棚，一直到大堂，大堂後面，還有二堂以及其它廳事、房舍等等，預備學政來考試住的。

每當考試時，那裏就熱鬧起來，一班考生，都要到貢院周圍，去租考寓。為的在開考那一天，五更天未明時，就要點名給卷，點名攜卷入場後，就要封門，封門以後，任何人不能進去了。如果住得遠一點的考生，便要趕不及，又如果遇着了風雨落雪，更加覺得不便。因此大家都要在鄰近考場的地方，租定一個考寓。

住在貢院附近人家，到考試時出租考寓，視為當然的事。房子多餘的人家，不必說了，把家中空閒的房屋，臨時出租，那大廳、門房，凡是可以住人，都可以派用場。即使是小戶人家，自己只住兩三間屋的，也可以讓出一間與考生，或者將自己所住房間，以及牀舖、家具，都讓給他們，而自己另想法子，暫住到別處去的。

蘇州一向是尊重讀書人的，對於考生，以為斯文種子，呼之為考相公，便是租考寓與他們，也不事苛求。這一場考試下來，他們的考寓中，考取了多少新秀才，他們引為榮耀，而且誇為吉利。住在他們那裏，有如家人婦子一般。我有一位同學，住在考寓裏，被女主人看中了，就把女兒許配了他。這不經是我國的留學生中，有此艷遇，那舊日的考試中的考寓裏，也有此佳話呢。

租考寓是訂明三次寓試的，即縣考、府考、道考。租金比尋常租屋畧貴一些，但這是臨時租借性質，而且把牀榻、家具、爐灶等等，都臨時借給你的。這屋子裏，也同學校宿舍一般，一間房子可以住多少人，有多少舖位。三考完畢，大家同去，也有的得第以後另外送一些謝儀，這是例外的。

除了考寓以外，便是臨時設立的許多書舖子、文具店。因為這個地方是住宅區，他們都租借人家的牆門間，設立一個簡學的舖位。幾口白木的書架，裝滿了書，櫃台也沒有，用幾塊枱板，套上個藍布套子。招牌用木板糊上白紙，寫上幾個大字，却是名人手筆。這時觀前街的幾家書店，也都到這裏來，設立臨時書店了。若到了府考、道考的時候，更為熱鬧，因為常熟、吳江、崑山的考生都要來。也有上海的書店，他們是專做趕考生意的。

文具店不像現在那樣都成了歐美化，從前的文具店，完全是國粹。紙、墨、筆、硯是大宗，還有卷袋、卷夾、墨匣、筆匣等，更帶賣些詩牋信封、白摺子、殿試策，沒有一樣不是國貨。可是却有一樣，非外國貨不可，那就是洋蠟燭是也，這洋蠟燭，在文具店裏也有買，原來這考試有時到深夜，須要接燭，而中國蠟燭太不適宜：一則，有烟煤，要結燈花；二則，如果跌倒，燭油便要污卷；三則，沒有插處，又常常要易燭。洋蠟燭均無此弊，當時德國的白禮氏船牌洋燭，已傾銷於中國，而考生則非此不可（即鄉會試亦用得着），正給它推行不少呢。

在此時期，臨近一帶的菜館、飯店、點心舖，也很熱鬧。從臨頓路至濂溪坊巷，以及甫橋西街，平時食店不多，也沒有大規模的，到此時全靠考場了。假如身邊有三百文錢（那時用制錢，有錢籌而無銀角）三四人可飽餐一頓，芹菜每碟只售七文（此為入泮佳兆，且有古典），蘿蔔絲漬以葱花，每碟亦七文，天寒微有冰屑，我名之曰冰雪蘿蔔絲。我們兒童不飲酒，那些送考的家長們，親友們，半斤紹興酒，亦足以禦寒，惟倘欲稍爲吃的講究一點，那些小飯店是不行的，就非到觀前街不可了。

縣府考

縣、府考都要隔夜就派人去佔坐的，因此夜間貢院前就很是熱鬧，而攤販也極多，他們都是來趕考市的。在平時，那些讀書人家的子弟，不肯在街頭沿路吃東西，以爲失去了斯文的體統。到了考場前，就無所謂了。餛飩擔上吃餛飩，線粉攤上吃線粉，大家如此，不足爲異，此外測字攤卜以決疑，詩謎攤對準古本，也都到考場前來湊熱鬧了。

到了府考時候，還要熱鬧一點，因爲在縣考時，只有長、元、吳三縣，而到了府考，其餘的六縣都要來了。因爲蘇州當時是省城，而且是首府，便有觀光上國之意，在下縣中，常熟文風最盛，而吳江、崑山，也不退班，他們都是府考之前，那來租好考寓，以便赴考從容。還有的雇好一條船，直開到蘇州城河裏來，考寓就在船上，竟有以船爲家的。有些久居鄉下，沒有到過蘇州的，借着送考爲名，藉此暢游一番，因此在考市中，連蘇州別的商業也帶好了。

這個小小考市，雖沒有南京、北京之大，但以吳中人文之區，在那時倒有一番盛況呀。

我在十四歲初應縣府試的時候，租的考寓，卽是和尤家在一起。那時巽甫姑丈說：「因我年小，要大人招呼，而他們家裏應考的人多，送考的人也不少，不如附在一起吧。」我父親很高興，因爲我還是初次應試，而他們家中却年年有人應試，況且我的表哥子靑（名志選，比我大兩歲），他這次也要出考呢。

我記得那個寓所在甫橋西街陸宅，正對着定慧寺巷的巷口。他們家裏房子很多，每次考試，尤家總借着他家做考寓，也是老主顧了。一切招待很爲周到。那陸家也是書香人家，好在他們的宅子，鄰近考場，他們雖不靠着出租考寓，然而一個考市裏，也可以得到不少收入，不僅是尤家，還有其他人家來租的考寓。

事先，母親給我預備了一隻考籃，這考籃是考試時一種工具。提到了考籃，記得有一部小說「兒女英雄傳」上的安老爺，鄭重其事的取出一隻考籃給他的兒子安龍媒，作爲傳家之寶，迂腐可笑。還有京戲的「御碑亭」中王有道爲了赴京趕考，手中所提的考籃型式，曾引起了戲劇家的爭論。其實考籃是沒有一定型式，各地方的情形不同，何須爭執？

我的一隻考籃是中型的，共計兩層，上面還有一個屜子。母親在下一層，給我裝了許多食物，水果之類，上一層，讓我裝筆墨文具，以及老試時必需之物，或必需所帶的書籍。有許多人，帶了不少書的，因爲縣、府考向不搜檢，你可以儘多帶書，但我却一些也沒有，因爲我當時也買不起那種石印的可以携帶的書，不過像那種「高頭講章」，「詩韻集成」之類，這是一定要帶的。

在尤氏的考寓中，將近進場的時候，吃一頓進場飯，很爲實惠。但我却一起身，吃不下飯，好在他們也備有粥，我就吃一頓進場粥，也覺得很爲暖和。這時考場前要放三次炮，所謂頭炮、二炮、三炮，是也。頭炮，赴考的人便要起身了；二炮，是吃飯的吃飯，吃粥的吃粥，不租考寓住的稍遠的，就要出發了；三炮，必定要到考場前，聽候點名了。點名完畢，就要封門，封門又要放炮，謂之封門炮。此外開門也要放炮，放榜也要放炮，每在放炮之前，門外兩傍的吹鼓亭內，必定要吹吹打打的一陣子，這也是前淸時代對於考試場的老例，恐怕也是歷代相傳下來的。

蘇州長、元、吳三縣中，以吳縣童生報考的最多，大概每次有七八百人，其次是長洲，其次是元和，總共有二千多人。三縣分三處點名，三縣知縣官親自臨場。因爲那時天未大明，爲了使考生們知道點名的次序，所以做了好幾架燈牌，燈牌上糊以紙，考生姓名都寫在上面，預先自己可以認淸自己的姓名在第幾牌，第幾行，到了聽點的時候，可就覺得便利多了。

更正：上期拙文「洪憲太子袁克定」附誌中說袁世凱生於光緒三年十二月，其實這是克定的生年，世凱生咸豐九年。一時誤記，特更正。 柳杰士

英使謁見乾隆記實

馬戛爾尼 原著
秦仲龢 譯寫

我聽到兩位大人所說，很是高興，就叫我們的一位譯員和我的秘書馬斯惠爾同王大人今晚一起前往北京，料理該處館舍，以便遷往居住。

他們去後，喬大人就帶我們游圓明園。這個園子是皇帝的離宮之一，有萬園之園之稱。據說，圓明園周長十八英里。入園門，每經一處，就有一處的景色，其中亭台樓榭，池沼花木，多到不可勝數，但又點綴得很適當，構造得很巧妙，使人見了幾疑神工鬼斧。我們此次游園，不單是為了游覽，而是要商量安放各種禮物的方法，所以只能在行過的地方畧一寓目，未能詳細觀看。以全園之大，如果要逐一細覽，恐非一兩個月不能了事，就目前所見者，還不及十之一也。然而這十分之一，就已使我永遠不能忘懷，我在日記中即欲詳言其狀，也覺得千頭萬緒，不知從何處說起，倒不如不說為妙。

有此原因，我不如集中一處來記述吧。我所要叙述的是一座大殿。此殿長一百五十英尺，濶六十英尺；殿中只有一面開窻，和窻相對的一面，即為寶座，寶座的材料是產自英國的桃心木，中國人認為桃心木是名貴木材，所以用來製造寶座。寶座之下有一臺座，高數尺，兩邊有短階以便上下。寶座上有一橫額，大書「正大光明福」五個字。（英文作Cheng-ta-Kuang Ming-fu。並譯其意為Verus, Magnus, Gloriosus, Spendidus Felix。按：正大光明殿為圓明園的正殿，淸帝朝會聽政，皆於此舉行，殿額是雍正帝寫的。馬戛爾尼於正大光明之下加一「福」字，前所未聞，也許在傳譯時有錯誤。——譯注。）

寶座的兩旁，各有一孔雀毛製成的扇一柄，扇作圓形，面積很大，亦很美麗。全殿的地面，用白色和灰色的大理石相間鋪砌，如英國的棋盤形。石上行人之處，各鋪以潔淨墊子。在殿中的一角，我看見有一座八音鐘，能奏英國古時流行的十二闋曲調，如Black Jake、Lill ullero、Beggar's Opera等。鐘上的裝飾物，都是古老式的，其中有透明及五色的寶石頗多。這座八音鐘雖非珍品，但以歷年既久，也不得不以古董視之，令人欣賞了。鐘面上有幾個英文字：「倫敦列丹賀爾街，喬治·克拉克鐘表製造店」。（按：這家鐘表製造商設店於倫敦的列丹賀爾街，其時期為一七二五年至一七四〇年。以製鐘表著名於世。——譯注。）

這座大殿面積既大，而且又極壯麗，正好用來陳設我們送來的一部分禮品。因此將地球儀裝設在寶座的一旁，而渾天儀則放置在另一旁；折光鏡數面，則自天花板懸垂而下，自各鏡至殿頂的中心，距離皆相等；殿北的末端擺設行星儀一座；南面的末端，則放置弗里姆米大自鳴鐘一座，又加以風雨表，狄米郡出產的瓷器、瓷像，佛拉沙的天體運行儀等。安排妥當，集此種種精緻美觀的物品於一堂，恐怕世界上再沒有一處可與圓明園比擬的了。（按：弗里姆米Vulliamy是英國一家著名鐘表製造商，他們的祖先是瑞士人，最先到倫敦的那個創業者名叫弗蘭西斯·尤士丁，其時約在一七三〇年。他到後不久，與英人格萊合作營業，並與其女結婚。——譯注。）

在我離開圓明園之前，我得觀察一下中國的藝術風格的特點，此種特點為我們英國人所沒有，而值得我們向其學習的。不論我們從雕鑿得很草率或精緻平坦的石階而上升到大殿，但其附近的樓閣亭榭的石階，却又雕得崎嶇不平，充分顯出樸素的風格。他們一方面做出極盡其神工鬼斧的雕刻，以示其宏麗，另一方面又力求簡單淳樸，節省金錢和人力。這種作風，大概是愛惜物力之故。

我們入圓明園時，和閣老金簡相遇，由他領導我們游覽園中各處，後來又帶我們到一處畧事休息，並以水果蜜餞等物款待。正在此時，欽差徵大人忽然來到，殷勤勸食。我覺得好生奇怪。剛纔王、喬兩位大人不是對我說過，以後一切由金簡大人和我們打交道，不必有勞徵大人了嗎？何以現在他又來和我們周旋整個晚上呢？王、喬兩大人雖然承他們的好意極力和我們交好，但因爲受制於徵大人而無能爲力。我猜此人一定還保持着招待我們的責任。如果是這樣，那就大爲不妙了。徵大人是滿洲人，和宮廷很有關係；我們的好友王、喬兩大人對他是執行下屬之禮的；他們不敢爲了和我們有友誼而對欽差說我們的好話。

晚上八點鐘，麥斯憲爾從北京回來，他說已經看過中國當局爲我們安排好的館舍。地方很大，一共有十一個院子，廳房很多，足夠我們之用。

八月廿四日，星期六。　史當東勳爵率同巴勞先生，丁維第博士（Dr James Dinwiddie 蘇格蘭人，愛丁堡大學法學博士，擅長算學、機械，他在使節團中充任工程師。——譯注。）泰璧爾，畢得彼里以及其他技師工匠多人，同往圓明園裝配各種禮物。估計要將這批禮物裝妥，最快也需時六七個星期，將來我往熱河時，就要留下數人在此間監督工程。

送到圓明園的禮物，中有數種，中國的工匠尚未得我們技師的允許，就要開箱拿出來。我們的譯員恐怕他們移動不得其法，會使到某些脆弱的儀器招致損壞，便阻止他們道：「這是英國送來的禮物，在特使未將它交卸之前，仍然要由我們照料的，你們不可亂動。」徵大人聽到這些話，立即上前喧辯道：「這不是禮物，而是貢禮，向皇上進貢的，到了這裏，你們就沒權處理這些東西了。」但我們的譯員說，這些東西只能叫作禮物，怎能呼爲貢品呢。雙方正在爭辯中，金簡大人出頭做和事老。他說，叫作禮物，亦未嘗不可，何必爲這些事情作無謂之爭呢。

我們回到館舍後，譯員從王、喬兩大人處回來見我，對我說，兩位大人託他有件事情轉達給我。我問何事。他說，我們的使節團到來，雖然皇帝頒發一切費用，但發下來的欵項是有限得很，其不在預算之內的，都由兩位大人賠出來，所以他們很希望我贈給一件很可觀的禮物，以彌縫其差額。我說我很樂意照辦，但不知他們喜歡的是什麽東西。那個譯員畧爲躊躕了一下才說，兩位大人似乎所要的是現金五百圓。我聽說後，絕不猶豫，立即答應。因爲兩位大人一向和我們很友好，不管他們自解私囊是否確實，我們是不應稍拂其意的。如果我們送他一點錢，而他們肯爲我們效勞，和金閣老聯絡，合力和欽差徵大人相抗，使到徵大人不敢再以前此的行爲暴露於我們之前，則區區此五百圓之代價，實在不貴。假如他們拿到錢後，竟然不肯爲我們效力，則操縱之權全在我們手上，我們要他福就是福，禍就是禍。而況野獸一吸人血，就會覺得除人血之外，其他各物都不及人血那麽好喝。所以他們得到我們的好處之後，還是會繼續樂於爲我們服務的。兩位大人既得這五百圓，難道他們不想圖報嗎？

八月廿五日，星期日。　昨天我在日記中寫下最後那幾行，而今晨我的譯員來見我，他說剛從王、喬兩大人處回來，特來告知我，昨兒所說的那件事，現在取消，不必再提了。兩位大人說，他們願以極誠敬之意待我，但似乎不該接受我的金錢之賜，如果接受，在道理上是說不過去的。昨日所說他們墊出的欵子，確是實情，不過這筆銀子完全是喬大人一人墊出來的，喬大人家中富有，花得起錢，王大人則非富有，所以在招待使節團的時候，他所盡力的是收發公文，登記帳目，發付工力及置備舟車，雇用船隻、工役，笞責不盡力的厮役等等事項，都是王大人一人任之。我聽了之後，覺得很是奇怪，眞不明其何以忽然又變卦至此。起初他們示意要金錢，後來又拒絕接受，同時又竭力和我們保持着極友好的關係，盡其能力爲我們服務。此中道理，眞使我想不通。

有一件事足以證明中國人的性質不十分易於了解。昨日那個滿洲欽差徵大人轉給我一封信，是高華勳爵從登州府託驛使帶來的。我今日作信答覆，請徵大人代我寄發。他就問我高華勳爵來信說些什麽，我的復信又說些什麽。我立即叫譯員將來往信札中的文字口譯給徵大人，以示其中絕無秘密之處，隨時可以公開的。

徵大人在離去之前，又提到覲見的禮節問題，他說希望我及早預備，並事先演習純熟。我說，關於這件事，我已開具說帖，到北京後一兩日，就提出奉商。徵大人就道別辭去。

八月廿六日，星期一。 今早我們從圓明園遷往北京城裏居住了。這所華麗的館舍，在北京內城，地方很大，有十一個院子之多，其中有些還很大，空氣又很好。我們從圓明園到北京城外需時一點半鐘，從城門到我們的住所又費時一點半鐘。館舍在一條小胡同裏面，北京的民居大多數在胡同裏，大路上只有商店和官署。

「出使中國記」云：「關於繙譯人選問題，中國人最後同意由特使帶來的中國繙譯充任，因爲他講的話是中國味，終究比歐洲人講中國話更好聽些。這個葡萄牙人答應向欽差要求寫一報告給皇帝，請求皇帝允許使節團移居北京。據他說，沒有皇帝的意旨，使節團不能隨便遷移住所。事情進行得非常順利，圓明園的總管大臣出來主持，說不必經過請示，使節團可以立刻遷至北京。這位大臣的地位和權力都超過欽差，他的一言九鼎，使使節團立刻從宏雅園遷至北京。使節團在北京的館舍寬濶華美，廳房甚多。據說這個產業屬於前任粵海關監督，他從對英貿易中貪污大宗欵項修建這所住宅，以後調任北京附近，繼續貪污，最後被處分抄家，產業沒收歸公。

這所官邸的建築結構同一般中國大官的府第相同。整塊園地由一個高的方形磚牆圍起，在一邊的角端由一個小門通過一個小窄便道進到裏面。從外面看很簡單樸素，裏面却非常富麗堂皇。外圍牆支着屋頂上背脊，另一條內牆支着屋頂的下棱，兩堵牆互相平行，當中建了僕人住房和辦公室。其餘整個園地分爲若干大小不等的四合院，每個院內的房屋都建築在花崗石台基上，四周都有廊柱。柱子是木頭的，約十六呎高，柱底約十六吋直徑粗逐漸向頂削小約六分之一。它們沒有希臘建築術語上所謂的柱頭和柱底，也沒有支持飛檐的屋盤。它的柱底插在下面石座圓孔中，形狀同多斯加尼（原文爲Tuscany——原譯注）式柱有些近似。飛檐以下四分之一的柱身是雕刻裝飾，這一段可以稱爲柱頂，柱身永遠是紅色的，柱頂同柱身不同顏色。在拐角的地方有柱廊支着突出橫牆板以外的屋頂。這樣一來，整個房子都不露天了。整所官邸的柱子不下六百根。

同特使住的住房相連還有一座私人戲台和音樂室，前面圍繞着觀衆走廊，後面有後台。

所有這些建築都是一層平房，只有一所專供女眷居住的房子除外。這個房子在最裏院。房子的前部是一個又長又高的大廳，窗紙上糊的是高麗紙，隔着紙內外什麽都看不到。大廳後面是一個十呎高的走廊，通到幾個小房間。房間後牆上有薄絲紗窗，織着各種花卉、水果、鳥獸和昆虫或者畫着水彩畫。這些房間比起其餘來顯得小一點，但收拾得更精巧。這所房子後面有一個小院子，裏面佈置着幾間辦公室。一切都爲私人生活方便打算。

在幾個院子裏面，其中一個有一池水，在中央是一個石舫，形狀同眞的游艇一樣。其餘院子裏種了很多樹木，在一個最大的院子裏，佈置了許多假山石，雖然不規則，但牢固地堆在一起。房子盡頭一個地方已經開闢出來準備再建一個小型花園，修建尚未完工。悖入悖出，這個濶綽官邸的主人看來搬進以後享受不久，現在因罪坐牢。

特使住進在這樣好一所房子之後，有機會接見表示願意爲使節團效勞的那位傳教士了。他欣然表示願意物色特使所需要的繙譯，很快派一個中國基督教徒來見特使。這個人經常爲那位傳教士繙譯中文。從文字技術上說，他是力能勝任的。但中國人一向怕參與國事，得罪官方，尤其是他怕欽差查對出他的筆跡來招致禍災。他不願意把他的筆跡送到外面去。

花隨人聖盦摭憶 補篇

黃秋岳遺著

至今春雨時，溪澗中數有流出，或得之於田父手中，磨作印石，温純深潤，謝在杭布政甞稱之，品艾綠第一，卒歎其未見也。謝歿五十年，吾友陳越山，齎糧采石山中，得其神品，始大著。去秋予江左歸，好事家伐石於山者，凡三月矣，日數十夫，穴山穿澗，摧岸爲谷，逵路之間，列肆置儈，於是名流學士，懷瑾握瑜，窮日達旦，講論辨識，錦囊玉案，横陳齋館，予往往命駕周覽故人之家，心目旣蕩，嗜好爲移，迺憶所見錄爲一卷，聊以自娛，且慨玆山焉。（中叙朋輩得石姓名及石數，不錄）石有絡，有水痕，有沙隔，解石先相其理，次測其絡，於是避水痕，鑿沙隔以解之，石質潤，鋸行其間，則熱，行久熱廹而燥，則裂，解法水解爲上，鋸行時，一人提小壺，徐傾灌之。石理不一，相石爲難，膚黃中白，膚白中白，膚蒼中黃中玄，不可以皮相。石有水坑，山坑，水坑懸綆下鑿，質潤姿温，山坑發之山蹊，姿闇然，質微堅，往往有沙隱膚裏，手摩挲則見。水坑上品，明澤如脂，衣纓拂之有痕。潘子和，謝弈，硯工高手，攻石能得理，好事家獲石旣夥，二人益自矜，以禮延致，不可卒至，或造廬焉，映門一諾，童子負器先驅矣。每解一石，摩肩圍繞，心目共注，幸得妙品，傳觀閨閣，交手喜妬。石初剖，須琉球礪石礎之，既礎，磨以金閶官甎，磨竟，以水浸槲葉縱横揩拭，無有遺痕，然後取麛鞹平置几案，運石鞹上，徐發其光。湛一詣陟廬竹堂看石，方閉篋，趣令收却，予訝之，笑曰，不敢久視，恐相思耳。予戊申作此錄，錄中吾友六人，客三人，方外二人，共十一人，今亡其四，雜見之友人，亦亡其五，嵩山陟廬越山之石以貧散，湛一一石歸予，爲十叟奪去，十叟亦亡，今不知處，木厓石最多，亡後不能守，李某晚爲石賈，頗得錢君寵，越人去聲與雜見者皆不可問矣。予最後有七枚，今秋燬於火，火後者玄堅如玉，白者多崩碎。丁巳後大開山，役民一二百人，環山二十里邱隴畎畝皆變易處，石畀至大者，鑿鞍轡，小者爲鞞珌，較之宋坑造器，民勞百之。按伐石之始，自陳公，某某之石，人不得見，既沒，家無一枚 自戊申迄今一紀，伐鑿之禍未息，近五行石妖云。或曰，山以壽名，十年中郡人恒夭折不壽 理或然歟？已未臘夜跋。」毛大可「後觀石錄」云：「明崇禎末，謝在杭嘗稱壽山石，以艾葉綠爲第一 丹砂次之 羊脂瓜瓤紅又次之，顧名不大著。至康熙戊申，閩縣陳公子越山 名曰浴，字子槃，故黃門子，忽齎糧采石山中，得妙石最夥，載至京師，售千金，自康親王恢閩以來，凡將軍督府，下至游官茲土者，爭相尋覓，上者置几榻把弄，次者鏤刻追琢，與寶石珊瑚瑇瑁硨磲螺蛤齒貝同嵌什器，遍飾纓縭鞞珌鞓帶念珠牙筒藥管諸物，其最下者，摩符雕印，雜鏤人獸缾盂以爲供具，而于是山爲之空，近則入山無一石矣。然後收藏家，分別其舊藏者，以田坑爲第一，水坑次之，山坑又次之，每得一田坑，輒相傳玩，顧視珍惜，雖盛勢强力不能奪。石益解，價值益騰，而作僞者紛日出，至於假他山之石以亂眞者。予入閩最晚，私心欲得上品一觀，而不得當，是時有估人販兒，攤門挀巷，爭以贋物來衒，概却之去。既久，忽從甞丁得二石，既又從通家世友宦閩土而未歸者，得五石，又既與此間友人睹棋得三石，然尙妍媸之間也。既則友人有貽贈者，有轉覓其親黨之舊藏而願售者，雖稍勝于前，非上品也。又既，則有有力者託人覓致，因貿得八石。而許子不棄，則予世通家子也，瀕行，江西遣估者私覓閩城之佳者來售，又得九石，連前後陸續所得通計四十九石。大概上者十三，中上十四，中十二，中下十一，偶於諦觀之次，其錄一籤，以當展翫。嘗見友人高固齋，作觀石一錄，流傳人間，因謬題之曰後觀石錄。艾葉綠二，平直橫徑各寸，而臥螭紐，楊玉旋製，楊名璇，閩追師名手。紐綠色，通明而底漸至深碧色，獨其佳處，稍白則艾背葉矣。駱幼重曰，驟觀之，但見兩螭環首掉足蜿蜒綠波中。上半如碧玉，下半如紅毛玻璃酒鉼，又如西洋玻璃鉼。羊脂一，高二寸半，徑二寸，橫一寸，白澤紐，玉質溫潤，瑩潔無纇，如摶酥割肪，膏方內凝，而膩已外達。時寓開元寺鐵佛殿側，端陽前四日得此，座中同觀者，各爲擬似，一云，如脫殼之卵，一云，如新羅出機未就練濯，一云，如辨明看婦人肌肉絕去粉澤，而晨光膚色，帖帖牀簟。鴿眼砂一，此舊坑也，高寸半，橫徑各寸，辟邪紐，通體荔紅色，而諦視其中，如白水濾丹砂，水砂分明，粼粼可愛。一云鵓鴿眼，白中有丹砂，銖銖粒粒，透白而出，故名鴿眼砂。蔚藍天一，蔚藍天，又名青天散彩，高二寸半，橫徑各一寸半，紐作三狻猊，二蔚藍色，一白色，各相搏噬，而藍俯白仰，分明不雜，其石身下方，初露蔚藍三分許，漸如晚霞蒸鬱，稍侵紫焰，而垂以黃雲接日之氣，直異觀也。夏雲翳照處，類高郵皮蛋黃色。又一，分寸同前，亦三狻猊紐，而兩白一黃，毫釐相判，白如蓄粉，黃如豌醬，殊質並弄，狰獰出脫，至其蔚藍之妙，一若歸雲乍歛，倒影微薄，而中界以白虹者，造物之入神乃爾。瓜瓤紅二，橫徑一寸三分，而高倍之，蟠螭紐紅沁若西瓜瓤子，流滑融溢，入手欲化。一頂上黃螭，似瓜蒂，小黃近蜜色者，腰下血浸淋漓，漸至流漫，紅中有白，白中有紅，淺紅非黃，深紅非赤，謂之瓜瓤紅。蝦背青一，高二寸六分，橫徑各一寸二分，獅紐，獅頂立稚獅，黑色，蠕蠕自得，而母獅首承之，唯恐其墮，通體淺墨如蝦背，而空明映徹，時有濃淡如米家山水，舊品所稱春雨初足，水田明滅，有小米積墨點蒼之形，是也。肉脂一，一名肉紅，本羊脂肉，而畧翳紅影於其間，望之晻罩熒熒，如時世宮粧，預施臙于頰，而尙以胡粉，彷彿舊詩所稱芙蓉脂肉綠雲鬟者，此最上神品也。惜吉光片羽，不滿觀耳。紐二螭顚倒臥，一紅一白，長徑各一寸，橫四分，相傳狐白裘，有臙脂雪名，當類此。鍊蜜丹棗一，此舊坑也，百年前流溥至今之物，百鍊之蜜，漬以丹棗，光色古黯，而神氣煥發，以方番珀，則增其紅，以視緬茹，則却其黑，高二寸，徑一寸，橫七分，圓身彪紐。桃花水一，高一寸五分，橫徑各七分，石有名桃花片者，浸于定磁盤水中，則水作淡淡紅色，是其象也。或曰，如釀花天，碧落濛濛，紅光晻然，宜名桃花天。舊名所稱桃花雨後霽色蘢蔥，庶幾似之，臥貙紐。三合一，首青赬立紐，如碧落蔚藍青，獨兩角拳大通明，而色微淡。西羊名瓣者，大角大蹄，是羊洼蹄處，皆偉然可驗也，特石身如羊脂，垂以檗黃，恍青羊踏石著黃土中，想金華道上，方平狡獪，故自有此。高二寸八分 橫徑各一寸。晶玉一，殷於棠玉，而白于蕨粉，然故名透曰晶玉，高二寸，徑二寸五分，橫一寸三分，辟邪紐。白花鷹背二，又名灰白花錦，高二寸半，橫徑各一寸三分，一葡萄紐，一瓜紐，其紐爲楊璿所製，葡萄瓜俱純灰色，獨取其白色，而畧滲微紅色者，爲枝葉，其葉中蠹蝕處，各帶紅黃色，淺深相接，如老蓮畫葉然。且嵌綴玲瓏，雖交藤接葉，而穹洞四達，直鬼工也。石身如冰裂，灰白花錦，平曼間，亦似有枝葉橫披紛拿盤攫之勢，白如磁色，灰如舊錦，中紫灰色，且各有血浸紋，如宣和紅絲硯，于灰白質中朱纏紅格，備極景象。二合一，紐蜜魄色，身瑪瑙色，高徑各二寸，橫五分 金猊紐，通體朗徹，而二色截然，其爲瑪瑙色者，如櫻桃，紅如霞紅，深淺流漫，熗爚不定，直是妙品。灑墨一，高一寸五分，橫徑各八分，天青色，而隱以紅暈濛濛，然如日隙灑雨，蝸虎紐。泥玉一，玉之類建窰白滋泥者，高徑各一寸八分，橫六分，蝸虎紐。杏黃一，如杏之初熟，于黃湛中，一面微紅，滲滲若曬色然，白澤紐高二寸，廣半之。硯水凍一，高一寸五分，廣八分，獅紐，硯池水微黑而凍，似之。藏經紙一，高一寸八分，廣一寸，白澤紐，金粟山藏經紙色，入手作木蓮凍。桃暈一，蹲獅紐，高一寸半，徑一寸，橫半之，紐有暈紅而身微淡，桃塢夕陽，嵩石俱帶紅色。紅粉一，如臙脂之漬粉，又如莧汁沁白糜中，苧蘿村旁，有紅粉石，應如是矣。特西施去後，江枯石爛，不能多得耳，高徑各五分，橫三分，狐紐。蘋婆玉一，當庚紐，高二寸半，橫徑各一寸半，獸肥腯如豕，而光澤可鑒，其通體白色，大類蘋果初白時，尚晻青氣，而淡紅點染，見之指動。筍玉一，儼會稽象牙筍初脫衣時，高一寸半，廣寸，蝸紐。象玉一，高二寸三分，橫一寸半，徑同之，立馬紐，有象牙紋。蜜蠟一，高徑各一寸，橫三分 天馬紐。秋葵蜜蠟一，高徑各一寸，橫三分，圓身貙紐，一名枇杷黃。甘黃蜜蠟一，又名渣黃，獅紐，高徑各八分橫三分。天瓜瓤一，俗名天荔支，鷹紐，高一寸四分，徑一寸，廣五分。玉蒂茄花一，三足能紐，玉色而下以茄花承之，高一寸五分，廣一寸。玉柱一，高二寸半，徑八分，橫五分，圓身臥猨紐，儼端門兩傍所稱擎天柱者。落花水一，一名浪滾桃花，高二寸，橫徑各一寸，辟邪紐，石類水色中有紅白花片隨水上下，一面界白，痕如迴波然，或曰，此石花之紋，非沙隔也。洗苔水一，與前高廣同，亦辟邪紐，本對石也。石類碧水色，而中有苔痕，微閒磯石，亦非沙隔。玉鎮一，高二寸半，橫徑各一寸半，方正如鎮子，蝸虎紐，與前蘋婆玉高廣相似，似對石。紫白錦一，高二寸，橫徑各一寸 狐紐，紐白色，而石身紫白相間，類嘉興錦。蜜楊梅一，蚩吻紐，類蜜蠟色，黃澤可愛，而一面有滲粟，如楊梅粒，滲以朱點，高二寸，徑一寸半，橫八分，個他礬石一，高方神羊紐，兩角明瑩如羊角燈片，而面作枯礬色。水墨玉一，蒼玉一，皆小方獅紐。豆青一，小長方狐紐。枯綠一，又名乾箸綠，小長方狐紐，與豆青同，似對石。豆白一，小方白澤紐，凡白色而微帶蔥色曰荳白。硃砂磁壺色一，長方蚩吻紐，鐵色磁壺色一，又作棕色，中方，辟邪紐。

編·輯·閒·話

△本期的精采文章可不少。編者算是有眼福，先睹為快了。溫大雅先生熟於明清歷史，他認識民國初年的名人頗多。這些名人中，有詩人、書畫家、軍政界「偉人」和遺老、遺少。這篇「梁啟超萬生園雅集圖」就是根據雅集後所攝的一張相來做文章的。當年得此相的人共三十多位，已全部謝世。溫大雅先生在十年前遍詢與會諸人誰存有此相，所得的答案是多數不存，即使有，也不知收藏在哪裏了。他又問林宰平先生，林先生也說沒有。後來還是溫大雅先生晒了一張送給他的。以前香港的唐天如先生有一張，唐先生於一九六一年逝世後，不知會失去否。

△連士升先生是新加坡南洋商報的主筆，是一位研究國際問題及文史的學者，著有「太戈爾傳」，「尼赫魯」傳及其他文集三四十種，著作等身，為新加坡文化界的柱石。他寫的「啞行者蔣彝教授」是介紹中國一位在國際享盛譽的學者。香港的一般讀者似乎對蔣彝沒有什麼印象，但歐美的讀者大都知道他是什麼人。

△「廈門日僑澤重信伏誅詳記」是僑居馬來西亞的作家老杜先生所寫的。記抗日戰爭期間重慶特工誅斬日寇的經過。記述頗為翔實，可作近代史資料。

△大符生先生是舊日廣州報界中一位活躍人物，他的「廣州城隍被斬目擊記」，述一九三一年廣州市當局破除迷信的一件事。可惜後來政府易人，迷信復活，當局且提倡迷信，搞到烏烟瘴氣了。

△羅萬先生是老上海，與「晶報」有文字因緣，他的「上海晶報聖殿記官司」，述四十年前中國人和洋人打官司得勝的一件趣事。

△徐一士先生是中國現代掌故專家，「狀元與美人」一文，是他的廿三年前作品，曾刊於上海出版的「古今」半月刊。這個刊物，當時因交通不便，香港人從來未見過，故選載此文供讀者欣賞。從前的人總愛說才子配佳人，而狀元更要配個美似天仙的小姐。徐先生此文，述清朝開國狀元傳以漸一個有趣而浪漫的故事，眞堪一讀。

△下一期有篇值得介紹的文章，名「穿黃馬褂的英國將軍戈登」。戈登是一百年前替清朝攻打太平天國的一位外籍將軍，因殺太平軍有功，清廷賞他穿黃馬褂。文中附有珍貴圖片四幅，讀之可見這個軍人的眞面目。

原書原樣

國文教學
國文學習 參考用書

國文[illegible]

[illegible]

刊行。完全[illegible]卷、[illegible]叙類、[illegible]。[illegible]

一）文字、[illegible]訓詁；（二）[illegible]；（三）[illegible]；（四）[illegible]；（五）[illegible]；（六）[illegible]

文教學；（[illegible]）[illegible]；（八）[illegible]評介；（九）[illegible]；（十）[illegible]

時績彥。凡所討論，俱屬切要問題。同時[illegible]教學之須要，[illegible]月刊，自四十一期至八十二期，[illegible]册，利便庋藏。又編有總目分類索引，以[illegible]。[illegible]月刊。[illegible]一至[illegible]十期，係[illegible]紙印成，不便影印，刻在整理排印中，以應[illegible]讀者需要。

茲為便利讀者採用起見，特編有「國文月刊總目分類索引」單行本，[illegible]港[illegible]區郵票採購，付郵票肆角，寄英皇道一六三號二樓龍門書店，當即寄奉。

龍門書店謹啓

原書原樣

林熙主編

大華

半月刊　第十九期

一九六六年十二月十五日出版

大華 第十九期

封面插圖：四川出土漢畫像墓磚

大華 半月刊 第十九期

一九六六年十二月十五日出版

（每月十五 三十日出版）

出版者：大華出版社

地址：香港銅鑼灣希雲街36號6樓

Ta Wah Press,
36, Haven St., 5th fl.
HONG KONG.

電話：七六三七八六轉

督印人：林翠寒

主編：林熙

印刷者：朗文印務公司

地址：香港北角渣華街一一〇號

電話：七〇七九二八

總代理：胡敏生記

地址：香港灣仔洋船街三十二號

電話：七二三四三七

穿黃馬褂的英國將軍

戈登

林熙

舊日上海租界時代，有一條路叫戈登路，無疑地是租界當局紀念爲滿淸統治者鎭壓造反的洪秀全的那個英國將軍戈登的。（香港銅鑼灣有一條哥頓路，似亦係以戈登爲名，而倫敦有一個戈登廣場，三十年前我曾在那裏的一家公寓住過三個月。）

戈登是蘇格蘭高地人，太平天國戰爭時期，淸政府僱用他打「長毛」，爲淸廷立下大功，老一輩的上海人都愛談戈登的遺事，但現在的中國人大多數不知道戈登爲何物，就是英國人也忽畧了這個喜歡在外國打仗的將軍了。

清朝國史館所立的戈登傳

戈登的全名是查里士·喬治·戈登（Charles George Gordon）。因爲他曾替淸廷立下功勞，淸朝的國史館給予立傳，所以「淸史列傳」卷二百二十二就有他一篇傳記，摘錄如左：

戈登　英國人，同治二年，李鴻章檄領常勝軍二千攻常州福山營，別遣呂宋兵乘小舟薄賊，壘支木橋，伏死士城牆下，日中、港東西賊營皆破，緣牆入，痛殲之，遂奪福山，石城圍解，權授江蘇總兵。進攻太倉，毀南門賊卡，戈登轟潰二石壘，官軍繼進，克之，規取崑山，與總兵程學啓度地勢，以環崑多水，惟西南通進義，策先斷其歸路，遂與駕輪船，以偏師繞而西，……奪其四壘。譚紹洸搆悍敵來爭，與諸軍大破之，薄崑城。……踰月，學啓攻東城，戈登自果浦河奄至，扼守西路，分道疾攻，賊奪西門走，阻水殲焉，遂留駐崑城，策應各路，移師攻花涇港，……收吳江震澤而還。以事謁李鴻章於上海，先是白齊文閉松城索餉，既撤，潛通敵，領二百人入蘇州，戈登詗知之，亟返崑山爲備，旋攻蘇城，率軍三千與學啓俱力爭要害，猶剪城外敵壘，李秀成聞警赴援屢敗，而紹洸所部每戰猶致力，自郜雲官以下，皆萌貳志，詣營乞降，乃與學啓乘單舸會雲官等於洋澄湖，令斬秀成紹洸以獻，學啓與誓，戈登證之。

穿起黃馬褂的戈登

未幾，秀成遁，雲官殺紹洸開齊門迎降，賞頭等功牌銀幣，並犒其軍。助攻宜興溧陽，並擊退楊舍賊，進規常州，轟破南門，合諸軍掘濠築墻以敗之，叙功賞黃馬褂花翎，賜提督品級章服。初戈登與學啓爲昆弟交，每戰必偕，及誅降敵，頗不直其所爲，捧雲官首而哭，誓不與見，嗣聞學啓卒，悲不自勝，乞其戰時大旗二，携歸國爲遺念。戈登歸後，埃及亂，督師討之，遇害。朝廷遣使往弔焉。戈登嘗言：「中國人民耐勞易使，果能教練，可轉弱爲强。又曰：中國海軍利於守，船砲之制，大不如小，當時稱其將畧云。」

「常勝軍」的來歷

這是清廷的官書，對他的戰功大大稱贊一番，但在我們看起來，凡假手外人而屠戮同胞的人，我們都深惡痛絕的。

戈登的本來面目

清軍和太平軍打仗，英美兩國都有「義勇軍」幫助清廷鎮壓革命，屬於美國的，有華爾、白齊文兩人。他們所帶的軍隊稱「常勝軍」。當時上海道台吳煦。（字曉帆，浙江人，他的官銜是「分巡蘇松太道，兼署蘇州布政使司，督辦上海防剿各營軍需支放報銷事務」。）有一件公文叙述常勝軍的前後經過頗詳，爲了要知道戈登與常勝軍的關係，我們似乎有先讀一下主事人那篇文字的必要。（按：此件是吳煦的手稿，原件右上角有「爲會詳事」四字。載於「吳煦檔案中的太平天國史料選輯」一書，這些史料是在杭州吳煦後人的家裏保存下來的，但一部分已被其後人賣給了當地的造紙廠，大部分則於一九五三年爲浙江省文物管理委員會收購。）

竊照常勝軍創自華爾。緣華爾係美利堅人，自咸豐十年始來上海，據述曾任本國武職，習練軍事。職道煦與前任糧儲楊道，因值金陵大營潰退，江浙同時糜爛，賊蹤直逼淞滬時，有美國人可富力薦華爾長于戰陣，當卽稟奉前撫憲薛，派帶呂宋勇攻克松郡，甚爲奮勇。旋卽進攻青浦，華爾身受重傷，迨傷痊後，華爾恨賊益深，具稟投隸中國，願爲殺賊。蒙薛撫憲奏奉諭旨，賞給四品翎頂，並派命在松郡教練兵勇，名爲華勇，請給洋槍、洋炮、洋火藥防剿，均甚得力。十一年冬，賊以陷杭以衆全力復窺松滬，圍攻松郡甚亟。元年正月，華爾帶隊

黃馬褂故事　湘山

俗語呼有功，或有靠山的人爲黃馬褂，這一名詞，由來頗久。清朝制度，凡領侍衛內大臣、御前大臣、內廷王大臣、乾清門侍衛、班領護軍統領等，皆准穿黃馬褂。這班人都是朝夕近着皇帝的人，穿黃馬褂以壯觀瞻。他們所穿的是明黃色，正黃旗官員兵丁的馬褂用金黃色。有軍功的大臣亦有穿黃馬褂的，如曾國藩、李鴻章等人，最爲顯著，巡行扈從大臣，有時也得到賞給黃馬褂的殊榮。

有軍功的大臣穿黃馬褂，亦有分別。如上諭明言「賞給黃馬褂」，則只賜一件；「賞穿黃馬褂」，則可以按時自造服用。亦明黃色。戈登所得者，是「賞給」，穿到破爛不堪再穿，但不能按時自造一件服用。

相傳西太后某次謁陵，陸潤庠等人隨扈，西陵地多猴子，她見某大臣隨行之子，買一金絲猴，跳跳躍躍，很好玩，就叫太監立卽造一件黃馬褂給牠穿，隨行大臣，皆跪地乞恩，她順水人情，個個都賞給黃馬褂，一時傳爲「佳話」，其實他們還是沾了猴子之光，還不知也。

外國人的相貌，穿起黃馬褂，「望之不似人君」，亦可謂沐猴而冠矣。

擊賊於迎祺浜、天馬山等處，以少勝多，賊遂奔北，城圍立解。前撫憲薛悉其勇敢，將所帶各勇命名常勝，許其添勇教練，並委提中營參將李恒崇協同管理，據情保奏，諭賞華爾三品頂帶。未幾，業勇四千五百餘名，並添雇外國兵官晝夜教練，頗有紀律。

原來「常勝軍」之命名，是江蘇巡撫薛煥定下的。（薛爲四川興文縣人，字覲唐，舉人出身，咸豐十年升任江蘇巡撫，同治元年三月，改充通商大臣，遺職由李鴻章繼任。吳煦文中的「糧儲楊道」是楊坊，其時楊爲江蘇糧儲道。楊是鄞縣人，字憩亭，初到上海時，當美商旗昌洋行的買辦，後來又做英商怡和洋行買辦。他的女兒嫁給洋將華爾。楊坊是同治三年死去的。）

後來華爾戰死，白齊文接帶常勝軍，吳煦文中有云：

是年（指同治元年）八月，華爾爲英法各國提督約往寧波剿賊，因進攻慈谿縣城中鎗陣亡。經英提督何伯力保幫帶是軍之白齊文接帶常勝軍，亦蒙憲台據情奏明。嗣因派往金陵助剿，白齊文梗令僨事，後係英兵官奧倫接管。……未幾，奧倫請假回國，由英兵官戈登接管，戈登謀勇善戰，尤勝于華爾，且能秉承調度。自二年春以迄本年凱撤常勝軍止，戈登隨同大軍攻戰各城出力，歷有奏案可稽。……

工程師出身一生好打仗

戈登是學工程的，當他參加軍役時，即在皇家工程隊服役。一八五四年，英法聯合對俄羅斯、土耳其作戰，著名的克里米亞戰爭開始，戈登從軍，參加圍攻塞巴斯陀浦之役，其時戈登年方廿一歲，這一戰爭爲時三年。

革命軍向俘虜出示戈登的頭顱

克里米亞戰爭結束後，已經沒有什麽戰事可以給這個好戰爭、冒險的戈登玩樂了。但到了一八五七年（咸豐七年丁巳），「第二次鴉片戰爭」發生，英法軍隊攻打廣州、北京，戈登被派到中國作戰。但這個愛打仗的軍人很失望，他到中國時，戰爭已近尾聲了。

辜鴻銘所作的「英將戈登事畧」，記戈登一生事蹟，頗可參攷，今摘錄如左：

辜鴻銘的「戈登事畧」

戈登……道光十二年春，生于烏利刺城，父爲御軍砲隊大將。……生四子，戈登爲季。……咸豐十年……英人犯我順天，戈登從英軍陷京師，焚圓明園。事平，適中國粵匪亂，同治二年，江浙兩省上游，在滬設洋槍隊，將校皆用歐美人，乃向英官商，使戈登領之，戈登遂與賊轉戰于江浙兩省，二年間凡三十三戰，克復城邑無算。……當時蘇州克復，江蘇巡撫今相國李公殺降賊，戈登不義之。……同治三年，自中土回國。……光緒元年，戈登應埃及王之聘，至蘇丹……蘇丹西境有二省，曰哥爾多番，曰達爾夫，此皆爲販奴者澤藪。兩省不歸戈登一人統轄，則販奴之事實不能禁絕。埃及王乃不授此兩省，故於光緒二年，戈登遂辭職回國。光緒三年春（

即一八七七年），經埃及王再三重請，戈登乃復至埃及，授蘇丹全境總督。……當時外人在埃及獻說，干預政事，王及大臣不能鎮定，遂聽外人游說紛紛，更改法制，以致政令朝出而暮改。於是戈登在蘇丹覺事事掣肘，故於光緒六年，遂又解職回國。此年英國簡命子爵黎本為印度經畧大臣，黎本辟戈登為參軍記室，同至印度。無幾，戈登覺經畧幕僚意見與己不能合，即請解任。適中的與俄國為伊犁事牴牾，中國洋關總稅司赫德，逕電請戈登至中國商量事件。戈登此行，英國政府因戈登係英國職官，干預中俄事，恐貽俄人口實，故電止戈登，令即時回國。戈登復電曰：「我至中國為排難而已，如朝廷因我係職官，恐貽口實，請悉除銜職，則萬無誤事。」戈登至北京，見總理各國事務大臣，力陳中國武備不修，戰無策，不如遷就護大局。大臣問曰：「如事決裂，肯相助否？」對曰：「事如決裂，皇帝肯遷鸞內地，鄙人當為中國效力，任疆埸事。」後事遂解。當時戈登行至天津，見中國北洋大臣李文忠。文忠對外人怨北京諸大臣主戰誤國事。有某國公使，勸中國李文忠借戈登力，擁兵至京師，黜諸大臣，廢皇帝，自立為皇帝。戈登聞之，歎曰：「鄙人雖一武夫，作事何肯鹵莽至此耶？」戈登回國：……適英屬地毛里西亞島統兵大將出缺……戈登遂自請往署焉。……是時埃及國南境之地，自戈登去後，官吏貪酷虐民，各屬回部皆叛，起殺官吏，攻官兵。有大酋自稱救世主，奉天命復回教，誅無道。埃及官兵竟被困在嘎墩城。於是埃及王乃請於英廷，借一大將，使救出困兵。英廷仍派戈登，隨帶將校二員，至嘎墩時，城圍尚未迫，戈登即欲率被圍官兵出城，然城中避難官吏及家屬老弱婦女萬餘人，戈登不忍棄之，故留守。先將婦女二千餘人護送出境，逮及城圍既重，英廷有電催戈登率部曲棄城，戈登復電曰：「軍民為我抗賊守城，今事迫乃棄之，此豈丈夫之所為耶？」戈登在圍已五閱月，外援已絕，糧食將盡，然猶從容督率軍民拒守。於是英廷乃撥兵合埃及官兵溯尼羅河赴救。兩月後救兵始至，然城已陷，戈登卒被害，時年五十三歲。喪耗至英國，官民皆哀傷之，英廷賜其家屬十萬金，並為鑄銅像於都城以誌其忠烈云。

辜鴻銘所記，大致還不十分錯誤，尚可參攷。稍後則有姚公鶴的「上海閒話」，記戈登事有云：

一千八百七十七年，（戈登）遂受命

李鴻章食番狗

李鴻章是戈登的上司，光緒廿二年（一八九六年），鴻章賀俄皇加冕後，游歷英國，親至戈登銅像前獻花圈致敬。據「李傅相歷聘歐美記」云：

西曆八月十九日，節相在聖堡爾，於英將軍戈登塚上，獻以華麗花球。洪楊之亂，戈登將軍曾為中國出力。泰西凡有功在人間者，皆築空塚，並立銅像以寄仰慕。節相曾欲增築埶座，並修偉像，以壯觀瞻，玆以行期已促，特囑英員赫政代為修築。（按：此書係美國傳教士林樂知所輯，由蔡爾康譯為中文，六十年前由上海廣學會出版。赫政係總稅務司赫德之弟，亦在中國海關任稅務司。）

關于李鴻章謁戈登墓事，昔年歐洲曾傳一笑話。據說，鴻章往獻花圈時，戈登遺屬皆往陪禮，行禮後，戈登夫人親手送給李鴻章一頭番狗。此狗亦為「名流」，因在英倫各賽狗會中歷次皆得冠軍也。

翌日，戈登夫人得李鴻章一封謝函，畧說：「承夫人厚意，瞻以美狗，不勝感紉。惟是老夫耄矣，胃力退弱，對此佳肴，不能多食，徒乎負負也。」此信出後，全國譁然，皆以李鴻章食番狗為野蠻了。此亦李鴻章游歷笑話之一，大抵皆幽默家製造，投之刊物以博稿酬，且以罵中國人也。

·大年·

爲蘇丹總督，開始拓疆土。又三年，因事告退。未久，以非洲匪亂，從事遠征，在某地方爲土人所殺。其人一生所積資財，曾於未死之日，即指建一工科學校于蘇格蘭之泥北淀省會，今卽以戈登名其校。生徒六七百，爲北蘇有名工程學校之一。華人入此校者頗不乏人。……以上爲該西報所記者。戈登在江浙間，頗著聲譽，父老多能言其戰績。至其回國後如何下落，光緒初，張毓敷京卿自英倫回，尙有人詢及者，則吾國人頗有念及之者，茲特附著其事實，爲吾國人談上海歷史者一資談助焉。

在喀圖穆的戈登銅像

蘇丹人民反英埃

姚氏所記，是摘譯自英文報紙的。他也和辜鴻銘一樣，稱殺死戈登的人爲匪。其實這個「匪」是一位民族的解放者，因爲當時的蘇丹已被埃及所佔，而埃及在一八八二年又爲英國軍隊佔領，誠如辜鴻銘文中所說的「是時埃及國南境之地，自戈登去後，官吏貪酷虐民，各屬回部皆叛，起殺官吏，攻官兵。」民不堪命的時候，於是便有一個「大酋自稱救世主，奉天命復回教，誅無道。」誰是無道呢，這還不很顯明嗎？

這個「救世主」名叫謨罕默德·阿米特（Mohammed Ahmed）但人們都稱他爲馬克迪（Mahdi）。回敎中的傳說，世界末日來臨的時候，就會發見馬克迪，馬克迪意卽回敎所期待的救世主。阿米特於一八四四年八月生於唐哥拉（Dongola）市附近一個木匠家裏，小時候和父親在尼羅河沿岸流浪過。一八八二年英國佔踞埃及後，成立英埃蘇丹組織，英國卽以埃及爲根據地，向南伸展它的勢力，除對本地人進行苛捐雜稅外，還不時有屠殺的事情發生。阿米特從一八七一年就宣誓過以伊斯蘭敎義來動員民衆進行反抗鬥爭。到一八八一年的一次齋期，便公開宣佈自己是馬克迪，喚起蘇丹全國人民團結起來，一致抗敵。馬克迪的義聲所及，人民都起而響應。蘇丹的武裝人民，初時只用石頭木棍、鐮刀鋤頭來做武器，經過幾次戰爭後，他們奪取了敵人一些槍炮，武力更爲龐大了。

戈登被蘇丹救世主所困

到一八八三年，馬克迪攻下了卡都梵省，建立了後方的根據地。英國立卽派希克斯上校（Colonel Hicks）帶領一萬精兵前往鎮壓，但被馬克迪打到落花流水，是年十一月，他把英國那一萬人全部殲滅了。英國政府着了慌，當時的首相是格拉斯東，他認爲英埃不應再干預蘇丹，兩國軍隊要立卽撤出蘇丹國境。格拉斯東還有一個妙不可言的想頭，他要派戈登去負責撤退英國軍民到安全地方，戈登奉命到了蘇丹的首府喀圖穆，他不執行使命，反而要「拯救」蘇丹人民，與馬克迪周旋到底。但戈登和馬克迪作戰，並不盡占上風，他一面向英國請救兵，一面用手段向馬克迪籠絡，表示只要他受英國的總督節制，起義的領袖個個都可以做省長。馬克迪不止沒有聽他的甜言蜜語，反而加緊軍事活動，使戈登一籌莫展。格拉斯東聽說戈登違背他的主張，很是生氣，對于救兵之請，不發一兵一卒。馬克迪的大軍日迫喀圖穆了，「救世主」三面攻城，城中糧食恐慌（戈登給伍斯萊（Lord Wolseley）將軍的信說，喀圖穆城中的英軍，一切皆缺乏，糧食軍火都要斷絕了，現在只有少量穀類和餅乾。戈登在這一段中，密圈「絕對保守秘密」字樣。）早晚將被攻下。

英國不發救兵戈登被殺

儘管戈登請救的電報如雪片飛出，格拉斯東還是不發救兵。後來英女王維多利亞、內閣閣員和一般輿論對格拉斯東都不滿意。格拉斯東才勉强令伍斯萊將軍率兵前往救戈登，但來遲了兩日，喀圖穆已於一八八五年一月廿六日爲馬克迪的大軍所破，軍士攻入總督府，戈登走出台階打算向他們說服，然而這班「叛逆者」不肯聽他的話，用長矛將他刺死，並割下頭顱示衆。後來英國人批評格拉斯東是殺害戈登的兇手，但格拉斯東不承認，他認爲他的主張退出蘇丹是正確的。英廷於戈登死後，賜他的後人現金二萬鎊。（辜鴻銘說十萬元，今從「述報」之說。光緒十一年（一八八五年）二月初一日，「述報」載：「前月二十六日，英京發來電音言：英廷以戈登將軍百戰之身，爲國捐軀，現擬撥國帑二萬鎊以恤其家屬云。」按：「述報」是廣州最早的一種小型日報，多轉載上海、香港報紙的新聞消息，此條或轉載香港的中文報。）

馬克迪殺死戈登和他的全部軍隊後，六個月後病死，他的同志們控制了整個蘇丹（除了幾個靠近紅海的港口外），繼馬克迪的人名叫阿都拿·塔希（Abdullah

胡塗的考試

科舉時代的考試，有時也極爲兒嬉的，有些人目不識丁，靠有兩個錢，請槍手，從秀才居然考到進士，入翰林。例如前幾年馬交有個翰林，就是這樣「出身」的。這還是錢可通神，至於胡裏胡塗而考到舉人進士的，在清代也不少見。李慈銘是同治九年庚午科舉人，時年已四十二歲。這科的浙江正副考官是劉有銘、李文田。

劉有銘於光緒二年丙子五月逝世，李慈銘的同鄉金保泰告訴李慈銘一個舉人同年的故事。這個舉人是目不識丁的，胡裏胡塗爲劉有銘取中。李慈銘於日記中記其事，現在述其大畧於此。但日記中並沒有說這個人叫什麽名字，現在經考查，知是名叫余弼，字仲亮，號右軒，又號理齋，浙江仁和縣人。據李氏日記說：

余弼出生在一個貧窮的家庭，未讀過書，太平天國軍隊攻下杭州，他仍在杭州的茶館、餅店做夥伴。當時有個略識文墨的人見他可憐，就教他讀書認字。太平軍退出杭州後，清廷補行考試，擴充各縣的秀才名額，仁和縣至三百餘人，但應試的人還不足五十之數，有人勸余弼往試，居然給他中了一名。（按：封建時代，國家有什麽大慶典，往往擴充學額，使讀書人多個出身機會）余弼中後，住在蕭山，做過當鋪的會計，後來居然做猢猻王，教幾個小童度日，因此也學學做八股文。五六年後，庚午科鄉試到了，余弼竟然去考舉人，因爲他的八股文做得不通，入闈時，就胡裏胡塗寫成三大段的散文。恰巧劉有銘不喜歡八股文，讀到他這篇奇怪的文字，覺得很有趣，大加賞識，取他中了舉人。余弼很有志氣，下一年入京會試，所作的八股文完全不依規定格式，但他靠運氣，中貢士，殿試時又中進士，還選爲翰林。杭州人吳煦，曾做過蘇松太道（按：洋槍隊及常勝軍，亦爲此人一力贊成而組織的），貪污所得的現金甚多，因爲余弼是新貴，就把孫女嫁給他，還賠了幾萬銀子做嫁粧，余弼從此貴且富了。同治十三年甲戌，翰林畢業考試，但余弼考得很低，沒有留館授職，改爲吏部主事。杭州人因他做了官，丈人峯又是杭州的大紳士，個個都想交結他。

像李慈銘所記這樣的事，在科舉時代偶然也發生的，所以那時的考試，多碰運氣，而統治者亦以此來麻醉人心，籠絡人心，使知識分子考試而得高官，就不想作反了。

·張黑女·

el Tasshi ）做起蘇丹的元首。

吉青納爲戈登復仇

一直到十三年後，英國的將軍吉青納，於一八九八年九月二日，在喀圖穆對岸的恩特曼（Omdurman）將阿都拿·塔希的軍隊擊潰，蘇丹抵抗英埃的武力全部完了。吉青納命他的軍隊將馬克迪的墳墓鏟除，算是爲戈登復仇，英國人又因爲戈登在蘇丹死於「王事」，爲他在喀圖穆立一銅像。從此英國在上尼羅河建立了勢力。

一九五三年，英埃兩國政府接納蘇丹人民的請求，准他們獨立，成爲一個國家。一九五六年一月，蘇丹獨立了，蘇丹人民立刻將首都那座戈登銅像拆除。他們又在恩特曼建立一所馬克迪博物館。館中有一個擊斃戈登專室，陳列品中，有清朝賞戈登的一件黃馬褂，和雙眼花翎。這兩件清朝公服，是戈登死後，落在蘇丹人手上的。此外有戈登的日記，又有當年馬克迪親筆寫給戈登的最後通牒等。

輓孫中山的對聯

·浦作英·

今年是孫中山先生誕生百週年紀念，孫氏逝世，到了今年，也有四十多年了。記得孫先生在北京撒手人寰和後來安葬南京紫金山時，各方的輓聯，不下數千，其中紀念一代革命導師，抒發個人感悼的心聲，是屬絕大的多數。而因政治立場的不同，借題發揮的也有幾個。今把兩方的輓聯，摘錄幾副，來做代表。

輓孫聯中文最長而又能概括他的一生的有李大釗所作的長聯，當年已給讀者同聲頌贊，說是氣雄力厚最佳的作品，聯云：

廣東是現代思潮匯注之區，自明季迄於今茲，漢種孑遺，外邦通市，乃到太平崛起，類皆孕育斯鄉。先生挺生其間，砥柱於革命中流，啓後承先，滌新淘舊，揭民族大義，决將再造乾坤。四十餘年，殫心瘁力，誓以青天白日滿地紅旗，喚起自由獨立之精神，要爲人間留正氣；

中華爲世界列强競爭所在，由泰西以至日本，政治掠取，經濟侵陵，甚至共管陰謀，爭思牛馬爾家國。吾黨適丁此會，喪失我建國山斗，雲凄海咽，地黯天愁，問繼起何人，毅然重整旗鼓？億兆有衆，惟工與農，須本三民五權羣策羣力，遵依犧牲奮鬥諸遺訓，成厥大業慰英靈。

章炳麟於民國十三年，國民黨改組後，曾經和一些頑固落後分子，搞「護黨救國同盟」，他的政治路線如何，也可知了。當孫中山遺骸，移葬南京時，章寄去輓聯云：

舉國盡蘇俄，赤化不如陳獨秀！

滿朝皆義子，碧雲應繼魏忠賢。

孫中山遺櫬，一度客停北京西山碧雲寺。舊傳此寺，是魏忠賢所建。章聯可說是公然毀謗，擬於不倫。

國家主義派曾琦，也有輓聯，如云：

數十年革命辛勤，排滿倒袁，百戰將軍惟一李；

四百兆人民屬望，安邦定國，千秋遺憾在三陳。

「一李」，指李烈鈞，「三陳」，指陳炯明、陳其美、陳獨秀。

曾是孫中山先生的黨徒而叛變了孫中山的陳炯明，當年蟄居香港，寄去一副輓聯，是這樣子說的：

惟英雄能活人殺人，功首罪魁，留得千秋青史在；

與故交曾一戰再戰，私情公誼，全憑一片赤心知。

文學是思想的表現，無論抒情狀物，都與作者的思想感情有關，尤其是哀輓文字，更是表達生者對死者的思想感情，我們看了以上的幾副輓聯，便可以認識到他們當時思想活動是什麼的了。

有德無才的薩鎮冰

侯庵

薩鎮冰淡泊樸實，無大官窮奢極侈氣習。每每布衣緼袍，不携隨從，以致屢遭閽者白眼；百般刁難。

主閩之日，某次經省垣倉前山一教會學校訪友，洽商要事。竟爲閽者擋駕，非示證件，不許入內，蓋恐其爲冒牌之省長也。薩氏無奈，鵠立門口，以待機緣，適主人自教室步出，瞥見薩氏，急忙延進會客室，方免其一嘗閉門羹滋味焉。閽者見狀，立卽面色如土，惴惴不安，正不知如何以善其後，薩氏反獎勵有加，賞之袁頭十枚曰：「汝忠於職守，實不愧爲中華民國國民也。」彼受寵若驚，殊出意外。常以語人，引爲奇遇。

民國八年，薩氏以海疆巡閱使名義南下，視察沿海各省。抵廣州時，隻身赴公署謁督軍莫榮新。閽者見其布袍陳舊，白髮蒼蒼，似有求於督軍者，久久不爲傳達，薩頗不奈，遂表明來意。閽者睨而視之曰：「全省文武官員，督軍至大，無論何人，皆須候見。觀汝姓名離奇，究係何許人氏耶？」幸一二熱腸古道者，憐其老邁從、中說項，閽者始悻悻入內通報。詎料不旋踵間，卽聞傳開中門之聲，以備迎接貴賓。閽者大驚失色，叩頭如搗蒜，哀求海涵，勿於督軍前道及此事。不然輕則革退，重則或有性命之虞也。小人面目，可憎亦復可憐，薩氏不禁爲之失笑曰：「汝且起立，余不汝咎，惟以後對來賓當改善態度也。」

武昌起義時，黎元洪被革命軍擁戴爲鄂軍都督後，曾致函薩氏，勸之改變立場，有「吾師素知洪最謹厚」之語，然薩氏在當時固未爲所動也。

由此以觀，薩氏一生道德有餘，而魄力與才幹不足。故雖早膺專閫，歷居高位，不但無赫赫功勞，且並遠大計劃而無之，是以終其身一無豐功偉績之可言，而民初海軍亦終成玩品，徒供當時南北軍閥之利用耳。

以上所記，錄自先伯心佛遺稿。按薩氏曾留學英國，專攻海軍。返國之初，爲一艦之長。海上出巡之際，拯救一艘遇險失事之美國商輪，老羅斯福之子亦一脫險人士，以故名揚國際。滿清末年，海軍官員之中，不論資歷、官階或權力，均以薩氏居首。黎氏亦出身海軍（北洋水師學堂），曾參加甲午戰爭，大難不死。其於薩氏，素以師禮待之。被迫爲革命軍統領之後，曾再三致電薩氏，有云：「吾師不出，如四億同胞何！」「滿漢存亡，繫於師之一身。」不料薩氏仍命砲擊武昌，若非中下幹部陽奉陰違，革命軍難免重大損失矣。江北北洋學生乃集體上書薩氏，勸其不自裁，卽從速反正，彼竟不以爲意。

民國成立，海軍人員爲之辯護曰：「歷觀薩公之所爲，始則守中立，繼而爲滿人所挾制，終則囑各軍官反正，潔身以去。是薩公之心，非不贊成民軍，特時勢使然也。」然此說固未足以盡服國人也。

其衣冠之至爲簡樸，似出天性，而非沽名釣譽之徒可比。據稱：某次在南京，爲馬車夫所訛詐，被警察一起送入分局。彼以名片出示，局長急賠不是不已。馬車夫與警察更相顧失色，鼠竄而去。

論者嘗譏甲午以後，北伐以前，中國之海軍，有若金魚，徒供玩賞，不堪捍衛海疆。甚或責及閩人徒知把持，絕少遠圖。民國以來，購自日本之軍艦，據稱：其中往往有不足爲外人一道之黑幕。最遺人笑柄者，卽於某年號稱最新之巨艦，在日人「苦心」安排下，外表不愧壯觀，但若開駛過速，卽有翻覆之虞，則其作戰能力，可想而知。

諸如此類笑話，每於鄉人縱談國事之際，引爲八閩之恥，以故對於薩氏生平之未嘗偏袒同鄉，高風亮節，彌足欽敬。不特此也，其於家人父子之間，亦有與衆不同之作風。傳爲佳話者，至少有下列二三事可述。

一卽長公子成年之日，薩氏卽破例宴請友好。嘉賓既至，當場宣稱：今日特容我子坐首位，暫屈諸君來此作陪。今後我父子實行分家，彼須爲自立門戶而加倍努力，深盼諸君共爲鼓勵之也。公子婉拒再三，薩氏强之就坐，並舉杯，爲其前程光明預祝。

果然，其諸公子皆於後來，卓然有以自立，未負老人願望。此事在兩人之間，或不足異，但在中國社會却係少見，而可多多提倡者。

薩氏子姪中，似皆以福字排行。其中傑出之士，一爲生於一八八六年之薩福鈞，字少銘（薩氏本人字鼎銘）。出身工科，歷任交通部與鐵路界之要職。

第二事卽薩氏選婿經過之奇。傳稱：當其早年任海軍右翼統領之時，常駐海圻軍艦。有一公役，每逢薩氏午睡，卽取單被輕覆其身。久之，乃爲薩氏所知，詢其家世。淸貧而未能多讀書。薩氏賞識其英俊謹愼，又憐其遇，竟許嫁以愛女，而先資助其入學深造。夫人初不同意，而薩意已决，以將相本無種，力勸其接受此一快婿焉。

又一說則謂：薩氏巡視某艦，僅見一青年水手獨自結繩。賞以現金，竟婉謝不受。薩氏乃另眼看待，允以愛女許婚。此婿後於海關學校卒業，歷任九江海關監督等職，亦有聲於時。薩氏之老眼無花，巨眼識人，此又佐證之一也。

稍異之又一說云：薩氏一女適某留學生，嫁粧殊少。薩氏特對婿家鄭重表示，一生不欲以阿堵物累及兒輩，家風爲重，希勿見怪云云。

第三事，卽薩氏以上將之尊，而晚年幾不類一咤叱風雲之軍人，宛如苦行僧。對於吟詩寫字之興趣，與時俱增。加以健步，乃能老而彌健，善養天年。

抗戰期中，某年道經莆田，似爲倡導救國捐助運動，而僕僕風塵。先祖特往參加縣長召集之歡迎會，歸云：識荆恨晚，但不意其貌不驚人，或才氣內歛之士，每每如是乎！

由此以觀，其爲人自有分寸，一生固不以闇者之徒目光如豆爲意也。至於海軍未於彼握權之日，長足進展，則又國家整個局面未上正軌使然。彼卽使無赫赫之功，亦得以淡泊明志，可告無罪也。

甲午戰前，日方因目擊淸兵於艦上砲身晒衣，兼聞北洋水師中許多腐化現象，始下及早發動戰事之决心。若有薩氏其人之流督導，諒至少可無此等騰笑萬邦之醜聞發生也。

（附註：報人龔德柏嘗撰一文，「三十年前的海軍」，抨擊其若干荒唐表現，而以「陸軍浴血抗日時，海軍鳴炮迎賓日」一段，結束全文。令人讀後，不能無慨！然則甲午以來，豈獨鄧世昌之流，成仁取義，最爲英勇壯烈，大名可垂千古，而海軍界中其他人士，殊少一提價値耶？）

林紓自討沒趣

林琴南（紓）中光緒八年壬午科舉人，會試未能中式，曾應大挑，只得教職，未得知縣，心中老大不高興。清朝亡後，林紓常在文字中自稱「布衣」，其實他在前淸應大挑試後，得教諭，已是官了，還以「處士」自居，眞自欺欺人。溥儀在紫禁城稱孤道寡，林琴南見許多人都得到溥儀封官賜爵，不免官興大發，民國八年（一九一九年）九月，他寫了一封奏章，請溥儀的內務府代奏，賞給一個內閣中書銜。內務府大臣耆齡置之不理。林琴南抹了一鼻子灰。有人問耆齡爲什麽靳此而不予，難道林紓那些七次謁陵還不夠忠貞嗎？耆齡笑道：「一面謁陵表現忠貞，但一面又受民國的束脩養命！」（指他在北京大學做教授。北大乃國立大學，民國政府出錢辦的。）

·大年·

狀元與美人

·徐一士·

金氏所寫之醜狀元故事，實由康熙五十七年戊戌科狀元汪應銓而來。袁簡齋（枚）「隨園詩話」卷三云：

> 汪度齡先生中狀元時，年已四十餘，面麻身長，腰腹十圍。買妾京師。有小家女陸氏，粗通文墨，觀彈詞曲本，以爲狀元皆美少年，欣然願嫁。結婚之夕，於燭下見先生年貌，大失所望，業已鬱鬱矣。是夕諸同年飲夥巨杯，先生量宏興豪，沉醉上床，不顧新人，和衣酣寢，已而嘔吐，將新製枕衾盡汚腥穢。陸女恚甚，未五更，雉經而亡。或嘲之曰：「國色太嬌難作婿，狀元雖好却非郎。」

此即金氏所寫之根據無疑，惟並非順治創業首科狀元。金氏蓋憶及此項故事，加以渲染，而於其時期及人物未遑致詳耳。應銓字杜林，亦作度齡，江南常熟人，其先休寧人（時江蘇安徽二省共爲江南省）。雖中狀元，仕未大顯（僅由修撰官至左贊善），其名不著於後。王東溆（應奎，常熟人）「柳南隨筆」卷四云：「吾邑向有官儒戶田，多詭寄，弊竇百出。雍正二年奉旨汰去，而一二奸胥輩私以汪宮贊（應銓）出名，投牒縣令，冀免革除。故事，官批訟牒，必以硃筆點訟者姓名。其人或係縉紳，則用圈焉。時縣令爲喻宗楏，誤以筆點汪名。汪聞大怒，作詩一絕云：「八尺桃笙臥暑風，喧傳名掛縣門東，自從玉座標題後，又得琴堂一點紅！」亦其軼事。又憶類斯之事亦有屬之他人者，殆傳聞之歧也。

傳以漸不獨無以貌醜致一女子悔憾雉經而亡之事，且別有一段美人佳話，見於記載。據毛祥麟「對山書屋墨餘錄」卷三云：

> 溧陽伊密之，才乞豪上，明季之佳公子也。喜蓄聲伎。嘗以三千金聘王素雲於吳中，色藝爲諸姬冠。一日忽有山東傳生投刺請見，閽人以非素識却之，不得，然後見，既見，不及他語，但曰：「山東傳某，聞公佳姬中有素雲者，艷傾宇內，願一平視，公其許之否乎？」伊逡巡謝曰：「勞君遠涉，茲諸少休，得徐議。」傳復慷慨言曰：「某數千里徒步而來，無他瀆也。公幸許我，誠當少俟，否則無過留。」伊首肯，傳始就座。時日已暮，即命酒，欵之。數巡後，燈燭輝映，環珮鏘然，侍女十餘輩擁素雲出見。傳起立凝視久之，歎曰：「名不虛也，此來無負。」因即告別。密之堅挽之，傳曰：「得覩傾城，私願已遂，豈爲飲食哉？」不顧逕去。伊快快如有失，隱識此生非常流，既而曰：「吾何愛一婦人，而失國士？」即乘駿馬，追及之三十里外，挾之俱歸，禮欵益厚。一夕引之入曲室，錦綺華縟，供張悉備，乃揖傳言曰：「君此來雖出無心，此中殆有天意。今吾以素雲贈君，此室即洞房，今晚即七夕也！」傳辭以義不可，且嫌奪所愛。伊曰：「君何疑？贈姬事，自古有之。念君力不能致佳麗，以吾粉黛盈側，豈少此女，且以君爲丈夫，故有是舉，乃效書生羞澀耶！」語未畢，侍者已導素雲出拜。傳驚喜過望。既留逾月，伊又爲之治裝，奩物外更資以數千金。傳歸，安然爲富人矣。無何，闖寇肆逆，明社遂墟，我國家定鼎燕京。有誣告十舊姓蓄異謀者，密之亦爲所陷，猶以平昔之惠，人多爲之地，而久匿山澤，昭雪無由。時傳値朝庭開科，已由大魁歷淸要，十餘年間，遂躋宰輔。密之得間寓書問起居。適傳扈蹕出都，素雲發書，始知伊尚未死，驚歎流涕，如感心疾。傳歸，

郎謂之曰：「妾幽憂善忘，不知母家安在。」傳曰：「卿豈忘諸乎？若伊密之者非耶？」曰：「然則密之又安在？」曰：「痛遭寃禍，家沒身亡已久多。」素雲曰：「以君一介寒儒，豈無生人之累，乃得專心向學，坐致通顯，此恩諒不忘。設密之而至今在也，將何以報？」曰：「苟及其生而報之，身且不惜，他何計焉！」乃以書示傳，傳閱竟，方沈吟間，素雲郎截髮與誓曰：「脫不能報，富貴何爲！」傳乃徧謀之朝士將同申奏，會以告訐者多不實，天子祭前十姓枉，傳遂乘間以請，於是密之得蒙恩返里矣。方是時，傳嘗跡伊所在，專使邀入都。密之復書唆却，且言：「某昔日之施，君今日之報，前後之事既奇，彼此之心交盡。自茲以往，君爲熙朝重臣，某爲山林逸士，兩無所憾，不在相見也。」傳與素雲得書後，俱歎息不置，而時論亦以此益高之。

此項狀元與美人之佳話，所紀縱或不免有所粧點，足資談助，與醜狀元故事適相反映。

又有名妓嫁狀元以生活上之不慣而仳離者，其事亦可同覽也，鈕玉樵（琇）「觚賸」續編卷三（事觚）云：

吳門有名妓蔣四娘者，小字雙雙，媚姿艷冶，儇態輕盈，琴精奕妙，復善談謔，花月之筵，坐無雙雙，不足以罄客歡也。毘陵呂狀元蒼臣遇於席，一見傾悅，以千金買之，携至京師，扃置花市薹樓，窮極珍綺，以資服饌，自謂玉堂金屋，稱人間偶配，而雙雙以爲瓊瑤芙蓉，雖籠鸚鵡，動而觸隅，非意所適。順治甲午除夕，共相餞歲，出兩玉巵行酒。呂斟其舊者奉蔣，曰：「此我家藏室器，爲卿浮白。」蔣以新者自與，仍以舊者還呂，曰：「君雖念舊，妾自懷新！」呂意怫然，明年放歸吳門。雙雙構室南園，頗有草木之勝，崑山徐生，其舊識也，泛扁舟訪之。蔣留茗話。徐生曰：「四娘已作狀元婦，何不令生狀元兒，而重尋舊遊耶！」雙雙曰：「人言嫁逐鷄犬不若得富貴壻，我謂不然。譬如置銅山寶林於前，與之齊眉舉案，懸玉帶金魚於側，與之比肩偕老，既乏風流之趣，又鮮宴笑之歡，則富貴壻猶鷄犬也，又奚戀乎！嘗憶從蒼臣於都下時，泉石莫由怡目，絲竹無以娛心，每當深閨晝掩，長日如年，玉宇無塵，凉蟾照夜，徙倚曲欄之間，悵望廣庭之內，寂寂跫音，忽焉腸斷，此時若有一二才鬼從空而墜，亦擁之爲無價寶矣！人壽幾何，難逢仙偶。非脫此苦海，今日安得與君坐對也。」徐生大笑而別。呂即傳以漸次科順治四年丁亥狀元呂宮，號蒼忱，亦作蒼臣，江南武進人。官至翰林弘文院大學士，亦狀元而宰相者。其掇大魁晚於以漸一年，而入相則早一年。（宮順治十年即爲大學士，以漸翌歲始膺揆席。）

紀曉嵐「槐西雜志」卷一有云：

同郡某孝廉，未第時落拓不羈，多來往青樓中，然倚門者視之漠然也。惟一妓名椒樹者，（此曉佚其姓名，此里巷中戲謔之稱也。）獨賞之，曰：「此君豈長貧賤者哉！」時邀之狎飲，且以夜合資供其讀書。比應試，又爲捐金治裝，且爲其家謀薪米。孝廉感之，握臂與盟曰：「吾倘得志，必納汝。」椒樹謝曰：「所以重君者，怪姊妹惟識富家兒，欲人知脂粉羅綺中尚有巨眼人耳。至白頭之約，則非所敢問，妾性冶蕩，必不能作良家婦。如已執箕帚，仍縱懷風月，君何以堪？如幽閉閨閣，如坐囹圄，妾又何以堪？與其始相歡合，終至仳離，何如各留不盡之情作長相思哉？」後孝廉爲縣令，屢招之，不赴，中年以後，車馬日稀，終未嘗一至其署。亦可云奇女子矣。使韓淮陰能知此意，烏有鳥盡弓藏之憾哉！

此河間舉人某，雖非狀元，亦是科甲人物。此妓之事，甚可與蔣雙雙事合看，因附及之。至紀氏援之以論韓信，不免爲迂闊之談。

劉葆眞（可毅，即「孽海花」第十三回之會元劉毅）有「書姚三保事」，其人亦一名妓也。文云：

（下轉第17頁）

拿愛情交換情報

英國女間諜仙荻亞的浪漫史

洛生 譯

海軍的密碼

次晨，她到碼頭送他，她還急需一個情報——海軍暗碼。上將把他屬下的一名工作人員的姓名和地址告訴她，說這個叫朱利奧的人可幫她忙。

「你囘到華盛頓後，馬上去見他，他會幫忙你的。」

仙荻亞囘到華盛頓，找到朱利奧，請他到她家裏小坐。次日黃昏，他果然來了，坐在梳化椅上喝酒，不斷說：「這樣的生活才有意義！」

這樣子來了幾次，朱利奧十分欣賞這個醇酒美人的環境——一個不是他太太，但却對他百般奉承的美人。一次，他環顧佈置得美奐美輪的四週，歎了一口氣說：「我能過這種豪奢的生活多好！」

「你想過這種生活，有何難，只要依照我的話去做便是了。」機不可失，仙荻亞立刻提出暗碼這個問題。她介紹朱利奧給她的公事朋友認識，並且叫他安心，雙方將會達到一個滿意的「和解」，然後他就會「過這種生活」了。同時，她還肯定地告訴他，他此舉將會幫了意大利一個大忙。不管是貪婪或是被仙荻亞說服，朱利奧照指示去做，結果他也很滿意。沒多久，他交出暗碼簿，情報局把內容一一攝下，然後交囘給他。

仙荻亞以後再看不到里雅士了，她常爲此事而感到遺憾。一九五一年，消息傳來，說他死於肺炎。里雅士送給她的小銀盒，她交給莊尼，作爲紀念他們這次情報工作的成功。

因爲仙荻亞的意大利海軍情報準確，英國情報局自此以後，對意國的艦隻動態，都瞭如指掌，尤其在一九四一年三月，在馬他班角一役，皇家海軍打垮了意大利數目繁多的艦隻。

偵察維希政府的秘密

這位美麗的金髮女郎的第二個任務是去刺探法國維希政府大使館的秘密，仙荻亞一聽到這消息，不禁連呼吸也屏息了。莊尼說：「這個任務非常重要。」

一九四〇年夏，法國向納粹投降後，跟着一個傀儡政權成立了，它以法國中部跟維希作總部，納粹德國准許維希政府派一名大使駐在華盛頓，此外，這個傀儡政府還有一支地中海艦隊，它隨時會因需要而交給納粹，它還有一萬萬鎊黃金，已經運往西印度的法屬馬丁尼灰。

當時，英國的國家領袖和丘吉爾的戰時內閣，都急需知道維希政府要下的是那一步棋。這任務現在落在仙荻亞身上。

她的丈夫對她做間諜一事，一些也不

知情。仙荻亞正靠「出賣愛情」來換取對方的情報，而她在這方面十分成功，她扮演的角色，對扭轉世界第二次大戰的運氣，也盡了一點力。

這次，仙荻亞該如何下手呢？她正在讀一張開列了當時國際的政客和外交家的名單，她的視線，停在維希政府一個官員查理士·布魯士的名字上。她搖了個電話給維希政府大使館，一會，她便和布魯士通話了。

「我是一位美國女報人，我想替法國做點事。」她用美妙的聲音說出這句話。

對方禮貌的回答道：「非常多謝你，女士，我隨時能為你效勞的。」

「我想會見大使——亨利·希爾先生。」

「當然可以，請你明天下午二時來大使館吧。」

到時，布魯士正在等候她，仙荻亞這時有一種奇異的感受，好像她已進入另一個世界的開端。她今天刻意打扮，穿了一件絲色的衣服，來配她眼珠的顏色。布魯士不覺用他經驗老到的眼光從頭到腳望了她好一會。

當她在等候大使時，布魯士告訴她，他結過三次婚，跟幾個女人有過羅曼斯，並且自詡他是獵取女人的高手，一位老饕和品酒專家。

這次的會見，一直到下午很遲的時候才結束，仙荻亞也就離開法國維希政府大使館。次日，她收到一束玫瑰花，和布魯士邀她去吃午餐的名片。

她後來說：「我永不會忘懷那頓午餐，查理士對女人眞有一手，他溫柔體貼，他不斷的讚美我，而我也得承認，我那天特別容光煥發，明媚照人。我是一位外交家的太太，自然見過不少世面，所以知道不少軼事，我告訴她一些最滑稽最風趣的——有幾個是我故意製造出來的。午餐就在這愉快氣氛中結束。」

他握住仙荻亞的手，吻了它一下，然後用手指尖撫摩着她裸露，晶瑩的雙臂，他感到好像在接觸一塊絲綢一樣。然後，他又貪婪地注視她的雙腿。

下午很遲的時候，這頓午餐才結束。查理士問她可否送她回家，仙荻亞答應了。

她家的大門一關上，她已覺得查理士抱住她，他輕而易舉地放她在地上，然後抱起她上樓。

「查理士，你幹什麼？」她輕聲責備。

那天黃昏，查理士走後，仙荻亞打電話給紐約的莊尼。

「莊尼」，她的聲調帶着興奮，「我想他已入彀了。」

「太好了！」對方回答道：「但必須小心點。」

「不必担心，我會的。」她開始想像布魯士對她的看法會如何。這是否逢場作戲？或者，她要扮演的角色是他的情婦？甚或他倆的關係有一重更深的意義？她一定要加緊向他下多些功夫。

沒多久，布魯士就整個人被仙荻亞迷住了，而在另一方面，他又是法大使的心腹，正如當代的許多法國人一樣，查理士對維希政府的總理皮亞·賴伐爾十分憎厭，而這正是仙荻亞乘虛而入的好機會。

漸漸地，在她的上司的指導下，她用機智含蓄的手段，激發布魯士對賴伐爾更多的憎恨，同時盡量慫恿他多些談及維希政權的事。很快，他已在答覆仙荻亞為他準備好的題目了——同時供給維希政府在美國的地下活動。

一九四一年六月，那是他們邂逅了兩個月的時候，查理士向她吐露愛意，他還說，維希政府已決定撤銷他在大使館的職位，大使說，他仍可以在使館做事，但薪金則要減低許多。

「你可以和我一齊回法國嗎？」他懇求道。

仙荻亞所等待的，就是他這句話。後來，她搖電話給莊尼，他教她說服查理士，使他反正，加盟盟國這邊——他個人的經濟當然會比以前好一點。

她知道他非常反英，因為一九四〇年，英國皇家海軍曾在柯蘭與法海軍有過遭遇戰。她必須用些腦筋，才能使他上鈎。所以第二次見到他，她便假說她是美國政府的間諜，開門見山，她立刻問他以後可否週期性的供給大使館內的消息給她？

她三番四次的說出是法國人愛國的唯一途徑——打敗納粹德國人和賴伐爾的唯

一手段。她還說，美國國庫將會補償他的一切。當然啦，她仍然會做他的情婦，她是愛他的，她對他前途的關懷不是最好的證明嗎？

查理士同意她的提議，自此以後，從她手裏流到盟國情報機關的消息，便川流不息了。這些包括維希大使所知道的每個重要消息，公文電報的翻譯本，這些均是大使館所發佈和接到的。他還將大使館每日所發生的事，一一記下，這些詳細的報告塡補了許多不爲人知道的事情的空隙。不久，仙荻亞搬出她的居所，在華特文公園旅館租了一個房間，查理士和他的妻子也住在這裏，情報仍不斷從查理士流到她那裏。

一九四二年三月，仙荻亞接到莊尼拍給她的一個電報，叫她到紐約相見。

他說：「仙荻亞，倫敦緊急需要維希政府的海軍密碼，你能替我們取得嗎？」

她對這次任務的重大而感到遲疑了，半晌，她才說：「是的，我能夠，同時一定會成功。」

當她向查理士求助時，他驚駭到半句話也說不出來。「海軍密碼？你在開玩笑？」

「我一生以來從沒像這次那麽認眞」，她說，「如果你不幫我，那我去問別人好了。」

「但你在要我做一件我能力做不到的事呀」，他喊道。跟着他解釋，只有管理密碼的首要人物，才能見得到這些密碼，他們之中，一個是剛要退休名叫賓耐的人，另外則是大使館的一名工作人員，名叫欽特」——，而且，收藏密碼的房間，經常都是牢牢的鎖着的。

仙荻亞決定試探這名大使館先生，一晚，她打電話給他在華盛頓的住所。她用法文告訴他有件要事，所以一定要見他，這件事對他很有關係。

半個小時後，她已坐在欽特的客廳裏，她用輕軟的聲調，告訴他她在爲法國盡力。「賴伐爾是一名叛徒，你爲什麽串同他一氣？」她詰問道。

他回答道：「我是個職業外交家，我不能作職業上的選擇。」

「我能提供你幫助你的祖國的辦法。」仙荻亞跟着說出她是美國情報局的工作人員。「而你」，她跟着說，「也能幫助遏止納粹征服整個歐洲的野心。」

「我嗎，太太？」

「你有辦法拿得到維希政權的海軍密碼？」

欽特躊躇了許久，最後他站起身。「你很好」，他用手捧起她雙頰，「明天我什麽時候可以見你？」

「在華特文公園，晚上六點鐘以後。」

第二天大清早，仙荻亞到紐約去，她有緊要事和莊尼商量，回程又被阻延了。但使她驚奇的是，欽特已經在她旅館的走廊等着她了。

她說六點鐘以後，他打了幾個電話給她，然後他來到這裏，因爲他有些事要和她談談。

在她的房裏，欽特說他已考慮過他們昨天所談的話，但他要知道仙荻亞是否可靠。

「我所說的全是眞話，你應該可以放心的。」她說。

「你知道，親密是最能建立關係的方法，我認爲我們之間需要這種關係。」

「我所要的只不過是密碼，其他的事與我無關，並且對我毫無意義可言。」

「但我以爲你明白法國人的心理」，他說，「如果對你無意義，它對我是很有意義的，最低限度在這時候。」

仙荻亞現在只有一件事可做，而她做了，她合上雙眼，任欽特爲所欲爲。事後，他們正在約定下一次的約會地點和時間，電話鈴響了。原來是查理士打來的——他說他馬上來見她。仙荻亞來不及說話，因爲他已收線了。

欽特只有一條退路可走，那就是查理士一會兒必經過的走廊。但她並無他法，只好推了欽特出門，心中祈禱他們兩人不會相遇。

（三：未完）

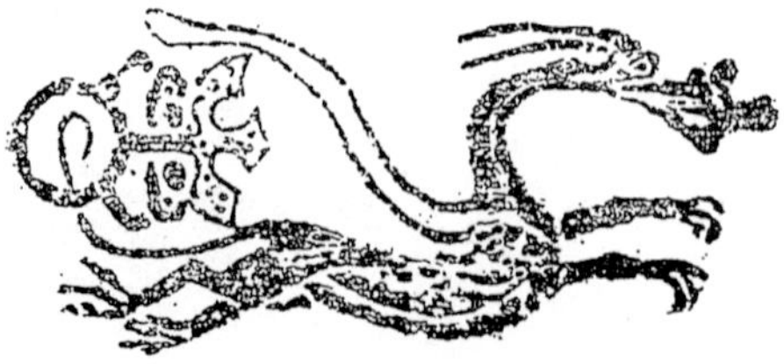

王鳳卿與時慧寶

•士　方•

京戲的老生自程長庚後，有張二奎派，與余三勝派；後來則有孫菊仙、汪桂芬、譚鑫培、劉鴻聲，以至汪笑儂等派，可是沿而至今，已是譚派的天下。無伶不學譚，不管賈洪林，以至雷喜福、馬連良也好，余叔岩以至孟小冬、李少春也好，都逃不出譚派。譚小培是譚鑫培的兒子，王又宸是譚的女婿，譚富英爲譚的孫兒，自不待言，餘如言菊朋、高慶奎、貫俊卿、王雨田、羅小寶、貫大元、吳鐵菴、邢君明都是譚派傳人。但學汪者僅王鳳卿，學孫者只時慧寶，及已故的雙處。同時，這兩位都善書法，筆者都有他二位寫的字存藏，故就所知，畧爲一談。

先說王鳳卿。他是四喜班青衣王彩林之子，通天教主王瑤卿之弟，原籍江蘇淸江浦人，久居北平，幼習武生於崇富貴、陳春元。崇外號崇剝皮，教戲講苦打，鳳卿便是苦學出來的。後改老生，跟大李五李順亭，及賈洪林之兄賈麗川學，與兄同入三慶班，又轉長春班，適遇汪桂芬，頗爲其賞識，遂拜汪門下爲弟子。汪之發聲爲腦後音，非氣力充沛，難至沉摯渾厚，且爲徽調之餘緒，不若譚之近漢調。唯譚巧汪拙，多費力不討好，但王發奮苦研，汪所授取成都、硃砂痣均佳，四郎探母、文昭關，則非他人可及。淸末民初，聲譽最著，余叔岩比王則是後生晚輩也。他還長於紅淨戲，華容道、戰長沙尤佳，乃是硃色揉臉，程大老板的關公，不是三麻子那份「野」關公也。筆者曾見其與張榮奎合演的戰長沙，雍容莊肅，已有魯殿靈光之感。鳳卿與梅蘭芳合作很久，人都稱鳳二爺，梅是王的後輩，王爲了捧梅，才自居頭牌，以梅居次，與梅合作武家坡、汾河灣、四郎探母，至今無人可及。不過後來天下盡譚，王恪守舊規，身段又不討俏，故慢慢就爲梅跨了刀。迨梅出國，王嗜雅片烟，年老體弱，才帶了個王少亭代之。尚小雲當時是梨園公會會長，學陳德霖，經年演於中和園，便把王請去幫忙，與楊盛春、孫盛文、韋三奎、尚富霞同台。記得尚小雲係專繪花卉，破例爲先君畫的一幀山水扇面，背面就是鳳二爺寫的，筆力蒼勁，所宗介於劉石菴、翁方綱之間。鳳二爺人品最好，人多道之，又好古董，故不少文人與之往還，聽說前幾年才老去。有子二，長文榮，字少卿，人稱二片，初學老生，倒嗓後改場面，是胡琴聖手。幫過乃父，後和徐蘭沅爲梅蘭芳拉二胡，成了梅的靈魂；次子文蔚，字幼卿，亦是老生不成學青衣，由其伯父瑤卿親授。唱工最佳，自成一派，梅蘭芳的兒子葆玖，便從其學，可見其藝之精。

再說時慧寶，照理孫派還有雙處雙濶庭，唯已早故，晚年潦倒上海，筆者未及見，故只談時慧寶。按時爲越縵堂日記所謂花部三姝之一時小福之子，幼居乃父有名的朱茅胡同綺春堂。光緒二十五年，時小福逝世，時亦以不務正業，將所居售於人，後始發奮學老生，標榜老鄉親，亦自視爲孫派傳人。但有時亦少雜汪譚，上天台、柴桑口、逍遙津、法門寺、雍涼關、三娘教子、桑園寄子最佳。晚年則多演馬鞍山、硃砂痣，尤以戲迷傳，可自拉自唱，能當堂寫字，以其拿手的魏碑現於舞台。記得當時北平有幾位老伶工，如程繼仙、馬德成、蕭長華、于連仙、尚和玉，會演過一場戲，時便以戲迷傳應之，一時譽爲梨園盛事。按其書法，工魏碑，朱素雲後，能書之第一人，亦常寫蘭，欵多署智儂，不但梨園界少有，即文藝界亦多珍之。後以窮困潦倒，病卒北平，正値淪陷時期也。有子名世寶，爲富連成社出身，唯沒沒無聞，從此孫派亦成絕響。現在台灣有個票友李東園，自詡爲孫派，早年票於津沽，有幾分酷似，算是孫派的一點遺音了。

銀行外史

醇廬

兩間奇異的銀行

東三省官銀號，就是東三省銀行，歷史悠久，早在東三省改行省前，即已設立，初設立時規模不大，發行銀角子票（小洋票），拾角爲壹元（簡稱奉票），初時兌現，又發一種錢票，票上印的是多少吊錢，這是在外縣及四鄉通用的，後來廢不用了，專用奉票。奉天省貨幣極爲複雜，有日本正金銀行發的銀元票，起初與中國銀大洋相等，後來脫離，與日金聯系，另成一種行市；有朝鮮銀行發的日円鈔票，俗稱老頭票，與日本所發的日本票同價；其他有中交發的小洋票；天津字樣的中交票，市面皆通用，官銀號主辦人頗守舊，所以業務不發達。

民國五年（一九一六），張作霖做了奉天督軍，野心甚大，將黑龍江督軍鮑貴卿（還是兒女親家）擠走，換了自己人吳俊陞，將吉林督軍孟恩遠擠走，換了自己人孫烈臣，政府不得已又任命張作霖爲東三省巡閱使，兼奉天督軍，省長雖是王永江，實等於秘書，惟命是聽，張集軍政財於一身，對官銀號也大加整頓，完全依照新式銀行組織，採用新式銀號簿記。全部職員，百分之九十八是奉天人，對於中交兩行發行鈔及營業，加以限制，凡屬於官欵，如鹽欵、印花稅欵、烟酒稅欵等，原存中交兩行的，一律改存官銀號，只有鹽欵，因有借欵關係，按時撥交北京中央政府，其餘都截留爲本省用。主持人都是張派的。

官銀號的營業，頗爲奇突，除放少許欵項給部屬，或部屬所開的買賣外，大宗營業，是在高粱、大豆（黃豆）、小麥收割時，用奉票大量買進。收割時間大約在中秋節前後，所有各縣分號。都是做同樣營業，到了農曆年時，必定漲價，因之獲利甚豐。張拿到這許多利潤，並未放在自已腰包裏，全都拿出辦東三省事業，所辦事業，列舉如後：

奉天兵工廠。奉天兵工廠可稱全國之冠，在奉天省城之東，占地非常之廣，可以無限制的推廣，有炮廠、機關鎗廠、步鎗廠、迫擊炮廠（迫擊炮是奉天兵工廠發明的）、手鎗廠、子彈廠、炮彈廠、手榴彈廠、炸彈廠，專門人才頗多，技術人才、工人更不可勝數，這些人都是外省人爲多，張自兼督辦，總辦是楊宇霆，以下設有很多的會辦，大都是各國留學的軍人，及專門學生，各廠有廠長副廠長，及專門技師，那時各國大軍火商、大電機廠、大機器廠，都派專家到奉天兜生意，其中以德國人爲最多。

建築鐵路。一條由吉林省城到奉天省城東邊海龍縣，這是在南滿鐵路東邊，與南滿路平行。一條由吉林洮南到奉天錦州，這是在南滿鐵路西邊，也與南滿路平行，這是日本最恨的事，條約規定，不得在南滿鐵路東西兩邊築平行線，屢次向奉天抗議，奉天當局不理，建築如故，炸死張作霖，九一八强占東三省，這是最大原因之一。

開發煤礦。北票（在熱河境）煤礦、穆陵（吉林省東北）煤礦、下九台（吉林省城與長春之中間，離吉長鐵路下九台站不遠）煤礦，這是三個大的，還有很多小的，申請開礦的人，都是奉天政府的部屬，可以向官銀號借欵，無形中變成官商合辦。

開發葫蘆島海港。這個海港在勃海北面與秦皇島營口之間，是一個不凍港，用來抵制大連的，奉天用了不少錢，都是官銀號拿出來的。

黑河狗頭金。黑河縣在黑龍江省北部，黑龍江邊，江的對岸就是俄國，也是一個城，叫大黑河，離黑河縣不遠有一個金礦，普通金礦都是金沙提鍊出來，所謂沙裏淘金，但這個金礦是成塊的，極其難得。為什麼叫做狗頭金，那就不知其來源了。因有金礦，中交兩行、東三省官銀號，都在黑河設有分行，收買金子，夏天是船運，由黑龍江下行到吉林同江口入松花江，西南行而達哈爾濱，轉運各地。冬天是由齊齊哈爾（黑龍江省城）陸運，乘汽車，一日卽達黑河，黑河各分行，當然大賺錢，就是行員也很富有。據說東三省官銀號收購的狗頭金，並不歸公，是歸張私有的。

總之張利用官銀號，發行天文數字的奉票，如果拿奉票來計算所購置及開辦事業總數，還是合算的。

廣東省銀行

這家銀行恐怕是北伐成功後，廣東成了一個政府才有的，到了陳濟棠主持廣東軍民政時候，才將省銀行加强組織，成為現代化的銀行，資本多少未宣佈過，恐怕亦未規定，發行毫洋票（卽壹角、貳角銀幣，廣東叫毫洋），拾毫為一元，市面通用二毫銀幣，銀大洋也通用，對毫洋及毫幣，另有行市，最通用的還是港幣，每日對毫幣有行市，官府收付是毫洋折合銀洋，後改為法幣，普通商家無形中是以港幣為本位。

廣東省銀行業務，全靠發行鈔票，而發出的鈔票，多數是買金條及港幣，或用在興建實業，如建糖廠等，為數也很多，所以毫幣對現大洋是很低落。當時主持省銀行是一位沈君（忘其名），人頗正直，而陳濟棠對之亦頗信任，陳對沈除興辦事業，向其要錢外，如果每月軍政費向沈要錢，是會拒絕支付的，如要上私囊更不可能。據說，軍政費是由稅收作支出，廣東是富庶省份，捐稅名目繁多而重，又有鴉片稅及賭捐，但是陳私人括的錢，是另有方法的。

陳維周有次到南京見蔣，回來對老弟說，蔣的運氣、氣色都不如你，在此時陳兄弟迷信扶乩，扶出「機不可失」四字，以為是反蔣的時候了，不料蔣的特務勾引陳的空軍司令，將陳的空軍全部飛機飛往杭州投蔣，到此時，才恍然大悟，「機不可失」是飛機不可失也，今竟飛機全失，無可挽救，只有下野避來香港。後來國民政府派人清查省銀行賬目，所存現金、港幣、糖廠資産等，與發行毫洋票，在市面上所做的行市，相差極微，因之卽照此行市定價收回，由此看來，陳對省銀行，並未當它是私人倉庫，而沈主持省銀行的確是合乎辦銀行的原則。

（上接第11頁）

姚三保，故江寧伎，以色名。洞庭葉芝屏過江寧，其所善繩三保美。雨，芝屏飲且醉，夜往見三保。雨右至右袂障，左則障左袂，淋漓項脊皆濕，足踐泥濺濺聲。逕登三保床。三保自他歸，燭之，瘖瘂連拳頹如錢，自咽以上酒聲閣閣暴溢，瞋目曰：「此何所？」曰：「余姚三保也。」芝屏亟起持三保襯曰：「嘻！」當是時，三保名聞淸溪間，饒財者爭先欲見不得，獨喜與芝屏居。芝屏伯兄仕河南，號嚴正。三保欲歸芝屏，伯兄堅不欲，曰：「吾家世無此涼德！」則請芝屏遊西安。凡二年，假他事至江寧。老嫗襁一子出，曰：「嘻！母死六日矣。」先是，芝屏遊西安，有以白金三千媒三保者，事急，曰：「予一弱女子，芝屏夜冒雨過，不以為褻，義不可忘，呱呱者或得生，命也。」投之嫗，仰藥死。

此則不以貌醜為嫌，且情摯篤，欲嫁未遂而為之死，亦頗可與醜狀元故事作相反之陪襯，並綴錄之。（編者按：徐先生此文刊於一九四三年的「古今」半月刊。因為內容很趣，而掌故性又極濃厚，故予轉載。徐先生現在隱居北京，七十多歲了，近四年沒有通信，未知他近況如何。本文上篇所刊傅以漸的字軸，係向香港一位收藏家借來影印的。書此時為順治七年庚寅（一六五〇年），傅以漸中狀元五年了。傅斯年就是以漸的七世孫。以漸的父親思敬，祖父天榮都是商人，到以漸才「大發」，由商而儒而入於官了。）

對

寧·

清道光咸豐間，海內有四大書法家，趙光也是其中之一。這四位書法家是祁寯藻、許乃普、陳孚恩。他們都是翰林出身，在朝爲尚書、宰相的人物。不過所謂四大書法家，只是說他們的字以人重，人以字重，在當日名噪一時，而並非說他們的字能成名家，傳之久遠。例如和他們同時的也有一個何紹基，何的字自有面目，一直到現在還爲人所重，趙光等四大名家，就不大爲人知了。

趙光字退菴，號蓉舫，雲南昆明人，嘉慶廿五年庚辰（一八二〇年）進士，散館授編修，歷官卿貳，到咸豐三年，以兵部左侍郎授工部尚書（因翁同龢之父心存革職，趙補其缺，趙爲同龢之師也），下一年即調刑部尚書，一直做了十二年，到同治四年二月逝世。

咸豐九年已未（一八五九年）會試，趙光做主考，桐城人光熙（字緝甫）中式，殿試成進士。趙光見這個新門生品學皆優，又喪妻不久，乃以其次女配之。趙二小姐死於同治三年春，一年後，趙光亦以六十九高齡謝世，諡文恪，卹典僅有賜奠，並不甚優。翁同龢同治四年二月廿一日日記云：

「弔趙蓉舫師，其家因嗣子廷琛不肖，欲令歸宗。有女子哭嘗於喪次，嘻，可傷也！

趙光無子，這個廷琛後來不知如何，「趙文恪公自訂年譜」裏面當然不會提到的。他死後，北京有人把他們父女先後逝世認爲一件有趣的事，好事者戲作一聯徵對云：

趙光之女光趙氏，光趙氏死，趙光亦死。

上聯共十五字，趙字四個，光字也四個，氏字死字各兩個，之、女、亦各一個。可說是頗爲古怪難對的聯。因爲趙光是人名，光趙氏也可說是似人名而非人名，她是姓趙之女嫁夫光姓，成爲光趙氏。但光趙氏的光字，同時也可作動詞解，說成趙光的女兒嫁給光姓，光趙氏的門楣。下聯要對得出色：最好能在人名中有一個同時可作動詞解的字來對那個光字。此聯太過難對，似乎一時沒有人

二次革命失敗以後，袁世凱躊躇滿志，更加厲行專制統治。接納陳宧（字二安）的陰謀，把副總統兼湖北都督黎元洪接到北京來，名爲可以共商國事，實際是軟禁，防備黎與民黨聯系，有什麽異動。

陳宧是湖北安陸人，出身武備學堂。民國成立後，黎元洪兼任參謀總長，荐陳任參謀次長。有一次，章太炎見陳，即說：「這是民國第一人物，亡民國的，必是此人，黎、袁也要被他收拾的。」果然，後來黎的離鄂入京，袁的圖謀帝制，陳二安都參與其事。甚至袁的暴死，也因爲接到陳在成都發來脫離中央的電報，一氣而絕。

※　※　※

詩惹禍

湘山

黎元洪被袁世凱調到北京；章太炎一時興到，改了唐人詩句兩首來譏刺，詩云：

袁四猶疑畏簡書，芝泉長爲護儲胥。徒令上將揮神腿，終見降王走火車（按：芝泉指段祺瑞，是從京到鄂，促黎北上的）。饒夏有才原不忝。（饒夏指饒漢祥、夏壽康：先後做過湖北民政長），蔣張無

巧

•李

敢於嘗試。到四月初七日趙家開弔，弔客雲集，趙光一個門生也在禮堂招呼客人。弔客中有一個滿洲籍官員名琦成額者，弔後即離去。琦成額剛走，而琦的一個鄰居滿洲籍官員成琦，派一家人送奠儀到喪家，聲明他的主人因有事，不能親自來拜。（成琦字魏卿，號小韓，道光三十年庚戌進士，欽賜翰林，曾官戶部侍郎，後官至倉場侍郎。其父廉善，字淑之，嘉慶四年己未進士，其後亦爲欽賜翰林，官至刑部左侍郎。父子同爲欽賜翰林，且又同官至侍郎，亦甚巧合。成琦一生甚崇拜宋朝的韓魏公，故取此字、號）。

弔客不親來而派人送奠金，本是常有的事，但這次成琦不親來，倒成全了一對名聯了。趙光那個門生見此情形，一時有靈感，將下聯對出。聯云：

成琦有鄰琦成額，琦成額來，成琦不來。

在字面上來說，是對得頗爲工整的，但可惜太過沒味，而且那個「琦」字不能作兩用，終見遜色，不如上聯遠甚。不過「成琦不來」這四個字，也有其深意存在的，後人知之已少，其中存有一故事，頗可一述。

趙光做刑部尚書時，曾奉命作監斬官，於咸豐九年二月殺大學士柏葰，十一年，協辦大學士肅順被西太后判死刑，也是趙光監斬的（本來宰相不過鐵的，趙光三年之中，連斬二相，可謂殺氣甚重）。成琦出身，得肅順提携，向有肅黨之目。肅順既敗，成琦也倒楣了一個時期。趙光是監斬肅順的人，成琦是不願去拜他的。

李伯元「南亭四話」載絕對一則云：

趙蓉舫尚書無子，祇一女，蓋曙後孤星也，嫁於光氏，都人士戲爲聯曰：「趙光之女光趙氏」。趙同族有爲侍郎者，名定安，寓安定門，故下句曰：「定安家居安定門」。巧不可階。

按此聯並不好，且趙光族人無趙定安者官侍郎，實憑空杜撰，故不足取也。

命欲何如？（指民黨蔣翊武、張振武二人均被慘殺）。至今僉過劉家廟，汽笛一聲恨有餘。蓬萊宮闕對西山，車站車頭，幾回請客勸西餐。

章太炎諧

京漢間。西望瑤池見太后（指黎入京謁隆裕），南來晦氣滿民關。雲移鷺尾開軍帽，日繞猴頭識聖顏。一臥瀛臺驚歲暮

這兩首詩，挖苦泥菩薩黎元洪很尖刻。所謂太后，是指光緒帝的老婆，已於民國二年二月廿二日死去，黎是在這一年的十二月十日到京的。

章詩公開發表後，陳二安因受過章的譏刺，懷恨在心，即把章詩呈送袁世凱，指着第二首第六句「日繞猴頭識聖顏」，是極惡毒的句子。袁看了，默不作聲。陳會袁意，暗中擺佈，使人假借共和黨名義，迎章入京。章當時領袖慾很强，不知什麼，飄飄然由滬北上。結果，被袁軟禁於龍泉寺兩年多。雖然袁摧殘民黨，是一貫手段，但章此次因游戲文字，惹起事端，也是近因之一。

※

※

※

洪憲紀事詩本事簿注

劉成禺遺著

神劍飛時國便摧，中官難挽繡襦迴；始知天上蒼龍種，賴有人間碧玉杯。

世凱從吳長慶於役朝鮮，出入宮禁，得一玉盃，極珍貴。帝制議起，諸姬妾靡不希承意旨，洪娘（即洪述祖之族女）尤慧黠得袁歡。一日，侍婢以此杯盛燕窩湯進，偶失愼墮地，化爲玉碎。婢驚泣不知所以。時世凱適午睡。洪姨因密語之云：「奏言入室時，驚見金龍蟠於牀上，駭極發抖，故罹此禍，求恕死罪。」婢如言，世凱果色霽。又帝制議決，世凱於新華宮內營造宗廟，於民國四年冬至，舉嘗祭之禮。時各省文武大吏，均侈陳祥瑞。袁乃寬輩乃慫恿克定以重金購一長蛇，身大如杯，塗以金黃色彩如龍狀，先期潛令人梯而置於梁上。蛇畏寒，俯首不動。及祭祀時，世凱剛入廟，瞥見靈物蜿蜒，心甚喜，以爲果應龍飛之兆也。又世凱嘗得朱元璋畫像一幅，懸之密室，朔望頂禮，並私祝太祖在天之靈，佑其平定天下，復興漢業，意至誠懇。一日，方在膜拜禱祝之際，忽見畫像兩眼珠微微閃動。袁私喜，靈爽果可徵，如是叛國之念益決。（以上見民國六年，長沙大公報所載洪憲軼事，長沙王祖柱附注。）

遜伯注：吳長慶，字筱軒，安徽廬江人。曾官廣東水師提督。光緒八年，朝鮮內部事變，吳長慶奉命率師入朝鎭壓，將朝鮮大院君送天津。袁世凱入吳長慶幕，是在光緒六年冬間，吳駐兵山東登州，以袁爲故人子，委充營務會辦，時世凱年二十二歲。及吳赴朝，袁亦隨往，在朝十餘年，至光緒二十年甲午（一八九四年）中日戰爭，袁始正式歸國。袁一生政治史，發軔於旅朝期間。洪姨，據王祖柱附注語氣，似指世凱姬妾之一。但查袁克文所寫「洹上私乘」中諸庶母傳，並無姓洪者，亦無江蘇武進人。可知洪姨不是袁妾，亦與洪述祖無關連。洪述祖，武進人，爲戲劇家洪深父親。民國元年，任北京內務部秘書，二年三月二十日，國民黨理事宋教仁在上海北火車站被槍殺，行刺犯武士英（吳福銘），謀殺犯應桂馨，同謀者爲洪述祖。查究罪案，主使者則爲內務總長趙秉鈞執行袁世凱授意而行動。此案掀起二次革命。袁乃寬，字紹明，河南省正陽人。北洋政府農商總長，袁世凱叛國幫兇之一。

請兵門弟入南荒，曉諭恩仇萬木堂；異代逋臣今老矣，狂書衣帶話前皇。

自戊戌政變，六君子正法菜市，康有爲藉李佳白以英艦援救，逃亡海外。來往於南洋日本美洲間。其弟子梁啓超，則創淸議報於日本橫濱，康有爲自著不忍雜誌，醜詆那拉氏，目爲先帝遺妾。創保皇黨，廣通聲氣，向各地華僑籌欵，以保皇學說，爲號召根據，謂携有光緒衣帶密詔，求救海外華僑也。其對中國社會，則以維新守舊樹黨；其對滿淸朝官，則以帝黨后黨分派；其對海外，則保皇革命，旗幟嚴明。有爲父國器，爲雲南布政使，以蔭監中式舉人，榜名祖詒。計偕入京，與井研廖平，遇於天津，大談三日，盡得廖氏公羊之學。廖平、王湘綺尊經書院弟子。有爲用廖平之學，皆呼爲王翁再傳弟子，散見湘綺樓筆記說詩，後更名有爲，中進士，授工部主事。初嶺南兩大學派，曰陳東塾，傳經訓之學，曰朱九江，傳性理之學。有爲與簡竹居，同爲九江入室大弟子。及遇廖平，主張春秋公羊改制，大有盡棄其學而學焉之概。携廖平所著新學僞經考、孔子改制考等書回粵，設萬木草堂講學。梁節菴贈康詩所謂：「九流混混誰爭派，萬木森森一草堂」是也。入桂講學，著長興學記，自號長素，謂長於素王孔子也。其大弟子陳千秋早死名曰超回，謂超過顏回也，其二弟子梁啓超名曰邁賜，謂邁出端木賜也；他弟子如麥孟、徐勤、區榘甲、湯覺頓、陳儀侃等，均以孔門七十二弟子之名配合之。當時春秋改制之說，瀰漫中國。張之洞初主變法，及戊戌政變，乃著尊王篇，盡駁康氏公羊之說以避禍；保皇黨則盛行海外矣。保皇黨之大仇有二：一海外爲孫中山之革命黨，絕對反對也；一海內爲袁世凱之擁戴西后，殺戮逋逐也。有爲持保皇說不動，而以梁啓超左右出入，圖謀權利。其對孫氏，則孫梁交歡於橫濱，梁撰新民叢報，鼓吹民族，隱示革命，獲孫信賴，介梁赴美，盡取孫所組織之致公堂華僑權利黨徒，納於保皇，有爲一紙書責之，乃夢俄羅斯，而反對民族主義矣。其對袁氏，本爲戊戌世仇，辛亥事起，袁出組閣欲釋怨各黨，以梁啓超爲副大臣。進步黨成立，梁入京爲熊希齡內閣總長，梁從康命也。康爲黃梨洲，梁爲萬季野，又使其子弟爲卿矣。梁乃挾對孫故智以禍袁，如伐孫黃，挾副總統入京，改約法，解散國會，設參政院，唱金匱石室制，寖假而終身總統，寖假而帝制自爲矣。主張帝制，多梁黨徒，陰消革命黨之民意，佯贊洪憲之帝業，所謂事不急不足以動衆，惡不極不足以殺身。袁氏騎上虎背。康梁乃組織討袁軍，可以報戊戌殺戮之世仇矣。發動在梁，指使則康。康與梁書曾云：「袁氏吾黨世仇也。春秋復九世之仇，靦顏事仇，汝勿習與相忘。」康梁當時，默觀世變，知全國人民尚未忘情共和，梁乃移書楊度，反對籌安，用收輿論。使其再傳弟子蔡鍔，出走雲南，握川滇黔討袁之兵，擁出保皇老將岑春煊，爲都司令，往肇慶領軍務院龍王濟光，桂將軍陸榮廷，岑舊部也。部署完備，梁啓超乃出馬赴肇慶，指導內外，皆康之密授機宜也。康梁本意，欲握川滇黔粵桂之兵，自立面目，全國人民軍將，願以副總統正位，恢復國會，恢復約法無間言。內閣總理段祺瑞，不署召集國會命令，軍務院實表贊同。及海軍在滬，宣告獨立，許世英入京任交通總長，用快刀斬亂麻之偉論强段副署，恢復國會命令，而軍務院瞠目矣。段祺瑞馬廠視師，再復民國，梁啓超實爲謀主，先決問題，不召集國會，取去許世英總軍部出入證，恐其再强段爲之所以報東門之役也。孫中山乃聯同國會議員，南下廣州，維護法軍矣。康有爲勸袁世凱退位兩書，康袁關鍵及戊戌政變，幾微要領，全見文中，洵聖人之至文。（後孫公園記事）

張謇日記鈔（十七）

張謇遺著

焚黃祝文

某忝荷門基，夙承庭誥，叨唐開元翰林之美授；逢宋熙寧太后之鴻釐，重被皇仁，推恩臣下，贈祖考考爲中憲大夫，祖妣妣爲恭人。烏乎，善有作而仰惟食報。帝不云乎，于身于子孫，祿弗逮而追愴生存，神猶昭夫在上在左右。茲肅焚黃，具牲薦告，尚饗。

三月

一日。謁城南客。許鴻祝來。與方倫叔訊。晴。

二日。寫叔兄訊（內有與曼容訊），汪劍星訊（託陳伯雅），沈子培、顧聘耆訊（託張耕山）。

三日。內子服周選樓藥。許鬻祝來。

四日。校課卷。與王伯芳訊。

六日。內子服葉縵卿同年藥。

七日。校課卷竟。得叔兄訊，海門乃連雨二十日，至朔始晴。

八日。得叔兄訊。傅苕生招飲城南劉園，糧道書辨別業也。

九日。與潘電，促寄廠章，與張登叔、陳少巖、凌陞卿、蔣書箴訊，叔兄訊，得乙盦、聘耆訊。

十日。令周亭同，接眷由江船西上。雨辰有訊。俞春海帶沐梨種來。還袁凌舊負。

與子培訊：三載不能得一言之問，知足下非遺棄我者，然亦不能無責望之意也，謇，天與野性，本無宦情，自甲乙丙三載，通籍、奉諱、治喪、營葬，重之以圖練、工振，加之以家廟、義莊，負累已逾萬數。客歲與叔兄賣文鬻力，僅足以償債息，資家計，以勢度之，非兄弟忍苦作客十年，殆不能了。又加以搏合通州紗廠，屢蹶屢振之餘，可成可敗之際，益不可以舍之而去。是以去冬抵書顧戴二君，託其代向本衙門起復請假，當時二君未嘗言其不可也。二月初，聘耆同年電促入都，謂不可代假，即時電屬其暫緩起復，蓋欲由本州起文，以符在籍之例，而復電則謂已經呈報，仍相督促，比即具以必不能入都之故，詳悉函白，並告以如其與例乖違，合有處分，如罰俸之類，心願受之。去訊兩旬，未見答也。願爲小民盡稍有知見之心，不願廁貴人受不值計校之氣；願成一分一毫有用之事，不願居八命九命可恥之官，此謇之素志也。比常讀「日知錄」、「明夷待訪錄」，矢願益堅，植氣彌峻，輒欲以區區願力，與二三同志播種九幽之下，策效百歲而遙，以爲士生今日，固宜如此，事成不成，命也，無可怨者。足下知我，謂何如耶？恒齋即昨來訊，頗相規切，數歲不見，蹤迹不相聞，宜其如此，抑恒齋期我猶在人世迹象之間矣。往者穆琴入都，爲之不樂者累日，誠傷乎士大夫不能自存，而令不知之人，眼中時見其屑屑道路也。足下倘能見虞山尚書、桂卿前輩，致悽悽之意乎？非希冀規避處分，欲使我甘受處分之故，校然明白耳。伏惟宏鑒。

十一日。與莘丈電，約晤於武昌。

十二日。啓行往鄂，附江寬，卜弁同船。

十五日。風雨。渡江至平湖門內小朝街安徽會館，主吳博泉。

十六日。詣南皮。

十七日。與潘訊上海，促寄廠章。

十八日。與博泉同詣兩湖書院，規模宏廠，天下無對。

十九日。與宜昌電報，問莘丈行止。熊鐵巖置酒。

二十一日。與敬夫訊，劭直訊。瞿賡甫招飲，不赴。與博泉、善餘同詣張韶甄（贊宸），周視鐵廠，廠凡生鐵爐一，熟鐵爐一，白鐵爐一，生鋼爐一，貝色麻鋼爐一，鐵貨廠一，鐵軌廠一。復詣張月查（涇甫之弟）周視槍礮廠，於此見西人藝學之精，南皮要是可人！

二十二日。南皮置酒兩湖書院，見總署振興商務公櫝，原起於伯約之奏，大意官助商本，抵制外洋，顧中國之官，專與商人詰難以爲能，何可冀有此日也，終亦具文而已。

二十三日。與博泉同至安慶，善餘與胡皖生送至漢口月華樓晚飯，附江永、韶甄送行。

二十四日。向晚抵安慶，孫氏以三番錢屬陳子祥買竹杭。

二十五日。詣于次棠、趙次山前輩，李小軒年丈。

二十六日。附德興返。雨。仿倫叔、常季，念揆送行。

二十七日。至江寧，與潘訊（託德興船），陳訊（蘆涇港），與蘇龕談。

二十八日。復蔣伯斧、羅叔韞訊，陳伯雅、王雁臣訊、范肯堂、施蘭賓、許譽竹訊，惲莘丈訊，與汪劍星訊，叔兄訊。肯堂訊言曼君之妾攜孤子至通，議歲給三十六千，去其自有百千之息十千外，余任歲十五千，由肯堂、延卿任十一千，三節寄先，以十二番寄肯堂與之（由萬昌福匯）。

四月

三日。曼容、道愔與姪婦及女十三孃到院，松濤送來。

六日。得劉一山訊，敬夫訊。通海蠶桑之風方開而閉，則蠶局爲之也。

七日。與恒齋訊：「音問隔絕，亦逾歲年，近維舊好，思何可弭。自足下典領大州，時欲聞所設施之序，而北來之人，相識甚少，私意足下出所蘊蓄必不同于俗吏，亦與太夷時時言之，奉懷之語，輒見篇什。去年謇寫寄通州認捐本末一冊，其時從者固未出都門，必已見之，不知爲虞山言之否？久無消息，亦頗疑其浮沉也。比來江寧已三月，朔，令兄交來正月四日惠告，發函竟讀，快若奉手，讀與乙龕訊，知足下吏事之有本，謇常以胥史之喜怒，卜長吏之賢否，胥吏之所怒者，不必皆賢也，而胥之所喜者，則未有不斷爲不肖。足下不畏胥吏，能懲其尤，甚可敬，又能歸本於生聚安集，以爲治盜之先務，此豈今世之吏取能知者哉！駐練軍千人於東南兩省之間，專事巡緝，此非獨治沂當如此，東省皆當如此。近徐鎭增勇數營，名爲緝盜，使果得力，何常不可顧東。

釧影樓回憶錄

天笑

點名是知縣官坐在當中，旁邊一個書吏唱名的；府試是九縣分場老試，也是知府親臨點名的，點到那一個人姓名時，其人答應了一聲「到」，便上前接取試卷。主試人看了看那人的年貌，便在名冊上點上一點，也有臨點遲到的，點完後尚可補點一次。照例是要本人應點接卷的，但縣、府考竟有託人代爲應點接卷的，不像道考那般嚴正。

記得我那一次縣考時，吳縣知縣是馬海曙，他是江蘇一位老州縣，連任吳縣知縣有好幾年。是一個捐班出身；據說：他從前是一位米店老板。他對於做文章是外行，但於做官是十分老練。在一般考生的目中，因爲他是捐班出身，便有些瞧不起他，常常的戲弄他。在點名的時候，都擠在他案桌左右，七張八嘴，胡說白道，甚而至於用一根稻草，做了圈兒，套在他的頂珠上，以爲笑謔，也是有過的。

然而這位馬大老爺，依舊是和顏悅色，笑嘻嘻的對他們說：「放規矩點，不要胡鬧。」爲什麼呢，一則，有許多全是未成年的孩子，不能給他們認眞。二則，蘇州地方，紳士太多，紳權極重，這些考生們，有許多都是宦家子弟，未便得罪他們。三則，自己是個捐班出身，須得謙和知趣一點，萬一鬧出事來，上司只說他到底不是正途出身，不知道國家進賢取士，與夫科舉之愼重尊貴。

那時元和縣知縣是李紫璈，是個兩榜出身，俗呼老虎班知縣，這些考生們，就不敢戲弄他了。但是有些頑劣的童生，還是喚他「驢子咬」，「驢子咬」（吳語，驢讀如李，咬讀如璈），他也只的假作不聞。原來蘇州小考，童生們的吵鬧是有名，人們呼之爲「童天王」，那些書吏們辦公事的，見了他們都頭痛。後來各省設立了學校，蘇州各學校的學生，也常常鬧風潮，其實也不是新玩意兒，在我們舊式考試時代，已經很流行了。凡是少年們，都喜歡生出一點事來，那也是一種自然的趨勢，古代如此，今代亦然，中國如此，外國亦然。

童天王最鬧得厲害，却在府考的時候，因爲那時候，不但只有上三縣，下六縣的考生也都來了。在考場裏，尤其是蘇州人和常熟人常常相罵，甚而至於相打。各方有各方的土語，蘇州人以爲常熟人的說話怪難聽，常常學着常熟人的說話，嘲笑他們，可是常熟人要學蘇州人的說話，却是學不來。加着蘇州人的說話，又是刁鑽促狹，常熟人說不過他們，於是要用武力解決了。

常熟那個地方，爲了瀕臨江海，在吳中文弱之邦中，民風略帶一點强悍性質。所以說不過你，就預備打局了，然而打是十之七八打不成功的。因爲相打是要有對手的，蘇州人嘴是兇的，眞正動手是不來的，這有些像近代國際間的冷戰，只可相罵，不可相打。至於眞要相打，蘇州人都溜光了。但到了常熟人覺得英雄無用武之地，蘇州人又一個一個地出來冷嘲熱罵了。

縣、府考每次都要考三場，這次縣考，在吳縣七百多人，第一塲取出約一半人數，我的文字，自已知道做得一場糊塗，試帖詩上還失了一個黏（即是不協韵），滿以爲在不取的一半人數裏了，誰知發案（同於放榜）出來，倒也取在第一百十餘名。共取了三百多名，我心中想，雖道所取的名次中，還有二百多人的文字還做得比我壞嗎？於是那個失敗心便降抑下去，提高了一些興趣起來，第二塲，便跳起到九十五名。但我的表哥尤子青，他一開頭就是前三名。

府考時，我名次也差不多，總在百內百外之間，其實已可以决定院試的不能獲售。但父親說：這一次原不望我進學，只是所謂觀塲而已。以文字而論，如果取進，那眞可以算得儌幸了。縣府考既畢，到明年二三月裏，便是道考。這道考兩字，還是依着從前名稱，從前放的是學道，所以稱之爲道考；現在却已改爲學政，三年一任，人家又稱之爲院試。其所以稱爲院試者：因爲學台衙門，名稱爲提督學院。這個學政，不但來考童生，而且還要來考生員，三年兩試，一名科考，一名歲考。

院試

江蘇學政，是要巡行江蘇全省，替皇帝選拔多士，在淸朝這個官制，算是欽派在一省的欽差大臣。所以他在這一省內，考過一府，又考一府，匆匆忙忙，幾乎席不暇暖。學台衙門是在江陰的，然而他在衙門裏的時候很少。這一任的學政是誰，我已記不起來了，好像是個滿洲人，姓名上有一個「溥」字的。

院試不比縣府考那樣的寬鬆，那是要嚴格得多了。院試考取了，便是一名生員，稱之爲秀才。一個讀書人，在那時算有了基礎了。一名生員，有什麼好處呢？你不要小看他，却有許多利益。第一，任何一個老百姓，如無功名，見了地方官，要叩頭下跪，稱呼縣官爲大老爺，要是一生員，便長揖不拜，口稱公祖而已。第二，在前淸，老百姓犯了罪，要枷頭頸，打屁股，生員只可打手心，而且要老師（學官）才能打，不能衙門裏役吏打，除非革去功名，然後方可受普通刑罰。第三，老百姓是沒有頂戴的，生員就可以戴一銅頂珠。其它利益還很多，在一個小縣份，或是鄉鎭之間，一個秀才，便等於一個紳士，所以在俗語中，往往「紳衿」兩字並稱，據友人齊如山談：在北方凡有人家子弟進了學，可以免出幾畝地官租，若在南方，則未之前聞。（編者按：秀才雖小，但已是正途出身，比捐班淸高得多，亦爲官塲所重也。）

學台一到了那個考試地方，便住到貢院裏去，他照例什麽客也不拜，人家也不能去拜他。這是爲了關防嚴密，恐怕通了關節之故，一直要到考試完畢以後，方才可以拜客，而接連就是辭行，要到別一府去考試了。所以一位學政到了那裏，一直關閉在貢院裏，連那許多看文章的師爺，以及帶來的長隨、承差等等，也都是如此的。

學台到了以後，所有吃的、用的，都是縣衙門裏辦差。像蘇州那樣，自然是長、元、吳三縣攤派的，反正知縣官也不會挖腰包，總是公家的錢。學政來了以後，縣裏便設了一個機構在貢院前，遇到學台要什麽東西時，便由那個機構去辦。學台帶來的人，不能出貢院門，需要何物，便在大堂上大呼「買辦」。（官役中買東西的人，非洋行買辦也）據說：從前學政臨試，要抬進一箱銀子，外面寫着供應所需，考試既畢，這箱子仍復抬出，其實這箱子內空空如也，不過有此規制，總之學政臨試，地方上對此供應，可以作爲正開支，並且還要送一筆錢的。

對於供應，遇到了不容易伺候的學政，要這樣，要那樣，百端挑剔，地方官也很受他的累。臨走時，所有辦差來的東西，通統帶了去。也有那位學政淸廉自守，而所帶來的人不肯放鬆，也是有的，除了木器等笨重之物，不能帶走，其餘一切供張，均席捲而去，連看文章師爺，也得分潤，他們以爲此項供張，縣裏已作正開支，不拿也太獃。他們這些窮翰林、窮京官，在京苦守了多年，深望放一次考差，可以稍爲撈一點兒，這已是公開的秘密，連皇帝也是知道的。

前淸時代，每府每縣都有一個學官，在所謂學宮傍邊有幾間房子，選一二位學官住在裏面，這是一種最冷的官，最簡陋的衙門，然而却是最淸高的職務。別的大小職官，不許本省的人來做本省的官，惟有那種學官，大都是本省人做的。他們終年不必上督撫衙門，毫無官場競爭習氣。他的官名叫訓導；有的叫做教諭，而大家都呼之爲老師，他長年淸閑無事，就是兩個時期最忙，一是春秋兩次的丁祭，一是學台來考試的時候了。

春秋兩次丁祭，是他的職司，也是最忙的時期，平常與省內的長官，難得見面，只有這次是可以見面了。而且這些大員，很客氣的都喚他一聲老師，昔人有詠教官的詩句云：「督撫同聲喚老師」，便是這個典故。至於學台來的時候，也是他們最忙時候，因爲學台是他們的親臨上司，可以管理這學官，考驗這學官的。關於童生及生員的事，惟學官是問，要責罰他們，也由學官去執行，好像是代理家長似的。

在前淸封建專制時代，凡是童生應試，必須備有保人，具有保結。這保人有兩個階級，一是本縣的廩生，一是本縣的學官。爲什麼要保人呢？原來有許多人是不許考試的。譬如說吧：所謂娼、優、隸、卒的四種人的子弟，便是不許考試的，這院試是士子進身之階的始基，所以特別嚴厲。還有本省人須應本省的考試，本府縣人須應本府縣的考試，如果別省府縣人來考試，這個名稱，謂之「冒籍」，那就要受本省府縣人的反對而攻訐的。

關於娼、優、隸、卒四類人的子弟，不能考試，我且述其大畧。

先言娼：娼是指身爲娼妓，及曾開妓館者而言，譬如說：他的母親從前是個妓女，嫁了他的父親，而父親是一個紳士，這怎麼辦呢？但這是無關宏旨的，因爲當時是所謂宗親社會，重父而不重母的，況且他母親已經從良。不然，有許多姨太太所生的兒子，他的母親都曾當過妓女的，便不能考試了嗎？除非他的母親是老鴇，而他的父親是龜奴，又當別論，但這樣人家的子弟，也不會來考試的。

次言優：優是指唱戲的，即使你是一個名伶，譽滿全國，兒子也不許考試，不論唱京戲、崑戲、地方戲，都是一樣。當時是戲子與婊子同等的，後來才解放。以次推及雜技，如北方的說大鼓的，南方的說書先生（此輩均由地方上的甲頭監管），以及俗語所說：「吃開口飯」者，他們的兒子，都不許考試。

次言隸：隸就是奴隸了。貴族人家的家奴，賣身投靠的，不必說了，便是雇傭性質的老僕、書童，以及官長的長隨、青衣、長班等一切服役人等，總之屬於奴隸之類的，都不許應試。不過女傭却是例外的，即使母親在人家當老媽子，而兒子刻苦讀書，照常可以考試的。

次言卒：卒是就官中人役而言，譬如像差役、捕快、地保、甲頭、更夫、親丁之類，都不許考試。但是一個官署中，便有許多辦公的人，也有許多分科的人，這種人俗稱之爲「書辦」，書辦的兒子，却准許考試。因爲有官必有吏，此種人是屬於「吏」的階級，且既名書辦，亦是文人階級也。

此外，在其它各省中，有所謂墮民、賤民、流民等等，其子弟有永遠不許考試的。但到了辛亥革命以後，所有不許考試的規定，一律解放了。

觀場

我這次院試，已是十五歲的春天了，而在縣府考報名時，還給我報小了兩歲，名冊上只有十三歲，這是蘇州的風氣，有許多初考試的，都是如此。我的十五歲，本是虛歲，加以身體瘦弱，發育未充，騙人十三歲，也騙得過，從縣府考到道考，相隔也有幾個月，假使如我巽甫姑丈所說：在這幾個月裏用用功，再有點進步，本來在縣府考是百上百下的名次，再能跳高幾十名，可以儌倖取中，也論不定。

原來全國各縣考取生員的名額是不同的，我們吳縣是個江蘇大縣，每次報考的常有七八百人，所以考取的學額，是有四十多名。（據放過學差的老前輩談，有些荒僻縣份，每屆考試，報考的只有二三十名，而學額倒也有二十名，只好「一榜盡賜及第」了）原在縣府考百名以內，跳上數十名到學額中，也不算難事呀。

但是我在這幾個月內，一點沒有用功。又加着正在歲尾年頭，和同學們開春聯店，到處奔走聽「說會書」，在新年裏又是到處游玩，眞是「春天不是讀書天」，荒嬉到正月裏半個多月，及至到朱先生處開學，雖然急來抱佛脚，也無濟於事。大家也以爲我這次考試，也不過觀場而已，並不加以嚴厲的督促。

英使謁見乾隆記實

馬戛爾尼　原著
秦仲龢　譯寫

許多中國人都知道，過去一個廣東人就是因爲替英國人寫了一個呈文而被處死刑。後來大家想出一條解决困難的出路。前章曾經提到，使節團中有一個跟隨特使見習的童子。他學習中文很有進步，除了偶爾充任口頭繙譯而外，並學會書寫中國文字。他可以把信件用中國文字抄寫一遍然後送出去。整個手續過程是非常麻煩的：首先英文原件由哈特諾先生（仲龢按：此人是德國人，名Herr Huttner，是這個童子的老師，此童即副使斯當東之子小斯當東，嘉慶年間，又出使中國，以覲見時忽稱疾，爲嘉慶帝遣回國，連禮物也沒有收拆。）譯成拉丁文，因爲使節團的中國繙譯只懂拉丁文，不懂英文；然後由這位繙譯將拉丁文件口頭繙給這位幫忙的人；這個人將它按照中國官方文件格式寫成中文；最後由這個童子重抄一遍作爲正式信件。一切完畢之後，將幫忙人寫的中文原稿當着他的面撕毀，使他放心。

特使的備忘錄是寫給當朝首相和中堂（即和珅。——原譯者）的，內容這樣說：「英王陛下抱着最崇高的敬意派遣使節覲見中國皇帝陛下。本特使應以無限熱誠來表達英王陛下的這種崇高的敬意，爲了避免失儀，和向尊嚴偉大的皇帝陛下表達地球上最遠和最大國家之一的崇高敬意，本特使準備執行貴國臣民和貴國屬地君主謁見貴國皇帝陛下時所行的一切禮節。本使準備在下述條件下這樣做：貴國皇帝欽派一位同本使地位身份相同的大員穿着朝服在英王陛下御像前行本使在貴國皇帝面前所行的同樣禮節。本使認爲皇帝陛下定能鑒諒其中的必要性而加以俯允。這樣做法就可以使本特使既能向貴國皇帝致敬，而又不損及他所代表的本國國王在世界列强中的崇高地位，雙方都能得到滿意。」

這封信正式寫好後交給欽差，他似乎並不反對信中內容，答應立刻轉遞。至於中國皇帝方面，這位傳教士和有關的中國人都認爲一定不會加以反對。中國官員在英王像前行禮，可以在一間屋子裏舉行，不對外公開，而英國特使向中國皇帝磕頭則是在一個盛大的節日，在屬國君主全體大臣的面前舉行，這件事還要在邸抄上大書特書。

八月廿七日，星期二。　法國巴黎聖拉沙教會會員勞略斯神父（Nichalas-Joseph Raux〔1754—1801〕。據「中國旅行記」說，這人年四十歲，一七八五年到北京，乾隆帝因爲他長於算學，聘爲客卿。——譯注）來見，他說，奉皇帝之命來此爲我服務，我有什麽需要他的地方，他都可以日日來使節團聽候差遣的。勞神父體格高大，道貌岸然，性情和易，而又長於語言。他懂得中國話和滿洲話。他看來似乎很滿意中國的生活方式，覺得住在這裏很愉快。他熟悉中國社會情形，又很健談。因此我認爲將來如有關中國的事情而不爲我所知的，大可以向他請教，不致再茫茫然了。

八月廿八日，星期三。　巴勞先生從圓明園回來，他說園中大殿已開始陳列各種禮物。將來安置妥當，殿裏頭可說集衆美之大成，一定很有可觀。又說，禮物運到殿中，就有皇帝三個皇孫到來參觀，他們見到這些奇異美觀的禮物，很是快樂，尤其注意那些大自鳴鐘和狄比郡瓷器。他們看了很久，問英國的瓷器和中國的瓷器哪一種好。他答道：狄比郡瓷器，是英國最著名的出產品，如果不是名貴之物，我們的特使怎敢帶來送給中國皇帝陛下。但英國的商船每次到廣東，回航時必定購買大宗瓷器帶歸，銷售全國。那幾個皇孫聽了似乎對此解釋很為滿意。有一位中國大官員來園中監視工程，見開箱取出禮物時，行星儀的一面大鏡已損壞了一塊，甚為惶恐。中國沒有製造此種鏡子的工廠，恐怕也無法添配一件了。

八月廿九日，星期四。　我拿出罩蓋和英王及王后陛下的肖像，懸掛在館舍的中堂上。（按：罩蓋原文作Canopy，係英國國家名器的一種，張蓋在寶座之上的。——譯注）又將關於覲見禮節問題的備忘錄發出，請轉往熱河。這個備忘錄我花了很大功夫才勸服勞喀斯神父將它譯為中文，並將文辭寫成一種正式的外交文件。這裏的人如果得不到官廳的許可，他們都不敢插手在國家的事務中，免招麻煩；因此勞喀斯神父就提出一個條件，他可以給我繙譯，但他和他那個助手的筆跡却不能公開，我得另找一人照他所寫的鈔出來。於是我就叫斯當東勳爵的公子小斯當東書寫。這個孩子年方十三歲，我們從英國上船後，在船中無事，就跟我的兩個繙譯員學習中文（語言），他非常聰明，學語言文字很有天才，他不止進步很快，而且還會寫中國字，很是方正乾淨，前此他曾鈔寫禮物的目錄，現在正好用着他了。

我的備忘錄畧說：本使這次奉王命東來修好，極願意使貴國大皇帝滿意。凡本使認為合宜的事情，無一不可實行。但本使是代表西方第一大國的君主而來，一切皆不能有辱君命。為了遷就貴國的宮廷禮節，固未嘗不可，但需要貴國也派出一位和本使官階相等的大臣，向敝國國王、王后的肖像前行本使向貴國皇帝所行之禮。欽差徵大人見了頻搖其首，但王喬兩大人則說，這件事可以辦到，我們兩人可立即向貴國國王王后行跪拜之禮。我因為他們未經正式受命行事，婉言謝之。今日收到安密特神父一封信，並附有他的肖像一幀。他說因為年老多病，不能親到使節團為我效勞，很是抱歉，但如果使節團有什麼事情要他辦的，他必以其所知盡力幫忙。（按：安密特〔Jean-Joesph-Marie Amiot 1718—1793〕是法國耶穌會會員，於乾隆十六年到北京。在清廷的傳教士中，也許他是最有學問的一個。他請了一位中國學者幫助他，因此他能下苦功研讀中國各種學問，且涉獵甚廣，他在中國居住的時間頗長，在此四十年中，他寫了有關中國的書籍頗多，計有「滿洲語字典」、「滿洲語法蘭西語字典」、「孔子傳」等等。有時候乾隆帝高興，就召他入宮演奏大鍵琴和吹簫。馬戛爾尼使節團離開北京往熱河不久，他即於十月八日謝世，享年七十四歲。——譯注。）

八月三十日，星期五。　我所選定帶往熱河進呈的輕便禮物若干種，差不多將近竣事了，於是命令所屬人員準備起程，同時又通知欽差徵大人，我們定於下星期一，即九月二日（即中國曆七月廿七日，今年的中國元旦，係陽曆二月一日）前往熱河，但今日為八月三十日，中間還有兩日得暇，我很希望徵大人抽點時間帶領我們游覽北京風景古蹟。我這一個請求估計錯了，徵大人對我說，游覽北京，最好還是等候覲見回來後舉行，因為按照中國成例，凡各國使臣到了北京，必須於覲見之後才可以游覽各地和公開接見賓客。我聽後，自然遵從。這時候，徵大人又舊事重提，他問我在覲見時有沒有準備進呈皇帝的私人禮物。我說，從前我不是說過有一輛很好的車子送給皇帝嗎？徵大人說，車子雖然很好，但它太笨重，不能親手捧獻進給皇帝。我說，是不是一定要親手進呈纔算是贈送呢？徵大人說，往例如此，前此各國使臣覲見時，向來就沒有兩手空空的。我說，既然如此，我也得依照往例，預備一件禮物進呈，但現在尚未能決定是什麼樣式的，要等我的行李全部打開後找到了，便可知道。我口頭雖然這樣說，但心中則頗覺渺然，不知選哪種東西才算合適。因為帶來的珍貴禮品，已全部列入禮物單中，用英王名義送給乾隆皇帝了。幸喜馬金托什船長從歐洲帶來一些很精美的時辰表，打算回到廣東時出賣的，我就向他商量以善價讓給我，他答允了。更喜的是，他們又告訴我，我不單要向皇帝送禮，就是皇帝的兒孫及朝中重臣，也同樣要有所點綴的。皇子中計為Pa-ye, Che-y-ye, Che-oi-ye, Chet-si, 皇長孫為 Mien-Cul-ye。此外則為大將軍阿桂，大學士和珅、福長安，及禮部尚書等。（按：馬戛爾尼以英文寫乾隆諸子及長孫之名。今查Pa-ye同於 Pa-yeh, 即八阿哥，名永璇；Che-y-ye 同於Shih-i-yeh 卽十一阿哥，名永瑆，著名書法家成親王也；Che-ou-ye同於Shih-wu-yeh 卽十五阿哥，永顒，後來的嘉慶帝，Che-‥s 同於Shih-Chi-y h,卽十七阿哥永璘。至於皇長孫Mie -Cal ye 恐係綿恩，乃皇長子永璜第二子，道光二年始逝世的。——譯注）

勞喀斯神父今日照常來使節團辦公，並帶來一些可口的食物爲贈，其中有精美的法國麵包，糖果蜜餞，大無花果和紅白兩種葡萄。葡萄味極鮮甜，一顆核子都沒有。他說，此種佳果，本出產於毗連戈壁大沙漠的察木（原文Chamo，今姑譯爲察木，不知是否沙漠也。——譯注）地方，其地在中國帝國的西北邊境，路途遙遠，自移植於北京耶穌教堂的園地中，以種栽得法，大有改進，故能成此佳果。

我們在閒談中，不免談到中國宮廷的事，有許多我不能從王、喬兩大人口中得知的事，或語焉不詳的，現在由勞喀斯神父一一告訴我了。據說乾隆皇帝一共有二十個兒子，現時僅存者只得四人。（按：乾隆帝共有兒子十七人，馬戛爾尼到北京的時候，確實只存四人，那是八阿哥永璇，十一阿哥永瑆，十五阿哥永顒，十七阿哥永璘。——譯注。）皇帝的性格是很猜忌的，他絕不讓他們知道將來誰繼承他的大位。他也不許那四個皇子與聞國政，一切大政由他個人獨裁，所有章奏都由他自己閱覽，不使兒子們爲他分勞，卽使極瑣細的事情，他也親自爲之，絕不以爲苦。

朝中的首相名叫和珅。（按：淸朝沒有宰相之制，只設大學士。雍正七年首設軍機處，從此國政皆出於軍機大臣之手，而內閣之權爲奪，遂成虛設。俗稱大學士爲宰相，而謂大學士不兼爲軍機大臣，則有相之名，無相之權；軍機大臣不兼爲大學士，則有相之權，無相之名，一定要兩者兼之始爲名實相符之宰相。——譯注。）是滿洲人，出身低微，但頗有才具，他本來是皇帝的侍衛，約在二十年前，皇帝覺得他很有才能，便不斷的擢升他，以至今職。和珅自得皇帝寵信後，扶搖直上，權傾中外，後來皇帝又選其長子爲駙馬，極人臣之榮。

第二個爲皇帝信任的宰相是福長安，也是滿洲人，年紀甚輕，他的哥哥也叨弟弟之光，娶皇帝之女或姪女爲妻，勞神父亦不甚淸楚。（按：福長安是滿洲鑲黃旗人，其父爲大學士傅恒，乾隆朝有權勢的宰相。其姊爲乾隆的孝賢皇后。傅恒有四子，長福靈安，以次福隆安、福康安、福長安。福隆安娶乾隆帝的和嘉公主。公主府在馬神廟，卽後來的京師大學堂，今爲北京大學一部分。福長安黨於和珅，後來和珅賜死，嘉慶帝命福長安親往和珅自盡的房中，跪着看和珅斃命，然後將他貶謫，最後又召還，做熱河副都統，又做古北口提督，大不如前之貴了。馬戛爾尼文中說娶公主的那位哥哥出征西藏，又做兩廣總督，這是福康安事，與福隆安無涉。這大概是勞神父知得不淸楚。——譯注。）

除了和珅、福長安兩人外，最有名的人是大學士阿桂了。阿中堂極爲皇帝所尊崇，他所受的恩遇，遠在和中堂、福中堂之上，其功業也甚可觀。法國傳敎士所著的「中國回憶錄」（Me- ie- sr la chir ）一書，曾提到他。阿中堂年紀已老，不大理事了，（按：阿桂是滿洲正白旗人，有戰功，封公爵，死於嘉慶二年，謚文成。馬戛爾尼來聘時，他已將近八十歲了。——譯注。）

此外尚有三位宰相，都是才識過人，富有經驗的政治家，只可惜他們都是漢人，乾隆皇帝對他們雖然優禮有加，但一向未畀以實權。（按：這三個漢大學士是嵇璜、王杰、孫士毅。其實乾隆帝又何曾畀阿桂等三個滿大學士以大權。自軍機處設立後，皇帝大權集中，軍機大臣只不過備顧問及承旨撰擬上諭，有類秘書而已。嵇璜字尚佐，號黻庭，又號拙修，無錫人，雍正八年翰林，官至文淵閣大學士。王杰字偉人，號惺園，陝西韓城縣人，乾隆二十六年恩科狀元，官至東閣大學士。淸代狀元百餘人，陝西籍的只王杰一人而已。孫士毅字智治，號補山，浙江仁和人，乾隆廿六年進士，官至文淵閣大學士。——譯注。）

花隨人聖盦摭憶 補篇

黃秋岳遺著

磁白一，大方，母子狻猊紐，與象玉高廣同，似對石。石膏一，小長圓螭紐。小晶玉一，高八分，橫徑各四分，瑩徹如晶，獅紐，高固齋所藏物也。偶讀予所著曼殊別志感之，取以贈，曰請藍公漪篆曼殊二字，繫之摺扇之骨間，日摩挲之。」西河所記，視固齋爲細，固齋以人舉，故不具錄。西河以石狀爲主；故備詳之。田坑，卽田黃，今與黃金同價。予所見有大逾拳，值可二萬金者；故宮所陳列者，不與焉。然謝在杭以艾綠爲第一；予生平未嘗見，亦不聞賞鑒家稱之，觀兼秋先生所言，可知田坑之可寶；乃歷閱年所；以其品近璞之故；得大名非偶然也。田黃以外，石多以油漬；然不得法，質且變。舊京古玩鋪不以油；而以手工細拭之。閩中石貴製紐，而外省人不察以爲製紐者，必石之有疵，乃爲紐掩之，其實殊不爾爾。晚近三十年，田石及芙蓉多以無紐爲尚，抑亦矯枉防弊之過也。民國七八年間，有人自洞中又獲一石，重百觔許，剖之深黃，然實山坑，並都丞坑不如，以質頗近栗潤，遂解得二百餘石，此物流轉南北，冒充田坑，受紿者不少，舜卿表兄言之歷歷，三年前秣陵市上予亦邂逅之，但不作田黃觀，以新坑高山例之，則亦自可愛也。又觀高毛兩錄所載；康熙之初，大伐山取石時，以至佳者，同嵌什器最下者，乃雕爲印章。然則今所見宮中珌帶珠筒等，世所指爲舊玉嵌飾者；其中必有一部分壽山佳石在。此通明似玉之石，其品質實在田黃上；惜其物已罕，無人能辨之，遂以爲古玉，價且遠不如田黃矣。

導淮之議，聞之數十年，近年蘇省始實行，其功將蕆。案左文襄晚年督兩江，以導淮爲急務，以爲淮居四瀆之一，本以獨趨入海爲義，議引淮水仍歸雲梯關入海，將於淸江設復淮局，先疏黃河，宣減泗沂，兼疏大通口，暢出海之道，就後加濬張槁碎石諸河，引湖水入黃，而修堰盱智信林等三壩，建閘陳家集，操縱湖水，衞盱眙五河民田。會乞病，代者爲曾忠襄，其議遂寢。文襄所主導淮，使由舊黃河入海也。康熙時，南靖莊亨陽，知徐州府，建議淮徐水患，病在壅毛城舖，而徐州壞，壅天然減水壩，而鳳潁泗壞，壅車邏昭關等壩，而淮陽之上下河皆壞。方今急務，宜開毛城舖以注洪澤湖，則徐州之患息。開天然壩以注高寶，則上江之患息。開三壩以注興鹽之澤，則高寶之患息。開范公堤以注之海，則興鹽泰諸州縣之患俱息。按范堤，自鹽城北接阜寧南抵海門，亘六百餘里，莊亨陽所主，在黃河未北徙以前，則仍由江入海也。今日導淮垂成，然兩說皆自可存。予意今後水利待興，尤亟於造路，世無水利不修而國能興者。治水之難，百倍於築道，功亦倍之。前二年，予有雨後書懷詩，中有云：「時賢憚治水，馳道侈交貫。經邦始溝洫，禹迹誰解案。急功反逐末，終恐邁菑難。」此誠罪言，抑亦江河歲歲爲患，昏墊之憂，不能自已者耳。

竹垞康熙間，曾取道吾閩，觀造紙。因與查夏重聯句五十韻，其中警句，如云：「信州入建州，篁竹冗於篠。居人取作紙，用稺不用老。遑惜簫笛材，緣坡一例倒。束縛沈清淵，殺青特存稿。五行遞相賊，伐性力揉矯。出諸鼎鑊中，復受杵臼擣。不辭身糜爛，素質終自保。汲井加汰淘，盈箱費旋攪。層層細簾揭，餤餤活火熇。舍靐乃得精，去濕忽就燥。壁來風舒舒，暴之日杲杲。」皆能寫出造紙之次序，詩也，而可作手工業之簡說觀，然猶未盡也。錢唐黃興三，過常山，山中人爲道其事，因詳摭其始末，爲之說。又撮其要十二則，曰折梢，曰練絲，曰蒸雲，曰浣水，曰漬灰，曰暴日，曰碓雪，曰囊涷，曰樣槽，曰紙簾，曰剪水，曰炙槽，贊而系之以詩。黃說云：「造紙之法，取稚竹未枝者，搖折其梢，逾月斲之，漬以石灰，皮骨盡脫，而筋獨存，蓬蓬若麻，此紙材也。乃斷之爲二，束之爲包，而又漬之，漬已，納之釜中，蒸令極熱，然後浣之，浣畢暴之。凡暴，必平地數頃如砥，砌以卵石，灑以綠礬，恐其萊也，故暴紙之地不可田，暴已復漬，漬已復蒸，如是者三，則黃者轉而白矣。其漬也，必以桐子，若黃荊木灰，非是，則不白，故二者之價，高於菽粟，伺其極白，乃赴水碓舂之，計日可三石，則絲者轉而粉矣。猶懼其雜也，盛以細布囊，墜之大谿，懸版於囊中，而時上下之，則灰汁盡去，粲然如雪，此紙材之成也。其製，鑿石爲槽，視紙幅之大小，而稍寬焉，織竹爲簾，簾又視槽之大小尺寸，皆有度，製極精，惟山中唐氏爲之，不授二姓。槽簾既備，乃取紙材投之，漬水其間，和之以膠及木槿汁，取其粘也，然後兩人舉簾對漉，一左一右，而紙以成。卽舉而覆之傍石上，積百番，幷醡之，以去其水，然後舉而炙之。牆之製，壘石墍土，令極光潤，虛其中而內火焉，舉紙者，以次櫛比於牆之背，後者畢，則前者乾，乃去之而又炙。凡漉與炙，高下疾徐，得之於心，而應之於手，終日不破不裂，不偏枯，謂之國工，非是莫能成一紙。水必取於七都之球谿，非是，則黯而易敗，故遷其地弗良也。至於選材之良楛，辨色之純駮，鳩工蕆事，惟老於斯者悉之，不能以言盡也。自折梢至炙畢，凡更七十二手，而始成一紙。」讀此可詳我國四五百年來製紙之法，竹垞詩：不俟鬌矣。案古人嘗以海苔爲紙，今不傳其法。製紙首重槽，故紙槽諺云：「片紙非容易，措手七十二。」淸朱笠亭有紙槽五十韻，予未見。百年來斯業日落，後此文字，將悉用旁行，紙必舶來，或改用機製，瑣瑣記此，一轉燭間，亦成考古之資矣。

歐洲鐘表入中國，在明萬曆二十八年，至康乾間，則宮廷卿從，皆有此物。西淸筆記言：「內府一自鳴鐘，下一格，有銅人長四五寸許，屈一足跪前，承以沙盤，鳴鐘時，銅人手執管，於盤中劃沙，作天下太平四字，鐘響寂，則書竟矣。昔在閩，見一鐘，上一格兩扉常闔，至交初正時，內有銅人，兩手啓扉，轉身，於架上取槌擊鐘，如數畢，置槌於架，兩手闔扉。又有銅人高數尺，如十三四丫頭，面粉衣繪，前置洋琴，啓銅人鑰，則兩手起執梃擊琴，左右高下，其聲抑揚頓挫合節，頭容目光，皆能運轉，助其姿致。鼓畢，則置梃於琴，兩手下垂矣。又置飛雀，呼噪逼眞，西洋工匠之巧，如此。」此是淸初意大利等國餽進者，迨詞臣筆之於書，必已在百年以後。西淸筆記又稱：「諸臣趨值，各佩表於帶，以驗晷刻，于文襄相國，於上晚膳前應交奏片，必置表硯側，視以起草，慮遲誤也。交泰殿大鐘，宮中咸以爲準，殿三間，東間設刻漏一座，幾滿，須日運水貯斛，今久不用。西間，鐘一座，高大如之，躡梯而上，啓鑰上弦，一月後再啓之，積數十年，無少差，聲遠，直達乾淸門外，文襄每聞午正鐘，必呼同直曰，表可上弦矣。」此則可見爾時挂表已徧於大官，又可見于敏中之謹密合度也。因憶客言，張香濤巡撫山西時，謝恩摺有「經營八表」語，其堂兄子青尚書，方在軍機，見南皮摺微笑，値午屆，表咸上弦，子青徐出表曰，我纔有一表，不意舍弟，竟有八表，衆皆絕倒。文達意謂，巡撫而言經營八表，未免失於夸也。譚瓶齋聞此，謂予，如此則張南皮八表，可對陳簠齋十鐘矣。又案，八表，謂八方之外，近見滄趣老人昔年登泰山詩有八表來塡膺句，雖用八表同昏意，而但標兩字，似嫌不詞，豈師少陵之百萬聞深入耶？

前撫「庭聞錄」，知靈隱高僧諦暉卽湖州孫旭削髮入山之名，諦暉一作諦灰，併訂袁簡齋「子不語」所記石揆諦暉事。案袁記諦暉收惲壽平爲徒，而不詳壽平出家之故。考壽平之父，名日初，字遜庵，爲劉念臺高足，明亡，隨入閩，率兵與淸抗，兵敗，祝髮爲僧居靈隱寺，壽平之入靈隱，乃其父所招，惲鶴生南田翁家傳：「遜菴遭變故，南田方十餘齡，隨父崎嶇閩嶺，流落相失，旗帥主陳錦，愛其聰頴，欲子之。遜菴既以緇服得免，知子在錦所，其媼酷奉釋氏，將挈之過靈隱，因屬寺僧善言誘接，指此子慧根極深，惜福薄壽促，宜令出家，卽日剃染，留寺中，媼泣之而去。遜菴遂携南田還，南田至孝，事遜菴數十年，賣畫以養。」傳中先受遜菴囑之寺僧，卽諦暉也。康熙間沈白濮贈毘陵惲正叔一百韻云：「毘陵惲正叔，書畫今所無。書工羲獻法，唐宋兼臨摹。畫精熙荃理，花鳥多新圖。絕藝高聲價，姓名走東吳。人懷尺幅去，寶貴同璠璵。家貧賴筆研，得錢供朝餔。遊歷公卿門，一囊隨奚奴。今夏觸炎暑，扁舟下姑蘇。云訪西廬老（謂王太常烟客先生），靈光遽凋殂，以此不得意，慟哭投生芻。索居屢江畔，秋老歲將徂。昨從徐郎座，與我識面初。丰神見秀澹，白皙微有鬚。賦詩獨敏捷，揮灑華藻敷。君本古賢人，豈惟弄翰觚。向聞生平跡，奇偉傳江湖。從君叩其略，欲語還踟躕。憶年在申酉，變亂生兩都。吾父一縫掖，忠憤鬱不舒。跳身浙東走，台頂茅可誅。維時我八齡，實與仲兄俱。錢塘潮水竭，北馬紛騰趨。倉皇復南竄，嶺嶠經崎嶇。轉入甌閩國，偏安猶一隅。吾父迫際會，從王曾執殳。皇天必翦滅，事敗只須臾。由茲託方外，巖谷長逃逋。州縣義兵起，歃盟徧村墟。主將辱推戴，揭竿厲耰鉏。建寧王閣部，旗幟明火荼。遠迎帝室冑，草草稱乘輿。貽書話同鄉，要父同謀謨。小子奉嚴命，偵察前趦趄。此地尚全盛，兵强富儲胥。竊觀王公爲，魁傑實丈夫。一見厚款遇，開筵傾玉壺。幕府幸無事，日惟飲醍醐，高會賓朋列，歌舞紅氍毹。中表逢龔生，相留但歡娛。豈知仙霞破，突騎忽長驅。身居圍城裏，矢石交體膚。殺聲動天地，拒守百日餘。士卒多勇敢，大將親援抱。吾父外請救・羽毛急軍符。一朝黃霧塞，對面迷雙臚。敵人遂登陴，誰復能枝梧。短刀夾長戟，格鬥血流渠。烈火復四起，煙燄連街衢。

林熙主編

大華

半月刊 第二十期

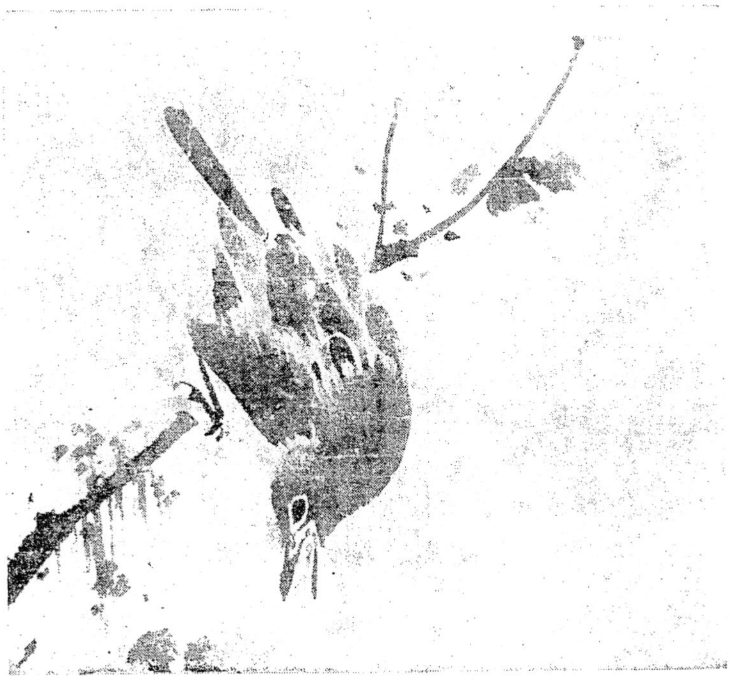

一九六六年十二月三十日出版

大華 第二十期

封面插圖：明人林良畫八哥

大華 半月刊 第二十期
一九六六年十二月三十日出版
（每月十五、三十日出版）

出版者：大華出版社
地址：香港銅鑼灣希雲街36號6樓
Ta Wah Press,
36, Haven St., 5th fl.
HONG KONG.
電話：七六三七八六轉

督印人：林翠寒
主編：林熙
印刷者：朗文印務公司
地址：香港北角渣華街一一〇號
電話：七〇七九二八

總代理：胡敏生記
地址：香港灣仔洋船街三十二號
電話：七二三四三七

劉焜的文筆與學識

——「庚子西狩叢談」的執筆人

陳思

時人高芝翁談胡研孫（延）的「長安宮詞」，連類及於吳漁川（永）的「庚子西狩叢談」，又提及筆記此稿的劉治襄（焜）。吳永係曾國藩孫婿（吳夫人係紀澤的三女），庚子那年恰好在懷來以知縣迎駕，隨駕入陝。他迎駕經過及入陝沿途，留陝，回鑾的曲折，劉氏筆述其事，這部叢談，乃是義和團文獻中最好的史筆。可是，一般人對於劉氏生平及其著述，都不很了了。

一九三八年夏天，我和屈文六（映光）先生相晤於洛陽旅次（屈氏任黃河水災救濟委員會委員長）。屈氏，民初任浙江巡按使（即後來的民政廳長），那時，我在杭州一師讀書，劉大白師對我們嘲笑屈氏不通文墨，說：屈氏有一天接到一份請帖，恰巧秘書不在署，他就自己動筆寫道：「本巡按使素不吃飯，今天更不吃飯。」這回條到了那邊，傳了出來，一時傳爲笑談。（民初，沈定一任浙江省議會議長，大白先生任秘書長，所談掌故，不會十分離譜的）不過，大白先生說屈氏的秘書長劉焜文筆很好。因此，我一見到了屈氏，就記起了這件掌故。閒談中就提到了劉治襄先生，我也贊許劉氏的文筆暢達迅捷。後來，屈氏在山東使署，劉氏也是他的秘書長。我問屈氏，劉先生可有什麼著作，他也說不出來。

劉治襄先生，浙江蘭溪香頭人。香頭雖在蘭江南岸，却不是船埠，離城有二十五里。我們進城或趁船下杭，都不必經過其地。但，我對香頭其地，劉治襄其人，自幼心嚮往之。因我的外家瀏源劉姓同屬一族。治襄先生還是先母的族伯。劉氏點翰林時，還到瀏源來「拜客」（科舉時代得了功名，都得到親友處拜客）。那是鄉間一件大事。我們近百里周圍中，秀才已經很少，舉人有過姓唐的一家，進士呢，那是一百多年前的事。至於翰林，那眞鳳毛麟角了！這樣如雷貫耳，貫了幾十年，到了我已近中年，得便就托外家的人以及和香頭接近的人士，找一部治襄先生的著作來；可是，一直沒有下文，他們也說不出劉氏有過什麼著作。直到抗戰勝利那年秋天，我從贛東回到了上海，才在霞飛路上（今延安東路），一家賣香燭佛經鋪中，買到了一部「庚子西狩叢談」，眞是「踏破鐵鞋無覓處，得來全不費功夫」，原來正是劉氏的傳世之作。——此書原有北京廣華印書局本，和上海道德書局本；我買到的正是道德書局本，此刻手邊所有的乃是上海人民出版社本，係義和團叢書之一。

當劉氏在山東使署任秘書長時，吳漁川剛在山東任膠東道尹以事進省，屈氏讌之於省署西園，劉氏亦陪席。席後，劉氏就要吳說說當年懷來迎駕及護駕入陝事。吳氏從頭敘述，合座傾聽，剛說到緊要關頭，忽報某鎮帥到，主客紛紛離席，一番酬應，故事便中斷了。一斷便是七八年，直到潘復入京任內閣總理，劉氏和吳永一同入樞府任記室，同處一室，這才重續前話完成這段故事，替義和團留下這一部完整的史科。

　在這兒，我且節引了叢談中引端的一段文字：「此次所談，……予既温舊聞，復償新願，胸藏宿塊頓爾消解，欣慰殆不可言喻。最可異者，區區一夕談，發端於八年之前，而結束於八年以後，假當時稍延片刻，一氣說盡，亦不過曉此一段歷史，茶前酒後，偶資談助，反不覺如何注意。乃無端畫成兩橛，神山乍近，同引舟開，偏留此不盡尾聲懸懸心坎。直至今日，言者聽者，乃復無端聚集，完成一樁公案。地隔數千里，時閱六七年，以萬分渴望之私，當十九難償之願；本非絕對必需之事，已作終身未了之緣；成日蓄之意中，而一日得之意外，便覺得一字一語，皆成瓌寶，奇書殘本，忽然足配完編，一如蕩海萍花，既離後合，西窗聽雨，重話巴山，此豈非人生難得之快事耶？」這一段正可代表劉氏筆下善於運用的文筆風格，大家且念念看，總覺得讀了非常順口似的。這是一種以散運駢的文體，雖不是劉氏所首創，但揮灑得這麽自如，劉氏可說是傑作的作手。章太炎先生提倡魏晉文辭，也正是這一種文體。時輩之中，只有魯迅先生可以相與頡頏；其他，則王了一先生的散文庶幾近之。

　原來我國的文體，從史筆這一路發展開來的乃是散文，而從辭賦那一路子擴充了的則是駢文。南朝尚麗，趨向駢偶之風；北朝尚質，好用史筆。隋代及初唐，政治軍事上，北方佔了優勢；文藝作風上，却是南方定於一尊。到了中唐，樊宗師、韓退之、柳宗元才提倡古文運動，所謂「文起八代之衰」，實在還是史筆路子。到了晚唐，宋初，文風又轉向駢偶，又近於靡靡之風。其間，只有那位政治家陸贄，他的文辭，以散馭駢，大珠小珠落玉盤，並不覺得怎麽堆砌，和我們所推許的傳奇文相呼應，開出了宋代四六文的先河。

　北宋古文家，如王安石、歐陽修、蘇氏父子，他們都是以散馭駢的好手，南宋朱熹的古文，也是四六風格。（其實，韓退之只是去了對偶用典的積習，他的輪廓，還是辭賦路子。北宋只有司馬光長於史筆，拙於四六。）宋代四六名家，如秦觀、汪藻諸家，都能融駢散於一爐，在辭藻上發揮巧思。到了明代，科舉制度中所規定的「制藝」（八股文）風格上，只是更規格化的「四六」文體。清代古文、駢文，各有名手，而汪中則是以駢運散，自成一家，太炎先生最爲推許。淸末，梁啓超提倡新文體，主辦新民從報，這一文體，只是對於桐城古文派的解放，仔細看來，正是駢體化的散文。劉治襄先生光緒廿八年壬寅科解元，他是八股文名手；因此，他在幕僚工作中，也和北宋歐陽修一樣「以流轉之筆，運雅淡之詞」，到了這一部不必十分拘束的「叢談」中，把他的天才完全發揮出來了。可惜，我沒機會接近這位鄉前輩，和他一談他的師承，以及他對中國文體的觀點呢。

　這部「叢談」，全書近七萬多字，初稿就在三個晚上寫成的，可見他下筆的敏捷。後來經過兩次增補修正，又經吳氏看了以後，根據吳氏日記增訂了名物時地，便完稿了。先後不過十天功夫寫成這樣的傳世之作；我眞是「高山仰止，景行行止」了。

　劉氏的策論文字，據說有這麽一個名篇，那是「唐太宗宋眞宗合論」，開頭他就以這兩位英主的事跡，「有同者焉，有不同者焉，有同而不同者焉，有不同而同者焉，有同而不同，不同而同者焉，有不同而同，同而不同者焉」作冒頭。以下分作六段來寫，那策論便成爲名作，取得魁首；一般童生秀才都奉作範作，可惜我也未看到全篇呢。

　接着，我們不妨看看這位父一輩的文士的社會觀、世界觀了。他寫「叢談」既畢，又寫了一段頗長的「太史公曰」。他說他聽了吳漁川的追叙以後，反覆循繹，仍有許多想不通之處。庚子一役，衅自我起，有些地方不合乎洋人所謂「國際公法」，那就不必說了。但既已到了宣戰階段，那就不必論理而論勢了。他們的聯軍，從千萬里外而來，以當時的交通工具，後繼的援軍，一定趕不上來的。他們集合了「風習各殊之衆，猜嫌互異之情」，勉强推定了統帥，號令決難一致。聯軍總數，不過三萬餘人，「懸軍深入，冒百忌以賭一日之得失，以兵法論，實處於必敗之勢，所謂越國鄙遠，吾知其難者也。」當時，中國軍除禁軍不計外，所號北洋六軍，環列於京津間，爲數當在十萬以上。「以衆禦寡，以主敵客，以逸待勞，賺之登陸而斷其後，八面犄角，一鼓而覆之，固非甚難事也。否則圍而錮之，勿加殺害，杜絕接濟而使之自屈。」「乃既不能戰，並不能守，京津三百餘里間，一任其從容馳騁，長驅突進。則又何也。」這已不是書生談兵，紙上作論，劉氏已經明白「堅壁淸野」的戰術，「長期抵抗」的戰畧，他認爲八國聯軍並不可怕，只要韌性抵抗，洋人一定要失敗的。

其次，這一塲抗外事件，既已失敗了，就該接受慘痛的教訓，可是，「和局甫定，兩宮從西安回京，地方官沿途供應，競求華侈，雍容玉步，宛如鑾輅行者，於昔日之瘡痍塗炭，皆已消弭凈盡，不留餘迹，一若未有其事者。歡笑漏舟之中，恬嬉危幕之上，是可異也。」劉氏在北洋政府高層政治圈中往還甚久，他看出了病根所在，這一種政權是沒有前途的。

又次，他進一層推尋構成義和團事件的社會因素！一則民智之過陋。「北方人民簡單樸質，向乏普通教育，耳目濡染，祇有小說與戲劇之觀感。小說中兩大派，一爲封神西遊，侈仙道鬼神之魔法。一爲水滸俠義，狀英雄草澤之强梁。渾合製造，乃構成義和拳之原質」。二則生計之窳薄。「北方人民，生活省嗇，而性多媮惰，謀生之途太仄，稍一不謹，往往不能自振，以至於失業。因惰而游，因游而貧而困，則集於都會之地，藉儻來之機會以苟圖衣食。…因愚而頑，因游而暴，適有民教互鬩之問題以作之導線，遂轟然爆發而不可復遏。」

劉氏的拔本淸源觀點，認爲當從改革民衆社會着手。一則注重普通教育，改良小說戲劇，使多數民衆畧明世界大勢與人類生存之正理，二則注重於普通生業，爲人民廣闢謀生之途徑，教以手工技藝，使多數無產階級皆得憑自力以謀生活。這位在十九世紀後期長成的士大夫，而在二十世紀初期發表這樣的議論，不能不說是富有遠見了。他畢竟是在山東住得很久，又在京中度晚年的人，而交往的，如吳永那一圈子的朋友，曾經到過海外，知道一點國際情勢的！他的開明的進步的觀點，是值得贊許的。（編者附記：劉焜是光緒廿八年壬寅補行庚子，辛丑恩正併科浙江解元。根據是科「浙江鄉試同年齒錄」，他自塡的年歲履歷：譜名振書，字芷薌，號松菴，行二，生於同治八年十月廿三日。曾受業於俞曲園。祖居在本縣北鄉厚同莊。中解元時已三十四歲，未算早達。）

壬寅浙江鄉試

光緒廿八年壬寅浙江鄉試，劉焜一榜，人才極盛，其中有幾個舉人還中了進士，入翰林。又有享大年者數人，如陳叔通（一九六六年二月逝世，年九十，金梁（一九六二年十月逝世，年八十四），邵章（一九五四年逝世，年八十四）張宗祥（一九六五年逝世，年八十四）諸先生到八十歲的年紀，還在社會上負起實際工作，陳叔通知者已多，可不贅，張宗祥，邵章精于目錄之學，張晚年仍担任浙江省圖書館長。邵工塡詞，善章草。金梁本是旗人，做過溥儀的「內務府大臣」，教過張學良書書，晚年任北京文史館館員。

其他著名的舉人尚多，大名鼎鼎者有：張弧（北洋政府的財政總長），陳訓正（工詞，陳布雷的長兄）、金兆豐、許寶衡等等。劉焜是這一榜的解元，入民國後，官運並不亨通，只是做做幕僚，還不如許寶衡。但劉却於下一年考取進士，朝考一等二名，入翰林，授編修。　·曹　直·

張謇其人其事

魯頓

南通張季直（謇）逝世至今已四十周年，半年來讀「大華」載他的日記，不免想起他許多往事，隨手錄下，以當雜記，層次不整，請讀者見諒。

張謇的日記起自清同治十二年癸酉（一八七三年）九月初四日，時年二十一歲，記到民國十五年（一九二六年）陰曆六月廿四日止，死於陰曆七月十七日。日記共二十八冊，其中有數冊遺失。奇怪的是該日記分成兩部份，上半部在香港張的孫子手上，下半部已在國內影印了，印數不多，很難買到。「大華」所登載的，是根據影印本的。

張謇是個多方面的傑出人物。翁同龢對他最爲器重，結果收爲學生，並千方百計使他中了甲午年的狀元。那時候有幾個督撫，都認張謇是最好的幕府人才，且而是傑出的軍師，因爲張謇進了學，還未中舉人，就到吳長慶幕府做文案（等於現在秘書），不久文名才名大振。當時總督中以兩江總督劉坤一，湖廣總督張之洞最欽佩他，他從庚子年（一九〇〇年）起，給他們出的主意頗多。

翁同龢被西太后驅逐回籍後，張雖中了狀元，也無意做官，就回到江蘇，做了各處書院的山長（即院長），後來看見張之洞要在湖北開辦四個廠，向美國買機器，等到紗廠機器運到上海，放在黃浦灘邊無人過問，張遂動了念頭，向兩江總督建議，將這批機器運到通州，因爲通州產棉花，購地蓋廠房，紡紗供鄉下人之用。因爲鄉下人織布是自己紡紗的，如此可省一部工作，可增加布的生產，幾經磋商，機器算是官股，另招商股，爲購地及建廠房之用，社會有識之士，認爲張是一個實業家，同時他看中通州南門外一間大廟，將和尚趕走，改爲師範學堂，等到師範學生畢業，有了教員，方在各鄉鎮開辦小學，有識之士，又目之爲教育家，他有這許多以往事跡，是不是應該把他看作多方面的人物？

張季直的上下兩部份日記，有人以爲上半部好，也有人以爲下半部好。據筆者個人的意見，以爲上半部記家事及讀書，研究學問和科舉攷試。下半部記中狀元，及南下興辦教育實業，入民國後，到北京做官，當然記的是一生事業。上半部的日記，寫的工整，最多行書，容易看，下半部，到了晚年，字小且密，草字多，不容易全都認得，應該影印存其眞蹟，另外排印，以便讀者。有人說他的一生，與近半世紀關係很大，所記人物及地點，應加以釋註，此建議雖好，但能加釋註者，在香港恐怕只有沈君一人，沈君亦有此意，希望他能完其願望。

據看相的人說，張謇的相，眉生得高，兩眉之間很寬，可容兩指，獅鼻，口很大，可容拳，應該是武人像，而且是極有權位的人，看來不像是個狀元，狀元應該是文質彬彬的。張平時很嚴肅，不苟言笑，到了老年退休林下，同幾個學生，和他的兒子孝若，在吃午飯的時候常常也說說笑話。張自說，在少年時，讀的書，都是爲攷科舉的，做了吳長慶幕友，開始無書不讀，讀了要能背誦；還要能用，對陸宣公奏議，得的益處很多。

張回到南通創辦紗廠，機器有了，但買地，蓋廠房及營業周轉的資金還沒着落，不得已，向已經做了大官的朋友，請他們投資。信發出後，一萬八千兩，三千五千兩，都有滙來，總數約三十萬兩左右，這一班人並不是投資，實在是應酬張而已。有了機器，有了銀子，當然就容易進行，而當時所用一班助手，雖然都是外行，但肯學習肯研究，肯吃苦耐勞，所以有很大的成就。到了他的紗廠賺錢，就有人將錢存到紗廠裏，希望得較好利息，紗廠既賺錢，張即以股息及紅利，投資開辦榨油廠、麵粉廠、火柴廠，又在崇明久隆鎮開辦大生分廠，所有南通各工廠，全靠大生紗廠賺的錢來運用的。到了民國，那班投資的大官，多數沒有事做，有的靠紗廠股息及紅利做生活費，有的雖不靠此，但有這筆款子也是好的。民國後第一次開股東會時，那班大官到南通開會的很多，他們不滿意張未得股東同意就把股息或紅利投資到別家公司。張的答復是：你們以前忙於做官，開會總是不到，因此將投資他家公司的辦法分函各股東，而且所投資的公司，也是獲利的。張背後對此等股東頗多牢騷。

長江經過崇明島入海，崇明島對江的北岸起直到海州（現東海縣），東邊就是黃海，岸上都是壚田，所謂淮壚區，到了光緒二十年後，海水日漸變淡，產鹽日見減少，張有見於此，請兩江總督奏請清廷，廢壚改墾，其中經過很多曲折，才准在通州呂四沿海之地試辦，張就創辦通海墾牧公司。實在辦事的，有位江某，安徽人，江南陸師畢業生，張與他規劃，就住在不茅之地草屋中，開河築堤修路，日夜與海潮奮鬥，經過數年時間，方始能種棉花，張也時常去呂四海邊墾地，時已中了狀元，他仍是坐獨輪車巡視呂四各地。

張的言行，可以記錄的很多，茲就筆者親聆的畧記於後。有一次張到墾牧鄉視察一小學，筆者亦隨行之一。各處看完後，他問校長道：「學生會不會種田？」校長對：「不會。」張說：「鄉村學校學生，應該一面讀書，一面學種田。不然就是多了一個讀書的，少了一個種田的了。應該請一個眞會種田的人來教學生種田。不是擺樣子，是要研究種植法，樣樣要自己動手，要研究收成的利益，使得學生囘家，可以幫助家人做一部的事。校園和教室，以淸潔爲第一，不得在教室和校園牆壁上亂塗，校內家具也不得亂塗，養成習慣，囘到家裏，也能如此，就算成功。」

一次張在南京參觀金陵女子學校（金陵女子大學前身），對女生宿舍太認爲奢麗，太舒適了，兩人一間臥室，四人合用一間浴室，如此生活，怎能囘到家裏過平民化的生活。雖有學生的家庭，還會比這個好，但是少數，應該從多數方面着想。

某年張生日，那時孝若留學在美國，由十個學生借中公園向他祝壽，陪客只請了張的哥哥三先生（詧，號退菴）一人，席間有一位主人姓沈，是江蘇運河工程局長，也曾做過通州保灘會的事，張三先生說，治河必須一勞永逸。張四先生（一班人對張謇的稱呼）就說，天下事，只有永勞或有一逸，治河尤甚，必須永勞或可一逸，現在我們運用西方科學，更非永勞不可。筆者同一位管君（張的秘書）說，老

南人北人

湘山

京戲藝人譚鑫培之孫譚富英，個性特異，除登台演劇外，整天在家，白天不見太陽，晚上不睡，能夠息了燈火，坐到天明。對市上物價，一無所知。有一次在北京東來順吃飯，拿起一個燒餅來，斷價錢，惹得全座哄笑。

洗少麟繪印時裝百美圖冊，抄錄十餘句成語，請人選題。如：活色生香，美態極妍，我見猶憐，作如是觀，絕色天姿等。廣州六榕寺儈鐵禪即選「我見猶憐」揮毫。蔡哲夫恰在座，即對鐵頭陀說，你還想做和尚嗎？憐者，愛也，出家人而愛慕婦女，眞是六根未淨的了。鐵頭陀聽了才改題「作如是觀」。

英人辛博森在北京辦東方時報，漢文版總編輯是綽號龔大砲的龔德柏。創刊之日，登出衆議院議長綽號吳大頭的吳景濂照片，右邊排了「千夫所指」，左邊排了「多行不義」，儼然一副對子。吳景濂是賄選總統曹錕的催生婆，三天之後，龔德柏便捲鋪蓋離開報社。好事者說，龔大砲的炮彈敵不過吳大頭的腦筋運用。

兄又碰了老弟的釘子了。

南通實業完全由張謇一人所創辦，說得簡單一點，全靠大生紗廠每年賺錢，而所用的幹部，都是克苦耐勞，完全爲公，舞弊營私，可說絕無。張是一個農家子，父親須自己耕種十數畝薄田，以謀生活，張自紗廠發達後，收入很多，而都用在其他事業上，此種事業多是賠錢的，如博物苑、圖書館，翰墨林印書局。民國九年（一九一〇年）筆者曾隨孝若淸理一次他的財產，不過是些股票，票面六十萬元左右，有些是有價值的，有些不值一文。此外還有些各鹽墾公司分的田，及南通住宅而已。他在光緒三十一年前後，他忙於國事和本省的事情，如江蘇省資議局議長、江蘇教育會會長、南洋博覽會、產品審查長、農工商部高等顧問，有這許多事，所以無暇過問南通紗廠及其他實業事，就請他的三兄退菴由江西回南通（原在江西做知縣），負責紗廠及其他實業事務，他本人爲總理，其三兄爲協理，張三先生（南通人對他稱呼）做了事實上的總理。第一件事就是兼大生紗廠營業所長，這部主管收買棉花及賣紗，在各鄉鎮由個人開設收花賣紗的店，所收的棉花，就賣給紗廠，紗就由紗廠取，花是要現錢的，紗是記帳的，如此開店可無需資本，拿賣紗的錢買花，拿第二批紗的時候，才還第一批紗的欵子，無形中佔用一批紗的頭寸。據說每年獲利甚多，還有就是躉紗，他可以不必交押金，即可取紗，紗價漲獲利，即入私囊，如虧本或不賺錢，即作爲紗廠寄賣，上梁不正下梁歪，下面職員也跟着舞弊，因年年賺錢，無人攻擊，也無人敢攻擊。

通海墾牧公司，辦了十幾年，後來大賺錢，因爲淮南產鹽減少，大有晉鹽墾公司援例，不產鹽之地改種棉花，離海遠，很快有成效，辦事人多數是由通海墾牧調過去的，一切仍有辦通海時精神，克勤克儉，所以收效很快。這兩個公司都在南通境內，後來就在如皋境內，辦了大裕鹽墾公司，東台境內辦了大賚鹽墾公司，鹽城境內辦了大豐鹽墾公司，東海境內辦了華成鹽墾公司，大裕、大賚、大豐都是張三先生做總理，只有華成是朱慶瀾做總理。實在到墾地辦事的，叫做坐辦，每間公司資本，由一百萬元至一百五十萬元不等，每股一千元，轉眼間，股本即認足，非有大面子，不容易分得三五股，小股東都是交足股本，大股東多數拿股票向銀行錢莊押錢交公司，銀行錢莊只能押七成，不足之數，就算股東欠公司的，股欵收不足，而購地、工程的費用，大大的超過預算，所以就向大生紗廠借欵。爲什麼要這樣做呢？總以爲開河築堤工程完成後，能種棉花，即有收成，有收成就有進欵，不必多收股本，減少股東利益。至於辦事方面，精神、勤儉，萬不能與通海比，當年張四先生，到墾地視察都是坐二把手的小車，頂多有一個前面背的人，吃的都是就地取材，如自己養的猪、雞鴨、蛋類和河裏的淡水魚，海裏的鹹水魚。後來那些公司，就不同了，所謂坐辦，並不常到墾地去，如去必包一艘小火輪，吃的魚翅燕窩應有盡有，洋酒洋烟都是上等的，一切全由上海採購，運到南通，再送到墾地，浪費可想。在南通時，終日聚賭，據說輸贏很大，在這個時候，張四先生在北京做農商總長，袁世凱要做皇帝，就回南通，已不大問事，小事更不管。張三先生，專爲自己利益打算，以爲紗廠基本穩固，各鹽墾公司不日都可獲利，手底下的人，有的終日唯利是圖，有的以爲賺了錢，終日昏天黑地、浪費、豪奢、吃喝嫖賭，無所不爲。張孝若從美國留學回來，對南通事，志不在此，且與乃叔不對，就離開南通走政界，又不順手，識者已爲南通危。不料民國九年夏天一場大風災，將所有鹽墾公司墾地，都被海潮滲入，損失慘重，墾田被海水滲入，最少須三年才可復種棉花，這時大生紗廠受日本人在上海開設紗廠的影响，營業也不好，大生本來存欵很多，但貪圖利息大，就向上海錢莊借錢來轉放給各鹽墾公司，大風潮後，人家紛紛向大生提欵，個人做的股票押欵，也向押欵人催贖，一時情勢異常紊亂，大生債戶遂組織債權團委託一家錢莊代爲經營。從此大生一蹶不振，張四先生於民國十五年（一九二六年）在南通死去，張三先生亦於民國十六年北伐成功，逃往大連，孝若久居上海，於民國二十四年在上海寓所被張四先生的保鑣鎗殺而死，模範縣之名，就此被人遺忘了。

吉青納與中國古瓷

竹坡

第一次世界大戰初期，英國一個重要將軍在兵船上中了魚雷溺死，但有好些偏執的英國人却相信他並沒有死，在海上遇救，到歐洲大陸另闢一個戰場。這個將軍就是大名鼎鼎的吉青納。

吉青納是一九一六年六月五日遇難的，當時有很多英國人都說，他之死是中了勞合・喬治（後來做首相）、亞葵斯夫人、北岩爵士和里賓頓上校的陰謀。因爲吉青納在英國軍界中的聲望極高，一般人都把他作英雄看待，因此有很多人不相信他死去。人們互相傳說，他所乘的軍艦「漢浦夏」號沉後，吉青納被潛艇救起，現在一個荒涼的孤島上隱居。另一說他根本就沒有乘坐「漢浦夏」號出發，實在是秘密到了東戰場開闢一條新的秘密戰線。

正在英國人民不願信他死去的時候，吉青納在陸軍部的同寅却和老百姓的見解不同，其中百分之二十表示惋惜，而百分之八十的人却深深地舒了一口氣，丘吉爾其時正要坐下來吃午餐，他聽到這個不幸的消息時，很誠摯地歎一聲道：「他這樣的死倒也很快樂……」

一九一四年八月三日，吉青納從英國將返埃及任所，他在多維港乘船橫渡英法海峽時，得接命令，叫他立刻返回倫敦，原來亞葵斯首相任命他爲陸軍大臣，下一天早晨他到陸軍部上任，他第一句說出的話就是：「哎喲，這個陸軍部！沒有一兵一卒可調，又沒有一支可以寫的筆。」（意思是說文武人才皆不齊備。）

吉青納的早年生活和一般英國的軍人微有不同。他是一八五〇年出生的，父親是一個退職的上校，隱居在鄉間。老吉青納性情古怪，不讓他的孩子吉青納入中學校受教育，却請了好幾個名師在家中教他學習現代語文和機械工程等科學，他認爲這樣才可以使到孩子將來有遠大的前程。年青的吉青納的風度很好，高個子，身材瘦削，他不喜歡運動，但却善於騎馬。他爲人羞怯，沉默寡言，親近母親，性喜花卉。

一八七〇年前後，吉青納入伍當陸軍，這時候他的癖好和一般年青的軍人大不相同，他和他的朋友康特一起讀希伯來文，目的僅在能讀「舊約聖經」的原文。他一生並沒有結婚，可是在此時期，他寫了一封情書——也是他生平最後所寫的情書——給康特的妹子求愛。但這一單戀沒有成功，後來他討厭女人，也許與此有關。

吉青納對中東感到興趣，也是出於偶然的。某次他和康特被派往巴勒斯坦和塞浦魯斯測量。這一「興趣」，奠定了他後來在中東的「業績」了。一八八三年，埃及陸軍（當時的統帥權歸英國）任吉青納爲隊長，英國軍人在開羅的俱樂部裏閒談，他們都覺得很奇怪，爲什麽委派這個人做隊長，對他頗有輕視之意，但那個曾在中國打「長毛」的常勝統領戈登，對他頗爲青眼，到一八八六年吉青納已升爲埃及軍的副官長了。（編者按：關於戈登與吉青納請參考本刊第十九期第六頁。）

在蘇丹戰爭中，吉青納很是賣力，僅僅兩年之中，替英帝國殖民地增加了一百萬方里左右的土地，這次戰爭的全部軍費只不過用了二百四十一萬三千二百一十三鎊，不過比第一次大戰時一日的戰費多一半而已，可說是價廉物美了。更有令英國滿意的是這次戰爭，英方軍士傷亡不大，單是在安德曼最後一戰，回教兵死者一萬人，而吉青納的士兵只死了四十八名。他打電報給開羅的上級機關請示：「這次戰爭，我軍殺死了三萬個回教人，因此現在有三萬個回教女子在我手上，她們於我毫無用處，請示怎樣處置她們。」從這個時候開始，人們都相信吉青納對於女人確實沒有興趣。

蘇丹戰爭完結後，吉青納封官賜爵，歡喜非常，維多利亞女王封他爲男爵，並賜金三萬鎊。不久後，他又跟着揷手挑起那個不名譽的南非的波爾戰爭（在此戰爭中，丘吉爾大顯手身，而安德曼一戰，丘吉爾正是吉青納的下屬），人們都怪他做羅拔士將軍的參謀長好了，何必參與此事，然而他却因此有功，而受英廷封以子爵銜，並得賜金五萬鎊。

以後十五年間是吉青納最快活發舒的時候，他在印度做英軍總司令官，又在埃及做總領事官，正大丈夫得志之秋了。

吉青納做着上校軍職之時，就有一種癖好，喜歡收藏瓷器，只要有好瓷，他便不惜用種種手段來羅致，當時軍中有句流行的歌謠：「上校快來了，把碟子收起！」雖然，這並不是說吉青納見到軍營食堂的瓷器就起了貪饞之心，但也可見他對此有特別嗜好。人家又編做他的故事，說的是每逢一個城市的市長贈給吉青納公民榮銜，在開會前半小時，市長就吩咐手下人當心：「這位陸軍元帥是特別喜歡明瓷或宋瓷的。」

關於吉青納雅好古瓷一事，中國人也有記載，現分述如左。

廣東順德人何藻翔，曾於光緒末年隨張蔭棠往印度議印藏商約，和吉青納相識，其後十年，吉青納死難，又十年何藻翔有「追懷吉勤那將軍二十韻」五古一首，前有小序，今並錄此。

英侯爵吉將軍，統率印軍三十萬，性癖嗜古瓷，儲藏頗富。光緒卅二年（按：係公元一九〇六年）余使印參贊，與印外部戴諾議印藏商約，偶因事謁吉，一見如故，時招午茗，倩西醫官全希聖充繙譯，唯談古瓷，不及他事，盤桓十八閱月，贈余元製火器。每冬獵獲雉兎，必相餽，報以青花碟，印合數事，掀髯大喜。瀕別，以電影標本圖託疇藍黑胎三彩尊瓶，不惜重價，未易遘也。辛亥國變後，音問遂絕。宣統丁巳（按：係民國六年；公元一九一七年，何君以遺老隱居香港，仍奉「宣統正朔」），歐戰禍棘，英廷調吉帥印軍入衛。德人於南非一役，慫恿特蘭斯𡋧抗英獨立，賂以軍械，終不敵吉，深忌之。以爲此次軍事，吉死則英易與，偵騎密布，吉亦深知而詭避之。不意抵愛爾蘭後甫離海口，帥艦猝遇潛水艇而炸，遂殉焉。余以亡國餘生，憂傷憔悴，知交死喪畧盡，聞之欲哭無淚，比年萬念灰冷，荒島埋名，既痛逝者，行自念也。

手提卅萬軍，焚香讀陶雅，康乾青花瓶，雜陳鈴閣下。生平金石癖，美人粉黛假（五十不娶，指架上瓷曰：此即吾愛妻也），廿年軍俸入，盡付玉販賈。宋元精鑒別，磚瓦供搨擂，螭頭德宣鑪，雞血成化斝，窰變玉觀音，紫釉翠濃瀉（以上吉所藏未及百一）。相逢天竺間，緣結香火社，通識兼文武，知己無夷夏，揖客將軍寬，舌人醫官借。笑言支那帝，聘我牧邊馬，御府所藏弆，窰器恣弄耍，提督滿蒙藏，月俸不言寡。北游帕米爾，俄太上庭焚赭（言十年前游帕米爾，俄勢駸駸南下，中國非練馬步軍三十萬，不敷防守。英非圖佔藏，爲防俄計，藏失則印不能守矣），東鄰夏威夷，不祥金躍冶。伏遇潛水雷，樓船喪人鮓，奇才遘奇禍，赴義生遽捨。嗟我亡國奴，玉碎愧全瓦，日食米半升，築無茅一把，玉照影模糊，金鑄心陶寫，身亡國不亡，自顧何如者。（香港教育司羅富士言，吉歿後所藏玩器，亦不知落誰手。）（上引自何氏遺著「鄒崖詩集」。藻翔是光緒十八年壬辰進士，一九三〇年九月死於香港，歸葬順德。遺著有詩集、「藏語」及編有「嶺南詩集」等。）

何藻翔說吉青納把古瓷當作愛妻，這是事實，一個王老五沒有家室，精神寄託在玩物上，也如林和靖那樣梅妻鶴子罷了。吉青納於宣統年間來中國游歷，曾因貪索清廷所藏的古瓷，鬧過一個小小的笑話，故友金息侯（梁。本是滿洲人，光緒三十年進士，做過溥儀的「內務府大臣」，一九六二年十月死於北京，年八十四歲）記其事於「光宣小記」中，今錄如左：

希吉納（按：希吉納、吉勤那，吉青納，皆為 Kitchener 的音譯，但譯作吉青納比較普遍——引注）英國名將也，曾任埃及元帥，老而鰥，愛瓷成癖，自言視兵如子，而以瓷為妻。來游中華，入覲監國，聞盛京故宮多藏佳瓷，請賜游覽，特旨允准，並諭選贈二件。余得電，頗為難，故宮瓷器數萬件，宋元明清均有，以康雍乾為多，余方建樓陳列，外賓蔘觀，傳播海國，遂為希吉納所垂涎，詎可任其自擇，取大器重寶以行？乃先檢巨且精者百十器，移貯別庫，始導之入。希一覽無餘，即問尚有佳者藏何處？余答以無，則竟出照片指問，凡所移貯者多在，不識何時何人所攝也。余仍答以不知。希怏怏，選小瓶、小尊、小盒各二件，皆精瓷，蘋果綠又稱雨過天青者也。尚欲別選佳者，余亟止之，謂諭賜二件，何多取耶？希則以盒加瓶上，謂此一件也，復指尊口曰：「此尚缺頂。」余正色曰：「此宮禁也，幸勿失禮，余亦考古者，奈何謾語！」希赧然不能答，惟必欲强携大器以出，其狀如稚子得美食，愛之不能釋手，可笑甚矣。時孝先鄧邦述為交涉使，亦陪觀，乃調停其間。已見希以二尊納衣囊，而手各握一小瓶，小盒不能容矣，輒請偕見督帥定去取。錫文誠時為總督，適梁燕孫士詒在坐，余等偕入見，告以故，錫向梁決可否。梁曰：「既有電旨，即多取，亦祇得許之，不可以細故失其意」。錫始對客笑允。希大喜過望，亦歡然矣。余乃戲問之曰：「聞君以瓷為妻，西俗皆一夫一妻，君何以多多益善耶？」希喜甚，無他語，惟再三謝，挾以行，始終器不離手也。聞歸國後，為其政府所知，竟以此罷官，而希尚以為幸。余亦幸藏其巨且精者，否則如康熙窰大花缸，高數尺，上繪萬里江山一統圖，倘竟任之流海外，豈不為人笑哉！（按：錫良時任東三省總督，民國六年逝世，溥儀謚為「文誠」。）

吉青納貪鄙之狀，很是可笑，但他所索取的只是文玩之物，尚非土地，似乎無傷大雅，我們只覺得他好笑，而不必大罵他一頓的。宋朝的米南宮見到人家的好字畫好端硯就要强行索取，甚至作投水狀來要挾，千古傳為風流韻事，吉青納此舉庶幾近之，但辦洋務的梁士詒竟欲「不可以細故失其意」，一任他「予取予携」，未免駭人聽聞。梁是很會做官的人，在宣統初年，他不是一個朝中重要大官，怎敢自作主張，他不怕因此獲罪嗎？金梁這樣說，似未盡可信。「三水梁燕孫先生年譜」

錫良之良

錫良字清弼，在光緒宣統年間，是一個比較頭腦開明的滿洲大官僚，他做過四川總督，東三省總督，做督、撫有十多年的經驗了。

當他在東三省總督任上時，最討厭屬員動不動就向他磕頭。他三番四次告戒不可再如此，但有些旗人慣了，老是改不掉。某次，有一旗籍官員向他磕頭，他立加阻止，但那人不肯，依然跪下，錫良就轉過身去，以屁股對着那人道：「你磕！你磕！」

辜鴻銘的筆記，記錫良云：「梁崧生……以候補道員奉旨召見。退朝，告余曰：『今日在朝房聞錫清帥對客言曰：「如咱們這種人，如何配得作督撫！」君試誌之，此君子人也。』……：如錫清帥其人者，可謂今日督撫中之佼佼者矣。」

·夢湘·

宣統元年八月條下也詳記此事，可資參考。今錄左：

前英國駐印度陸軍統帥吉青納來華，訪先生於京師。先生與吉固舊交也，因留作十日飲，且陪其遍游京師附近名勝。是月中旬，吉欲回英，擬由大連至日本，再附航西行。時先生亦以關外鐵路事，與南滿路有磋商之件；且聞日本公爵伊藤博文有不日到連之訊，擬與會晤。因偕吉同至大連，並伴吉游奉天省城。會外務部電傳上諭，飭東三省總督錫良，於奉天內庫取古瓷兩件賞賜吉青納。因吉氏酷好中國古瓷，太后以此示睦鄰意也。錫良取江豆紅花瓶一對送吉。吉曰：「中國習慣，以一對爲一件，今奉旨賞兩件，是應得兩對；今數不合，謹辭。」錫良大窘，商之先生。曰：「此旨由外務部傳達，公曷不電外務部代奏請旨，以爲從違。」錫即照辦，旋得旨准賜吉氏兩對，吉喜甚。

梁譜這樣的說，較近情理，金梁所記，多誇大，未可信也。金梁的「光宣小記」及梁譜皆說攝政王載灃以瓷器送給吉青納，大有「恩出自上」之意。但「錫良遺稿」所載，却是吉青納向中國政府請求贈送的。據宣統元年（一九〇九年）九月初八日，錫良的摺奏附片有「盛京大內恭存瓷器提贈英將片」有云：

再，前准外務部電開；「英將克奇納過奉游覽，從優接待」等因。臣等遵即委派員司，沿途接待。並據該英將以久聞盛京大內恭存瓷器爲世界之寶，籲請恩賞，藉邀榮寵。當經據情電奏，奉旨允准。仰見朝廷懷柔遠賓，破格優待之至意，欽佩莫名。該英將旋即到奉，當由臣等恭在大內瓷器庫內提出康熙年製小花瓶、小花尊二對，宣示廷旨，親自贈給。該英將感激恩施，敬謹領訖。茲據內務府呈請奏咨立案前來，臣等覆覈無異。除咨報內務府註冊備案外，理合附片具陳，伏乞聖鑒。謹奏。

宣統元年十月初二日奉到硃批：「該衙門知道！」

從錫良的附片來看，似乎是吉青納示意他的繙譯人，告知清廷，請以古瓷一二件爲贈，而非清廷知吉青納酷嗜中國瓷器，爲巴結英將之故，下諭送給的。梁士詒年譜說吉青納初時見只得一對，不肯接受，士詒乃教以請示一節，「錫良遺稿」中沒有提及此事，因「遺稿」這一部分盡是奏稿，另有電稿尚未付印。電稿中也許載有吉青納拒絕接受一對之事。又，梁譜記此事，似受「光宣小記」的影响，梁士詒本人似無記此事，「小記」出版於一九三三年，梁譜出版於一九三九年，編梁譜的人曾參考「小記」是可能的。

秘書長技癢

梁士詒中進士後，選爲翰林，在翰林院讀書一年，無非是吟風弄月，到了畢業試，授職編修，從此翰林資格完備。吟風弄月慣了的人，往往會抓着好題目「吟」一番的。民國二年，袁世凱授總統府秘書長梁士詒勳二位，照例有篇典麗矞皇的官文書的。據「梁燕孫先生年譜」說，此文「爲某名士手筆，淵雅可誦」。其實是梁秘書長自己的大手筆。所謂「某名士」，託辭耳。文云：「蓋聞運構雲雷，乃有非常之業；志安區宇，端資不世之才，秘書長梁士詒，識貫韜鈐，籌深帷幕，軼唐家之房杜，謀斷兼長；失漢室之蕭曹，指揮若定。敦槃會合，泯羣雄猜忌之嫌；輪軌交通，肇一統車書之盛。尤念艱難之締造，彌懷密勿之經綸。本大總統依勳令第一條，授以勳二位，以嘉乃績。春風衣錦，慷慨登尉陀之台；天漢洗戈，巍峨式伏波之柱。」如果把「秘書長」，「大總統」字樣去掉，全篇都像皇帝的口氣。此種官文書，久已被棄，今日只有台灣當軸還不時用之。　·定　謀·

花叢聯話

花之寺

秦樓楚館，那些姑娘們附庸風雅，很喜歡在她的妝閣內，懸一對聯。遇到了一些文人才士，也很高興爲他們撰句，且爲之書寫。這個風氣，倒也歷有所年。這種對聯，往往是集句或嵌字的，病中無聊，偶憶數則，錄之如下：

昔有妓名如意者，一客暱之，家人催歸，他贈一聯云：「人道我不如歸去，」「試問卿於意云何？」又有一聯云：「如之何如之何者，」「意在斯意在斯乎。」皆爲嵌如意兩字。而下一聯更爲四書集句也。

方地山善屬對，一日，宴之於某妓寮，妓名月紅，座中一客曰：「月紅兩字，屬對甚易，現在我要並蒂格（即嵌字在末一字），且以五分鐘構思即成。方曰：「易耳」，即口念曰：「上聯是『楊柳岸曉風殘月』，下聯是『牡丹亭姹紫嫣紅。』」合座爲之鼓掌，歎其才思敏捷。

淸光緒年間，有一位沈鳳樓，是翰苑人才，到江南做官，在秦淮冶游，與一名小五子相愛。秦淮妓流，屬於揚幫，不似上海的別張艷幟，都以小名應徵，有什麽小鴨子、小毛子等等，不足爲奇。（張勳所娶的寵姬，就是叫小毛子。）有某名士就爲她集句寫一聯曰：「小樓一夜聽春雨，」「五鳳龍飛入翰林。」這一聯，不但嵌入小五兩字，而且把鳳樓兩字，也嵌在內，羣爲歎絕。後來鳳樓早逝，小五子乃仰藥身殉，大家稱爲風塵中的烈女云。

杭州有一妓，名湘君，妝閣中懸一聯，長及丈許，字似栲栳大。上聯曰：「湘水多情，」下聯曰「君山無恙，」書體仿曾髯農，聞一湖南豪士所寫。不知爲誰，但知爲一旅客過此也。

從前寶竹坡坐了江山船，娶了船上的女兒，因此罷官。現在她們這一班都棄船登陸了。有一位名字喚做小寶貞的，是此中翹楚，住在江于沿岸，在她的妝閣，開出窻來，便是錢塘江，風景極佳。她房中懸一聯，並非嵌字聯，上聯是「願爲江上月，」下聯「長照鏡中人。」使人有徘徊不能去之感，小寶貞亦殷勤欵客，那天我與畢倚虹同去的，越三月，重去訪問，則小寶貞已爲杭州一軍閥娶去。我有句云：「錢塘日日潮來去，不見江頭小寶貞。」

民國二十年間，南京秦淮河邊，有許多歌女麕集其間，除每夜上歌場外，亦能侑酒。惟不似上海以局票應召，須用請客票邀之，其時各部職員，散衙以後，亦往往聽歌飲酒，相與欵洽。亦都爲撰嵌名聯語。有歌女名蕭瑜者，爲之聯曰：「蕭曹若定，」「瑜亮一時。」有名曉峯者，爲之聯曰：「春眠不覺曉，」「夏雲多奇峯」（聞此爲老對）。有一日，友朋羣聚在秦淮酒家宴飲。有一歌女名妙卿者，楊藹廬極賞識之，當筵囑我撰聯。我笑問：「君爲入幕之賓否？」彼問：「何解？」我曰：「如已入幕，則有一聯曰：『妙不可言，』『卿須憐我。』如未入幕則曰：『衆妙之門，』『于卿底事。』」座中爲之捧腹。

藹廬住南京，獨居一屋，而比鄰乃一娼家所居，榜其門曰：「老驥伏櫪」「流鶯比鄰。」此亦一老對也，但於彼更切，因彼之大名曰天驥也。

喜佛

禽

我一向對於今古中外野蠻風俗的知識，非常喜歡，很想知道。而在中國這個古老的國家裏，這一切却都已退化得看不大清楚了。如吃人、活埋等項目，就極值得學人們的探討。也有一些東西是外來的，在中國，却也成爲名物。歡喜佛就是其中之一。

佛教分顯教密教二系。密教或稱密宗，我們從名字上看來，已經知道這一種佛教的分支，是頗含有秘密性的了。它們在印度佛教中的地位並不如顯宗之高，因爲它們的經典多半是符咒，而作起法來又跡近巫蠱，遠不如顯宗的經典的高玄華贍，富有哲理。然而在我們志不在參禪的人們看來，却沒有什麼大關係。反而因爲它們的原始性，與中國的祝由科之類的東西，或有相當的因緣，因而發生興趣，頗有研究一下的興趣了。

北平故城中團城的白玉佛，雍和宮的打鬼，似乎已經有了作北平文化代表的資格。而這一件東西，却全是國產。根本說起來，古代的中國，從漢唐以來，從西域接受來的文化，也已經很不少了。不過有些在接收過來以後，馬上普遍的發展下去，成爲家喻戶曉的東西，換句話說這就已經成爲漢文化之一員了。如葡萄卽是從西域傳來的果品，可是現在還有什麼人說它是洋貨的呢？李唐元爲胡姓，似乎也已經不成問題，那麼，整個的唐代文化，如魯迅先生所說，就已經大有胡氣的了。李白的詩文，爲我們接受下來算是中國文化的遺產，殊不知李白却是突厥的苗裔。一個偉大的民族，依我看似乎應當有承認這一切的勇氣。如果說李白的詩寫得好，就非證明他是中國人不可，倒也無此必要；唐代的民族問題，自然更爲重大，朱希祖先生於是就憤起而辯。這一切在我看來，却似乎可以不必。閑話說得遠了，北平的雍和宮打鬼的是什麼人呢，這是一羣喇嘛們。喇嘛是西藏傳來的宗教徒——卽佛教中的密宗。在那雍正的「潛邸」所改建的雍和宮中，就有着歡喜佛的塑像，歷來去北平游歷的人們，都要設法一見，聽說還要特別多收一筆費用，才可以瞻仰。與六必居中嚴嵩所寫一塊匾額相似。一些游覽書中也有着照片。其他的地方也或有這種「歡喜佛」的塑像，大概凡喇嘛廟中就都有的。查密宗之入中華，歷史不可謂不久，唐無畏、不空、金剛智三人所譯經文卽是密宗的法典。千數百年來密宗的傳佈反而消沉，難道中國人眞是喜歡玄談而不悅「棒喝」的麽？這很難說，政治勢力就很有轉移這一切的力量。乾隆曾對喇嘛有過解說：

> 西番語謂「上」曰「喇」，謂「無」曰「嘛」。喇嘛者，謂「無上」。卽漢語稱僧爲「上人」之意耳。

十全老人的這一個解釋固然不錯，然而後邊的比喻却不見得十分對。中國人稱和尚爲上人，用意似乎是「客氣」，因爲方外人在中國，一向是被認爲清高絕俗的。而喇嘛在西藏和內外蒙古，除高尚以外，尚執有政權，這是他道被稱爲「無上」眞正的原因。

歡喜佛和喇嘛的關係，是不可分離的。這要留到後面叙述牠的歷史的時候去說。現在先來看看它們的形狀如何。鄭思肖著心史曾記其事，爲見之於中華記載的最初的文獻：

> 幽州建鎭國寺，附穹廬。側有佛母殿，黃金鑄像，裸形中立，目矚邪僻。側塑妖女，裸形，斜目指視金佛之形。旁別塑佛與妖女裸合，種種淫狀，環列梁壁間。兩廊塑妖僧，或啖活小兒，或啖活大蛇，種種邪怪。後又塑一僧，青面裸形，右手擎一裸血小兒。赤雙足，踏一裸形婦人。頸環小兒

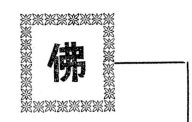

說歡

韋

枯髏骨數枚，名曰摩睺羅佛。

南宋之末，金勢大盛。河洛之地，已經不是華胄的天下了。蒙古的文化，自然也跟隨了戰馬而南來。幽州大概是現在河北的長城內外之地。已經有了那麼美輪美奐的建築物，無怪要使鄭君大吃一驚。因爲這完全是外來的東西，而非中國的故有。而且是那麼大膽的塑着，心史所記，辭意之間，當然有非笑其野蠻的意味。

清厲樊榭有「吳山詠左詩」二首，一首所詠即爲麻曷葛剌佛，詩序有云：

麻曷葛剌佛在吳山寶成寺石壁上，覆之以屋。元至治二年，驃騎衛上將軍左衛親軍都指揮使用伯家奴所鑿。案元史泰定帝元年塑馬合吃喇佛像於延春閣之徽清亭下，輟耕錄亦稱馬吃剌佛，蓋梵音無定字故也。詩內詳細描寫塑像形狀：

……一軀儼箕踞，努目雪兩眉。赤脚踏魔女，二姝相夾持。玉顱捧在手，豈是飲月支？有來左右傳，騎白象青獅。獅背匪錦幪，薦坐用人皮。髑髏亂繫頭，珠貫何纍纍。其餘不盡者，復置戟與錘。……

這當然是元代遺物而流傳到淸代的了。再推上去，於明末淸初之際得一董含。董君著有「三岡識畧」，其所記起甲申，訖乙（康熙）。歡喜佛的記載見於第四卷，蓋記乙亥癸卯間事也。

遼陽城中一古剎，巍煥壯麗，守衛嚴肅。百姓瞻禮者，俱於門外焚香叩頭而去。有范生者過其地，欲入不可得。請一顯者，乃入。見內塑巨人二，長各數丈：一男子向北立，一女南向，抱其頸。赤體交接，備極淫褻狀。土人呼公佛母佛，崇奉極謹。

所述古剎蓋是頗古之物，係在元代亦未可知。而土人之呼尤有意思，蓋已畜生視之矣。至於塑像的作風，可以綜合來說一下。是混合了善愛和嗔怒的一種表情。扁圓的唇偏向上，作苦笑狀。而頭部則微側顰眉，或亦表示原始的一種苦悶，與德國某文藝編者所說相同。而來自西藏之「威德金剛」，正作性的表演而雜以苦悶，豈非博士文藝論之最好的解釋乎」？

西藏東部有幽鬼教，印度佛教傳入，已經與之混和，而成此像，其間的痕迹，已經不易尋覓了。印度的佛像教，多半是善的表現，而少有惡的流露的。而竟塑作性交的姿式，尤爲不可思議。我們可以找出幾個解釋來。鴉嘛阿納答嘎經有云：

大乘九部契經即九面是。二諦，即二角。菩提三十七法即三十四手及身語意。十六空即十六足。大安樂即陰體相合。八成就即八等人物。八自在鷲等八禽。不染障礙，即裸形涅槃。妙道即法上衝。

這種佛家的隱語都很妙，說得格外含蓄而別有意味。至於陰體相合的一點，在「大聖歡喜雙身大自在天毗那夜迦王歸依念誦供養法」中更有所解釋：

大聖自在天，是摩醯首羅大自在天王。烏摩女爲婦。所生有三千子：其左千五百，毗那夜迦王爲第一，行諸惡事，領十萬七千諸毗那夜迦類；右千五百，扇那夜迦持善天爲第一，修一切善利；領十七萬八千諸福使善持衆；此扇那夜迦王，則觀音之化身也。爲調和彼毗那夜迦王惡行，同生一類兄弟夫婦，示現相抱同體之形。……若有善士善女等，欲供養此天求福利者，取香木樹造其形像，夫婦合相抱立之。身長五寸，象頭人身。身着天衣及腰裳。夫鼻捩下，婦鼻捩上。四葉爲座。造象已了，不得換價，在室房中，勿置佛堂。

（上篇）

拿愛情交換情報

英國女間諜仙荻亞的浪漫史

洛生譯

查理士吃醋打她一頓

當查理士撞入她房間時，她一看他的面色，便知道他們已狹路相逢了。他望着床上凌亂的被單和枕頭，雙眼直冒火，緊握拳頭，向她走過去，打了她一大頓；仙荻亞不知道他何時才停手。

現在，仙荻亞覺得苦悶，懊喪和絕望了，她將自己的肉體供給欽特任情玩樂；但看來他不會忘於他們的交易，把法國的海軍秘密告訴她的。更可恨的是她失去那位不斷供給她有用的情報的布魯士之愛。

被毒打一頓後，她迷迷惘惘的進入睡鄉，她睡得並不甜，她夢見放置在法大使館的密碼，那是她不能取得到的。

她的夢突然被布魯士打斷了，他向她致歉，並希望她忘記這一回事。

「我不能這樣做，」她說，「但我原諒你。」

欽特果然出賣了仙荻亞，他去見維希政府的駐美大使，將經過情形一五一十的告訴他。幸而，後來查理士在大使面前力指他說的全是捏造出來，毫無根據的謊言，大使終於信他的話而不理會欽特的一番道理。這次，查理士幫了仙荻亞一個大忙。

她第二次到紐約見莊尼，說這次的嘗試不容易成功，他們很難找到一個內應，從裏面着手取得密碼。「我們這次要親自出馬了，」她說。

莊尼教她先向布魯士下手，叫他作出大使館記錄室的樓下圖樣。第二次他們兩人見面時，她拿出布魯士為她作好的圖樣。然後，莊尼介紹她認識一位亨特先生，後者將會和她一齊在現場工作，盜取密碼，亨特是美國戰時情報局的人員（即現今大行其道的特務片中的OSS。）

他們同意把仙荻亞在華盛頓的住所當做訓練中心，但未行事之前，另一名OSS的特工將會詳細檢查她的住所，以防萬一。

第二天，有人拍她的房門，然後一名男子的聲音說：「我是根除部門派來的。」

「進來吧，」仙荻亞說。

進門後，這位客人馬上用雙手和雙膝蹲在地下蠕動，他爬入床底，又四週觀察牆壁，地毯和家具一番，最後說：「一切安全妥當，小姐，你不用駭怕！」

仙荻亞向這位「根除者」致謝，現在她的住所已證明沒有被人安裝錄音儀器和米高峯等東西，大可安全工作了。

現在輪到查理士行第一步了。他收買了大使館的看更人，並且推心置腹，解釋他有一個相好，但兩人不能到旅店幽會，因為太太已開始懷疑他有外遇，唯一安全的地方，就是夜間罕有人跡的大使館了，這樣神不知鬼不覺，他又可以保存名譽。那看更也是個聰明人，對於這些男歡女愛的事置身事外，而他就是有任何懷疑，也被查理士的濶綽手段移去了。

收買看更人，假稱要幽會

一切準備就緒，查理士和仙荻亞兩人晚上就到大使館行事了。天一黑齊，他們就用查理士的鎖匙開了大門，和看更人交談幾句，然後實行他們顯而易見的目的－－幽會。早上一二時，他們便雙雙離去。經過幾晚同樣的情形，他們已和看更人混得很熟，而後者也就毫不以爲怪了。

仙荻亞見時機成熟，認爲是進行第二步的時候了。這一步驟包括：下迷藥，使看更人昏迷一個時候，然後放入一個叫喬治亞．克力加的開鎖專家，他自會打開保險箱，讓仙荻亞取出密碼本子；然後，由另一個同道拍下它們的內容。

「你一定要懂得規法，不可亂來，」莊尼在她最後的一次演習，這樣提醒她，「如果發生意外，不要供出我們的名字，你和喬治亞將會被捕，甚或被囚禁一個時期，但這會是我們意料中的事。從今天起，沒有人扶持你的了，好自爲之吧，祝你幸運。」

行事那晚，仙荻亞兩人照常來到大使館，他們帶備幾瓶香檳酒和一小瓶白粉－－一種分娩婦人吞服的催睡劑。他們告訴看更人，當晚他們將飲酒行樂，來紀念他們相結合了一週年，同時邀請他及時行樂。他喝的那杯酒，裏面放了催睡劑。

他入睡之後，仙荻亞打開前門，向黑暗中在等待的汽車打了一個預先約好的手號。沒多久，她和喬治亞已站在密碼室的門口了，喬治亞畧施小技，房門便被打開了。但是開保險箱却是個難題，它的式樣古老，發出噼瀝的噪聲，使得工作延續了幾個鐘頭。

時間一分一秒的過去：最後喬治亞附耳低聲向她說：「我大功告成了！」果然，保險箱的門慢慢打開，出現在他們面前的，便是那些密碼本子。

仙荻亞看看她的腕錶。不好，已過了早上兩點鐘了，無論如何，他們沒有足夠時間拿走這些密碼，然後一一拍下的。她只得用指尖撫摩它們一下，讓同伴重新關上保險箱的門。喬治亞將號碼盤上的號碼較回它們的原來位置，抄下加起來的號數，交給仙荻亞，然後兩人小心翼翼地爬出了房間。

（四．未完）

銀行外史

盧醇

作者寫銀行外史，已有一二萬言，以前所寫的，是逐家銀行寫，有類「點將錄」，現在將已點完，以後就記憶所及，一談各銀行的有趣軼事。

一個被暗殺的銀行經理

民國二年，施肇曾是上海交通銀行經理，副理是張紹蓮。施被調做隴海鐵路督辦，張由施保薦升經理，二次革命反袁世凱，反袁的上海地下工作人員，向張借軍費二十萬元，張不理，張乘馬車到行，經過四盤街，被人開鎗射殺而死。外界傳說，是陳其美部下做的，因爲當時陳是負責上海地下工作的人。

外國人做中國銀行經理

上海交通銀行曾向比國借過五百萬兩銀子，恐怕是施肇曾代隴海鐵路借的。當時施是上海交通銀行經理，因借欵的關係，比國曾派比國人史拉克做代表，常駐交通銀行，經理張紹蓮被暗殺，史拉克一度做經理，副理徐寶琪。不久，北京總行就派趙慶華來做經理，趙是趙四小姐的父親，四小姐現在是張學良的夫人，在台北，史拉克仍做比國的代表。

中國銀行總行有位顧問名叫盧克斯，英國人，後來中國銀行於一九三〇年在倫敦設的辦事處，就請他做副經理，以後卞仲弗、貝淞蓀等都做過倫敦經理，而盧克斯下落就不清楚了。（盧克斯旣調倫敦，張公權又聘英人格萊爲顧問。此公拿優薪，殊無獻替）

「洪深大鬧大光明」的再補充

澤禾

早些時候，在「大華」讀過林熙先生所寫的「洪深大鬧大光明」後，我的腦子裏便浮現了這烘烘烈烈的一幕。雖事隔三十餘年，隱約間猶在目前。爲的是筆者當日也在上海讀書，而洪深先生又是我們的老師呵。到了最近，却又在第十五期的「大華」讀到元濟先生寫的「洪深大鬧大光明的補充」，這一來我對這個故事覺得更有趣了。元濟先生對此事不只寫洪深教授，併但杜宇的上海明星影片公司也拉進去，使這個富有民族意識的歷史事蹟，讓讀者獲得進一步的認識，所謂「公道自在人心」，洪深大鬧大光明這一幕，相信老一輩的讀者，不無印象；而現在的讀者，或多或少都有一點影响吧。

在我這個讀者方面，想不到和這樁事體另有一點更動人的故事。

上個周末，爲了找一本古老書，在書橱裏偶然翻出一些剪貼的舊報紙，其中竟然有一篇呈文之類的作品，題爲「洪深爲請禁映羅克不怕死影片呈上海市黨部文」。像這樣的題目，使我深深的受到激動；隨後細心的閱讀一遍，興味盎然，覺得這難得的呈文，其內容比林先生和元濟先生所寫的似乎更詳細，更精彩。我想，像我這樣關心這故事的，可能大有人在，我又怎樣可以獨自享受呢？不過，這個呈文的字數不少，照樣抄錄，免不了犯了抄襲的毛病；但這樁事又不能減少某一段或某一節，而且它的文字實在寫得妙極了，恐怕不是當事人洪深教授是寫不出來的。想到了這一點，我也就管不了甚麼；索性全文照抄了。全文錄左：

呈爲奸商無恥，唯利是圖，開映影片，侮辱我中華民族，請求制止事：竊洪深於今日星期六下午，因朋友之邀，赴大光明影戲院觀看美國製造羅克主演之影片，譯名「不怕死」。不料開映之後，該片所描寫，乃華人之爲盜賊也，華人之爲綁票也，種種下流野蠻惡劣，其侮辱誣蔑我民族者，無所不用其極，而尤以販賣鴉片爲情節中主要之點。舉凡「不怕死」之羅克所加諸「怕死」之華人身上，而引起西人之大笑者，在深觀之，眞如刀割。繼乃恍然大悟，羅克之所以取販土爲背景者，亦係投機，因高英士案，（編者按：高英係北洋政府時代派駐美國舊金山一個領事，因利用外交地位，帶鴉片入美國。）在美曾鬨動一時，各地報紙，曾用極大號字登載。美國人心目中大都有此一件事，故演之在影片中，不但動聽，而且可信也。深思念及此，不忍卒睹，遂即離座，至馬路上，茫茫然行走，因天冷乃回家，易去西裝。惟影片所給之侮辱太深，不欲甘心忍受，乃又重回至大光明門口，欲尋得同去觀看之友人，一詢全片情形。在門口遇見數青年議論此片，正欲寫信給報館公告國人，勿再往觀。其中一人，並以當日「民國日報」館「覺悟」欄內卅六人具名之信見示。深此時大受感動，乃謂此種辦法，遠水不濟近火，何不此刻立即對觀衆言之？深遂挺身而入，向觀衆報告片中侮辱華人各點，請各人勿再觀看，羣衆表同情於深者數百人，紛紛離座，並邀深同去售票處交涉退票。而此時該院大股東兼經理高××，竟指使其雇用之西人經理，將深揪入經理室內，欲加禁閉，並動手揪毆，擊破深之嘴唇，奪去深之呢帽及圍巾，並指揮院中侍役及印捕西捕將深圍逼。該西人經理又用英語對英捕言：「吾欲拘捕此人」，即有兩三西捕將深揪入該院，一路揪至愛文義路捕房。到捕房後，該西捕謂此人係大光明影戲院經理囑我拘捕者。深乃將經過情形說明，並據理與捕房力爭，計深自五點卅五分至捕房，至八點二十分走出，前後約有三小時。既無原告隨來負責保證，又無正式罪名，無故拘留數小時。直至戲院人散，始行將深釋出，該高某亦可謂善用西人之勢者矣。竊思做人皆有人心，受侮辱必然悲憤，受壓迫必然反抗，天下之同理也。該租界當道，賴我華人所納之租稅而生存，但何以因英人不滿於「殘花淚」之寫華人優於英人也，則禁止之，又何以於意國水兵不滿於「街頭人」之寫意婦人之賣淫，奪片焚毀後委曲調停之，而對於侮辱華人之影片如「不怕死」，絕不加以取締，任其開映！且深在美國六年，曾在華人所經營之店內做過工。且亦曾居住過所謂唐人街矣，祇知僑胞刻苦茹辛，於重重壓迫下求生存，永不忘我民族之光榮，絕不似「不怕死」片中所描寫之醜惡。即有一二不良份子，亦如美國駐滬之領署法庭內，兩年前其檢察官胡薩受賄數萬元犯法而下獄，此係特別情形而非普遍情形也。國人或有未曾去美，誤認「不怕死」片中所映係根據事實者；但在深所授課之暨南、復旦大學中，僑胞之子弟亦不少，國人何不一往晤之，詢問之！豈其父兄皆各片中所描寫者耶？事實決非如此也，總之，此片於戲弄之中，寓鄙賤之意，於侮辱之外，又附會而誣蔑，其流弊不堪設想。其在美國開映之結果，恰在高英士案之後，可使全美人民信我海外之僑胞在美所作，專是此類殺人綁票販土等事 其影響於我國際地位者爲如何！其影响於我民族之前途者爲如何！思之思之，不寒而慄，憶民國十五年，深在美時，南美黑人因「重見光明」一片 有侮辱黑人之處，乃在芝加哥某戲院開映時 奪片而焚之。該導演格雷斐斯特於片後多加一千尺，專寫黑人自辦之大學，以及黑人種種進步優良，以爲謝罪。同爲被壓迫之民族，我老大之中華，豈竟不如美洲之黑人耶！謹將管見所及之救濟辦法數端，條陳於後，即祈鑒察酌量施行：（一）轉呈上級黨部轉咨國民政府外交部從速與美國政府交涉，禁止此片在美及世界任何各國開映。（二）已運來華之「不怕死」影片，立即當衆焚毀，以後不論何時何地，不准開映。（三）嚴懲依此租界勢力而實華人資本之兩個影戲院，即（甲）映片得利之光陸，（乙）對觀衆謊言此片已經市政府檢查，且依借外人勢力壓迫國人之大光明。並着該兩戲院將連日所獲之利數萬金，悉數捐給公益慈善事業。（四）嚴懲租界所設定之影片審查會華人委員關××（編者按：關××即關炯之，上海人稱他爲關老爺的）賣國媚外，通過此類侮辱國人之影片。（五）此後在租界開映之外國影片，亦須同受市政府檢查，不得享受「治外法權」。至於深個人所受損害，已委託律師正式提起訴訟，合併聲明。敬呈上海特別市黨部宣傳部。

曾國荃之貪

張黑女

王湘綺詩集中有「大通舟次逢曾元甫成功罷歸」七絕二首云：

鵲印光搖上色金，龍旗閑漾碧波心。
欲知上將功多少，試問長江水淺深。

波平如鏡月如霜，總是年時苦戰場。
惟有忘機舊鷗鳥，送君安穩到衡湘。

這兩首詩都是含有極濃厚的諷刺之意的，王湘綺撰「湘軍志」，竭力暴露曾國荃貪污豪侈的情形，曾國荃大怒，迫他將書板銷毀，並發動湖南一班紳士聲討他，王湘綺只好把板毀了。後來他寫上述兩詩，有人問他「試問長江水淺深」是什麼意思，湘綺故作別解云：「這是套李太白『桃花潭水深千尺』之意罷了。我在江上逢曾九帥（按：國荃行九，人稱曾九）同鄉，他贈我程儀甚厚，因作此詩耳。」其實他並不是將曾九的隆情來比長江的江水深淺，而是說曾九的行裝很是沉重，連江水都被他的金錢財寶壓得高漲起來了。

王湘綺這兩首詩寫來很深刻，但却沒

有一句寃枉了曾國荃。曾國荃的軍隊攻入天京，太平天國覆滅，他本人和手下那班將士，個個都發了大財。徐珂「清稗類鈔」有一段記曾國荃命人持三千金入北京買蠟箋一束，事爲恭親王奕訢所知，謂未必可信。當時我也以爲是道聽塗說之詞，未可深信，國荃非文士，何以對於文房這樣講究，一擲千金而無吝色。近日讀趙烈文的「能靜居日記」同治六年（一八六七年）七月二十日，記本人與曾國藩（按：國藩時爲兩江總督，烈文在其幕府中，以師禮事國藩也。——引注）談話，證明確有其事，有云：

少選，師亦至劇談。問沅師（按：國荃字沅浦，烈文亦以師禮事之。國荃破天京時，烈文亦在其幕府做事。——引注）收城事，余曰：「沅師坐左右之人累之耳，其實子女玉帛，無所與也。各員弁自文案以至外差諸人，則人置一簏，有得即開簏藏納，客至則傾身障之，醜態可掬。」師狂笑。繼又曰：「吾弟所獲無幾，而老饕之名遍天下，亦太寃矣！」余曰：「何寃之有！自古成大功者，孰不蒙謗往往致殺身之禍者有之，下吏對簿者有之，終身廢棄者有之。蓋謗與名二者相附而行，何足罣哉！且沅師而務修邊幅，則何自而有沅師之謗；沅師而務修邊幅，亦不能成沅師之功。嘗見沅師專弁入京，以八百金購箋紙，京中爲之沸然。凡親沅師者皆爲之悔，烈則以爲正沅師過人可喜之處，今沅師大功已告成，羣謗久亦自減，千秋論定，究之瑕不掩瑜，何傷之有。」……

九月初十日的一段日記有云：

因問：「師（仍指曾國藩。——引注）故鄉山甚多，亦有園池之概否？沅師所居，聞有大池，然乎？」師曰：「鄉間塘濼所時有，舍弟宅外一池，聞架橋其上，譏者以爲似廟宇。所起屋亦極拙陋，而費錢至多，並招鄰里之怨。」余問：「費錢是矣，招怨胡爲者？」師曰：「吾鄉中無大木，必有墳樹或屋舍旁多年之物，人藉以爲蔭，多不願賣，舍弟已必給重價，爲之使令者則從而武斷之。樹皆松木，爲油多易蠹，非屋材，人間值一緡者，往往至二十緡，復載怨而歸。……憶咸豐七年吾居憂在家。劼剛（按：曾紀澤之字。——引注）前婦賀氏，耦庚先生女也，素多疾，其生母來視之，並欲購高麗參。吾家人云：『鄉僻無上藥，既自省垣來，何反求之下邑耶？』對曰：『省中高麗參已爲九大人買盡。』吾初聞不以爲然，遣人深之，則果有其事。凡買高麗參數十斤，臨行裝一竹箱，令人負担而走，人被創者則令嚼參以渣敷創上。亦不知何處得此海上方也。」……

曾國荃貪則有之，但尚未致鉅富，較之北洋政府時代的軍閥，還算潸廉，如果拿國民政府時代的大官僚和九帥相比，則曾九猶是小巫耳。

乳媼奇遇

大年

曾國荃圍困金陵，城中太平軍堅守，後來金陵被困日久，糧食發生問題，有些老弱的人就漸漸走出城外，變成難民。曾國荃因設立難民局收容這批人。難民中有一個姓侯的老婦，道光十八九年間，陶澍做兩江總督時，曾在督轅做乳母，陶的幼子就是她照顧的。後來陶氏卸任囘湖南，這個乳娘也跟了去。太平天國與清軍在湖南作戰，侯婦的丈夫兒子都在逃難時走失，不知去向，她被太平軍擄到南京。

侯乳娘在南京逃出後，住在難民局，曾氏兄弟攻破天京，國藩在金陵設立兩江總督督署，他的太太因爲用人不夠，就在難民局叫這個侯乳娘來幫傭，月給工資八百錢。國藩奉命至山東督師，家人囘鄉，侯媼不願隨往，曾夫人就把她薦給李鴻章的母親，不久，李做兩江總督，侯媼亦隨入督署，她一生三入兩江督署服務，見過三個大人物，爲人艷羨。

關於廣州改建城隍廟之役

本刊十八期大符君「廣州城隍被斬記」一篇，行文有趣，惜未盡翔實。我亦社會局員舊人，爰以當時身歷目擊，及事後親聞諸局長簡又文自述數條書出，以作補充及訂正。並以存史實。

廣州城隍廟雖在市政府管轄範圍，惟因該廟司祝每月繳納教育慈善費九十餘元于省財政廳，故與省政府行政有關。改建之案，先由社會局建議，在市政會議通過，然必須省政府核准，方得施行。自非措置得宜兼神通廣大，不能有成。乃由程市長天固與簡局長二人（均兼省府委員）親自出席省府會議，據理力請。市府呈文有斷定性之警句云：「僅為破除迷信計，已應在呈請取銷之列。況將該廟地址收回，又可作為提倡國貨之用。各節持論，自屬甚正。」（按：上指社會局原呈。）簡氏復申言：「昔者，關了取銷報効教育經費之花捐一案，唐委員紹儀曾言『必要社會人士去宿娼飲花酒，我們的子弟才有書讀，成何體統？真是腐化政治！』如今，試問：必要社會男女多拜偶像，溺于迷信，我們的子弟才有書讀，病人才得救濟，又烏乎可？」當經省政府林主席翼中首先贊成，全案卒獲決議通過，由財政廳另籌的欵抵補司祝納捐之數。

案既通過，仍由社會局執行。簡氏具政治手腕，不事獨行獨斷，即遍邀本市黨政機關與社會有關團體，會同局員，聯合組織國貨提倡委員會負責設計施行。簡氏於施行重大新政，皆用此辦法，故能與社會人士羣策羣力，集思廣益，合作共進，而大收進行順遂，且減少阻力之效，誠得計也。其中支持及協助此新事之最力者為廣州市總商會及婦女國貨會。

改建計劃，係以原有正殿改作國貨陳列館，殿外兩旁，即原日星卜相士設攤之地，建造國貨推銷場。獨大門內之著名外江菜館福來居（非寰樂園），則保留之，任其如常營業，以點綴風景，亦所以利便參觀及購物者。

全廟既被釘封，神棍相士等大起恐慌。即有司祝假名之神棍三人，冒用「關府公民全體代表」名義上書社會局，以古代迷信典禮為辭，籲請取銷本案，或另擇地安置城隍神，且以無稽之言，妄施恐嚇。簡氏一顯文才，根據政治制度，歷史考證，與革命精神，親筆批答逐層駁斥云：「自府制廢後，關府公民名義，已無根據，乃竟敢冒稱代表名義，詭名陳說，本無批答必要，惟事關愚民迷信，情雖可原，理所必闢。自中華民國成立，此種典禮，已奉令廢止，則城隍廟自不應存留。而且廣州城墻，久已拆去。隍既無矣，神何有焉？況此次經省市政府議決，本局惟有奉令執行，罔恤其他。須知：本局長許身黨國，祇知為革命而奮鬥、而犧牲，於鎗林彈雨中，出生入死者，歷有年所。兇頑如北洋軍閥，尚敢與之抗戰。無稽之恐嚇，豈復置懷？至謂禍延後嗣，倘使城隍果有其神，且果為聰明正直之神，豈能如爾等之狹隘無理，至累及妻孥，以圖報私怨耶？真不值一笑矣！今者，城隍釘封後，除三數神棍外，市民莫不稱快，何全體譁然之有？事關改建古廟，以提倡國貨，實救國要圖，亦施政急務，凡我全省全市人民，當同心支持，全力贊助，以期成功。爾等冥頑不靈，為私忘公，竟敢投函恫嚇，實為廣州市民之玷，可痛亦良可惜！特斥！」妙文妙語，如見其人，足傳也。

詎料該神棍等心仍不息，欲行賄翻案，願報効鉅欵，以求領得城隍偶像，移至郊外，以繼續其愚民牟利之私圖，簡氏復嚴拒之，即以城隍神像，貽贈嶺南大學博物館陳列，以作學人研究社會、宗教、風俗之史料（非斬首），以斷絕神棍企圖並以保存宗教文獻。至委員會所破壞者，則其他小偶像耳。

至城隍神之銅印，則因使用日久，印面磨光，一字不存。後經委員會議決，贈與簡氏以留紀念（非送與嶺南）。但簡氏未幾離粵北上，尋而辭職。銅印尚未到手，而繼任局長即去函索回。簡氏乃由滬函令留局辦交代者追回原物，一併移交新任，以清手續云。

·佟智·

張謇日記鈔（十八）

張謇遺著

惜非其人，使之者亦無此畫也。謇自奉諱家居，乙丙兩年，以團練商務，頗與本省官吏相交涉，精神智慮，費求事外者十七，盡於事中者十三，知既腐之木，般爾不能雕，必死之人，秦緩不能起，况非般非緩，誰則堪之，而並世士大夫爲絃歌三徑之貲，冀得一差，抽簪歸去，私獨以爲竊人之樂，而委人之憂，乃市井之恒情，非臣子之通義，卽又恥之。至於私計，抑有三端，年過四十，尙乏似息，入都必挈眷，挈眷則用繁，奉錢所入，不足當十分之一，內無能力相恤之族，外乏義可濡煦之援，臣朔長飢□□誰待，一也。家林海上，兩世所營，委而去之，無可付託，田園之荒蕪可慮，耕釣之後路將窮，二也。兄弟四人，半事坐食，子姪七八，不才者多，若見家門日盛，浮榮日增，騖外苟佚，彌甚其過。夫至所得，不足周一身，所失且以災一族，貪進之夫，猶將怵焉，三也。坐是三者，思之爛熟，是以負債至萬，願且賣文鬻力，償以十年，戢羽湛鱗，甘而不悔。然而亭林匹夫興亡有責之言，黎洲原臣視民水火之義，固常聞之而識之矣。凡夫可以鼓新氣，祓舊俗，保種類，明聖言之事，無不堅牢矢願，奮然爲之，以爲是天下之大命，吾人之職業也。卽使入都，所效者不過如此，而徒增每歲千金之累，家門三事之憂，豈得計哉！足下舉繆、費、蒯、李諸前輩爲例，駁爲不解，不知謇正不援繆、費、蒯、李爲例也。身世冷暖，吾自知之，其餘不可罄說之故正多，不能一二爲足下言也。易生懷遠，故軍中同事雲題都戎之子，學於北洋，稍通測繪機器之學，曉事明分，略無世習，將往依濟南方心齋總戎，道出沂州，令其入謁，足下若有用才之處，可維縶之，或留左右省察，試之以事。附寄通廠前後章程二本，農會章程一本。通廠謇所定，農會亦常參己說。伯約乍奏抵制外洋機廠造貨，京外官皆可入貲，已奉兪旨，目前需欵造廠方亟，而官吏阻遏百端，紳商觀望，謇一動足，則成局立敗，卽昨之不能入都，此亦一端矣。太夷近狀，度具聞知，道希乍來此，不見一人，謇往就談，直其早臥，亦未見也。新寧衰老畏事，松方伯時亦破除情面，然極其所至，只一畏法書辦之才，去任事尙遠。知欲聞南事及之，有便時幸賜教。明歲二月散館之行，或當過沂，伏維爲道愛攝，不具。」

八日。與方倫叔訊，答蔣伯斧、羅叔韞訊，論農會，得眉孫、博泉訊，得袁子良訊。

九日。內子歸，卽乘曼容來船，送至下關，有詩。

送內子歸海門

爲婦廿三載，今春始出門。釵裙謝時好，藥食爲醫論。住乃縈家政，歸歟警客魂。烟波江上路，風雨近黃昏。寂寞雲姬病，吾寧不念之。夢蘭人有說，驗艾子當知。圖籍兼料理；園林必護持。還應共貧久，辛苦歲寒時。

十日。得莘丈訊，與南昌李夏二廣文訊。文道希來，與叔兄訊。

十一日。見叔兄訊。

十二日。答眉孫訊。

十三日。與叔兄訊，莘丈訊，王海門訊，蘭賓訊。

十六日。劭直歸釋服。與敬夫訊，叔兄訊。得王海門訊。

十八日。伯虞拓飲。

題太夷濠堂用原詩首句「惜哉此江山」爲韻

東風蕩殘春，白日笑羈客。亦有宵眇心，胡爲聊浪跡。惠旋與蒙莊，由來視莫逆，招呼鍾山雲，出入長安陌。悠悠二十年，壯盛未容惜。杖策昔從軍，東登箕子臺，君從叒木下，摩弄日珠冋。當時一張口，氣尚凌八垓。風輪倏且暮，親見揚塵埃。蓬萊已陵陸，滄溟何有哉。沈沈久雨雲，混混下江水，水去不復冋，雲開故有俟。生憐浩蕩中，萬億流離子。虛望將焉酬，空悲亦可恥，天地有端倪，俯仰究終始。及時且寧靜，丈夫要如此。進不苟懷祿，退亦非迷邦，看君百僚底，磊砢無等雙。一堂据濠上，不厭鄰家嚨。鷄犬瞰其落，日月臨其窻，高枕睨萬里，白鳥橫烟江。云有汲汲志，盡日常閉關，遂謂嶄嶄人，開門容荆菅。羣諏理孤笑，時復相往還。臨流弄淸泚，憂來替以歡。君其理漁具，我亦投朝冠，明年富春渚，一路尋黃山。

得劭直訊，知內子十二日歸。

十九日。同選樓來。

二十日。與一山、敬夫、眉孫、劭直訊，得書箴訊。

題揚州鄭苕仙女士畫卷

薑中前輩女中師，萬刼冰霜絕命詞。儘與留傳等閒事，不應短氣有男兒。（咸豐三年殉揚州之難。）

二十一日。詣新寧，談通廠事。

二十二日。與心丈詣，博泉訊。

二十三日。答少巖訊，與新甯訊。敬夫來。得叔兄訊，知陳姬孕。

二十四日。再與心丈訊，盛訊。知新甯以廠事，抵書蘇藩道淮運四關道。

二十八日。得侯資生杭州訊。

二十九日。敬夫迎。

五月

一日。書箴來，得叔兄訊。

三日。與書箴詣蘇龕同泛舟，與叔兄訊，汪通州，王海門訊。

四日。書箴返，與敬夫訊，寄家訊。

五日。聚卿、積餘、苕生招同繆小山、譚復生、楊仁山、鄭太夷、鄧熙止、顧石公觀水嬉秦淮，熙之示詩，和韻奉答，並呈諸君。「去年獨向潤州冋，高會重逢此日開。羅袂隔簾涼看雨；薑船湊鼓殷成雷。老兵記寶誰當任；置散投閒亦要才。長笑新亭成底事，鎭須佳節且銜盃。」得翔林訊，王海門訊。

六日。答農會報館訊。

七日。題秦淮圖：「汴京亦有上河圖，白下曾聞板橋記。從來士女管興亡，恰好笙歡緯襚襚。秦淮來潮兼去波，赤烏洪武皆蹉跎，河山風景等閒耳，子弟爭傳桃葉歌。」

九日。得方倫叔訊。從子亮祖誤服鉀養（本服鉀溴），大吐大號，非常危險。

十日。延縵卿及美醫比必診視從子。

洪憲紀事詩本事簿注

劉成禺遺著

附錄舊金山大同日報「康有爲衣帶詔故事」

戊戌政變，康有爲逃亡海外，對華僑宣佈，謂光緒夤夜，密詔入宮，親授衣帶詔，奉諭出走，向海內外臣民求救，設保皇黨，奉詔敕也。詔中有朕命康有爲，宣揚朕意，錫賚有勳勞者，分別賜封公侯伯子男，爵五等。南洋美洲華僑有請其出示衣帶詔。康曰，此宸翰也，出閱之時，必向北方擺香案，着朝衣朝冠，行三跪九叩首禮。汝等氓蚩，豈能汚染宸筆。否則實授官爵，各分等級，自具衣冠，行禮覽詔。予亦備衣冠，禮節如儀。華僑富豪，醉心官熱，大開捐納之例，報捐公爵者一萬元，捐侯爵者九千元，捐伯爵者八千元，捐子爵者七千元，捐男爵者六千元，捐輕車都尉者五千元。列名保皇黨者，皆光緒佐命之臣矣。最奇特者，西人亦多納金捐爵投身保皇，美國羅生技埠法庭，乃發生英人康乾伯與美人活木李互控爭爵爭元帥爭將軍一案。加拿大人康乾伯，梁啓超封爲中國民軍大元帥，男爵，駐屋倫，訓練華僑子弟。加省人活木李，康有爲封爲中國維新皇軍大將軍，子爵，駐羅生技，組織保皇軍隊。兩人各在駐紮地段開府，每人各獻數萬捐納費於保皇黨。一日，康乾伯赴羅省，命令活木李曰：「我中國大元帥也，汝宜受我節制。」活木李曰：「我康有爲所封大將軍也，保皇軍隊，皆宜受我訓令。」互相雄長，控於羅省美法庭，各呈元帥將軍子男爵冊封文件。法官覽畢，大笑，呼法警將此兩個瘋子，逐出法院。保皇黨徒，多左袒活木李。康乾伯大憤，乃盡將冊封文件，及捐納收條，交金山大同日報，影印登載。時予爲大同日報主筆，親理其事。（錄後孫公園記事）

中山先生曰：活木李有戰畧天才，所著「今世戰畧新論」，德皇威廉第二聞之，曾延見便殿長時坐論，甚爲禮遇。予遊羅省，誠意來會，蓋美國豪傑之士也。願棄保皇黨，從予立功名，故予携歸中國。予進曰：「昔孫臏刖兩足而著孫子兵法，今活木李跛一足而威廉第二與先生均賞識之，可謂夔一足矣。」先生亦爲之大笑。活木李隨先生歸就南京臨時大總統職，居城北梅溪山莊，門榜李將軍行轅長匾者，即活木李寓館也。未幾死於南京。章太炎改唐詩，「少川總理誰能識，活木將軍去不回」，即詠其事。（錄總理舊德錄）

屐齒笠衫出禁林，皇規一冊外臣心；生徒宴罷迎賓館，宣告東瀛有好音。

日本法學博士有賀長雄，與元老伯爵大隈重信，同組進步黨，創立早稻田大學，任教授，爲日本外交學者泰斗。洪憲時期要人，如陸宗輿、曹汝霖、汪榮寶等皆游其門。大隈出任日本內閣，世凱時欲解散國會，自訂法律。乃延美國法學博士古德諾、法國法學博士韋布爾、日本法學博士有賀長雄，爲最高法律顧問。尤以延聘有賀長雄爲重，藉通欵於大隈內閣也。時美日兩國留學生，推古德諾、有賀長雄，見重於世凱。英國老留學生，則奉英使米爾典，直達老袁，無需別覓途徑也。有賀入覲，自稱「外臣有長賀雄」，恭順有過于歐美人士。外人稱臣，只有有賀一人，故世凱垂詢有加。初達大隈意旨，謂袁氏如稱帝，與日本天皇一系，兩國呼應，同爲東亞之福。如日使日置益之言論，然帝制之議，發于德英，未商日本，故大隈有二十一條之要求，有賀居中，大形活動，其早稻田門徒，每夜商于迎賓館。迎賓館者，外交部招待外賓處也，有賀則爲祭酒。世凱亦由若輩傳遞東京消息。有賀以外臣資格，上書老袁，進呈「皇室規範」，大端如日本皇室典範，全書重要條欵：一、中華帝國大皇帝傳統子孫，萬世延綿。二、大皇帝位傳統嫡長子爲皇太子，皇太子有故，則傳統嫡皇太孫。嫡皇太孫有故，則立皇二子爲太子，立太子以嫡不以長。三、中華帝國大皇帝，爲漢滿蒙回藏五族大皇帝，公主、郡主得下嫁於五族臣民。四、皇室自親王以下，至於宗室，犯法治罪，與庶民同一法律。五、親王、郡主得爲海陸軍官，不得組織政黨，及爲重要政治官吏。六、永遠廢除太監制度。七、宮中設立女官。永遠廢除採選宮女制度。八、永遠廢除各方進呈貢品制度（除滿蒙藏回各王公世爵年班朝覲貢品仍准照常辦理外）。九、皇室典禮事務，設宮內大臣掌領之。十、凡皇室親屬，不得經營商業，與庶民爭利。以上十條，京中頗爲傳誦，謂可力矯滿淸親貴之弊。

曹汝霖在天津寓廬閒談曰：「有賀博士來京，初不過解釋法律，另造約法，奉爲大師，非專爲帝制制度而來也。及德英兩國，慫恿世凱稱帝，秘密計畫，不使日本得其消息，有賀曾告予曰：袁氏欲在東亞稱帝，而不謀及日本，試問英德兩國，能主持東大陸之政治變遷乎？故日本提出二十一條，專對德英，實則以中國爲磨心。我則因二十一條，以次長儀同特任，辦理此項交涉。」潤田述有賀之言如此。（後孫公園雜錄）

遜伯注：陸宗輿，字潤生，浙江寧海人。留學日本早稻田大學，淸末歸國，補內閣中書，旋任各國憲政考察大臣二等參贊出國，歸國後一直追隨徐世昌工作，如奉天洋務局總辦、憲政編查館員兼交通銀行協理等差。入民國，當參議院議員、駐日公使等職。曹汝霖，字潤田，江蘇上海人，讀書日本中央大學。日俄戰爭後，爲袁世凱幕僚，與日本小村公使交涉中日間之東三省善後協約。民國成立，一度當律師、參議院議員。民二秋間，任外交部次長，民四，袁氏帝制，日本提出二十一條，以外交次長代表袁世凱與日使日置益辦理交涉。其後歷任交通、外交、財政等總長。西原借欵，是其經辦，喪權辱國，莫此爲甚，五四運動，與陸宗輿、章宗祥同爲親日派賣國賊，萬人唾駡，從此與陸章不復再登政治舞台，成爲社會渣滓矣。一九六六年八月，客死美國。至于有賀長雄、古德諾、韋布爾等所謂法律顧問，只是袁世凱借用洋貨偶像，企圖蒙蔽人民之迷信手段，無若何意義者。

釧影樓回憶錄

天笑

院試

院試的前夜，也同去冬的縣、府考一樣，住在尤家所借的陸氏考寓。可是縣、府試是寬容的，院試是要莊嚴得多了。所謂重天王的威勢，到此也消滅了，學台的尊稱是大宗師，他是專管你們的，遇到年老長厚的學使還好，若遇到年輕風厲的學使，你要犯規不率教，不客氣的便要予以刑責。在吾鄉有一位青年，在院試時，不知為了什麼事，吵鬧起來，學台便命令學宮（老師），在案頭敲打手心二十下，老師命他討饒，他不肯，後來打到第十八下，忽然討了一聲饒，學台便命止打。這位先生，我們題他一個綽號，叫做「胡笳十八拍」。責罰以後，學台仍舊教他去做文章，而且這科就考取入學了。

在縣、府考的當兒，考生只是穿便衣，院試却不能了，至少也要戴一頂紅纓帽子，却是沒有頂珠，只有一個圈兒。學台點名，就在貢院的大門內，這時天還沒有大明，燈燭輝煌，衣冠羅列，學台坐在正中，在兩傍站班的有各縣知縣，有各縣學的老師，有各廩保，以及各吏役、承差等，這氣象顧得威嚴而隆重。

這貢院大門的門限，足有半個成人的高，在縣、府考時，去了這門限的，院試不去除，我那時身小力弱，跨不進這個高門限，幸而巽甫姑丈家有個送考的僕人，把我一抱，便送進去了。聽到點上我的名時，便應一聲「到」，而站立在傍邊的廩生，便高呼曰：「某某人保」。談到這個廩保的事，我還得說一說：原來這個童生應試，也須備有保人，具有保結。當保人的是誰呢？就是本縣的廩生，而且廩保還須有兩位，一名認保，一名派保。何為認保？在認識的人中覓取的；何為派保？是由學官指派。那時我的認保，是馬子晋先生，也是朱靖瀾師的老友，預先約好的，派保是誰，現已忘却了。為什麼考試要保人呢？在封建時代，對於士子，不許他們流品太雜，如前所述，有許多種人是不許考試的。

點名即發卷，我們胸前都懸有一個卷袋，領卷後即安置卷袋中，手提考籃，魚貫入場。這個考籃，又與縣、府考時的考籃不同，雖亦為竹製，而有網眼，在外面可以觀察裏面所貯之物，因為便於搜檢也。說起搜檢，這也是可笑可惱的事，縣、府考是不搜檢的，即使到鄉試、會試，也是不搜檢的，有多少書，帶多少書，不來管你，非有這個學政來院試時，片紙隻字，不准携帶入場，一經點名接卷以後，進入考場，便要搜檢，恐怕你有文字夾帶。有時還要解開衣服，遍體捫索，鞋子也要脚去檢視，頗像後來上海的「抄靶子」，及現在各海關的搜檢旅客一般。

雖然嚴於檢查，但是懷有夾帶的人，還是很多。以前沒有洋紙，也有一種極薄的紙，叫做什麼「桃花紙」，用極纖細的字，把成文抄在上面。其實懷挾夾帶的人，却是最愚笨的人，那裏有所出的題目，恰是可以供你抄襲的呢？而且看文章的人，對於你所抄襲得來的，也就一望而知呢。但是在進場時，搜檢出來後，有什麼罪名呢？也沒有什麽，把夾帶搜出來後，仍舊讓你進場去做文章，不來滋擾你了。

院試出題目，總是出兩個，一爲已冠題，一爲未冠題。未冠題比較容易一點，年紀報小，可以避難就易吧。可是這位學政，大概喜歡年小的兒童吧？所以把報考十三、四歲的童子，一概「提堂」，所謂提堂者，就是提到堂上去做文章，那是我也是其中的一位。這一屆我們吳縣的題目，是「宜其家人」一句，我倒是選取的已冠題（這不强制你的年齡而選取題目的）。詩題是什麽，早已忘懷了（鄉、會試以及大考等，總是五言八韻，小考只要五言六韻）。但是有兩件事，最爲麻煩：一件是卷後補草稿，一件是必須默寫「聖諭廣訓」。

在考卷的後面，附有一二頁白紙，那是備你作草稿用的，因爲院試是不許帶片紙隻字入場的。但是有些人的草稿，塗寫得模糊不淸，非用另紙起草不可；有些人到了時間急促時，就下筆直書，不起草稿（我便是這樣的一個人）。而考卷上既備有稿紙，非要你起稿不可。那也是防弊之一法，生怕你的文字，有人代做，或抄襲得來，有了草稿，可以核對。實在看文章的人，有如許的卷子，眞似走馬看花，那裏還有工夫來細看你的草稿呢？所以這個補草稿，在前面幾行，還有些淸楚，後面便看不淸楚，隨便塗些什麽。有人說：在急的時候，用一根穿制錢的草繩，在墨盒裏塗了墨，在草稿紙上一彈，就算數了。

默寫「聖諭廣訓」，也是令人頭痛的事。這種「聖諭廣訓」，也不知是前淸那一代的皇帝，發下來誥誡士子的訓話。反正每一個專制皇朝，總有皇帝的綸音，對於士子的訓誡，不但「作之君」，還要「作之師」。但是這個「聖諭廣訓」，我們平日既沒有讀過，私塾裏的先生，只教我們讀四書、五經，沒有教我們讀「聖諭廣訓」，既然沒有讀過，如何能默寫出來呢？可是每逢院試，必須要默寫一段，由主試摘出，從某一章某一句起，至某一章某一句止。結果、各考生都發給一本「聖諭廣訓」（在交卷時繳回），照抄一段完事，誰也沒有去研究它，只不過虛應故事罷了。）

這一次，我雖然以幼童提堂，到底沒有入彀。吳縣學額最廣，可以取進四十餘人，大約二十人，取進一人，照我的縣、府考成績而言，除非要加兩倍學額，方可以取進。家中人恐我失意，很安慰我，但我自知文字不濟，决不怨人。巽甫姑丈原說：「這一回，不過觀場而已，我也只好以此自掩其醜。可是我的表兄尤子靑哥，却是就在這次以第二名進學了。

我這回不能進學，大家都原諒我，因爲我年紀究竟還小，號稱十五歲，實際上不過十四歲而已，雖父親很希望我得靑一衿，但即使僥倖得售，實在也沒有什麽益處，反使兒童輩啓其驕傲之心。吾吳童子試時，頗也有十二、三歲便進學的，曾有一位戴姓，九歲便進學，大家稱之爲神童，但後來却是潦倒科場，不曾有所發達，豈所謂「小時了了，大未必佳」嗎？

但下一科則大家對於我期望甚切。不僅我家中人，親戚中如巽甫姑丈、伊耕表叔，以及我的受業師朱靖瀾先生等，他們都說以我的資質，倘能用用功，學業當可大進。他們都說我「有悟性」，怎麽叫「有悟性」，好似佛家語，我實在不明白，大概說我思想開展而已。下一科考試，也不過距離一年半，或二年，在我不過十六七歲，也並不算遲呀。

讀書與看報

考過以後，我仍附讀於朱先生處，果能努力用功嗎？實在是未必。這時朱先生的事也太忙了，也東奔西走於別種事業，家裏的學生也漸少了。其間我又患了一場病，抛荒了幾及兩三個月。所讀的書，四書還好，常能背誦，五經大都背不出，我最怕的是書經與易經，講解也講解不來。習練作文（八股文），一個月不過做兩三篇，而且因爲不常做，也怕做，眞是「三日不彈，手生荊棘」了。

幸虧還有一件事，足以稍爲補救的，便是喜歡看書。從小就看小說，幾部中國舊小說，如「三國演義」「水滸傳」「東周列國」之類，却翻來覆去，看過幾遍。後來還看「聊齋誌異」「閱微草堂筆記」這些專談鬼狐的作品。這些小說書，蘇州人都稱之爲「閒書」，不是正當的書，只供有閑階級，作爲消遣而已。凡是青年子弟，嚴肅的家長是不許看的，而我却偏喜歡看此等書。

不過當時所謂正當的書，我也沒有秩序的讀過不少，「史記」是在「古文觀止」上讀過幾篇；漢書偶亦涉獵；看過「綱鑑易知錄」，與零零落落的「通鑑」；看過「三國演義」以後，很想看看正史的陳壽「三國志」，却沒有看到。偶亦看子書，「莊子」「墨子」，盲讀一陣，正所謂「抓到籃裏就是菜」，不管它懂不懂，讀下去再說。有時硬讀下去，讀到後面，居然前面也有些明白了。古人所云：「讀書不求甚解」，難道便是這種境界，或者就是他們所說的悟性嗎？

但是我家裏沒有書，要購買那些書來讀，那裏來這許多錢呢？這就感到從前舅祖吳清卿公所說的一句話：「讀書是要有資本的」了。那末上面所說讀到的書，不用說，都是借來的，或是在親戚人家偶然的機會中看到的。不過借來的書，人家要索還的；偶然在人家看到的書，即使你有一目十行的本領，也是很匆促的；這兩項總歸不是自由的，怎能可以供你細細的研究呢？

所以我所讀的書，是沒有系統的，不成整個的，甚而至於只是斷簡殘編，我就視爲枕中秘笈了。但是當時習於制藝文的時代，有些老先生們，不許學生們看雜書的，因爲功令文中，譬如你的題目出在四書上，四書是周朝的書，就不許用周朝以後的典故，用了就有犯功令的。並且對於思想統制，大有關係，當時的士子，必須要崇奉儒教的，那所謂孔孟之道，倘然你相信了莊孟的學說，就是你「攻乎異端」，有違儒教了。

實在所謂莊，墨學說，當時我還不能明晰了解，我還是喜歡看小說、筆記之類，容易懂得的雜書。這時國內很少圖書館，家庭間則多有藏書者，然也不肯輕易借給人看。我那時要看書，惟有向人情商借閱，至於廉價的書，只有自己購買一二了。在親戚中，吾姑丈尤家，他們是個大家族，有許多書是公共的，不好借出，只有吾表兄子青哥的書，可以借閱，而且他們很少我所愛看的雜書，因爲我姑丈即不大許看雜書，舅祖吳家，藏書甚多，却有許多雜書，記得有一次，我發見他們一書櫥，都是那些筆記小說之類，這些都是鉛字印的，上海申報館一個附屬出版所，名曰「申昌書畫室」所印行的（如沈三白的「浮生六記」等，也是此時代刋物），我大爲歡迎。所以我每跟祖母歸寧，不大肯回來（當時有伊耕表叔還指點我作文），就是捨不得他們這些雜書呀。

我對於報紙的知識，爲時極早，八九歲的時候，已經對它有興趣。其時我們家裏，已經定了一份上海的「申報」，「申報」在蘇州，也沒有什麼分館、代派處之類，可是我們怎樣看到申報呢？乃是向信局裏定的，那個時候，中國還沒有開辦郵政，要寄信只有向信局裏寄。信局也不是全國都有的，只有幾個大都市可以通信。江浙兩省，因爲商業繁盛之故，信局很密。蘇州和上海，更是交通頻繁，除書信以外，還有貨物。我記得一封信，自蘇至滬，或自滬至蘇，信資是五十文，這個信資，例須收信人付的，如果寄信人已付了，信封背後寫上「信資付訖」四個字。

寄信多的商號和住宅，信寫好了，不必親自送往信局，他們每天下午，自有信差來收取。這些信差，都是每天走熟了的，比後來郵局的信差還熟練（蘇州開信局的，大都是紹興人）。他們並沒有什麼掛號信、保險信，却是萬無一失。我們上海出版的申報，就是向這班信差手中定的，不獨我們一家，在蘇州無論何人，要看「申報」，就非向信局信差定閱不可。

而且蘇州看到上海的「申報」，並不遲慢，昨天上午所出的報，今天下午三四點鐘，蘇州已可看到了，當時蘇滬之間，還沒有通行小火輪，火車更不必說了，如果是民船，就要三天工夫，怎麼能隔一天就可以寄到呢？原來這些信局裏，有特別快的法子，就是他們每天用一種「脚划船」飛送，所有信件以及輕便的貨物，在十餘個鐘頭之間，蘇滬兩處，便可以送達呢。

英使謁見乾隆記實

馬戛爾尼 原著
秦仲龢 譯寫

勞神父又說，現在信耶教的中國人，單是北京一地，就有五千人以上，全國的人數，約有十五萬人之多。他又說，他從中國的史書上獲識，中國的貧民常因生活困難，將嬰兒殘害。這種事情，在我們歐洲人看來是傷天害理的，但中國人却處之泰然。北京的警察（按：原文作 Police，但當日北京尚無警察的組織，只有巡城御史和步軍統領。巡城御史，淸朝名爲「巡視五城御史」，因北京城分爲東、西、南、北、中五區，每一城設滿、漢御史各一人，掌彈壓地方，釐剔姦弊，布其禁令而聽其訟獄。大事奏聞，小事移刑部。步軍統領的正名爲「提督九門巡捕五營步軍統領」。這是淸朝特置之官，職掌是：統率巡緝淸查京城地面。爲京城最高治安機關。俗稱九門提督。九門者，京城前有三門，東西北各二門也。這兩個機構的職掌，與今日的警察差不多，很難從 Police 一字中確定勞神父指的是巡城御史抑係步軍統領。——譯注。）每天淸早特派一輛大車巡視各街道，見有已死或被遺棄的嬰兒，就放在車中，將他們載往義塚埋葬。傳教士往往在此時圍在車旁，檢查那些嬰兒，如發覺有未死的，就把他們抱回教堂救治，幸而未死者，得保全生命，此後即由教堂撫養，到長大成人，就爲他們領洗，成爲耶教信徒。

勞神父又說，現在中國人仇視耶教之心，已不如從前之甚。這雖然是時代改變了他們的觀念，但也是今日的傳教士沒有以往那樣性情暴躁，凡事皆能謹愼行之，不欲引起中國人的反感。儘管這樣，中國政府對於外國傳教士仍然不放心，最近十二個月來，各教士來往的信札，凡經北京、廣東驛道傳遞者，往往在未送達目的地前，已被拆開檢查。爲什麼要檢閱此種信件呢？據推測，一半是對外國人猜忌，怕他們在中國做奸細，一半則是想從中獲知一些歐洲情報。因爲中國人多不知現在歐洲情形如何，有人說整個歐洲正發生大動亂，所以他們就要從信件中刺取消息。怪不得我一到天津，欽差徵大人每和我見面必問英國現在是否與各國和好。以此可知徵大人之問是事出有因的。

北京主教今日得中國官廳之許可，來館舍拜會。他是葡萄牙人，年約四十，外貌頗和易可近，但一般人都說他居心奸詐，並且沒有什麼實學（按：馬戛爾尼在此處沒有提到北京主教叫什麼名字，今查係亞力山大．戈維亞〔Alexandro Gouvea 1751—1808〕。他未往北京之前，已由教皇封爲北京主教。他是乾隆四十九年（一七八四年）到達北京的，乾隆帝聘他爲欽天監的客卿，主理天文台事宜，又兼任算術館事，賞給六品頂戴。他的中國學識，遠不如和他同時的那幾個傳教士。馬戛爾尼對于他的代數知識，並不十分贊賞。但巴勞在他的「中國旅行記」中，對他却有好評。——譯注。），但他的拉丁語說得很流利，和我見面時，他用拉丁語講了十五分鐘之久。跟隨他同來的有兩個葡籍傳教士，又有幾個其他國籍的教士，他們見我，就表示極度親善之意，願意和我們締交，增加彼此的友誼；但其中有幾個教士早已向我提醒，教我切不可信戈維亞這個人。我覺得他們所說的未必無理，根據我的觀察，葡萄牙人已結成一陣線，排除在中國境內的外國人，除他們葡萄牙人外，都不許外國人在中國占有便宜。可見葡萄牙人嫉忌外國人的程度已至極點了。前幾天有一個意大利人對我說，除開葡萄牙傳教士外，所有的傳教士都和我們相處得極好，可以做朋友，葡萄牙人則只願和他們的國人做朋友，大有「非吾族類，其心必異」之慨。又，葡萄牙傳教士達阿美特自圓明園和我一見之後，從此即不見其蹤影，據說他已奉乾隆帝之命，回到熱河了。

八月三十一日，星期六。

今日下午，法國神父格拉蒙

特來見。我到天津時會收到他給我的兩封信，說乾隆帝將命葡萄牙人充當繙譯，教我預先提出異議。他一見我，就先致歉意，說他本該在我到北京時就來拜候，但因為欽差徵大人前此曾聽他說過英國的國勢怎樣强盛，商業怎樣發達，對中國有怎樣的關係，所以他就心存妒意，恐怕他見到我之後，從中傳遞消息，於中國大有不利，就百般留難，不許他早日來見。一直到今他才得到許可，有機會和我會面，不勝欣幸。格拉蒙特神父是耶穌會教徒，現已年老，旅居中國已三十多年了。我聽他所講的話，知道他是一個絕頂聰明的人，對中國情形知得很清楚。但一般傳教士都說他為人反覆，沒有定見，如要和他打交道，就得時時刻刻提防他，才不致有誤。

九月一日，星期一。 因為明天就要啓程前往熱河，所以今日整天都忙于收拾行裝。我自到北京後，忙於公務，未嘗有功夫把見聞記錄下來，現在要暫時離開北京，就趁此時將較有趣的事情，補述於此。每日到我住所相見的人，除欽差徵大人和王、喬兩大人及各傳教士外，還有不少其他大員。這班大員中，有些是因為職務上有關係，要來謁見的，有些則是為了好奇心，大概他們未見過英國人，就把我們當作骨董看待，雖無職務上的關係，也借端來此以廣見聞，更有多數人則是為了要聽音樂而來的。因為我的某一個接待室中，每晚必有音樂師奏樂。在這班專為聽音樂而來的賓客中，有一個是皇帝的樂官，他每晚必到，很留心的靜聽。他見樂隊中有幾種樂器的形式很美觀，而聲調也很好，大感興趣，他就同我商量，可否將這幾件樂器借他帶回去，命人繪其形狀，我說，如果閣下喜歡它們，待我覲見回來後，就把它們為贈，他很客氣地婉謝了，並說，把它們繪圖就夠了，不必相贈。老實說，即使我以此為贈，他們也未必會運用呢。

第二天，這個樂官果然帶了兩個畫家來，把幾張大紙鋪在地上，將堅笛、木簫、低音笛子、法蘭西角號筒等樂器，放在紙上，先用炭筆將它們的輪廓鈎勒出來，然後細量樂器上各小孔的分寸，一一繪下，然後送給那個樂官過目，他說，他將依照這個樣式教中國工人仿造，自定音階，使成為一種西洋式的中國新樂器。中國人早已採用我們的小提琴，但還未十分流行，中國人以前是不懂得用西洋的音樂符號的，後來耶穌教會編印教授中國青年的音樂書中有此等符號，現們整個中國的第一流學人都會運用了。（按：馬戛爾尼的樂隊一共有五人，都是德國籍，本來是六個人的，但有一個在英國啓程時忽然離去，音樂師的年薪，每人六十鎊，領班名叫約翰查博夫爾，年薪七十鎊。——譯注。）

來賓中對我館舍陳列各物，最感興趣者，無如雷諾爾斯爵士（Sir Joshua Reynolds）所繪的英王與王后的肖像了，這兩幅像懸掛在正廳，恰恰對着罩蓋，我們要行往音樂廳，就得經過這地方的。因為來看的人既多，其中什麽樣式的都有，久而久之，他們的談話聲音很妨碍我們工作，我不得不同王大人商定，訂下一個參觀的時間和參觀者的人品及數目。

「出使中國記」記云：「前面已經提過，環境較好的中國人習慣早婚。按照中國風俗，兒子有贍養父母的責任。因此窮人早婚有一種養老的目的。早婚在社會上如此之盛行，如此被人們贊許，以致被認為是一種神聖的責任。只要最低限度可能維持一個家庭，雙方就結婚。但依靠兒子養老不是一定能實現的事，因為將來叫兒子養老，目前首先得養活兒子。有時候，窮人因為養活不起而棄嬰的事經常發生。這種令人震駭的舉動第一次做的時候自然是出于萬般無奈的，為了安慰良心上的責任和痛苦，他們以後把這樣罪惡行為加上一個宗教迷信色彩。把孩子扔到河裏，但拿一個葫蘆縛在孩子頭上使其不致立刻淹死，竟認為這是把孩子供獻給河神。

中國的哲學家們不遺餘力地教導應如何孝順，但對父輩應如何仁慈則委之自然本性。但自然本性的支配遠遠抵不上長期的箴格言的效力。因此在中國，子女不養活父母的事比父母拋棄子女的事少得多。中國的法律同孝道觀念結合起來，認為子女完全屬于父母的，對不孝敬父母的子女要處以刑罰。中國習慣認爲有知覺的生命才是寶貴的，弄死一個剛剛降生尙沒有知覺的嬰孩雖然心理上有些殘忍，並不算一件了不起的大罪惡。

在這種殘酷的犧牲中，多數認爲抛棄女嬰比抛棄男嬰罪過小。中國人認爲女孩出嫁之後變爲別人家的人，而男孩是爲本人傳宗接代的。往往女孩一落地，就立刻抛棄，免得她稍微長大畧具人形，父母對之產生了愛而捨不得置之于死。父母這樣抛棄的時候，仍然抱着一線希望，她幸而不死，爲政府檢查棄嬰人員拾起餵養成人，或不幸而死，也可以被公家葬埋在義塚裏。

傳教士們對這個人道工作亦非常熱心，對稍微還存一點氣息的嬰孩絕不放棄救治。根據他們的說法是挽救這些無辜生命的靈魂。據一位可靠的傳教士估計，北京每年約有兩千棄嬰，其中大部分是死孩子。教士們見到尙有氣息的嬰孩，無不盡心挽救，救活之後，就在教堂嚴格按照基督教的原則和熱誠加以撫養。有些嬰孩長大成人之後成爲虔誠教徒，在其本國人民當中傳播福音。

傳教事業主要在貧民當中進行，貧民在任何地方都是占大多數。傳教士在進行傳教的同時，並對窮苦人家適當加以救濟，叫貧民對他們先存好感。有些窮人爲了獲得施捨表面上信教，這是想像得到的。但他們一旦入教，到了他們的子女，就會變成眞誠的教徒了。窮人們對于這些外國人這樣熱心無私地從遠地到中國來進行超度，他們容易信服，容易感動。

對所有人來說，這些傳教士的行爲，簡直是不可理解的。他們抱着與大多數人不相同的人生目的，遠離自己的祖國和親人，終身留在異國來改變他們所從來沒有見過的人們的信仰；在工作中還要干冒危險忍受迫害，犧牲享受，運用才能，毅力，甘受屈辱，學習外國知識或其他技能以求能得到掩護；一切爲了能在一個一向閉關自守的，認爲『抛棄祖先墳墓是一種罪行』的國家裏，克服其對外國人的偏見，得一立足之地來宣傳他們的信仰，而絕不爲的是個人利益。

各國的傳教士們在北京成立了四個宗教團體，各有各的教堂，其中並有些傳教士被允許住在皇宮範圍以內。他們在北京各有土地，據說耶穌會在城內和近郊置有許多房產。這些房地產業收入只用來進行宗教活動。他們有時用這個經費做些慈善事業，救濟窮人以招收信徒。

在北京大部分傳教士都來看過特使，其中一位和藹的葡萄牙人被中國皇帝委派担任算學館中歐籍首領，並由葡萄牙女王的推薦被羅馬教皇任爲北京主教。他們各從本國的天主教會按時得到一些微小的津貼。除了宗教活動而外，出于感謝和愛國心，他們還充當各自的國家在中國的代理人。遇有涉及到本國利益的事項，他們總要進行些活動。在某些具體教條上，這些傳教士之間是有爭論和矛盾的，現在某一國家的傳教士同其餘各國的傳教士可能還有對抗；但在總的利益上，在東方和西方風俗習慣差別上，他們又結合起來。在這個遠方國家裏，每一個歐洲人都被認爲是本國人，都得到照顧。

一位可尊敬的傳教士，從小就來中國，曾寫過許多介紹中國情況的文章在文學界享有名望，因健康差，不能親自來看特使，他寫一封信來，祝特使工作順利，並表示願盡力協助。他在信中對中國王朝的情況做了一個介紹，鼓勵特使要有耐心，不能操之過急，必須準備困難和拖延，最後終能完成任務。

特使接見人員中除歐洲傳教士和中國欽差及招待官員而外，每日來訪的中國大員爲數甚多。有的出于職務上需要來會見的，有的出于好奇心專爲看外國人來的，也有的專爲聽音樂來的，因爲特使在接見賓客的大廳中每晚都由樂隊奏演助興。來訪人中有一位是中國皇帝的樂官，見樂隊中有數種音樂聲調非常優美，向特使婉商，借這幾種樂器各畫一圖。……」

花隨人聖盦摭憶

補篇

黃秋岳遺著

滿城百萬戶，無一存妻孥。我年纔十五，被執爲囚俘。饘酪不能咽，飢腸日空虛。彳亍行伍閒，乃見侯門姝，青樓舊相識，憐我千金軀。引入將軍帳，餘餐賜盤盂。後還陳制府，收拔稱掌珠。裝我紫貂冠，飾我繡羅襦，出入照路光，蹀躞乘龍駒。自古有養子，亂離迹難拘。所痛我兩兄，荆榛沒枯顱。自與吾父別，信音各闊疏，一紙偶得書，存亡問何如。他日儻相見，會須還故吾。開緘卻遠望，不識父焉居，制府旋遇難，萬里回喪車。我從阿母行，道出靈山區。山寺聞神僧，幡幢開給孤。母施布地金，雲堂設伊蒲。衆中得吾父，變服已浮屠。欲認不敢前，形勢反多虞。業爲制府郎，母威劇於菟。家將繞四旁，臂弓腰鹿盧，密約得私見，哭罷交持扶。神僧爲設法，乞母鳳凰雛，此子年命短，宜作釋迦徒，阿母戀不捨，雞鳴戒前途。提携便去北，京國高門閭。謂當襲遺廕，橫玉紆青朱。長跪向母告，富貴非吾須，願終雲水遊，佛祖言不誣。宗祊自有主，其立親賢且。母意竟感悟，興辭拜階除，飄然一身歸，奉父尋故廬。曾傳訓誡切，幸未蒙響裾。旨甘且盡養，手自親中厨。承歡二十年，奄忽終桑榆。回頭念往事，魂夢慘糢糊。余坐聽君語，良久爲嗟吁，伊昔革命日，綱常委泥塗。頑民及義士，草澤竊奮呼。忘身棄妻子，舉動或近迂，其心亦艱苦：固與鄙俗殊。君能成父志，涅染而不污。終焉得聚合，身作返哺烏，建寧小朝廷，效死一城孤，睢陽與平原，大節無以逾。悠悠千載後，青史恐荒蕪。君也老布衣，高臥今菰蘆。世人愛風流，一技徒稱譽，如君父子事，遺軼皆堪書。我爲作此詩，庶表忠孝模。」

此詩敘次詳明；語亦曲摯，不媿詩史，讀之覺南田翁秀瀹之姿秉，忠孝之家世，俱躍然紙上。證以淸朝野史所紀「壽平父之故人諦暉和尚爲靈隱方丈」一語，自與沈詩之神僧相符。遜庵與孫旭，本爲素識，亦近情理。但諸書多不知遜庵同時亦在靈隱爲僧耳。

呂晚村行畧，其子公忠述，末稱「先君博學多材，凡天文讖緯樂律兵法星卜算術靈蘭青鳥丹經梵志之書，莫不洞曉。工書法，逼顏尚書米海嶽，晚更結密變化。少時能彎五名弧，射輒命中；餘至握槊投壺彈琴擫阮摹印斲硯技藝之事：皆精絕。別有神會：然人卒不見其功苦習學也。」讀此可見晚村天資之高，博習多能，與石齋不相上下，明季多奇人，於茲益信。晚村有賣藝文，反賣藝文，皆詼奇可喜。丘震生筆說，則談製筆入微，此雖小文，亦可見晚村之諸藝信咸精絕也。筆說云：「山谷老人曰，良工爲筆，其擇毫也，猶郭泰論士然。毫爲兎，次羊，次狸，又次輔之以椠。兎最貴，必雜以羊狸，輔之以于，收中材也。然是物也，終日握而不敗，卒無損乎擇毫之道，則最貴多與？有工焉，聚椠而束縛之，參以羊狸，漬毳爲衣，固儼然毫也。于是乎蛣蛤蒸獺猩毛鼠鬚鷄翻之族，則皆得起而嚇毫，毫又無如何也，然而其工則賤矣。若上丘震生，蓋精于擇毫者，於南國知書善屬文之士，無不歷歷能指其名。庚子季夏，過予，袖尺幅云，欲通于其所能指名者。余謂，此方爲世所嚇，恐未能厚子，且勿去，然邱子既精擇毫，又能慕知書善屬文者，眞無愧爲工之有道矣。知天下之不爲檾與羊狸者，于丘子又有神合也，書以果其行，且一一致語。」下條注云：一、繞指柔（妙手脫丸，無形有劍。殺人如麻，何須百煉）。二、游戲自在（長年蕩槳，羣丁撥棹，有何老子，大悟于𣚍道）三、欬珠（腷腷膊膊藜霍腸，磊磊落落生夜光。曾不若一囊坐北堂）。四、姥胎髮（西抹東塗，奈何爲婆，獨不見黃口小兒鼓嚨胡）。五、金僕姑（翻身向天仰射雲，雲中委羽何紛紛）。六、無心散卓（不立文字，指揮如意，天花墮地）。七、鶻落（秋風震翮，草枯眼疾，爲君前驅，百不失一）。八、小梯媒，（爲神智騮，何如望火馬，不見黑頭公滿天下）。九、橫行（起赤城，流丹精，破宛陵）。十、醉鶴（飛飛摩蒼天，實不持一錢。）案：此祇是晚村爲賣筆丘震生介紹作文字耳，後列十種筆名，每筆係以贊語，其文恢詭如此。中所謂蛣蛤蒸獺猩毛鼠鬚鷄翮之族皆得起而嚇毫，自有惡紫亂朱之寓意，遺老口吻，往往如是，晚村獨爲淸所仇視，亦會逢其適耳。檾，去顯切，音頃。說文：枲屬，爾雅翼，葉似苧而薄，實如大麻子，今人績爲布，或作䔛，唐本草，作苘，苘麻，一名白麻。筆雜以麻，近唯水筆如此，取其善吸墨，多寫字，但書竟不卽滌，則麻易折，若軟豪則用鷄翮矣。

辛亥秋，始從道階上人識八指頭陀，兩讌於法源寺，又明日突聞怛化，瘦公督予爲輓詩，時散原先生與樊山翁在滬，方以眺嘯諸險韻相倡和，因亦次其韻以輓之，初瘦公庚戌游天童歸，爲予綑寄禪上人詩，然予於頭陀，非夙諗也。彼時數得與楊哲子過從，哲子又數言寄禪風味慧定，中心愴悼，亦不盡繇瘦庵言，今二十餘年矣，春夜過叔章寓齋，觀所藏湘賢手札，末付頭陀一書，致吳雁舟者，云是絕筆，語殊超妙。頭陀詩凡前後十八卷，文一卷，未著錄此書，良可錄存。書云：「寶覺居士同參，春申江上一別，草木又七度黃落矣，誦寒山子山水不移人自老，彌動苦空無常之感，矧當此刹土變遷，新故交替，滿目瘡痍，俯時哀世，悲從中來，吃衲囊有靑天欲墜雲扶住，碧海將枯淚接流，獨上高樓一回首，忍將淚眼看中原等語，不圖今日竟寫此支那慘象也。良由衆生殺業，釀成刀兵，帝釋修羅，戰鬥頻聞，吃衲二十年前孤嶼吐寒翠，萬山爭夕陽句，又酷似今日競爭時代之小影耳。而孤嶼吐寒翠，寧非我寶覺生乘願再來救度末刧，現居士身而說法者？況現值波旬蔑戾摧殘法幢人天掩泣之秋，忽我公自黔還湘，組織佛學會演無我無人惟人惟識慈悲救世之旨，正如火餤中灌以甘露，使人頓獲淸涼，此淨名爲藥伽薄所讚歎者也。吃衲徒高僧臘無補緇門，內傷法弱，外憂國危，每一念及，輒欲絕粒，促此報齡。又苦被大衆，謬推總持佛會，負責有在，死非其時。且恐僧徒無識，爲外界激刺，資生旣失，鋌而走險，依附外人，更起國際宗教交涉，祇得忍辱苟延殘喘，妄冀能續一線垂危之慧命，用報佛恩。適南嶽月賓和尚來甬，出示華箇，遠豁神襟，禪悅法喜，匪可言喩，遂與聯袂北上，覺雲海盪胸，魚龍聽梵，不辭燕臺峨峨，冰雪載途，但願佛日重輝，法輪再轉，粉身碎骨，俱勿惜也。倚錫肅復，以答故人，湘上早寒，伏維珍衛，祇頌道安，八指老衲敬安和南，陰歷八月晦日。」案吳嘉瑞，字雁舟，湘人，篤好佛教，時與叔章雷道亨創佛教會，寄禪口吃，故自稱吃衲，二字殊新穎。

哲子所爲詩古文詞，不多見，八指頭陀詩文集，最後爲哲子所刊，有一序，今錄之，不第傳寄禪，亦兼傳哲子之文翰也。序云：「予世居湘潭之薑畬，寄禪師爲薑畬黃姓農家子，幼孤貧，爲人牧牛，十餘歲時，投山寺出家爲僧，然兩指供佛，故名八指頭陀。師長予將二十歲，予幼時卽聞鄉有奇僧，具夙慧能爲詩，初不識字，以畫代書，不知壺字，輒畫壺形，其時薑畬鐵匠張正陽，及余妹叔姬，皆不學詩而自能詩，鄰居三里以內，有此三異，鄉人傳以爲奇，而王湘綺先生，隱居雲湖，相距纔十餘里，予輩咸師事之，其地又有老農沈氏，能學陶詩，羣呼爲沈山人，又有陳梅羹處士，亦居薑畬，博學能詩，不事科舉，刻有陳薑畬集，一鄉之中，詩學大盛，高談格調，卑視宋明，漢魏三唐，自成風氣。惟師自出家後，遠游於外，其先塋在薑畬，偶歸拜墓，因來相訪，予始識之。聞其自言初學爲詩甚苦，其後登岳陽樓，忽若有悟，遂得句云：洞庭波送一僧來，後遊天童山，作白梅詩亦云，靈機偶動，率爾而成，然師詩格律謹嚴，乃由苦吟所得，雖云慧業，亦以工力勝者也。師曾宿予山齋，予出屛紙，强其錄詩，十字九誤，點畫不備，窘極大汗，書未及半，言願作詩以求赦免，予因大笑，許之。自後師不再歸，予亦出遊，湖海流離，十有餘載，中間未曾一見，惟予居日本時，師自浙江天童山寄詩一首而已。民國元年，忽遇之於京師，遊談半日，夜歸宿於法源寺，次晨寺中方丈道階法師奔告予曰，師於昨夕涅槃矣。予詢病狀，乃云無病。道階者，亦湖南人，妙解經綸，善修佛事，師之弟子也。予偕詣寺視之，遺歸葬於天童，並收其平生詩文遺稿以歸，待乞湘綺先生爲刪蕪雜，以之付刊。先生暮年耽逸，久未得請，予亦因政變，身爲逋客，未暇及此，湘綺先生旋復辭世，更越二載，予得免名捕，復還京邑，始出斯稿，以付手民，然未敢爲刪定，僅整齊次第之而已。師詩曾由義寧陳伯嚴、湘鄉王佩初、同縣葉煥彬先後爲刊十卷，其未刊者八卷，師自定爲續集，今爲輯合而全刻之，附以雜文，都爲十九卷。道階及予妹壻王君文育，同學喻君味皆，友人方君叔章，爲之校字。文育，湘綺先生第四子也。凡校刻經八閱月而始成，距師逝世，逾七年矣。世變孔多，刼灰遍地，而此稿猶存。端忠愍辛亥南行，從予借取叔姬詩稿以去，云將鈔稿見還，後乃携以入蜀，革命事起，端旣被害，稿亦遺亡，副本雖存，然不備矣。予丙辰歲逋亡，出京之日，隨身手篋所儲，只此故人遺稿，故未散滅，以至於今，執彼例茲，寧非獨幸。世間生滅無常，一切等於此物，師何必有此作，予何必無此刊，事與教法無關，而於因緣足述，故詳叙之於此。民國八年十二月湘潭楊度序」。哲子亦躭禪悅，故了然緣法，至今讀之，猶如見謦欬之雍容，辯才之絛秩也。案寄禪有自述一篇，附詩集後，似是光緒戊子、己丑間所作，傳誦已久，今爲印證楊序，並錄之，述云：「余俗姓王氏，名讀山，出家後，本師賜名敬安，字寄禪，近迺自號八指頭陀。先世山谷老人裔孫，宋時由江西遷茶陵，明末由茶陵遷湘潭之石潭，業農，父諱宣杏，母胡氏，嘗禱白衣大士，夢蘭而生余，時咸豐辛亥十二月初三日也。

編輯閒話

△「大華」出版到這一期，已是第二十期，可說是呱呱墜地十個月，應該是站得穩了，但到今天尚未能脫離「風雨飄搖之期。」所謂「風雨飄搖」者，仍指賠累不堪而言也。這一期出版，恰在歲尾年頭，人類大都喜歡善頌善禱之辭，編者愛惜「寧馨」，亦不能免俗，因此希望「大華」踏進一九六七年就日躋壯茁之境，站得堅牢牢地，不怕風霜雨雪，向它的年青期邁進。

△義和團運動的文獻中，有一部「庚子西狩叢譚」，是一般愛讀掌故的人所喜歡的。這部書的原作者是吳永，經他口述，由劉焜筆錄成書。慈禧后帶着光緒帝逃往西安時，路出懷來縣，知縣吳永接駕，大得慈禧歡心，帶他一同到西安。吳永把數月間聞見的事情講給劉焜聽而成此書。劉的文筆很好，寫來很能吸引。劉焜的鄉後輩陳思先生的「劉焜的文筆與學識」一文，不完全在介紹「庚子西狩叢譚」一般的掌故趣味性，而道其重點在分析劉焜的文學造詣和學識。

△張謇是甲午戰爭這一年出產的狀元，後來成為實業家，有他的相當成就。他是一九二六年逝世的，今年是他的四十周年忌辰，魯頓先生年青時曾追隨張謇一個時期，對他頗能了解，今應編者之請，寫成「張謇其人其事」一文，聊作紀念。本刊所載的「張謇日記鈔」，据沈燕謀先生對編者說，應改名「柳西草堂日記」，因為張狀元寫此日記時，在第一冊封面上親書「柳西草堂日記」簽條。日記的上半部，今藏張氏之孫手上（在香港），下半部仍在南通，經于一九六三年影印行世。在編印時，輯編的人大概不知道張狀元的日記有此名稱，就隨便安上個「張謇日記」。（李慈銘的齋名越縵堂，故日記印行時名「越縵堂日記」，而不叫李慈銘日記，反之，翁同龢的日記，他本人在日記中並沒有寫上什麼名堂，故影印時，張菊生等人就替他安個「翁文恭日記」。）

△吉青納是英國一個將軍，他是在英國的殖民地染紅頂子的武人，和戈登在中國以中國人的血而得黃馬褂的同樣為亞非人所不喜。吉青納死後，有些不知所謂的中國文人竟然緬懷他在亞非兩洲的勳業，在詩文中瞎三話四，胡說一番，倒也有趣。竹坡先生的「吉青納與中國古瓷」一文，對吉青納並沒有譏彈，因為吉青納做了他本份的事（他忠於他的祖國），但對那班不十分要臉的文人，似乎有皮裏陽秋之意了。

△歡喜佛是中國某一宗教的產品，有些人目為淫褻，但站在研究宗教方面說，此物亦何不輕視，目之為誨淫者，毋乃方巾氣氣耶？韋禽先生「說歡喜佛」一文，對此物之歷史說得頭頭是道，使我們讀後知道原來如此，故值得轉載。（原文刊二十年前上海出版的「古今」半月刊。）

林熙主編

大華

半月刊

第廿一期

·本期要目·

大華 第廿一期

大華 半月刊 第廿一期

一九六七年一月十五日出版
（每月十五 三十日出版）

出版者：大華出版社
地址：香港銅鑼灣希雲街36號6樓
Ta Wah Press,
36, Haven St., 5th fl.
HONG KONG.
電話：七六三七八六轉

督印人：林翠寒
主編：林熙
印刷者：朗文印務公司
地址：香港北角渣華街一一〇號
電話：七〇七九二八

總代理：胡敏生記
地址：香港灣仔洋船街三十二號
電話：七二三四三七

爭稅與爭糧

——戰後廣州的兩大紛爭

·東方均·

抗日戰爭結束不久，廣州市曾經發生過兩次嚴重的官場紛爭：

其一是廣東省政府與廣州市政府之間爲徵收營業稅而發生爭執，另是廣州和衡陽兩地因採購糧食而引起紛。這兩件事，說起來都很滑稽，而且頗足以看出當日中國政治的紊亂。現就記憶所及，把它們畧記下來，以供談助。

一 省府和市府爭奪營業稅

一九四七年九月一日廣東省政府設立了一個堂堂正正的機關，名叫「廣州市營業稅徵收處」，派出朱慶堂爲主任，正式在廣州開征營業稅。怎知不到三個月，就有廣州市政府的財政局長陳秉鐸，出來公開聲明，說這個「營業稅徵收處」是不合法的機構，是廣東省政府不顧中央命令擅行設置的，市政府斷然不肯承認它的合法地位。陳秉鐸的聲明，是在十一月六日應廣州市臨時參議會駐會委員會之邀出席致辭時，突然提出來的。他還向市議會的駐會委員提出質問：說該會也曾邀請這個營業稅徵收處主任朱慶堂到會作施政報告，此舉究竟有何法律上的根据？這一番聲明與質問，登時使得在座的委員諸公，一個個目瞪口呆；會場內的空氣，頓告緊張。好在市參議會也不乏能言之士，於是提出三點答辯，反詰這位財政局長：

一、廣州市營業稅徵收處成立之日，曾經公告社會，廣東省政府亦派財政廳長杜梅和代表出席，何以市政府認爲不合法？

二、既然認爲不合法，何不事先予以制止？

三、市政府對於該稅責任，如何處理？

陳秉鐸對於市參議會所提三點，也鄭重作答，大意是說：市政府對於該處的成立，早已否決在先；省政府雖曾派員參加成立典禮，但市政府則根本拒絕承認；至該處成立之後，市政府亦曾向省政府聲明，所有責任當由省政府自負。

市財政局長這一番驚人的談話，在政海裏固然引起軒然大波，在市面上也不免造成謠諑紛紛。尤其那些納了稅的人，更加有點徬徨：因爲營業稅徵收處是政府設立的堂堂衙門；怎麽連衙門也有不合法的麽？如果這個衙門不合法，那麽，兩個多月來它所徵收的稅項，究竟算數不算數？這些問題，都是使人無法作答的。

二　迂迴曲折的經過

省政府和市政府這次的紛爭到底是怎樣引起來的呢？原來在那一年，中央政府的財政部召開了一個「財糧聯席會議」，決定變更全國財政的收支系統，把中央稅和地方稅重作劃分。同年七月，財政部決定要改訂財政收支，通令全國各地直屬於財政部的直接稅局，將所有地方法定稅捐，交由縣市稅捐徵收處統一徵收。這樣一來，歷年都由直接稅局稽徵的營業稅，便要移交給地方政府自行開徵。

財政部的命令，於七月中旬頒到廣州，直接稅局，市政府、省政府都同時收到。這一個中央機關和兩個地方機關，就同時忙着辦理移交與接收的手續。問題就出在有兩個「地方機關」這一點上。如果移交的不是一種徵稅的權利而是一種辦事的責任，那當然也不會出問題。可是，廣州市的營業稅是一條大財路？怎教這兩個地方政府不爭得面紅耳赤呢？

同年九月下旬，直接稅局辦好了各種手續，準備把有關廣州市營業稅的一切案冊卷宗，移交給市政府的稅捐徵收處。不料却突然收到廣東省政府發出的一封代電（申儉財六字第三二五五七號），說明「廣州市營業稅徵收處」已於九月一日成立；關於成立的詳細理由，正電財政部核示中，在復電未到之前，請暫緩移交。換句話說，省政府叫直直接稅局不要把營業稅移交給市政府，而要移交給省政府特設的營業稅徵收處。

直接稅局覺得此事相當棘手，便向財政部請示。到了十月四日，財政部的訓令到達廣州，確定營業稅仍照原案移交給市政府的稅捐徵收處。同時，財政部亦致電廣東省政府，略謂「本部爲求縣市徵收機構統一充實，俾能因應，以赴事功起見，業已另案統籌辦理。至廣州市營業、土地、契稅等，應一律由該市徵收機關接辦，不另設置機構，所擬專設營稅處一節，應請免予實行。」另外，還有一通電報拍給廣州市政府，說：「粵省擬於貴市特設一處徵收營業稅，核與規定不符，業經本部電請免予實行。」這就是市財政局長陳秉鐸在參議會的議席上振振有辭的實際依據。

照道理說，有了財政部出來講話，這件事就該很容易解決的了。但是，省政府的營業稅徵收處既然已經成立，招牌已經掛出，怎麽好意思收回去呢？好在這機關的名字叫做「廣州市」的營業稅徵收處，還可以馬馬虎虎的將它改轄市政府，由市政府出面追認。於是省政府又以「財字二二八六五號」訓令，通知市政府將營業稅徵收處改歸市府管轄。這樣，市政府就令稅捐徵收處派出秘書陳慶龍前往直接稅局交涉，請其辦理移交。十月五日，廣州市一應有關營業稅的卷宗冊籍，全部移交給市稅捐處，由該處主任黃開榮前往簽收；可是，營業稅徵收處主任朱慶堂，也在是日一同前往辦理接收手續。由於「廣州市稅捐徵收處」和「廣州市營業稅征收處」這兩個機關的權責，尚未分明，隸屬關係，也不清不楚，所以這一批有關營業稅的卷宗，在移交給市政府稅捐處之後，却又轉交了給營業稅徵收處。

妙就妙在營業稅徵收處名義上雖然隸屬市政府，但所收稅欵却要照省政府財政廳的命令，掃數繳入省庫；至於廣州市應佔的比額如何，要等待財政廳核明之後，再行劃撥。這就是說：財政部雖然把營業稅明令劃歸市政府，却給省政府使用金蟬蛻殼之計，攔途截了過去。市政府名義上算是管轄這一個營業稅徵收處，實際上却一切都無從過問。市政府的官員不是儍瓜，他們自然不肯干休。而且照編制說，市政府之下有財政局，財政局之下設稅捐徵收處；營業稅只是稅捐的一種，照理只能成立一個課、科或組，現在却變成了「處」，與頂頭上司平行，也未免出乎情理之外。所以陳秉鐸便不能不出來大發牢騷。而當時的廣州市長歐陽駒，也公開表示支持他。歐陽駒曾對新聞記者說：「陳秉鐸的意見，也就是我的意見。」

至於廣東省政府要在廣州設置營業稅徵收處的理由，據它向財政部所作的陳述是：「廣州商業旺盛，情形特殊，而該市稅捐徵收處經辦原有稅收，因種類繁多，仍待加緊整理，對於課稅對象複雜之營業稅，恐難兼顧。爲因應環境需要，須另設該市營業稅徵收處負責辦理。「這一個理由，雖經財政部認爲「與規定不符」，但營業稅徵收處主任朱慶堂後來也曾向新聞記者解釋此事，指出財政部同年七月二日頒行的法令，規定「營業稅爲省稅」，所以省政府監督其收支及動用，也是有其法律根據的。

這正應了一句老話：「公說公有理，婆說婆有理。」

三 廣州和衡陽的糾紛

在「爭稅」事件爆發之前，廣州與衡陽之間，早已發生了一件「爭糧」事件，也是相當離奇曲折的。

一九四六年年底，廣東發生嚴量的糧荒，省政府特派專人前往衡陽，採購湘穀五萬石，準備運返廣州濟急；這事本來十分平常，而且這五萬石穀米，是由湖南省政府應粵省特派員之請，特准撥售的。照道理說，這筆買賣是完全合法的。怎料其時衡陽忽然發生了另一件白米走私案，竟把此事牽纏在內，遂致引起軒然大波，這實在是大出湘粵兩省當局的意料之外的。

原來當這一筆買賣由雙方商定之後，廣東省政府即派出粮食調節會的常務委員何錦文，偕同社會部專員張萍前往接洽起運。他們二人於一九四七年二月四日，獲得湘省所發正式運照，同時洽就粵漢鐵路撥出車卡裝運。不料就在此時，粵漢鐵路局警務處發現有人包用粵漢鐵路火車十餘卡，滿載白米，上面用黃豆掩蓋，企圖偷運出境。經調查之後，揭露此事佈置週密，而且白米已獲得衡陽市政府所發的運照，但在啓運時，又經衡陽車站若干負責人員合作，作爲黃豆開發貨運票。只是，車抵湘粵交界之宜市白石渡時，這一批化了裝的白米却被鐵路局警務處檢查人員所覺，立即電知沿線關卡，加以扣留。其中有些已運到粵境曲江站的，也一併押回；疑犯亦次第就捕。

此事本來和粵省所購糧食風馬牛不相及，但案經過偵查之後，發現主犯尚有俞庚禮、楊鎮球、黃炳烈等人，逋跡湖南省會長沙市，他們大概很有財勢，所以就在長沙各報遍登啓事，否認走私。就在這個時候，粵省派往衡陽洽運的何錦文的自長沙携運照抵衡，被新聞記者拉來和走私事件相提並論，而且大事渲染，於是何錦文就被目爲與走私案有關，甚至說是他是走私商人在長沙串來的「保鑣」。

何錦文被捲入漩渦之後，衡陽市上，立刻變得滿城風雨。市縣兩參議會於三月五日召開緊急聯席會議，議決呈請湖南省政府撤回已發的運照；並代電各有關的機關團體，請將粵省所購米穀停售停運；又組織「衡陽人民防止粮食出境委員會」，外附稽查總隊，實行武裝禁運。

就在三月五日那一天，衡陽的「中華時報」發表題爲「何錦文離開衡陽」的社論，對何錦文下逐客令，翌日，「中華時報」又載新聞一則，說何衡文在衡陽市上被人用污泥擲擊，抱頭鼠竄云云。經過報上幾次冷嘲熱諷之後，衡陽市政府的態度也變得模稜兩可起來，對粵米啓運一事，遲遲不予實際協助。

到了三月十五日，事態益形惡化，新成立的「防止粮食出境委員會」，派出衡陽第五區區公所的武裝人員，前往米倉把守，禁止粒米運出。十六日晚上，何錦文在其臨時寓所附近，發現措辭强硬的標語，上面大書特書：「衡陽災情依然嚴重，正在請求救濟中，粵商何錦文勾通奸商，在衡陽經購米粮數萬石，造成粮荒，人民誓死反對！請即停運離境，免釀事變。衡陽縣市民衆公告。」另一張寫道：「限何錦文於十小時內離境，否則定於十七日午後五時，齊集何錦文寓所，實行驅逐！」

何錦文發現了這些標語之後，立即扯下兩張，携往衡陽市政府謁見市長仇碩夫，請求協助，當由市長電令警務處派人巡邏保護；但粮食啓運之事，終成僵局。三月二十四日，何錦文逼得隻身返粵，向當局及省市參議會報告經過，請求另開交涉。

四 兩地報章展開筆戰

何錦文辱命而歸，自然引起廣東人的不快情緒；於是廣州各報紛紛發表社論，對衡陽人士的偏狹態度，表示痛心。三月二十六日，廣州「中山日報」發表社論，題爲「論湘米濟粵的波折」，對此事加以批評，認爲湘粵兩省應本禍福與共之旨，有無相通，盈虛互濟；同時亦指出廣東派往購糧的人員，如有技術上的缺陷，應該設法補救。此文披露之後，四月一日，衡陽「中華時報」即加以轉載，並另撰社論一篇，正題是「阻湘米出境眞相」，副題是「順告粵省同胞」，文內雖與廣州「中山日報」立論無基本上的衝突，但仍然力持兩點：第一，衡陽無餘米可運，粵省購糧，應往濱湖產米區；第二，粵省購糧代表何錦文，有與走私商勾結之嫌。

對於這兩點，廣州「中山日報」又於四月九日另爲社論作答，題目是：「再論湘米濟粵問題」，指出湘米濟粵與湘米走私不能混爲一談，何錦文所持運照，實不能用於掩護走私；同時並指出衡陽爲湖南穀米最大集散地，又係湘粵毗連最大的鐵路中心，粵省前往衡陽購米，實在是合情合理的事。

這一件事，除了引起兩地報章筆戰之外，廣東省的田糧處長黃秉勛，本來與衡陽市長仇碩夫是老同學，當時也曾仗着老朋友的情份，打了電報去請他下令將米放行；但是，仇碩夫凝於情勢，也只好向老同學大打官腔，發出一個覆電說：「運照逾期，確難遵命」。

這件情拖了下去，粵省也自無可奈何。好在不久就有大批洋米到來充塲，這才解決了廣東方面的問題，而這一塲「爭糧」的活劇，也就不了而了。

名人趣事

雲濟

光復之際，尹昌衡率健兒響應，亦一時之傑，及袁世凱當國，尹遂解兵柄，一度爲滬上公寓，哈同宴之於愛儷園，費行簡爲陪客，行簡曾目覩尹飲白蘭地酒罄三瓶，又連吸雪茄煙四五十枝，致嘔吐狼藉，哈同好潔，爲之憎惡不置。行簡又謂尹吸阿芙蓉膏。癮極大，嘗以鋼鐵爇煙膏，就煙燈翻攪之，云：煙燈不啻太極，煙膏翻攪，猶地球之繞日而週轉也，宇宙眞理，盡在於此矣，聞者爲之軒渠。

張聊止師事林畏廬，謂畏廬每歲首必書撰一春聯，黏大門上，張輒錄之，積若干聯，云俟檢出，當抄示也。畏廬作畫，求者紛集，其時姜穎生亦鬻畫於京，妬畏廬之出已上也，百般詆毀，然無損於畏廬，畏廬亦一笑置之。又謂與畏廬同譯說部之陳家麟，性暴善怒，一日，與人作雀戰，正欲和一大牌，忽被旁人先和，陳怒極，立取牌投洪爐，付諸一炬。

陳病樹一日訪鄭孝胥，見齋中懸張廉卿書幅，頗以孝胥善書，而齋頭點綴乃爲近人之作，不甚稱適爲言。鄭謂：「廉卿書精氣內斂，有高古渾穆之致，不得以近時而鄙薄之，蓋鄭孝胥之書，往往取法廉卿也。

張丹斧初到上海，任鄧秋枚所辦之「國粹報」校對，月薪只五圓，由報社供膳宿。膳則鄧等別設精饌於內進之，張則與包車夫同桌，張大不以爲然。既而一老者亦來共膳，詢之鄧姓，叩其與秋枚何種關係，老者笑曰：秋枚我兒子也。張更認爲大荒唐，嘗以告錢須彌，須彌固與秋枚稔熟者。

狄平子之「平等閣詩話」，出於陳鶴柴代筆，知之者不乏其人。聞王揖唐之「今傳是樓詩話」亦由鶴柴翁全部潤飾，有此淵源，故鶴柴翁客死滬上，身後蕭條，揖唐曾厚賻之，所以報其德也。

青山農以隸書鳴於時，求者踵接，彼却喜與客談天，書件擱置，懶於從事，或勸其何不從事揮灑，則豈不生財有道耶？青山農笑曰：人體不能與機器比，我日夕不輟筆，是機器矣。常熟趙古泥忙於篆刻書寫，或勸其少休，曰：君殆欲我投筆封侯（侯諧音「喉」）耶！須知賴我生活者多，我投筆，則皆封喉，無食可進矣。二老所言雖相反，而風趣則同。

二十世紀初期震撼國際的秘聞

伊藤博文被刺始末

玉禪

侵華戰犯伊藤博文遺像

日本侵華初期戰犯伊藤博文，於一九〇八年十月二十六日晨，在哈爾濱車站被刺殞命。舉世咸知刺殺伊藤博文的義士爲朝鮮人安重根。當日也只有他一人手執勃朗寧短槍在帝俄軍警戒備森嚴下當場被捕。

伊藤博文身受三創：一彈由肩膀直貫胸脯，止於乳下；一彈擦破右腕關節骨鑽入肚皮；致命的一彈則由肚臍右側洞穿腹部。事後檢查發現，彈丸皆係法國製騎兵所用馬槍射出者，顯然非被手槍所傷。尤其是肩膀直貫胸脯一彈，若非從高處射擊，曷克臻此？

可是，奇怪的是日本、帝俄兩國當局所公佈的官方文告，竟一致承認：「刺殺伊藤博文公爵的『兇手』爲朝鮮人安重根。」此案，從此不見再有下文。原來……

一九〇八年十月二十四日的早晨，中國東北各省已經進入寒季。飄飄瑞雪，氣溫久已降到零下四、五度之間。

這一天，哈爾濱東清鐵道管理局正忙着歡迎沙皇特使：欽差大臣、欽命視察東清鐵道措施事宜、內閣財政大臣柯克輔佐夫到臨，將哈爾濱車站內外粉飾一新，結彩懸旗，氣象異常嚴肅。車站內外俄國軍警密佈，所有中外各國僑民，中國地方官憲，以及各機關團體代表，外國駐在哈爾濱領事，一切人等……除執有俄方特備請柬前來參加歡迎行列者外，凡無特別通行許可證者，一律不准擅入車站；甚至不許在車站附近觀望、徘徊。只有日本人士特別例外，可以自由出入無阻。

東清鐵道管理當局爲甚麼要這樣愼重其事的執行保安措施；却又對日本人士特別予以優待呢？

事緣柯克輔佐夫此番啣命東來，名義上雖爲「視察東清鐵道措施事宜」，實際上還另外負有特殊重大任務，要在哈爾濱與日本樞密院議長、前任韓國統監——伊藤博文公爵會面，就帝俄遠東外交政策與日本互商今後協調事宜，俾雙方取得諒解。他們兩人這次會談，是日俄戰後五年來的創舉，實在不能不引起遠東關係國家——尤其是有切身利害如中國者所注意，並且也爲西方列强所矚目。雖然日俄兩國政府的公開聲明，只是說他們兩人會晤，完全是湊巧在旅途中的遇合，並沒有在事前作特別安排。但誰又會相信那套外交詞令？

帝俄自甲辰大敗於日本以後，既將東清鐵道南部轉讓日本，變成了南滿鐵道；

又失去旅順、大連之租借權利，轉由日本承受；更將庫頁島南部割讓與日本，改稱樺太。痛定思痛之餘，對日本便不自覺地卑躬屈節，例如此次特別優待日本人士，固然爲達到外交目的可以不擇手段；可是，旁觀者何嘗不可以子之矛適子之盾，若黃雀之躡捕蟬螳螂？在如此錯綜複雜的國際關係下，雖有意外若伊藤博文被刺事件，殆非廟堂決策人士始料所不及。此所以帝俄警備非常，而反對黨竟熟視伊藤入陷阱且利用其死也！

伊藤博文爲甲午禍魁，中國政府中人，對之印象殊惡。他對侵華一向主張蠶食——所謂緩進派，對朝鮮之主張亦然；大爲當權政敵所謂——激進派者所不滿。那時日本外與英國結同盟，氣求聲應，內興工業擴軍備，期待非常。國勢如日方中，遠東莫可與敵。然而明治君臣固亦自知日本究係島國，資源有限。無論對帝俄對中國均不宜同時樹敵，致啓其合縱之心。反之，若乘中國衰微，聯帝俄而協以謀滿蒙，則爲計之善。此日本國策，咸謀僉同。惟伊藤博文則欲併朝鮮亦緩進之，反對當日高唱入雲之「日韓合併論」，寧可效法老子：「居其實而不受其名」，不欲朝鮮國主宗廟不血食。以此得罪當權政敵山本權兵衞，將其自韓國統監寶座撤職，狼狽返東京坐冷板凳，擔任有名無實的樞密院議長。可是，伊藤博文究竟是明治維新的功臣，國際威望素重，他的意見還是對議會有絕大影響力的，後起政敵，固然可以藉宰相權力把他從朝鮮的寶座上摜下來，但是不能夠消除他對國是的巨大發言權，除了希望他「息勞歸主」外，簡直沒有消滅他的其他辦法。

朝鮮自經甲午戰後，名義上雖從中國獲得「獨立」，實際上十年不到又很快地淪爲日本「保護國」，只差一點沒有被日本併吞。日本式之「緩進」與「激進」，對朝鮮人來說，都是一丘之貉，他們並不怎樣關心。他們的愛國志士，在當時的局勢之下，只要求如何報仇雪恥。至於反攻復國，還有待於國際形勢變化，在他們實在是力不從心。那時他們在國內、國外都組織了許多地下團體，待機活動。據安重根於被捕後所作口供，刺殺伊藤博文便是崔歲享所組織的暗殺團體所採取的行動。他在兩年前便已參加了救亡組織，同時參加行動的還有同志十五人，彼此將左手無名指切斷，滴血宣誓，要殺盡伊藤博文以下所有曾參加簽訂「日韓保護條約」的日本侵略者和朝鮮賣國賊。崔歲享擁有帝俄國籍的朝鮮愛國志士，老早被日本通緝，逃亡在西伯利亞沿邊一帶俄屬東海濱省，暗中與流亡東北的朝鮮愛國志士聯絡，互通消息，伺機活動。帝俄初保護這批亡命人士，姑不論其用心如何，就國際公法言，保護政治犯固屬慣例。今形勢一轉，親日變成對帝俄有利時，這批平日被認爲「秘密武器」之日本仇敵，焉能不另尋出路，再找庇護之東道主？

伊藤自朝鮮改組歸來，侘傺無聊，每興髀肉復生之感。有後藤新平者，方任職日本內閣爲遞信省大臣，當伊藤任韓國統監時，後藤新平尚係南滿鐵道株式會社總裁，鑑於「緩進」、「激進」的政爭紛擾永無已時，曾去朝鮮力勸伊藤，曷若以退爲進，乘時出國訪問？就日本之外交政策向關係各國說明，俾其本人「緩進」主張，亦能博得國際同情，用張對內壓力。彼時伊藤戀棧，致爲反對黨所乘，摜掉統監烏紗。至是，後藤新平更重申其主張。伊藤本不甘寂寞，乃採納其意見。

先是由日本政府，就東京與莫斯科雙方駐在使節實行試探。帝俄自甲辰戰敗，縱日本不作主動邀請，猶不乏向東京示好之心；今見政治買賣送上門來，宜其喜出望外，豈有閉門不納之理？是時，柯克輔佐夫在沙皇內閣中爲一炙手可熱之活動人物，其政治權力之大與發言影響之深，雖位僅財政大臣而對帝俄外交政策能起決定性作用。其威望與地位，恰如伊藤博文之在日本，二人實旗鼓相當。於是，日本駐莫斯科公使本野一郎便當面向柯克輔佐夫提出建議，勸其藉口某種名義到遠東來就韓國與滿洲問題，與伊藤博文公爵一談。沙皇由是立即頒發諭旨，明令柯克輔佐爲：欽差大臣、欽命視察東清鐵道措施事宜，即日前往遠東。

日本政府得其駐俄使節回電，知柯克輔佐夫偕隨員等一行業已決定成行，於是命伊藤博文亦偕隨員九人以訪問滿洲爲名，於是年十月十四日自大磯出發，沿途與中國政府地方官憲相互酬酢，始於十月廿五日到達長春。

那時，由長春到哈爾濱的特別快車，規定在夜晚十一時自長春開出，旅客在翌日晨五時前便到達哈爾濱。伊藤博文等一行所乘的專車，由路局特別安排，改在十月廿六日午前九時到達，避免爲時過早，主客雙方都感不便。誰料他此番一去便不再活着回來了。

哈爾濱東淸鐵道管理當局，對於保護伊藤等一行的安全措施，較之兩日前保護帝俄欽差大臣者有過之而無不及。惟一的例外，便是對「大日本帝國臣民」更加特別優待，好讓全世界的人都知道，帝俄與日本牢不可破的友誼，尤其要滿足日本自伊藤以下每個人好勝的虛榮心，凡屬日本人士都可以大模大樣的不受檢查，一律通行無阻。誰又料得到就憑這一點罅隙送掉

土肥原拉攏段祺瑞溥儀會談

·雲　舟·

民國十九年春間，馮玉祥，閻錫山正在聯合反蔣時，日寇認爲有機可乘，特務頭子土肥原賢二即在華北大肆活動，策動什麼「北洋派大同盟」：吸收原屬北洋的舊軍閥官僚，並以段祺瑞、吳佩孚做領袖，以反對國民黨、反對蔣中正爲幌子，他的目的，妄圖製造華北大混亂而波及長江流域，好來混水摸魚。在此以前．會在廣東、四川當過一些差事的著名政客周善培．有一次在青島偶與段祺瑞的左右說：「合肥（指段祺瑞）原是光棍一條．如想東山再起，山人自有妙計。」聽者向周請教。周說：「宣統皇帝是一塊好招牌．合肥如能和他合作，號召力比單幹大得多了。」（意思是要段擁溥儀復辟）聽的人把周的話轉告段。段沈默了一會．不置可否。過了幾天，段請周到寓所相談．問周是否說過這話，周點頭承認。段也沒有其他表示。不久，段與周先後到了天津。周聽說段已見過溥儀，但多方探聽，不得要領。後來從溥儀處得知段溥二人確會晤談，當時溥儀搭架子，不肯到段的住所，而段也不肯到溥儀住的靜園，于是約好在溥儀的父親載灃家中碰頭。據說：他們談話的坐位，溥儀坐在中間，段坐在對面，載灃旁坐作陪。隨後，周去訪段，詢問當日所談如何。段也不加否認，却沒頭沒腦地說：「不行．不行，到底不行。」周追問究竟講些什麼。段滿臉怒氣的說：「鄙人不才，曾爲民國元首……這小子到了今天．還搭皇帝臭架子，眞是豈有此理！」周用半幽默半諷刺的口吻說：「我明白了．他是以皇上的身份接見湖廣總督，不是以遜帝的身份接見民國執政。」後來周到了上海，把這個情形，轉告舊國會議員胡鄂公。周說：「段溥的見面．是土肥原從中牽線。」由于段溥的合作不成．土肥原便想到北方軍閥中還有一個偶像吳佩孚，因而拉攏吳佩孚閻錫山合作．事將成熟，突然是年九月，奉系軍閥張學良應蔣中正之請．派兵入關，馮閻失敗．而所謂「北洋派大同盟」、就此冰銷瓦解．土肥原又去幹他的別種勾結了。

溥儀在「我的前半生」，也有談到他和段祺瑞在天津會談的事，如云：「我在天津的七年間．拉攏過一切我想拉攏的軍閥。他們都給過我或多或少的幻想。……段祺瑞主動地請我和他見面。」（見該書第四章「在天津的活動」的第二節）就是記述這一次的事。

了伊藤一命呢？被戰爭勝利一而再衝昏了頭腦的新興日本帝國主義者，驕橫未免過度，慮患可謂不週；他們忘記了呆面孔、矮身材的民族特徵，並不足以保證凡具有這種特徵形象的人便都屬「大和民族」。儘管他們於事後諉過於帝俄方面防衞不週，太過忽畧了許許多多呆面孔、矮身材的男男女女。可是，他們事先並沒有向帝俄方面提出過這種安排是不合式的話；他們也沒有自動約束「邦人仕女」。以致到復仇的槍聲四起時，竟分辨不出那些是穿和服或着西裝的貌似「日本佬」，那些才是眞正的「大日本帝國臣民」。至於在白種人士兵和警探的眼光中，更不消說，只要是不拖長辮子的黃面孔，他們可能便是日本人，至多不過是朝鮮人罷了。而朝鮮人居留在哈爾濱「俄界」的爲數不多，可能會發生一些麻煩的，還是從外面來的朝鮮人，只是那些人他們並無權去抓捕的，相信在軍警林立之下，警衞森嚴，誰眞不怕死，敢以性命作兒戲？萬想不到居然會鬧出這麼大的亂子來。

日本貴賓專車到站了，時爲淸宣統元年陽曆十月廿六日上午九時，貴賓的車廂正停在頭二等出入口之間，一大隊俄國儀仗兵，個個兒都是高高大大的，顯得很雄赳赳、氣昂昂，在官長喝令立正、舉槍之下，一個個手舉長槍文風不動，槍上刺刀寒光閃閃，都向着貴賓車行注目敬禮。當專車停住時，柯克輔佐夫偕帝俄鐵道部大臣及東淸鐵道管理局長立刻趨前迎候。那時禮炮隆隆，軍樂盈耳，柯克輔佐夫獨自登車，向伊藤博文致候旅途辛苦，傾訴竭誠歡迎之意後，說了下面一段滿有題外文章的話：「閣下今日光臨，本人理應刀盡地主之誼，原預備在哈爾濱市區內設盛宴爲閣下洗塵。惟鑒於當地環境復雜，誠恐警衞疏忽，或爲宵小所乘。故思即在車中敬備菲酌，謹先告罪。望閣下恕其簡慢，鑑其忱悃。恭請閣下偕侍從各位官長屆時出席。本人不勝感激，光榮之至。」

伊藤博文當下沒有表示什麼，只說道：「那樣也好，悉隨尊意」。隨即介紹兩位隨從官員，與俄方主人一一握手。

柯克輔佐夫旋又要求伊藤博文偕其下車閱兵，說道：「敝國爲向閣下特別表示敬意，敬請閣下檢閱排列在大駕前特別爲閣下排列的兵。如蒙俯允，無上光榮」。

伊藤聽罷，却面有難色。說道：「本人此次旅行，並未携備禮服，若僅着常裝檢閱貴國軍隊，既失禮於閣下，又失儀於衆人，敬請告免」。可是，柯克輔佐夫一味要耀武揚威，繼續要求不已。伊藤博文無奈，只好答應了他。說道：「好罷，就着常服去獻醜也罷！」

於是由柯克輔佐夫先導，伊藤博文偕隨員等一行跟着走出貴賓車廂。

月台上除站滿一大隊儀仗兵外，還有中國與帝俄兩國地方官憲，以及各機關團體和日本居留民團代表，外國駐哈爾濱領事等。伊藤一一趨前與之握手爲禮。應酬過那些人後，柯克輔佐夫立即與伊藤博文並排平行，柯克輔佐夫後面，跟着幾個俄國文武官員，由閱兵指揮官前導；伊藤博文後面，跟着他帶來的隨員，身朝車站月台，大家便開始檢閱儀仗部隊。就在那當兒，忽然有一連串劈劈拍拍的聲音，起初大家還以爲又是什麼放鞭炮歡迎的節目。不料伊藤好像立不穩似的，踉踉蹌蹌退回來，倒向一名隨員的身旁，大家才知道出了事情。連忙攙扶伊藤三步併作兩步逃回車廂，可是伊藤却好像一步也移不動的樣子，三十分鐘後便宣告業已因流血過多傷重斃命。

東京正好藉此大做文章了，他們不便向帝俄追究責任，惟恐傷害了剛度着蜜月的交情；却也拿不出任何證據來可以指摘中國，因爲事情是發生在俄領哈爾濱車站上；惟一倒霉的還是朝鮮王國，因爲「兇手」是朝鮮人安重根。所以儘量利用這件事大肆宣傳，拚命壓廹朝鮮國王，不達日韓合併目的不止。

在伊藤死後第一年，日韓合併了！（本文資料，取材自日本雜誌，「文藝春秋一九六六年四月號」，作者藤田幸雄，爲日本讀賣新聞史料編纂室主編，原題爲「伊藤博文暗殺事件眞犯人不是安重根」。他根據日本貴族院議員室田義文口述，當日親見伊藤博文被刺經過，草成此文。室田義文爲今日殘存之伊藤當日隨員，故其資料乃得自第一手之確實記錄，爲從來所未聞。譯者選擇其有關史料之秘密部份，再根據當日時代背景寫成。）

李鴻章對待外國人

△文　如▽

李鴻章死後，梁啓超著「李鴻章論」，立言極爲平允，對李的性格下一評語云：「李鴻章有才氣而無學識之人也，有閱歷而無血性之人也。」這可說是一針見血之論。但在舉世罵李爲漢奸爲秦檜之時，梁啓超却說：「中國俗儒，罵李鴻章爲秦檜者最多焉，法越、中日兩役間，此論極盛矣，出於市井野人之口，猶可言也；士君子而爲此言，吾無以名之，名之曰狂吠而已！」（見「李鴻章論」）因爲李鴻章在同治初年已在京外主持外交，朝中有很多頑固的大臣瞧不起和「犬羊」打交道的人，都罵鴻章賣國，甚至以秦檜相擬，說他通番，他的兒子李經方做了日本駙馬。

平心而論，李鴻章的外交政策和手段，固然有很多可議之處，但說他通番、媚外，梁啓超已經駁斥此說了。說到媚外一事，李鴻章不僅不是見到外國人就打躬作揖，口口聲聲yes的買辦型，反而是對洋人的詞色特別矜傲。「李鴻章論」說：「李鴻章與外國人交涉，尤輕侮之，其意殆視之如一市儈，謂彼輩皆以利來，我亦持籌握算，惟利是視耳。崇拜西人之劣根性，鴻章所無也。」

現在我不談李鴻章是否漢奸、賣國、等等問題，因爲這些問題，各張一說，討論起來，就成爲個「大問題」，似乎與「大華」專談掌故的宗旨有背。所要談的是李鴻章對洋人的傲慢輕侮的態度。這種態度，當然也是不好的，國與國之間的交往，應該有國際禮貌，如果李鴻章自以爲「天朝」的大臣，又倚老賣老，對洋人不講適當的禮貌，那是極端不對的。不過，在清朝光緒年間，洋人瞧不起中國，那些外國官員到了中國官廳，居然拍案叫囂，目中無人，有個李鴻章敢於給點顏色他們看看，倒也是一件大快人心的事。

吳永口述，劉焜筆記的「庚子西狩叢談」卷四，有一段記李鴻章在總理各國事務衙門（即外務部的前身，簡稱總署，或譯署）一事，很有趣，今摘錄如左：

余（按：此係劉焜自稱）生平未見文忠（李鴻章，以其謚文忠也），然無意中却有一面，至今印象猶在腦際。前清同文館卽設在總署，余一日偶從館中偕兩教習同過總署訪友，經一客廳後廊，聞人聲囂囂，從窻際窺之，見座中有三洋人，華官六七輩，尙有司官，繙譯，皆翎頂輝煌，氣象肅穆，正議一重大交涉，首坐一洋人，方滔滔汩汩，大放厥詞，似向我方詰難者，忽起忽坐，矯首頓足。餘兩人更軒眉努目，以助其勢，態度極爲凌厲。說畢，由繙譯傳述。華官危坐祇聽，面面相覷，支吾許久，始由首座者答一語，聲細如蠅，殆不可聞。繙譯未畢，末座洋人復蹶然起立，詞語稍簡，而神氣尤悍戾，頻頻以手攫拏，如欲推翻几案者。迨繙譯述過，華官又彼此瞬顧多時，纔發一言，首座者卽截斷指駁，其勢益洶洶，首末兩座，更端往復，似不容華官有置喙餘地。惟中座之洋人，意態稍爲沉靜，然偶發一言，則上下座皆注目凝視，若具有發縱能力，而華官之答覆，始終乃只有一二語，面頰顏汗，局促殆不可爲地。余當日見此情狀，血管幾欲沸裂。此時忽聞傳呼聲，俄一人至廳事門外，報王爺到。旋聞足音雜沓，王爺服團龍褂，隨從官弁十數，皆行裝冠帶，一擁而入；氣勢殊烜赫。余念此公一來，當可稍張吾軍。既至廊下，則從者悉分列兩旁，昂然而入。華官皆肅立致敬，顧三洋人竟視若無睹，雖勉强起立，意殊不相屬，口中仍念念有詞。王爺先趨至三客座前，一一握手，俯首幾至膝上，而洋人傲岸如故。王爺尙未就坐，卽已厲色向之噪聒，王爺含笑以聽，意態殊極恭順。余至此已不能復耐，即扯二人共去，覓所見友人告以所見。吾友曰：「中堂在座否？」余曰：「吾不識誰爲中堂。」曰：「李中堂也。中堂在此，當不至是。」余乃約其同至故處。吾友遂一指認，告姓名，曰：「中堂尚未至也；然今日必來，盍再覘之。」余亟盼中堂到；俄頃復聞呼報，余以爲中堂至矣，乃另爲一人。仍趨與洋人敬謹握手，即逡巡就坐。余乃大失望。正於此際，續聞呼報，一從者挾衣包，先匆息趨入，置於門外旁几。吾友曰：「此必中堂。」既而中堂果入門，左右從者只二人，纔入廳數步，即止不前。此時三洋人之態度，不知何故，立時收斂，一一趨就身畔，鞠躬握手，甚謹飭。中堂若爲不經意者，舉手一揮，似請其還座，隨即放言高論，口講指畫。兩從人爲其卸珠鬆扣，逐件解脫，似從裏面換一褒衣，又從容逐件穿上。公一面更衣，一面數說，時復以手作勢，若爲比喻狀。從人引袖良久，公猶不即伸背，神態殊嚴重，而三洋人仰面注視，如聆訓示，竟爾不贊一詞，喧主奪賓，頓時兩方聲勢，爲之一變。公又長身玉立，宛然成鶴立雞羣之象。再觀列坐諸公，皆開顏喜笑，重負都釋。余亦不覺爲之大快，如酷暑內熱，突投一服清涼散，胸間鬱火，立刻消降。旋以促飯引去。始終不知所議何事，所言何詞；但念外交界中必須有如此資望，方偁得起「折衝」二字。自公以外袞袞羣賢，止可謂之仗馬而已。吾友因爲言：「中堂一到即更衣，我已見過兩次，或者是外交一種作用，亦未可知。」同人皆大笑之，謂如此則公眞吃飯穿衣，渾身皆經濟矣。語雖近謔，而推想亦不無理致。漢高祖踞洗而見酈生，亦先有以懾其氣也……

這一段描寫得很生動，形容那三個外國人見到「王爺」（即慶親王奕劻），並不把王爺放在眼內，甚至連外交的禮貌也沒有，而所謂王爺者，反紆尊降貴，趨向洋人之前，俯首鞠躬如洋奴然。李鴻章一到，那些外國人立刻改變態度，個個都走到中堂跟前握手爲禮，極爲恭謹。這樣描寫，也許有些渲染太過之處，李鴻章對外國人確持此態度的。

李岳瑞的「春冰室野乘」有「李文忠公遺事」一則，也是記李鴻章對外國人態度傲慢的，可與上述參看，今摘錄之。

甲午以前，人皆詈李文忠媚外，今湍猶瞀儒，尚持此論。不知文忠卑視外人之思想，始終未嘗少變，甲午以後且益厲焉。其對外人，終不以文明國人待之，此老倔强之風力，今安得復睹其人哉？其使俄也，道出日本，當易海舶，日人已於岸上，爲供張行館，以上賓之禮待之。文忠銜馬關議約之恨，誓終身不復履日地。從人敦勸萬端，終不許，竟宿舟中。新船至，當乘小舟以登，詢知爲日本舟，遂不肯行。船主無如何，爲于兩舟間架飛梁，始履之以至彼船。其晚年値總署也，總署故事，凡外國使至，必以酒果欵之，雖一日數至，而酒果仍如初，即此項已歲糜數千金。公至署，諸使來謁，署中依例以酒果進。公直揮而去之，曰：「照例外賓始至，乃欵以酒果，再至則無也。」諸使皆色變，然竟不能爭。法使施阿蘭狡甚，雖恭忠親王亦苦之。公與相見，方談公事，驟然詢曰：「爾今年年幾何矣？」外人最惡人詢問年齡，然懾於公威望，不能不答。公掀髯笑曰：「然則是與吾第幾孫同年耳，吾上年路出巴黎，曾與爾祖劇談數日，爾知之乎？」施竟踧踖而去，自是氣燄少殺矣。丁酉歲暮，俄使忽以書來求見，公即援筆批牘尾曰：「准明日候晤。」時南海張樵野侍郎在座，視之愕然曰：「明日歲除矣，師尚有暇晷會晤外人乎？俄使亦無大事，不過攪局耳，不如謝却之。」公慨然曰：「君輩眷屬皆在此，兒女姬妾，團圞情話，守歲迎新，惟老夫蕭然一身，枯坐無俚，不如招三數洋人，與之嬉笑怒罵，此亦消遣之一法耳。明日君輩可無庸來署，老夫一人當之可矣。」其侘傺如此！

鴻章晚年對待外國人是這樣的倚老賣老，甚至連外交禮節都不講究。李岳瑞述此事，其可信的程度如何，我們且不必查究，然而這事已夠有趣了。（所謂懾於公威望云云，未免太過肉痲。）中日戰爭後，李鴻章開去北洋大臣直隸總督，以空頭大學士値總理各國事務衙門，後來出使俄國，游歷歐美，歸後仍在總理衙門任事，這一段時期，是李鴻章一生最空閒之時，再過兩年才外放兩廣總督。（李岳瑞上文說鴻章出使俄國，道出日本，日本政府將待以上賓之禮，但鴻章銜馬關議約之恨，誓終身不履日地云云，這是錯誤的。鴻章於光緒廿二年往俄國賀加冕，在上海乘輪經香港入地中海，換俄輪直駛俄國，並沒有經過日本。但從美國回中華時，經過日本，確實沒有登岸，隨在橫濱轉乘招商局輪船「廣利」號直駛天津。）

李鴻章到俄國後，對外國人也時時露出自大的形相。俄國的財政大臣維德，奉命接待李鴻章，後來維德在他的「回憶錄」中，有一段說及李鴻章自大倨傲的故事，王光祈譯文有云：

有一次，余（維德自稱——引注）在李鴻章處，忽報土耳其斯坦王公車駕訪謁，李鴻章立刻整飭美觀，嚴肅坐在椅上。當王公與其全部侍從走入客廳之時，李氏本係坐在該廳之內，於是起身向着來賓前行數步，並致問候之辭。因爲余與彼兩人皆係熟識之故，所以未曾離去，卽與彼等共坐該處。王公見李之自大態度，頗覺被其侮辱，因此特向李氏聲明，彼爲一國元首，此次所以前來拜謁李氏者，乃係尊重中國大皇帝之故。該王公在此全部拜訪時間之內，只向李氏詢問中國皇帝以及太后的起居；而對于李鴻章的起居，以及李鴻章這個人，則簡直毫不關心。此種舉動，對於素講儀式之華人，當然認爲十分侮辱。至於李鴻章方面，則所有全部時間皆只詢問該王公的宗教一事。李並向彼聲稱，中國人乃係謹守孔子學說者，而且李氏語語不離宗教，總是歸到該王公及其人民所奉究係何教之問題。於是該王公乃向李言曰：彼係回人，因此所奉者爲謨罕默德所建立之宗教信條；並將該教內容，加以解說。解說之後，王公卽行起身，而李鴻章——或係彼的自己主意，或係由於旁人告彼，——則將該王公伴至車前，而且李氏舉動態度，好像在此王公之前，不禁變成十分卑小一樣。余乃暗思，你看，王公給與李氏之印象何等深大，該王公不過僅僅表示彼爲一國元首而已。當其該王公坐入車中，車身方正開動之際，李鴻章忽然大呼一聲，於是車子復歸停止。時有俄國某軍官係任該王公之繙譯，同坐車中，乃詢曰：「請問，有何見敎？」於是李鴻章言曰：「卽請轉語王公，余有一事忘去告彼，此時方纔想起。彼之開宗祖師謨罕默德，從前曾在中國，其後因罪被罰，揭示于衆，並將彼逐出中國。大約彼卽偶然竄入該地，並爲伊等建立宗敎」。此舉之出人意外，竟使王公對於如此結局，一時昏惑，不知所措。至於余之方面，則十分明白，此乃李鴻章對於該王公做出元首自大樣子之報復手段。於是李鴻章十分滿意，回到客廳，因其時業已不早，余乃辭彼歸家。（見王光祈譯「李鴻章遊俄紀事」，書係一九二八年上海中華書局出版。）

這一段描寫得十分活潑有趣，李鴻章幽默那個土耳其王公，也可稱得上是善於滑稽的了。

李鴻章的中堂架子，曾有一次把伊藤博文嚇到心中不快而要施報復。中日戰爭時，清廷派張蔭垣、邵友濂赴日議和，日人拒不接待，伍廷芳時爲隨員，曾以私人資格往拜候伊藤（他們在英爲同學），伊藤就對伍發牢騷，說他在十年前往天津見李鴻章時，李擺出一副上國宰相的大架子，簡直不把「島夷」看在眼內，其威嚴之處，使人戰慄云云。後來，伊藤向伍暗示，如果李鴻章肯親來講和，當然接待的。伍氏歸後卽以所聞電告總理衙門，於是決定派鴻章至日議和，其爲浪人狙擊，說不定是伊藤主使的呢。

堂會的地方

周志輔

北京人從前演唱堂會的戲，除了王公府邸，和達官貴人的住宅裏，有自備的戲臺而外，其餘都是借會館及飯莊兩種地方，當然是那裏本來有現成的戲台。

王府裏差不多全有戲台，而且有的是自置戲班，最早的要數四大徽班裏的和春班，所以它雖然常在外邊出演，可是以應王府的傳差戲爲主要差事，後來成親王府，恭親王府，醇親王府都有自己成立的戲班，就是因爲清朝的家法，是不許親貴干預政治，而不禁止其自尋娛樂的，所以大多數王府裏備有戲台，以資消遣，雖然也有一些留心文學，常以詩詞自娛的，但是究竟居於少數。到了清末，一般親貴，且多能自己上台彩演，如肅王，濤貝勒能演武生戲，倫貝子能唱青衣，侗將軍藝事最精，稱得起文武崑亂不擋，大家高興的時候，在府裏就可以演一台戲。至於其他的顯宦，縱然家裏有戲台，但是不便自己養戲班，有事就叫外邊的伶人來唱一次堂會。北京從前的堂會，最常見的是團拜戲，各省有各省同鄉的團拜，各鄉會試，有各科同年的團拜。因爲北京城地方遼闊，那時交通又不方便，坐着轎車，由東城到西城，要走老半天，拜不了幾家客，何況窮苦的京官，連自備的騾車都沒有，更沒法子時常見面了。所以新年過後，大家想個法子，湊些公份，在一處聚會一下，吃一頓飯，看一天戲，既可促膝談心，又可縱情娛樂，也是那年月的昇平氣象。各科的團拜，必定要請老師們，同鄉的團拜，必定要請各本省的達官耆宿，這些團拜的舉動，總是在各大會館，或各大飯莊舉行，當然是以有戲台的爲限。在前清的時候，宣武門外後孫公園的安徽會館，虎坊橋的湖廣會館，西柳樹井的越中先賢祠，以及崇文門外東大市的浙慈會館等處，都是常演戲的地方。

北京的飯莊，大部份是應喜慶堂會，備辦整桌的酒席，很少人去零吃小酌，普通的飯館子纔兼應便酌呢，這種分別的情形，是由來已久，在道光年間，粵人楊掌生所著的「夢華瑣簿」裏，就記的很詳細，現在節錄兩段，以資參考：

（一）「有戲莊、有戲園、有酒莊，戲莊曰某堂、曰某會館，爲衣冠揖遜上壽娛賓之所，淸歌妙舞，絲竹迭奏。戲園則曰某園、曰某樓、曰某軒。尋常折柬召容者，必赴酒莊，莊多以堂名，陳饋八簋，羜肥酒萸，夏屋渠渠，靜無譁者。同人招邀，率爾命酌者，多在酒館，館多以居名，亦以樓名，以館名，皆壺觴淸話，珍錯畢陳，無歌舞也，間或赴酒莊小集亦然。」這裏面所說的戲莊與酒莊，就是有沒有戲台的分別。

（二）「今之戲莊讌客者，酒家爲政，先期計開宴者凡幾家，有客若而人，與樂部定要約，部署既定，乃告主人，署券爲驗，主人折柬以告客，曰某日集某所，演樂某部，屆期衣冠必莊，肴核必腆，一獻之禮，賓主百拜，自朝至於日中昃，肅肅雍雍如也，戲園聽歌，酒館買醉則不然，屏車騎，易冠裳，輕裘緩帶，笑傲自得，放浪形骸之外，不復有拘束矣。酒莊則公讌小集，聽從其便，是合戲莊酒館爲一者，特無歌舞耳。」

這本書裏所記的戲莊，酒莊之名，多與後來不同，祇有越中先賢祠之演堂會，一直沒有變動，書中又有一段，是這樣寫的：「都門竹枝詞云，謹詹帖子印千張，浙紹鄉祠祿壽堂，謂酒莊也，祿壽堂在打磨廠，今尚存，浙紹鄉祠，未嘗日日宴會，特堂會偶然借用其地，在虎坊橋之東。」這個浙紹鄉祠，就是越中先賢祠。

到了民國以後，凡是有喜壽事，演堂會的地方，又添了許多，西城舊刑部街的奉天會館，宣武門外大街的江西會館，東城金魚胡同的海軍聯歡社，那是從前那琴軒相國住宅的花園一部份，建有戲台，人們偁爲「那家花園」，還徒弟，多半在這家飯莊裏舉行拜師大典，因爲那裏的夥計

北京從前演

對於這些禮節的秩序，都淸楚熟習，招呼又週到，而且他家的菜肴也比較精緻，就像「炒蝦仁」，就很有名，那是京式炒法，個個如同珊瑚珠一樣，如今的山東館，都是仿南式的淸炒，沒有那種做法了。還有上菜的器皿，都是五彩高椿的磁碟，古色古香，富麗堂皇，正是「夢華瑣簿」中所說的陳饋八簋那種氣派。

前面所說的什剎海會賢堂，是開設在北京城裏頭風景最佳的地方，值得再特別的提一提，什利海是由京西玉泉山引來的泉水，進了城，瀦積於此，分爲前海和後海，好像兩個湖一樣。前海的南岸，直達到地安門外，迤西的皇城根，水由城根底下通到北海，上面有橋，皇城修在橋上，所以名叫「西壓橋」。地安門外迤東也有一道橋，可是那邊的皇城，是讓開橋修的，所以叫做「東不壓橋」。前海東西分爲兩區，中間有一道堤隔開，東邊塘裏種了許多菱角，荷花，荸薺，茨菇之類，西邊是一片水稻田，人們就在堤上擺了各種的吃食攤子，還有一些歌唱的玩藝兒，全沒有戲台，是撂地的檔子，去逛的主兒，先找個蔭涼的地方吃喝，再去聽點唱兒，就夠消磨一天的了。這個臨時市場，祇有夏天一季，就叫做「荷花市場」，不過這些攤子，全有崇文門三里河大街的織雲公所，前門外西河沿的正乙祠。

這個正乙祠裏，在民國十幾年的時候，經常有一家「黃學會」票房在那裏按期彩排，去聽戲的，也照收一點兒茶錢。黃學會是在春陽友會以後的一個有組織的票房，主持人是四川人陳湖陽，他的父親是內務部土木司司長陳時利，號劍秋。春陽友會的主持人是樊棣生，彩排地點是浙慈館，這兩家票房解體以後，就不再有大規模的票房了。黃學會裏有譚派老生侯疑始，梅派青衣蔣君稼，楊派武生楊子儀，都是當時有名的票友。至於有戲台能應喜慶堂會的飯莊，在東城有錢糧胡同的聚壽堂，總布胡同的燕壽堂，北城有什剎海的會賢堂，西城有報子街的聚賢堂，離聚賢堂不遠有一家同和堂，都是山東館子，可是同和堂就沒有戲台。還有前門外東邊打磨廠的福壽堂，長巷上頭條的慶豐堂，北孝順胡同的燕喜堂，前門外西邊觀音寺的惠豐堂，李鐵拐斜街的得興堂，取燈胡同的同興堂。在這些家飯莊裏，慶豐堂、惠豐堂、得興堂、同興堂都是每年三月十八日梨園行祭神常用的地方，因爲祭神的時候，要演三齣神戲，所以要用這個戲台。這幾家飯莊裏，以同興堂與梨園行的關係最深，平時他們都是支着「橫帳」，一遇變天，就得停業，這叫做「雨來散」。

等到夏天過了，市場收歇，祇賸下兩岸的楊柳，直到冬季，落葉滿地，一片荒涼，在那後海的北岸，地名「一溜河沿」，有一家烤肉的舖子，字號是潞泉居，因爲東家姓季，就名「烤肉季」，與宣武門裏那家「烤肉宛」，本來是齊名的，後來烤肉宛以接近通衢，其名益顯，而烤肉季漸漸地沒有人知道了。不過在冬天，什剎海裏全凍了冰，遇到大雪的天氣，到烤肉季吃烤肉，看雪景，實在比在烤肉宛面臨鬧市喧囂只見滿路泥濘的滋味强得多。

前海的北岸，有一座廣化寺，是有名的古剎，那裏的素齋很好。還有這家「會賢堂」，是山東館兒，菜最有名，因爲離什剎海近，所以夏天在沒上菜之前，先來個「冰盌」，裏面裝着一些鮮蓮子，果藕，菱角米，用冰鎮着，足以沁人心脾。這家館子，內有戲台，此城的大宅門兒，常在那裏辦堂會，記得在民國六年冬季，蒙古的塔王，他的全名是「塔旺布呈甲拉」，在那裏做壽演戲，余叔岩正值嗓音稍爲復原，尚未正式出台，仍在春陽友會走票，那天與王又宸合演空城計，他唱「坐帳」，王又宸唱「龍樓」，最末的一齣，是錢金福、許德義、范寶亭、遲月亭合演的「喜崇台」，這些老角，湊在一起，演這麼一出送客戲，眞是值得記念的。

清末廣東縣試軼聞

申生

滿清二百餘年，以科舉八股文取士，蓋沿明代以前遞嬗之舊制，分爲縣試、鄉試、會試、殿試四級，縣試俗稱小試，須經縣、府各七場，學院試三場，始能補得縣學生員，俗稱亦曰入學，庠生，遊泮，又曰秀才，博士弟子員皆舊稱也。每屆縣試之年，在學院試之前，先考歷年各州、縣之諸生等第，考列一等之數名，可挨次補食廩餼，明年舉行科試，又錄取諸生之優異者，備送下一年之鄉試，俗稱之曰大科，故凡丑、辰、未、戌年爲縣試之年，子、卯、午、酉年爲鄉試之年，而縣試之年（卽丑、辰、未、戌年）又爲會、殿試之年，若遇國家慶典而開恩科，則縣、鄉試同一年舉行之。近人商衍鎏著有「清代科舉制度述錄」雖畧言之，然粵中縣試之遺聞軼事，亦有足資談助者，並見科舉制度之流弊焉。

卷費兩六　廩生受賄

縣考之試卷，由縣衙門之禮科承辦，但文童須先期請一本縣學廩生認作担保人，證明其人身家清白，由該認保廩生發一張購卷單，方能赴縣署買卷，每卷銀一錢二分，此卽爲認保者之酬費，計縣、府考共十四場，每場一卷，共計一兩六錢幾銀矣。惟聞廣東著名經學家簡竹居（朝亮）補順德廩生後，以廉介自持，爲人認保，不肯收取此等酬費，謂國家每年已給以廩粟，不應再取諸童生云，亦頗少見也。

榜列圓圈　少考八場

縣、府試，各考七場，頭二場合出一榜，錄名者方由縣送府考，府考頭二場錄名者，方由府送學院考，第三場至第六場，謂之覆試，應考與否，可以任便，惟一時稱作手者必與試也。第六場以前，各場揭榜，均五十人爲一圈，不列姓名，只列某某號，如天一號，地一號之類，團列作圓圈形，以示隨場升降之意，至第七場則爲發案，高下名次乃確定，俗謂第一名爲縣案首，或府案首，亦謂之案元。

縣考五千　外卷槍替

廣東省南海、番禺等大縣，縣、府之考棚，由頭場至第六場，俱借廣州文明門外貢院（卽鄉試之考場）舉行，至第七場始入縣、府衙門考試，凡各場前列者，均須點名、面試，大約縣試入點者一百人之譜，府試入點者只五十人而已，其餘則任其在貢院號舍擇坐，或任其在自己家中撰寫者，則囑「卷馬」鈔題，交卷，酌酬資金，俗謂之外卷，則每多槍替矣。南、番等大縣，應試者每縣四五千人，而取錄名額，合縣、府試只三十六名，故只僅擇前列者點名面試，其餘不能計及矣。

考試二月　食鷄鳴宴

凡應縣、府考試，如各場均名列前茅

，得入點名面試者，則須於是日上午三四時進場，至入夜後始能出場回家，每隔幾天，覆試一場，考完七場，約須一個月，故凡應考童生，必須零時食飯，提燭入場，並自帶餅果，以充饑渴，俗稱考縣試多次而落第者，名曰慣食鷄鳴宴，蓋應鄉試中式者有鹿鳴之宴（宴飲時歌「鹿鳴」之章），亦可謂虐而謔，合縣、府二試完竣，費時兩月餘矣。

試畢飲宴　藉端需索

在考縣、府試至第七場時，交卷後，則例在縣、府衙門飲宴，每八人一桌，是場每人須交卷資一元，其名列較高有第一人希望者，其卷資須繳交較多，蓋酒席備辦，由縣、府衙門之禮科書吏備辦，藉此需索，童生無如之何也，淸末時，每桌酒席，不過三數元，書吏中間剝削不少矣。

「大狗」噬人　小牌暗記

自府試出榜後，則由學政案臨逐縣分場考試，謂之學院試，俗謂之道考，又稱過道，舊時制度由巡按道主持考試事，其後裁撤道缺，始特簡各省學政主之，故仍沿道考之名，淸末改學政爲提學使矣，至院試列名者，始得稱爲縣學生員也。學署坐號可容四千餘人，南、番爲大邑，院試人數約三千人，故必與一小縣，人數在一千左右者同場（如花縣、從化等）。考期前一夕黃昏後，即須檢拾試籃，內儲筆墨茶餅等，預早站立場外，零時進場點名，須經過學政公案前領卷進入，即有承差，俗稱爲「大狗」截住搜檢，謂其假借官威以噬人也，亦有人在期前託學署中人，與承差運動一小牌作爲暗號，便可夾帶書籍入場觀看，俟黎明點名畢，即鳴炮扃門，發下八股文題目二，五言六韻試帖詩題一，卷面編列天一、地二、玄三……等坐號，出題約半點鐘後，即有學署小官僚，分至考生坐號前，手持小圖章蓋於卷面坐號上，以防坐亂號位作弊也。是日下午三時許，即放頭門，以便先交卷各生出場，再扃至三次放門後，時已入夜矣。

學政徐琪　出「靚仔」榜

院試後三五日即發榜，仍如縣、府試之例出團圈榜，只列坐位號數（如天一號、地二號之類），若有自己號次者，即可覆試，其招覆人數，約三倍於該縣取錄庠生名額人數（如南海、番禺每縣出庠生三十六名，則應有一百零八名人數。）至招覆日，天明八時始開門點名，頃刻竣事，扃門後，出題，仍作八股文一篇，分雙單坐號命題，學政坐居中公案上，卷面亦有坐號，不能亂坐，另每人發給卷紙一張，先命作一「起講」，即八股文之第一股，每十五分鐘即鳴鐘一次．限鳴鐘三次，即須將此「起講」先行繳交，然後再謄寫入正卷內，繼作以下全篇，不論寫作完否，應先繳交也，又作試帖詩一首，方爲完卷。榜發後，取邑庠生三十六名，以三十名爲縣學額，六名爲府學額，取錄前三名，翌年得免錄科，數日後，尚循例「大覆」試一場，方簪花發落。報到日，張帖報條於門前，鳴炮開賀設宴，視爲喜事，在科舉時代，不知若干人沉迷於此中矣。凡縣試、府試、院試三次均得案首者，稱爲小三元，與解元、會元、狀元稱大三元媲美，明末南園十二子之一高明區懷瑞，則爲小三元，世艷稱之。淸末仁和徐花農（琪）來督粵學，當學院試時，先行看相，凡面目皎白淸秀者即取入縣、府學，而一時號稱作手能文章者，往往望榜興嘆，一時有靚仔榜之稱云。

幾百兩銀　可免縣試

南海、番禺等大縣，應試人數，每縣四五千人，而錄取名額，僅得三十六名，又有所謂「捕屬仔」，作手既多，而接近官場，能揣摩風氣，入選輒得多數。粵人家道富厚者，往往爲子弟花幾百兩銀子，捐納國子監生，直考鄉試，或入北京考順天鄉試，　稱北闈，可免考縣、府、院試三個大關頭也，詩人梁節庵（鼎芬）即係捐監往考北闈鄉試獲中舉人者，北闈原爲利便各省旅居北京人士子弟而設，通常較易獲中，然北上盤纏旅費不少，亦非尋常人家能走此捷徑也。

拿愛情交換情報

英國女間諜仙荻亞的浪漫史

洛生譯

當天正午，她告訴查理士說：「莊尼給我一個新差使。他要我今晚獨自一個人動手呢。」

「很好，但如果看更人當你在密碼室裏出現時，怎麽辦？」

「那你搪塞一個理由吧—譬如說我在洗手間。」

當晚他們如常到大使館。看更人走下地窖。仙荻亞趁此機會溜進了密碼室。她三番四次轉動號碼盤，但都失敗了，只得放棄這個步驟。

她打長途電話給紐約的莊尼，他很同情她的遭遇。並說：「如果你明早飛來這裏。我給你一個特別開鎖的訓練課程。」

次日，她和喬治亞共乘一輛汽車。「我從來沒有這樣喜歡見人的，」她帶點感觸說，「我多希望你前晚和我在一起啊。」

練習開保險箱

他們在沉默中走了一段路程，她覺得很倦，就在車廂內打瞌睡，醒來時已經日上三竿了。在她面前的，是一片向四週伸展的水和沙土。她知道這是著名的避暑勝地鍾斯海灘，但他們兩人並不是來海浴。

他們在海灘的一處罕有人跡的地方泊好了車，喬治亞拿走汽車的後座位子，吩咐仙荻亞走進去，然後，他拆開一包放在車下的東西—原來這是一個保險箱。他們兩人躺下，用報紙遮着頭。

「好了現在你重覆前晚的情形—記着，絲毫不差的重覆一次！」他發命令。

她果然照做如儀，這次保險箱的門不大費力就被打開了。喬治亞還恐怕事情不妥當，叫她反覆練習好多次。

仙荻亞返回華盛頓，查理士對她說：「我大概是全世界唯一日以繼夜在辦公室陪伴他的心上人的男人了。」

第二晚，他們到達大使館時，仙荻亞有一個不祥的預感，她知道事情有些不大妙了。他們向大使館進發時，她見到一輛停在附近的汽車，可能是聯邦調查局的人的，大概他們不知道英國特工在搞這套把戲，也已得知美國情報局的人從中有一手。她恐怕聯邦調查局和情報局因爲部門上的猜忌，從中破壞他們的計劃。看更人此時也不在記錄室的大廳，這一切都是異乎尋常的。

本能驅使她鋌而走險，她站起來，脫掉她的上衣，丟它在地上。然後，她把內裙，胸圍、內褲、腰帶、絲襪，一一去掉。除了一串珍珠項鍊和高跟鞋之外，她便全身赤條條了。

查理士目睹一切，驚異得說不出話來，「你瘋了嗎？有人走進來怎辦？」

「這正合我的心意，」仙荻亞冷靜地回答，「如果眞個有人進來，我們在這兒做什麽？做愛呀，傻瓜。難道做愛時要穿衣服嗎？所以，你也要和我一樣脫衣的。」

查理士來不及去掉他的外衣，看更人已經走進來了。他一手持着手鎗，另一手拿着電筒，還帶了一頭阿西斯亞狗。電筒發出强烈刺目的光，射在仙荻亞美妙的胴體上，然後，那道光線慢慢的從頭到脚，打量她身體上的每一寸地方。

她心想這次完了，但她却歡迎看更人在這個緊張關頭闖進來，最低限度，這會證明她和查理士是爲了幽會前來，而不是爲了別的原因，看更人的疑團也會消除了。

她趕快拿起內衣遮住身子。「對不起，太太，我以爲是別的——」看更人的道歉在混亂中逐漸消失，關上在他後面的門。

她回頭教導查理士說，「我並不是神經錯亂，而是有計劃，有頭腦，上天保佑再沒有人來騷擾我們。」

看更人返回他在地窖的老地方。仙荻亞打開大使館的大門，然後用她的電筒打手勢給喬治亞。他們躡手躡脚走向密碼室的門，打開它，然後一同坐在保險箱的面前，仙荻亞用內裙遮住電筒的光，她的同伴十個靈巧的指頭在計算數字的和，最後，她聽到最受歡迎的保險箱門打開的聲音了。她取出那些寶貴的簿子，交給在外邊等着的伙伴。

她現在要和查理士在大沙發椅上守候着，密碼本子的每一頁都要取出來拍像，然後才能把它們放回原處。這眞是一段使人緊張得透不過氣的時光。

仙荻亞聽到看更人在地窖關掉播音機，這時是深夜兩點鐘了，她料想他可能正在打盹。她坐在大沙發椅上，等了差不多兩小時。快到四點鐘時，她站起身，穿上衣服，然後走向前門。

密碼到手大功告成

時鐘一敲了四下，一個人影在黑暗中出現，遞那些密碼本子給她。在幾分鐘內，它們被放回保險箱原處，然後她回到長沙發，拖着查理士、默默地走下他們永遠不會再見的大使館梯級。

幾個鐘頭後，仙荻亞躺在她房間裏的睡床上，但她的神經太緊張了，始終不能入睡；她體力疲憊，不能動彈。

她聽到房門被打開，原來是亨特先生來了，他是被派做她這次向法大使館行事的美籍聯絡人。他向她微笑，但已不是她所知道的亨特，他現在穿了雪白的美國軍隊的夏天制服，肩膊的垂帶鑲了銀鷹的徽號。

「肯靈頓上將向你致敬，」他說，「仙荻亞，快些穿好衣服，樓下有人等着要見你哩。」

她跟着肯靈頓走到樓下一個擠廹的房間。就在這萬頭攢動的情形下，莊尼・侯活突然從人叢中出現了，他面帶笑容，指着房內四週的事物。原來每樣家具的上面，都擺着密碼本子每一頁的影印照片。

「它們對你有沒有特殊意義呢，仙荻亞？」

它們是我的生命，她想，這眞是她一生中最光榮最驕傲的時刻。

「你的工作做得頂呱呱，我們能羅致到你，榮幸之至，」莊尼不斷地讚美她。

幾個月後，她又見到肯靈頓上將，他指着報紙的標題新聞說：「英美兩國的軍隊已在北非登陸，他們在那裏勢如破竹，如入無人之境，原因何在，一時還未找到，這是軍事上的秘密。但我認爲這是歸功於你偷來的密碼本子，它們把整個戰局改變了。

戰後，仙荻亞和查理士住在巴黎，一直等到他辦妥與妻子離婚的手續，然後兩人才正式結婚。仙荻亞的原配亞瑟・柏克，已經自殺了，是在他被任爲布宜諾斯英大使館的商業部長後所發生的事。

結婚與死亡

他們兩人結婚後，搬進比利牛斯山的一座富於羅曼蒂克情調的中古堡壘居住，他們希望以後能在這裏過着「永遠快樂的生活」。

一九四一年是我初次認識仙荻亞的時候，差不多二十年後，我們又再見面了。她對我正在寫她的傳記一事，感到非常有興趣，所以我和他們夫婦兩人住了一個時期，以便多點了解她的爲人。

她沒有把她患喉癌的事告訴我，她時常不斷地吸煙，故此認爲這病症全因吸煙而起。

後來，她和我結伴到愛爾蘭遊玩，當她向我作最後一次的揮手時，她頸上圍着我送給她的情報局圍巾。我們分別後不久，她患了病，而且越來越嚴重。

外科醫生替她動手術，兩天後，那是一九六三年十二月一日，她因爲心臟太衰弱而死去了。

她的墓沒有刻上墓誌銘，但這位認爲她和普通戰士一樣，把身體奉獻給國家和正義的勇敢婦人，是有資格把自己面臨生命尾聲時所說的話寫在墓上：「我希望，同時相信我是個愛國者。」（全文完）

說歡喜佛

韋禽

這是印度的歡喜天佛像，是觀音的化身。並無那許多獰惡的形狀，已經是頗爲進化的東西了。雖然也還離不了原始性「生殖崇拜」的痕迹。以爲這是具有一種無上的法力，足使事業興盛，也就是福利齊來之意。這在現在也還有着遺留的風習。如一般人在賭場大負之後，輒思買取一少女之初夜權，而其人的面貌則匪所計。以爲如此以後，再去賭就會大勝的，這不過僅是求福而已。乾隆三十九年，山東有王倫之亂，山陰俞蛟着「臨淸寇略」記其事，有云：

賊中有服黃綾馬褂者，……坐對南城僅數百步，口中默念不知何詞。衆炮叢集擬之，鉛丸將及其身一二尺許，即墮地。當時諸君俱惴惴無可措手。忽一老弁，急呼妓女上城，解其褻衣，以陰對之，而令燃炮，羣見鉛丸已墮地，忽躍而起，中其腹。

這大似近日報載德國的「跳躍炸彈」，而其法乃利用婦女陰門，爲老弁所指示，至於「金鑾瑣記」中記的則是防禦法了，是消極地又可以避禍也：

徐蔭軒相國傳見翰林，黃石蓀往。遇山東張翰林曰：東交民巷及西什庫，洋人使婦女赤體圍繞，以禦槍炮。……徐相素講程朱理學，在經筵教大阿哥；退朝招各翰林，演說陰門陣，蓋聞豫瞎子言樊教主割教婦陰，列陰門陣，以禦槍炮云。

這事情可注意的是理學家的解釋。可見庚子時中國士大夫的腦中猶存有此原始的生殖崇拜思想。因思我們研究性的事件，或野蠻風俗，態度應當嚴肅，不可以玩弄輕蔑之狀出之，因爲自己現代的同胞中，也往往有如此的人物也。

據魯迅先生記他的師父的話，「和尚不娶老婆，小菩薩從那裏來？」（大意）這固然是極明徹的大獅子吼。不過據印度的佛教徒的說法則不然。明王們是從世尊眉間所放光中化生出來的。這自然已經十分淨化，可是傳到西藏以後，就不同了：（同前所引注）

以不動佛爲頂嚴，靑白紅三面，六臂，二正手相交，同已陰體，作瑜伽相。右二手執寶鉤，左二手執蓮索，兩足踡右展左而住，乾坤齊入，氤氳昧三。從心間翳字放光，召致十大明王，自口而入，化爲精氣，順由金剛道而入陰體華宮。十滴變十翳字，復轉成十大明王。

「瑜伽相」即性交，亦稱「瑜伽定」，「金剛道」與「華宮」則爲性器官之代名詞。尤爲奇怪者，不獨小菩薩，即一切法寶法輪，無不可由「作瑜伽相」中生出，是誠可稱爲無上良法，亦可見「生殖崇拜」之深且廣也。

印度密宗經典中有說及「秘密相」者，在佛「說相密相經」卷下有：

作是觀想時，即同一體性自身金剛杵，住於蓮華上而作敬愛時，得成無上佛菩提果，或成金剛手等，或蓮華部大菩薩，或餘一切瑜始多衆。當作和合相應法時，此菩薩悉離一切罪垢染着。如是當知彼金剛部大菩薩入蓮華部中，與如來部而作敬愛。如是諸大菩薩等，作是法時得妙快，樂無滅無盡。然於所作法中無欲想。何以故？金剛手菩薩摩訶薩：以金剛杵破諸欲故。是故獲得一切踰始多無上秘密蓮花成就。

這裏把性的事件說得非常明徹，出家人的虔誠態度實在可敬愛，在這裏我們一些兒也看不出什麽「神經衰弱」的狀態來。雖然有許多人或者要以爲太過於學究氣，那麽我們正不妨再看下面的一段。原文當更爲顯露，譯文典雅，或多粉飾，自亦可喜：

爾時世尊大毘盧遮那如來，讚金剛手菩薩摩訶薩言：善哉善哉金剛手，汝今當知彼金剛杵在蓮華上者，爲欲利樂廣大饒益，施作諸佛最勝事業。是故於彼淸淨蓮花之中，而金剛杵住於其上，乃入彼中，發起金剛眞實持誦，然後金剛及彼蓮華二事相擊，或就二種淸淨乳相。一謂金剛乳相，二謂蓮華乳相。於二相中出生一大菩薩妙善之相，復次出生一大菩薩猛惡之相。菩薩所現二種相者，但爲調伏利益一切衆生，由此生出一切賢聖，成就一切殊勝事業。

這端是妙文，可以無庸解說，東亞的愛經「香園」，或者可以相比罷！

既然歡喜佛與生殖崇拜有這樣密切的關係，我們很容易推知它們在中國所以興盛的原因了。那時正是元朝，宮闈的情形，大可媲美李唐，豫章叢書明人小史中「庚申外紀」記「演揲兒法」云：

癸巳至正十三年，脫脫奏用哈麻爲宣政院使，哈麻既得幸於上，陰薦西天僧行運氣之術者，號演揲兒法，能使人身之氣，或消或脹，或伸或縮，以蠱惑上心。哈麻自是日親近左右，號倚納。是時資政院使隴卜亦進西番僧善此術者。號秘密佛法：謂上曰：「陛下雖貴爲天子，富有四海，亦不過保有見世而已，人生幾何，當受我秘密大喜樂禪定，又名多修法。其樂無窮。」上喜，命哈麻傳旨，封爲司徒，以四女爲供養。西番僧爲大元國師，以三女爲供養……。在帝前男女裸盡，或君臣共被，且爲約相讓以寶，名曰些郎兀該，華言事事無礙。

這一般番僧就在宮中大作其法：

倚納輩用高麗姬爲耳目，刺探公卿貴人之命婦，市井臣庶之儷配，擇其善悅男事者，媒入宮中，數日乃出。庶人之家，喜得金帛，貴人之家私竊喜曰：「夫君隸選，可以無窒滯矣。」上都穆淸閣成，連延數百間，千門萬戶，取婦女實之，爲大喜樂故也。

野史幸存，使我們得見元代宮闈中狀況。後來一提到「西番僧」，就會連想到「房中術來」，蓋非無因也。同時還大批採用高麗女，因爲他們「婉媚善事人，至則多奪寵」。掖廷天家，如無高麗女，簡直就不成話。一時風氣衣着，都受了高麗的影响。元代蓋爲一大混亂時代，北方的蒙古，東方的高麗，還有西方的一切被征服的國家文化，都同時流入，成爲一大異觀。而中華的漢代衣冠遂泯滅而不可復睹了。

庚申，帝還以太子不參歡喜禪爲憾：

帝嘗謂倚納曰，太子不曉秘密佛法，秘密佛法可以益壽，乃令禿魯帖木兒教太子秘密佛法，未幾，太子亦惑溺於邪道也。噫！

他每幸隨便什麽女人，都算做使她們「受大喜樂佛戒」。元代經過這種佛法的說禮，於是就快速地完結了。只剩下了若干「大威德金剛」的佛像，勞明朝人來毀掉。

孫承澤「春明夢餘錄」云：

惟都內喜佛寺係元人淫制，敗壞風俗，相應毀棄。……得旨，邪鬼淫像，可便毀之。……於是工部銷毀淫像。孫君又引夏言議瘞佛疏云：

大學士李時同臣言，入看大善殿內，有金銀鑄像，鉅細不下千百，且多爲邪鬼淫褻之狀；惟聖明一旦舉而除之，甚盛舉也。

這種盛舉在我看來殊可遺憾，有如前數年希特勒火燒性書，同爲一種極右派的舉動。這亦難怪，在元代，后妃們就已經看不順眼了。元史后妃傳云：

京師搬建萬寧寺，中塑秘密佛像，其形醜怪。后以手帕蒙覆其面，尋傳旨毀之。

我調查除了這種要參歡喜禪的最大的因素以外，也還有着別的福德的作用。如元史列傳八十九釋老傳附膽巴傳云：

元貞間，海都犯西番界，成宗命禱於摩訶葛剌神，已而捷書果至。

至於乞財的意義，也可以在間接的材料中看出來。

元代究竟不愧爲年輕的民族，在世界史上鬧了個天翻地覆，結果却在中國立定了脚，中國人民於是就受了不少年的荼毒，「輟耕錄」中記想肉一條云：

（下轉第二十六頁）

洪憲紀事詩本事簿注

劉成禺遺著

西洋謀士兩朝多，馬克波羅古德羅；斜上緇行君主論，貞元朝士有先河

張仲仁（一麐）曰：帝制創議，始於德，而陰嗾於英。當時英德爭中國外交上之活動，日本憤妒，乃以二十一條提出，爲獨攬東亞之外交。東西洋君主國家，咸來贊中國由共和而回復帝制，只民主制度之美國，在國際密謀外耳。蔡廷幹與英莫理遜最善。莫理遜爲倫敦太晤士報駐中國新聞記者，殆數十年。世凱又與莫理遜最善。凡與英使朱爾典密謀，皆由莫蔡二人交往，朱爾典又袁之至友也。莫蔡二人私議，謂袁氏稱帝，歐洲各國，雖無間言，日本不過從中吃醋，氣小易盈，容易打發。美國爲共和國家，不可漠視。其人民有能發表共和制度，不宜于中國者，持爲理論，必成事實，用爲帝制發軔之根據，此上策也。蔡廷幹與周子廙謀之。周名自齊，山東人，由同文館出身，在駐美使館任參贊殆二十年。民國爲內務總長，與古德諾最善，洪憲主腳也。乃以言餂古，著「共和與君主論」。謂共和制度，不適宜於中國。於是主張變更國體者，均引古德諾讕言，爲若輩希榮固寵之泰斗，議論騷然矣。周子廙居美久，深悉美學說及輿論。多主張四年選舉大總統一次，全國掀動，使費過大，反不如英國制度之安靜，不能令大富豪在政黨背後，操縱大權。古德諾亦向持此種議論。周子廙知之，故一言而古德諾「共和與君主論」提出世界矣。後古德諾深爲悔懼，故向蔡廷幹言，有歸國將受法庭審訊之語。（張一麐談事彙記）

伍光建曰：西洋人主謀，變更中國政治者，有兩人：一爲元世祖時代，用羅馬古帝國制度設中書省、大中央集權之意大利人馬可波羅；一爲提倡中國變共和爲帝制之美合衆國人古德諾。予最知英人底蘊，與朱爾典、莫理遜最善。英人沉鷙，不露聲色，甚不願中國共和制度，莫理遜曾對予言，中國幸有袁世凱，能當國，主持大計，英國必玉成之，無袁氏，則中國亂無已時，仲仁謂帝制之議，發于德英，予早燭知其謀，美人眞幼稚耳。

遜伯注：馬可波羅，一譯馬克波羅，又譯馬哥勃羅，古德諾，一譯古德羅，莫理遜一譯莫禮遜。蔡廷幹，字耀堂，廣東香山人。留美學生，光緒七年（一八八一）歸國，再肄業大沽水雷學堂，畢業後歷任水雷艇管帶，水雷艇司令官。甲午中日戰爭。與日寇海軍戰于黃海、威海衛等處。淸末任海軍部軍制司長，民國成立，轉入財政部，任鹽務署總稽核所總辦，稅務處會辦、督辦、最後又任外交總長。由海軍

出身而當外交職務，蔡因嫻于英語而獲充此職，亦可見當時政界之複雜，無怪其毫無建樹也。周自齊，字子廙山東單縣人。北京同文館出身，伍廷芳爲駐美大臣，任使署書記官，以後迭任舊金山總領事，外務部參議，度支部諮議。民國元年，因比利時借款，得任山東都督兼民政長，旋任交通、財政、農商、陸軍、教育等總長。世凱稱帝之幫兇，袁死，被北洋政府通緝，逃竄日本。伍光建，字昭扆，廣東新會人，出身天津水師學堂，留英學生，文科進士，精通英國語文，譯著頗多。馬可波羅，父爲威尼斯商人。一二七年來華忽必烈召詢西方化狀況，授以官，仕元二十餘年乃歸國。會熱那亞戰爭，從軍被俘，在獄二年，將旅行見聞口述同囚者筆錄，書中於東方之繁華富庶，紀述頗詳，爲後日航海家探航參攷。有華文譯本，如盧溝橋且名爲馬可波羅橋。又按意大利，舊譯義大利。

拖雷介弟舊來王，九譯册封紀大章；長兀兒書兼蒙古，莫將點畫錯雙行。

洪憲勸進，滿蒙回藏王公駐京者，淸室總代表則貝子溥倫，道光之嫡長孫也；國民總代表，則阿穆爾靈圭，淸室外甥，內蒙親王；回民總代表則才棍旺，新疆回旗之郡王也，而以鑲黃旗滿洲都統親王那彥圖，爲蒙古、西藏、青海回部總代表。那彥圖者，元世祖傳長嫡系，阿爾泰鐵帽子王，淸室之駙馬都尉也。大典籌備處以在京王公全體署名，對於藩屬本部，未能沆瀣無遺，于是由蒙古王公，聯電西二盟、熱河、綏遠、察哈爾及內外蒙古各旗，一致上勸進推戴書。時都護使陳籙在庫倫，召集外蒙各旗會議。內蒙王公，多未習漢文，由蒙古文繕就，再譯漢文。蒙文洪憲訓大章。故外蒙勸進，多書大章元年，蒙文漢文，雙行並寫。有書大章者，有書太章者，有書天章者，有書夫章者。大典籌備處按書修改。洪憲諸臣，乃以內外蒙古全體一致入奏矣。政事堂四年十二月十八日令云：政事堂呈，前據蒙古西藏青海回部國民代表鑲黃旗都統親王那彥圖等呈稱：共和不適國情，全國同意，咸以改定君憲，爲救國大計。現在國民代表大會，滿蒙回藏國民代表，投票決定國體，一致主張君主立憲。具見溥海人民，心理大同。惟是國體既定爲帝國，帝位必歸聖人。四年以來，國家多故，拯民水火，登之衽席。我四萬萬蒸黎，身家子姓，實託我大總統一人覆幬。我國民爲人民謀長治久安之厚福，爲國家圖創業垂統之洪規，億萬一心，歸于聖德。我代表等謹以滿蒙回藏國民代表公意，恭戴我大總統爲中華帝國皇帝，並以國家最上完全主權，奉之皇帝，承天建極，傳之萬世。伏願應天順人，踐登大位，皇建有極，民悅無疆。一統定基，保四千年神明之胄；奕葉蒙福，遂億萬姓歸往之誠。代表等不勝歡忭跂望之至等情。現在國體，業經全國國民代表大會總代表代行立法院決定君主立憲，所有滿蒙回藏待遇條件，載在約法，將來制定憲法時自應一併列入憲法，繼續有效。此令。

遜伯注：溥倫，字叙齋，滿洲鑲紅旗人。道光帝長子隱智郡王奕緯長孫。曾出國至意大利，參觀都靈博覽會。淸末，任資政院總裁，纂擬憲法大臣，農工商部大臣等職。民國成立後，有關慶賀典禮，常代表淸室參加。任北洋政府參政、院長。好交際，却絕口不談時事。嗜好京劇，以演鳳儀亭一齣，較爲出色。阿穆爾靈圭，字意菴，蒙古科爾沁部人。民國初年，任參議院議員，參政院參政。那彥圖，字鉅甫，蒙古喀爾喀人，僧格林沁孫，伯彥訥謨詁子。光緒間襲封親王，生活僞裝儉樸，經常步行，不用車馬，雨天自携布傘。民國初年，任臨時參議院副議長，參政院參政、綏威將軍等職。

張謇日記鈔（十九）

張謇遺著

十一日。得莘丈宜昌電。從子服比泌藥水稍平。
十二日。作農會奏。
十三日。得內子訊，陳姬半產，內子復病。
十四日。與書箴訊，內訊，張仲友訊，敬夫訊。
十五日。從子進薄糜、藕粉。
十六日。從子至此方能食粥。
十七日。託陳伯雅寄農報通州。
十九日。上爽秋訊。置酒爲太夷餞行。
二十日。叔兄到江西，住院一夕，談論京事，後顧茫茫，百端交集。
二十一日。申正，叔兄行。
二十二日。辰初啓行旋里。
二十三日。子初至蘆涇港，辰正至江西會館，雇舟即行，亥正抵二甲。舟中有歷憶前游雜感詩四首。
二十四日。辰刻到家。
二十八日。復敬夫訊。
三十日。經通州西亭雜感四首（按：原作「經通州西亭歷憶前游雜感」，塗抹「歷憶前游」四字。）

荒林古剎旁城東，三宿倉皇記舊蹤。少便支離成懵懂，不會解聽飯餘鐘。

東門門上有高樓，少日憑臨幾度留。老嫗老兵都不在，支柯絡蔓女牆頭。

橋南大宅舊名莊，廿五年前杜牧狂。客自不來人不待，碧桃花底幾殘陽。

市河小閣矮闌支，愁絕扶春照影時。祇是蒼波流不佳，少年綠鬢照成絲。

六月

一日。與彥升訊。
二日。得敬夫訊。與書箴議答，兼與穀堂訊。
三日。與惲心丈訊（說金子熙鄂振五十番）。啖園中白沙枇杷，甘芳爽永，下鮮荔一等，以視上海荔支，不知孰勝也。答彥升問南皮旨趣：「承問，謇與南皮交不深，聞人之言曰，南皮有五氣：少爺氣，美人氣，秀才氣，大賈氣，婢嫗氣。又云：南皮是反君子，爲其：實而不惠，怨而不勞，貪而不欲，驕而不泰，猛而不威。然今天下大官貴人能知言可與言者，無如南皮，若好諛不近情，則大官貴人之通病，不足怪，足下久與處，亦當自知之也。」
四日。代叔兄作紫卿師挽聯：「易服衰爲服麻，義即麻存，客弔乎，吾黨與拜；不立後而立廟，祀隨廟永，思深哉，先生之仁。」
五日。作瞿望山挽聯，東台人，巳未舉人，年八十許，爲西溪書院院長二十年。「一庭有賢子，門無雜賓，即是二端，可知其家法；吏尊老師，鄉式祭酒，以示百代，宜勒於碑銘。」
六日。往宋氏，爲理其紛。宋之祖父，與劉之祖父合業，宋之父豪直雄快，劉之父陰很。合業後，大致富，奉天、山東，皆知宋氏之棉也。宋父先卒，劉父乘宋之子幼而騃，富獨盛於劉氏。劉父旋卒，劉子又欺宋子。至是分財不直，叔兄爲之論平其事，未竟而行，乃卒平之，劉猶桀驁。仁祖歸，知亮祖病甚，與婦俱歸。

七日。夜分，亮祖與婦歸，劭直與俱，驟睹亮貌，大驚其瘠，從其婦與仁祖、劭直、周亭研詢本末，知宿余臥室，止廿二至廿四三夕，廿四日食燒餅，又雜食海棠果、生藕，廿六日游胡園，廿八日騎馬至定湘王廟看演劇，中間惟廿五日夜呼胃痛，久漸不支，初一日往醫院就比必醫，初三日歸，遂大瘠，延殷之輅診，不服其藥。平時强僕從爲市諸不應食之物，不從輒怒詈而提之云。綮殷方悉甘寒養胃之品，與病甚宜，惜其不進也。是夕乃進藥。

八日。亮兒稍平，能進薄藕粉。選樓之弟汝星來。

九日。亮兒宿滯不下，十餘日不大解，他醫用攻藥瀉藥，皆以爲不可用，汝星議以西法橡皮水導之，果大解，矢堅黑。

十日。又導又解，再解稀矢，亮兒自稱淸快，漸進飲食。遣仁兒與劭直往寧。

十一日。亮祖日進藕百合粉，米湯四次，自言廿五日胃痛，因誤養胡椒餛飩，與汝星定亮兒食物單。

十二日。啓行，至二甲下船，傍晚至西亭，弔紫師之喪，宿滄六處。

十三日。午後至州城，晤立卿、一山，夜分後始就寢。

十四日。丑刻復接家訊催歸，言亮兒病劇，遂起寫叔兄訊，劭直訊，卯初行，由姜灶港，晤敬夫。申末至家，家人以里醫言危在旦夕，故爾張皇，並延選樓。

十五日。夜，選樓自掘港來。

十六日。診視亮兒，云尚可救，惟慮下痢，用水節進鷄白、牛乳粉於肛門。翔林來。

十七日。亮兒舌黑，進養陰之劑，漸平。

十八日。脈少加長。

十九日。漸有和潤之象。

二十日。亮兒舌黑，苔盡脫。

二十一日。作紫師挽聯：「相嚮而哭與同學生，人乎天乎，悲端彌觸師門舊；不祧之祀惟始立廟，無後有後，變事方知禮意精。」

二十二日。溲稍淸。

二十三日。舌漸復，苔有文。

二十四日。午後見痢，象仍帶小黑矢二塊，如蠶豆大，不思食。

二十五日。溲如油。選樓用雅片兼西藥貼丹田止痢，勢漸危，爲言病恐不起，父年大在外，弟弟是一個人，因泣，余亦泣，遣小孔迓仁兒於江寧。與叔兄訊，新寧及桂道台訊。

二十六日。爲亮兒治衣，用詹事府主簿服飾。暈一次。敬夫來。

二十七日。爲亮兒治棺，用江西寧化兜，今年四月新購之料。亮兒前一日早，先與翔林言病必不起，婦姙，或男或女，須叔分外看待。及見余，爲言姪來二十年，孤負張家，孤負沈家，姪婦有姙，無論生男生女，須愛護之。又云：不及待弟歸決矣。因泣，余亦泣。又書子名授母，名曰孤武，余爲易遺武。少頃，亟欲著衣，阻之不得，既著棉褲，覺熱復脫，至午後而甦，至是日乃復能進參麥銀花湯。

二十八日。夜與選樓議，用電氣運行氣血之法，稍進湯汁。再與新寧及桂道台訊。

釧影樓回憶錄

天笑

「脚划船」是一種極小的船，船中只能容一人，至多也只能容兩人，在一個人的時候，不但手能划船，脚也能划船，所以稱之爲脚划船。它那種船，既輕且小，划槳又多，在內河中往來如飛。他們蘇州在夜間十點，或十一點鐘開船，明天下午一、兩點鐘，便可到達上海，上海也是夜間開船，明天到蘇州，則在中午以後。當時蘇州風氣未開，全城看上海「申報」的，恐怕還不到一百家，這一百份報，都是由信局從「脚划船」上帶來的，因此隔日便可以看報了。

我們所定的「申報」，就在每日下午三四點鐘，送到我們家裏。我當時還幼小，不知道「申報」兩字命名之所在，問我們家裏人道：「爲什麽叫申報呢？那個『申』字，作什麽解釋呢？」我們的顧氏表姊，那時也有十四五了，她自作聰明的答道：「申報是每天申時送來的，每天下午的三四點鐘，不正是申時嗎？」我那時還不大能讀報，但知道上海的「申報」來了，便有新聞可聽。

那時候，正在癸未、甲申年（即光緒九、十年）間，法蘭西和中國開戰，我們兒童的心理，也愛聽我國打勝仗。那個黑旗兵劉永福將軍，眞是我們大大的愛國英雄，我們非常的崇拜他。還聽到那些無稽不經之談，說劉永福把火藥裝在夜壺裏，大破法軍，那都是那些無知識的人，瞎造謠言。後來又聽得法國的大將孤拔陣亡了，我們奪回了台灣的雞籠山（按、即今之基隆），以及種種捷報的消息，爲之喜躍。所以在那戰爭吃緊時，一見「申報」來了，我們總要請父親給我們講許多戰爭新聞與故事。

到了十四五歲時，我略諳時事，愈加喜歡看報了。這時上海除「申報」以外，「新聞報」也出版了。蘇州看報的人，也漸漸多起來了，他們在蘇州都設了代售處，不必由信局派了。我家那時雖沒有定報，我就是零零散散買來看。跟着祖母到了桃塢吳家時，他們是定着長年的上海報紙的，始而看「申報」，繼而看「新聞報」。而且我們這位淸卿公，看過了報以後，不許丟掉，一個月訂成一册，以便隨時翻閱，那時候的報紙，是用薄紙一面印的，不像現在的報紙，都是兩面印的（按、兩面印的報紙，由上海「中外日報」開始），所以仍可以作成線裝。

這於我是大爲歡迎，我每日下午垂暮時候，便到他們的帳房間裏去看報，竟成爲日常功課。那時的報紙，也像現代的報紙一般，每天必有一篇論說，是文言的，這些論說，我簡直不大喜歡看，一般的論調，一般的篇幅，說來說去，就是這幾句話。從前的報紙，無論是新聞，無論是論說，都是不加圈點的，淸卿公想出主意來了，教我每天把論說加以圈點，因爲這樣，一定對於文上有進境。於是圈點論說，幾成爲我每天一種功課。可是伊耕表叔却不贊成，他說：「這些報館八股，成爲一種陳腔濫調，學了它，使你一輩子跳不出它的圈子。」

自文衙弄至曹家巷

在我十五歲的下半年，家裏又遷居了

，這回是從文衙弄遷居到曹家巷，仍在閶門內的一隅。

我們遷居的地址，是在曹家巷的東口，三條橋的堍。所謂三條橋者，是曲尺式的接連三條橋，一條下面有河，可通船隻，兩條都在平地。蘇州城廂內外不知有多少橋，數也數不清。本來人稱蘇州爲東方的威尼斯，多了水，就多了橋咧。往往平地也有橋者，一定是這個地方是河濱，後來漸次塡平了，而橋的舊址與其名稱，却依然存在。

我們所租住的房子，却也是一家故舊的大宅。房主人李姓，他們是大族，現在是子孫式微，便把這座大宅子分析，於是你佔內廳，我佔花廳，好似一個國家，成爲割據局面，爲了自己靠了那些祖傳的房屋，以之出租，可以不勞而獲，於經濟上有所進益，於是各將分得的一部份房屋，紛紛出租。因此我們所住居的這座大宅子，同居的人家，總共有二十餘家，比了以前，在桃花塢姚宅所住的房子，更見複雜。

我們所住的是東首一個樓廳，這個樓廳，他們也稱之爲花廳，實在庭前只有一堆亂石砌的假山，幾叢雜蒔的花木而已。房東告訴我：「這裏文徵明也住過。」還指給我看，這個廳上，有一塊匾額，寫着「蘅蕪小築」，也是文衡山的手筆，我笑說：「我們剛從文衙弄遷居來，此間又說文徵明住過，何與文氏有緣若此耶？」其實考諸里乘，文待詔從未住過，大約有此一塊匾額所題的字，便附會上去，似乎是有光門楣了。

我的房東李先生，年已六十餘，老夫婦兩人，膝下僅有一女，年可十八九，並無兒子，我們租住他們的房子，只是樓下一間，樓上三間，廚房公用，自我出生以來，從花橋巷，而劉家浜，而桃花塢，而文衙弄，而曹家巷，至此凡五遷了。但每遷必住居樓房，因爲祖母喜歡樓房，爲的是樓房高爽，平屋則未免潮濕陰暗，尤其對於江南那些故宅老房子爲甚。

在這房子裏，最使我愴痛的，便是我的父親，在這屋子裏逝世了。其它還有兩件事，一是我的胞姊，在這屋子裏出嫁；一是我在這屋子裏進了學，成爲一個窮秀才。還有附帶的是我在這屋子裏生了兩場病。

我的身體素來很弱，年幼時就有了胃病，不能多吃，多吃了胃裏便要脹痛，這個病一直到了壯年，在北方住了幾年，却好起來了。在十歲以前，我每次吃飯，只吃一小碗。蘇州人家，從前還不吃白米，只吃一種黃米，更容易消化。我又不喜歡吃肉（此言豬肉），偶吃一點，非極精不可，最愛吃的是蝦與蛋，但蛋又不能吃溏黃的，假使清晨吃兩個「水鋪鷄蛋」（此品北京稱爲臥果兒）胃裏就要一天不舒服。此外麵條也不能吃，看人家吃大肉麵，爆魚麵，以及各種各樣的麵，深訝人家怎麼有這樣的好胃口，不過到了後來，我就什麼都可以吃了。

因此我是消瘦的，不是壯健的，親戚中有人說：因我的祖母和母親太鍾愛之故，吃東西非常謹愼，不敢給我多吃，以致慣成如此。也有人說：是母體所關，我母親是多病的，瘦弱的，所以先天不足。其實都無關，一個兒童，總有他的特性，不過我到十四五歲，就沒有什麼大病，偶或受點感冒，傷風咳嗽，過一兩天就好了。就說是胃病吧，不吃夜飯，安睡一夜，到明天也會好了的，所奇者，我的胃病却與天氣有關，風日晴和的時候還好，假使在凄風陰雨的天氣，我便要戒嚴了。硯農表叔是懂得醫道的，他傳來一方，用「小青皮」（中藥名，卽橘之未成熟者）磨汁冲服，就可愈了，試之果驗。

但在十六歲的初春，這一場病却不小，先是出瘄子（這個病，別的地方稱爲出痧子，蘇州人却稱爲瘄子），後來腮下却生了一個癰。本來這個瘄痧，每人都要出一回的，尤其在兒童時代。但這個病是有免疫性的，出過了一回，便無妨礙，沒有出過的，便容易傳染。我在年幼時，每遇家中人或鄰居有出瘄子的，祖母或是母親，帶了我，避居到舅祖家或是外祖家去，所以直到現在十六歲，還不曾傳染過。可是到底不能避免，此刻却傳染來了。

起初不曾知道，後來方知住居在我們後進的李家，有一位十三歲的女孩子，先我在出瘄子，我這次的病，來勢很兇，家中人急得不得了。至此，方知論語上孔老夫子所說的「父母惟其疾之憂」的這句話的眞切。那時父親失業，家中已貧困不堪，然而他們典質所有，爲我療病。這一年在蘇州，兒童們因痧疹而死亡者很不少，他們心中更是焦急，幸而痧子愈了，在腮下近顎處，生下一個癰，腫痛非常，有人說：這叫做「穿腮癰」，說不定把右腮潰爛到洞穿了。實在是痧毒未清，須要開刀，天天到外科醫生吳召棠那裏去醫治，這一病，足足病了近三個月。

病愈了，也沒有到朱先生處上課，一病以後，學業也就荒疏了。但是在家裏，也很感到寂寞，不比在朱師處，他們家裏人多，而且還有同學。家裏和我同伴的，僅有姊姊一人，但她正習女紅，幫母親理家事，她已訂婚許氏，不久也就要出嫁了。同居的這位李小姐，她是婉妙而活潑的，長日間，惟有伴母刺繡。我無聊之極，常到她們那裏去撩天，在她們飯罷繡餘，有時講講故事，有時弄弄骨牌，倒成了一個伴侶。那時她已十九歲，早已訂婚了，我僅十六歲，她常呼我為弟，我在這時候，對於異性，不免漸萌愛意。

就在同一個宅子裏，我們的隔鄰，開了一家紗緞莊，莊名叫做恆興。這些紗緞莊，在蘇州城內是很多的，大概有百餘家，因為蘇州是絲織物出產區呀，紗與緞是兩種絲織物，行銷於本地，全國以及國外。（有一種織成的紗，都銷行於朝鮮，因為當時朝鮮的官僚貴族，都以白色紗服為外服，恆興莊所織之紗，都外銷於此）這種紗緞莊，只做批發，不銷門市，大小隨資本而異，亦有數家，在蘇州是老牌子，海內著名，但像我們鄰家的恆興莊，只不過此業的中型者而已。

舊日的蘇州對於職業問題，有幾句口號：「一讀書、二學醫、三去種田、四織機。」關於種田與織機，是屬於農工的，但屬於住居城內的大戶人家，却變為「收租」與開「絲帳房」。（絲帳房即是營絲織物機構之統稱）所以織機亦是蘇州最正當的一業。那時中國還沒有大規模的織綢廠，而所有織綢的機器，都是木機，都屬於私人所有的。這些私家個人的機器，而他們有技術可以織成紗、綢、緞、各種絲織物的人家，蘇人稱之為「機戶。」這些機戶，在蘇州城廂內外，共有一千數百家。

實在，紗綢莊是資本家，而機戶則是勞動者。更說明一點，紗緞莊是商，而機戶是工。一切材料，都由紗緞莊預備好了，然後發給機戶去織，機戶則限定日期，織成紗緞，交還紗緞莊，才由紗緞莊銷行到各行莊去。有的是各莊預備了的存貨，推銷各埠；有的是各處客幫，訂下來的定貨，規定了顏色，花樣的。這個行業，從前在蘇州可不小呀！

那些織機的機工，都住在東鄉一帶，像蠡市、蠡口等鄉鎮也很多，近的也在齊門、婁門內外。所以那些紗緞莊，也都開設在東城，像曹家巷我們鄰居的一家，已在城裏偏西的了。織機的雖是男女都有，但還是男人占多數，因為那是要從小就學習的，織出來的綢緞，燦爛閃亮，五色紛披，誰知道都是出於那班面目黧黑的鄉下人之手呢？

（上接第十九頁）

天下兵甲方殷，而淮右之軍嗜食人。以小兒為上，婦女次之，男子又次之。或使坐兩缸間，外逼以火。或於鐵架上生炙。或縛其手足，先用沸湯澆潑，却以竹帚刷去苦皮，或乘夾袋中，入巨鍋活煮，或刲作事件而淹之，或男子則止斷其雙腿，婦女則特剜其兩乳，酷毒萬狀，不可具言。總名曰想肉，以為食之而使人想之也。

後邊還引了一大些中國的故事，吃人原來也是古已有之的。宋末登州范溫，食人而定出特別的名號來。如：

老瘦男子，庾詞謂之饒把火；婦人少艾者，名之不美羹；小兒呼曰和骨爛；又通目為兩脚羊。

這些名字都起得好，不乏詼詭之趣，恐非高手不能罷？然而看起來，老弱，婦孺，都是所謂「兩脚羊」的貨色，名登食譜，蓋亦達爾文氏學說之一佐證耶？

清代以女真入主，因為想要懷柔遠人，所以喇嘛教又再興盛，這一次則全為政治的意義的了。「衛藏通志」中有「桑堆佛」，蓋即此物。至今在北平還留下了一些遺跡，留待遊人的瞻仰。雍和宮一些喇嘛廟都有，北海白塔下琉璃廟中的鎮海佛，據說也是這種東西。鄙人雖曾遊故都，這些地方却都不曾去瞻禮過，不無遺憾；他日重來，當然要去看了，聊寫小文，以為重遊之券耳。

英使謁見乾隆記實

馬戛爾尼 原著
秦仲龢 譯寫

中國人對于我們帶來的禮物，贊不絕口，固不在話下，而對我們應用的普通雜物，也以好奇心對待之，他們看了又看，稱譽不置，其中如化粧枱，剃鬚用的鏡子等，因爲他們展轉傳觀，又以不懂得怎樣使用，致使這些應用品中畧有損傷。他們對於伯明罕吉爾廠製造的柔軟刀片，尤爲愛好。這種刀片是用精鋼製成，很是鋒利，又性柔軟，可作圜形，中國人把它看作寶劍一般。因此我就送給王大人兩把刀片，他大喜過望，稱謝不已，並說這兩把寶刀雖然物小，但感謝之心乃倍於我贈他別的白倍其值的禮物。王大人出身行伍，以武功得高位，他愛刀是其本性。因此我就連帶想起通商的問題了。照此情形看來，英國如果能夠將零星的日用物品運來中國發賣，必定爲中國人所歡迎。（按：吉爾廠是英國伯明罕一家著名軍火製造廠，創辦人名叫湯馬士。吉爾（Thomas Gill），是刀匠出身，到一七八五年，他的生意發達，自稱爲「政府及海陸軍的刀劍承造商」了。——譯注）

從前東印度公司曾提議擴充英國的粗呢絨出口，這一提議是很有見解的，我絕對相信幾年後，中國一定要求更多粗呢絨進口，他們所要求的數額，恐怕英國的呢絨廠無法供應呢。我覺得，除了粗呢絨外，更應該將我們最上等的布匹（原注：英國商人發貨單所謂「上等貨物」尚非眞正的「上等貨」，所以一定挑選最上等的出口）以及茄士米薄絨，絲絨、紗羅等，也一定要有銷塲的，因爲中國人見我們所穿的衣服，都稱贊其質料優美，近日乾隆帝曾下一道上諭，畧說春秋兩季，朝見的官員准其穿著布服，所謂春秋兩季，蓋指十月一日至十一月二十日，又由二月一日至四月一日也。夏季則穿薄綢，冬季則用綢緞爲面，皮毛爲裏。（按：淸廷每年照例要下令百官穿夏服或冬服，皆有定時，以昭劃一。因爲如果不劃一，則朝見時，有些官員穿夏衣，又有些穿冬衣，豈非有失朝儀？馬戛爾尼誤以爲皇帝近日纔有此准許，自是不明中國的制度，不足爲怪。——譯注。）英國的布匹絲絨紗羅等物，既爲中國人所歡迎，則此時正好推廣銷路了。

晚上，大學士金簡同兩位官職甚高戴紅頂子的屬員來談，他說知道我明天一早就啓行，故來一晤。他說，皇帝急于要和我見面，又說，我的坐艦「獅子」號的隨從人等既不能同往熱河，現已指定舟山一地爲其休憩之所，並劃定界限，免致水手四出滋事。乾隆皇帝認爲這個辦法極好，並下令「獅子」號的船長高華爵士照辦，並准他在該處居住的時期，或久或暫，亦聽其自己斟酌，便宜行事。由此看來，我們到中國後，無論什麼事只要我們對中國官員說及，他們無不立即奏明，取旨定奪，亦無不立時辦理，誰說中國的下情不能上達呢。

九月二日，星期一。

早上六點鐘，我們從北京出發了。我和小斯當東共乘一輛英國式的馬車，這是我從倫敦帶來的。車用韃靼小馬四匹曳之，馬高不及十一「掌」（按：「掌」之原名爲 Hand，係英國量馬的高度，每一「掌」約高四英寸。——譯注。）我相信，這種英國馬車還是第一次在往熱河的路上走的呢。斯當東爵士因感冒，不便乘車，改乘肩輿，比較舒適。此外，我的隨員、衛隊、音樂師、美術師、工役等，則乘馬車，各隨其便。同行的人共七十人，其中四十人是衛隊，另有二十人留在圓明園裝置禮物，或在館舍中照料，他們各有專司，不能同行，裝運禮物、行李的車輛，其數目之多，簡直無法計算，即所用的夫役至少也有二百多人。我們從館舍出發，行四英里半才出了北京城，又行五英里到清河，停下來進早食。清河是一個小鎮，有城牆圍繞着，四面都有很多交叉路，可通往各處。從清河行十一英里，到達冷口。（原文 Lin-Coo，不知是否即冷口關，從北京往熱河，亦經過此地也。作者云，此地是一小村，有一行宮，爲乾隆帝所建，以便來往北京熱河時住宿的。——譯注。）第一天的旅程至此結束。

斯當東「出使中國記」云：一七九三年九月二日，特使攜帶大部分隨員，在中國官員陪同下，從北京出發。北京所在的大平原向北和向東伸長很遠。西邊，或者說北京的左邊，不遠距離即開始有山。北京的右邊是一片大平原通到渤海灣。海水似乎過去沖洗過西邊的山，後來逐漸由山底退至現在的渤海灣。平原地帶，成行的巨大柳樹遮掩着公路上的太陽。大概此地土壤適宜於生長柳樹。

特使在這段路上乘坐從英國帶來的馬車。從北京到韃靼區這條路上，這樣規模的大馬車，大概首次遇到。特使有時約請幾位同行的中國官員進到車來同坐一起。中國官員最初怕車身太高，容易傾覆，特使告訴他們絕對安全。他們坐在車上，看到各種靈巧設計，嘗試到舒服的彈簧座位，可以隨意開關的玻璃窗和百葉窗，車子走得又穩又快，他們樂不可支。……

在這片平原上，墳墓周圍種植白楊樹，其餘絕大部分都是柳樹，當中零星夾雜有些栫樹和桑樹。柳樹枝葉下垂在小溪兩岸，點綴着公路上風景。有一株樹在離地一人高的地方,周圍十五呎粗。第一天的路途上經過了一個小河。這個河很狹,但水深可以駕駛小船,河面上有不少船隻。……

離開北京二十哩以外，地勢逐漸上升，泥土路逐漸減少，沙土路逐漸增多，使節團一行人繼續走了幾里路以後，當晚住宿在前章末了提到的爲皇帝建造的行宮。行宮建築在一個形狀不規則的地面上，在一個小山底的附近，下面是一個山谷。其中包括公園和游樂場，非常優美。樹木成林，通過樹林可以看到不遠的一個小溪。後面是山，有的種了樹，有的是光禿的。花園內山水樹木的安排好像是天造地設好的。中國人佈置園藝，沒有一定規格，也不按科學原則，但隨手拈來自成風趣，又簡單，又美麗。

過了行宮不遠，兩邊的山逐漸靠攏，當中形成一個一哩寬的隘口。隘口附近有幾個礦泉，稱爲皇帝浴池。可能由於這是皇帝出資修建的，或者由於皇帝的家屬在此沐浴過，也可能認爲凡是無主之物俱屬皇帝所有，因此稱爲皇帝浴池。

隘口之外是一片平原，上面有幾個村莊和兩個小市鎮。這裏又建築一座行宮。行宮周圍游樂場地上看到一些好像堊白似的東西，用術語說是「暴露出來了」。

九月三日，星期二。　早晨五點鐘，使節團一行人衆離開行宮，又再趕路了。走了八英里半的路程，還不到兩個鐘頭，就到達懷來縣城外，懷來是一個三等縣，我們停下來進早餐。繼續前進，走兩個半鐘頭，到達密雲縣，也是一個三等縣，城中有行宮一座，我們就在這裏住宿一宵。今日在路中所見的景色，和昨日的差不多，只是多山，蜿蜒起伏，隨時異趣，景色很是可觀。在路上向左邊看去，大約九、十英里遠近之處，有一山頗爲峻峭，山上有城堡，那就是著名的萬里長城了。

晚上，統轄此地駐軍的一位滿洲大員來行宮拜會，并以水果，蜜餞各少許爲見面禮。這個滿洲人的行動舉止，很是彬彬有禮，頗有君子人氣度，而且也極有見識，從他的談話中，他深信英國是歐洲一强大文明的國家。王大人雖然也是戴紅頂子，和這位滿洲大員的武官官階相等，但王大人在他面前誠惶誠恐的只是站着，不敢坐下去，可見滿洲官員的氣燄，使中國官員見到了有不寒而慄之感。

九月四日，星期三。　我們今晨從密雲縣出發後，第一個休息站是在約六英里半的一個寺廟，又再行十五英里，到了一個地方叫榆淸站（原文作 You-Chin-Sa，不知是什麽地方，今從音譯。——譯注。）我們將在這裏吃晚飯和住宿。離此不遠有一個小市鎭，市鎭周圍用牆包圍，城牆上雖也有些堡，但却沒有砲安設，我懷疑這些地方必定沒有軍火庫。我曾向喬大人提出這個疑問。他說，這是用不着的，因爲這裏不會遭遇到携帶重武器的敵人進攻，城牆確也沒有設炮的必要。這個城牆主要爲的是保護經過這裏向北京進貢的產物，保護糧食和監獄的安全。今日所經的路，雖然很是崎嶇不平，但沿途風景甚美，足使忘倦。

在過去兩日間，王大人和喬大人交替着來我的馬車中談話。他們對於我的馬車感到絕大興趣。他們的代步工具，不外是轎子、馬車、驢車，從未坐過英國這種輕快便捷，車輪裝有彈簧坐着的人不覺得顚簸的車子。我的車子，兩旁有玻璃窗，可以上下移動，又有窗帘可以遮着，所有設備，皆極舒適便當，他們見了就贊不絕口，歎爲絕無僅有的交通工具。到了某一個地方，我們下車休憩，欽差大人也來談話，他向我致歉意，他說前些時我托他寄一封信給高華爵士，他沒有寄出，現在交還給我，他說，他認爲信裏沒有什麽要緊的事情，所以就沒有發出，請我原諒。實在是信裏也沒有什麽要緊的事，不寄也不要緊。徵大人爲什麽不肯爲我寄出，眞令我百思不得其解。他明天就要和我們暫別，趕先一步到熱河，預備迎接我們的事務。

九月五日，星期四。　　今晨行十三英里到古北口，進早餐。我們經過一個陡削的斜坡，來到萬里長城跟前。此處城牆有南北兩門。我們先到達南門，北門通向韃靼區。（按：關於長城的描繪，斯當東的「出使中國記」，寫得極詳盡，今摘錄於左。）

公路穿過許多山頂，大部分山都無法到達，南門就橫跨這條公路。這裏山脊很窄，斜度陡，這個門係爲防衛隘口而設的。公路通向一條峽道，峽道頂端有一個兵站。

根據巴瑞施上校的觀察：「兵站的形狀多半是大小不等的方形城堡，裏面駐屯着幾個人，遇到戰爭，這裏就可能爲附近軍隊的集合點。兵站多設在山中隘口，不容易攀登的高地，或者狹窄的河道附近。有的城堡大到四十呎見方，四十呎高，有的小到四呎見方，六呎高。小的兵站很少，從北京到長城一路上只在這裏看到一個這樣小的兵站。大型城堡由石頭台階升上去到距底一半高的拱門。爲了便於防禦，炮台邊上很少看到炮門。炮台的胸牆上築有雉堞。除了最大型的外，一般城堡都是實心的。從下面看，城堡的頂端有一屋宇能容少數駐屯兵士。屋宇的一端豎一旗竿，上面懸掛一面黃旗。城堡牆上有時用油漆畫了各種顏色的龍。城堡附近都有一個漆成紅、白、黑色的木頭牌樓。牌樓附近一般有一個三四五或六層的石造物，上面也是刻着龍。據說過去這些是裝炸藥，用作通信號的，但現在變成只是裝飾品了。這些石造物上層形狀不一樣，有的是橢圓形，有的是半球形，有的是錐形，但底部都是立方形的。

「使節團經過的時候，每個兵站走出來至少六個，至多十五個兵士。他們大都不帶武器。一個兵士在城堡頂打鑼，另一個兵士從豎立在地上的三個小藏彈藥膛鳴放三聲禮槍。兵站與兵站的距離，各處不一樣。白河沿岸，從河口到通州府，東沽和天津不計算在內，共有十五個兵站，差不多每十三哩一個兵站。從北京到韃靼區的公路上，每五哩就有一個兵站。」

過了上述兵站之後，公路穿過一個狹窄山谷，山谷當中有一條彎曲的淸徹的河流。公路兩旁的山逐漸互相靠近，當中除公路和河流而外，幾乎沒有空地。橫跨公路有一城堡，城堡當中有一出入口。河流上面有一橫橋，過去城堡的東邊和西邊搭牆直到兩邊山頂，將這裏隘口封閉起來，現在牆都傾塌了。過去在防禦韃靼人的時代，這裏有兵把守公路。附近兩邊山上還可以看出舊日兵房遺跡，現在只住着少數居民。

花隨人聖盦摭憶 補篇

黃秋岳遺著

數歲時，好聞仙佛事，常終日喃喃，若有所吟誦。七歲失母，諸姊皆已嫁，父或他適，則預以余及弟寄食鄰家，日昃不返，即嗁號蹤跡之，里人爲之惻然。年十一，始就塾師授論語，未終篇，父又歿，零丁孤苦，極厭慘傷，弟以幼依族父，余無所得食，迺爲農家牧牛，猶帶書讀。一日與羣兒避雨村中，聞讀唐詩，至少孤爲客早句，潸然淚下，塾師周雲帆先生駭問其由，以父歿不能讀書對，師甚憐之，曰，子爲我執炊爨洒掃，暇則教子讀，可乎，即下拜，師喜甚，每語人曰，此子耐苦讀，後必有所樹立，余老不及見耳。無何，師以病歿，然余遵師訓，不欲廢業，聞某豪家欲覓一童伴兒讀，即欣然往就，至則使供驅役，自讀輒遭呵叱，因悲歎以爲屈身原爲讀書計，既違所願，豈可爲區區衣食，爲人奴乎，即辭去，學藝，鞭撻尤甚，絕而復甦者數次。一日見籬間白桃花，忽爲風雨摧敗，不覺失聲大哭，因慨然動出塵想，遂投湘陰法華寺出家，禮東林長老爲師，時同治七年，余可成童也。是冬詣南嶽祝聖寺，從賢楷律師，受具首，參恆志和尚於岐山，專司苦行諸職，暇則隨大衆坐禪，越五年，頗有省，時精一首座爲維那，間以詩自娛，余諷之曰，出家人不究本分上事，乃有閒功夫學世諦上文字耶？渠笑曰，汝髫齡精進，他日成佛，未可量，至文字般若三昧，恐今生未能證得。後有舅氏至巴陵，登岳陽樓，友人分韻賦詩，余獨澄神趺坐，下視湖光，一碧萬頃，忽得洞庭波送一僧來句，歸述於郭菊孫先生，謂有神功，且曰，子於詩殆有宿根，遂力勸爲學，授唐詩三百篇，一目成誦，後精師見余所作，大奇之，然以讀書少，用力尤苦，或一字未愜，如負重累，至忘寢食，有一詩至數年始成者。念生死事切，時以禪定爲正業，一日靜坐參父母未生前語，冥然入定，內忘身心，外遺世界，坐一日如彈指頃，猝聞溪聲有悟。嗣後遍遊吳越，凡海市秋潮，見未曾有，遇巖谷幽邃，輒歗詠其中，饑渴時飲泉和柏葉下之，喜以楞嚴圓覺雜莊騷歌之，人目爲狂。嘗冒雪登天台華頂峯，雲海盪胸，振衣長嘯，睡虎驚立，咆哮攫前，以慈心視之，虎威亦解。又嘗於深山，遇一巨蟒，御風行，頭大如斗，舌電尺餘，因念佛，亦無怖。旋養疴皋亭山中，中夜聞剝啄聲甚急，啓闢，月明如晝，四顧無人，如是者數次，次夕伺叩門聲急，開戶，見一黑團亂躍，余與羣犬窮追，抵山腰，厲聲曰，我是個窮和尚，不擾汝，汝何惱我，我豈汝怖，病尋愈。住四明最久，窺天童雪竇，窮攬霞嶼月湖之勝，郡中呂文舟、徐酡仙、胡魯封、易文齋、沈問梅諸君，相與唱酬，余口吃，字拙，嘗作詩寄李炳甫茂才，有花下一壺酒句，書至壺字，忘其點畫，遂畫一酒壺於上，酡仙書法名一時，出紙强余爲書，筆畫誤落，左右易位，如倒薤然，每讌會，酡仙懸之中堂，諸客觀者，無不絕倒也。余平日於文字障深，禪定力淺，然好善嫉惡，觸境而生，嘗渡曹娥江，謁孝女廟，叩頭流血，同行者曰，奈何以大比丘，而禮女鬼，余曰，汝不聞波羅提木叉，孝順父母，諸佛聖人，皆從孝始，吾觀此女，與佛身等，禮拜亦何過焉。甲申，法夷犯臺灣，官軍屢為開花礮所挫，電報至寧波，余方臥病延慶寺，心火內焚，脣舌焦爛，三晝夜不眠，思禦礮法不得，出見敵人，欲以徒手奮擊，死之，為友人所阻，因萌歸志。太守宗公源翰，贐之，是秋八月返櫂長沙，余年三十有四，計行腳已閱十霜矣。越明年，省先塋，宿莽縱橫，不可復識，望窮山慟哭，幸村老有存者，指示方能記憶，蓋自兒時葬先君來此，倏忽二十餘年，罔極恩深，生不能奉甘旨，死不能導神識，不孝之愆，眞百身莫贖也。」（下畧）案述，即古之自序，今所謂自傳也。觀頭陀所云，零丁間阻，自足傷心畸人，然其實乃一熱心腸人，如三晝夜不眠苦思禦礮法，及前錄致寶覺書，皆可見其熱烈愛國，其大聲疾呼忠孝，亦是在家僧之說法也。

寄禪集有陳師曾自日本歸，遇於金陵感而有作一首云：「昔日陳童子，重逢鬢已蒼，萬千餘里別，十四度重陽。有口眞難說，無言轉自傷。人間何限事，歷歷在滄桑。」頭陀與散原翁交誼篤，故言之摯。頭陀又有贈吏郎第五郎七截五章，小序云：「吏部五郎，為長沙上林寺慧舲老宿後身，吏部尊人佑民中丞任鄂臬時，一日於衙齋，見老宿忽至，轉瞬已渺，正驚訝間，僕婦報少夫人產一男，合掌跏趺，端坐出胎，隨函問湘中道俗，則是兒生辰，即老宿寂日。老宿行腳時，曾往峨嵋金頂，有看佛燈長歌一首，後為成都草堂寺知客，同治初，別工部祠堂還湘，句云『錦水春風公入蜀，草堂人日我還湘，』楊海琴兵備贈老宿，有『雪天歸自大峨來』之語，老宿平日持不殺戒甚嚴，雪中宿玉池山，曾驅一狐陷冰池死，常語人曰，此狐與我有七世冤結，今又斃其命，當入輪迴，與之解釋。老宿與予師東老人為法門莫逆，常指余謂衆僧曰，此子骨相不凡，後當大建法幢，惜吾老不及見耳。庚戌秋余來白下，問吏部，則五郎年已十七，訪余於毗盧寺，一見如故，其言簡氣肅，酷肖老宿，追憶前塵，竟成後會，佛說因緣，諦信不疑，因為五絕句贈之。」案所云五郎，當是陳彥和，名隆恪，亦能詩。至寄禪所云如何？則彼諦信不疑，予亦無能評剖矣。

稗官率謂岳鵬舉涅背為精忠報國四字，按精忠，乃紹興三年高宗手書精忠岳飛字，製旗以賜之。若報國，上迺作盡忠，嘉興故有岳忠武王祠，朱梓廬集（林熙按：秋岳所云之「朱梓廬集」，作者朱休度，號梓廬，秀水人，乾隆間進士，官山西廣寧知縣，有惠政），辛未郡西岳祠落成詩注云：「忠武於孝宗陰有定策功，否則充檜伎倆，蓋張邦昌劉豫之續也。王孫鄴侯珂，曾權嘉興府軍事，兼內勸農使，子孫因家焉。岳氏家譜，王十八世孫元聲兄弟，有遺像記，述宋孝宗於受禪初，鑄王像以賜王子霖奉祀，其像銅身金裝，朝衣冠，手執圭，圭鐫奉旨二字，胸鐫盡忠報國四字，背中鐫紹興三十三年壬午秋七月，樞密司判樂則生造十九字，背左右鐫：唾手燕雲，誓欲復仇而報國；矢心天地，尚令稽首以偁藩，二十二字，即王和戎表中語也。像側鐫：子霖敬祀，繇繇永傳八字，並賜銅劵，劵詞有：朕不遺終始之大義，負卿盡死之完節二語。又賜銅冊文，有：子四孫二，照序封官加祿，永享血食，廟貌常新，毋朽朕意等語。宋元易代間，遭亂畏禍，奉王像券冊，並鄭侯所鑄鼎爵諸器，藏諸暨山中，金陀者，本鄭侯書名，後人因以名其居，故至元志，有金陀坊之治，其實自琳避姓，晦跡於和，迨明萬歷癸未，元聲始舉進士，時姓猶署樂，至其弟和聲成進士，乃於乙巳歲疏請復姓，旋於丙午訪得像器故物，遂建祠迎祀。明末祠毀，像器皆被盜，近有得一爵送西湖祠者，今祠乃和聲六世孫恢復。」案此注首三句，最可討論，言秦檜之意視高宗不過張邦昌劉豫一流，為暫時傀儡，微岳飛擁立孝宗為太子，則南宋未必能久延也。以檜之求和固祖位，未必遂以康王為基置，而飛與孝宗有關，則甚明。宋史載，紹興八年秋召飛赴行在，命詣資善堂見皇太子，飛退而喜曰，社稷得人矣，中興基業，其在是乎，可見孝宗與飛之深契。又傳載，檜初命何鑄鞫之，飛裂裳以背示鑄，有盡忠報國四大字，深入膚理，此則所紀涅背之詞甚明，當時涅青刺字之風盛行，亦非奇事，「三朝北盟會編」載，王彥之士卒，皆刺面作赤心報國誓殺金賊，是也。所言背鐫二十二字，為和戎表語，案此是紹興九年飛為湖北京西宣撫使時，以得三京河南地肆赦，飛屬幕張節夫為謝表．不能謂為和戎。節夫，字子亭，河朔人，此表檜讀之切齒，然非怒此二十二字，其上文，蓋有：「圖苟安而解倒垂，猶之可也；欲長慮而尊中國，豈其然乎？」「身居將閫，功無補於涓埃；口誦詔書，面有慚於師旅，尚作聰明而過慮，徒懷猶豫以致疑；謂無事而請和者謀，恐卑辭而益幣者進」等語，皆針對言和之忿詞，故檜切齒也。

吾國書史陳陳相因，尤以瑣聞逸事，自「太平廣記」以來，互相販襲，如錢梅溪「履園叢話」載，吳梅村為東門皮匠書闌坡樓扁，以乾隆人述康熙事，且為同鄉宜可信矣，然此實明季豐南禺事，非梅村所為，即此極委瑣笑談，亦輾轉訛述，可見古今學人辭必己出之難。豐南禺事，見南雷文定，殊可笑，傳云：「余讀嘉靖實錄，十七年六月，致仕揚州府通判同知豐坊，奏請上興獻皇帝廟號，稱宗以配上帝，心鄙其為人。蓋坊之父熙，嘗以議大禮廷杖，其忍於背父，他又何論。坊有書名，爾上故家多藏其底草相誇示，每黜而不視也。己見坊所著五經世學，其窮經誠有過人者，徐時進書其逸事，惜文不雅馴，暇時另為一通，以發噱。坊更名道生，字南翁，別號南禺外史，五歲時，董侍御問以所讀書，曰，大學序，誦至淳熙五年，故漏熙字，侍御問之，曰，此大人名也，由是長老多奇之。當其讀書注目而視，瞳子嘗度眶外半寸，人有出其左右，不知也。自考功遷謫失職而歸，書淫墨癖，無所不知，亦遂目空今古，滑稽玩世，滉洋自恣而已。有方仕者，從坊學其書法，假坊名以行世，坊知之，恨甚，曰須抉其眼，始不能作偽耳。以是語舍中兒，皆曰，諾。久之，舍中兒捧一物至，曰，此方仕之眼睛也，吾等夜俟之荒郊，抉之以來耳。坊大喜，厚勞之。再日而方仕至，舍中兒告之，故令勿入，入則吾等欺敗矣。仕曰，無傷也。坊見仕，大駭，曰，聞君遇盜傷眼，今如故，何也？仕曰，曩者夜行，盜抉吾眼以去，方悶絕間，叢祠中有鬼哀吾，取新死人眼納吾眶中，今雖如故，猶苦楚耳。坊亦信之，置酒，賀其再生。

編·輯·閒·話

△本期的「爭稅與爭糧」一文，是東方均先生紀實之作，寫抗日戰爭勝利後，廣東官塲紛爭的一件趣事。那時候，東方均先生正在廣州某報社服務，耳聞目擊，所記皆極翔實可靠，這是地方史實，不僅作「官塲現形記」讀也。

△伊藤博文是日本早期侵畧中國天字第一號軍閥，他被朝鮮志士安重根槍殺，已是舉世皆知的事，但近日日本一個什志却另有一種說法，刺死伊藤博文的不是安重根，而另有其人，玉禪先生根據這些第一手材料「寫成伊藤博文被刺始末」，值得我們參考。

△土肥原賢二是日本後期侵畧中國的第一號戰犯，在九一八事變前一年，他已暗中拉攏溥儀和段祺瑞，意欲在華北做成割據局面，然後逐步吞噬中國。雪舟先生所作的「土肥原拉攏段祺瑞溥儀會談」就是記述此事的內幕。雪舟先生在北方担任過很多公職，住在北京差不多四十年，所知官場內幕極多，以後尚有許多精采文章寄來本刊發表。

△周志輔先生研究京戲有數十年的歷史，編寫過很多有關京戲的書。這篇「北京從前演堂會的地方」不是談戲劇，而是談唱堂會戲的公私地方，內容很是有趣。周先生已寫成「梅蘭芳演劇的生活」一文，長約三萬餘字，叙述梅蘭芳的生平，兼考其家世，具有價值，將於下一期起分期登載。

△談科舉考試的人，多談鄉會試的情形，對於縣試每多忽畧。申生先生是廣東著名的學者，精于史學，又熟于廣東科舉故事，這篇「清末廣東縣試軼聞」，以輕鬆的筆調，寫舊日的「掄才大典」，談來覺得有趣非常。

△近年罵李鴻章爲漢奸者頗有其人，但李鴻章主持外交失策或主持國策低能，以致外交軍事皆失敗，却是事實，罵他爲賣國漢奸，則尚不至此。有些罵李鴻章爲漢奸的人，甚至罵他是買辦，巴結、諂媚外國人。其實李鴻章對洋人却是倚老賣老，非常倨傲的。文如先生「李鴻章對待外國人」一文，對此問題羅列不少材料來說明李鴻章不是諂事洋人的中國官僚。

△本刊的第一冊合訂本，本來打算從第一期至第十二期爲一冊，但後來有些讀者的意見，以爲最好還是每年出合訂本二冊，上半年一冊下半年一冊。這樣不僅便於收藏，而且也好記。這也是很有道理的，所以第一冊合訂本改爲從第一期起至第二十期止，即是一九六六年三月份起至十二月份止。第二冊合訂本則從一九六七年一月起至六月止，共十二期。合訂本附有目錄通檢，便於檢查。精裝本定價二十六元，平裝本定價十八元。

稿約

本刊的宗旨，是向讀者提供高尚有趣味的益智文章，並希望貢獻一些翔實可靠的資料，給研究歷史、文藝的人作參考。我們歡迎下列文章：（一）人物介紹　注重古今中外人物的描寫及其傳記。（二）近代史乘　注重近百年中國及國際政壇上重要事件的發生經過及其內幕。（三）史料　名[illegible]、[illegible]日記、[illegible]己、游記、自傳、傳記、年[illegible]錄，函[illegible]（四）趣味性的掌[illegible]

以上[illegible]過約畧舉出一[illegible]範圍，其實文史掌[illegible]的範圍很廣，不能一一[illegible]列，希望讀者認[illegible]史兩字寫文章便好。稿件內容不要評論[illegible]政治的得失，要注重輕鬆趣味，使讀者一[illegible]手，覺得開卷有益，不枉花了寶貴的時[illegible]

如[illegible]語體不拘，但最好還是用語體，以淺顯易懂的文言寫出一樣歡迎[illegible]一萬[illegible]不易刊出；超[illegible]稿務請附原[illegible]如[illegible]

來稿務請用稿紙書寫，如屬有史料性的文章，字體更要寫得清楚，一來使編輯人易於看懂，二來，排字工人也不致排錯。

不合用的稿，不管附有郵票與否，在收到後十日內寄還作者；如不寄還，就是要採用，但何時刊登，未能立即告知，請來信詢問。刊登的稿，在出版前二日即將稿費寄上。

原書原樣

大華

半月刊

第廿二期

林熙主編

·本期要目·

大華

第廿二期

大華 半月刊 第廿二期

一九六七年一月三十日出版
（每月十五、三十日出版）

版者：大華出版社
地址：香港銅鑼灣希雲街36號6樓
Ta Wah Press,
36, Haven St., 5th fl.
HONG KONG.
電話：七六三七八六轉

督印人：林翠寒
主編：林熙

印刷者：朗文印務公司
地址：香港北角渣華街一一〇號
電話：七〇七九二八

總代理：胡敏生記
地址：香港灣仔洋船街三十二號
電話：七二三四三七

一九三三年汕頭金融風潮

林熙

「潮州志匯編」（饒宗頤纂集，香港龍門書店印行）第四部分是「潮州志」。這部書是抗戰勝利後，饒宗頤在汕頭所編的，全書未竟，只印行大部分，共十八冊。因為印刷無多，十五年來，我未有機會買到。去年夏間，某君贈我「潮州志匯編」一部，放在書架，以備參考。今日偶翻「潮州志」大事志民國部分，其記事云：

二十三年（甲戌 公元一九三四）二月，汕頭發行紙幣銀號相繼倒閉，金融騷動。汕頭經濟，向賴僑滙挹注，民國十七年後，貿易入超愈鉅，値南洋凋敝，僑滙低減，潮汕日趨枯竭。二十二年夏歷年關（夏歷十二月二十四日），銀根吃緊，七日，汕頭大銀號光發、智發、鴻發盛倒閉。計三莊發行紙幣共三十餘萬元，負債百餘萬元。九日，乾興昌紙幣又宣告停兌，市面金融騷動，各縣亦被波及。汕頭市商會出為維持，加蓋汕頭市商會流通券於票面負責使用。其餘銀號亦實行聯保辦法，發行無保證白票（潮安商報）

三十年後的今日，我讀這段記事雖不怎樣大震驚，但對於一個封建家庭之興與敗，不能無感，因為這條記事和我家很有關係，對於潮汕經濟也頗有影響，所以將這件事原原本本寫出來作為「潮州志」的補充。

首先我得更正「大事志」所記的年份。民國二十三年（一九三四年）應為民國廿二年。「七日汕頭大銀號光發、智發、鴻發盛倒閉」，是民國廿二年十二月六日（即陰歷甲戌年十月十九日），而非陰歷十二月的年關期，十月二十日離年關期尚有二月。

我家在汕頭和親友合資經營的銀號（潮汕稱為銀行）有五家，火船行（即辦米豆什糧入口的商行）一家，最先開辦的一家銀號叫嘉發莊，是淸光緒廿七年（一九〇一年）成立的，光發莊創於一九一九年，智發莊創於一九二二年，鴻發盛哪一年創辦，我完全不知道。這三家銀號的創辦人都是我的第六母舅林晉珊和表兄林雁秋、林景若等人。又於一九三三年與人合資創設億發莊，初創時，由姪子高承烈掛名為「家長」（即經理，潮汕稱火船行、銀號的主事人為「家長」）。這五六家商號都用「發」字為號，則因為我祖父在道光末年在暹羅發了財，開設的米業都用「發」字「元」字，如元發盛、元章盛，元得利等，在香港的叫元發行，新加坡的叫元發棧，後來在汕頭的親友創設商號，就拉我們入股，對外說是「高家辦」的，取得一般人的信仰，其實我家參加這些銀號的股本並不很多，但以現金存入生息及以不動產借給為發行紙幣保證則為數極鉅，一旦倒閉，損失亦百餘萬元。從此我家的經濟大受影響，幸喜尚能把持汕頭的自來水公司和電燈公司，百足之虫，死而不僵，「聲威」尚可以騙人一時。

有些朋友見我常勸人寫些自傳給「大華」，就對我說：「你為什麼不自己寫？

」我答：「我爲人極平凡，所經歷的事也極少，毫無足述，就算寫出來也平淡無奇，不寫也罷。」但現在這篇文字，完全是涉及我家衰敗的開始，頗類傳記，勉强也可說是自傳的一章了。

先從幾家大銀號倒閉談起。

我在民國廿二年（一九三三年）辭去中國銀行總管理處的微不足道的一職後，遨游江南華北，到十月十日從上海趁海輪回汕頭，打算小住數月，過了陰歷年要再上歐洲，這次是去法國，意欲繼續研究西洋文學。怎知這次回鄉，遇到破產，家裏已沒有多大能力供應我讀一輩子書了。

到故鄉澄海縣後，我仍是住在汕頭的日子較多，有時早上回鄉，下午又趕回汕頭以應晚間花酒之宴（舊日汕頭的商人和富家子弟，沒有別的娛樂，只沉迷於吃花酒和賭博上）。十二月五日，我回澄海小住，七日上午九時許，我往九房的書齋敬業書屋和節之兄閒談，當時有個農人來交租穀，我便和他談桑麻，問這一冬的收成如何。農人走後，我們兄弟偶然談到一九二五年公家在南洋的生意失敗，節之兄便把六、七、八三位叔父大駡了一頓，駡他們只會抓權，抓了生意權就胡亂花錢，並未替公家賺過一文，使到海外數百萬財産，全部花光，還要從家鄉各房滙錢往南洋還債，眞是笑話，人家只有批寄回來，那有倒流之理！（「批」即僑滙）他又說：「你們二房雖然富有，但兄弟衆多，將來分家之後，也並不見得好。」正談到這裏，作梅姪（四房的孫輩）忽然進來，很神秘的拉我到門外，對着國公池，放底聲音對我說：「六叔，你知道三發倒閉了嗎？」（「三發」指光發、智發、鴻發盛）我聽後也吃了一驚，問他是幾時的事。他說：「昨晚九點鐘倒下的，伯昂、濬恩、秉策都躲開了。」我又問：「爲什麽會倒的？」他說：「聽說光發在上海的一張八萬元的滙票給宏發退了。票子兌不到現，當然倒閉，消息一傳出去，智發、鴻發盛也跟着倒了。」

這時候，澄海縣城已有不少人都知道這件事了，受影响的人頗也不少，人心皇皇，不可終日，街頭巷尾，已有人批評這件事，大駡宏發不該出這一招來制高家的死命。

十二月七日下午，又聽說嘉發莊也倒了。人們又說：「害人終害已，忘恩負義的人，也這樣下塲！」晚上得到消息，億發莊、永發行（火船行）和新加坡的智發盛倒了，更令人吃驚的是香港的元發行、嘉同發，曼谷的元發盛也先後倒了。不料汕頭的生意失敗也牽連到南洋的機構。

嘉發莊的家長名叫張淑邦，但實際抓權的是他的大哥張淑楷，淑楷這一系的生意頗不小，他的二弟淑畬主持兩家銀號，四弟淑銘主持上海的宏發和汕頭的兩家銀號，香港也開設了一家南北行（請姚慕秋做經理，似乎是和他合資的）。高家一系的銀號、火船行，上海方面的買賣是託宏發辦理，香港方面託嘉同發，向來相安無事。但高張兩家自一九二六年後，矛盾日深，照道理，如非有天大仇恨，就應互相幫忙，這八萬元滙票先代光發兌出，然後急電汕頭設法滙還。但宏發必欲將三發擠倒而後快，張淑銘之狼毒無良，張奮可（宏發的經理）之陰險兇辣，誠令人可怕。（一九五五年九月廿七日晚上，我在香港拜訪張淑楷，其時張君年已八十一，嘉發倒閉時，他年五十九。他大駡乃弟淑銘，並謂淑銘今在故鄉樟林，無以度日，不久將窮餓而死矣。）張淑楷兄弟大概沒有想到外間的人都以爲他們和我家有特殊關係，我家的生意倒閉而他們可以置身事外的。因爲三十年來，張淑楷都奉我家爲「正面東家」，而自居於夥計之列，見到我們兄弟叔姪，皆呼第幾少爺，下炕讓坐，很是謙遜，而我對他也很客氣，尊稱他爲淑楷兄。我家的生意一倒閉，外間的人對淑楷所開設的商號也失了信仰，便連帶也倒下去了。（淑楷一系的商號，在一九三二年後，也呈外强中乾之象，這一年，他因爲要籌一筆現款活動，向汕頭一家官商合辦的大銀行透支，銀行經理陳某和他很有交情，答應幫忙他。後來被上海總行知道，將陳某召往上海「受訓」數月，然後降往廣州爲辦事處主任。怎知一年後，廣州的業務比汕頭的更發達，陳某一變而爲廣州金融界「要人」，可說因禍得福。）

我家在汕頭的生意倒閉後，自一九三四年起，三發就和張淑楷一家以及其他債團打官司，經人調解，屢次談不攏，荏苒三年，到一九三七年一月才和解。當官司打得最熱烈的時候，潮汕老一輩的人大都批評張淑楷不對，駡他們兄弟忘本，因爲張淑楷之能有今日，完全由我的父親提携，後來又借我們的光，發了大財。老一輩的人喜歡講究因果報應，飲水思源這一類的話，對張氏忘本之舉，頗不以爲然。老實說，張淑楷之能成爲汕頭商界要人，確是得到我的父親照應，人所共知，張淑楷也常常這樣對人說。但怎樣照應法，以前在汕頭，我從未問過他，到一九五五年九月廿七日我訪問他，已廿二年不相見，廿二年前我還未到三十，他也只五十九，現在海外相逢，他已八十一了，但精神還很好，只是有點耳聾。我對他說：「曾經和先父談過話而到今日仍生存的人，只有淑楷兄你一個了，所以我對你特別尊敬。」他似乎很感動。於是我請他講講嘉發莊成立的經過。這件事他記得很清楚，因爲這是他發跡的里程碑呢。他說：「我的父親是樟林鄉一個小販，我小時候，覺得在家鄉沒什麼出路，就立意到汕頭碰碰機會。臨行時，父親只給我二百銅錢做費用，我憑了這一點點錢，就在汕頭熬起來。光緒廿七年，二太爺（引按：淑楷稱我父爲二太爺）從香港來汕頭，上一年，我已在泰安銀莊內寄莊，開設一家小小的找換店。一日，二太爺在泰安坐談，蔡明南、黃子清引我往見二太爺，談起來，二太爺很賞識我，贊我有大志，知道我想做銀業沒有資本，就慨然參加股份二萬兩，組織嘉發莊。從此年年獲利，爲汕頭著名的一家銀號。」（按：蔡明南是泰安的家長，黃子清與張淑楷同鄉，是我父的書童，後來提升管家帳房，也發了財，參加嘉發股份。一九二二年八二大風災，全家數十口死難，只剩一子。）

嘉發經營三十年，因每年都有贏餘，存底頗厚，如果我們要拆股，這二萬兩股本（聽說後來我家不止有二萬兩，陸續增加到四五萬兩）拆出來，嘉發就要拆給我們廿餘萬元。我的姪子伯昂是掌管生意大權的，又是電燈公司的總經理，大概在籌欵及放欵方面，和嘉發常有意見，有時受了氣就以拆股爲威脅，如果眞的拆股，要嘉發一時拿出廿餘萬元，實在沒法辦得到。（嘉發存底雖厚，但現金已爲淑楷兄弟移作別用，內容空虛也）民國二十二年九、十月間，伯昂眞的派人向淑楷提出正式要求，要拆股，淑楷又再懇求暫緩。不久而有宏發退票之事。（此事發生後，有人暗中對我說，自十一月中旬以來，淑楷、淑銘等每晚都召集心腹幹部，密議對付三發之策。而伯昂的一個母舅陳葆之又對我說，策劃退票者是一個樟林人張元章，此人前此爲伯昂的「清客」，日夕托大脚者也。後來不知如何與伯昂反目，一變而依附同鄉張氏兄弟，故爲設此策，以陷害伯昂云。但此種說法未可盡信。）

我家經此變後，元氣大傷，雖不致生活立刻發生問題，但一班無能力在外間找工作的大大小小少爺們就有問題了。他們平時在自己勢力範圍內的商店高踞要津，虧空公欵，視爲閒事，現在個個失業，而大少爺脾氣與習慣仍不能改，電燈、自來水兩公司雖說是由我家把持，但也不能一下子就盡把這班沒能力做事（可憐他們枉在書齋受過名師訓誨，但寫一封信未必盡能說理通順）的紈袴放進這兩間機構裏吃太平糧的。至於那個手握我家經濟大權的姪少爺高伯昂則絲毫沒有受影响，反而因禍得福。他趁這個機會藉口還債，把大部分公家財產（尤其是地產以及香港、廣州暹羅的股份生意及地皮等等）盡入私囊。一九三三年以前他極不主張分家，現在却竭力主張要分了。（一九四九年國民黨軍隊臨退出汕頭時，用機槍脅逼伯昂，勒索巨欵，皆美金港幣也。平時費盡心機搜括的金錢，大部分在汕頭購買地皮，一九四九年後，潮汕另一番景色，地皮無人過問，一年後，伯昂被兩公司的職工清算入獄，據說絕食而死。）我和兩個同胞的弟弟，伯昂兩個弟弟，一共五人，從小即外出求學，覺悟較早，深知這樣的家庭早晚必會崩潰，所以受影响不大，其他和我們年歲差不多的弟姪，在最初一年稍有影响，事定後，仍然渾渾噩噩，靠田租和地產，股份利息生活，一九四九年後，多半餓死，有些則病死或自殺。

溯自我的祖父以農人出身，隻身遠走暹羅，以經營米業起家，到一九五〇年，我們以富庶著名了九十五年，而在一九二五年以前，還忝稱爲潮州首富，其實經過辛亥革命時被地方武力所勒索，及一九三七年以前軍閥勒派軍餉，損失已重，只剩下空架子而已。幸得我們二房尚稱富足。（祖父共生九子，我父行二，在暹羅出生，母爲暹羅人。大概因娶我祖母金氏夫人後，就發了財，對次子特別鍾愛，又以長子是在家鄉的曾祖所撫的外姓子，所以祖父臨終時，以承繼權授給我父。幸而我父尚稱跨灶，一面掌生意大權，不忘讀書，考取一名舉人後，便專心商業，爲公家擴充各港生意，比祖父去世時剩下來的財富增加了十餘倍，所以二房在各房中，最爲富厚，雖曾滙出大量欵項往暹羅還淸公家債務，尚有餘力獨力經營香港的元發行和曼谷的元章盛，因此也爲各房所妒羨。這次倒楣，各房的人也有拍手笑呵呵的）我家參加林氏兄弟經營的三發，所佔的股份不多，但存欵可不少。本來股份占少，就不必以大批不動產借給三發來做發行鈔票保證的。（一九二二、二三年間，汕頭發生金融大風潮，銀號倒閉者甚多，因此商會要登記銀號發行的紙幣額，規定有若干產業才可以發行紙幣數字若干，保障人民不受損失）但因高林兩家關係太深，伯昂平時又受林氏兄弟所巴結恭維，奉之如衣食父母，便不顧一切，將父親遺下的不動產撥出百分之七十借給三發了。

綜計一九三三年汕頭金融大風潮倒閉的商號，單是與我家有關係的，計在汕頭的銀莊九家，火船行三家，在廣州的商號一家，新加坡的一家，上海一家，曼谷一家，香港兩家。汕頭其他倒閉的銀號共有多少，因與我家無關，我當時沒有作紀錄及統計，事隔多年，也無從知道了。

一九六七年一月一日，燈下。

唐紹儀徐行恭挫折洋稅務司

茹松雪

北京的稅務總署，是在光緒卅二年丙午（一九〇六年）設立的，主要是整頓全國稅收，尤其是各地海關和釐訂稅務的上下官制。以戶部尚書鐵良兼督辦稅務大臣，實權是在會辦稅務大臣唐紹儀的手中。因唐辦理外交多年（當時是外務部右侍郎），便于應付，管理海關的外籍稅務司。稅務總署成立後，電召駐滬的總稅務司赫德和各地海關稅務司到京聽訓，指示今後整頓稅收事項，也就是全國稅務會議。

當時赫德的官階是：頭品頂戴，賞戴花翎，太子少保，尚書銜總稅務司。這種官銜，是在唐紹儀之上的。（按：侍郎是二品官）。赫德到京後，即到稅務總署，遞名刺謁見唐紹儀。唐不接見；第二天再去，唐也擋駕。弄到赫德十分驚奇，託人去婉詞探問，唐即鄭重向來人說：總稅務司在中國服官四十多年，對于中國官制、官規，應該懂得。稅務總署是全國稅務最高的衙門，會辦稅務大臣是總稅務司的直屬上司。照例，下官見上官，初次必須用履歷手本（按：一名紅稟，是一種寫官銜姓名的全紅柬），穿公服。不然，是違犯官規。紹儀雖然不肖，也不敢違反朝廷的體制。望轉知總稅務司應該明白體制，恪遵辦理等語。赫德聞後，無可奈何，只得改穿補服，具備手本，晉謁唐紹儀。

原來赫德一貫自恃是外籍人員，官銜顯赫，目中無人。各衙門淸吏，多是顢頇糊塗，懾于外威，事事對他遷就，曲意奉承。如他來時，總是用賓主禮，開中門延見。這次唐紹儀接見赫德，故意根據定制，不開中門，要他走側門而入。談話時，唐正中坐，而令他旁坐。赫德講英語，唐命譯員傳話，唐雖精嫻英語，也講華語，而由譯員照譯。除了公事外，絕不談一句閒話。赫德退出後，皺起眉頭，暗中叫苦，認爲大失面子的生平奇恥，唐紹儀故意侮辱他。但也無法抗拒，只好忍受。這是唐紹儀有意挫折赫德平日的驕傲氣燄，目無上級官吏的狂妄舉動。

赫德于光緒卅四年（一九〇八年）返英，由英人安格聯代理。安格聯的傲慢、專恣，更甚于赫德。因爲辛亥革命後，北洋政府均是軍閥頭子所把持，絕無財政計劃，欠薪欠餉，災官泛濫，經常靠借債度日，多是指用關稅餘欵做抵償，仰人鼻息。尤其是北洋政府崩潰前的幾年，管理財政的，無一不向安格聯百計聯絡。因之安的氣燄更加澎脹。他到財政部與長官晤談，往往雙手叉腰，兩脚支在凳上，說話粗暴，絕無禮貌。財政部高級職員徐行恭（字曙岑，浙江杭縣人，諸宗元的詩友。北伐以後，在杭州辦理銀行）主管外債部門應行索還溢付的英德借欵案件，要爲國家挽囘鉅額權利，與安格聯作書面的爭執。据理駁斥，使安詞窮理屈，無可申辯。在最後一件公事，安無從答覆，惱羞成怒，拒絕接收。按理，總稅務司係財政部的屬員，公文呈式，應用命令，但爲優容客卿，素來採用公函，今安竟拒收主管機關的公文，實屬狂妄。徐行恭卽簽呈改用命令發出，還是被拒不收。徐知安不可理喻，卽繼續爲免安格聯職，以儆刁頑的簽請（當時恰值依据華會條約開徵海關進口附加稅，安格聯抗不遵辦）財政總長湯爾和，外交總長顧維鈞層級裁定。提出閣議通過，密令徐行恭先作安全的部署，並擬免職令。因當時有些官僚，勾結安格聯，恐風聲洩露，不得不保密布置。命令發出後（稅務督辦蔡廷幹同時免職，由司法總長羅文幹兼署）安格聯驚悚，立卽出京運動，另找辦法。被預先派在車站的警察攔阻，囑他交代辦理淸楚後，方能放行。安碰了釘子，一面向英使藍浦生申訴，一面設法到漢口、上海去活動。藍浦生提出抗議，又被駁囘。並聲明用人行政，政府自有主權，要待淸查歷年經手帳目，以明責任。英使沒有辦法而軟化。解決方式，由稅務處用公函說明安格聯在海關服務的勞績，並給他一年以內的薪金。英使又要求不剝奪他的勳位、勳章，保全面子。這是一九二七年二月的事。表面上看來，似屬于尋常任免，但在當時做的，實在不容易。安格聯免職，卽派原稅務司署總務科稅務司易紈士代理。易紈士雖屬英籍，接事後，一切比較就範，沒有赫德、安格聯的氣燄，但是全國稅務與各地海關，還是由外籍人員壟斷操縱。直到一九四九年秋冬間，九十年大權旁落的中國海關主權，才完全由人民收囘。（筆者按：安格聯的免職，自然是屬于主管的財政部的事，我特別提出徐行恭的名字，原因此案始終由他出主意而經手辦理，部長只是照例畫行而已。）

在此順便附帶一談唐紹儀自己遵守官規的事。唐紹儀在淸王朝，歷任巡撫、侍郎、尙書等職，又是民國成立後第一任國務總理，當過南北和議兩次總代表。而于一九三一年，他以西南政務委員會的常務委員，廣東省政府委員，中央監察委員等資格，兼任中山模範縣長。就任不久，重行訂定開闢中山港計劃，呈請西南政委會，廣民省政府派員履勘港界。當時西南政委會派出政務委員羅翼羣，粵省府派建設廳長程天固代表前往。當羅等抵達中山縣境時，唐紹儀已率領縣府全體工作人員，肅整衣冠，郊迎于岐關公路旁，跟着在縣府舉行盛大的歡迎會，並招待在共樂園下榻。羅等對唐說，「少老（唐少川）是我們的前輩，今日如此的隆重禮遇，實不敢當。」唐卽鄭重的答，「禮當如此，你們今天的使命，等于舊社會的『欽差』，我是以縣長的資格出迎，是理所當然的。倘在前淸，還要跪着恭迎的呢，況且開闢中山港，實爲國家經濟建設的百年大計，又可以紀念孫先生，事體重大，我雖老邁，怎敢怠慢呢！」

把以上兩宗事來看，說明了唐平日重視官場的體制，且敢于挫折赫德的驕矜，在當年淸吏中，算是庸中佼佼的一個了。

「洋宮保」赫德

·竹 坡·

舊日上海的「洋關」（上海人稱海關為洋關，因洋人把持，喧賓奪主之故）前，有一座頗大的洋人銅象，這就是上海著名的赫德的遺容，銅象底座有四級石階，石階上是很高的四方形象基，象基四周是四塊大碑刻，北面的碑上，刻着一個頭戴帽子，手執寶劍但又赤身露體的男子。他跨着大步行走在地球上，帽沿和足踝上各長了小小的一對翅膀。南面刻着一個穿短衣長裙但却赤着雙脚的女子，她站在一塊岩石上，面對着波濤洶湧的大海，雙手向前平舉，手中握着一盞光芒四射的圓燈。西面的碑刻明白地寫着這個英國人赫德的生卒年代和簡單的履歷，兹將碑文摘錄如左：

前淸太子太保，尚書銜，總稅務司，英男爵赫德君，字鷺賓，生於道光乙未，卒於宣統辛亥。享遐齡者七十七年，綜關權者四十八載，創辦全國郵政，建設沿海燈樓，資矜式於邦人；備咨詢於政府，誠慤謙忍，智果明通；立中華不朽之功，膺世界非常之譽。爰鑄銅象，以志不忘……

銅象之建，始於民國二年（一九一三年），三年五月二十三日建成，上海的中西官紳名流都參加揭幕典禮。到一九四二年，日寇協助汪僞組織收回上海租界，中國人民才把赫德的銅象搗毀，只剩下象座的殘跡，又過了六年多，中國人才將殘餘掃除淨盡。

赫德于光緒三十四年（一九〇八年）因病請假回英國養病，後又呈請辭職，淸廷不准，但賞假一年，囑其安心靜養，到宣統三年辛亥（一九一一）死去，八月初二日，淸廷下諭旨予以優卹，有云：

總稅務司赫德，於咸豐年間來華，由粤海關副稅務司洊升總稅務司，疊受先朝恩遇，歷經賞給按察使銜、布政使銜、花翎、頭品頂戴，並雙龍二等第一寶星，三代正一品封典，太子少保銜。前因病請假回國，復賞加尚書銜。該總稅務司供職中國，所有通商各口設關徵稅事宜，均由其經手創辦，以及辦理船廠，設同文館，赴各國賽會，設立郵政，經始計畫，悉臻妥協，遇有交涉，時備咨詢。在中國宣力五十餘年，深資贊助，兹据稅務處呈遞出使英國大臣劉玉麟來電，遽聞溘逝，軫惜殊深！加恩著賞加太子太保銜，伊子赫承先，著賞換雙龍二等第三寶星，以示優異！

赫德生前，他的曾祖，祖父，父親皆蒙淸廷賞給正一品封典，死後，其子亦得到好處，但不知赫德臨死時有沒有遺摺謝恩一番耳。

這個洋宮保久居中國，染上極濃厚的官場惡習，同時又愛好中國文化，據翁同龢日記說，他熟於孟子，墨子，甚至請名師教其子赫承先習八股文，並捐納順天籍監生，欲應順天鄉試，因順天士子反對而罷。

丁貴堂與上海海關

張猛龍

一九四二年以前，中國的海關主權完全操在外國人手上，到一九四五年日寇投降，國民黨控制下的政府中樞，由重慶飛　江南地區接收，忽然廹上海江海關的稅務司丁貴堂辭職。財政部廹一個屬員辭職，本不足異，但可怪的是繼丁後任的却是一個碧眼紅鬚的英國人，這就激動全國人民公憤，紛紛起而反對了。當時的政府不大愛惜主權，也不大顧國體，一意孤行，人民亦無可如之何。丁貴堂辭職後，不敢說出其中黑幕。只好移交後任，從此海關又爲洋人所控制，商人入海關，非用英文不行，見這個洋大人，又非講英語不可，無不叫苦連天，大罵政府媚外。

丁貴堂是遼寧人，生於光緒十七年辛卯（一八九一年），北京稅務專門學校出身，歷任江海關幫辦，副稅務司，稅務司，江海關副總稅務司等職，一九四九年後，任海關總署副署長（正署長孔原），後來似乎又曾任人民代表，一九六二年十一月廿一日死于北京。

國民政府從重慶飛出來上海，海關叫做自主了，但當時的行政院長宋子文却非常媚外，他認爲海關是外國人創辦的（其實中國設關徵稅，古已有之），非外國人主持辦理一定搞不好，此固由其媚外性成使然，不足爲怪。又因爲慘勝後，上海走私之風極盛，海關窮於應付，凡是軍艦，軍用飛機及裝載行總、聯總物資的船隻，江海關例不檢查，而該種船隻軍艦飛機的員工、軍人，往往利用職務上的便利，作大規模走私。海關對每月貨物走私漏稅的總數雖無法統計，但據各方面觀察當在數十萬萬元以上（一九四六年的法幣數十萬萬元，也是一個頗大的數目）。江海關因洋人走私風大熾，於一九四六年三月函請美軍當局協助，凡乘軍艦及軍用飛機來上海的普通商人，均須經海關人員檢查，以免挾帶違禁貨物。這一來不特觸怒了美國的軍民走私集團，就是國民黨內的皇親國戚也認爲豈有此理，因此有廹走丁貴堂，而以英國人白禮查爲稅務司之舉。江海關全體職員對此極端不滿，有若干高級職員因此遞呈辭職，爲一九四六年六月上海一件大事。現在畧述其經過。

江海關稅務司丁貴堂於一九四六年五月向財政部辭職，繼任人爲英籍職員白禮查，於六月五日到差，十八日辦理新舊任交替手續。從此中國海關又重落英國人手中，因引起各方面的反對。據當日一位海關老輩指出，中國和外國通商，設置海關，已有一百零二年的歷史。太平天國戰爭之時，因上海道台吳煦一時昏庸，把江海關的主權拱手讓給英國，從那時起，江海關的主權一直在英國人控制之下，看了從前外灘矗立的英人赫德的巍巍銅像，便可想見其權威了。

慘勝後，當局根據一九四三年一月十二日「中英中美平等新約」的「精神」，派丁貴堂爲稅務司，被攫奪已達百年的主權，才正式收回。但丁貴堂只做了八個月，據他在上海「大公報」發表的公函稱，江海關稅務司的更換，係因他原任副總稅務司，職責艱鉅，勢難繼續兼任，於是呈請辭職，遂有白禮查繼續任之事，否則不會發生的。但入們大都認爲這是丁貴堂的外交辭令，其中酸甜苦辣，他是不便吐露的。

全國輿論對江海關主權重落在外人手上一事，攻擊極烈，有種種理由，歸納下來，皆一致認爲「中國海關豈眞無人才，主權所在，不容外人置喙。」人們更認爲英國人不懂華文，往來公文，勢須譯成英文，因此不獨延宕工作，且將因不能暢達而致貽誤。中國商人向白禮查接洽公務，因語言不通，必多窒礙。反之，英商方面，則必能獲得不少便利。（按：光緒中葉，淸廷的外交機關擬派赫德爲全國海防道台一職，薛福成時任駐英公使，極力反對，謂赫德爲人陰鷙，表面雖爲中國，其實骨子裏處處爲外人打算。淸廷遂將此議閣置。）

國民政府見各方面的人反對激烈，也官樣文章，發表一些見解，據說，派白禮查爲江海關稅務司一事，係根據海關施行數十年來的人事制度，依該項制度，江海關人員更動，悉視其資歷能力學識等而定，目前該項制度仍在施行期間，所以才任用白禮查。白禮查在中國海關服務已三十五年，曾在九龍關等任職，依規定，任用他爲江海關稅務司，乃最適當人選。

其實丁貴堂的資歷經驗與學識，樣樣皆不在白禮查之下，更有一著比白禮查爲高，就是白禮查不懂中文，丁貴堂懂。國民政府不用中國人，偏偏要用洋人，其媚外可見一斑。據白禮查對人說，他接到委任狀後，曾收到匿名信多封，均以恐怖手段威脅，他都不理。

六月十八日，白禮查正式視事，由丁貴堂介紹全體職員相見。白禮查用英語報告一番，畧言他在中國政府服務已三十三年，此次被派爲稅務司，希望全體職員和他合作。外間輿論反對此事，應該向中國政府表達，只有政府才能定其行政方針，他惟有服從政府命令。白禮查這番官話，與行政院長宋子文答新聞記者所問的「行政主權」如同一口所出，甚有趣也！

垂虹橋詩聯

湘山

垂虹橋在江蘇吳江縣，橋身像個半月形，長若垂虹，因此叫垂虹橋，這種橋的命名，是顧到四周的景物的，此橋已有八百年歷史，自宋人米元章，姜白石二詩一唱再唱之後，橋名在文藝界中就响亮起來。米南宮詩與姜白石詩，題皆作「過垂虹」。米詩云：

斷雲一片洞庭帆，玉破鱸魚金破柑。好作新詩繼桑苧，垂虹秋色滿東南。

姜白石詩：

自作新詞韻最嬌，小紅低唱我吹簫。曲終過盡松陵路，回首烟波十四橋。

垂虹橋舊有長聯，三十年前楊天驥（字千里，吳江人，一九五八年十二月死於上海）曾對我說過是某人所作，今已忘其名，但聯語則錄存，今鈔於此。

元官翻宋制，利涉已五百七十年。勝國頻更，留傳盛世，賴先賢遺愛，添修片石泥丸，孤廟宛中央，最關係者，治徧甘棠，驛通檇李，帆開北漕，棹入南沙，得此間坦蕩依然，塵趨霧過，趁閒暇携筇徙倚，著屐徜徉，全不似拾級升階，須兩手摳衣，到雁齒排時，鵾聲啼候。

湖勢變江流，上游有三萬六千頃，洪濤滾注，直灌吳淞，藉一線長虹，鎖斷橫波倒溜，小亭容獨坐，數古今來，闔閭門鴨，館啓鬧鶯，閣引快風，灘臨弔雪，問當日烟雲何處，兎走烏飛，望蒼茫曲渚回漩，遙汀瀰漫，只賸了夕陽斜照，聽一聲漁唱，在羅馨沚外，浮玉洲邊。

吳江在唐朝爲松陵鎮，五代時，始爲吳江縣，元升爲州，明朝又降爲縣。淸亡後，不再屬蘇州府。吳江爲太湖支流最大的一條，一名吳淞江，自太湖流經吳江等地，滙黃浦江入海，江口就叫做吳淞口。檇李是春秋時代一個地方名，現在是浙江嘉興縣。北漕指北運河，因明淸國都在北京，南方運米以供京師官民食用，此種運輸就叫漕運，設漕運總督管理。

廣州商團扣械案的眞相

直言

一九二四年廣州商團扣械一案，釀成軍、團互戰，西關慘遭焚殺擄掠，爲粵省空前鉅案，論者紛呶，咸不免因個人立場而有所偏。故迄今尚無信史，非將兩方辯爭第一手資料，詳晰比勘，難明眞象。故不嫌繁贅，詳列如下。

（甲）大本營軍政部務字第五三號准商團運械之護照

茲據粵省商團總所呈報，向南利洋行購買步槍四千八百五十桿，另配子彈一百一十五萬顆，駁壳手槍四千三百三十一桿，另配子彈二百零六萬顆，又大小手槍六百六十枝，另配子彈一十六萬四千二百顆，合共一千一百二十九箱，請發護照運回應用等情。合行塡發護照，仰沿途水陸軍警暨各關卡一體查照放行，毋得留阻。須至護照者。　右給粵省商團團長陳廉伯收執。

中華民國十三年八月四日　限十一月四日繳銷。部長程潛。

（乙）廣東省長公署扣械布告

案照哪威哈輔商輪私運大幫軍械進口，前據粵海關監督署報告，本署亦將辦理情形詳晰布告在案。但恐各處商團於本案原委，仍有未盡明瞭，亟應再行剖告，藉杜熒惑。查槍械子彈爲軍用品，按照定章，必須將購用理由數目先期呈奉核准，方能起運，定章具在，無可逾越。本署爲管轄全省最高民政機關，團部購槍，該商團公所始終無隻字呈報到署，私販軍火，罪等謀亂，此應查究者一。各團軍領槍，查該商團公所存根，不過五千餘桿，哪威哈輔商輪，現運槍枝，將及萬桿，兩相比較，相差四千餘桿之多，此項逾額槍枝，究係何人訂購，將作何用，此應查究者二。八月三日，陳團長廉伯致許崇浩轉呈軍政部，聲明此項槍枝，爲本公所訂購，三個月內准可由歐洲起運，而商團友許崇浩受陳團長之囑託，致軍政部函，又謂商團訂購槍枝，外人須得本部護照始肯簽約。查軍政部係於八月四日核發護照，倘陳許兩函所述是實，則八月四日前，商團購械，尚未簽約，歐洲距粵，程途萬里，豈能頃刻立至。是就陳許兩函嚴格解釋，哪威哈輔商輪所載槍械，不得指爲商團訂購，事理至明，不容混飾。若謂確係商團所購，則按之時日，必訂約於數日以前，陳廉伯身爲團長，當必瞭然，何以託許崇浩轉報軍政部，有領照後外人始肯簽約之語，而該團長原函，且謂三個月准可由歐洲起運，迷離變幻，莫可究詰。訂槍九千餘桿，關係至重，豈能兒戲出之。果屬爲公，何所容其欺飾，此應查究者三。槍械運到，政府正在澈查，如確係商團所購，事實縱有未符，苟事出有因，陳廉伯身任團長，儘可來署陳明，本省長自必樂予維持，何以密商李軍長代任起卸，許以駁壳二百桿酬勞，李軍長拒絕不允，乃轉而密請於滇軍。差幸各軍隊深明大義，不爲所惑，否則因此驟生變故，咎將誰司，此應查究者四。查陳團長所收團友槍價，核與原定價，貴賤相差甚遠，苟爲公共防衞計，何以有販賤賣貴之弊，此事後發覺，又應查究者五。在承平時代，一槍一彈，來歷不明，猶待跟究，現值軍事期間，東江南路，逆氛尚熾，今運槍及萬桿，子彈三百餘萬顆，且有機關槍四十挺，疑竇百出，黑幕重重，萬一爲敵人利用，莊嚴都市，何難立變戰場。粵人生命財產所關，若因坐視不理，釀成意外，何以對我粵人，此爲維持治安計，尤不能不查究者六。哈輔商輪，懸掛哪威國旗，按照國際慣例，運載大幫軍火，必須先期呈報所在政府，軍事期內，尤須愼重，今竟直運至省，並不遵章報明，實屬蔑視我國，爲國家威信，不能不將該輪扣留。具此七項理由，故稟承大元帥飭將哪威哈輔商船，及所載軍械，移泊黃埔，以待查究，現爲解釋商民疑團起見，合再鄭重宣言，各商民務宜安份營業，靜候查明處置，萬勿受人煽惑，自生紛擾，掬誠開示，其各凜遵，此布！廣東省長廖仲愷

（丙）粵省商團軍全體同人宣言書

粵省商團購械之議，始於民國七年，迭經評議會議決訂購，徒以歐戰以後，華會議決停止輸運軍用品入華，訂購殊非易易。故一面通知團友，預繳槍價，一面重託陳團長設法主持，兩年以來，訂立契約，因無結果而取銷者，凡十餘次，請領護照，因逾期而失效者亦有之。評議會之催促，團友之責難，更不可勝數。幸賴陳團長之毅力熱誠，並得友邦之通融諒解，遂向南利洋行，訂約購運。省外各屬，如佛山桂洲東莞從化瀾石石灣等處，亦紛請搭購前來。陳團長以同屬商團，理當一致，亦不能不慨允代勞。船將抵粵，遂先期向軍政部呈准發給務字第五三號護照；註明准予起卸，仰沿途水陸軍警關卡一體查驗放行在案。詎軍械商輪抵粵之初，即奉大元帥令海關制止起卸，未幾，即派艦監視，未幾，又將械船拖泊黃埔，未幾，又取銷執照，更未幾，又督工起卸，愈迫愈緊，率隊請願，不蒙體諒，函電呼籲，悉被扣留，而官廳文告煌煌多所指摘，不有申辯，何以自明。用特將官廳指摘各節，詳晰辯明。想公道在人，當必有正當批判也。其一爲護照問題，查商團歷次購械，均以陸軍部照爲憑。大本營軍政部，即爲大元帥主管軍政機關，與陸軍部同其地位。況軍政部明明稱大本營軍政部，則該部實爲大本營之一肢體，軍政部核准，即與大本營核准同。乃軍部發照於先，而帥諭取銷於後，是何異賴債者借款到手，而取銷借約。在私人尤爲無行，在政府詎能爲之？威信爲政府命脈之源，似不宜斲喪至此，此其一。其二爲時間問題，查該運照內，附有效時間，即謂於有效時間內，餘時皆可輸運，否則附此期間何益？至以程途核計，須知軍用物品之輸運，與其他商品不同，關卡之搜查，海盜之防備，在在均須審慎，預爲核算，不能不寬假時期。抑尤有進者，軍用物品，關係重要，際此强徒勢盛之時，預爲宣示，難免泄漏，則糾黨截運，自在意中，故示緩期，正爲安全起見，當事苦衷，同人共諒。政府之明，詎不知此？至因程期之故，而疑及另有他圖，不思此次運入之械，倉單儎紙件數貨主，一一相符，何能頂替，故入人罪，何患無辭。此其二。其三爲槍數問題，查商團爲武裝機關，經政府認可，其應有軍事設備，自不待言，團員之數，日有增加，則軍械儲藏，自不能免。開辦之初，領槍五百，團員尚未足五百人，政府既無不准商團儲械待領之明文，復無按員給械之先例，則預購待領以便將來，究無違法，若慮預購爲圖利，不思購械主體，爲粵省商團，而非私人名義，來價若干，團員請領又取價若干，彰彰可攷，間有餘溢，亦歸團體，非歸個人。苟非售出團外，卽不能指爲圖利。至防範私售，儘可行烙印監

發等項辦法，無扣留之理由，且即以吳處長檢查之數目，僅在敝公所掛號繳欵者，長槍存根五千三百餘桿，駁壳存根一千九百餘桿，其餘在滙豐、華昌兩銀行，均信、昌華兩銀號掛號繳欵者，尚未查攷，復加以佛山桂洲石灣瀾石東莞等處搭購者，尚未計及。約畧計之，當已不敷分配，更何利之圖，更何辭之可藉？此其三。其他牽涉政治挑撥搆陷之流言，更爲可哂。我商團成立十餘載，中經政變六七次，曾無不態度光明，除保衞治安，絕無別種舉動。蓋團中自團長以至團軍，各有身家，不能輕動，政治競爭，勝負莫測，誰肯供人孤注，自取禍端。至對於政府，不爲積極之幫忙，對於政派，均友而不黨，此正所以保持其中立不倚之特性，不能謂不積極幫忙，即是反對，不爲羽黨，即屬仇讎。故附秦附楚之流言，悉屬含血噴人之技倆。其餘手續之小疵，揑辭之詆毀，尤不足辯。總之商人不得已而購械自衞，原屬補政府之不逮，免强暴之侵凌，乃務必斷肢削體，而置虎狼羣中，覩其慘遭吞噬以爲快，是誠何心，實所未解。同人等力竭聲嘶，無可告訴。惟有詳叙緣由，訴諸公論，或冀藉與論之力，挽回於萬一焉耳。迫切陳詞，伏維公鑒。　粵省商團軍全體同人啓。

（丁）省署覆旅滬粵商電

上海粵僑商業聯合會、廣肇公所、潮州會館、大埔同鄉會、香山同鄉會、肇慶同鄉會、南海順德會公鑒。皓電悉，粵商團械，據陳廉伯許崇浩八日函稱，發照後簽約，並准三個月由歐起運，且係英製八二廢槍，現在截獲哪威輪船私運軍械，係於發照後六日運到，驗係輝盛德製七六三口徑，時日不符，形式各別，自不得藉以影射。現定團軍先已繳價，領有商團公所正式收據者，仍予承認，准其補價領槍，實已特示體恤。一般商人，均已恍然大悟。至陳廉伯謀爲不軌，業查有確據。政府爲維持治安計，在所必懲。正當商團，本係良善份子，亦已明白佈告，斷不牽涉。遠承電詢，特陳概畧，即希察照。仲凱叩，八月廿一日

（戊）省署申明繳價發械之布告

案照扣留哪威商輪軍械一事（中畧）查核程部長說明書，據許崇灝函稱，商團槍械，係英國八二口徑廢槍。現在截獲那威商輪槍械，係七六三口徑，此項私運槍械，不能指爲商團所購，足爲鐵証。陳廉伯藉以影射，而不知時日俱在，豈能移後作前，式樣不同，又豈能指鹿爲馬。此則一言定明，無待贅說者也。（中畧）商團購領鎗枝，應照章列冊呈報來署，准照民團條例，立即給發。每桿定價一百六十元。其前經在商團公所繳欵領收據者，亦特示體恤，概予承認，即已繳百元者，准予補繳六十元，立即發鎗。似此辦理，政府於商團愛護至深，並不以一二人之謬誤，牽涉全體，苦衷已可共見。近日商團迭發誣詆政府之宣言，遍貼通衢，何異作亂。（中畧）粵商生死關頭，繫此一線，各宜猛醒，毋入迷途。本省長愛民至切，故不惜再三剖誠相示，期祛疑竇，藉過亂萌，其各懔遵此布！廣東省長廖仲愷。

（己）廣州市民對政府扣留商團軍械之宣言

（上畧）商團之要求，係無條件完全交還槍械。今忽謂照民團領鎗條例交給，查民團領鎗，係領政府自製之鎗，先須由縣知事具結証明，復經師令核准，責繳鎗價護照各費，然後交縣署轉交，今該械爲商團經政府特准合資自購之鎗，豈能與政府製發者相提並論，是直政府將商團之械，據爲己有，而後以轉發騙財耳。譬之賊奪事主之贓，又須事主備價取贖，此等匪行，堂堂政府，公然爲之，至堪駭怪。況在政府方面，如認爲私運，則應全部沒收，如認爲商團認購者，即應發還，則全部鎗械，均爲省內外各屬商團所定購，無一部應發還，一部不應發還之理，究竟政府認定應否發還，以何者爲標準，未奉明示，索解尤難，（中畧）區區軍械，所值幾何，乃至不惜失信於天下，叢怨懟於閭

闊，以圖切奪，何期見之不廣，思之不深，一至於此。（下畧）粵省市民七十萬人公啓。

按商團扣械一案，兩方爭持之論據，上列甲乙丙丁戊五項，業已詳載無遺。試一加比勘考核，省署扣械布告之一、三、五等點，商團宣言書之一、二、三等點，均已剖析詳盡，堪稱滿意。省方之時日不符問題，團方謂「强徒勢盛之時，預爲宣示，難免泄漏，則糾黨截運自在意中，故示緩期，正爲安全起見。」所謂强徒，殆指滇桂軍而言，江防會議之役，誤傷省長胡漢民，拘留軍司令魏邦平，共知共見，以同仇敵愾之友軍，仍不免乘機拘留統帥，以遂繳械之願，商團力不及魏軍之强，則故示緩期，以保安全，持之有故，言之成理，自應予以體諒。其惟一不能無疑者，則省署致旅滬粵商電，及申明繳價發械佈告之鎗械式樣問題。原布告有查核程部長說明書，據許崇浩函稱，商團鎗械，係英國八二口徑廢鎗，現在截獲哪威商輪鎗械，係七六三口徑，此項私運鎗械，不能指爲商團所有，足爲鐵証。」此爲省署判定哪威商輪所運軍械爲私運，而非商團所有，決予充公之有力論據，故有足爲鐵証一語。陳廉伯對此點從無明白之解釋。商團宣言亦漏畧此一重要之點，而以手續之小疵，尤不足辯，輕輕帶過，此爲省署商團互爭之癥結，一加比勘，立見水落石出。今已事成過去，吾人爲研究歷史重點，恨不能起陳廉伯而問之。更有進者，則省署所提之第四點，陳廉伯以駁壳二百桿爲謝禮，先後請求李福林及滇軍代任起卸。政府既已判决私運充公之軍械，竟以賄賂運動軍隊代爲起運，何異借軍隊之力，以打倒政府。省署繼之以通緝陳廉伯，似亦此舉有以激成。至於商團，則自龍濟光濟軍據粵，以至滇桂軍入粵，時蒙外江壯士攔途截搶之患。商團保衛力强，粵人莫不視爲外江壯士之尅星。省粵尊重民意，故繳價發械之報告，有「政府於商團愛護至深，並不以一二人之謬誤，牽涉全體。」與「商團領槍，准照民團條例，立予給發。」及「前經在商團公所繳欵，領收據者，亦特予體恤，概予承認。」之語。則商團，如欲領槍，准可依照佈告辦理，立可得鎗，並無損失，一了百了。蓋此布告已將陳廉伯與商團明白區而爲二矣。無如陳廉伯離粵赴港之後，商團主持人仍將兩者混而爲一，請求無條件全數發還。但省署認爲有程部長說明書，據許崇浩函稱：「商團鎗械，係英製八二口徑廢槍。」而哪威商輪私運沒收之械，係德製七六三口徑，是二非一，不允取銷沒收之判决，而糾紛因以擴大。吾人爲研究歷史重點起見，亦恨不能起商團主事人而問之。依省署布告，區而爲二，既可順利領鎗，毫無損失，何必强混爲一，「惹屎上身。」且强令省署取銷沒收之判决，不特省署布告，有鐵証在，决難得其允可，在商團亦無堅確之理由。「手續小疵，尤不足辯」二語爲商團宣言之大病。蓋英製八二口徑廢鎗，與德製七六三口徑鎗，顯有區別，不能指爲手續小疵也。至於省署其他佈告之勾結洛吳，攻城作亂，等語，尙無確據，僅出謠諑，商團宣言書認爲挑撥搆陷之謊言，似亦不爲無理。是否近於衆惡皆歸，竊覺此時亦難臆測，故概予從畧。至廣州市民宣言書，則與商團宣言，同陷混而爲一之大病。其所謂「政府如認爲私運，則應全部沒收」正合省署布告之一貫主張，至所謂「究竟政府認定應否發還，以何者爲標準，未奉明示，索解尤難。」則對於省署私運沒收之布告，並未寓目，而誤認「依照民團條例領鎗，前向商團公所繳欵者概予承認」爲發還一部，未免盲目批評之病。因之有「匪行」「刼奪」之責言，省署遂認爲誣詆之宣言。雙方各趨極端，終於釀成八月廿二日之第一次罷市。但罷市既凝治安，工商亦因而停業，豈能久持。范石生、李福林等出而調停，改爲發還團械。但廣州市工代會出而反對。

（庚）廣州市工代會通電

昨閱報載罷市風潮，已由滇軍第三軍長范石生、第二師長廖行超出任調停，議定六項條件，並担任發還全數鎗彈，殊深駭異。（中畧）敝會等爲代表全廣州工人利益，爲擁護國民革命政府計，對於此項不允當之條件，誓不承認，邦人君子，尙祈垂鑒。廣州市工人代表會叩東。

廖仲愷亦因發還團械，與其私運沒收繳械之布告衝突，隨而引退。孫中山以胡漢民接任省長。當於十月十日發還一部份軍械，由民團統率處督辦李福林會同商團代表辦理，乃於西濠口起運之際，工商團忽生衝突，終由福軍警察調停，幸得了結。乃商業聯合會忽發生繼續罷市之通啓，李福林亦發出指斥商團之通電。

（辛）廣東全省商業聯合會通啓

頃接商團通告，政府發還軍械，實得長鎗（馬鎗在內）二千一百四十九桿，短鎗駁壳一千八百五十一枝，子彈一十二萬四千五百五十二顆，尚欠交長鎗二千七百餘桿，子彈三百三十餘萬顆，所差尚鉅，等語，查我商人全省罷市，要求發還完全團械，及豁免苛捐。今團械雖還一部，但鎗數未及十分之五，彈數未及十分之二，即未完全發還，是第一條件猶未臻妥協，當然遽難開市。特此緊急通告，希各商號繼續堅持，照舊罷市。成敗利鈍，在此一舉，把定堅持到底之旨，勿虧爲山一簣之功，嗣後非有敝會及專人派送之傳單，切勿開市，以杜僞冒，而昭劃一，是爲至要。中華民國十三年十月十日，廣東全省商業聯合會謹啓。

（壬）李福林之通電

昨據商團副團長李頌韶、總稽查黃礪海面稟稱，扣留團械一案政府日久尚無解决方法，現在各團友愈加憤激，誠恐風潮復起，殊非地方之福，請督辦出任維持，力請政府將現存鎗彈發還，無論三千或四千五千，但能一次發還團友，則無事不可商量，斷無再復苛求之理。對於政府方面，請督辦担任，對於商團方面，則責成副團長總稽查担任，等情，前來。福林以該副團長所稱各節，亦屬一片苦心，事尚可行，當即請求胡省長轉呈大元帥察核，得蒙照准，並責成福林辦理此事，遵即星夜約同商團代表黃礪海分團長團友崔緝堂、林清義、黃安泉、謝偉民、李庸翁，總商會代表陸卓卿、劉成耀，愛育善堂潘錫藩，善界廖國賓暨公安局長商民譚禮庭招介臣諸君，同赴黃埔，將扣留團械現存長短鎗共四千枝，子彈二萬四千五百餘顆，儎運回省，點交商團代表李頌韶黃礪海領還。迭經該代表堅稱，械已發還，各團友斷無意外舉動等語。詎鎗彈收領既畢，而罷市風潮，即接踵而生。似此情形，實難叵測。昨十一日，福林親到商團公所，召集各分團長，諄諄誥誡，曉以大義，而若輩仍不肯刋發傳單，布告開市，毫無維持商塲之誠意。福林向來忠厚，待人以誠。詎料該代表竟報以詐。福林德不足以服衆，才不足以禦奸，此次辦理失宜，負咎重大。爲此電懇我大元帥許總司令胡省長嚴加議處。各袍澤各社團諸君子實施教訓。福林血性男子，此次爲鄉爲國，光明磊落，可表天日，竟致墮入術中，夫復奚言。涕泣陳詞，伏維鑒察。

民國統率處督辦李福林叩文。（待續）

「晶報」譏孫中山

一九二七年以前，國民黨的勢力不能達到北方各省，在孫中山先生領導下的革命勢力，只局處廣州一帶地區（東江地區，有時還是陳炯明的勢力）。孫先生死後一年，國民革命軍北伐，一九二七年三月，北伐軍攻占上海後，江南地區漸入革命軍之手，國民黨勢力便由南而北，上海的報紙，才不敢再作誣衊中山先生的言論。

上海小型三日刋「晶報」，自一九一九年出版以來，就時時在報上刋載反孫的文字，一九二四年廣州商團之役，漫畫家黃文農寫了很多漫畫登在「晶報」，譏刺中山先生。其中有一幅我還記得很清楚，中山先生騎在馬背上，一手執「三民主義」一本，一手執劍指揮軍隊進攻商團，而商團則以墨盒、帳簿、算盤、毛筆等爲武器對抗。不知者以爲中山先生向手無寸鐵的商民進攻，而不知廣州商團實力之宏大也。

自一九二七年五月以後，上海的報紙，再不敢隨便批評政府了，再過七年，而有「申報」老板史量才被暗殺斃命一事。　•士　可•

續談丙午往事

△遜 伯▽

林熙的「丙午談往」，有關六十年前的京中政治掌故，軼事秘聞，如數家珍，娓娓動聽，且能給我們了解個中的內幕經過，得益不淺。讀了之後，見獵心喜，百忙中續寫幾段，以供參攷。效颦之譏，敬謹接受。

上一個丙午（一九〇六），就是國內外革命各派聯合起來，統一戰線的組織中國同盟會，共同反淸的第二年，黨人們分頭進行，不到六年，滿淸政府便垮台了。章炳麟前年爲了上海蘇報案件而入獄，就在這年的夏間五月，期滿釋放。同盟會本部推派鄧家彥、龔鍊百、時攻玖、仇亮等到滬，歡迎到東京，担任「民報」總編輯。章出獄後，即由馬君武招待到吳淞中國公學，休息數天，然後才赴日的。這年冬天，「民報」出版週年，舉行紀念大會，參加的六千人有多，孫文、黃興、章炳麟等，都有講話。這個階段，是革命派民「報」與君憲派「新民叢報」的政治論戰最激烈時期。結果，革命派取得了輝煌的勝利。最現實的，就是革命派喚起全國人民把淸王朝推翻，而君憲派的政治思想，成了逆流，始終無法保皇。

國內各省與歐美南洋一帶，先後設立同盟分會，發展成員，同志們分頭努力活動，國內加入同盟會的，已超出萬人的數字，國際人士，同情中國革命的也很多。孫中山派黎仲實、胡毅生、喬宜生等，偕同天津法軍參謀處武官七人（事前由孫與法國武官布加卑聯系好），分赴粵桂川滇南京武漢等省，調查聯系軍事政治工作。而在實際行動，轟動江西、江蘇、湖南、湖北四省的，就是萍鄉、瀏陽、醴陵的暴動。原因：湖南方面哥老會首領馬福益在年前殉難後，會黨時刻憤思復仇。由蕭克昌、李金其、劉道一、龔春台等策劃一切，團結反淸徒衆三萬多人，編爲三路，一路以哥老會爲骨幹，據瀏陽，進襲長沙，一路以安源礦工爲中堅，據萍鄉爲根據地，一路以巡防營爲主力，由萬載東出瑞州、南昌，應援長江。佈置既定，因事機洩漏，迫於不得已，瀏陽首先暴動，萍鄉跟着響應，佔據宜春，醴陵、瀏陽、湘贛交界各地，紛紛起義，均稱革命軍，聲勢浩大，長江上下游，四處震動。淸廷疊發嚴旨，詰責湘贛官吏合力擒拿。復於十月廿六日，急電湘、鄂、寧督撫會剿，旨云：「江西、湖南交界地方匪黨，聲勢猖獗。着端方、張之洞、岑春煊，速派得力營隊，飛飭會剿。」淸吏張皇失措，調集四省所有兵卒兩萬多，四面圍攻。革命軍方面，這次因屬黨人的自動自發的暴動，不是由同盟會本部直接領導，因之組織不夠嚴密，加以軍器簡劣，給養艱困，也和淸軍打了一個多月，才先後潰敗，這就是萍醴之役。事雖不成，革命種子，已在湘贛等省廣泛地播下了。淸王朝知道革命勢力，如長江浩蕩，無法壓抑，而其策源地，則在日本。因命駐日使臣楊樞，要求日本政府驅逐孫中山出境。日本爲了討好淸廷，乘機擴展在華勢力，獲得更多權益，竟允所請。孫中山卽與胡漢民等轉往越南，設機關於河內（淸廷又和法國交涉，阻孫入境，法人不理），佈置一切。第二年的潮州黃岡、惠州七女湖，欽州防城，廣西鎭南關（今名友誼關）等處起義，就是在越南所策劃的。

地方上也發生過幾件大事，也値得一談的。

粵路風潮，是廣東的一件大事。兩廣總督岑春煊，爲了展築粵鐵路，向美商借欵，合同規定全部工程，須由合興公司承造，所有全路行政與收支，均由承商全權處理。合同內容傳出後全省譁然，認爲喪權賣路。岑春煊召集粵漢鐵路股東大會，派洋務局總辦溫宗堯（字欽甫，新寧人。抗戰時期，是漢奸梁鴻志「維新政府」的「立法院長」）出席，宣佈借美欵築路，目的要股東同意。當時在籍紳耆參加的很多，一致反對，尤以梁慶桂（字小山，曾任內閣侍讀）、黎國廉（字季裴，晚號六不，順德人，曾任廈門道），維護主權，更加激烈的反對。溫宗堯初時本來企圖把粵漢路取在手中，今見梁黎等反對，於是向岑滙報會議經過時，加油添醋的說梁黎的壞話。岑剛愎自用，派員逮捕梁黎。梁聞風逃往香港，黎卽被捕。第二天，全城罷市，聲明淸廷不懲辦岑春煊，卽一日不復業。並電請同鄉京官支援。省港各報一致主張公道，反對岑春煊，措詞異常激昂。岑下令嚴禁各報登載反對言論，並禁港報入口。粵路大股東陳席儒、陳賡虞、楊西巖等在香港聯合各股東，組織粵路股東維持路權會，大事宣傳，並派代表北上向同鄉京官戴鴻慈、唐紹儀等，請求協助。會中所有一切計劃，都由「中國日報」陳少白綜持其事，文字也是陳的手筆。中國日報社長室，不啻成了爭路會的秘書室。結果，岑春煊懾於民意，叫按察使沈瑜慶拿手諭去提釋黎國廉。（沈字愛蒼，福建人，是黎國廉父親召民的門下士）黎自被捕後，卽絕食僵臥反抗。沈傳達岑意，黎堅決表示，朝廷一日不辦岑督，我寧願死在獄中，絕不出去。沈此行沒有結果而去。不久，淸廷有電到粵，將岑調職，並准粵路由粵人集資自辦，不向外商借欵。消息傳來，全市復業。紳民各界，敲鑼放砲，歡迎黎國廉出獄。

江西發生教案，起因：法國天主教神甫王安之，有一天邀約南昌縣知縣江召棠，到天主堂會議。王安之不滿所欲，惱羞成怒，竟把江召棠刀傷致死。洋人殺死地方官，激動了南昌人民的無比憤怒，馬上起來報復，燒燬了教堂，並把王安之等法教士六人，英教士三人殺死，全城沸騰。第二天，法英兩國調遣兵艦，駛入鄱陽湖示威，張牙舞爪，肆意威脅。巡撫胡廷幹（字鼎臣，河南光州人。同治十三年進士）不研究實情，據理交涉，反而企圖捕殺數人，來塞洋人詰責。江西塩法道沈曾植（字子培，浙江嘉興人，光緒六年進士。卽書家沈寐叟）得知胡的意圖，堅決反對，力持鎭靜，馬上與按察使余肇康（字堯衢，湖南長沙人，光緒十二年進士）據理抗論，法參贊已就範。可是淸廷腐朽無能，懾于法使的無理取鬧，移議于北京，盡毀前議，反而歸咎地方官吏司道處置不當，卽把胡廷幹免職，並派梁敦彥（字崧生，廣東順德人，當時是津海關道，還未任外務部右丞。民六，溥儀復辟，當了內閣議政大臣，外務部尙書等僞職）負責交涉，賠欵撫卹教士，訂立中法江西南昌教案善後合同。余肇康受了寇誣而去官。沈曾植致電淸廷，願以己官代余去職。張之洞時爲查辦大臣，對沈的表示，也爲之贊歎。民國十一年沈曾植逝世，余挽沈詩，也有提到此事。詩云：「蠹地大獄興倉皇，宰官神甫同一戕。國勢雖弱民氣强，摧折彼狡消彼猖。我誓不吐公亦剛，樽俎可衝斗可撞。浩然歸去吾徜徉，李樹乃欲代桃僵。」

淸廷爲了粉飾新政，採取緩和人民反抗的手段，改訂官制，派載澤爲編纂，並命端方（兩江總督）派員到京隨同與議，又派奕劻、瞿鴻禨、孫家鼐爲總司核定。釐訂官制，內閣軍機處，外務部、吏部、學部仍舊。改巡警部爲民政部，改戶部爲度支部，以財政處、稅務處併入，太常、光祿、鴻臚三寺併入禮部，改兵部爲陸軍部，以練兵處，太僕寺併入，改商部爲農工商部，別設郵傳部，理藩院改理藩部。除外務部外，各部設尚書一員，侍郎二員，不分滿漢。都察院改爲都御史一員，副都御史二員，大理寺改大理院等。（按商部改爲農工商部，表面上是爲了獎勵商辦新企業，並規定凡投資一千萬元以上者，給予男爵，二千萬元以上者給予子爵。企圖把虛榮的爵位，引誘資本家籌辦工商業，而昧于人民的經濟能力。試問當時除了幾個大官僚之外，誰有此種經濟能力的呢？只是成爲一種歷史上大笑話而已。）

新官制訂定後，跟着安排了一批新官（其中也有改組後連任的），它的名單是：外務部總理大臣奕劻、會辦大臣那桐、瞿鴻禨兼尚書，侍郎聯芳、汪大燮；吏部尚書奎俊，侍郎陳邦瑞、唐景崇；度支部尚書溥頲、侍郎紹英、陳璧；禮部尚書溥良，侍郎張亨嘉、景厚；陸軍部尚書鐵良，侍郎壽勳、廕昌；法部尚書戴鴻慈，侍郎紹昌、張仁黼；郵傳部尚書張百熙，侍郎唐紹儀、胡燏棻；理藩部尚書壽耆，侍郎堃岫、恩順；民政部尚書徐世昌，侍郎毓朗、趙秉鈞；學部尚書榮慶，侍郎嚴修、達壽；農工商部尚書載振，侍郎唐文治、顧肇新，都御史陸寶忠。看了這一張名單，所謂不分滿漢的是欺人之談，試問漢族的人口幾何，滿族的人口幾何，比例一算，便知道清王朝的把戲，只就這一批官僚來說，本身已證明了他的扯謊了。而且軍權、財政、外交、教育、銓敍等大權，均由滿吏操縱，這是最明顯的事。

軍事的動態，把綠營一律改爲巡防營。袁世凱解除了各兼職，把第一、三、五、四的四鎮陸軍，歸陸軍部直轄，派鳳山爲統制訓練，這就說明了把京畿附近的軍權，從漢人統帥手中收歸滿人掌握。換一句說，清廷時刻防備漢人對他倒戈。在袁世凱沒有解去軍職之前，在河南彰德舉行陸軍秋操，鐵良、袁世凱爲閱兵大臣。湖北陸軍由張彪、黎元洪選隊參加。黎元洪指揮得體，能與各省新軍爭勝，尤其是射擊，鄂軍技術，獲得最優等獎。此事，黎元洪視爲生平得意之作。

教育方面，這一年也有佈置。裁撤了各省學政，改設提學使司，提學使一律要到日本攷察教育一次。清廷給道員馮國璋副都統銜，充貴冑學堂總辦，要培養那批紈袴子弟、王孫公子們，有點新知識，以便作福作威。學部奏請宣示以忠君、尊孔、尚公、尚武、尚實五端，做全國教育的宗旨，這種非驢非馬，不切實際的教條，無非妄圖壓抑進步青年反滿的怒濤，與上一年的冬間，命令各省嚴禁革命排滿的諭旨相呼應。學部又奏頒教育會章程，目的是在抓緊官紳的辦學，給他們一個鐵箍子，不要亂動。爲了獎勵與管理，任用留學生，定于每年八月，舉行考驗游學畢業生一次，考列最優等的給予進士出身，考列優等及中等，給予舉人出身。攷選結果，陳錦濤等三十一人，分別得了進士、舉人的虛銜。按上一年留學生金邦平、唐寶鍔二人考試及格，均授檢討（俗叫洋翰林）。以後從光緒卅四年至宣統三年的四次游學生考試，授編修、檢討，選庶吉士的有一百十二人，其中「知名之士」有陸夢熊、陳振先、項驤、林大闓、陳籙、顏惠慶、俞同奎、刁作謙、梁聯奎、葉可樑、王孝衲、諸翔（青來）、吳鼎昌、張嘉森（君勵）、江順德、朱葆勤等人，都是丙午年後考取的「洋翰林」。

這一年著作家逝世的，在中國是俞樾（曲園），年八十六；小說家李寶嘉（伯元），也是這一年去世。在國際方面是挪威戲曲家易卜生，年七十八歲。而中國的末代皇帝愛新覺羅·溥儀，却在這一年的舊曆正月十四日出世的。現在順便寫述一些人在這一年的歲數：王闓運七六，馬相伯、王先謙六六，伍廷芳六四，吳昌碩六二，孫詒讓五八，柯劭忞、沈曾植五七，廖平、王樹柟、林紓五六，嚴復五四，張謇五三，陳三立五二，徐世昌五一，康有爲四九，袁世凱四八，黃賓虹四三，岑春煊四二，孫中山四一，吳趼人四十。蔡元培、曾習經、張元濟三九，章炳麟三八，陳少白、徐謙三六，梁啓超、黃興、徐錫麟三四，黃節三三，秋瑾三二，王國維三一，譚延闓三十，廖仲愷、陳獨秀二八，胡漢民二七，魯迅二六，馬君武二五，宋教仁、汪兆銘二四，劉師培、蘇曼殊二三，朱執信、柳亞子二十，李大釗一八，徐悲鴻一一，郁達夫一十。（按：其中因虛實年齡的申算，或者有一年的差數）

銀行外史

哈爾濱交通銀行被騙案

醇廬

民國十三年，（一九二四年），三月某日哈爾濱交通銀行文書股照例將各處來信登入收發簿，然後送給經理看，看完後由文書股拿回，再分送有關各股。忽然會計主任拿了一張匯票到文書股，說青島分行寄來這張匯票，共一萬七千元，查本行票根，只四十元，一定是青島分行舞弊，做假匯票。於是就趕緊打一個密電，要經理親譯。回電來了，青島經理電文說，信是親自拆的，確是一萬七千元的票根，是尊處舞弊，請密查，並將情形分電總行及津行（青島分行歸天津分行管轄）。哈爾濱分行當然也電告總行，哈爾濱經理就派稽核某君，負責偵查這件事。某君向會計股要了那張一萬七千元匯票、和四十元的票根，細看後，匯票與票根，騎縫圖章不符合，負責人的簽字及圖章，細看也不對。但匯票的紙張及印刷與票根完全一樣，這證明是拿了空白匯票寫上一萬七千元數字，並假簽字及假圖章，其為哈爾濱分行人員所假仿無疑。某君又查各處寄來文件的信封，普通銀行信件，都是用掛號信，很少用快信，而發覺當日各處來信的信封，都是掛號信，獨有青島來信是快信，因而疑心到郵局人員做鬼，遂派人到郵局調查，問收發快信、掛號信、平信是否一個人，郵局負責人答稱，收快信、掛號信、平信都不同一個人，發送出去的快信、掛號信、平信也不同一個人，因此更加疑心管掛號信的人了。

總行忽然派了兩位稽核來哈，事前並未通知，一到行卽要指定日期以後日記賬看，立刻發現第一筆是買二十元營口匯票，營口行付欵後，將原來二十元營口匯票寄回，並無錯誤，而總行稽核指出，在營口行賬上是付出七千元，第二筆是買三十元烟台匯票，烟台行付欵後，將原來三十元烟台匯票寄回，並無錯誤，而總行稽核指出，在烟台行賬上是付出一萬五千元，第三筆是買四十元青島匯票，而青島行付出一萬七千元，就將一萬七千元匯票寄回哈爾濱行，因而發覺假匯票付欵事，總行稽核說，青島行確實付出一萬七千元，第四筆是買五十元濟南匯票，濟南行付欵後，將原來五十元濟南匯票寄回，並無錯誤，而總行稽核指出，在濟南賬上是付出二萬二千元，第五筆是買四十元張家口匯票，張家口寄回哈爾濱是一萬五千元假匯票，總行稽核說，張家口賬上是付出一萬五千元，此時青島行假匯票事已發覺，可能無法更換原票，共向五處分行行騙，計七萬六千元。總行稽核認為這是哈行職員假的，請哈行經理將管匯票部四個職員，文書部兩個職員送濱江警察廳看管，又電受害分行，查問當時付欵情形，何等人，幾人同去，有無保人等等，營口、烟台、青島、濟南等行復電，大致相同，有一個俄國人，一個中國人，姓王，山東人，因路過此處，無從找保，因而照付，只有張家口復電最詳細，電文稱，有兩個俄國人，說是父子，到行來取欵，問他們要保，他們說是從哈爾濱來的，買有來回火車票，並拿出哈爾濱特區警察管理處發給的居留証，張家口行卽將該証記下，後又查出該兩俄國人卽將該欵由遠東銀行，匯回哈爾濱，哈行得到各處復電，稽核某君卽將被騙各行付欵日期編造一個表。營口行是第一個，烟台行是第二個，青島行是第三個，濟南行是第四個，隔了十幾天，才輪到張家口行，因此計算到各行取欵是兩三個人，他們必定由哈爾濱乘火車到長春，並由長春乘南滿車直達營口，營口取了欵，就在營口乘輪船過渤海灣直達烟台，烟台取了欵，就乘長途汽車到濰縣，並由濰縣乘膠濟火車到青島，青島取了欵，由青島乘膠濟火車直達濟南，可能在濟南取了欵，就返回哈爾濱。到張家口去的，可能是另外兩個人，稽核某君推想，每到一處取欵後，必打電報到哈爾濱報告，因此就想到道裏電報局去查電報，稽核某君就派了一個同事去查，並告訴他怎樣查法，只查從何月何日到何月何日的來電。派去的行員，到了電報局說明來意，但爲電報局當局拒絕，說是不能隨便到電報局查別人的電報。派去的人回行報告，稽核某君因與電報局長是相熟的，遂親自出馬，不料也被拒絕，說交情是交情，公事是公事，若以私交通融，萬一被人告發，彼此不便。某君回行後，即向經理獻計，因經理曾經做過張作霖機要秘書，兼奉天教育廳長，打電報給張作霖說因要案須查電報局在某日至某日往來電報，請令知該局准查。電報去後，三個鐘頭回電就來了，電報說已電令哈爾濱電報局准交行派員往查。同時電報局也送來一角公函，畧說奉東三省巡閱使公署電令准哈爾濱交通銀行派員查閱往來電根。經理大喜，囑某君速往電報局查閱，某君見到局長，方知經理來頭大，局長派領班錢君，及會計黃君（都是某君熟人）招呼並檢出所要查的電報。錢黃二君即將某君所要從某日至某日來電，翻了不多幾頁，即發現一張營口來電，收電人是一個俄國人，電文是中文的，說欵七千元收妥，平安，明日去烟台，某君發見這張電報，大爲興奮，於是繼續翻查，發現烟台收妥電報，青島收妥電報，濟南收妥電報，由濟回哈電報，不過錢的數目字，只營口收的七千元未改，其他三處都不是原來收的數目，都畧有減少，查完後，即打電話報告經理，並報告請錢黃二人晚飯，飯後回行詳細報告，並商量辦法。次早經理就帶同某君到道裏特區警務處，拜會金處長，東三省大小官員對經理都很賣賬，金處長當然不例外，見面寒暄後，經理就叫某君將全案向金處長陳說。金處長對經理說，此事很複雜，現在就是要抓人了，這樣吧，將偵緝隊長叫來，由某君同偵緝隊長商量辦法。一會偵緝隊長來了，金處長對他說，你只會抓强盜，這一類的事，你不會辦，同某君去研究辦法吧。經理辭別金處長，某君就與偵緝隊長，到他的辦公地方商討一切。某君將所抄的幾份電報交給偵緝隊長，他看完就問某君，是不是要抓這個收電報的俄國人。他又說：「抓到了就通知你，請你來我處審問那俄國人，我不懂問這種案子的。」

某君回行後，即將俄人造假匯票到各處交行騙取大宗欵項。一事報告，並說，一俟此俄人拿獲，即可水落石出。他又請幾位主任到警察廳慰問被看管的六位同事，被看管的有兩位文書股職員說，既發覺是俄國人所爲，就想起一個俄文教師了，俄國人常常打聽銀行的滙欵和付欵手續，及寄回匯票等，可能俄文教師是與那要抓的俄國人是一黨的，如果那個俄國人抓到，可以問他識不識俄文教師，如識即將俄文教師也抓起來。於是他們將俄文教師的住址寫下了。

當晚六時，偵緝隊長來電話給某君，說那個俄國人已抓到了，暫時未搜查他家裏的東西，派了警察住守，只准人入不准人出。又說請某君晚上九時到偵緝隊審問那個俄國人。八時半某君即動身往偵緝部，九時到達，見到偵緝隊長，他說：「一會將那個俄國人提來，由你發問，我用俄國話問他，你用中文記錄，我再叫一個錄事用俄文記錄下來。」不一會，那個俄國人提來了，看來可能是俄國籍猶太人，問了姓名，年歲，出生地，現在住處，他都說了，只住處與電報上住處不同。他說，有一個是住家，電報上的地址，是辦事的地址，再問營口來的電報是你的不是，他起初否認，偵緝隊長上去就是一個大嘴巴，他還是否認，隊長連打好幾下嘴巴，他才認是他的電報，其餘烟台，青島，濟南的電報，他都認了。問他是不是他到各處去取錢，他說不是，是另外一個俄國人B・及山東人姓王的。問他這兩人現在什麼地方，他說，他們知道已經破案，都逃跑了，不知去到那裏。隊長就對某君說，是否要搜兩個住處，某君說應該立刻派人去搜查，又問他認識不認識俄文教師，起初他說不認識，隊長又要打他，他立刻說，認識，認識，隊長就派人去抓俄文教師，不久有一名警察來請隊長出去一會，隊長回來後對某君說，搜查兩處住的地方，一無所獲，想已銷毀了，俄文教師已抓到了，押在另一間屋子。某君又問那俄國人，在各地取的錢現在那裏，他不肯說，費了很多時間，才說存在道勝銀行有二萬多元，其餘的是俄國人B，及姓王的拿走了，還有是旅費及其他開銷，細數不記得了。道勝戶名叫什麽也說了，隊長就叫警察將那個俄國人帶下來還押，然後又將俄文教師提來，俄文教師與某君是相識的，某君即對俄文教師說：「事已出破，想你是上當了，不妨將詳細情形，從頭到尾說一說，或者請經理成全你。」他倒也很直爽的，從頭到尾，說的很詳細。他說：「那個俄國人知道我在中國交通兩銀行教俄文，就想法子和我認識，日子久了，那個俄國人向我說，有幾個朋友想同我合夥做匯兌生意，你在銀行教書，可否詳細打聽一切往來手續。我以爲眞的，就向交通銀行文書股兩位同事打聽，後來我告訴他，如有人要匯錢到外埠，可到銀行買匯票，此種匯票是三聯單的，一張塡上匯票的數字，地名是由匯票人拿去的，另一張也塡上數字，地名是寄給付欵行的，叫做票根，還有一聯是出票行留爲存根，三張都塡妥，送負責人簽字，匯票卽交匯欵人，會計股卽將票根同根單送文書股，由文書股連同其他號信寄付欵行。我將這種手續告訴他，他又請我向文書股同事，要幾張空白匯票及根單，以便做樣本，我都代他辦了。」某君又問他收到酬報沒有，他說只是天天請他喝酒上館子，沒有拿過他們的錢。這件案子，大致已明瞭，第二天某君報告經理主任等一切經過，並去公函，向道勝提取二萬多元，又與會計文書兩主任，研究如何更換票根的事，研究結果，大致如此：文書股將附有票根的信，送郵局用掛號信寄出，管掛號信的人，卽將信拆開，換假匯票的票根，另一張假匯票，卽交人帶往付欵行地方向該行取欵，付欵行付了欵後，卽將原票寄回發票行，郵局管掛號信的人，收到這封信，再拆開，換回原來那張匯票，發票行見到原匯票，照例登賬，若不是青島行因發快信的關係而發見，則非到半年各行互相結賬時，不會發現的。經理立刻派人到警察廳將六個行員請回來，而經理目的，只要與本行行員無關就心滿意足，至於損失幾萬元事小，六個行員中有三四個是奉天行經理的親戚，哈行經理與奉天行經理非常要好，而且哈行經理又是奉天行經理推薦的，所以非弄到水落石出不可，對於那兩個俄國人和捉拿王姓的事，則以對本身無大關係，就不甚起勁了。

張家口行一萬五千元假匯票，張家口行來電頗爲詳細，某君前往遠東銀行見經理，告以來意，經理甚爲熱心，卽將主管叫來，一查與張口行來電相同，並知道尚存有一萬二千餘元，付欵時是父子同來，無保人，將身份証號碼抄下，其號碼與張家口行來電號碼相同，隨卽告訴偵緝隊長，當晚卽將該父子拿獲。

全案共被騙七萬六千元，搜出三萬餘元，此欵送警察管理處及偵緝隊長做獎金，某君旋奉總行命代理長春分行經理。

梅蘭芳的戲劇生活

周志韓

一 家世

（一） 梅巧玲

梅蘭芳的先人，已不能詳考他們的名字，只知他的曾祖名鴻浩，字月坡，家居江蘇泰州。泰州在前清時，是屬於揚州府管轄，離揚州不遠；至民國後，改名泰縣。梅鴻浩有三個兒子，長子就是名青衣梅巧玲，爲梅蘭芳的祖父。他生於清道光二十二年（公元一八四二年），在八歲時，因爲家道中落，送給蘇州江家爲義子，即改姓江。至十一歲時，由江家經過人販子展轉賣給福盛班爲徒弟。班主名叫楊三喜，同班師兄弟的名字，都是用巧字做排行，有師兄名叫羅巧福，也是後來有名的青衣旦角。梅巧玲當時仍是用江姓，所以在咸豐五年（一八五五年），有一本記當時童伶的書，叫做「法嬰秘笈」，上面寫着「江巧玲字蕙仙，蘇州人，年十四歲。」這個江巧玲就是梅巧玲，當時不僅用江姓，而且是用江家的籍貫，算是蘇州人。此時梅巧玲已經不在福盛班裏，是改拜在師兄羅巧福的門下爲徒，當時這種風氣很是盛行。例如梅巧玲有一個師弟，名字叫做劉巧雲，後來又拜在巧玲門下爲徒，更名爲劉倩雲，因爲梅巧玲的徒弟，全是用雲字排行起名的。

同治六年有一部「明僮合錄」，記着劉倩雲而兼及梅巧玲，節錄在下面：

劉慶禯字倩雲，皖人，師爲梅巧玲，負時名，授徒衆，而倩其稱首……巧玲者字蕙仙……蕙與某公善，居久之，某公得監司，貧無以治裝，蕙貸以資，且不責券，某公强與之。……既具，未成行；而某公歿。會弔，甫辨色，蕙遽至，人謂爲索逋來也；相愕眙。蕙入幃哭，且拜，探懷出券，就燭焚之，大慟去。今之古人哉！乃於伶也一遇之，嘻！異矣。

同治十二年有一部「菊部羣英」，是記當時梨園名角最詳盡的書，其中所記梅巧玲如下：

梅巧玲正名芳，號慧仙，又號雪芬，蘇州人，原籍泰州，壬寅八月二十一日生，掌四喜班，唱旦兼崑亂，工隸書，精鑒金石，本師福盛楊三喜，傳載「明僮合錄」，名生陳金爵之婿，住李鐵拐斜街。

光緒五年有「懷芳記」一種，亦是叙述梨園掌故的，所記的名伶，歷道、咸、同、光、四朝，中間有關梅巧玲的一則，錄之如下：

梅巧玲字慧仙，泰州人，巧福弟子，態豐氣靜，嫺婉有度，可以追儷張倚雲。能作字，善談笑，待客殷勤，屋宇修整，酒食精良，客皆樂過之。既工崑曲，又工黃腔，並扮「得意緣」「臙脂虎」等雜劇，用志稍紛，未免奪崑曲之分際矣。

會稽李純客所著「越縵堂日記」中，有記梅巧玲一則如次：

光緒八年十一月初七日，孺初來，敦夫來，是日四喜樂部頭梅蕙仙出殯廣慧寺，鬨送者甚盛。下午偕兩君出大街，至其門首觀之，則已出矣，遂偃車歸。蕙仙名巧玲，揚州人，以藝名，喜親士大夫。余已未初入都時，曾一二遇之友人座上，及今二十餘年，邂逅相見，必致殷勤。霞芬其弟子也，余始招霞芬，蕙仙戒之曰：「此君理學名儒也，汝善事之。」今年夏，余在天寧寺招玉仙，玉仙適與蕙仙等羣飲右安門外十里草橋，蕙仙謂之曰，李公道學先生，汝亦識之，爲幸多矣。此曹公議，遠勝公卿，然余實有媿焉。自孝貞國卹，班中百餘人失業，皆待蕙仙舉火，前七月七日驟病，心痛死，其曹號慟奔走，士夫皆嘆惜之。蕙仙喜臨漢碑，工八分書，遠在其鄉人董尚書之上，卒年四十一，蕙仙後更名芳，字雪芬。

綜觀以上各書的記載，所記梅巧玲的爲人，可以看出他是一位忠厚長者，在梅蘭芳的「舞台生活四十年」一書中也記着「焚券」的故事，與「明僮合錄」中所記相同；並且說明欠債的人名叫楊鏡秋，也是當時編劇的能手，爲梅巧玲的四喜班編過「貴壽圖」、「乘龍會」……等新戲，與梅巧玲素稱莫逆，所以在生死關頭，顯出眞實的交情來。此外尚記有「贖當」一事，是爲周濟北京一位窮途落魄的舉子，由梅巧玲個人拿出銀子來，替他贖當，這也是梅蘭芳祖母親口對他說的；而「越縵堂日記」所說的「孝貞國卹，班中百餘人失業，皆待蕙仙舉火」更可證明梅巧玲對待班中同業，是如何的同情與互助。以一個人的力量，要維持百餘人的家庭生活，其苦心孤詣，實在難能而可貴。然而他個人畢竟爲了此事，憂勞成疾，以至於死，如此行爲，是值得後人欽佩的。

再看「菊部羣英」書中所記梅巧玲所扮演的戲名及角色，是靑衣花旦都有，足見當時所劃分的界限，並不十分明顯，不似後來唱王寶釧的就不唱代戰，唱鐵鏡公主的就不唱蕭太后，他是兩樣都拿得起。一面唱二進宮的李艷妃，一面也可以唱翠屏山的潘巧雲，可見得唱工與做工同樣的擅長。當時稱崑曲爲雅部，稱亂彈爲花部，至於亂彈本是初興，所以花部的戲路，尚不似後來分成青衣、花旦兩大部門。而且當時戲齣也不如後來的多，祇能分爲花雅兩部，就不能再分唱做了。後來崑曲衰落，花部繁興，戲越編越多，而青衣、花旦兩門，就逐漸分開，無形之中，成了各立門戶的局面。至於「懷芳記」中，批評他「並扮得意緣、胭脂虎等雜劇，用志稍紛」一語，仍是當時一部份人士的偏見，以爲此種小戲，不應登大雅之堂。又誰知若干年之後，崑曲自然趨於淘汰；而此等玩笑雜劇，竟取崑曲地位而代之，且有專習花旦的，又豈當時人所能料及的呢。

梅巧玲所收弟子，前面提過，取名都用雲字排行，因此最早收師弟劉巧雲爲徒，改名爲劉倩雲。於是以後收徒起名，全帶上一個雲字，如余紫雲，董慶雲、陳五雲、陳嘯雲、姚祥雲、朱藹雲、王湘雲、王桐雲、張瑞雲、孫福雲、劉朵雲、劉曼雲、鄭相雲、鄭燕雲、周綺雲等共十六人。余紫雲是老生余叔岩的父親，陳嘯雲是梅巧玲的內姪，姚祥雲是青衣姚佩秋、佩蘭的父親，朱藹雲是青衣朱幼芬的父親，都可算梨園世家。

現在將梅巧玲的師徒關係列表說明如下：

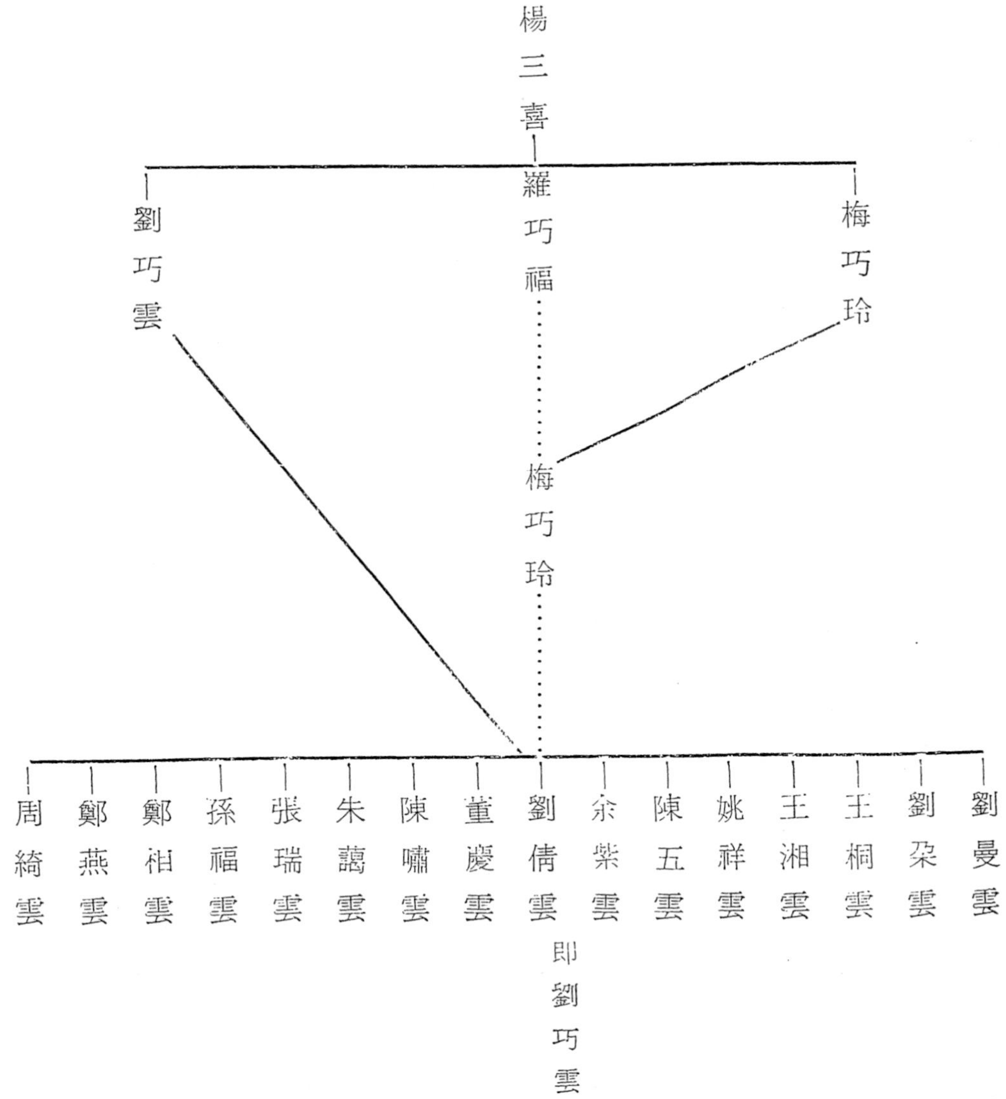

梅巧玲娶妻陳氏，爲崑生陳金爵的女兒，生二子二女，長子雨田，即梅蘭芳的伯父，次子竹芬，就是梅蘭芳的父親，其二女，一嫁武生王槐卿，乃花旦王蕙芳的父親；一嫁青衣秦稚芬，即梅蘭芳的「舞台生活四十年」中的秦氏姑母。

（一·待續）

釧影樓回憶錄

天笑

這家紗緞莊，因為是鄰居，我常去游玩，結交了兩個小朋友。他們都在十七八歲，是個練習生之類。一位姓石，還是蘇州從前一位狀元石韞玉的後代。他曾經送過我石殿撰親筆書寫的試帖詩兩本，那是白摺子式的小楷，可惜我已經遺失了。他的家裏我也去過，住在清嘉坊，踏進大門，茶廳上還有「狀元第」三字的一塊匾，雖然紅地金字，已經黯然無光了，家世也已落寞了。還有一位張潤生，是個徽州人，家裏開了一爿漆店（按，蘇州徽幫極多，除了典當朝奉以外，有各種商業，都屬於徽，漆業其一也），他長我兩歲，識字有限，而為人幹練，但常向我執卷問字。這位朋友，相隔了三十年，不通音問，忽有一天，探尋到我家來（時我已住居上海），他說：他的兒子結婚了，請我去吃喜酒。詢其行藏，却在上海某一鉅商家裏，當一舊式的西席老夫子，奇哉！

面試

十六歲的春天，病了一場，這上半年的學業，全荒廢了。其實這個年紀，是一生求學最嚴重的時代，在學校制度上，當進入高中了。父母因為我病已告痊，實為大幸，也不來督責我。並且我也在家不大出門，朱先生那裏也不去，也沒有什麼同學朋友往來。不過我的學業雖不進，我的知識當然隨年齡而自然增長了。我仍舊喜歡看雜書和小說，這時候，中國的雜誌也尚未流行，我於小說，不論什麼都看，甚而至於彈詞與唱本。母親不甚識字，而喜聽那些悲歡離合的故事，在她深夜作女紅的時候，我常常在燈下唱給她聽。

我在十二三歲的時候，上海出有一種石印的「點石齋畫報」，我最喜歡看了。本來兒童最喜歡看畫，而這個畫報，即是成人也喜歡看的。每逢出版，寄到蘇州來時，我寧可省下了點心錢，必須去購買一冊，這是每十天出一冊，積十冊便可以線裝成一本，我當時就有裝訂成好幾本，雖然那些畫師，也沒有什麼博識，可是在畫上也可以得着一點常識。因為上海那個地方是開風氣之先的，外國的什麼新發明，新事物，都是先傳到上海。譬如像輪船、火車，內地人當時都沒有見過的，有它一編在手，可以領略了。風土、習俗，各處有什麼不同的，也有了一個印象。其時外國已經有了汽球了，畫報上也畫了出來。有一次，畫報上說：外國已有了飛艇，可是畫出來的是有帆、有槳、有舵，還裝上了兩翅膀，人家以為飛艇就是如此，而不知這是畫師的意匠。（飛機初時傳至中國，譯者譯之為飛艇，從者未見過飛機，以為既名為艇，當然有帆有舵了。）後來我在上海辦雜誌，忽發思古之幽情，也想仿效「點石齋畫報」那樣辦一種，搞來搞去搞不好，無他，時代不同，頗難勉強也。

我以無錢買新書，只能常跑舊書店。那時舊書店還沒有像後來的奇貨可居，但是大部的舊書，我還是買不起的，只是那些小部的，普通的，刻印得不精的。每一舊書店，往往在門前擺一個舊書攤，一條護龍街上，有幾十家舊書店（有的還帶賣小品舊貨），我則常常巡禮於那些舊書攤，而獵取我所欲得的書。

我在舊書攤上，購的書倒也不少。較古的什麽「世說新語」，「唐代叢書」等等，較新的什麽「隨園詩話」，「兩般秋雨庵隨筆」等等，還有許多殘缺不全，破碎不完整的，我也兼蓄並收，以價較便宜，不過制錢數十文，或僅十餘文，本來人家已是字紙笠中的物，我却抱人棄我取的心。偶然出門帶一根「錢籌」（按，當時墨西哥銀圓已流行於蘇州，而並無輔幣，却有所謂錢籌，削竹爲之，每根爲二百文，由各錢莊所發行，雖製作甚簡陋，而信用甚著），回來可以購得一大捆。

但我不大量的買，只是今日買一兩册，明日又買一兩册，護龍街幾家舊書店，都認得我了。不過他們不是十分歡迎我的，因爲我不是買大部的書，精印的書，而只在冷攤上，拾取殘編斷簡，這並不是什麽好主顧。但是那些擺在攤上的書，幾經風吹日晒，久已置之度外，而看我只是一個書房裏的學生，也就馬馬虎虎了，可是一雖然日購一兩册，積之已久，成了幾大堆。又沒有好好地一個書房，好好地一個書櫥，於是弄得桌上、椅上、榻上、牀上，都是那些長長短短，厚厚薄薄，破破爛爛，殘缺不全的書了。

有一次，我在一個舊書攤上，見有「李笠翁十種曲」，但殘缺不全的，只有半部。我想半部也好，十種曲不是就有了五種嗎？因爲殘缺，自然取價甚廉。携回家去翻翻，連「風箏誤」也在其內，甚爲高興。乃過了一月，在另一家舊書攤上，又發見了半部，這正是我所缺少的，遂即購之而歸，當然價甚便宜，正不知道一部書爲什麽分了兩個舊書攤呢。

即如沈三白（復）的「浮生六記」（在「獨悟庵叢鈔」中），我也是在冷攤上購得的，這時上海的「申昌書畫室」用鉛字版（當時名爲「聚珍版」）印了不少的書，我所購的有「西青散記」、「三異筆談」、「解頤錄」、「快心編」……亦爲數不少。「浮生六記」缺二記，久覓不得，東吳大學教授黃摩西（常熟人）出一小雜誌名「雁來紅」，轉載之，而上海書賈又翻印之。世界書局的王均卿（文濡）僞造二記，人不之覺，連林語堂亦爲所蔽。五十年後，沈三白忽走紅，家喻戶曉，而且大播其電影呢。

十六歲的下半年，我便是這樣無系統的，不規則的，博覽羣書，把當時視爲正當的作舉業文的功課都抛荒了。可是巽甫姑丈很注意我，不過他自已常常病倒在牀。即使不病的時候，也是一燈相對，懶得出門，從前一年還到我家來幾回，看望我的祖母，現在他自已不來，却派子青表哥，來看望外祖母，常常的小有獻贈，以娛老人。

有一次，子青哥來看望外祖母，我正借着一部大版石印繡像的「紅樓夢」，在大研究其紅學，被他瞥見了。又見我案頭許許多多破破爛爛的筆記小說，他覺得全都不是正當的書。子青哥比我大兩歲，今年十八歲，却擺出個道學先生的架子，他當時即向我父說：「父親的意思，勸吾弟少看那些小說與雜書，恐因此抛荒了正業。」我不禁爲之面赤。什麽父親的意思？全是他的意思，姑丈又沒跟他來，怎麽知道我在看「紅樓夢」呢？但他對於我是忠告良言，我怎能埋怨他呢？

過不了幾天，巽甫姑丈信寫來了，他請我到他那裏去談談。我想：這是東窗事發了，必定是子青哥回去告訴了他，我在看「紅樓夢」和雜書。「醜媳婦要見公婆」，我只得硬着頭皮去了。他倒並不譴責我看「紅樓夢」和雜書，他只查問我近來做了幾篇制藝文。可憐我這幾個月內，實在沒有動過筆。

他諄諄告誡：「你的家境不好，而你的祖母與雙親，企望你甚殷。你既然不習業做生意，讀書人至少先進一個學，方算是基本。上次考試，你的年紀太小，原是觀觀場的意思，下一次，可就要認眞了。而且那種八股文，我也知道是無甚意義的，而且是束縛人的才智的，但是敲門之磚，國家要憑藉這個東西取士，就教你不得不走這條路了。而且許多寒士，也都以此爲出路，作爲進身之階，你不能不知道這一點」。

洪憲紀事詩本事簿注

劉成禺遺著

陳籙，字任之，福建閩侯人，留學法國巴黎法政大學，清廷賞給編修，卽洋翰林。民國成立，任駐墨西哥公使，轉蒙古都護使，駐庫倫辦事大臣，以後又當過外交部外政司長，次長代理部務等職。抗戰期間，陳忽投敵，在南京僞組織梁鴻志「維新政府」，當「外交部長。」民國廿八年（一九三九年）春節第三天早晨，陳在家中遵照家鄉俗例祭祖，剛跪地上，突被身邊衞士八人，同時施放手槍四十餘發，當場喪命。而此八位衞士，鋤奸完成，從容而去。抗日勝利後，好事者寫述「漢奸水滸傳點將錄」，陳之名是：地闔星火眼狻猊鄧飛。

龍髻鸞環敎六宮，黼衣垂縷感玄紅。儀同僕射標雙貴，稱拜山妻女侍中。

自洪憲詔令，頒布女官制度，議設宮中女官長，宜以世家命婦，德望可領袖宮儀者任之，當時籌備大典諸臣，有推舉現國務卿孫寶琦夫人，尊稱爲親家太太者，有推舉前內閣總理熊希齡夫人朱其慧者。羣議熊太太名門淑女，法度容止，可敎六宮，熊秉老少年，在鳳凰廳，應府縣考時，朱夫人兄叔彝公，爲沅州府知府，得秉老卷，卽以令妹朱夫人妻之，曰吾妹將來，必爲一品國夫人。秉三前程浩大，豈但玉堂之選，必爲開國重臣，名滿天下。此老實高具人倫賞鑒。朱夫人一生致力敎育慈善事業，澤惠羣民，婦德婦言婦容婦功，四者咸備，足膺女官長之選。先商之朱夫人，夫人曰可。乃入奏項城。詔曰：蓋聞母后宮中，翟服九御，昭容戶外，紫袖雙垂。宮廷尊閫範之師，妃嬪明家人之禮。是以開國典制，定叔孫通之朝儀，內殿規模，奉曹大家之禮敎。洪憲開基，更新滌舊，罷除宮妃采女，永禁內監供奉。特設女官，掌理宮政，領以女官長，冠冕宮闈。茲特任中卿前內閣總理熊希齡賢婦本朱氏，爲宮中女長官，儀同特任，位視宮內大臣，贊襄后德，掌領宮規。諸葛家之女，禮法異於常人，富鄭公之妻，進退式爲國婦。此令。案女官與女官長朝服之別，十二女官，着金紅緞衣，繡服長裙，女官長背黼錦綬，佩玉章，長服，下緣四闕，縷纏下垂，衣色玄紅，縷綴黃絲。女官綰鸞環，女官長綰龍鳳環。女官長侍立后側，女官則行列妃嬪左右而已。詔至，京中親友，視爲異數。賀者盈門，譽之者稱爲一門雙貴，謂熊秉老位授上卿，朱夫人儀同特任，位視宮內大臣也。熊秉老對賀者曰：「內人是一個鄉里人，當今任以宮廷職掌，如何能諳新國禮節？」某進曰：「古史有女侍中，朱夫人則開府儀同三司，可名女僕射案

。」朱夫人在西山，創辦兒童教育，最有聲譽，累疾長逝。熊秉老乃有再娶江山毛女士彥文之趣事。（金台遺事彙編）

附錄　熊希齡娶毛彥文遺事

前內閣總理熊秉三（希齡），年六十六，與江山毛彥文女士結婚，年三十三。熊鬚長尺餘，毛以割鬚結婚為條件。定情之夕，秉三為定情曲曰：「世事嗟回首，覺年年飽經憂患，病容消瘦，我欲尋求新生命，惟有精神奮鬥。漸運轉春回枯柳，樓外江山如此好，有針神細把鴛鴦綉，黃歇浦，共携手。求凰樂譜新聲奏，敢誇云老萊北郭，隱耕箕帚。教育生涯同偕老，幼及人之幼。更不止家庭濃厚。五百嬰兒勤念護，衆搖籃，在在需慈母，天作合，得佳耦。」秉三既婚，攜度蜜月，自畫墨荷，題曰：「蓮湖儷影圖。」遍示舊都友好。其辭曰：「綠衣搖曳碧波中，不受些兒塵垢。玉立亭亭搖白羽，同占人間未有。兩小無猜，雙飛不倦，好是忘年友。粉黛鉛胭，天然生就佳耦。偶覺萬種柔情，一般純潔，清福容消受，軟語嬌顰沈酒裏，甜蜜光陰何驟。縱與長期，年年如此，也覺時非久。一生花下，朝朝暮暮相守。右詞為乙亥二月九日蜜月紀念，題寫此圖以贈彥，今並錄之，為慈範堂補壁也。乙亥立秋前一日，鳳凰熊希齡記。」予與秉三，十年不見，不知其薑桂之性，老而彌香也。

殊代貽封感舊書，買歡平勃意何如。姑山鸞子丹山鳳，博得與王壽起居。

民國二年七月下旬，熊希齡繼段祺瑞組閣，首次欲劃清總統與國務院權限，造成法治國，以人才內閣相號召。組閣總長，梁啟超汪大燮之流與焉，名曰進步黨內閣，實則保皇黨與研究系內閣也。時南中有變，國會各黨派，自然擁護之。會孫黃出走，袁取消國民黨議員，設政治會議，事與願違，遂於三年二月十三日辭職，而就全國煤油督辦，此帝制萌芽時事也。籌安議起，諸要人如李經羲、張謇、趙爾巽等，皆遇以隆重禮。熊秉老既非參政，未與機要，袁氏乃憶及熊秉三，亦難漠視。首從大典籌備處之請，將任朱夫人為女官長。會秉老生辰，袁氏乃頒賚厚儀，壽辭典重，特授秉三為中卿，加上卿銜，覃恩貽封，追暨祖父母。壽辭外，別修秘函，述及民國元年來，開創功業，交情摯厚。文章皆美，或曰內史夏壽田筆也。秉三笑曰：「予夫婦蟄居山林，不聞朝事，今日所獲天外飛來。當日任國務院，識之者謂鳳凰集於靈囿，今眞鳳凰齊飛入上林矣。」某曰：鳳凰鸞子，此貽封及於先德也。案集靈囿在三海，國務院設內閣衙門於此。秉老湖南鳳皇廳人，熊出組閣，人皆謂鳳皇集於靈囿。任總理時，與陸軍總長段祺瑞，積不相能，故內閣辭職書中，有「心力竭盡，難買平勃之歡，去就忠貞，有負唐虞之盛」等語云。（後孫公園雜錄）

悲風江上暮蕭蕭，壯士椎秦氣未消。襲爵怒封侯一位，開基公狗冠王朝。

自國民黨分為中華革命黨、歐事研究會兩派，前者主暗殺，起兵恢復民政，以上海為出入指揮重地，項城計議設上海鎮守使鎮攝之。上海為海陸華洋要衝之區，鎮守使必握有海陸交涉大權，權視將軍，單獨入奏，辦事乃能統一，人選甚難。有天津人鄭汝成，北洋水師出身，統小站陸軍多年，曾附名同盟會，頗識黨人途徑，特任為上海鎮守使，汝成陛辭時，有拚命報答主知之語。同年，肇和兵艦舉事無功，陳英士家開黨部主腦會議，現代巨人首參策劃，謀翻滬局，以汝成為巨憝，密令魯人孫祥夫等執行暗殺。

張謇日記鈔（二十）

張謇遺著

二十九日。早用電訊，先運其手足，手足青紫斑稍解。午刻復運，氣象漸變，然尚進燕窩湯。至未初二刻，旋語旋逝矣。既逝陽舉不痿，乃知此兒病兼勞，復食，復色，復之危。新婦先於廿五日見亮兒大漸，肝厥不醒，稍醒，察其色有異狀，若胃有物作痛者，搜檢床蓐，見金戒指二三圓，一扁有齒痕，內子曰：新婦故戒指四，奈何，乃以韭葉、鵝血、米粉和糖及潤腸丸進之。與敬夫子鹿苓勸諭之至再三，次晨大便下扁金戒指一，至是復肝厥，用電氣運行腦筋於太陽穴及手，移時而甦。復與敬夫開諭反復，令善保胎孕。亮兒命造忌火土，今行丁運，死以丁年丁月，丁日丁時（丁酉、丁未、丁亥、丁未），哀哉此兒也！其平日作事，不具首尾，性情忽明忽昧，輕躁而無强立之概，與叔兒言時，慮其不壽，是以早爲娶婦，冀生子二三，以當門祚，詎謂其方娶即死哉。婦便有娠，未始非祖宗之祐，然兒在二千里外，不能與決，嫂與內子，枉費二十年撫字之勞，其婦裁十九，歲月遙遙，可念也，哀哉！赴於戚屬之至親者。

七月

一日。酉正斂，戌正殯於義莊東塾，是日天熱有雷雨狀故也。新婦不食，强勸之，稍進粥飲三四勺。

二日。仁兒歸。新寧電速往寧，隨以電復。與眉孫、蘇堪訊，與叔兒訊。

三日。敬夫往海門。

四日。選樓、翔林行，蕙兒歸。

八日。挈仁兒同行，由二甲顧船，周厚卿同至西亭。

九日。至城，敬夫來。是夕往蘆涇港，候船不至。

十日。仁兒亦到港，八點鐘船來。

十一日。午刻至滬，詣蘇堪、晤眉孫談。

十二日。詣盛太常論廠事，定合領分辦之議。

十三日。擬草約與太常，太常邀何、鄭會議。

十四日。未刻詣太常，約欵簽字。太常送餞。是夜與蘇堪同行，附德興船，敬夫亦同行。感暑風病咳。

十五日。敬夫至通州下船。

十六日。卯刻至下關，巳刻至院。雨多潮漲，水大上。

十七日。詣新寧論廠事。

十八日。與新寧訊，答訊定廠事，官商合辦，通滬分任。

十九日。由蘇堪電復太常，與桂崔訊，罷潘、郭。

二十日寫敬夫、書箴、立卿訊，與內訊。桂觀察置酒。

二十一日。遣周亨歸。寫答徐分轉紹垣、沈雨辰同年、惲丈、敬夫訊，叔兄訊。

二十二日。與敬夫訊。

二十六日。蘇堪往滬。

二十七日。連日大熱。

二十八日。敬夫來。叔兄自吉安、廬陵來訊。

二十九日。與書箴訊，與叔兄訊。

三十日。題司馬晴江倦游歸臥圖，試學爲詞。朝中措。

還山不仗買山貲，薄宦已成時，一舸將孥與共，十年賣畫誰知。 將閒抵貴，尋詩竹畔，命酒花期，即此消沈世慮，人間何處鮮卑。

八月

一日。積餘置酒吳園，有翁弢甫檢討。

三日。置酒約延卿、肯堂、彥升、敬夫、仿青、善餘。

六日。爲彥升定壽南皮聯：「王國來極江漢滸；帝歌喜起臯陶謩。」

七日。約同翁、繆、蒯與布政使訊，墊號底藉足板，或緩期。

八日。送彥升入場，計朋輩子姪與試，若王，若范，若沈，若周，而予之從子六人，非愚即劣，或且不永其天年也，或且遁之他途而未有當也，可慼也！彥升近夜被擠而出。

七日。與叔兄訊、家訊，復約翁、繆、蒯與布政使訊，撤席號。

十日。答穰卿訊：「惠告具承盛意。報館者，以一二人之筆舌，出納千萬人之公言，此一二人者，公正明白，虛懷好善，則孟子所謂四海之內皆將輕千里而來，告之以善，因時定法，斟勻變通，朝有所聞，夕便可改，不必董理而後能議章，議章而必盡簽押也。若因事繁而舉董理二十人，以是爲公，則二十人者，居不一地，言不一時，論不一轍，增董理二十人而事益繁矣。時政之敝也，九柯而十匠，十羊而九牧，責不切而任不專也，報館何爲襲此下策？若仿題名之例，以爲凡題名之人，皆可與於議事之列，無董理之名而行公等欲設董理之意，猶之可也，如所議增董理監管報館事，竊謂不便。公等倘別有所爲而故紛之，以是爲名，則非走所敢知。使果出此，是一二人者必有意見，意見萌櫱，不出爭名角利二端，日言公而日仍私，日言羣而日處獨，館之敗可立而待，則無論公度也，穰卿也，卓如也，海內之人，皆將口誅筆削而隨之，可畏哉！可畏哉！造次貢疑，尚祈省察，不宣。」

十一日。彥升子亦以病不入場。

十二日。敬夫去滬。

十四日。彥升歸，寄家訊。

十七日。連日爲作書。

十八日。與雨辰訊。

十九日。徐星查與雨辰合電請主敦善、居業兩書院。

二十日。與倫叔訊。

二十一日。與叔兄訊，屬洛才子寄，有衣料。惲丈自鄂來，與李虎臣訊。

二十六日。盛咨來，合同仍前，即送院。是夜即復。

二十七日。與盛訊、敬夫訊，與叔兄訊。

二十九日。得三叔棄養之訊，自迎養長樂已十餘年，先與中憲府君同餐共處，旋別領田二十餘畝，試「農政全書」法，居長興倉，督課不效，則長揚而去，遺累百餘千。嗣是每間二三年，必逕興狂走一次，若中風者，所至有事，大約取不問可取與否，與不問可與與否，遺累必百餘千，去年忽又大劇，知者謂其失常，今果不起，中憲府君兄弟無人矣。百日之內，遭兩期喪，五內摧痛。

英使謁見乾隆記實

馬戞爾尼　原著
秦仲龢　譯寫

使節團一行經過一條由高大厚實的城牆造成的筆直的隘路，穿過另一個靠近韃靼邊界的城門，到達了古北口。古北口過去是一個軍事要地，有重兵駐紮在這裏。同長城相連結，古北口由一些同中心的工事圍繞着。列隊兵士在這個中國北方邊界地帶向特使致敬。巴瑞施上尉這樣記述：「軍隊成連，列爲面對面兩行。每連有一領導人，一面大旗，五面小旗。軍隊列在兩邊，使節團由當中穿行。每邊十三連，有音樂，帳棚，喇叭和牌樓。每邊最前面站着幾個中國官員。最後每邊有十門不同式樣的小野戰炮。每連隊伍的列法如下：

領隊者一般是名弓箭手
一面大軍旗，
五面小軍旗，
大刀和大刀手，排成五行　　大刀和大刀手，排成五行
火繩槍和大刀手，
排成五行，人數均約相等。

「整個隊伍約一千二百人。連與連之間的距離約等於一連隊的縱深，大約七碼。」

古北口附近長城有若干豁口，非常容易上去參觀。由於這個漏洞，我們這些久仰長城大名的外國人得到機會滿足我們的好奇心，而不致引起中國方面的疑心，被認爲行動輕率。全體使節團人員都上去參觀，巴瑞施上尉特別對於城的構造做了如下的調查：「城牆當中是泥土，兩邊護堤壁是石頭砌的。城頂平台是方磚砌的。平台以上的護堤壁構成胸牆。具體尺寸，小數點不計算在內，如下：

到壁頂冠石底的磚牆高度：二十呎
從壁頂冠石底到胸牆頂：五呎
以上相加，磚牆共二十五呎高。

「磚牆建築在石頭地基上面。石頭地基比磚牆寬出二呎。按照地勢的不同，石頭地基的高地也不一律，但不超過土地以上兩行磚高，一般二呎以上高。

「胸牆頂厚：一呎六吋
壁頂冠石厚：二呎三吋
壁頂冠石深：六吋
壁頂石突出部分：六吋
石頭地基上面護堤壁的寬度：五呎
壁頂冠石底和城牆壘道同一水平。

「城牆當中的泥土，上下一律是十一呎厚。城牆各部厚度如下：

在壁頂冠石部分：十五呎六吋
在磚牆底部：二十一呎
在石頭地基部分：二十五呎

「許多地方在石頭地基以外有一小濠溝。

「從槍眼到雉堞的高度：二呎
槍眼從裏到外的寬度：二呎
槍眼與槍眼之間的距離：九呎

「關於槍眼：

槍眼高：一呎
槍眼寬：十吋
內岸深：四呎
內岸與內岸之間的距離：九呎

「槍眼窺孔和城牆壘道同一水平，從此向下傾斜，可以在距離牆底幾碼之外看到敵人。這樣距離用火器射擊比使用弓箭更適宜。……

「看來，長城過去不是爲的抵抗砲轟的，因爲它的胸牆不能抵抗普通砲彈的射擊。但它的槍眼底面，同歐洲同樣建

築相似，穿了爲抵禦旋轉砲射擊的許多小孔。這些小孔肯定不是後來搞出的，而是原來建築的一部分。顯而易見，當時它就是爲抵禦火器的射擊的。我們在中國的野戰武器中看到許多這種旋轉炮。這些小孔正如抵禦旋轉炮的射擊。長城胸牆雖然抵禦不了大炮轟擊，但抵禦這種小型火器是不成問題的。古北口的儀仗隊中也擺出了這種小砲。這些炮擺在架子上用轉鐶來回移轉。從這些來看，中國人自稱很早就發明火器，不是沒有根據的。」

從以上巴瑞施上尉所做的詳細的調查研究，我們對中國在紀元以前年代的建築和軍事技術可以有一個清楚的認識。整個來說，它表示出當初從事這項巨大工程時政府的決心，表示出動員這麼大人力物力的當時社會的高度發展水平，以及完成這項建設的精力和毅力。

現在皇帝權力普及全國，所有居民不分中國人和韃靼人都在他的絕對統治之下。這條長城雖然喪失了它以前的意義，但仍然作爲劃分中國和韃靼地區的界線。在地方行政機構和其他制度上，兩方面還是有所不同的。

我們步行到了長城的城頂，舉目四望，見到它的建築之堅固，似已超出人類體力範圍之外，世界上任何有名的工程，雖盡集合在一起也不能和長城的工程相比。可惜歷年已久，毀壞者占其大半，而中國人又似乎對此不大重視的。但也有幾處頗爲完好，似係近日才加以修理的。我正想就其完好與殘破的研究一下其修或不修的緣故，但導游的那幾個中國官員似乎露出不耐煩的樣子。我覺出他們好像懷疑我們外國人何以對此有這麼大的興趣，不知是否心懷不測，要偵察中國的內情。

爲了避嫌，我們立即下城上車。我問王、喬兩大人有沒有來這裏看過長城，他們說來往此地二十次，只去看過一次，其他各中國官員都說從未看過。從古北口往遼金坊（按：原文作 Liou-king-fong，不知是什麽地方，姑從音譯。——譯注。）十一英里，今日的行程到此終止。這裏有一所行宮，我們就在此寄宿一宵。晚上，行宮中發生了一件不愉快的事情，可見漢人與韃靼人感情之不佳。事緣執役行宮的一個下級的韃靼人偷去供應使節團的物件數種，事發後，王、喬兩大人立即命令從人，將這個韃靼人就地鞭笞。打完後，那個韃靼人突然高聲惡罵，說漢人在長城外沒有笞責韃靼人之權。兩位大人聽到後，更爲怒氣，又叫再將他打多一次，這一次的責罰，不僅是要他將偷去之物拿回來，並且責他藐視官長之罪。我在旁冷眼靜觀，心中甚疑兩大人是否眞有在長城外責罰韃靼人之權。後來才知道這是韃靼人不服漢官，法律中並無不許漢官在長城外笞責韃靼人的規定。王大人知道我的意思後，對我的譯員說：「這班韃靼人，一輩子教不好，韃靼人終是韃靼人！」喬大人也說：「韃靼人和漢人相處不能和協，將來貴特使到熱河覲見時，自能知之。」

九月六日，星期五。　今日所行的路程頗短，從遼金坊到淸章營（按：原文作 Ching-chang-you，不知是否即王家營，因王家營離熱河頗近也。不敢確定，姑從音譯以俟再考。——譯注。）即在此住宿。自北京出發後，向北方山行，天氣愈來愈涼，今日淸晨，已大有秋深氣象。

我們發覺這裏的居民多患頸腺腫症。（按：關於此地居民有此病症，斯當東的「出使中國記」說得較爲詳細，請參考。——譯注。）

在這樣山谷的村莊居民多患頸腺腫症，情況同阿爾卑斯山區居民相似。患者在幼年時代首先由咽喉腺開始肥大，以後逐漸擴大，有的長到異常之大。以後耳下腺跟着腫大，逐漸擴展到全部顎下都腫大。吉蘭大夫說，他所看到六分之一的當地居民都患此症。據說本地人已經習慣於這種現象，視若無睹了。患者男女兩性都有，但女性患者多於男性，原因是男子移動性大，不管發生這種病症的原因是什麽，感染的機會總好一點。

花隨人聖盦摭憶 補篇

黃秋岳遺著

坊欲下鄉收責，僕不利其往，農家窺穀，有大扇，僕執之以告曰：鄉人聞主至，各家製此以待，使其男婦搖之，主必中寒而死。坊曰，譎哉鄉人，使吾死而驗傷之無從也，需之，以六月往，其奈我何。每年必召黃冠設醮，以驅蚤蝨，客至，則問之曰，自吾醮後，覺蚤蝨減於昔否，客曰，尤甚，吾方怪之，豈知公家蚤蝨驅而之吾舍乎，坊乃大喜。當其醮時，黃冠賂侍者，陰捕蚤蝨不使近坊，坊確然以爲醮之左驗。龐侍御求書，餽金三十，坊曰，吾正需此，即設醮三壇，一滅倭寇，二滅僞禪僞學，三滅蛇虎蚤蝨，聞者無不大笑，而坊匍匐祈請，出於至誠。姜宗伯求墓志，坊撰文，幷書，將授使者，食所餽粉羹而咽，大呼姜某毒我，趣令燬文返幣，其門僧德祜，潛易原文，而以別紙焚之，幣亦未嘗返也。坊以杜元凱故事，楷書法華華嚴二經，錮之鐵函，沈於大海，同行者亦潛易之，竟不知沈者爲何物也。嘗於譚觀察坐間，徵異事，坊曰，宏治五年，鳳凰巢在正陽門樓上，移時而去，脫一羽，長二丈，觀察不信，坊指其童曰，彼亦見之，童子曰，然。又嘗納涼僧舍，謂僧曰，我在通州穴巨瓜，置小杌其下，側身入坐，仰面承漿飲之，嚐生粟，乃出，僧不信，亦以徵之童子，童子年十三四，坊之倅通，相去且三十年矣。東門皮工王姓者，事坊甚謹，歲時餽遺不絕，坊感其意，問其所欲於嘗所往來者，或曰，似欲向公乞一號耳，坊手書闌坡二字以號之，而坡字之土肥頭，皮工得此珍甚。有見之者，曰析之爲東門王皮，公蓋惎汝耳，皮工聞之，甚喜，曰，吾於東門猶蟣蚤耳，公乃以東門畀我，皮固吾業，道其實耳，踵門以謝，言狀。坊曰，此人安得有此言，可以師我矣，延之上坐，皮工惶恐而出。閒過聞祠部，天雨，止之宿，坊曰，須吾榻乃可，祠部即令人移榻，而榻製甚煩，用四小舟載之，安榻方竟，而忽稱腹痛，必不可留，仍移榻而返，意怪祠部之求書也。性鄙人口道錢物，侍者故斬之，謂梅雨須暴藏金，坊曰諾，畢暴而數之，亡一笏，以責侍者，侍者再竊一笏，坊復數之，曰，是矣，蓋但論其奇偶也。時進之所傳如此，余則以坊之怪誕，此猶其小小者爾，其大者，在僞造六經，或託之石經，或託之別傳，而訾毀先儒，放言無忌，謂朱子食貧無計，賣書餬口，掠取新說，其價易增，所言子見南子爲衞靈公之繼室，是儕於宋朝之倫，獵較爲奪禽獸，是擬於禦門之盜，其卦變圖，眞牧童之陋戲。又曰，晦翁果生於混沌初闢，眞爲伏羲受業之師，手授卦變圖，親見伏羲據之以畫卦，而演爲先天四圖，歷壽數萬餘歲，至宋慶元庚申爲始卒也。楊榮纂修大全，以其妻是朱氏，故盡用朱子之說，其於書經，則謂其祖慶正統六年官京師，朝鮮使臣嫣文卿、日本使臣徐嗇入貢，以尚書質之，文卿曰，吾先王箕子所傳，起神農政典至洪範而止。嗇曰，吾先王徐市所傳，起虞書帝典至秦誓而亡，笑中國官本錯誤甚多，其中國所無者，令嚴不敢傳，而正其錯誤一二，故坊之世學一依外國本。文卿言其國商書有四十一篇，言其國周書有八十二篇，而周書第七十八，爲孔子之命，敬王命仲尼爲魯大司寇相魯而作，其八十二，方爲秦誓，書依年而次，秦誓之作，在魯公三十三年，孔子生於襄公二十二年，相去七十六年，焉得以孔子之命先之乎，其僞不待辨。慶果信之，亦取笑於外國矣。坊一官不得志，無所不寄其牢騷，人給已還以給人，至於經傳，亦復爲拊掌之資，其罪大矣。」案國中久以誦經習字爲儒，於是古之迂儒塞天地，若豐坊者，不幸而入梨洲之筆，不足傳而竟傳，徒資撫掌而已。後來全謝山仿南雷例，爲蕭山毛檢討別傳，盛詆西河，然西河雖放誕，而學力才思皆絕倫，結綺亭亦未足以奪毛甡二百四十餘卷之浩博也。近代人率言文學家多患精神病，若南禺者，殆病之尤深者歟。

動物之長壽者，吾國舊稱龜，鹿，鶴，近日動物學專家，不主是說，但云鯨魚最長壽而已。昨讀釐報，載倫敦博物院大龜，壽已千歲，碩大無朋，而能齕人，因書其背，以告游客，假令有之，則龜壽有徵矣。鶴非常豢之禽，所謂崆峒玄鶴，亦悠謬難信，然以予前誌天津北洋總督衙門之鶴，則自李合肥迄今至少在五十年外，動物學者，初未嘗以此壽許鶴也。淸康熙壬子，于淸端成龍，官黃州同知，駐歧亭，野人獲麞鹿來獻，其高如馬，角大而斑，其頂間有銀圜，重一十七兩，鐫天寶二載華淸宮七字，角下堅徹如瓊，蓋所謂鹿玉。淸端以作帶環佩之，黃安彭伯常在署親見，陳雨山爲作歌云：軋犖山前烽火起，帚星下掃長安裏。亦心一夕化豺狼，唐家九廟皆荆杞。夜雨愁埋劍閣雲，春風恨滿溫泉水。何來決驟華淸鹿，萬里中原行不速。慣隨花鳥上陽宮，親見玉環頻賜浴。彄字深鐫太府金，角痕碧沁玲瓏玉。未逐仙人上博臺，卻遭牧豎充庖肉。君見梨園菊部霓裳舞，宏農唱能來鼙鼓。鸚鵡曾聞問上皇，舞馬猶知悲故主。秦家宮闕漢家陵，千年幾度生禾黍。休將遺事弔開元，漠漠寒煙翳平楚。此事信而有徵，鹿之長壽，於茲又可見。予頗疑吾國謂龜鶴鹿最壽，乃積若干年之比較與經驗之談，或其最優者，始能久視，而近代生物學迺就普通生理上，爲平均計算耳。讀亦心一夕化豺狼句，輒歎人而無良，不如以壽與蹄而翳者也。

長樂有三高，皆以文章氣節鳴天下，高嘯桐（鳳岐）、子益（而謙）、夢旦（鳳謙）三兄弟，所謂三高如麟鳳也。嘯桐先生試御史第一，竟不用，以與岑雲階善，爲奕劻深甚。子益先生，任外交最久。夢旦先生去冬歿。夢旦嘗自言其家無過六十者，晚病胃甚羸，然竟立志日行若干里以療胃，得愈，遂登六十，幾七十矣。子益嘗解論語，食不語，寢不言，謂語乃低聲說話，當食人衆，低聲恐人見疑，言乃高聲說話，當寢高聲，妨人睡寐，王子仁曉齋遺稿，述此說，以爲至當。

叔章前獲胡文忠往來函札絕夥，中有一札，不具名，但云泐於劍影雙虹之室，圖章亦同，玩其語氣，皆統論全局，而於益陽稱爲尊兄，初疑其卽爲肅順，近詳加考證，疑爲杜翰，今先錄原函，再疏以鄙見。函云：「既生中丞尊兄大人賜覽，前月奉手示，以初九日甫泐寸函，而來使又甚怱促，未得作復，殊歉於懷，茲復奉正月廿一日惠緘，展誦再三，覺謀國之忱，溢於楮墨，能如我公者，不必二十三人，但得過半，不患芝蘭之室，不與俱馨也。所陳舉劾各章，一一皆得兪旨，緣來人十三日必行，不及鈔奉，若能諭令於接摺之次日起行，當可錄其全文奉閱也。漕事摺到，此間未必有阻撓者，不過事屬更新，慮人駭異，農曹近日以瑣屑爲能，或者有人挑斥句語，持前此丹筆示之，亦必不至異議。蓼城之賊，其勢方張，光帥已有不支之勢，鶴人求解兵柄而不能，其言以爲派出之人請悉歸豫軍，自願統三千人力淸一路，而此間仍以統帥待之，弟於其離楚之後，隨地募勇，即知其未嘗甘苦，今日之兵之餉，豈尚有多多益善之理，即與商賢言之，而商賢善善從長，大約不揭人短，皆爲盛德，而天上之於鶴人，竟幾幾以江羅視之，直至今日，鶴人之意，亦在力救蓼城，即受人節制亦所深願，而猶以六安責之，文不對題，不特昧于事機，亦孤負鶴人自知之明矣。克帥虛憍，是其積習（最好受降，其病不小，亦驕之一字中之也）蓼城之役，則實身任其難，閗盧游擊所統，多係降人，肆虐於商光之間，而克帥但以微詞劾之。英帥處處取巧，先駐汝南，復移沈邱，蓋知汝南無賊，日久必有飭催之信，沈則可以阜陽教匪自固也。我公東下之說，已化煙雲，盡力爲之，必有大造於楚。籥帥之在湘南，頗不得於聖人，久之又久，精神自出，其實籥帥有何出人頭地處，不過虛心實力四字而已。以我公之才，何止十倍曹丕哉。江南水部，閩省琅琊，以鄙意觀之，皆有氣而無性者也。來示所謂與役處者，水部爲尤甚，然綸扉一席，竟有翕然之思（在聖心轉不甚屬，於此更見世論之淺也），然則天下人尚誰可與言乎？潯城之下，當在目前，他日水陸東征，江皖並重，然自此而撫建，則楚兵能盡其長，北岸進兵，不過得皖城而止，求其深入腹地，勢不相宜。滬帥不去，皖無睡醒之日，香帥不易，豫無睡著之日，此兩人者得天獨厚，爲之奈何？粵事如籥帥所言，頗協天意，此間無不欽佩，而鄙意獨難之。圍魏救趙之計，百發百中，而彼更於我求魏，則措置尤難，當籥帥摺到之時，無不同聲贊歎，但惜壽帥之非其人，鄙人獨謂此計不能出其意料，不數日而滬上之信果來矣。滬稅爲水部所必護，而海運未行，斷無用武之理，渠欲於二月十七前來，而沙船不過十九不能出洋，即此一節，已成兩困，鄙意相持五七日，而吹散風聲，遂謂籥翁之計已行，則來者恃其迅利，或可反顧，反顧而無其事，則海米已行，彼亦未能遽變，且一發不中，則籥翁之計彼益見攻其不備。虛實之際，爭在先後，此我公所嗤爲奇計者，知不值一哂也。諸梁被刼以去，安處船中，粵中十二月初十日來報，猶言紳士赴船，皆不得見，時於艙內窺見其容，有意奚落。（此後遂無隻字，大約接到寄龍羅之信，知中峯要求之語，不能見允，故禁不許言，而自爲來滬之說耳。）大約皆鬼所欲言，而大樹中峯不敢不下筆者。滬上照會，並有已將諸梁發往遠處，諸梁深知理短在彼，哭泣之語，其語氣竟與來報相同。此間已改鑄將軍巡撫印信，而不遽易人，大意欲俟壽帥抵粵，其實壽帥之不能了此，不特中朝士大夫知之，即天語亦謂此人大是福相，當無意外，望之甚殷，而許可者止於如此，其意可知。況其中復有鵝鬼其書，與三鬼同來，此間復函致北口，令其循例行文，所論情理透澈已極，不知此時尚是折衝尊俎時否？高賢公正持重，應變大非所長，餘子碌碌，率皆伯始，益無可言。

編．輯．閒．話

廿一期所刊周志輔先生的「北京從前演堂會的地方」，在校對上弄出了很嚴重的錯誤，編者只好在這裏向讀者和作者致歉意。這一校對錯誤，並不是一兩個字的錯，而是前後段顛倒了，使人讀起來有些牛頭不對馬嘴，但錯也錯得很離奇，竟然有點「天衣無縫」地能讀得「通順」下去，此所以有趣也。現在先說說錯在何處，然後予以更正。該文刊在第十二頁，第三欄最末兩行：「請為「那家花園」，還徒弟，多半在這家飯莊舉行拜師大典……」這個「還」字應接下第十三頁，第二欄，第八行，第四字「有崇文門三里河大街的織雲公所」，而不是接「徒弟，多半在……」的。第十三頁，第三欄，第三行「平時他們收（印出來時，漏「收」字）都是支着……」，「平時他們收」，應該接上第十二頁，第三欄，第三十行，第十一字「還」之下那「徒弟多半在這家飯莊裏舉行拜師大典」，串起來一句就是「平時他們收徒弟多半在……」第十三頁，第二欄，第八行，第三字「全」，應下接同頁第三欄，第三行第六字的「都」字，串起來一句是「全都是支着『帳幔』，一遇雨天，就得停業。」照這樣「接」與「串」，纔能讀得通。這麼一來，休說讀者現在照這樣讀，仍是丈八金剛，就是編者這樣寫法來更正，也有點迷迷惘惘。為什麼會一跳跳了五百字左右呢？說起來也是頗有趣的。周先生這篇文章一共六張稿紙，三千字，每頁五百字，稿紙中間在魚尾之下，印有「第　頁」字樣，作者就照填第幾頁上去。排字房的工友大概認為頁數寫在這個地方不大醒目，於是另在稿紙右角上寫阿刺伯號碼字，大概一時大意，原頁第四誤寫第五，次序一亂，剛剛跳了五百字。那一期的校對，我因為很忙，玉禪、東方均兩先生的文章都是我請他們自己校的，其他六七篇，我請一位朋友幫忙校一下，我對他說，發稿時，原文我已細看過了，你只要照原文校便好。但這位朋友也一時失魂，沒有看清頁數，阿刺伯號碼第三頁最後「那家花園，還」，接阿刺伯號碼第四頁第一行「走，多半在這家……」，而此頁最末不過這些攤，在」，接阿刺伯號碼「有崇文門大街……」，最末一行「不他們收」，接阿刺伯號碼第六頁第一都是支着帳幔」。這一錯誤，校對的並沒有看出，事後我問他何以有此「烏龍」，他說當時並不覺得讀起來有什麼不順口之處。總之，可以說是一塌糊塗，「一腳踢」的女傭忙起來有時也會把老爺的襪子放在飯鍋裏當飯燒的。

這篇胡塗帳算不清，其過失完全在編者，不能埋怨任何人，我只有請讀者和作者原諒！

稿約

本刊的宗旨，是向讀者提供高尚有趣味的益智文章，並希望貢獻一些翔實可靠的資料，給研究歷史、文藝的人作參考。我們歡迎下列文章：（一）人物介紹　注重古今中外人物的描寫及其傳記。（二）近代史事　注重近百年中國及國際政壇上重要事件的發生經過及其內幕。（三）[illegible]料　　、的日記、筆記、游記、自傳　　牘等。（四）[illegible]趣　　故[illegible]

書　　列，只不過一個範圍，其文掌故的範圍很廣，一一開列，希望認定文史兩字寫文章便好。稿件內容不要[illegible]現實政治的得失，要注重趣味，使讀者一卷在手，覺得開卷有益，不枉花了寶貴的時間。

惠稿文言語體不拘，但最好還是用語體，如果不會用則以淺顯易　　爲也一樣歡迎[illegible]　禾易刊出；超[illegible]長　稿務請附原

原書原樣

書　稿請用稿紙書寫，如屬有史料性的文章，字體更要寫得清楚，一來使編輯人易於看懂，二來，排字工人也不致排錯。

不合用的稿，不管附有郵票與否，在收到後十日內寄還作者；如不寄還，就是要採用，但何時刊登，未能立即告知，請來信詢問。刊登的稿，在出版前二日即將稿費寄上。

原書原樣

用書

龍門書店謹啓

大華（二）

數位重製・印刷　秀威資訊科技股份有限公司
https://www.showwe.com.tw
114 台北市內湖區瑞光路 76 巷 65 號 1 樓
電話：+886-2-2796-3638
傳真：+886-2-2796-1377
劃　撥　帳　號　19563868　戶名：秀威資訊科技股份有限公司
讀者服務信箱：service@showwe.com.tw
網　路　訂　購　秀威網路書店：http://store.showwe.tw
國家網路書店：http://www.govbooks.com.tw

2020 年 5 月
全套精裝印製工本費：新台幣 20,000 元（全套五冊不分售）

Printed in Taiwan　ISBN:9789863267959 CIP:820.5

本期刊僅收精裝印製工本費，僅供學術研究參考使用

ISBN 978-986-326-795-9
9 789863 267959 20000

讀者回函卡

感謝您購買本書，為提升服務品質，請填妥以下資料，將讀者回函卡直接寄回或傳真本公司，收到您的寶貴意見後，我們會收藏記錄及檢討，謝謝！

如您需要了解本公司最新出版書目、購書優惠或企劃活動，歡迎您上網查詢或下載相關資料：http:// www.showwe.com.tw

您購買的書名：________________________________

出生日期：________年________月________日

學歷：□高中（含）以下　□大專　□研究所（含）以上

職業：□製造業　□金融業　□資訊業　□軍警　□傳播業　□自由業

□服務業　□公務員　□教職　□學生　□家管　□其它_____

購書地點：□網路書店　□實體書店　□書展　□郵購　□贈閱　□其他

您從何得知本書的消息？

□網路書店　□實體書店　□網路搜尋　□電子報　□書訊　□雜誌

□傳播媒體　□親友推薦　□網站推薦　□部落格　□其他__________

您對本書的評價：（請填代號　1.非常滿意　2.滿意　3.尚可　4.再改進）

封面設計____　版面編排____　內容____　文／譯筆____　價格____

讀完書後您覺得：

□很有收穫　□有收穫　□收穫不多　□沒收穫

對我們的建議：________________________________

____

____

____

請貼
郵票

11466
台北市內湖區瑞光路 76 巷 65 號 1 樓

秀威資訊科技股份有限公司 收

BOD 數位出版事業部

....

（請沿線對折寄回，謝謝！）

姓　　名：＿＿＿＿＿＿＿＿＿＿　年齡：＿＿＿＿　性別：□女　□男

郵遞區號：□□□□□

地　　址：＿＿＿＿＿＿＿＿＿＿＿＿＿＿＿＿＿＿＿＿＿＿＿＿

聯絡電話：(日)＿＿＿＿＿＿＿＿＿＿＿＿(夜)＿＿＿＿＿＿＿＿＿＿＿＿

E-mail：＿＿＿＿＿＿＿＿＿＿＿＿＿＿＿＿＿＿＿＿＿＿＿＿